創元海外SF叢書 20

非在の街

ペン・シェパード
PENG SHEPHERD

安原和見◎訳

登場人物

ヘレン（ネル）・ヤング……〈クラシック・マップ&アトラス〉社社員。元地図学者
フィリクス・キンブル……〈ヘイバーソン・グローバル〉社社員。ヘレンの元恋人
ダニエル・ヤング……ニューヨーク公共図書館の地図学者。ヘレンの父
タマラ（タム）・ジャスパー……地図学者。ヘレンの母
ラモナ（ロミ）・ウー……古地図商
イヴ・キャサリン・ムーア……ペンシルヴェニア州立大学の文化財保存専門家
フランシス・ボーデン……ハーヴァード大学文化財保存学部の地図学者
ウォーリー、ベア……地図学者
アルバート・ウィルスン・スワン……ニューヨーク公共図書館の地図部長
アイリーン・ペレス・モンティーリャ……ニューヨーク公共図書館の理事長

著者によるメモ

地図は完全に正確なものと思われがちだ。なんと言っても、それが地図の存在意義ではないか。嘘のある地図がなんの役に立つだろうか。ところが実際には、多くの地図が嘘をついている。地図を広げて、それで行きたい場所に行けると信じているほとんどの人は知らないが、地図制作の現場には、意図的な誤り――の集落――を地図に紛れ込ませるという古くからの秘密の慣習がある。

たいていは、こういう意図的な誤りはごく小さなものだし、うまくごまかしてあるから見つかることはない。ところがごくまれに、幻の集落が幻のままで終わらないことがある。ときに信じられないようなことが起こるのだ。

本書はフィクションだが、発想のもとになったのは現実にあった出来事だ。地図を開いて、そのなかに迷い込んだことのあるすべての読者に本書を捧げたい。

非在の街

第Ⅰ部　図書館

I

電球一個のデスクランプのぼんやりした光を受けて、地図は輝かんばかりだった。

　この地図はフラ・マウロと呼ばれている。西暦一四五〇年、カマルドリ会（ベネディクト会系の修道会）の同名の修道士によって作られたもので、あのきらびやかな水上都市ヴェネツィアのサン・ミケーレ修道院の小さな地図制作工房で描かれた。フラ・マウロはこの地図を描くために、遠い国から旅してきた商人たちに話を聞いて情報を収集し、おかげで当時の人に知られた世界の地図を、彼以前の地図制作者（カルトグラファー）よりずっと正確に描くことができた。フラ・マウロの地図は今日でも、現存する中世の地図のうち最もすぐれたもののひとつと考えられている。

　ネルは、黄金色に塗装された丸いフレームに優しく視線を這（は）わせた。傷や色むら、余分な線を探す。フラ・マウロの地図は、ほとんどの世界地図とは逆向きになっているという点でも珍しい。北ではなく南を上にして描かれているのだ。

　ひとことで言って、傑作の名に恥じない。

　ここがニューヨーク公共図書館修復室の作業場で、地図が製図台にきちんと固定されており、そばに自分の修復道具が並んでいるのだったら、製図用の切り出しナイフを手に取っていただろう。それで羊皮紙のほつれた端をていねいに切り落とし、修復時に太く描かれすぎた部分のインクを慎重に削り落とすのだ。また、地図右下の凡例（はんれい）にあるANTARTICVS（「南の」の意。現在はantarcticだが、中世にはantartikなどc抜き表記が一般的だった。これはそのラテン語形）の修復されたTの脚をそっと削り、気持ち幅を細くして、描き直す前のもとの文字とぴったり一致するように直していただろう。

　しかしいまはただ印刷ボタンを押して、不格好な機械から吐き出される地図のコピーを取りに行くだけだ。フラ・マウロの地図――本物のフラ・マウロの地図――は、それが制作された都市、ヴェネツィアの国立マルチャーナ図書館に常設展示されている。彼女の目の前にあるのは、安っぽい複製の束でしかない。

　こんなことをするために教育を受けてきたのではない。博物館の完全密閉された作業室で、貴重な古い美術品の保存と研究に携わっているはずだった。それがいまは、ブルックリンのクラウン・ハイツで小さい歪（ゆが）んだデスクに向かい、そういう傑作のお手ごろな複製に色を――つまり、見せかけの古色や褪色（たいしょく）あとをつけている。そしてそれを大量に印刷して、インテリアにアカデミックな雰囲気を付け加えたいしろうと愛好家に売っているのだ。

　ネル・ヤングはもう地図制作学の研究者ではない。デザイン技術者だ、〈クラシック・マップ&アトラス™〉――どんな地図でもお任せ！――に勤める。

　彼女の上司の言う「クラシック」は、要するに保存の反意語だ。本物の古い、あるいは稀少（きしょう）な美術品の何千何万という複製――現代の中性紙に大量印刷し、大量しわ寄せしたり、大量古色化したり、時代錯誤の記号で大量手装飾したりしたものを、すべて注文から二日以内にご自宅までお届け、その日の午後にはリビングルームにかけられます、というわけだ。

　そして、それはネルの唯一の収入源でもあった。

　最初からこうだったわけではない。かつては眼前に開ける明るい未来を見つめていたものだ。最高の学校に通い、博士論文の審査をみごと乗り切り、研修生（インターン）として採用されたのはほかでもない、ニューヨーク公共図書館（NYPL）の威風堂々たる本館、その権威ある美術品保存の部門だった。彼女の父はNYPLでもとくに有名な学者だが、その父の轟（とどろ）く名声に肩を並べる、あるいはそれを超える日に向かって歩きはじめていたのだ。廊下を歩けば、「あれが新ドクター・ヤングだ」とささやく声さえ聞こえるまでになっていた。一度など、ほんの一瞬ではあったが、少しだけ有名になったこともあった。天井の蛍光灯に照らされたちっぽけで雑然とした世界、ずらりと並ぶ書棚とかび臭い文書庫の引出しからなる世界で。

　そこへ「ジャンクボックス事件」が起こったのだ。

　ネルは、たったいま印刷したフラ・マウロの複製の右下隅に親指を置き、小さくて目立たないロゴを隠した。古文字っぽいフォントの七文字、CLASSIC。ここの製品にはかならず、この小さなロゴがどこかに入っている。その地図が最初からコピーとして作られたものであって、本物と主張するつもりなどないと示すためだ。つや消しのポスター用紙に古い地図がどうして印刷されるのか、それを本物と勘違いする人間がどこにいるのかとは思うものの、それでもどの製品にも忘れずにこのロゴを入れるようにしている。貴重なオリジナルにあやまろうにも、ほかに方法がないから。

「あの地下鉄で、よくこんなに早く来られるね」と、声の主より先によく響く声が聞こえてくる。やや遅れて、ハンフリーがのそのそと角を曲がってオフィスに入ってきた。

「さてはここで寝てるな」

「もちろんよ」ネルは顔をあげずにやり返した。衣ずれの音からして、ハンフリーはまだコートを着ているらしい。春のひんやりした空気のなか、地下鉄の駅から歩いてきて、顔を火照らせているにちがいない。

　ふたりは漫画に出てきそうな完璧なでこぼこコンビだった。ネルは若くて、ハイヒールを履いていても背が低く、いつから日光を浴びていないのかわからないほど生白く、おまけに髪はもじゃもじゃのくすんだ茶色、やせっぽちでぶかぶかのカーディガンに埋もれてしまえば、あとには眼鏡しか残らない。いっぽうハンフリーは、長身でひげづらでよく日焼けしていて、少なくとも六十代にはなっているはずだが、それでもなにもかも大きかった。声は張りがあって体格も立派、いつも元気にあふれていて——ついでに、彼女に対する寛容さは底なしだ。

「それで、今日はなにをやってたの」ハンフリーはネルのデスクにもたれかかって尋ねた。

「フラ・マウロよ」と言うと、表裏を返し、両手で角を支えて持ちあげてみせた。「フレームを修正したの。これでひび割れが本物そっくりに見えると思うわ、つや消しをかけたうえに、ガラス越しに見ても」

　デスクのマウスの横でいきなりスマートフォンが光った。電話がかかってきたのだ。その光が目に入った——ひょっとして採用関係の？——が、念のためハンフリーの前では見ないようにした。仕事中に電話がかかってくると、それがいつも最初に頭に浮かぶ希望的観測だった。しかし、最近ではどこにも応募していない。していなかったはずだ。数百か所も申し込んだあげく、もう応募先は完全に底をつきかけている。地図学の分野は狭いから、結果はいつも同じだった。彼女が何者なのか気づかれると、そしてほかでもないドクター・ヤング（父）その人に、何年も前にこの業界から追放された当人だと知られると、その次の段階でいつも失速してしまうのだ。

「悪くない」ハンフリーは思案げにうなずいた。

　ネルの顔がほころびかけた。

　だがそのとたん、彼はいつもと同じことを言いだした。「だけど、まだ新しく見えすぎるな」と、肉厚な手を丸めて鉤爪の形にする——なにを表わしているつもりなのだろう。しわくちゃになった海賊の宝の地図か、指からこぼれる古代の砂か、それともごみくずだろうか。「もっと古ぼけて見えるようにしないと。あと百年ぐらい。ついでに風雨にさらされた感じも欲しいね。危険な航海に持っていかれて、そのあと沈んだ宝箱に入ってたのをこっそり持ち込まれたみたいな」と笑って、「わかるよな?」

「でもそんなの変よ」ネルは頑張った。スマホがまた光って、呼び出し音が鳴った。二度めの電話だが、彼女はまた無視した。「第一、フラ・マウロの地図は羊皮紙に描かれてるのよ。紙よりずっと長持ちするの。それにだいたい、海賊の地図じゃないんだから。修道院の専用の作業場で修道士が作ったものなのよ。それでずっとそこに保管されてたの、国立マルチャーナ図書館に移されるまで。だから、十五世紀に制作された地図では最も保存状態のいいもののひとつで――」

「やれやれ、ネル」ハンフリーは彼女の頭上でため息をつき、芝居がかった仕草をしてみせた。「歴史的正確さだの、オリジナル作品に対する相応の敬意だの、美術品保存の作法だの、地図学者の良心だの――ちょっと勘弁してくれよ。まだ朝の九時にもなってないんだから。うちはスミソニアン博物館じゃない。うちの客は、完全に正確な複製なんか望んでないんだ。古くて、謎めいてて、骨董品っぽく見えるものが欲しいだけなんだよ」彼が地図をデスクにぽんと置くと、地図は広がりかけたところでキーボードに当たって止まった。ハンフリーはそれをもう少し広げ、変色や褪色を最小限に抑えた歴史的に正確な地図の表面をなでた。「そっちのほうが夢があるんだよ」

スマホの画面がまた暗くなった。これで三度めか四度めか、今度はもう暗くなったまま光らなかった。電話をかけてきた相手は、とうとう諦めてボイスメールで済ますことにしたのだろう。

ネルはがっかりしてため息をついた。ハンフリーの言うとおりだ。それがくやしい。

「わかったわ」しまいに言った。

「なあ、わたしもわかってるよ」ハンフリーの声がやさしくなる。ネルは自分の過去を口にすることはなかったが、それでも数年もあれば多少は知られるのもしかたがない――かつてやっていた仕事を、そして扱っていた地図を、彼女がどれだけ熱愛していたか。「こんな仕事がしたいわけじゃないのはわかってる」

「ハンフリー、ごめんなさい」ネルは言った。ハンフリーはたいてい、下世話な上司とお堅い研究者の言いあいごっこを面白がってくれる。だからと言って、それに甘えて感謝を忘れてはいけない。あの「ジャンクボックス事件」のあとでネルを雇ってくれる人と言ったら、地図制作にほんの少しでも関係している業界にはハンフリーしかいなかった。〈クラシック〉社の業務は地図制作とはちょっと言えないが、まったく無関係な仕事よりはずっといい。「ほんとに、まだ朝の九時にもならないうちから――」

「いいんだよ、もう言いっこなしだ」ハンフリーは指関節で彼女のデスクをこつんとやると、札入れから二十ドル札を抜き出した。「コーヒーでもどう。おごるよ。あの高いやつ、キャラメルとかモカとかぐるぐるホイップのカプチーノとかいうの」

　その気前のいい申し出に、ネルは無理に笑顔を作った。彼女は主任デザイナーだが、小さな会社だから会計主任も兼ねている。資金繰りがどれだけ苦しいか、会社がどれだけ火の車か重々承知していた。「ただのブラックにしときます、ミルクをつけて」

　ハンフリーも笑顔になり、札を彼女の手に押し付けた。「それじゃ、ひとっ走り行ってきて」

「社長にはかなわないわ」彼女は笑いながら、もういっぽうの手で財布をつかんだ。

「かなわないのはその階段だよ！」オフィスのドアが閉まる音に負けじと、ハンフリーが声を張りあげた。

　外は身を切るような寒さだった。ネルはカーディガンをしっかりかき合わせ、震えながら歩きだした。通りの向かいにはおしゃれなコーヒーショップがあり、ハンフリーが言ったような形容詞過多の飲物を売っているのだが、彼女は右手に折れて、歩道を歩いて角の食料雑貨店に向かった。いつもそこでモーニングコーヒーを買っているのだ。店主はバングラデシュ出身のファラというおばあさんで、曜日にも天候にも関係なく、いつ行ってもオレンジ色のものをなにかしら身に着けている。ネルはそれが好きだった。ファラを見ると、そのぱっと明るい柑橘(かんきつ)系の色がかならず目に飛び込んでくる。おかげでなんだか店じゅう暖かくなるような気がするのだ。

　ドアを押しあけるとベルが甲高(かんだか)い音を立て、ファラが（例によってオレンジ色の服を着ている）クロスワードパズルから顔をあげ、軽くうなずきかけてきた。ネルは店の奥に歩いていき、ステンレス製のポットからコーヒーを二杯ついで、カウンターに持っていった。

「『なんとか線(ライン)』」ファラが眉間にしわを寄せてつぶやいた。彼女とネルは世間話をすることもなく、ただちょっと会釈したり、たまにクロスワードパズルのヒントを教えあうぐらいで、ネルはそれでますますファラのことが好きになるのだ。「たった三文字なんだけど」

「『レイ』じゃないかな」と、ハンフリーのお金を差し出しながら応じる。

「えっ？」

「レイよ。L、E、Y」レイライン（古代の遺跡はある直線上に位置しているという説があり、その直線のことをレイラインと呼ぶ）。彼女は微笑んだ。地図関連の用語だ。

　老婦人は合うかどうか試してみて、うんと軽くうなずいた。合っていたらしい。

　レジがチンと鳴って引出しが勢いよく開き、ファラはお釣りを出してきた。ネルは両手にひとつずつコーヒーをつかみ、朝の寒い屋外へまた出ていった。ほとんどひと息で帰り着いたものの、なかに駆け込んで階段をのぼる前に、もう一度だけ息を吸ってしまい、嚙みつくような冷気に肺が縮みあがった。

　ドアをあけると、すぐにオフィスの向こう側からハンフリーの声が響いた。「ネル」

「コーヒー買ってきました」彼女は答えたが、角を曲がって彼の顔を見るなり、声が尻すぼみに途切れた。

「スマホ持っていった？」と彼は尋ねてきた。自分のオフィスではなく、ネルのデスクのそばに立っている。

「いいえ。それがなにか？」

　答える代わりに、彼女のスマートフォンが置かれている場所へ目をやる。画面は暗く、スマホは沈黙していた。

「朝からずっと、だれかがきみに連絡をとろうとしてたみたいだ。ついさっき、わたしの部屋の代表電話にもかけてきた」ついにハンフリーが言った。

「だれかってだれですか。ハンフリー、だれだったんです？」

　彼はためらったが、ネルにきつい目つきで睨まれて重い口を開いた。「ボイスメールをチェックしたほうがいい。図書館のだれかが、至急きみと話したいって」

　図書館。

　ネルは自分のデスクに歩いていき、コーヒーを置くと、そっとスマホを手に取った。まだあまり慣れていない小動物でもつまみあげるように。ハンフリーは立ち去りはしなかったが、不要書類が山と積まれたデスク――古い郵便物の捨て場所になっているのだ――を気まずげに見つめていて、こちらに目を向けようとしない。彼女を支えつつプライバシーも尊重しようとしているのだろうが、そのじつ状況をいっそう気まずくしているだけだ。身体も声もあんなに大きな男が、危機に直面してこんなに小さくなってしまうなんて——(って、これは危機なの?) 自分がぐずぐず引き延ばしているのはわかっていた。考えていてもしかたがない。ネルは画面をスワイプしてスマホのロックを解除し、緑のアイコンを押して電話を起動した。

「大丈夫?」しまいにハンフリーが尋ねた。

「ええ」

それは嘘だった。まったくの大嘘だ。

彼女がとり損ねた(すでに何回も)電話の番号は、いままでは連絡先に登録されていない。だから名前ではなく番号だけが表示されていた。それでもすぐにだれからかわかった。ニューヨーク公共図書館をあっさり馘首になってから十年近く、その番号を目にすることは一度もなかったし、また見ることがあるとも思っていなかった。二度と口をきくことはないと心に決めていたから。

しかし、父のオフィスから電話をかけてきたのは父ではなかった。

ピー音のあと、押し殺したスワンの声が聞こえてきた。うろたえているようだ。これほど年月が経ってから耳にするその声に、ネルはしばし茫然とした。ネル、こんなに久しぶりにいきなり電話なんかして申し訳ないけど、大変なことになったものだから。これを聞いたら大至急電話ください。

メッセージを聞き終わったとたん、手のなかで電話が鳴りだしてぎょっとした。今度は警察からだった。

一時間と経たずに、ネルは所持品をかき集め、必要があればメールするとハンフリーに約束し、通勤ラッシュの地下鉄の人混みをかき分けて、気がつけばニューヨーク公共図書館の本館前に立っていた。火曜日だったが、エントランスには例によって来館者が詰めかけている。校外学習で市内へやって来た小学生がにぎやかに階段をのぼりおりし、ティーンエイジの若者がじゃれあい、年配の常連が本のバッグや今日の調べもののリストを小脇に抱え、ゆっくり歩を進めている。その背後で、歩道脇のスペースを争ってタクシーがクラクションを鳴らしている。どこかで大道芸人が速いテンポのせわしないヴァイオリン曲を演奏していた。

最後に街のこのあたりに来たのは、いったいいつのことだっただろう。狭くて薄汚いアパートメント、延延と続く地下鉄での通勤、そして〈クラシック〉社の窮屈なオフィス――もう何年間、その繰り返しだけで日々を過ごしてきたのだろう。五番街はどこもかしこも三倍も明るく騒がしく、だれかが目についたダイヤルを片端からいっぱいに回していったかのようだ。

　しかし、図書館のそびえ立つ木製の扉の前に立つと、あらゆる騒音が遠ざかっていった。巨大な大理石の柱と柱のあいだを、そして建物への通路をなすアーチの下を歩いていくと、おなじみの感動に身内に震えが走る。自分の将来を夢見るとき、ネルが常に想像していたものがここにあった。足音の反響する廊下、丸天井、古くて荘厳で高尚な建築。がたつく階段もぎゅうぎゅうの棚もなく、かすかにかびのにおいがすることもない。

　ロビーは森閑(しんかん)としながらざわめいていて、だだっ広いのにごったがえして見えた。来館者の群れをかき分けて進んでいると、広大な空間の向こうに見憶えのある顔がちらと見えた。ネイビーブルーの帽子の下、穏やかながらも鋭い目で周囲を油断なく見張っている。この図書館の最古参警備員のひとり、ヘンリー・フォンが今日は当番らしい。彼女の父と同じくらい古くから、このニューヨーク公共図書館に勤めている人物だ。

　ネルはとっさに首をすくめた――それでなくても気がくじけそうになっているのに、スワンを見つける前に知っているだれかに見られたら、間違いなくまわれ右をして逃げ出してしまう。うろうろしている人々をよけ、ロビー北側の廊下に進んで突き当たりの部屋に向かう。「ライオネル・ピンカス&フィリアル王女記念地図部」の金文字の下、この区画を抜ければバックオフィスにたどり着く。そこにスワンが、そして求める答えが待っているはずだ。

　地図部に足を踏み入れた瞬間、全身に電流が走った。暗くて冷たい湖の底から浮上して、ふたたび生き返ったかのようだ。空気は暖かく、色はあざやかになり、音までくっきり聞こえる気がする。ワックスがけされて輝く閲覧テーブルが待ち受け、壁際では古遺物のずらりと並ぶ棚が手招きしていた。大きな窓から、まぶしいほどの陽光がさんさんと降り注いでいる。ややあってネルははっとわれに返った。

　こんなに何年も経ってからまた戻ってくるなんて、とても変な感じだ。ほとんど成功しかけていたのだ、頭のなかから締め出すことに、惜しむ気持ちを抑えることに――ここのすべてを、ここで過ごしたすべての瞬間を。

　中央レファレンスデスクのすぐ向こうに、「関係者以外立入禁止」と書かれた目立たないドアが待っていた。ノブに手をかけたところで足が止まる。

（なにをぐずぐずしてるの）とネルは自分を叱った。手が震えている。（さっさとしなさいよ）

　自分がなにを期待していたのかよくわからないが、ドアの向こう側にこんな光景が待っているとは予想していなかった。部屋に身を入れかけたところでぎこちなく突っ立ったまま、自分が待ち受けていたのは「ジャンクボックス事件」の日のような阿鼻叫喚だったのだと気づく。

　たんに静かというのではない、完全な静寂だ。これほど人けのないバックオフィスは初めて見る。

　ややあってドアがゆっくりと閉まりだし、ネルははっとしてあわててなかに入った。

「すみません」低い声で呼びかけてみる。

「あら」と応じる声がした。「いま行きます！」図書館員（ネルよりそう年上ではなさそうだ）が、驚いたように最初のオフィスから顔を出した。

「お邪魔してすみません、でもスワンを捜してるんです」ネルは言った。図書館員は見憶えのない女性だった。ということは、ネルがやめたあとに雇われたのだろう。「なにがあったんでしょう。ご存じですか？」警察からの電話ではなにも説明がなく、ただここへ来るよう指示されただけだった。

「それが――」女性は言葉を切った。「その、まだよくわからないんです。でも大変なことになったみたいで」

「失礼ですが――」ネルが顔をあげると、廊下なかほどの会議室から警察官が出てきたところだった。背後にパートナーの姿も見える。「ここの従業員のかたですか」

　図書館員は初めてネルをまともに見つめて、「まあ」と声をあげた。「あなたは……ドクター・ヤングの娘さんでは……？」

「そうです」ネルは応じた。「ヘレン・ヤングです。ネルと呼ばれてます」

　図書館員の表情が曇った。「そうでしたか、それは……」――と、静まりかえったオフィスを身ぶりで示して――「これはその、ドクター・ヤングのことで……」

　ネルは彼女の顔を穴があくほど見つめて、そこに答えを見つけようとした。

（今度はなにをしでかしたのだろう）

　彼女の父は昔から、こうと決めたらまっしぐらの妥協を知らない男だった。おかげでなにをやっても他の追随を許さない成果を出したが、同じ理由でまったく人好きのしない人物でもあった。今度は同僚の仕事でもやっつけたのか。新しく出てきた資料の信憑性に難癖をつけたのか。まさか理事会に嚙みつきでもしたのだろうか。

「今度はだれの人生を滅茶苦茶にしたんですか」彼女はようやく尋ねた。

「こちらへ来ていただけませんか」と最初の警察官が応じる。

会議室のなかからよく見知った人物が廊下に飛び出してきて、もうひとりの警察官の背後から声をかけてきた。「ネル！」

「スワン！」

胸が締めつけられた。懐かしいスワン！　何十年も前から地図部の長を務めているが、彼女にとって彼はそれ以上の存在でもあった。親しいおじさんであり、恩師であり、友人だったのだ。七年経ったいまも昔のままだ――長身で、ありえないほど痩せていて、ぼさぼさの白髪で――本物の白鳥のようだ。その姿を見て、ネルは涙ぐんでいた。

「どうぞ、こちらへ――」と、彼の近くの警察官が口を開いたが、スワンはその長い脚で廊下を三歩で突っ切ると、彼女が身動きする間もなく骨張った腕で抱きしめてきた。「ほんとうに、なんと言っていいか」彼は言った。抱擁は解いたものの、両手はまだ彼女の肩に置いたままだ。「きみがここに来る前に、ふたりで話ができればと思っていたんだが」

最初の警察官に手招きされて、ふたりはそのあとに続き、会議室の前を通り過ぎて彼女の父のオフィスに向かった。ネルは落ち着こうとしたが、心臓は早鐘を打っている。あの日以来、あの部屋に足を踏み入れたことはない。あの日、笑えるほど陳腐にも所持品でいっぱいの段ボール箱を抱え、父に人生を滅茶苦茶にされて出ていったときから。それがいま、また戻らなければならないのだ、そこでなにが待っているかも知らずに。

「それじゃいま教えて」彼女はささやいた。「手短に」

彼女の受ける衝撃を和らげるために、ほんとうはもっといろいろ言いたかったのだろうが、スワンはネルをよく知っている。単刀直入に要点を聞きたがると承知していたのだろう。いまごろになって気づいてぎょっとしたが、スワンの目は赤く腫れていた。声もしゃがれているような気がする。

「こんなことを言わなくてはならないとは」スワンは震えながら言った。「今朝早く、お父さんがデスクで息を引き取ったんだ」

（えっ？）

　最初はなんのことやらわからず、ネルは目をぱちくりさせた。

「その、な――亡くなったんだよ、ネル」

II

　もうずっと昔のことだが、いま立っているこの部屋は、ネルにとってニューヨーク市で一番お気に入りの場所だった。この図書館の公共エリアは息をのむ壮麗さだ――豪華な鏡板をはめた壁、頭上の輝くシャンデリア、床から天井まで届く古い窓、どこをとってもこの世のものとは思えないほど美しい。しかし、ひそかに彼女の心を虜（とりこ）にしていたのは、地図部のバックオフィスにある、書棚の無限に続く飾りけのない書庫だった。この図書館は一八九八年に建造され（子供のころには気が遠くなるほど昔に思えた）、その広大な書庫には何万冊もの書籍や地図帳、そして五十万枚近くの地図が収蔵されている。もし彼女が魔法を信じていたら、探しに行く場所はここしかなかっただろう。いまでも、なんの変哲もない本のページのどこかに、秘密が隠されているのではないかと想像せずにはいられなかった。父の革張りのオフィスチェアの背もたれを両手でなぞり、古い紙と木のかびくさいにおいを吸い込む。子供のころ、父に連れられてここへ来るたびに、父はこの椅子のくたびれたクッションに彼女を座らせて、よく響く重々しい声で、いつかここはおまえのものになるのだと約束してくれたものだった。

　ネルはその言葉を信じていた。

「心臓発作でしょう」警察官が彼女の注意を惹き戻そうとする。「あるいは脳卒中か。倒れたさいに頭を打ったようです」

　単純明快な事例だと警察は判断していた。ドクター・ヤングはひとりきりだった——地図部の防犯カメラは、部の最後の従業員が退勤するまで起動されなかったが、ロビーのカメラは前夜の閉館時刻からずっと稼働していた。動くものはまったく映っておらず、唯一の例外は巡回中の警備員で、夜明けごろ最後の巡回時にここをのぞいて、倒れているドクターを発見したのもその警備員だった。

「お気の毒ですが、だれしも歳には勝てませんからね」警官はそう締めくくった。

「六十五で？」彼女の横でスワンが応じたが、その声が一瞬裏返った。地図部の部長である彼は、彼女の父の上司であるだけでなく、最も親しい友人でもあった。

「はい？」

「彼は六十五歳だったと思うが」

　ネルは気を取りなおして計算してみた。彼女は父が三十歳のときに生まれた子で、その彼女自身があと数か月で三十五歳の誕生日を迎える。「ええ、そのとおりです」しまいにそう言うと、スワンが腕をそっと握ってきた。

「うーむ、なるほど」警官は眉をひそめた。老人というほどではないが、こんな悲劇的な事故など起こるはずがないというほど若くもない。原因はいくらでも考えられる。遅くまでデスクで仕事をしていて疲れていただろうし、仕事をしながらスコッチを少し飲んでいた。立ちあがろうとしてバランスを崩したのかもしれない。警官が先ほど言ったように、脳卒中か心臓発作を起こしたのかもしれない。警官は同情するようにネルに微笑みかけてきた。泣きだすのを待っているかのようだ。名札を見ると「ケイブ警部補」とある。じゃらじゃら音がすると思ったら、手錠や無線機、懐中電灯、ホルスターに入った拳銃など、さまざまな道具が作業ベルトから下がっていた。

「それであの」——ネルはためらった——「遺体はどこですか」

「ネル、滅相もない」スワンが声を高めた。「まさかここのデスクで、身元確認をさせられると思っていたんじゃないだろうね」

　彼女は肩をすくめ、ぎこちなく咳払いをした。「思ってたかも。こういうとき、どうするものなのかよく知らなかったし」

「そんなお願いはしませんよ」とケイブ警部補は言った。「まずはご遺体を整えてからです。安らかな姿勢で横たえて、着衣を直してですね」

　言うことを思いつかず、ネルはただうなずいた。頭に浮かぶのは、（父は気にしないだろう）ということだけだ（それを言うならわたしだって）。父が（おそらく）事故や事件に巻き込まれたのでなくてよかったとは思うが、もう亡くなってしまったからには、どちらでも受けるショックに大差はなかっただろう。ほとんど十年ぶりにデスクのそばに倒れている姿を見るのも、冷たいステンレス台に横たえられている姿を見るのも――というより、デスクのほうがまだましかもしれない。そのほうが自然だ。このオフィスをのぞき込んで、父が居眠りしているのを何度見たことか。椅子に座り、磨かれた木の天板にひたいを預けて眠る姿は、倒れているのとそう変わらない。父もそのほうがいいと言うだろうと思った。

　いや、ほんとうにそうだろうか。ここに来るのは久しぶりではあるが、高名なドクター・ヤングのオフィスと言って思い出すのは、少なくともこんな部屋ではなかった。父は自分を芸術家と考えていたが、悩める画家や音楽家のようにでたらめで気まぐれという意味ではない。地図の研究と作成には、精密機器の分野に匹敵する計画性と正確さが要求される。まめな記録管理、終わりのない調査、絶対の正確さを実現するための計算。父の仕事場はいつも徹底的に整理整頓されていたから、学芸員のオフィスというより科学実験室のようだと思うほどだった。

　それが今日は、竜巻に破壊された建物の廃墟のようなありさまだった。

　ドクター・ヤングはいつも、革張りの椅子の背後のキャビネットに書類はきちんとファイルしていたのに、そのキャビネットがいまは開いていて、中身が部屋じゅうにぶちまけられていた。どっしりしたオーク材のデスクの隅には警察の資料袋がいくつか積みあがっていたが、それを除けばどこを見ても書類だらけだ。ばらばらに飛び散ったり、しわくちゃになっていたり、破れていたり、滅茶苦茶に散乱したり――紙を踏みつけずには歩くこともできない。本棚の文書も同様に、引き抜かれて放り投げられている。ネルは愕然とした。地図帳を、それもこれほど古くて貴重なものを、父がこれほど乱暴に扱うとはとうてい考えられない。

声もなくオフィスを見まわしていると、しまいに「あなたも同じお仕事ですか」とケイブ警部補に声をかけられた。ネルはわれに返った。

視線を引き剝がすようにして警部補に顔を向け、「わたしは……」と言いかけて口ごもる。「その、地図の複製をやってます」これ以上のことは言いたくない。

警部補は笑顔で言った。「この父にしてこの娘、というわけですね」

ネルは笑顔を返そうとしたができなかった。まったくそういうことではない。尋ねることができるなら、〈クラシック〉社の仕事ぐらい地図制作とかけ離れた仕事はない、とドクター・ヤングなら答えるだろう。それに反論できないのがくやしい。

だが、そもそもだれのせいだというのか――あれほど有望なスタートを切っていたのに、そのキャリアが短命に終わって、いま彼女がこんなことになっているのは。

「少し状況をうかがおうと思ってお呼びしたんですよ」ケイブ警部補は頓着せずに続けた。「いちおう書類にしなくちゃなりませんので」

「お役に立てるかしら」彼女はぼそりと言った。

「もちろんですよ」警部補は励ますように言った。「ご家族なんですから」

「もう七年会ってなかったんです」

「なるほど、そうでしたか」とは言ったものの、手帳をしまおうとはしないし、ペンも構えたままだ。警部補の言外の言葉が聞こえるような気がした。（ご家族なんですから。たったひとりの）

ネルはため息をついた。

ネルが不面目な形でキャリアを失ったのも悲劇的だが、彼女の母であるドクター・タマラ・ジャスパー＝ヤングの悲劇にくらべたらなんということはない。

母はネルがまだよちよち歩きのころに亡くなり、以来ネルはずっと父とふたりきりだった。母についてはごく断片的な記憶しかないが、だからといって忘れる心配はまずない。ドクター・タマラ・ジャスパー＝ヤングはこの分野では父よりさらに有名で、しかもその名声を短期間のうちに獲得しているのだ。彼女に関する記事には、先見の明があるとか右に出る者がないといった形容詞が並び、授与された輝かしい賞や称号は数知れず、また死後これほど経ったいまでも、権威ある人や論文に仕事が引用されつづけている。

　事故だったのは知っている。ネルがまだ幼児だったころ、両親はニューヨーク州内陸部で火事にあって、母は炎のなかからネルを救い出そうとして生命を落としたのだ。これまた憶えているわけではないが、事実なのはわかっている。あるとき、図書館の古いマイクロフィルムのなかに地元紙の短い死亡記事を見つけたからだ。また「滞在中の学者一家を襲った悲劇」とか「勇敢な母親、燃える家から娘を救出して死亡」などの新聞記事もあった。それに、左腕にはその夜の痕跡も消え残っている。傷痕はまったく目立たないし、たいていはあることさえ忘れている――のだが、父のオフィスに腰をおろしているいま、気がつけば袖のうえからそこを無意識にさすっていた。

　いつか母のことをもっと尋ねてみたいとネルは常づね思っていたが、いざ訊こうとすると、ちょっと匂わせただけでも父の目に苦痛の色が見える。しかもその生々しいこと、死の直後もかくやと思わせるくらいだった。父娘のあいだには常に溝があった。ネルが幼いころは過保護で甘い父親だったが、成長するにつれて、ドクター・ヤングはしだいに無愛想なほど堅苦しく、またよそよそしくなっていき、しまいには自分の娘というより後輩研究者のような扱いをするほどになっていた。これ以上父につらい思いをさせて、いまもわずかに残る親子としての交流をこれ以上すり減らしたくない。その気になればいつでも訊けるんだから、と自分に言いわけした。いつか実力を認められて、父と対等になれたら。ただの優秀で将来有望な新人ではなく、もうひとりのドクター・ヤングとして、彼女自身も一目置かれるようになったら。

　それがひそかな人生の目標になったのは、ある程度の年齢になって、彼女自身も地図を熱愛していると気づいてすぐのことだった。同じく地図制作者だった母を別にすれば、ドクター・ヤングが地図以上に愛するものはほかになかった。それでネルは常づね、自分も地図制作者として父に認められさえすれば、溝を埋めることもできるのではないかと思っていたのだ。そして溝が埋まれば、ようやく――ようやく、父と心が通じあう時が来るのではないだろうか。

　いつかその目標を果たす日を目指して、彼女は一歩一歩進んでいた。

　ともかく、あの「ジャンクボックス事件」が起きるまでは。

　ネルはまた周囲に目をやり、警察のトランシーバーの雑音を聞きながら、もうひとりの警官が室内を歩きまわるのを眺めた。どっちみち事情聴取を逃れる道はない。「できるだけのことはします」しまいに彼女は言った。

「お父さんが最近どんな仕事をしてらしたかわかりますか。特別なプロジェクトとか、新しいテーマとか」ケイブ警部補は尋ねた。ネルは首をふった。ニューヨーク公共図書館を去った日から、父とはひとことも交わしていないのだ。見当もつかなかった。

「わたしから答えましょうか。差し支えなければ」とスワンが口をはさみ、警部補はそれにうなずいた。

「ダニエルは主として、アメリカ植民地時代初期および独立戦争後の東海岸の地図を研究していました。この図書館には、オランダ、フランス、英国の海軍による地図が大量にそろっていますが、ダニエルは……」

ケイブ警部補は雄々しくも、無意味にくわしいスワンの説明に耳を傾けようと努力していた。スワンはいつもこんなふうだった――こんなときですら、この分野への熱意を抑えることができない。彼はこの仕事をこよなく愛していて、ほとんど寝食も忘れて打ち込んでいたから、地図部の奥の部屋で隠れて寝起きもしているのではないかとネルはときどき疑っていた。ティーンエイジのころはよくこの図書館で夏にインターンをしたものだが、そんなおりに一度だけ、めずらしく父が浮かれた気分のときに、ふたりでちょっとしたものをこっそり移動させたことがあった。メインの読書室にあったアンティークの緑のガラスランプをほんの数フィートずらしてみて、スワンが次にこの部屋に入ってきたときそれに気がつくかどうか試したのだ。

スワンは、この異常事態を正そうと大あわてで駆け寄ってきた。まるでそのせいでどこかが痛むかのようだった。あまりうろたえていて、危うく転んでガラスの陳列棚に突っ込みそうになったぐらいだ。ネルも父も涙が出るほど大笑いしたが、彼女は二度とこんないたずらを仕掛けることはなかった。同じいたずらでも、血を見ないいたずらのほうがずっと愉快だ。

「アメリカ植民地時代初期および独立戦争後の地図というのは……」ケイブ警部補は口ごもった。「えーと、その、異論の多い分野なんですか」

こんな状況にもかかわらず、ネルは吹き出しそうになった。

「失礼」スワンは言った。「わたしはその……ついわれを忘れてしまうことがあって」

「いえいえ、関連のありそうなことならなんでもおっしゃってください」

ネルはケイブ警部補にまた目をやり、だしぬけにはたと気づいた。頭にかかっていたショックの霧が、冷たい刃に切り裂かれたようだ。

（まさか）

この場に呼ばれたのはそのためだったのだろうか。警察は父の死に不審な点があると思っているのか。想像もつかない。ここは学問の世界なのだ、勘弁してほしい。敵がいたとしても、反論を書いたり論文を発表して攻撃するだけだ。殺すなんて、そんなばかな。

「事件だと思ってらっしゃるんですか」彼女は尋ねた。

スワンが息を呑む。「つまり、だから事情聴取がされていると？」

「それに部屋が荒らされてるし」彼女は言った。

「ドクター・ヤングは、ふだんはもっときちんとしておられるんですか」ケイブ警部補が尋ねた。書類の山のひとつひとつに、今度はもっと注意深く視線を向けている。

「ええ」とネルが言い、同時にスワンは「いや、そうでも」と応じた。

「どっちです？」とケイブ警部補。

スワンはため息をついた。「ネル、気を悪くしないでな。きみの意見を否定するつもりはないんだ。きみがここにいたころは、たしかにずっときちんとしていたし」とネルに向かって言ってから、今度はケイブ警部補に目を向けた。「しかし、この数年間はだんだん乱雑になってきてました。最近は寝る間も惜しんで仕事に取り組んでいて」またネルに向きなおって、「大きなプロジェクトに取りかかると、彼がどんなふうになるか憶えてるよね。いつも心ここにあらずで、秘密主義で、取り憑かれたみたいになって」

「まわりが見えなくなるのよね」ネルは吐き捨てるように言った。少なくともそこは昔からずっとそうだった。たとえ整理整頓の癖はなくなったとしても。

「事件性があると思っているわけではないんです」ケイブ警部補が言った。口調が明らかに柔らかくなっている。「それほど若いかたではないし、この部屋の惨状もご自身でなさったことだとすれば、ほかに疑わしい点はまったくありません。守衛が言うには、昨夜は明らかにおひとりだったようですし。この建物に残っていた従業員はドクター・ヤングだけだったそうです。ほかはみな退勤していて、正面玄関は施錠されていましたしね。ただ警察としては、たとえ形式的にでもあらゆる可能性を潰しておかなくてはならないんですよ。仕事なんで」

「ドクター・ヤングははっきりものを言う人でした」スワンが如才なく言った。「とても研究熱心でしたからね、議論になることもありましたよ。ほかの研究者だけでなく、理事会ともやりあってました。でもそういう議論は学問的なものです。文献についての学説や分析とか、紙の種類やインクの成分、さまざまな海洋の塩分濃度に関する議論とか。この分野では評判がひじょうに重要なのはたしかですが、そのことで実際に人を手にかける者がいるとはとても思えない」

それはネルも同意見だった。父のせいでキャリアを潰されたことを考慮してもだ。父を殺す理由のある者など、彼女以外にいるとは思えない。それに父は昨夜まで、地図部の区画を歩きまわり、文書庫をあさっていたのだ。とても信じられない。しかし、いくら最近では乱雑になってきたとスワンに聞かされても、父のオフィスや所持品がこんなふうになっているのを見ると……

「なにか?」

「いえ、ただ……」ネルはため息をついた。父とのあいだに溝があったのは確かだし、互いに傷つけあってきたのも確かだが、それでも涙がこぼれそうになる。

彼女は鼻梁をつまんで涙が落ちるのを防ごうとした。

「ちょっと時間をもらえませんか」スワンが言い、ケイブ警部補も察して、パートナーの状況を確認してからまた戻ってくると応じた。

「ネル、大丈夫?」警部補が出ていくとスワンは尋ねた。

「ええ」と答えたものの、自信はなかった。スワンは少し近づいてきて、その細い身体で彼女の視界を遮り、多少なりとプライバシーを与えようとした。

「ごめんなさい、スワン」彼女はうつむいて言った。「こんなに長いこと連絡もしないままで。最初のころ、あんなに力になろうとしてくれたのに」ネルは片手をあげてスワンの反論を封じた。「みんな知ってるの。あちこちに電話してくれたり、小さな部署で採用面接するように働きかけてくれたり、以前の同僚に頼み込んでくれたり――」

「なにを言うんだ。もっと力になれればよかったんだが」

「だれよりもずっと手を尽くしてくれたわ」ため息をつく。「最初ははらわたが煮えくり返ってたから、だれとも口をききたくなかったの。でもあとからは、苦しい立場に追い込みたくなくて。わたしと父のどっちかを選ばなくちゃいけないみたいな」

「そんな、選ぶなんて」スワンは言った。「わたしはきみもお父さんもどっちも好きなのに」

「でも、父が選べって迫ってたと思うわ。そうでしょう」

　スワンが重いため息をついた。彼女の言うとおりなのはスワンにもわかっているはず。とはいえ、それで彼女の負い目が少しでも軽くなるわけではない。ドクター・ヤングをはじめとする図書館の面々といっしょくたにして、長年スワンを避けつづけてきたのだから。

「過ぎたことだ」彼は言った。「いまきみはここにいる。重要なのはそこだよ」

　のどに込みあげてくるものを呑み込んで、彼女はうなずいた。

「ティッシュを取ってこよう」彼はネルの肩をぽんと叩いた。「すぐ戻ってくるからね」

　ネルは感謝の笑みを浮かべた。「ありがとう」

　書類が乱雑に広げられた父のデスクの縁に寄りかかっていると、周囲では図書館の裏方が静かにエンジンをかけはじめていた。ようやく研究者たちがそれぞれの個室で仕事にかかり、パソコンのスイッチを入れ、郵便物をより分けている。職員専用ドアの外では利用者が書庫を閲覧し、読書テーブルの席を選び、ランプのスイッチを入れ、ノートを取り出したりページをめくったりしている。子供たちが通路を走り抜け、ロビーをこっそり歩きまわる。外ではタクシーが停車して乗客を降ろしている。ネルはそういう外の世界のことを考えようとした。この室内のことではなく。

　そうこうするうちに、自分の手が載っているデスクのすみに、隠しロックがあるのに気がついた。

　なんとも大仰（おおぎょう）なことに、父はずっと以前にこのデスクに隠しポケットを作らせていた。それを知っているのは父と彼女、そしてスワンも知っているかもしれない。なにかと物騒だから、いま研究しているうちでとくに貴重な地図をそこにしまっておくのだと父は言っていた——ニューヨーク公共図書館は、設立されてから一度も盗難にあったことはないのに。しかしネルがまだ幼く、父もそれほどよそよそしくなかったころには、彼女宛ての短いメモがそこに隠してあったりしたし、彼女もまた返事代わりに、模写したり自分で描いたりした子供っぽい地図をそこに入れたこともあった。

　人さし指を少し押し込むだけでいい。ごくかすかな鈍い音がして、ポケットの蓋が開いたのがわかる。

　そろそろと、手だけを動かしてなかを探った。

入っていたのはひとつだけ――薄い、革張りのなにか。本ではない。革製の書類ばさみだ。重要な書類や地図を持ち歩くのに使うやつ。指をもう少し差し入れて探ると、その手触りに憶えがあった。

あの革の書類ばさみだ、間違いない。てっぺん近くに三つの文字が型押しされていて、たぶんまだ多少は金箔の名残を宿しているだろう――ＴＪＹと。

タマラ・ジャスパー＝ヤングの頭文字だ。

もともとは母のものだった。母が亡くなったあと、ネルの父が母を偲ぶよすがとして使いはじめたのだ。これまた父が約束していたものだった――母の唯一の形見であるこの書類ばさみも、父からの愛情の証にいつか彼女に譲られるはずだったのだ。

子供のころのネルには、それはほとんど魔法の書類ばさみだった。出勤するときや夕方帰宅するとき、父がそれをブリーフケースに出し入れするのを目にして、どんな美しい地図が入っているのだろうと想像をめぐらしたものだ。父はほかにも地図を持ち帰ることはあったが、そういう地図は透明なプラスティックのスリーブやボール紙のフォルダーに入っていた。革の書類ばさみに入れられるのは、特別貴重で珍しい地図だけだったのだ。だから、書類ばさみがちらとでも見えたときには、なかを見せてほしいといつもねだっていた。特別なものが入っていると知っていたから。もう思い出せないが、幼いころにどれぐらい貴重な地図を目にしていたことだろうか。朝食をとりながら、あるいは夜の入浴前に毎日見ていた地図は、大人であれば何年間も研究して初めて見せてもらえる類のものだったはずだ。父との会話がなくなってだいぶ経ってから、この書類ばさみのことをときどき思い出しては、いま父はどんな地図を入れているのだろうかと考えたものだ。

それがいまここにある。散らかりほうだいのデスクに隠されて。

ケイブ警部補はまだパートナーとともにドアのそばにいて、廊下の他の従業員に指示を出していた。そしてスワンは書棚に歩いていって、ネルのためにていねいにティッシュを抜き取っている。

そのせつな、こちらを見ている者はだれもいなかった。

それがどれほど重大な過ちか、それでどれほどの災いに巻き込まれることになるか考えもせずに、ネルは書類ばさみを隠しポケットからするりと取り出し、すでにぱんぱんのトートバッグに押し込んだ。なにごともなかったようにデスクの天板に手を戻す。

「大丈夫？」スワンがふり返って尋ねた。
「ええ、これ以上はないくらい」彼女は答えた。

III

ネルはきしむ古い階段をどたどたと五階までのぼり、自分のアパートメントにもぐり込んだ。もう夜の十時をまわっている。昼食も夕食もとりそこねて胃袋が鳴っていたが、かまってはいられない。ドアを蹴って閉じ、鍵をまわすと、荷物を抱えたままキッチンのテーブルの前にへたり込んだ。

今日はあれから拷問もいいところだった。何時間もケイブ警部補の際限のない質問に答え、スワンの慰めの言葉に応じつづけ、その間ずっとバッグをあけられず、予備のグラノーラバーやスマホはもちろん、リップクリームすら取り出すことができなかった。バッグの中身に注意を惹いてしまいそうでこわかったのだ。ようやく警部補から解放されても、今度は〈クラシック〉社に戻らなくてはならず、そうしたらハンフリーに今週はもう来なくていい、忌引休暇だと言われた。そんな必要はないと反論したが、家族は家族だと彼は言って、大丈夫だといくら言っても信じようとしなかった。ハンフリーは大家族の出で、ロングアイランドの古い家で何世代もの親族にもみくちゃにされて育ったのだ。

わが家に向かう地下鉄のなかでも、書類ばさみを取り出す勇気は出なかった。まだ早い。デスクからトートバッグに移したとき、その感触と重さからなにが入っているかわかっていた——とくに薄くも厚くもない折りたたんだ一枚の紙。つまり地図だ。

人も知るヤングの書類ばさみなのだ、それ以外にはありえない。

ネルは恥ずかしさに頰を赤くしながら、ついにトートバッグをあけてなかに手を入れた。父のデスクから、ほんとうに取ってきてしまったなんて信じられない。こんなに恥知らずなことをしたのは初めてだ。それに、ひょっとしたら軽犯罪にあたるかもしれない。なにが入っているにしても、それはたぶん図書館の所有物だろう。

そのあたりのことは考えないように努めつつ、流しの下からきれいなビニール手袋を取り出して手にはめた。あの父のもとで育ち、仕事にかける情熱を身近で見てきただけに、重要な歴史資料があんな混乱のなかに隠してあるのを見過ごしにはできなかった。父はなにを見つけたのだろう。稀少な、かつて知られていなかった歴史的な作品だろうか。それとも大富豪を説得して、値のつけようもない作品を寄贈してもらったのか。なんであれ、あっと驚く掘り出し物にちがいない。たとえ今日を最初からやりなおせたとしても、彼女はやはりこの書類ばさみを盗み出してなかを見ずにはいられなかっただろう。

そしていままさに、その中身を見ようとしているのだ。

息を殺して、ネルは革のふたをあけた。

目を見開く。

数秒たって、ようやく「えっ?」と声が出た。

古いものか、驚くほど稀少なものだろうと想像していた。きっと物議を醸しそうなものにちがいない。論議の的になっている航路図とか、橋ができる前の古いブルックリンの都市計画地図とか。ともかくこの革製の書類ばさみに入れる価値のあるもののはずだ。

なぜこんなものが。

確かに地図にはちがいない。しかし、これに入れる種類の地図とはとうてい思えない。

「これは、あ……あの……」舌がもつれた。「あのガソリンスタンドの幹線道路地図じゃないの」

いったいなぜ父は、大切な書類ばさみに安物の古い折りたたみの道路地図など入れていたのだろう。

　そしてなにより、なぜあの安物の古い折りたたみの道路地図なのか。七年以上前に、この地図のせいでネルは解雇されたのだ。

「あのジャンクボックスの地図が、なぜこの書類ばさみに入ってるの」

　ネルは立ちあがり、グラスになみなみとワインをついで戻ってきた。

（どうしてこれをずっととっていたのだろう）緊張を鎮めようとワインを長々とあおった。（だいたい、これのせいであんなことになったのに）

　地図は無言でただ見返してくるばかりだ。

　最後に見たときからまったく変わっていないようだった。あのとき以上に色あせてもいないし、古ぼけてもいない。あれから一度も開かれていないのではないだろうか。この種の古い道路地図は、どれも表紙の絵はいわゆる典型的なアメリカだ。アメリカ製の自家用車の外で笑顔で手をふる家族、草原に群れるバイソン。都合よく吹く風に波打つ星条旗のこともある。この地図の絵は山小屋かバンガローのようだ――簡素な茶色い木造の建物、緑豊かな谷間にあって、背後にはそれを囲むように川が流れている。時代遅れのありふれた安物だ。

　ニューヨーク公共図書館でもとくべつ尊敬されている学者が、こんな無価値な紙切れでいったいなにを研究するというのか。

　落ち着かなくては。よく考えてみよう。

　これはアメリゴ・ヴェスプッチ（十五～十六世紀のイタリアの探検家。アメリカの名のもとになった）でも、メルカトルでも、プトレマイオスの壁面四分儀でもない。粗悪な紙に印刷して、ダッシュボードの物入れに収まるようにたたんだ小さな八折り地図――それでも地図は地図だ、そういう芸術作品からは遠く隔たってはいるものの。

　彼女の父のすることだ。きっと理由があったはず。

　突き止められないはずはない。この手のことを調べる手法は確立されているし、彼女は子供のころからそのための訓練を受けてきたのだ。

　ネルはワイングラスを置き、ビニール手袋をはめなおし、また地図を手に取った。

〈ゼネラル地図製作株式会社〉。一九三〇年版。ニューヨーク州道&幹線道路地図。

　ためらいながらも慎重に開いていった。

広大なニューヨーク州が、淡い緑と黄色に彩られて

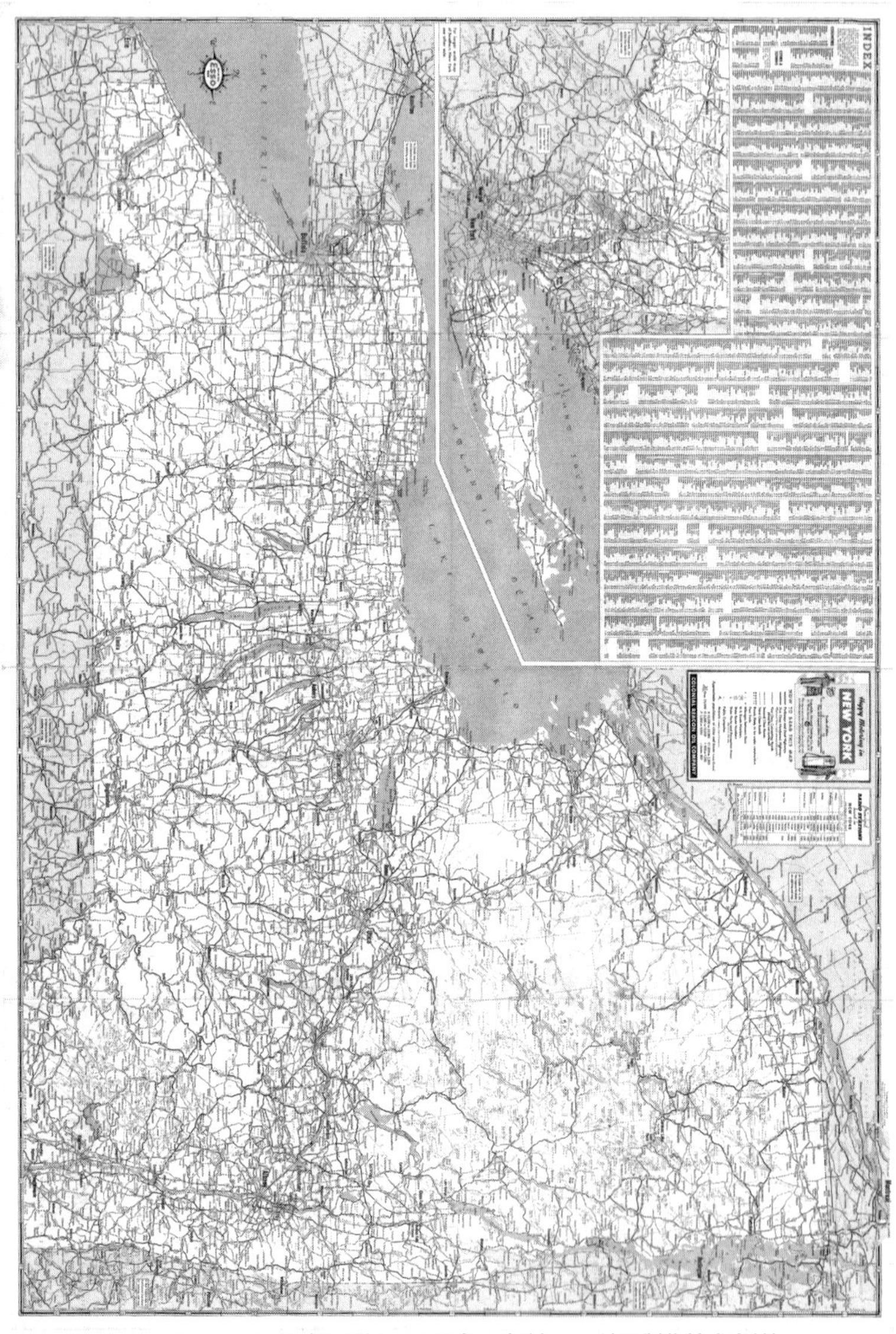

ニューヨーク市と周辺、1930年：〈ゼネラル地図製作株式会社〉、
〈エッソ・スタンダード石油〉の依頼による

キッチンテーブルに広がる。その光景に、記憶が一度によみがえってきた。

　七年前のあの日、滑り出しは申しぶんなかった。「ジャンクボックス事件」の日の朝、ネルはスワンといっしょに朝食をとりに行き、インターンを終えたあと職をもらえる可能性があるか尋ねてみた。スワンとしてははっきり答えるわけにはいかなかったが、その派手なにやにや笑いを見て、これは間違いないとネルは確信した。初級研究者として、彼女はニューヨーク公共図書館に正式に雇用されるのだ。

　それは彼女の夢だった。それが実現するのだ。欲しいものがすべて手の届くところにある。ついに手に入るのだ。

　興奮のあまり帰宅する気になれず、ネルは午後の勤務時間が始まる前に裏口でカードキーを使い、階段を降りて地下の書庫に入った。スワンはもう納得してくれているが、ここでさらに手柄を立てていけない理由があろうか。仕事を完璧にこなすだけでなく、図書館のコレクションにひとつ標本を付け加えることができたらどうだろう。

　明かりが弱々しくちらつく。手すりの蜘蛛(くも)の巣を払いのけ、足を踏み外さないよう気をつけて降りていった。真っ白な大理石の上階は、蒼天(そうてん)を描いた天井の下で豪華なオーク材の書棚がそびえ、金色のシャンデリアがきらめく世界だが、この未整理資料を収めた書庫はそれとは別世界だった。ここに来るといつも中世の地下牢(ダンジョン)を思い出す。たんに暗いからというだけではない。

　ここには一生かかっても調べきれない地図が保管され、ひんやりした静寂のうちに朽ちていこうとしている。いや、一生どころか。この忘れられた地下にこっそり降りてくるたびに、なにが見つかるかと想像するだけで興奮で鳥肌が立つ。

　ニューヨーク公共図書館はその創設以来、政府からの資金だけでなく、後援者の気前のいい寄付によっても支えられてきた。アメリカじゅう、そしてのちには世界じゅうから、人に尊敬される不滅の活動に自分の足跡を残そうと、裕福な家族がしばしばニューヨーク公共図書館に書物や地図を寄贈してきた。そしてそれが、寄贈者の名を冠した公共のコレクションになったわけだ。図書館の最も貴重な所蔵品の一部はこのようにして取得されたもので、その事情は今日も変わらない。あまりに稀少で、二度と市場には出てこないような地図もある――一枚きり、あるいはほんの数枚だけ描かれ、何世紀も前に購入されて、将軍や王侯貴族、軍閥の長や大物実業家の私室に保管されてきた歴史的な作品だ。

寄贈希望者から箱を受け取ってすぐに開封しないなどありえないと思うところだが、長年輝かしい名声をほしいままにしてきて、ニューヨーク公共図書館ではまさにそのようなことが起こりはじめていた。地図を展示する前には本物かどうか確認しなければならないが、それには何週間も(何か月とは言わないまでも)かかる。ときには、それだけで図書館がひとつできそうな規模の寄贈品が届くこともある。時間がまったく足りていない。かくして未整理資料の地下書庫の誕生となるわけだ。一時しのぎのはずが、時が経つにつれて寄贈品がたまっていき、いよいよ追いつかなくなってくる。図書館の業務をこなすかたわら、すでに何千何万とたまっている箱の中身を調べるには、図書館員の数が圧倒的に不足している。箱はそれぞれ目録に記載されただけで、「ご寄贈の資料はすぐに調査いたします」という調子のいい空約束のもとでしまい込まれるというわけである。

しかし、ついにそれが空約束でなくなる時が来たのだ。ネルは八十個の箱をあけ、午後になるまでに少なくとも肺一杯ぶんの埃(ほこり)を吸い込んでいた。これまでのところがっかり続きだったが、彼女は骨の髄までヤング家の人間――よくも悪くも頑固一徹だ。掘り出し物が見つかるまであきらめるつもりはなかった。

しまいに、奥のほうで面白そうな箱に出くわした。もっと時期の古いいくつかの箱の下になっていたうえに、寄贈する前に書かれたものか、側面には油性マジックで「不用品(ジャンク)」とあったが、中身はまったくジャンクではなかった。

もろくなったテープを剝がしてなかをのぞき込む。湿気から守るために、なかのものはポリエチレンのスリーブに入れられていた。これを梱包(こんぽう)した人は多少はものを知っていたわけだ。胸がどきどきしてきた。これが彼女の大発見になるのか。長年地下に埋もれていた干し草の山から針を見つけ出して、一人前の研究者どころか、いっぱしの専門家にたちまち成りあがれたりして。

その瞬間思わずはっと息を吞んだが、部屋の隅からかすかなこだまが戻ってきたのに驚き、恥ずかしくなってまた「やだ」と小さく声をあげた。「信じられない……」

手のなかに小さな宝の山がある。美麗な一七〇〇年代ニューヨーク市のフランクリン、同じくニューヨーク市の初期の埠頭と港のカリステリ、同じものを描いたオランダのヴィッセルふうの下絵――そして、例の一九三〇年のガソリンスタンドの幹線道路地図。彼女がのちに父の書類ばさみ中でまた見つけることになるあれだ。

驚きに声をなくして、ネルはこの大発見を見つめた。博士論文のテーマは古代の地図制作だったから、この三つの資料にどれぐらい価値があるのか（ついでに言えば、ガソリンスタンドの幹線道路地図がなぜそのなかに紛れ込んだのか）正確なことはわからない。しかし、フランクリンとカリステリはあまりに有名な地図制作者だから、さすがにひと目でそれとわかった。この箱はまぎれもなく金鉱だ。

父もきっと喜んでくれるだろう。

ひょっとしたら、父の鉄壁の鎧にひびを入れる最初の一歩になるかもしれない。彼女は以前からずっと夢見ていたのだ、いつか親子そろってふたりの高名なドクター・ヤングになれる日を。共同で仕事をし、世界で最も名高い研究機関のひとつで、世界で最も貴重な地図の研究や修復に取り組むのだと。

考える間もなく階段をのぼり、地図部に向かって駆け出していた。みな昼食から戻ってくるところで、途中で出会った上級研究者数名にこの大発見を見せることができた。スワンは興奮のあまりハグしてくれた。父のオフィスにはたどり着けないかと思った――興味を惹かれた人々が声をかけてきて、そのたびにそのオフィスに寄って見せなくてはならなかったのだ。それでもついに父のオフィスの来客用の椅子にどさりと腰を下ろして、父の帰りをそわそわと待った。どれだけ褒めそやされるだろう。父がどれほど驚くか（ひょっとしたら自慢に思ってくれるかも）想像すると、興奮を抑えることができなかった。

ついに、目的ありげに近づいてくる父の重い足音がした。ドアがあくのももどかしく、ネルは父に飛びついた。

「お父さん！」と叫ぶように言う。「地下室でこの箱を見つけたの。完璧な保存状態なの、十八世紀の稀少なアメリカ地図のコレクションに入れられるわ。ねえ、見て！」

彼女はこの大発見についてノンストップでまくしたて、気の早いことに出所を推測したり、図書館のコレクションにどう組み入れるか、寄贈者をどうやって見つけてしかるべき栄誉を与えるか、自分なりのアイディアを披露したりした。

「それで、このガソリンスタンドの幹線道路地図なんだけど」と、そちらも持ちあげてみせ、もっと突っ込んで調べさせてほしいと頼んだ。その他の三点にくらべたら無価値なのは明らかだが、ひょっとしたらもっと貴重な地図にいたる道筋を示しているのかもしれない。地図研究者にとってはまさに大冒険になるだろう。

しかし驚いたことに、父はまったく予想外の反応を示した。

「なぜ、未整理資料の書庫なんかでむだに時間をつぶしていたんだ」と尋ねる。

インターンとしてネルはかなり時間に余裕があることを説明し、さぼっていたのではなく、むしろ自由時間を使って仕事をしていたのだと釈明した。父は納得したようには見えなかった。箱を手に取り、地図にざっと目を通した――が、馬鹿にしたようにまとめて箱にまた放り込んだ。

「ネル。これは本物じゃない」

ネルは稲妻に打たれたようだった。

「全部偽物だ」

「どうして――」

父は箱をわずかに傾け、側面に走り書きされた「ジャンク」の文字を目にすると、それで自分の言葉が裏書きされたかのようににやりとした。

「だって、箱はただ再利用しただけかもしれないでしょう。わざわざジャンクをニューヨーク公共図書館に寄贈する人なんかいるわけないじゃない」ネルはかっとなって言ったが、父は首を横にふるばかりだ。それがますます彼女の怒りをあおった。

「理由はいくらでもある。名声だの金だの。スキャンダルで注目を浴びたいとか」

「でも、これは――」

「もうたくさんだ」その言葉の冷たさにネルはぎょっとした。「安っぽい模造品だ、それ以上でも以下でもない。時間を割く価値はない」

彼女は啞然（あぜん）として言葉を失った。父の専門知識と右に出る者のない眼力（がんりき）は有名だが、それにしてもだ。ろくに見もしないで彼女の発見を鼻であしらうとは信じられない。

この大発見を部の半数のメンバーにまだ見せていなかったら、ただ父のオフィスを飛び出し、トイレで涙にくれて、その後は二度とこの話を持ち出さなかったかもしれない。しかし今回は、父の判定を黙って受け入れるわけにはいかなかった。これほど屈辱的なことはない。おめおめとみんなの前に戻って――スワンの前にはとくにだ、ニューヨーク公共図書館での正式なポストを約束されたも同然なのに、そのあとでこんな――ただのインターンが仕事もわかっていないくせに先走っただけだったと認めるなんて。わたしは自分の仕事はわかっている！　あの地図は間違いなく本物だ。これにはプロフェッショナルとしての評判がかかっているのだ。父はほかのみんなを平然と踏み潰してきたが、わたしはそんな仕打ちを受けて黙っているつもりはない。

かくして、かつてない最悪の口論が始まった。そしてその後に起こったことは……

プロジェクトや研究予算の取り分で意見が通らないと、ドクター・ヤングが短気を起こすのはよく知られていたが、ネルはその日まで父の怒りをまともに浴びたことがなかった。ふたりの言いあいは怒鳴りあいにまでなったが、ネルは引き下がろうとしなかった。しまいにはなにを怒鳴りあっているのかすらわからなくなってきた。

しかし、その次になにがあったか忘れることはないだろう。

そのころには大勢の人々が集まってきていた。事態を収拾しようと、スワンをはじめ数名の研究者がオフィスに詰めかけてきた――ところへ、さらにもうひとりやって来た。

ニューヨーク公共図書館理事長こと、鋼鉄の意志と威厳を備えたアイリーン・ペレス・モンティーリャそのひとが駆け込んできて、メインホールの利用者にまで声が聞こえると叱りつけたのだ。すると父は床の箱をひったくるように取りあげて、ネルの即時解雇を要求した。その要求が通らないなら、彼――この地図部で最も声望高い学者、高名にしてかけがえのないドクター・ヤング――が辞職するというのだ。

ネルは抗弁し、懇願した。

ついにはみんなの前で泣いてしまった。

そして一時間後には五番街の角に立っていた。べつの段ボール箱――彼女のデスクにあった私物をそっくり入れた――を抱えて。

ネルは頭を強くふって物思いを一掃し、もう見なくてもすむように地図をまたたたんだ。

ほかの地図がどうなったのかはわからないが、あの箱に入っていたもののうち、書類ばさみに入っていたのはこの地図だけだった。父はこれだけを、あの日からずっと手もとに置いていたのだ。

いったいなぜだろう。あの「ジャンクボックス事件」の地図にはなんの価値もないと言い張り、その結果娘の人生を台無しにしておきながら、その地図のなかでも明らかに最も無価値な一枚だけを、七年以上もこっそりとっておくなんて。

心中に渦巻く感情から気を紛らしたくて、なにかないかと周囲を見まわすと、テーブルの向こうのノートパソコンに目が留まった。傷だらけのケースに入っている。

ニューヨーク公共図書館の定めに従えば、コレクションに資料を新しく追加したときは、調査がすんだら次には研究施設共同の巨大データベースに登録しなくてはならないはずだ。

(でも、これは……?)

地図は無言のまま、なにも答えようとしない。

ネルはため息をついた。

彼女は落胆していた。父が最後の所有物として書類ばさみに入れていたのが、こんな圧倒的につまらない地図だったとは。そして、わけがわからず困惑してもいた。まったく無価値だと知りながら、何年間もなぜ手もとに置いていたのだろう。それにそう、父の突然の死に多少は動揺していた。いまも父に対する怒りが収まらず、どう悲しんでいいのかわからないとしても。しかしだいたいのところは、ただ疲れてむしゃくしゃしているだけだった。

(どうするか見てるといいわ。いい気味よ)

ドクター・ダニエル・ヤングによるデータベースへの最後のエントリー。それがこのくだらない地図になるのだ。この地図を登録するのは、きっといい別れの儀式になるだろう。父に対する多少のしっぺ返しにもなるだろうが、それもそう悪くない。

これですべてが水に流せるとはとうてい思えないが、多少は胸のつかえも下りる。少なくともちょっとは愉快だ。

椅子をテーブルに引き寄せ、スクリーンを開いてパソコンを立ちあげた。とんでもなく古いパソコンで、例のプログラムがまだインストールされたままなのはわかっている——もう何年も使っていなかったが。データベースがロードされるのを待ちながら、また地図を手に取り、ぼんやりと裏返したり元に戻したりしていると、ふとなにかが目に留まった。裏表紙の下の隅近くになにか描いてある。

　小さな手描きのシンボルだ――円で囲んだシンプルな八方位（はちほうい）羅針図（コンパスローズ）で、中央にCの文字が入っている。

　この小さなマークのことを忘れていた。あの日、図書館でみんなに「ジャンクボックス」の中身を得意になって見せびらかしていたときに気がついて、父が認めてくれたらくわしく調べようと思っていたのだった。

　しかし言うまでもなく、そういうことにはならなかった。

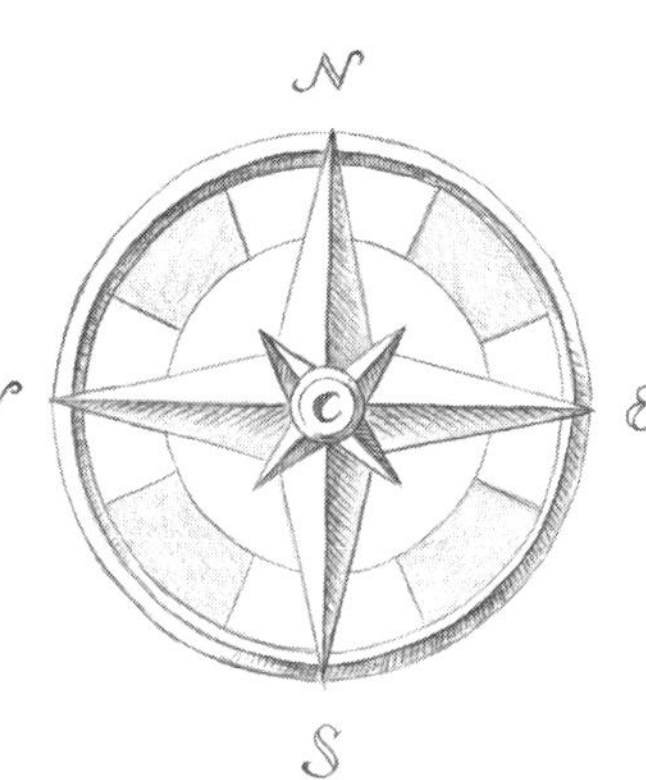

　その後はもう、こんなマークなどどうでもよかった。彼女は解雇された――人生は台無しになり、地図もどこかへ行ってしまった。また未整理の文書庫に戻されたか、廃棄処分にでもまわされたかもしれない。いずれにしてももう関わりたくなかった。

　それがいま、興味も新たにその小さなマークをしげしげと眺めている。

　かつての所有者がなんの気なしにした落書きか、それともじつは重要なものだったのだろうか。どんな意味があったのだろう。

　そのとき、やっとプログラムが立ちあがって陽気な音を立て、ネルはスクリーンに目を戻した。

　研究施設共同データベースは巨大だ。一九八〇年代、インターネットがまだ科学者や学術機関の領域だったころから広く利用されていて、そこでのみ発展していった。書籍、時代の遺物、地図、写本、彫像、道具、絵画――ほぼあらゆる国の博物館や美術館、図書館、大学が所蔵していたありとあらゆるもの――が登録されている。その資料がほかの場所にいくつ現存しているか、だれが所有していて、どんな状態にあるか、ネルはそういうことを調べるのが好きだった。これを作るのに、どれだけの労力がつぎ込まれたのか想像もつかない。このデータベースに登録されていない資料には、今日までお目にかかったことがない。少なくとも基本的なデータぐらいは登録されているものだ。

　ネルは「既存データの検索」を選択し、父の奇妙な地図から得られるかぎりの情報を入力した。しばらくすると、画面に数行の情報が吐き戻されてきた。同様のエントリーは合計で二百十二件あった。この種の資料としてはだいたい平均的な数字だ。簡単に入手可能ではあるが、と同時にほとんど価値がない。最初のエントリーをクリックしてみた。

データ番号：G770892557435

名称：エッソ一九三〇年版ニューヨーク州幹線道路地図

発行年：一九三〇年

内容：大量生産の折りたたみ地図、ニューヨーク州の主要幹線道路を示したもの。地図製作会社〈ゼネラル地図製作株式会社〉が、同地域の主要なガソリンスタンドの売店で販売する目的で製作した。

添付ファイル：［表紙.jpg］［表紙2.jpg］［凡例］

登録日：一九八七年七月二十四日

登録地：米ニューヨーク州ロチェスター、ロチェスター郡立図書館アメリカ文化資料館

現状：紛失

「やれやれ」最後の一行を読んでネルは思わず漏らした。つまらない迷信ではあるが、紛失した資料のデータをコピーするのは気が進まなかった。しかしそろそろ真夜中だったし、彼女はくたびれきっていた。こんな価値のない資料を登録するのに、三十分かけて一からデータを手入力するのは時間の無駄だ。

　画像をチェックし、同じ地図なのを確認してうなずいた。「複製」をクリックして新しいエントリーを作成し、スマホで手もとの地図の表紙と凡例をさっと撮影する。それから父の地図と合致するようにデータを一部書き換えた。登録地にはニューヨーク公共図書館と入力した。この地図は明日スワンに返せばいい。

データ番号：［未定］

名称：エッソ一九三〇年版ニューヨーク州幹線道路地図

発行年：一九三〇年

内容：大量生産の折りたたみ地図、ニューヨーク州の主要幹線道路を示したもの。地図製作会社

〈ゼネラル地図製作株式会社〉が、同地域の主要なガソリンスタンドの売店で販売する目的で製作した。
添付ファイル：[表紙.jpg] [凡例]
登録日：二〇二二年三月十五日
登録地：米ニューヨーク州ニューヨーク市、ニューヨーク公共図書館地図部第一一七室
現状：在架

ネルは長々とため息をつき、トラックパッドに指を置いたところでためらった。

これでいいのだ。父が取り組んでいた最後の資料を入力し、それがいかに無意味かはさておいて、データベースを閉じる。最後の別れの挨拶だ。

なんとなく地図に目を向けた。

胸が締めつけられるようだ。考えまいとしても、六十代の父がデスクに向かっている姿が頭に浮かんでくる。あのさんざんな口論のあと何年も経って、デスクの隠し場所からこの地図を取り出して眺めていたのだろうか。

（なぜ？）自分で自分を孤独に追い込んだことを、自分に思い出させるためだろうか。

なぜと訊きたいことばかりだ。彼女が子供のころ、父はよい父親でなかったかもしれない。しかし少なくとも大人になってからは、師として仕事仲間としてたぶん彼女を自慢に思ってくれていたと思う。子供のころからずっと彼女の尻をたたいて勉強させてきたくせに、それをなぜ一瞬で台無しにしてしまったのだろう。

そしてなぜ、それをあとになって後悔していたのか――すべての元凶であるこのいまいましい紙切れを捨てずにとっておくほどに。

（なぜなの、お父さん）

涙があふれる前に嗚咽（おえつ）を押し殺した。

もうたくさん。

「送信」をクリックすると、画面が点滅し、入力データがデータベースにアップロードされていく。まもなく、登録番号とリンクの記載された確認ボックスがポップアップ表示された。任務完了だ。

「お父さん、いまどこにいるか知らないけど、そこにいい地図があるといいわね」ネルはしまいに言った。「ともかく、これよりはいい地図が」

彼女はプログラムを閉じた。

暗闇のなか、ネルは上掛けを押しのけてベッドに起

きあがった。闇に時計の赤い数字が光り、不気味な時刻を告げている。

　ワインのせいにしようとしたが、そうでないのはわかっていた。あのデータ登録のせいだ。幸先の悪いエントリーをコピーしたから不吉な気がするのだ。ばかばかしい迷信なのはわかっているが、それがどうした。父のためにそこまでやる価値はないとしても、それでよく眠れるのならかまうことはない。

　ネルは疲れた身体をノートパソコンの前に運び、またデータベースを開いて、画面からあふれる光に目を細めつつ同じ検索を実行した。今回は二百十三件がヒットした。彼女がさっき登録したぶんで一件増えている。こちらのデータを借用しようと、今度はリストの二番めのエントリーをクリックした。

データ番号：G770892557332
名称：エッソ一九三〇年版ニューヨーク州幹線道路地図
発行年：一九三〇年
内容：大量生産の折りたたみ地図、ニューヨーク州の主要幹線道路を示したもの。地図製作会社〈ゼネラル地図製作株式会社〉が、同地域の主要なガソリンスタンドの売店で販売する目的で製作した。
添付ファイル：[表紙_凡例.jpg]
登録日：一九八五年五月十三日
登録地：米コネティカット州スタンフォード、スタンフォード郡立図書館
現状：紛失

　しかし、これも紛失となっていた。

　ネルは眉をひそめた。こういう小規模な図書館は、収蔵品の管理もまともにできないのか。どんなにつまらない資料といってもこれはない。次のエントリーをクリックし、すぐに最下行に目をやって「現状」をチェックした。

　破損

　そのエントリーを閉じ、その次のエントリーをクリックする。

　紛失

　これはどういうことだろう。

　盗難

　手早くスクロールして、リストのエントリーを次から次に開いていった。

偶然にちがいない。古くてろくに価値のない地図なのに、どうして盗まれるのか。わざわざ危険を冒して博物館や図書館に侵入し、こんなつまらないものを盗んでいくなんて、だれがそんなことをするというのか——周囲の壁には、もっと価値のある作品が何千何万と展示されているのに。

この最初のいくつかはただの偶然だ、と自分に言い聞かせた。このまま見ていけば、書庫にちゃんとあるという記載が出てきはじめるだろう。うろたえつつ次をクリックした。

盗難

そんなことってある？

破損
盗難
紛失
紛失
盗難
破損
盗難

ネルは椅子に深く座りなおした。わけがわからない。見えない恐怖に鳥肌が立っていた。

二百十二枚の地図がすべて収蔵品から失われている。一枚も残っていない。

その地図を、彼女は公開情報として登録してしまったのだ。

IV

ネルは歩きまわりながら、いらいらと呼び出し音を数えていた。

「スワン、わたし」ボイスメールのピーが鳴るとすぐに言った。「なるべく早く電話がほしいの。お父さんの……」と言いかけて詰まった。最近親者だから、父の所有物はいまではすべて彼女のものだろうが、この地図は父のものではない。図書館のものだ。「お父さんの所持品を調べてるときに、見つけたものがあるんだけど」しまいにそう言った。「そのことで相談に乗ってほしいの。なるべく早く電話ください」

折りたたみの地図が、テーブルからこちらを見返している。むかっとしてネルは椅子に滑り込み、それをまた手に取った。

「いったいぜんたい、どうしてあんたが二百枚以上も紛失したり盗難にあったりするわけ？」つぶやくように言った。

答えは返ってこない。


ネルはびくつきながらノートパソコンに目をやった。どういうことなのかさっぱりわからないが、考えれば考えるほど、昨夜登録したデータをそのままにしておくのはまずいという気がしてしかたがない。データベースからエントリーを最後に削除したのはいつだっただろうか。そんなことを考えるだけで罰当(ばちあ)たりという気がするが、しかしそれを言うなら、こんな奇怪な現象に最後に遭遇したのだって——いや、いっぺんでも遭遇したことがあっただろうか。

キーボードに手を伸ばした。画面が更新され、彼女のエントリーは消えた。

「やれやれ」とため息をつく。とりあえずこれで安心だ、スワンに相談するまではこうしておこう。

（それで思い出した）壁の時計に目をやると6：45AMだった。まだ電話がないのはおかしい。あの人は毎朝五時起きのはず。彼女が生まれる以前からそうだと聞いている。いまごろはニューヨーク公共図書館に向かっているか、すでにデスクについているのではないだろうか。ともかく、ボイスメールはとっくに聞いているはずだ。

しかし、かけなおしてみても呼び出し音がむなしく鳴るばかりで、またボイスメールに送られてしまった。

わけがわからず、しばらく茫然と座っていた。ネルが解雇されてからは話をすることもなかったが、それはみな彼女のせいだった。あれから何年も経っているのに、スワンはあいかわらず毎年バースデーカードを送ってくるし、祝日ごとにちょっとした贈り物を郵送してきて、彼はいまでも彼女のことを忘れていないし、彼女が戻りたいと望むなら、いつでも両手を広げて歓迎するだろうと思い出させてくれる。

かけなおしてきてくれないなんて、まったく彼らしくない――こんなときだからとくに。

目が吸い寄せられるようにテーブルに、地図のある場所に戻る。

やがて彼女は飛びあがり、シャワーに向かった。スワンがかけなおしてこないなら、こっちから出かけていくまでだ。

地下鉄は、通勤通学客とベビーカー、それに大道芸人がぎっしり詰め込まれていた。しかも、呼吸をするのもやっとだというのに、その芸人たちが車内で歌ったり踊ったりしていた。地下鉄が川の下を通過してガタンゴトンとマンハッタン島に入ると、ネルは手前の三十三丁目駅で降りて、最後の半マイルを図書館まで歩いた。スワンになんと言うか、予行演習の時間が必要だったのだ。

風はあいかわらず冷たいが、太陽が出ていてさんさんと輝いている。赤信号のたびに言うべきことを考えようとしたが、信号がまた青になるころには、荒れた父のオフィスのことや奇妙なデータベースのエントリーについて、とりとめのない文言をいくつか思いついているだけだった。地図の出所を追求する価値があるとスワンを説得することなどできそうにない。

しかし角を曲がったとき、歩道のまんなかで足が止まった。

なにかあったのだ。またしても。

通りの向かい、ニューヨーク公共図書館の前にずらっと並んでいたのは、警察の特捜班一個ぶんのパトカーだった。

館内に足を踏み入れると、ロビーは喧騒（けんそう）の渦だった。制服警官と図書館員の海で報道記者たちが押しあいへしあいし、頭上にカメラを掲げている。ネルは人波をかき分けて進みながら、なにが起こっているのかと首をひねっていた。抗議活動か、喧嘩（けんか）か、それとも火事か。父の関係でこんなことがまた起こるはずがない。

図書館内部では、父はたしかに崇め奉られていた。しかしそこから一歩出れば、図書館のどの利用者に訊いても、ここの研究者や学芸員のひとりでも名前を知られているかあやしいものだ。

人を押しのけ押しのけ進むごとに、館内右側の人垣が厚くなっていくようだ。（どうか地図部ではありませんように）と彼女は祈った。（どうか別の部門でありますように）しかし奥へ進めば進むほど、明らかにそちら側の喧騒が高くなっていく。その高まる喧騒を聞きながら、ついに彼女は地図部の入口にたどり着いていた。

そのとき血に気がついた。

タイル床の中央に真っ赤なしみができていて、その横にくたびれた紺色の帽子が落ちていた。正面から見られれば、金の文字で「警備」と書かれているはずだ。

「ヘンリー」やっとそれだけ声が出た。

警察無線のひび割れた音が大きくなったかと思うと、数人の警官がこちらをふり向いた。「失礼ですが……」手近の警官が話しかけてくる。そのとき肩に手が置かれ、彼女はその場から連れ出された。「ネル、でしたよね。ケイブ警部補です。昨日お会いしましたね」

ネルはぼんやりうなずいた。レンズが動いて焦点が合ったかのように、また地図部がゆっくりと視界に入ってきた。父が亡くなったときには警察官はふたりしかいなかったが、いまはニューヨーク市じゅうの警官がこの部屋に集まっているかのようだった。刑事たちは電話で話しているし、科学捜査官はしゃがんで小さなプラスティックのマーカーを置いたり、写真を撮影したりしている。ふり返って見ると、入口の両側には警察の黄色いテープが二重に張られていた。野次馬や報道記者が入り込むのを防いでいるのだが、それでもその前にはおおぜい詰めかけて人だかりになっており、見張っている警官が下がれと怒鳴ったときだけそれがほんの少し後退する。

ケイブ警部補は彼女を読書テーブルの席に座らせた。「ミスター・フォンはお気の毒でした」彼は言った。「医者は手を尽くしたと言ってるんですが」

警部補に手を軽くぽんとやられて、ネルは初めて自分が彼の袖をつかんでいたのに気がついた。「ヘンリーは……」

「残念ですが。救急治療室まではもったんですが、手術中に亡くなりました」

彼女はなにか言おうとしたが、のどが締めつけられて声が出ない。空気すら出そうになかった。

ヘンリーが死んだ。親切で、面白くて、心のやさしいヘンリー。禁止されているのに、彼女が廊下でスキップしても叱らず、とうてい読めそうもないほどたくさんの本を棚から取り出しても、彼が受付にいるときにしょっちゅう邪魔をして、ドクター・ヤングやスワンがどこにいるか尋ねても（いつ訊いても彼は知っていた）、けっして怒らなかったヘンリーが——死んだ。それも彼女の父の死んだ翌日に。

「親しかったんですか」

なんとか声を絞り出し、「はい」とかすれ声で答えた。「わたしが子供のころから、ヘンリーはここに勤めていて……」

そのとき、はたと思いついてぞっとした。

「ヘンリーのほかにも——」

「ドクター・スワンは無事ですよ」警部補は言った。「強盗が入ったときはもうおられなかったので。事件は真夜中ごろと推定していますが、ドクターは昨夜は帰宅されたあとでした」

「ああ、よかった」安堵のあまり気が遠くなるかと思った。

（強盗）

ケイブ警部補が「強盗」と言ったのに気がついた。

状況の重大さに、そしてこの騒動とヘンリーの死の意味するところに、ようやくネルもショックから覚めた。くるりとふり返る。スワンの無事の次に重要な疑問が、頭のなかをぐるぐる駆けめぐっていた。

（なにが盗られたのだろう）

目をあげてギャラリーの壁を見やった。ニューヨーク公共図書館自慢の逸品、アベル・ビューエルによる一七八四年の『最新・正確な北アメリカ合衆国地図』が何年も前からそこにかかっていた。あのとき、図書館の後援者のなかでもとくに気前のいいチャタム家から木箱が届いたとき、まだ九歳だったネルはこの場にいた。父から小遣いをもらうために書類整理をしていたのだ。ビューエルの地図は七部が現存するのみで、そのすべてが美術館に所蔵されているか、何世代にもわたって個人のコレクションとして壁にかけられている。この地図もそうで、数十年前にべつの一家からチャタム家が百万ドルで購入したものだった。税金対策かなにか知らないが、こんな稀少で貴重な作品をなぜ図書館に喜んで貸し出す人がいるのかと、当時のネルは不思議に思ったものだ。盗まれたらどうするのだろう。その不安がいま的中してしまったのだ。

と思ったら、まだ壁にちゃんとかかっていた。

「こんなことってあるかしら」しまいに彼女は言った。

「どういう意味です？」ケイブ警部補が尋ねる。

「ビューエルの地図が」つぶやくように言った。「盗られてないわ」

「そうですね」と言いながら、警部補は彼女をしげしげ眺めている。「そんなに驚くようなことなんですか」

「地図部の所蔵品のなかでは一番価値があるものなんです」彼女は答えた。「ここに侵入するなら、探すのはこれ以外にないと思うんです。たとえべつのものを探していたとしても、これのすぐそばを歩いていながら盗らずにいくなんて……」ケイブ警部補に向き直った。「いったいなにが盗られたんですか」彼女は食いつかんばかりに尋ねた。

　警部補の表情は読めなかったが、彼がついに口を開いたとき、嘘をついていないのだけはわかった。

「なにも盗まれてません」

「えっ？」

「なにひとつ盗られてないんです」

　ネルには理解できなかった。「ということは、その泥棒はニューヨークで最も歴史ある図書館に侵入していながら、なぜか警報が鳴ることもなく、警備のヘンリーを殺して収蔵品を自由にあされる状態だったのに、そのまま……ただ出ていったって言うんですか」

　ケイブ警部補は、自分にも理解できないというように両手を開いてみせた。「わかっているかぎりではそのとおりです。なにかに驚いて逃げたか、あるいは目当ての品がこの図書館にはなかったのかも」

　ネルはぞっと全身の血液が冷えた。

　まさかそんな。

　強盗の狙っていたのが父の地図だったなんて、そんなはずはない。

「なにか知っているんですか」ケイブ警部補が尋ねた。

　ネルははっとしてまばたきした。「とんでもない！正面にたくさんパトカーが駐まってるのを見て、なにがあったのかって驚いたんですから」

　警部補はなだめるようにうなずいた。「べつにあなたを疑っているわけじゃないんですよ。前にも言ったように、警察はなんでもチェックしなくちゃならないんです。まずあなたのお父さんが亡くなり、次にお父さんが亡くなったのと同じ図書館で強盗殺人事件が起こり、と思ったらロビーにあなたが来ていて――」

「わたしは昨日まで、何年もこの図書館には来てませんでした」ネルは言った。「昨日来たのだって、来てくれって警察に言われたからなんですよ。今日また来たのは、スワンが心配だったので、大丈夫か確かめようと思ったんです。そしたらパトカーが来てて、血が……」

「それはほんとうです」とべつの声がして、ネルはふり向いた。するとそこにも警察官の集団ができており、それに交じって女性がひとりこちらを見ていた。スワンやネルの父よりほんのいくつか若いだけだが、ふたりのどちらよりずっと若く見える。あごで切りそろえた銀髪のボブ、黒いブレザーにタイトスカートの完璧なラインで、引退したファッションモデルか、ひょっとしたら暗殺者かと思わせる雰囲気をまとっていた。

　ネルはぽかんとした。何年も経っているが、それでもすぐにだれだかわかった。「ミズ・ペレス・モンティーリャ」なんとか声を絞り出した。ニューヨーク公共図書館全体の理事長だ。

「ネル、アイリーンと呼んで」と言いながら近づいてくる。「わたしが保証します。昨日まで、彼女はもう何年もここに足を踏み入れていませんでした――まことに残念なことですが」

「アイリーン、ありがとうございます」ケイブ警部補がメモ帳にアイリーンの言葉を書き留めている横で、ネルはやっとそれだけ言った。もう何年も経つことだし、アイリーンは自分がネルの不幸の原因だということを忘れているのだろうか――なんといっても、ネルを解雇したのはアイリーンではないか。たとえほかに選択肢がほとんどなかったとしても。

「お父さんのことはほんとうにお気の毒だったわ」そのネルの表情を読んだかのように、アイリーンは言った。「立派な人だった。いろいろあったけれど」

「ええ、いろいろありましたけど」ネルも言った。

「警部が少しお話をうかがいたいと言っています。お時間ありましたら」アイリーンにそう言うと、ケイブ警部補は入口に向かった。詰めかける報道陣を押し返すのに加勢しはじめる。

「また『お話』ね」アイリーンはため息をついた。いつもと変わらず落ち着き払っているが、その鉄壁の仮面の下にかすかなストレスの気配が感じられる。「昨日ドクター・ヤングが亡くなったと思ったら、今度は強盗が入って、おかげでメディアは大騒ぎよ。不運に見舞われるのはいつだってありがたくはないけれど、今回のこれは図書館にとってほんとうに大打撃だわ」

「昨日スワンから聞いたんですけど、補正予算のことで市議会とかなりもめてるそうですね」ネルは言った。

「これまでで最悪の状況だって」

アイリーンはやれやれと首をふった。「そうなのよ。そのうえこんなことになって、あてにしてた予算がさらに削られるんじゃないかと心配だわ」

「そんな！」ネルは声をあげた。「そうしたら図書館はどうなるんですか」

「考えたくもないわ。あきらめる気もないけど」アイリーンは顔をしかめた。「でもあれがなくなったら、この先どうなるか……」

「大丈夫ですよ」ネルは応じた。「ニューヨーク公共図書館は文化施設です。ニューヨーク市の心臓なんですから」

「そのとおりね。でもこの本館も、そのギャラリーも、みんな五番街に面しているし……」

「きっとなんとかなりますよ」ネルは言った。

「わたしもそう思っていたのよ」アイリーンはため息をついた。なにかに取り憑かれたような目をして、

「じつを言うと、あなたのお父さんは亡くなる前、なにか秘密のプロジェクトに取り組んでいらしたと思うの。ずっと予算を要求しつづけてたけど、目的は明かそうとしなかったし、毎月の会議も欠席で通してらした。でもわたしは口出しをしなかったわ。彼があんなふうになるのは、すごいブレークスルーを目前にしているからだって理事の半数が言ってたのよ。今日明日にもその成果が見られるだろうと思っていたわ。大発見のマスコミ報道で知名度が高まって、会員が増えて、特別展にそれを貸し出すことができれば濡れ手に粟だし――そんなふうに評判になって注目されれば、もともと約束していた予算を市議会も承認するしかなくなるでしょう。それがこんなことになるなんて……」とまたため息をつく。「なにをやっていたのか、だれかに話してくださってればよかったんだけど」

ネルはごくりと唾を呑み、たじろぐまいとした。インターンだったころは、プロジェクトの進捗状況を大幅に脚色したり、上級研究者に意見を言ったり、論文作成が遅れている上司の代わりに会議に参加して、叱責を受けずにすむように守ったことすらあった。それがいまでは、アイリーンの目をまともに見ることすらできない。七年前の出来事のせいですっかり自信を失って、地図に関係することになるといまだに震えあがってしまうのだろうか。

「すみません」彼女はしまいに言った。「わたしもなにも知らなくて。ここをやめてから、ほんとうに父とは一度も話していなかったんです」

「あら、違うのよ。あやまるのはわたしのほうだわ」

アイリーンはあわてて応じた。「そんなつもりじゃなかったの。こんなことを言うなんてどうかしていたわ。あなたはお父さんを亡くしたばかりなのに、仕事のことで愚痴をこぼすなんて。ごめんなさいね」

　ネルは笑顔を作ろうとした。頭の奥では、早くも歯車が回りはじめている。秘密のプロジェクト。父の書類ばさみのこと、そのなかにあったもののことを考えた。

　あの地図がどうして秘密のプロジェクトの対象になるのか見当もつかないが、登録された地図が奇妙にも残らず紛失していること、そして今日の盗難事件から考えて、これはどうあっても原因を突き止めなくてはならない。それでほんとうにニューヨーク公共図書館を資金難から救い出すことができたとしたら。理由を解明したのが彼女だったとしたら……

　とそのとき、スワンの姿が目に飛び込んできた。奥のオフィスから出てきたところで、両側から警官にはさまれてまだ質問を受けている。昨日よりさらにやつれていて、いまにも倒れそうに見えた。

「すみません、ちょっと……」自分でも気づかないうちに、彼女はそちらに向かって歩きだしていた。彼を支えようとするかのように両腕を伸ばして。

「いいのよ」アイリーンは言った。「早く行ってあげて」

　紅茶をついだマグは熱くて手が痛いほどだったが、ネルはそれでも取手を持たずに両手で包み込むように持ち、そのヒリヒリと刺すような痛みを手のひらに感じていた。それが心地よかった。いや、心地よくはなかったが、その強烈な感覚のおかげでほかの部分は麻痺したようになにも感じられず、それがありがたかった。

　ふたりはスワンのオフィスで身を寄せあい、この二日で二度めの衝撃から立ち直ろうとあがいていた。デスクの向こうの椅子に座って、スワンは打ちのめされた顔をしている。友人を失ったばかりのところへ、今度はこの殺人事件だ。地図部は彼の仕事であり、情熱であり、わが家であり——生きがいだった。その悲しみの深さは想像するまでもない。ネル自身もそれを感じていたからだ。

「すっかり忘れていたよ、あの隠しポケットのことなんか」これまでに発見したことをネルが洗いざらい話してしまうと、スワンは目をこすりながらやっとそう言った。「その地図をいま持ってる？」

「持ってないわ」彼女は答えた。「持ってくるつもりだったんだけど、保護スリーブがどこかに行っちゃって」地図を持ってきていないのはほんとうだが、その理由のほうは嘘だった。プラスティックのスリーブは、テーブルの地図のすぐ横、書類ばさみのわきに置いてあった。もし持ってくれれば、すぐにスワンに渡すことになるのではないかと心配だったのだ。もう少し手もとに置いておきたかった――とくにいまは。

スワンは椅子に深く座りなおし、こめかみをもんだ。この仕草のことなら、彼女はずっと以前から知っている。言いにくいことを言おうとしているしるしだ。「ほんとうにこれが強盗の目的だったと思う？」彼女は尋ねた。「まるで意味がわからないわ」

ここには、ニューヨーク公共図書館が所有する歴史地図のコレクションがある。何百年もかけて丹念に収集整理研究して作りあげられたものだ。問題の地図よりもはるかに稀少で高価なものがいくらでもある。銀行の金庫に押し入りながら、ダイヤモンドの山には目もくれず、電球を盗んでくるようなものだ。

「そうなんだが、それ以外に納得のいく説明は思いつかない」と、スワンはパソコンを指さした。「ほら」

地図部の全監視カメラのライブ映像が表示されて、画面はさながらチェス盤だった。ネルはスワンの椅子のわきにかがみ、ひとつひとつ調べにかかった。混乱を極める画像を、すべてしらみつぶしに目でチェックしていく。

すべてのガラスケース、すべての展示板。すべての棚が扉を開かれ、すべての引出しが引き出され、すべての額が壁から降ろされて、床にでたらめに放り出されている。

ひとつ残らずだ――ほんとうにすべての地図を調べて、なにも盗らずに出て行っていた。

「助手に目録を三重にチェックさせてるが、いまのところそうとしか思えない。強盗が探していたものはここにはなかったんだ」スワンは言った。「やはり、きみが昨日お父さんのオフィスから持ち出したものが目当てだったにちがいないよ。エントリーが存在していた昨夜数時間のあいだにデータベースを検索したか、あるいは新しいデータが登録されないかキーワードでアラートを設定していたんだろう。きみの登録に気がついてすぐに行動に出たんだ」

とてもまともな話とは思えない。あんな無価値なものに、だれがキーワードなど設定するというのか。しかしそれを言うなら、ほかの二百十二枚にもなにかが起こっているのだ。

　ネルは立ちあがり、うろうろしはじめた。「そうね、わかったわ。そのとおりだとしましょう。でもなぜなの」

　スワンは息を吞んだ。「警察に話さなくては！」

「ちょっと待って」電話をとろうとする彼に、ネルは言った。「警察に言ったら、あの地図は証拠として取りあげられて、もう二度と見られなくなっちゃうわ」

「ネル」スワンが口を開く。

「あれは、お父さんが最後に研究していたものなのよ。あれのせいでわたしの人生は滅茶苦茶になったんだし、お父さんはその後何年もあれをとっておいたの、なぜだかわからないけど。そんなに簡単に手放すことなんかできないわ、なにもわからないままじゃ」

　老いたスワンはためらった。「わかるよ、気持ちはわかる。でもやっぱり……」

「いまだけでいいの」ネルは懇願した。「少しだけ時間が欲しいの、どういうことか調べてみたいのよ。あきらめがついたら、すぐにケイブ警部補に持っていくから。約束するわ」

　スワンは電話をちらと見て、またネルに目を戻し、唇を嚙んだ。

「スワン、お願いよ。さっきアイリーンに出くわしたの。それで、図書館の財政状況のこと知ってるってちょっと言ったら、お父さんは死ぬ直前まで夢中でなにかを調べていたんじゃないかと思うって言ってたわ。ひょっとしたらそれで図書館を救えるかもしれないって。あの地図がそれかもしれない」

「まさか」スワンは声を絞り出すように言った。「まさか、そんなことが——」

「きっとあの地図なのよ」彼女は言いつのった。「それでなにもかも辻褄(つじつま)が合うわ。何年も前のあの大喧嘩も、それから秘密にしてたことも——お父さんは、まだあれを持ってるってスワンにも言ってなかった。それから昨夜の強盗も、それにひょっとしたら……」急にこの説がいままでよりずっと現実味を帯びて見えてきた。「お父さんが自然死でなかったとしたら、どう？」

　スワンが否定しようとしているのはわかったが、彼の表情を見れば、その可能性がないとは言えないと気づいているのも明らかだった。

　それに励まされて、ネルはたたみかけた。「わたしはただ……ボタンのかけ違いを正したいだけなの。これが唯一のチャンスなのよ。少なくとも、お父さんのことが少しは理解できるかもしれない。だってこれまでちっともわかってなかったのは確かだもの。それに、もし図書館の役に立つことができたら……」彼女はためらった。口に出すことさえはばかられるような気がする。「アイリーンも、わたしの以前の評価を見直す気になってくれるかもしれない。それだけの価値があると思わない？」

スワンは眉をひそめたが、その老いた目に希望がひらめくのが見えた。「しかし、たとえその地図がアイリーンの求めるものだったとしても……」と言いかけて口ごもる。「危険だよ、ネル。ひとりでそんな危険なことをしてほしくない」

なんとか説得したくて彼女は身を乗り出した。「でもしかたがないの。これが唯一のチャンスなんだもの」

スワンは自分のしわだらけの手の甲を見おろした。

「地図の目的は？」静かに尋ねる。

ネルはため息をついた。彼女にとってはおなじみの問いだった。資料の細々とした学術的問題にこだわりすぎ、彼女自身の理想に合わせて強引にプロジェクトを軌道修正しようとし、協力するはずだった他の研究者をつい怒らせてしまうと、いつも父にそう尋ねられたものだ。答えは「みなをひとつにまとめること」なのだが、大人になるにつれてだんだん違和感がつのってきた。父が言うにしてはおかしな言葉だ、なにしろ父自身はその教訓をまるきり学べていなかったのだから。そしてしだいに、これはじつは母の口癖だったのではないかと思うようになった。実際に教訓とするためというより、母を思い出すよすがとして、父はこの言葉を口にしていたのかもしれない。

「言いたいことはわかるよ」ネルのうんざりした表情を見てスワンは言った。「しかし正しいことに変わりはないよ、お父さん自身は実践してはいなかったかもしれないけど。ただ軽はずみなことはしないでほしい。あくまで正しい目的のためにやるんだ」ネルの顔をまともに見て言った。「ここがすべてじゃないよ」

ネルはなんとか笑顔を作った。スワンには理解できないだろう。「ええ、すべてじゃないわ」

すべてを超えているのだ。

スワンは長いこと彼女を見つめていた。しまいにため息をついて降参した。「いいだろう。実務の部分にとりかかっておくよ。アイリーンを説得して、きみの過去の評価を棚上げして再雇用にもっていくなら、それができるのはわたしだ。それできみは、これほど年月が経ってから、お父さんがあの地図でいったいなにをしてたのか解明する仕事に取り組んだらいい」

　ネルはデスク越しに手を伸ばし、スワンの手を感謝を込めて握った。「ありがとう、スワン。ほんとにありがとう」

「きみのためならなんでもするよ」彼は言った。「それはそうと、当面安全な場所に保管しとかなくちゃならないね。地図をまたここに持ってきて――」

「だめよ！」彼女は声をあげた。「この図書館は一番危ない場所だもの」

「しかし、これから数週間は警備が倍になるんだよ！」

「倍になったって、ぜんぜん不合格がぎりぎり不合格になるだけよ」ネルは言った。「しかもいま強盗は、なにか変化がないか鵜の目鷹の目で見張ってるでしょう。わたしがここに地図を持ってきた瞬間に、また襲ってくるに決まってる」

「それじゃきみは……自分のアパートメントに置いときたいと言うんだね。安全対策もなにもない、まったく無防備な場所なのに」スワンは不安がっている。

「泥棒が探そうとも思わない場所に置いておきたいの。まさかそんなところにあるとは思わないような」彼女は答えた。

「しかし理屈で考えて、一番持っていそうなのはきみじゃないかな」とスワン。

「『ドクター・ダニエル・ヤング』があの地図をニューヨーク公共図書館のデータベースに入力したが、その彼が亡くなって、きみは彼の娘なんだから……」

「案外完璧な隠れ蓑になるかもしれない」彼女は言った。「お父さんに娘がいたことを知ってるぐらいの人なら、『ジャンクボックス事件』のことを知らないはずないし、あのときからわたしたちがひとことも口をきいてないのも知ってるはずでしょう」

（そしてもう二度と口をきくことはなくなったのだ）

　スワンは眉をひそめた。「一理ある。さしあたってはいい隠し場所かもしれない。しかし、きみがあの地図を持っていることに気づかれたら……」

「だったら、急いで仕事にかからなくちゃね」ネルは言った。

第II部　地図

V

真っ暗でほとんどなにも見えなかったが、それでもネルはカーテンを閉じたままにし、照明もすべて消して、自分が家にいることを隠そうとした。

ドアの鍵を三度も確認してから、地図を広げたコーヒーテーブルに戻った。下の通りから、子供がスケートボードで走り過ぎる音がかすかに聞こえてくる。時計を見ると夜の七時半だった。

スワンと話しあったあと、ネルは心ここにあらずのままニューヨーク公共図書館から外に出て、危うく黒いアウディのセダンにぶつかりそうになった。なぜこんな場所に駐車しているのだろう。そこは、図書館前で乗客を降ろすタクシーが一時停止する場所だった。黄色いタクシーの川のなかで黒い車体がいやでも目立つ。ぴかぴかだったが、ホイールハウス周囲の塗装だけわずかに錆(さ)びている。こんな高級車にしては奇妙な「玉に瑕(きず)」だ。

家に帰る道みち、人とすれ違うときにこちらにみょうに近づいてきたり、みょうに長く立ち止まったりされると、たちまち強烈な恐怖に襲われ、続いて同じくらい強烈な羞恥心(しゅうちしん)に襲われた。危険などない。追われているわけではないし、彼女があの地図を持っているのはだれも知らない。いろいろ偶然が重なったとはいえ、ニューヨーク公共図書館に強盗が入ったのはほんとうにあの地図のせいなのか、厳密に言えばまだわかっていないのだ。あのとき、大騒ぎの渦中にあって、図書館員たちが不安げに寄り集まっているのを見、警察無線の話し声やけたたましい音を聞いていたときには、途方もない危険が差し迫っているような気がした。しかし、爽やかな夕方の空気のなか、歩道の落ち葉を蹴りながらアパートメントに向かっていると、なにもかもずっとあやふやというか、せいぜい状況証拠ぐらいにしか思えなくなってくる。

そのとき、また黒いアウディが目に留まった。ひとつ向こうの通りの一時停止標識の前でアイドリングしている。同じ車かどうかわからない——目を細くして見ると、ホイールハウスが錆びているような気もする——が、それは問題ではなかった。次にわれに返ったときにはアパートメントの暗闇のなかにいて、床板を剝がしてその下に彼女の地図を隠したら、家主から追い出されるだろうかと考えていた。
彼女の地図。早くも自分のものと考えはじめている。
よく見ようとスマートフォンのライトをつけた。古ぼけて色あせた紙のうえを冷たい光が這いまわり、それが道路に生命を与えているかのようだ。細い線が躍り、あっちへ行ったりこっちへ行ったりする。

　強盗に狙われたのがビューエルの地図とか、それに隣接する壁の、植民地時代の歴史遺物の上にかかっているビンガムの初期のブルックリン地図とか、あるいは稀覯書コーナーの地図帳の一冊でもいいが、そういうものだったら不思議には思わなかっただろう。前回、七枚現存するビューエルのうちの貴重な一枚が、個人所有者の死によってクリスティーズのオークションに出品されたさいには、激烈な入札合戦のすえに会場で殴りあいが始まったほどだった。それが二十年前のことだ。ニューヨーク公共図書館にかかっているチャタム家の一枚は、いま市場に出せば二百万ドル近い値がつくだろう。もう少し高いかもしれない。

　さらに、稀少な地図は有名な絵画作品とは異なり、盗まれたら実際に転売される可能性がある。ゴッホの『星月夜』はこの世に一枚しか存在しないが、地図の目的はもともと絵画とは正反対だ。考えてみれば、ある場所の地図を持っている人がひとりしかいなかったら、それがなんの役に立つだろうか。だから、ビューエルのような稀少なうえにも稀少な地図であっても、一枚しか存在しないということはない。したがって、その地図が不正に取得されたこと（あるいはそうでないこと）を証明するのははるかにむずかしいのだ。

　ビューエルを盗んでいっていれば、数年後に奇跡的に八枚めが発見されることになり、強盗たちはいまより数百万ドル裕福になっていたかもしれない。

　だからこそ、どうしてそうしなかったのかまったく理解できないのだ。

　いったいぜんたい、このぺらぺらの安っぽい地図のどこに、わざわざ苦労して盗みに入る価値があったというのだろうか。

　なにがそこまで人を駆り立てるのだろう、それを手に入れるためなら図書館に押し入ることも辞さないとは。

　冷たいものが忍び寄ってきて、ネルは身震いした。

　そして人殺しも辞さない……？

　いきなり玄関から大きな音がして、彼女は飛びあがった。

「ネル？」ドアの向こうから声がする。ちょっと間があって、「ネル、ぼくだ」

　ネルはのぞき穴から確認すると、力まかせにドアをあけた。「どうしてロビーで声をかけてくれなかったの」彼女は叫ぶように言った。まだ動悸がしている。

「入っていく人について行ってたんだ」フィリクスは身構えるように声を高めた。「七時過ぎだぜ。仕事から帰る人の流れが途切れなかったし」

　しばらく見つめあううちに、アドレナリンが薄れていく。

（七年。

　最後に会ってから七年）

　彼女からメッセージを送信するのは七年ぶりどころか、その倍の年月が経っているような気がしたが、こうしているとそんな時間はなかったかのようだ。大学院時代はアフロだった髪を今ふうのカットにして、濃褐色のひたいには薄いしわが見えはじめているが、それをべつにすれば、フィリクス・キンブルは以前と少しも変わっていないようだった。褐色の肌、すらりとした長身で、入口に立つ彼は彼女が憶えているとおりの姿だった。明らかに筋トレは続けているようだが、学生時代のトレーナーとスニーカーは捨てて、あつらえたチャコールのブレザーに、ピカピカになるまで磨いた暖かい茶色のオックスフォードシューズを履いている。

　フィリクスは万事好調そうだ。

　ほんとうに好調そうだ。

　ネルは不意に強烈に意識した——たぶん彼のほうも、同じようにこちらを観察しているにちがいない。この年月に、自分はくたびれてみすぼらしくなっているのではないだろうか。のびきったカーディガンを、身を守る盾のようにきつくかき寄せたいという衝動を無理に抑えつける。

　徐々にフィリクスの視線が彼女の両手へ降りていき、それでネルははっとした。前の晩に半分飲んでコルクを不器用に押し込んだままのワインボトルを両手に握っていたのだ。

「もうずいぶんやってるね」フィリクスはそう言うと、彼女の横を通り抜けて部屋に入っていった。

　ネルはそれには答えず、彼のあとについて部屋に戻った。ノックの音に驚いてボトルをつかんだのは、それが手近にあって一番武器に近いものだったからだ。しかしそれは言いたくなかった。彼がキッチンの電気をつけると、急に明るくなって彼女はたじろいだ。そんな彼女にフィリクスが変な顔をする。

〈やめておけばよかった〉と思ったが、もう手遅れだ。自分がほんとうに彼にメッセージを送ったというのがいまだに信じられない――いくらスワンのためでも。

〈ネルです。久しぶりなのはわかっているけど〉――五十回ほども書いては削除して、しまいにこれだけ送った。

〈ドクター・ヤングが亡くなりました〉

続けて、

〈スワンに協力してほしいと頼まれたの。図々しいのはわかっているけど、あなたの専門だから。最後にもう一度だけお願い〉

彼がいまも同じ番号を使っているかどうかすらわからない。それでも長い数分が経ったあと、電話が鳴った。

〈よければ今夜寄るよ〉、続けて〈スワンのためだから〉

彼女は感謝のメッセージを送り、もう一通のメッセージでできるだけ迷惑はかけないと約束した。父の遺品に地図があって、背景情報が必要なだけで、それ以上のことは求めない。口論もスキャンダルもなく、してとくに言えば、研究者としての評判がさらに傷つくことはないと。

なぜならそれもまた、ネルの父がしでかしたことだったから。「ジャンクボックス事件」でネルの将来を台無しにしただけでなく、父はフィリクスの将来も――そしてふたりの仲も台無しにしてくれたのだ。

彼女とフィリクスはUCLAの大学院で出会った。彼は自分の選んだレストランへの地図を描いて、彼女をデートに誘った。あきれるほど陳腐な手だが、父とスワンは別として、それまで自分と同じぐらい地図を愛する人にネルは会ったことがなかった。しかもフィリクスは、かれら三人よりずっとコンピュータにくわしかった。データとかモデル化とかアルゴリズムとか。彼女の専門は昔の地図で、フィリクスは現代の地図が専門だった。ふたりは理想的な恋人どうしだった。生い立ちから専門から性格に至るまで、ことごとく正反対だったが、どういうわけかそれがうまく行ったのだ。卒業後、ニューヨーク公共図書館のインターン募集が発表されたとき、彼女は自分だけでなく彼にもインターンの枠を獲得しようと頑張ったが、その必要はなかった。彼の履歴書は彼女のそれに負けず劣らず立派なものだったからだ。ふたりのどちらにとってもそれは夢の実現だった。ずっと望んでいたことがすべて手に入ったのだ。ネルは父に話すときが待ちきれなかった。

ふたりで研究成果を発表して高い評価を得たら、フィリクスが優秀だというだけでなく、彼女と愛しあっていると伝えるのだ。父の将来の義理の息子もたぶん地図の研究者だと。ふたりのあいだにはそれは可愛い子供が生まれるだろうと。

ところがそこで起こったのが「ジャンクボックス事件」だった。

フィリクスは、例の口論が怒鳴りあいの域に達したときにそれに巻き込まれ、まともな恋人なら当然の対応ということでネルの肩を持った。そして大胆にも、箱の中身についてドクター・ヤングの判断が間違っている可能性も考えられると指摘し、自分が問題の地図に対して電子分析を実行してもよいと申し出た――かくして、噂に高いドクターの怒りを自分も浴びることになってしまったのだ。ネルの父は、アイリーン・ペレス・モンティーリャにネルの解雇を要求し、返す刀でフィリクスの解雇も要求した。

こうなっては、フィリクスとのことを父に話す意味はなくなった。第一に、こんな仕打ちをした父とは二度と口をきかないとネルが決めてしまったからであり、また第二には、フィリクスが彼女に対して同じように思っているらしかったからだ。デスクの中身を抱えて、これを最後に図書館から戻ってみると、フィリクスのものはすべてなくなっていた。テーブルには彼女宛ての手書きの手紙があったが、今回は地図は入っていなかった――ただ謝罪の言葉があるだけで。

「からかってるのか」不意にフィリクスに言われて、彼女は驚いて現在に引き戻された。「なんであれがここにあるんだ」

顔をあげてみると、彼はすでにリビングルームに入っており、愕然とした表情でコーヒーテーブルを――邪悪の亡霊のように戻ってきたあの地図を睨みつけている。

なんと幸先のよいこと。

「説明させて」と言いかけるのを、彼は激怒して遮った。

「あんなもののためにぼくをここに呼んだのか、七年越しで。なんのジョークだ。きみは、ずっとあれをこっそり持ってたのか」

「違うわ！」彼女は言い返した。「わたしだって驚いてるのよ。ドクター・ヤングの所持品のなかにこれがあったの」ちょっと口ごもって、「あの書類ばさみのなかに」

フィリクスは彼女を睨み返した。「あ、あの書類ばさみに？」彼もまた、あの革製の書類ばさみの重要性を憶えていたらしい。「どうしてこんなものをあれに入れとくんだ」

「わからないわ」彼女は言った。「それで思ったんだけど、あなたは現代と都市の地図が専門だったし、あれから何年も経っているんだから、なにか役に立ちそうな――」

彼は笑った。「ネル、ぼくがあのとき言ってたのは、箱に入っていたほかの地図のことなんだよ。フランクリンとカリステリ。ああいうのが本物の地図だ。こんなくずのことじゃない！　きみは〈クラシック〉に長くいすぎたんじゃないのか。地図の調査は科学であって、あんな――」

「わかったわ、もうたくさん！」ネルはぴしゃりと言った。「何年も話してなかったのに、久しぶりにやって来たと思ったらすぐに侮辱しはじめるなんて――」

「本気で言ってるのか。ネル、ぼくはたまたまここに来たわけじゃないぞ、頼みがあるって言うから来たんだ――あんなことがあったっていうのにさ。きみになんの借りがあるわけでもないのに、こうして来てやったんだ」彼はうなるように言った。

ふたりは長いこと睨みあっていた。怒りで空気が帯電して、パチパチ音を立てているようだ。

いまでも別れた日と同じ怒りが込みあげ、早くもお互いに怒鳴りあっている。そこには妙な安心感があった。再会しても気まずいだけではないかと不安だったが、逆にうまく行ってしまったらと思うとさらに不安だった。何年もフィリクスが恋しくてたまらなかったし、忘れようとしてさらに何年もかかった。こんなに年月が経ってからまた恋情の火花が散ってしまったら、それにうまく対処できる自信がなかった。

なぜなら、最初にドアをあけて彼を見た瞬間、そこになんの火花も飛んでいないのは間違いなかったから。

ほらね。

そんな思いを頭から邪険にふり払った。

フィリクスがついにため息をついた。「お父さんのことは残念だったね」と先ほどより静かな口調で言った。

ネルはまぶたをもみながら、「それで、手伝ってくれるのくれないの？」

降参だというように、フィリクスは両手を挙げてみせた。コーヒーテーブルの地図を取りあげ、キッチンに戻っていく。こちらのほうが照明が明るい。彼女の見守る前で彼は調べはじめた――ぱっとしないデザイン、ありふれた着色、単純な線。その線は曲がりくねって州を横切りつつ、点と点を結んでいく。その点についているのは、映画に出てくるような、現実のものとは思えない地名だ。サリヴァン、ファーンデール、ハウエル、コールドスプリング。

　ニューヨーク公共図書館から追放されて数か月後、ネルはフィリクスが就職したと聞いた。巨大テクノロジー企業〈ヘイバーソン・グローバル〉社の地図部門だとか。食べるのにじゅうぶんな収入はあるし、尊敬される立派な会社でもあり、彼が感謝しているのはわかっているが、満足していないのもわかっていた。仕事は地図学研究ではなく、データマイニングとナビゲーション・アルゴリズムだから。ようやく〈クラシック〉社から採用された日、ネルには彼の気持ちがわかった。しかしネルと同じく、ドクター・ヤングに「好ましからざる人物(ペルソナ・ノン・グラータ)」と宣言された以上、いくらスワンが裏で助けようと頑張っても、どこの美術館も図書館もフィリクスに声をかけようとはしなかったのだ。

　しかし、年齢を重ね、自信に満ちたいまのフィリクスを見て、ひょっとしたらもう満足しているのかもしれないと思わずにいられなかった。〈ヘイバーソン〉社は大変な大企業だし大きな利益をあげているし、〈アマゾン〉や〈グーグル〉すら小さく見えるほどだ。ほとんどひとつの国と言ってもいい。そこで働くのはどんなものか、ネルには想像もつかなかった。

　ややあって、フィリクスはまた地図を元どおりにたたんだ。「うん、きみのお父さんが最初に言ったとおりだ。どこにでもある使い捨てのくずとしか思えないな。なぜこんなものを何年もずっと持っていたのかわからない」

　ネルはため息を漏らした。「ばかみたいよね。実際に使われていたときだって、数セントしかしなかったのに。危険を冒して図書館に侵入までして、どうして盗もうとする人がいるのかしら」

　フィリクスはぱっと顔をあげた。「なんだって」

「昨夜ニューヨーク公共図書館に強盗が入ったの」彼女は声をひそめた。大声で言うとまた同じことが起きるかもしれないというように。「もういつニュースに出てもおかしくないわ。それであなたにメッセージを送ったのよ」

　彼はまさかという表情を浮かべている。「それできみもスワンも、この地図が——このガソリンスタンドの安物の地図が標的だったと考えてるって？　本気で言ってるのか」

　彼女は気まずさに肩をすくめた。「いまのところは、みんなただの推測だけど――」

「きみのお父さんの死にも、この地図が関係してると思う?」

「それは――」

「ネル、ほんとはなにが起こってるんだ。ぼくにスワンを助けてほしいとほんとうに思っているのなら、ちゃんと話してくれよ!」

「だからその、ドクター・ヤングが亡くなって、そしたらこの地図があったの。このわけのわからない安物の地図が、あの書類ばさみに隠してあったのよ」彼女は叫ぶように言った。「それでその翌日に強盗が入って、だけどスワンの助手が言うには、目録を三重にチェックしたけどなんにも盗られてないっていうんだもの」

　フィリクスはあいかわらずこっちを睨んでいたが、強烈な猜疑心はいささか冷めていて、おかげでネルは火あぶりにされているような気分ではなくなった。

「どうしてわざわざニューヨーク公共図書館みたいな目立つ場所に押し入って、なんにも盗らずに出ていくんだろう」彼はつぶやいた。「つまり……」

　彼女はうなずいた。「探していたものがなかったからよ。展示もされていなくて、しまい込まれてもいなかったのは、昨夜はこれだけなの」

　フィリクスは、しぶしぶながらも興味を新たにして、また問題の地図を眺めた。

「関係があるかはわからないけど、でも突き止めたいの――スワンのために」キッチンのカウンターから父の書類ばさみを取りあげて、フィリクスに渡した。「スワンは、強盗に入られたときの図書館の防犯カメラの映像をコピーしたの。警察は決め手にならないって言ったんですって。でもあなたに見てもらえたら、〈ヘイバーソン〉の最先端技術を使ってもらえるかもしれないし、そしたらなにかわかるんじゃないかって」

　書類ばさみを開くと、フィリクスはすぐに底に目をやった。内ポケットに小さな長方形のものが押し込まれている。ネルが急いで突っ込んだUSBドライブだ。図書館を出る前にスワンに渡されたものだった。

「決め手にならないってどういう意味?」それを取り出そうとしながら彼は尋ねた。

「さあ。くわしいことは教えてくれなかったわ。見る前にあなたに予断を与えたくなかったんだと思う」

「これもついてるの」

　ネルは顔をあげた。「えっ?」

「もうひとつなにか入ってるよ」フィリクスは同じポケットから別のものを取り出そうとしている。深く押し込まれていたせいでネルは気がつかなかったのだ。「USBドライブを突っ込んだんで、ちょっと外れやすくなったんじゃないかな」ついにそれを引っ張り出し、こちらに差し出してきた。小さな紙片だ。

　父のメモだろうか。

「名刺だわ」彼女は言った。色あせているし、長年突っ込まれていたせいでしわが寄っている。裏面には走り書きがされていた。チャイナタウン地区のダウンタウンの通りを手早くスケッチした地図のようだ。この名刺の店がどこにあるか忘れないように、父が書いたのではないだろうか。

　表を返してみた。

RW稀覯地図
予約制

　それを読んでふたりはそろって息を呑んだ。

「まさか」彼女はのどが詰まりそうだった。

「きみのお父さんは……」フィリクスが驚いて顔をこすった。「きみのお父さんは、ラモナ・ウーと取引があったのか」

　その名が口に出されるのを聞いてネルは身震いした。まだこの世界に属していたころ、彼女はラモナ・ウーに直接会ったことはなかったが、その必要はなかった――ラモナの噂は広く鳴り響いていたから。そしてそれはいい噂ではなかった。

　厳密に言えば、ラモナは稀少な古地図の個人ディーラーであり、裕福な顧客が価値ある作品を購入できるように助言するコンサルタントだったが、その名がまれに会話に出たときに、父やスワンはラモナをディーラーとは呼んでいなかった。

　詐欺師――それがふたりの使っていた言葉だった。

　ふたりがディーラーをすべて毛嫌いしていたからではない。好んでつきあっているディーラーも少なくなかった。ときにはディーラーに顧客を説得してもらい、歴史的にとくに重要な資料を特別展のために地図部に貸与または寄贈してもらうこともあった。しかしこの業界じゅうで、ラモナはいかがわしい裏世界で活動していることが知られていた。彼女はコレクターの求めに応じてどんな地図でも見つけてこられるようだった――が、それには出所（でどころ）の証明書がついているとは限らなかった。

ネルの父やスワンのような厳密な研究者はもちろん、アマチュアのコレクターでもこの世界について多少なりと知っている人なら、それだけでラモナの入手する地図は盗品か贋作だと判断して疑わないものだ。失って惜しい立場にある人は、ラモナと取引するぐらいなら死んだほうがましだと思うだろう。声望高いネルの父親ならなおのことだ。

しかし、それならなぜラモナの名刺を隠し持っていたのだろうか。それも、あの特別な書類ばさみに……

「折りたたみ……ガソリンスタンド……幹線道路……」フィリクスがぶつぶつ言っている。見ればスマートフォンを取り出して、画面に開いた〈ハブサーチ〉ブラウザに入力しているのだった。その電話のイカしていること、いやらしいと言っていいぐらいだった。まるでなにかのSFのガジェットのようだ。「ちょっと聞くけど、もうハブしたりしてないよね」

ネルは目をぎょろつかせた。「いいえ、まだハブなんかしてないわ。ちょっと忙しかったのよ、父が死んだり図書館に泥棒が入ったりスワンのことを心配したりで。それに、その地図がほんとうにそれほど重要なものなら、どこかでとっくにその話を聞いてるはずだと思わない？　これを仕事かなにかでやってたってわけじゃないのよ」

彼は降参のしるしに片手をあげ、口論の再燃を阻止すると入力に戻った。「〈ヘイバーソン〉がいま、新しい検索アルゴリズムを試験してるから訊いてみただけだよ。まだベータ段階だけどさ、ふつうのハブサーチよりずっと進んでるんだ。カモフラージュをかけて、同時にダークウェブまであさることができるんだぜ」

「ナビゲーションをやってるのかと思ってた」ネルは言った。

「やってるよ。だけどみんな関連してるんだ」と肩をすくめる。「ラモナ・ウーみたいな闇市場のディーラーが関わってるんなら、もしかしてと思ってさ」

検索結果に句読点でも打つように、彼の親指が画面を漫然とつついている。

「こんな古いガソリンスタンドの地図に需要なんかないわよ」ネルは続けた。「いまだって当時だって。ダース一セントで売ってたのよ。わたしたちが子供のころには、レジの横に置いてあって文字どおり無料で配ってたんだから。何十年もそうだったわ、GPSとスマートフォンが出てくるまで。いまじゃさらに価値がなくなってる」

ネルはようやく、フィリクスがまだスマホを見つめているのに気がついた。長いことひと言も口をきいていない。

「どうしたの」

しまいに、フィリクスは画面を彼女のほうに向けて言った。「そんなに価値のないものじゃないみたいだよ」

ネルはぽかんとした。

彼は検索結果の最初の数ページをスキップしていた。これまでの普通のブラウザだったら諦めていたかもしれない――それともこれは、ひょっとしてダークウェブだろうか――が、そこに表示されていたのは意味のわからない数字のリストだった。

フィリクスは適当にリンクを選び、古いフォーラムの投稿を表示させてから、スマホを彼女に渡してよこした。

年代もののガソリンスタンドの幹線道路地図を探しています（十万ドル）
投稿者：GRB2477、二〇一一年十二月十四日、アート／書籍
加入日：二〇一一年十二月十四日
これはネタではありません。一九三〇年の折りたたみ式のガソリンスタンドのニューヨーク州幹線道路地図を探しています。ただし〈ゼネラル地図製作株式会社〉製にかぎる。夜間配送料当方負担。真剣な販売者のみ。写真を送ってください。

この投稿のあとには、爆発的にコメントが続いて果てしない網目の様相を呈していた。GRB2477をじかにやっつけるものもあれば、返信者どうしでやりあうものもあり、以前の返信相手にやりとりしはじめるものもあった。

最初に現われたのは困惑したような返信だった。


［卑猥な表現］みたいな大量生産の地図なんかに、なんだってそんな［卑猥な表現］大金を払うやつがいるんだ？　このごろじゃどんなアホも「コレクター」になれるんだな。

イチよ、ここは稀少なアンティーク版のフォーラムだぞ。クレイグスリスト（インターネットのコミュニティ・サイト。不用品の売買、不動産情報、求人情報などが書き込める）でものぞいたほうがいいんじゃないのか。それか地元のガレージセールで

もあさってろよ。
茶化(ちゃか)すような投稿もあった。

写真って地図の？　それともワタシの？
―キミの写真が欲しいなあ。
――ぬかせ。

―本気で売りたいんですか？
――本気も本気

そして最後に、他の投稿に紛(まぎ)れて、なぜGRB2477がこの地図を探しているのか、理由を知っていると思われる人の投稿も見つかった。

@GRB2477　そんなはした金じゃだめだ。
何年か前に、その十倍の値段で売れたのを見たことがある。悪いことは言わない、新しい趣味を見つけるんだな。

投稿する場所を間違ってる。プライベート・メッセージを送ったから見ろ
おまえがただの金持ちのばかで、インターネットの仕組みをわかってないだけだといいがね。軽い気持ちで手を出すと〈地図制作者(カルトグラファーズ)〉に付け狙われるぞ。

忠告してやるよ、用心しな。

「〈カルトグラファーズ〉？」ネルはつぶやいた。「だれのことかな」
「さあ。コレクターのグループかなにかじゃないか」フィリクスが推測を口にした。
　ネルは次のリンクをたどった。それは慈善ラッフル（番号つきの券を販売して、当たり番号の券を買った人に賞品を出すくじ）で出された噂の地図が、ニューヨークのコンドミニアムを買うとき担保に使えそうな値段で売れたという話だった。その次はまた破れかぶれのフォーラムへの投稿で、そこにあげた写真の地図が問題の地図か、それとも似て非なるものか見分けてほしいと協力を求めるものだった。さらに、クリスティーズのオークションの古いログもあった。例のものらしい地図が出品されていたが、その落札額にふたりとも目が飛び出しそうになった。なんと五百万

ドル。

ニューヨーク公共図書館の最も貴重な地図、ビューエルの二倍以上の値段だ。

いったいどうして、ガソリンスタンドの道路地図が五百万ドルで売れるというのだろうか。

「なんでそんなことがあるの」ネルはつぶやくように言った。

そして、この地図が話に出た事例の半数以上で、売れたという話であれ、あるいはそれを探しているというコレクターの話であれ、また警告であれ、例の名前もまた出てきていた——あの〈カルトグラファーズ〉が。

「なるほど、ほんとにおかしなことが起こってるらしいな」フィリクスも彼女と同じぐらい肝をつぶしているようだった。「これは警察に見せたほうがいいと思う」

「だめよ！」ネルは叫んだ。「そんなことできない！」

「できないわけないだろ。この書類ばさみは私物なんだから、図書館のものが入ってるとは知らずに持って帰ってしまったって言えばいいだけだ。なんの問題もないじゃないか」

「そういうことじゃないのよ」図書館でアイリーンから打ち明けられた話——ニューヨーク公共図書館が苦境にあって、それをネルが救えるかもしれないという——については言いたくなかった。彼に哀れだと思われたくない。いまだに失くした夢にしがみついていると。彼はもう先に進み、〈ヘイバーソン〉社でうまくやっているようだ。〈クラシック〉社で彼女がどれほど八方ふさがりになっているか、彼には理解できないだろう。どれだけ図書館を恋しがっているか。どれだけ本物の地図に恋い焦がれているか。

「けりをつけたいって感じかな」彼女は代わりに言った。「そう、けりをつけたいだけなの。『ジャンクボックス』のこともみんなそうだし、ドクター・ヤングのことも。この地図がなぜそんなに価値があるのか、ただ知りたいのよ。そうすれば、あのとき父がどうして価値がないなんて嘘をついて、わたしたちの将来を台無しにしてくれたのかわかるかもしれない。それがわかりしだい、スワンといっしょに警察に洗いざらい話すわ。この地図のDNAでも指紋でもとればいいのよ。いくら睨めっこしたってわたしたちよりなにもわからないだろうけど、そうしたければ証拠保管庫にでも入れて、気がすむまでさんざんお役所仕事を増やせばいいわ。わたしはただ、まず知りたいだけなのよ」

フィリクスはしばし迷っていた。「わかった」と、しまいに折れてため息をつく。以前からふたりのうちでは彼のほうが慎重派だったが、父のせいでふたりの将来が滅茶苦茶にされる以前から、彼女と父の関係がいかに複雑だったかは彼も憶えているはずだ。「で、これからどうするつもり？」

「そうね、この地図がほんとにこんな値段で売れるんなら、父は買い手を見つけてくれそうな人に協力を求めたんじゃないかと……」ネルは、まだ手に持っていた名刺に目を落とした。

「とんでもない！」フィリクスが声をあげた。「ラモナ・ウーはうさんくさい。まっとうじゃない。いっしょのところを見られたらどうするんだよ。ぼくだったら死んでも――」

しかし、ネルは肩をすくめた。「わたしにはもう失くして困る評判なんかないの。わかってるでしょ」

フィリクスは恥じ入ったように口をつぐんだ。狭苦しく安っぽいアパートメントを見まわし、初めて気がついたようだった――あのスキャンダルのあと、自分がどれほどしっかり立ちなおったか。そしてネルのほうは、どれほど深い穴に落ち込んでしまったか。

「ともかく、じゅうぶん気をつけて」彼はしまいに言った。

「ありがとう、フィリクス」彼女は答えた。「気をつけるわ」

それきりなんと言ってよいかわからず、ふたりはしばらく黙って突っ立っていた。ネルは、いまは一刻も早くフィリクスに帰ってもらいたかった。彼が来てからずっと、いわば比喩的に殺していた息を吐き出したい。だがその反面、ふいに……帰らないでほしいって？

「また会えてよかった、と思うよ」フィリクスはしまいに言った。

「わたしもよ」これ以上気まずくなる前にと、玄関のドアをあけに行った。「協力してくれてありがとう」

「とんでもない」と言うころには、彼はもうドアを抜けて外へ出ていた。

（またね）ゆっくりとドアを閉じながらそう付け加えたくなったが、もうそんな言葉はふさわしくない。溝はあまりに深く、失った時間はあまりに長い。彼は録画を見たあと、なにかあったらスワンに直接メールを送るだろうから、それでおしまいだ。

もう二度と会うことはないだろう。

ネルは閉めかけたドアをまた開いた。フィリクスは階段を降りようとしている。

「ドクター・ヤングのお葬式はあさってよ。よかったら来て」思わずそう声をかけていた。

VI

画面上では、蝟集する点が黒の背景全体に広がり、緑からオレンジ、オレンジから赤へと変化していく。点の渦は生きているもののようにうねり、その動きは目で追えないほど速くはないが、ちょっとまばたきでもしようものなら見失いそうだ。点滅して別の色に変化してどこかへ紛れてしまうだろう。

「その変数を実行させて」ナオミが言う。

フィリクスはキーボードのキーを押した。「変数を実行する」

画面の右側で、べつの点――これは紫色だ――が渦を巻くタペストリーに加わった。しかし速度は半分で、他の点のようになめらかに動くのでなく、九十度の角度でぎくしゃくと動いていく。とたんに、残りの点はそれにあざやかに合わせはじめた。紫の点のまわりを動きだし、色を変え、分かれるときにできた波は自動的に均されていく。車の往来を表わしているわけではなく、あくまでも概念表現だが、その生態系の変化していくさまは、やはり午後のマンハッタンの道路にちょっと似ていると思わずにはいられない。混沌のなかの調和だ。

「ここまでは順調だ」フィリクスは言ったが、ナオミが「待て」と言うように片手をあげてみせる。

デスクの向こう側で、プリヤは自分のモニターで同じ画面を睨んでいる。みな息を殺して見守っていた。点は調整に調整を重ね、バランスを保ち……

と思ったらクラッシュした。

「だめじゃん」プリヤがうめきながら椅子にぐったりと寄りかかった。

画面は混沌をきわめていた。いたるところで緑の点がたまってつっかえ、互いにぶつかり、点滅して赤に変化する。紫の点は任務完了とばかりに画面の外へ逃げていった。

フィリクスはヘッドフォンを外した。「現在のデータじゃ無理なんだ。不可能だよ」

ナオミががっかりしてキーボードを叩いた。三人のモニターからは点はすべて消え、宇宙船のそれを思わせる頭上の巨大なフラットスクリーンにだけ残っていた。

「どうして将来の絶滅危惧種を予測できるなんて考えたんだろう。あの点の半分は、まだ発見もされてない昆虫を表わしてるんだよ」プリヤはぶつくさ言った。「三か月ぶんの仕事をどぶに捨てたようなもんだわ」

そもそもの発端まで戻れば三か月どころではない。かれら三人は、この会社の創設者そのひと――謎の天才ウィリアム・ヘイバーソン――によって選ばれ、同じく謎の任務にほとんど一年近く取り組んでいるのだ。〈ヘイバーソン・グローバル〉社には数百どころか数千もの部門があるが、本質的には物流とナビゲーションの会社であり、専門は失せもの探しだった。行方不明者、帰ってこないペット、祖先の記録、連絡の途絶えた旧友、再会を待つ遠縁の親戚などなど、探しものはいくらでもある。会社の中心をなす創造物――絶えず進化と成長を続ける〈ヘイバーソン・マップ〉――上にじゅうぶんなデータを統合できれば、どんなものでも追跡でき、見つけることができるはずというのが基本思想だった。

実際、ほぼ百パーセント見つけていた。フィリクスのチームの追跡能力は目覚ましく向上しており、とくに困難あるいは一刻を争う事件では、FBIから協力を求められることもしばしばだった。つい先月も、アリゾナ州フェニックスの男が、幼児をチャイルドシートに乗せたままの車をカージャックするという事件が起こったが、かれらは〈ヘイバーソン・マップ〉を利用し、これまでに処理したすべての交通データに基づいて、男は九十二パーセントの確率で州間高速道一〇号線を東ではなく西に向かうと予測した。予測は当たった。地元の警察は次の西側出口にパトカーを急行させ、盗難車が三マイルも進まないうちに幼児の救出に成功している。

まさに神業。〈ヘイバーソン・マップ〉の処理能力はそう思わせるぐらい高かった。

しかし、ウィリアム・ヘイバーソンは満足を知らなかった。どんなに高くても確率は確率でしかない。

彼は完璧を求めていた。

そしてそれが、フィリクス、ナオミ、プリヤがほかならぬ彼自身によってこの極秘チームに抜擢(ばってき)された理由だった。〈ヘイバーソン・マップ〉のアルゴリズムを完成させ、世界がかつて見たことのない壮大な規模で使えるようにするのだ。

この地図は計り知れないほど巨大で、それでいて優雅でもあり、各情報が全体にみごとに統合されてさながら音楽のようだった。交響曲だ。ひとつの地理プログラムで、会社の全部門のデータのあらゆるストリームをひとつの大規模な記述にまとめることができる。〈ヘイバーソン・グローバル〉社には、医療コンサルタント部門や都市計画チームもあり、また大量交通機関のトラッキング、インテリアデザイン・アプリ、天気図、インターネット検索プログラム、ソーシャルメディア、食料・雑貨の配送、睡眠監視、植物の開花パターン、絶滅危惧種の移動ルートなどを扱う部門もある。そのすべてが、かつてないほど多くのソースから大量の情報を地図にフィードすることになるのだ――いまフィリクスらが設計しているアルゴリズムを通じて。

それは洗練されたプログラムであり、〈ヘイバーソン・マップ〉はこれによって、神業どころか真の完璧を極めることになっている。

その方法を考え出さなくてはならないのだ。

不可能であろうがなかろうが、フィリクスはここの一分一秒を楽しんでいた。ニューヨーク公共図書館のあとでは、どこであっても自分がその一員だと感じることはないだろうと思っていたし、二度とふたたび仕事が生きがいだと感じることはないと思い込んでいたが、そんなことはなかった。仲間たちも彼に負けず劣らず仕事に夢中で、しかも目がくらむほど優秀だ。

ナオミはプログラミングが専門で、プリヤは都市設計とUXが専門だ。地図制作と地理学の教育を買われて、チームの最後の知識不足を埋めるべく抜擢されたフィリクスは、最初の数日はその役割をこなせないのではないかと不安に押しつぶされそうだった。

朝早く出勤し、パソコンに向かいながら昼食をとり、夜も更けてから帰宅する毎日で、仲間ふたりに対してはプロジェクト関連以外のことはほとんど口をきかなかった。最初の週が終わるころになってやっと、そのふたりが面白いやつらでもあることに気がついた。午後の小休止のさい、ナオミが妻に電話をしようと、金属とガラスのしゃれたオフィスから同じく金属とガラスのしゃれた廊下に出ていった。すると、プリヤは大急ぎでナオミのデスクに駆け寄って、キーボードのキーを残らず外し、完全に滅茶苦茶な配列に変えてはめなおすなり、また自分の席にとんぼ返りして、こっちに向かって芝居がかって「シーッ」とやってみせた。フィリクスが驚きあきれていると、そこへナオミが戻ってきた。

わけがわからず混乱するナオミを見て、ふたりとも大笑いした。しまいにフィリクスは息も絶え絶えになってしまったほどだ。

ニューヨーク公共図書館のころは、まじめくさった尊大な学者相手に、こんないたずらを仕掛けるなど想像もできなかった。しかし〈ヘイバーソン〉ではなにもかもまるで違っていて、じつにすばらしかった。

彼の上司はとくに。

ウィリアム・ヘイバーソンは業界の伝説的大物だが、矛盾だらけの人物でもあった。世界最大のテクノロジー企業のトップというだけでも興味をそそるのに、そのうえ矛盾だらけとくればいっそう興味をかき立てられる。シリコンバレーのたいていのエグゼクティブに比べると年齢はかなり上だが、彼のアイディアは年々先見性が増していくようだった。何千人もの従業員を抱えているのに、ただのインターンからであっても、メールが来れば何時であっても返信する。何年も前、採用試験のさいにじかにフィリクスに電話面接をしたことさえあり、思い出すとフィリクスはいまだに信じられない気分になる。彼の会社はこの数十年にきわめて重要な革新をいくつか成し遂げてきて、ヘイバーソンの名はいまでは知らぬ者もないほどだ。にもかかわらず、実物の彼がどんな姿をしているのか知る者はほとんどいなかった。

メディアはウィリアムを世捨て人と呼んでいるが、

それは控えめも控えめな表現だ。公式の社史によれば、〈ヘイバーソン・グローバル〉社を設立したとき、ウィリアムはCEOのエインズリー・シモンズと契約を交わし、エインズリーが会社の顔になり、自分は言わば幽霊になると決めた。設立初日からずっと、エインズリー率いるチームはあらゆるインタビューに応え、あらゆる新製品を発表し、あらゆる交渉を処理し、あらゆる取引を結んでいった。おかげでウィリアムは自由に舞台裏で創造にいそしむことができ、彼の天才が名声によって損なわれることはいっさいなかった。

　その後も彼は、人前に出るのを徹底的に避けつづけた。時価数兆ドルの企業の黒幕でありながら、生身の彼を見たことがあるのは、今日までエインズリーただひとりなのだ（いまではフィリクス、ナオミ、プリヤの三人も加わったが）。

　最初のうち、フィリクスにはそんなことはとうてい不可能に思えた。社内のだれにもウィリアムの正体が突き止められないなんて、どうしてそんなことがあるだろう。立入禁止のフロアにある彼のオフィスに忍び込み、写真を撮ろうとする者ぐらいいそうなものではないか。しかし実際に雇用されて、ここでどれくらい信じられないようなことが行なわれているか目の当たりにしてからは、以前ほど不可能とは思えなくなっていた。

　しかしそんなことよりなにより、ウィリアムはあんな時期にフィリクスを雇ってくれた。あのころはドクター・ヤングのおかげで、彼はこの業界では鼻つまみ者だった。そのうえ、革命的なプロジェクトに参加させてもらった。革命的というだけでなく、現実に善行をなすためにすでに利用されているプロジェクトだ。それだけでもフィリクスはこの人物に永遠の忠誠を誓っていただろう。

「まあね、これはいままでで最悪の失敗だったな」プリヤがため息をつき、落胆の失笑がひとしきり続いた。

「価値のない失敗などない」そのとき、合図があったかのように背後から声がした。「これではうまく行かないとわかって、どうすればうまく行くのかという目標にぐっと近づくことができる」

　三人がそろってモニターから顔をあげると、オフィスの入口にウィリアム・ヘイバーソンそのひとが立っていた。考え込むように頭上の大画面のごちゃごちゃを眺めている。

「ウィリアム！　気がつかなかった、いつからしたんですか」ナオミが驚いて言った。

ウィリアムは笑顔になった。「わたしのことは知ってるだろう」

みなそろって声をあげて笑った。フィリクスはスター崇拝でぼうっとしそうになってあせった。ウィリアムと同じ部屋にいるといつもそうなってしまうのだ。

「やばいなあ」ナオミは天井を指さした。「最初から見てたんですか」

彼はあっさりと肩をすくめた。「わたしにだって若いころはあったんだ。忘れてやしないよ、新プロジェクトを立ちあげたばかりのころは、いつだってしっちゃかめっちゃかなもんだ」

「あれはうまく行ったとは言えないけど、でも進歩はしてますよ」プリヤは取りつくろおうとしたが、それがおおむね誇張なのは全員わかっていた。閉鎖環境で完璧を達成することはできても、開かれた環境で、実世界のデータを使って強引に達成しようとすると、かならずさっきのような悲惨なことになるのだ。

寄りかかっていたドアの枠から身を起こし、ウィリアムは室内に入ってきた。「失敗は気にしてない。百回でも千回でも百万回でも失敗したらいい。いつかかならず成功する」

プロジェクトの見通しはまったく立っていないのだが、フィリクスはわれ知らずうなずいていた。ウィリアムの冷静で揺るぎない信念に接すると、いつも不安が静まるのを感じる。

「ですよね」ナオミも同意した。「まだデータが足りないだけです」

「たとえば？」

「気象とか、時事問題のプラグインとか、あとはそうですね、〈ハブレスト〉の共有可能な睡眠パターンのデータとかも」彼女は考え込んだ。「くわしく分析したら、もっとわかると思います」

「足りないものは手に入れたらいい」ウィリアムは言った。「すべてがマッピングされるまで追加していくだけだ。じつを言うと、この点に関してはグッドニュースがあるんだ」

「ほんとですか」プリヤが食いつく。

ウィリアムは腕組みをしてにっと笑った。「〈ヘイバーソン〉は、ニューヨーク公共図書館のデータベースと目録のセキュリティを引き継ぐことになった」

「ええっ！」三人は同時に驚きの声をあげた。

フィリクスはぽかんと口をあけた。頭が急回転しはじめる。（強盗未遂事件のことをウィリアムは知っているのだろうか、起こったばかりなのに）

「実際のところ、図書館の理事会は何年も前に多数決で可決してたんだ、僅差だったが」ウィリアムは穏やかに手をふって、ナオミとプリヤがお祝いを言おうとするのを押しとどめた。「しかしその後、具体的な実装の問題でエインズリーのチームは交渉に行き詰まっているんだ。地図部から頑強な抵抗があってね」

「なるほど」プリヤは言った。「うちの製品を脅威と見てるんですね」

「そうなんだ」ウィリアムはため息をついた。「エインズリーは説得しようとしてるんだがね、これは図書館の資料を保護するためで、競争は関係ないんだから――うちは地図会社なんだから、自分たちのだけじゃなく、地図はすべて全力で保護しなくちゃならない。そうでなければ地図会社は名乗れないとわたしは思ってるんだ――しかし、図書館には完全に時代遅れの学者もいてね。エインズリーは先週、図書館の理事長アイリーン・ペレス・モンティーリャを説得して、やっと話が前に進められそうになってたんだ。ところが地図部のだれかがすさまじい癇癪玉を破裂させて、またさたやみになってしまった。ヘイバーソンに文書庫をかぎまわられて、わが社のサーバにコピーだのバックアップだのされるなんてとんでもないと言うんだ」

ウィリアムの話を聞きながら、フィリクスはドクター・ヤングがそのせりふを言うのが聞こえる気がした。最も頑強に反対している学者のひとりが、あの人物だったのは間違いない。

しかし、あの頭の固い学者の強硬な抵抗の裏にあったのは、たんなるテクノロジー嫌いだけだったのだろうか。ひょっとして、ドクター・ヤングが〈ヘイバーソン・グローバル〉を恐れたのは、もし図書館へのアクセスを許したら、ずっとひそかに保管していた古い未整理の地図を見つけられてしまうからだったのではないだろうか。

ばからしいとは思う。しかし、それでも……

「それじゃ、どうして急に変わったんですか。何年ももめてたのに」ナオミが尋ねた。

「昨夜ね」ウィリアムは暗い声で言った。

（それじゃ、ウィリアムは強盗の話を聞いていたんだ）とフィリクスはため息をついた。

「今朝アイリーンからエインズリーに電話があって、満場一致で可決されたと言ってきた。できるだけ早く進めてほしいと言っている。押し込み強盗があったんだ」

「ニューヨーク公共図書館に？」ナオミがまさかと言

わんばかりに尋ねた。「なにが狙われたんですか」

「まだ警察の報告を待っている段階だが」ウィリアムは答えた。「しかしこちらはこちらで、できるだけ急いで万全のセキュリティ体制を確立するつもりだ。全部門の全資料のスキャンとバックアップを実行し、物理的な地図や書籍やコンピュータや美術品のすべてに、マイクロRFIDでタグづけする。あらゆる部屋にトラッキング装置を設置するから、なにか場所を移されたりしても、〈ヘイバーソン・マップ〉上ですぐに追跡できるようになる。強盗みたいなことは二度と起こらないだろう」

「すばらしい」フィリクスはほっとした。最初はぎくしゃくするだろうが、〈ヘイバーソン〉が細心の注意を払って仕事をしているのを見れば、ニューヨーク公共図書館の学者たちもありがたい会社だと見直してくれるだろう。

「うれしいですね、役に立てるんだから」ナオミも言った。「あそこの地図部の文書庫には何千枚って地図があるはずだし」

ウィリアムはいまでは顔をほころばせている。その理由に気づいて、フィリクスは全身に興奮の衝撃が走った。「それでその作業が終わるころには、このアルゴリズムも完成ですね」彼は言った。

いまよりはるかに多くのデータを手にすることになる。そして〈ヘイバーソン・マップ〉にまったく新しい歴史的側面が加わるのだ。さらに、物理的な資料にトラッキング・タグがつけば、別種の地図も手に入る。図書館内のすべてのものが、いつだれによって動かされたか、リアルタイムの映像によってその情報が常時アップデートされるのだ。〈ヘイバーソン〉はすぐに、ニューヨーク公共図書館のことを図書館自身よりもよく知るようになる。

「何枚ぐらいあると思います？　十万ぐらい？」ナオミが尋ねた。

「五十万だよ」フィリクスが明言した。

「ああそうか、あそこで働いてたんだよね」彼女は応じた。

「昔のことだよ」彼は言った。「じつを言うと、強盗の話は昨夜聞いてたんです。セキュリティを引き継ぐって知ってたら先にお話ししてたと思うんですが」

「どうして知った？　まだニュースにもなってないのに」ウィリアムが尋ねる。

「いろいろあって」彼は言った。「ずいぶん前に別れた彼女から聞いたんですよ。彼女もあそこで働いてたんで」

「昔の社内恋愛にまた火がついたってわけね」プリヤはウインクした。

「彼女のせいで馘首（くび）になったんだぜ」

「あらあら」プリヤは顔をしかめた。「ごめんね」

「もう過ぎた話だから」フィリクスは肩をすくめた。「また会うなんて夢にも思ってなかった」

　たしかに夢にも思っていなかった。だれからメールが来たのかと昨日スマホを手に取ったとき、それがまさかネルとは想像もしていなかった。

「ここのほうがずっと面白いし」と彼は締めくくった。しかし、あの瞬間のことを思い出すといまでもいらいらする。画面に彼女の名が見えたとたん、また昔と同じ興奮に襲われてそわそわしてしまったのだ。

「そうか、それはよかった」とウィリアム。「それに、ニューヨーク公共図書館の文書庫にくわしい人間がいれば、さらに早く状況を把握できるだろう。この件は早く進めたいと思ってるし。で、三十分後には大会議室で発表することになってる」

　そのとき、かすかなチャイムがオフィスに響いた。三人のカレンダーがいっせいに会議のアラートを鳴らしてきたのだ。

　ウィリアムは大画面に向かってうなずいた。チームのカレンダーが表示され、会議の予定がハイライトされている。画面隅にはライブの動画が流れ、みるみる埋まっていく大会議室のもようが映されていた。エインズリー・シモンズがすでに演壇でメモを確認している。「準備ができたら、きみたちふたりはすぐに向かってくれ」と彼はナオミとプリヤに言った。「フィリクス、きみはその前に〈ヘイバーソン・マップ〉の設定を頼む。ニューヨーク公共図書館の強盗を探すんだ」

「いまからですか」フィリクスは尋ねた。「ほとんどデータがないんですが」

「すぐに集まってくるよ」ウィリアムは言った。「一刻も無駄にしたくないんだ。最優先事項とマークしといて」彼はこちらに背を向けてエレベーターに向かい、ナオミとプリヤもそのあとを追った。ふたりは大会議室に降りていくのだが、ウィリアムは上階のプライベートオフィスに戻り、そこでいつものようにタブレットの画面でエインズリーの発表を見守るのだ。

「コーヒー持ってきてね、席はとっとくから！」プリヤが肩越しに声をかけてきて、と同時にガラスのドアがスライドして閉じ、フィリクスはオフィスにひとりになった。

「すぐ行くよ」彼は静かに言った。しかし、すぐにマウスに手を伸ばそうとはせず、椅子にかけたまま身じろぎもしなかった。

静寂のなか、視線はメッセンジャーバッグに吸い寄せられていく。外ポケットに、昨夜ネルから渡されたUSBドライブが入っている。

（七年か）

もう他人も同然だ、と自分で自分に言い聞かせた。これはただスワンのためにやるんだ。それだけだ。

しかしそれならなぜ、階段をのぼる前に十分間も、彼女のアパートメントの外で歩道をうろうろ歩いていたのだろう。彼女がドアをあけてまた顔を合わせたとき、なぜあんなに緊張していたのだろう。こんなに年月が経ったというのに。

緊張のあまりすぐに口論を始めることしかできなかったのは、ほんとうの大人の会話をするより、過去のことでいがみあうほうがずっと簡単だったからなのだろうか。

フィリクスはため息をついた。

ともかく、協力すると言ったことだし。それに、〈ヘイバーソン・マップ〉の強大なパワーを使って強盗を見つけるのなら、この防犯カメラの動画は最初に与えるデータとして悪くないだろう。

これは認めざるを得ないが、目標がこれほど漠然としていて、しかも背景情報がほとんどない状態で、〈ヘイバーソン・マップ〉でなにができるかという興味もあった。どれぐらい創造性を見せてくれるだろうか。

いや、絶対に違う。ネルの招待を受けて、彼の人生を台無しにした男の葬儀に参列するつもりなどないし、この動画でなにか見つかったら、また彼女と話す口実になるからやるわけじゃない。

なにばかなこと考えてるんだ。

フィリクスは自分のコンピュータにドライブを挿入した。

短いロードのあと、動画ファイルのフォルダがポップアップ表示された。最初のは、建物内外のあらゆるカメラの映像を格子状に並べて表示したものだった。

フィリクスは舌を巻いた。図書館や美術館のセキュリティはだいたいにおいて、他の業界に比べると大幅に遅れている。しかしこの七年間で、ニューヨーク公共図書館は少なくとも多少はアップグレードしていたようだ。型番からして、この新しいカメラとスピーカーは動体センサー付きだ。ガラスが割れたり、紙が破れたり、木材が折れたりするとアラートが出るよう設計されていて、単にむだに昼も夜もぶっ通しで録画するのでなく、そういう刺激があると自動的に起動することになっているのだ。

（決め手にならない）そうネルは言っていた。

彼は「再生」をクリックした。

タイムスタンプによると、ファイルはちょうど真夜中に始まっている。最初はどの画面も真っ黒だった。フィリクスはスクロールして早送りすることはせず、自然に流れるに任せた。ＡＭ12：02、メインロビーのカメラが急に目を覚ました。深夜の巡回の時間になって、警備員が動きだしたのだ。

フィリクスは数分間、警備員のあとを追った。受付デスクからデウィット・ウォレス記念定期刊行物室に向かい、そこからドロト・ユダヤ学部門、ヴァッヘンハイム・ギャラリーに移動していく。進むごとにさまざまなエリアがぱっと明るくなり、警備員が去るとまた暗くなる。

そのとき、不意に地図部の映像もひらめいた。なにかがすばやく部屋を横切ったのだ。

フィリクスは一時停止をクリックし、同じ一階の反対側にあるセレステ・バルトス記念教育センターの講堂に目をやった。警備員は、巡回ルートを半ばほど過ぎたそのあたりにいた。そして強盗たちはもう地図部に入り込んでいる。

しかし、ロビーのカメラは起動しなかった。

おかしい。強盗たちはすでに目当ての展示室に入り込んでいるが、ロビーのカメラに映ることなく、どうやって侵入したのだろうか。

フィリクスは録画を調べた。アップグレード後、地図部にはいま二台のカメラが設置されていた。一台目は天井の隅から部屋全体を監視している。そこで読まれている地図や地図帳が、毀損されたり盗まれたりしないか見張っているのだ。二台目のカメラは地図部の外、出入口のすぐ上に設置されていて、外側のロビーに向けられている。つまり地図部を出てメインホールの利用者に紛れ込もうとすれば、泥棒はこのカメラで追跡されて、その後ロビーのカメラに姿を捕捉されるというわけだ。

一台めの部内のカメラをクリックして、数秒前までスキップしてからまた再生をクリックした。

出し抜けに、部屋の中央に全身黒ずくめの人物がひとり現われた――集団でなくひとりというのは、美術館や博物館の窃盗としては珍しい。その人物は部屋のいっぽうからいっぽうへすばやく横切り、と思ったらまた戻ってきて、どうやら棚やガラスの展示ケースをあさってなにかを探しているようだ。

「見つけたぞ」フィリクスは声を殺してつぶやいた。自分の動揺ぶりに驚いていた。マスクをしていたので泥棒の顔は見えなかったが、それが余計にいけなかった。あの部屋を自分の職場と呼べたのは七年も前のことだが、それでも心臓は早鐘を打っているし、口内はからからで、手のひらには汗が噴き出してきた。まるで自分の家に泥棒が入るのを見ているようだった。

ズームアウトして、警備員が一度に一マスずつ強盗に近づいていくのを固唾を呑んで見守った。気づけば、明るいのは地図部だけになっていた。

フィリクスは息を呑んだ。警備員が倒れてタイルの床に頭をぶつけ、そのまま動かなくなる。地図部のカメラはその後も数分間作動し、侵入者が目当ての品を探すさまを撮影しつづけた。その映像のなかで、泥棒はさらに何度か部屋を横切り、すべてのケースや棚を二度三度とあらためている。しだいに焦燥感をつのらせているようだった。

やはりそうだったのか。目当てのものが見つからなかったのだ。なぜならネルの家のコーヒーテーブルに載っていたからだ。

それを思うと背筋に冷たいものが走った。

とうとう泥棒は脱出にかかろうとしたようだった――が、そのとき天井の防犯カメラに気がついた。泥棒は書棚用の車輪付きはしごにのぼり、カメラを殴りつけた。壊れはしなかったものの少し外れかかって、おかげで部屋全体が映らなくなり、大きく傾いて奥の読書テーブルをまっすぐ見下ろす格好になった。さらに数秒経過して、そのずれたフレームに泥棒が出入りするのがちらと映ったが、と思ったら出し抜けに画面が真っ暗になった。すべてのカメラの映像が切れたのだ。

「待てよ」フィリクスは一時停止をクリックしながらつぶやいた。

どうしてそんなことがありうるのか。

動きや音声がないとカメラは止まってしまう。警備員は、意識を失っているかもっとまずいことになって床に倒れているから、地図部のセンサーが警備員のせいで作動することはない――しかしそれでも、泥棒が出ていくときにはメインロビーのカメラが作動するはずではないか。ただ、それがそうなっていないのだ。

フィリクスは残りの録画を早送りしたが、次にセンサーが作動したのは夜が明けてからだった。早起きのニューヨーク公共図書館の職員（スワンも交じっていただろう）が正面玄関から入ってきて、警備員を見つけて警察に通報している。

わけがわからなくて、外れかけたカメラが消える——つまり泥棒が地図部から出ていった——直前までスクロールして戻り、また再生をクリックした。

それからまる一分も黙って座っていた。目を画面に釘付けにして、地図部の天井のカメラが消える瞬間を待った。そして消えると同時に、地図部の出入口外の第二のカメラに視線を飛ばした。このカメラはロビーのほうを向いているから、泥棒が出ていく姿が映っているはずだ。

しかし映っていなかった。

ずっと真っ黒のままだ。

「そんなばかな」しまいに、フィリクスはあっけにとられてつぶやいた。

唯一考えられるのは、泥棒はそっちからは出て行っていないということだ——が、ほかに出口はない。フィリクスは地図部の構造はよく憶えている。職員専用の出入口すらない。展示室とその奥のオフィスに出入りするには、彼が映像で見ている正面玄関を通るしかないのだ。

各カメラの映像を格子状に並べた状態で少なくとも さらに十回再生し、図書館内のカメラの映像をひとつずつチェックし、すべてのスピーカーの音声を聞き、すべてのデータ行をスキャンしたが、なんのかいもなかった。どこをどう調べても、警備員が通常の巡回をしている以外には、ひと晩じゅうロビーのカメラはなんの情報も拾っていなかった。泥棒は、地図部内のカメラにしか映っていない。他のカメラにはまったく映っていないのだ。

フィリクスは警察のメモを読んで被害に関する記述を探したが、ロビーのカメラにはまったく異常がないことが確認されていた。被害を受けたのは地図部の天井のカメラのみだ。カメラはすべて同一のシステムにつながっているから、侵入前にハッキングしようとしたとすれば、ネットワーク全体がオフラインになっていたはずだが、そうなっていなかったのは明らかだ——現に、地図部を泥棒がうろつく姿は映っているのだから。

とすれば、泥棒はロビーにはまったく立ち入っていないとしか考えられない。しかしそれなら、どうやって地図部の展示室に入り込んだのか。出入口はひとつしかなく、その出入口はロビーの廊下に通じているのだ。フィリクスはメモをもう一度読みなおしたが、窓ガラスは割られていないし、壁にドリルで穴があけられてもいなかった。

そんなばかなことがあるはずがない。建物に侵入していないのに侵入しているとはどういうことなのか。

VII

ラモナ・ウーの店はチャイナタウンの端、リトルイタリーと混ざりあう境界に位置していた。点心レストランが徐々にワインショップやイタリア料理店に場所を譲り、ふたつの言語が入り交じる。バワリー街を大急ぎで通り過ぎた。水たまり、吹き出す蒸気、そして料理店のドアが開くたびに漂ってくる魅惑の芳香。ウィンドウに吊るされたつやつやのロースト・ダックの前を通り過ぎたときは、ネルはよだれが出そうになった。気づいてみたら、父の地図の調査を早く始めたくて気がせいて、今朝は朝食もとらずにアパートメントを飛び出してきたのだ。それにろくに寝てもいなかった。まだ夜明け前にテーブルではっと目が覚めたが、そのときはまだ地図のうえに覆いかぶさっていて、当然ながら右手には鉛筆を握ったままだった。眠り込む前に、無意識に地図のほんの一部をスケッチしていたのだ。そうせずにはいられなかった。手を動かすほうが頭によく入ってくる。図書館を追われたあとに〈クラシック〉社に流れ着いたのは、それほど理由のないことでもなかったのかもしれない。

　その後、ネルはふらふらとベッドに入り、何時間か横になったもののまるで意味がなかった。あの地図のことが頭から離れない。ようやく目覚まし時計が鳴りだしたときには、とっくに起きてシャワーを浴びて着替えもすませ、早く出かけたくてじりじりしていた。

　空腹を頭から追い払い、バワリー街の混沌を抜けて細いドイヤーズ・ストリートへ入ると、車のクラクションやタイヤのきしむ音が急に遠くなった。歩道を行き来するカップルの静かな会話や、厨房内のステンレス製コンロに鍋の当たる金属音も聞こえる。配送トラックが一台駐まっていて〈南華茶室〉に青果をおろしており、道路向かいの小さな郵便局の前には数人が列を作っていた。

　ネルは歩きながら手に持った名刺を見おろし、父が裏面に描いた小さなスケッチをチェックして、道を間違っていないか確認した。今朝出がけに、父がなぜこんな地図を描いたのか気がついた。名刺の表にラモナの名前と店名は書いてあるが、肝心の住所も電話番号も書かれていないのだ。父が最初にこの店の行きかたをどうして知ったのかわからないが、心憶えに名刺の裏に簡単な地図を描いてくれていて助かった。おかげで彼女も迷わずに行ける。

　思ったとおり、〈南華茶室〉を過ぎて数歩行くと、古いガラス張りの正面に品の良い金文字で「ＲＷ稀覯地図」とあった。

　ネルはもう一度名刺を見て唇を噛んだ。

　父がラモナのようないかがわしい人物と関わりがあったとは、いまでも信じられない気持ちだった。しかしそれを言うなら、地図学分野でもとくに声望高い学者が、ガソリンスタンドの幹線道路地図などに関心を持つというのも同じぐらい信じられない。それにフィリクスが帰っていったあとも、それ以上のこと——説明のつかない目の玉が飛び出るような値段と、やたら盗まれる癖があるらしいということ以外——はなにひとつ探り当てることができなかった。

　ラモナの店に向かう前に、グランド・アーミー・プラザのすぐそばにあるブルックリン図書館分館で午前中の数時間を過ごし、このジャンクボックスの地図を作った〈ゼネラル地図製作株式会社〉について調べた。なにかの手がかりが運よく見つかりはしないかと思ったのだ。しかしわかった限りでは、ここは主に幹線道路地図を手がける小さな会社で、ほぼすべての州の道路地図を作っていた——現在、あの地図と同じような高値で取引されているものはほかにはなかった——が、最終的にはもっと大きな会社が参入してきて市場から弾き飛ばされている。その後も細々と生き残っていたが、一九九〇年代前半にドイツのメディア複合企業に吸収され、やがて完全に消滅していた。

しかし、〈ゼネラル地図製作〉は小なりとはいえ、一時期はこの分野で進取の気性を発揮していたようだ。創設者のオットー・G・リンドバーグなる男は、一九〇〇年代前半にわずか数百ドルをポケットに入れてフィンランドからアメリカに渡り、ニューヨークシティで製図工として身を立てた。当時アメリカの地図業界は、〈ランドマクナリー〉と〈H・M・ゴーシャ〉という二大地図メーカーに支配されていたにもかかわらず（ネルはもっぱら古地図専門だったが、それでもこの二社の名前はよく知っている）、オットーとアシスタントのアーネスト・アルパーズは、この種の安価な折りたたみ地図を最初に考案・製造し、ささやかながら業界に独自の地歩を築いた。

しかしそれ以上のことはほとんどわからなかった。一九三〇年版の問題の地図が発行されたのと同じころ、なにか争いがあって訴訟になったという資料はあったが、訴訟の結果もその後の情報もなにもわからなかった。訴訟があったころに〈ゼネラル地図製作〉で働いていた従業員は、みなとっくにいなくなっていた。何十年も前に世を去っていて、だれに尋ねることもできない。調べたくても事業記録すら残っていない。一時期ニュージャージーの古い歴史的建造物——マンハッタンの不動産価格が高騰してから、会社はこちらに移転してきていたのだ——に地図の現物が保存されていたが、そこも数十年前の事故で焼失し、すべて失われていた。

ネルはまた、研究施設共同データベースにあの地図を登録していた、他の図書館や美術館のいくつかに電話をかけてみた。しかし、いずれも紛失したのがかなり昔のことだから、こちらからも有益な情報はほとんど得られなかった。ただ、あのぱっとしない地図のことを憶えていた図書館員がひとりだけいた。もう年配の女性で、何十年も前からコネティカット州南部の地元の分館でパートタイム職員として働いているという。

とても変な事件だった、と彼女はネルに語ってくれた。彼女の記憶では泥棒が入ったのは一九八九年か一九九〇年だったが、泥棒はつかまらなかったという。というのも、実際に盗難があったことすら警察は証明できなかったからだ。ドアも窓も破られておらず、翌朝図書館員が出勤してきたときには、鍵はすべてかかったままだった。警報システムは単純なもので、解除する前にドアをあけると起動する仕組みだったが、なぜかまったく反応していなかったそうだ。

しかし前夜はひと晩じゅう雨が降っていたため、歴史コーナーにはカーペットに泥だらけの足跡が残っていた。

それで彼女は他の図書館員と手分けして、その日はすべてを二重に点検し、手作業でカタログをすっかりチェックした。なくなっていたのはあの地図だけ——ほかはなにも盗られていなかった。

ネルはため息をついた。調べれば調べるほど答えは減り、疑問だけが増えていく。

ラモナが唯一の手がかりだ。選択の余地はない。あの地図について値段以外になにか教えてもらえればいいのだが。あるいは、父が交渉していた買い手についてでもいい。

恐る恐るドアを押してあけ、ドアベルが鳴るのを聞きながら店内に入った。たちまち闇に包まれる。明るい午前中の戸外に比べ、なかはずっと暗かったのだ。目が慣れてくるにつれて、思わず小さく驚きの声を漏らしてしまった。

まるでチャイナタウンを出て、秘密の世界に足を踏み入れたかのようだった。

〈RW稀覯地図〉内部は木造で、黒く塗装されており、その古色蒼然（こしょくそうぜん）たる雰囲気は魔術師の作業場を思わせた。ネルの知っている無味乾燥な地図販売者のオフィスとはまるで違う。よくある天井の照明ではなく、壁のあちこちにランタンのような壁掛け照明が配置されて、あたりに柔らかい黄色の光を投げていた。そしてどこを見ても——ディスプレイ台、棚、販売カウンター、果ては床の空所まで、本や地図がところ狭しと積みあげられている。

その場に立って、よく眺めているうちに気がついた。ここは、ニューヨーク公共図書館の地下室、未整理資料という埋もれた宝物の王国に似ている。

（こんなに多くの地図を、ラモナはどこで手に入れたのだろうか）どんな地図販売者のところより、はるかに多くの地図がある。いや、文書保管所でも小規模なところなら、軽くしのいでいるかもしれない。

好奇心で指がうずうずする。地図帳を片端から開いて、ページというページをめくり、どんな宝物が隠れているか見てみたい。

「あけてないんですが」背後から声がして、ネルはぎょっとした。

　胸をどきどきさせながら、あわててふり返った。すみの影のなかに女性がひとり立って腕組みしている。黒っぽい服を着て身じろぎもせずに立っていたので、入ってすぐには気がつかなかったのだ。

「ラモナ・ウー？」まともな声が出せそうになるまで待ってから尋ねた。

　女性は一歩前に出た。ネルの父と同い年ぐらいか、少し若いかもしれない。背は低かったが、ネルほどではない。黒っぽいまっすぐな髪をシンプルなお団子にまとめている。どこから見てもネルの予想していたとおり、書(しょ)や美術品の盗品を扱う裏社会とつながりのある悪徳ディーラーらしく、無慈悲と言いたいほどの鋭さを感じさせる――が、ただ目だけはべつだった。その目はほとんど……怯(おび)えているように見えた。

「ええ」ラモナはついに言った。「あなたはダニエル・ヤングの娘さんね」

「そうです」ネルは答えた。「どうしてわかったんですか」

　また少しネルをじっと見つめてから彼女は言った。

「よく似てらっしゃるもの」

「自分ではよくわからないんですけど」ネルは言った。「ここ数年はあまり会っていなかったので」

　ラモナは軽くうなずいた。業界のこんな片隅でも、「ジャンクボックス事件」の話はクライアントなどから耳に入ってきていたのだろう。

「亡くなられたそうね。お気の毒です」ラモナは言って、カウンターのほうに向きなおった。「でも、あなたはこんなところへ来ちゃいけません」

「待ってください」ネルは驚いて言った。ラモナは喜ぶと思っていた。飛びついてくるだろうと――まさか警戒されるとは。「〈カルトグラファーズ〉から連絡がありました？」

　ひっぱたかれでもしたかのように、ラモナはゆっくりこちらを見あげてきた。いっそう内にこもってしまったように見えた。どんどん自分の内に縮んでいって、このままだと空(くう)に消えてしまうのではないかと不安になるほどだ。「どうして〈カルトグラファーズ〉のことを知ってるの」

「その……コレクターなのでは？」ネルは口ごもった。

　じつを言えば、ネルはよくわかっていなかった。インターネットではお化けかジョークのたぐいと思われているようだし、学術文書ではまったく言及されていなかったし、スワンは昔どこかで聞いたことはあるが、実在のグループではなくフィクションだろうと言っていた。入札に負けて不満を抱えるコレクターや、資料をなくした怠慢な研究者が、責任をなすりつけるために長年のうちに生み出したスケープゴートだろうと。ネル自身、どう考えていいかまだわからずにいた。しかし、例の地図との関連でこれほどしょっちゅう――それもあまりに不気味な形で――名前が出てくると、さすがに無視することはできない。

「父の代理で、なにか売り込んでくださってたのかと思ったんですが」別の角度から攻めようと言ってみた。

　店主の表情から察するに、あれとこれとがどう関連しているのか、考えられる可能性のうち間違った答えを選んでしまったようだ。店主はさらに一歩下がり、また腕組みをした。

「わたしはいっさい関係していません」ラモナは言った。「お役には立てないわ」

「せめてどういうことか――」ネルが言いかけるのを、ラモナは遮った。

「お父さまのことはとても残念でしたけど、もう帰ってください」

「父は、書類ばさみにあなたの名刺を隠していたんです。その理由が知りたいんです」ネルはそれを無視して食い下がった。

「もうお帰りなさい」ラモナは言った。

　ネルは眉をひそめた。わけがわからない。もしラモナがほんとうに父の代理で売り込みをしていたのなら、売買が成立する前に父が亡くなってがっかりしたにちがいない。手数料が入る見込みがまだ消えていないとわかったのに、なぜ喜んでいないのだろう。〈カルトグラファーズ〉が実在するとして、かれらに脅迫でもされているのか。しかしかれらが買い手なのであれば、曲がりなりにも売ろうとしている彼女をなぜ脅迫などするだろうか。

「何度も言わせないで」ラモナの声が鋭くなってきた。

　しかし、ネルは引き下がらなかった。「父はなんの理由もなくあなたの名刺を持っていたっておっしゃるんですね。それにあなたは販売を仲介しようとしてらしたわけでもないんですね、〈ゼネラル地図製作〉が作った、折りたたみ式のガソリンスタンドの道路地図を」と挑みかかるように言った。

　その言葉の最後の部分がたちまち効きめを現わした。また冷たくやり返してくるかと思えば、ラモナは言いかけた言葉を呑み込んだ。

(やっぱりね)とネルは鼻高々に思った。

ラモナは長いこと黙ってネルを見つめながら、考えをまとめているようだった。「それじゃ結局のところ、お父さんはあなたに話したのね」しまいにそう言った。

厳密にはそうではないが、ラモナの推測は当たらずとも遠からずだった。「ほんの少しですけど」ネルは答えた。

「でも、やっぱりあなたは勘違いしてるわ」

「どういうことですか」

「わたしに販売を仲介させようとしてたわけじゃないの。売ることなんかできないのよ。だってもう存在していないから。ずっと前に廃棄されたの。ありがたいことにね」

ネルは面食らった。ラモナが本気でそう思っているのか、それとも単純に嘘をついているのか判断がつかない。これは彼女の戦術なのだろうか。知らないふりをして、疑うことを知らないお人よしをだまし、自分から秘密を漏らすよう仕向ける手段なのか。

地図がまだ廃棄されておらず、ネルがこっそり持っていることを打ち明けさせようというのだろうか。

「父はそのあたりは話してくれませんでした」ネルは結局それだけ言った。状況がはっきりするまで、ラモナにはできるだけ情報は与えないほうがいいと思ったのだ。「でもそれじゃ、どうしてあなたはご存じなんですか。ずっと昔に廃棄されているのなら」

「あなたには関係ないことです」

「そうでしょうか。父が亡くなったいま、父のやり残したことはわたしが片付けなくちゃならないんです。だから、なぜ父があなたの名刺を持っていたのか知りたいんです。教えてくださるまで帰りません」

ラモナはまたネルを探るように見つめた。長い一秒のあと、「ほんとうにお父さんそっくり」とつぶやく。

「絶対にあきらめないのね。どんなことでも」

彼女の顔には、ネルにとってはおなじみの表情が浮かんでいた。彼女との専門的な議論に巻き込まれたとき、同僚たちの顔に何度も見た――ヤング一族に特有の、悪名高い頑固一徹に対する恐れと称賛の表情。

しかし、そんな見慣れた表情をここで、こんな見知らぬ場所で、それも父が亡くなった直後に見るとは。それがあまりに意外な気がして、ネルは急にのどが締めつけられた。

年上の女性のほうがまたため息をついた。「考えてみると、あなたには借りがあるわね」そう言ってドアに目を向け、次いでまたネルの顔を見た。「話したら帰ってくれる？　それで終わりにしてくれる？」

「はい」ネルは言った。「わたしが知りたいのはそれだけですから」

ラモナはついにうなずいた。「まず名刺を返して」

「えっ？」

「わたしの名刺」ラモナは繰り返した。「持ってきているはずよ、ここに来たんだから」

「ああ、そうでした」ネルは、店に入ったときポケットに入れていた名刺を取り出し、ラモナに手渡した。

ラモナはそれを裏返して小さな走り書きにちらと目をやり、それから素早く自分のポケットに滑り込ませた。

「あなたのお父さんは、わたしを通じてなにか売ろうとしていたわけではないの。欲しいものがあって、それを見つけてほしいとおっしゃってたのよ」彼女は言った。「こっそりと、人目につかないように」

父がラモナを通じてなにか買おうとしていた？

ネルはさっきよりもさらにあっけにとられた。

「欲しいものって、なんだったんですか」彼女は尋ねた。

「保険ね、一種の」ラモナは言った。「ただ、間に合わなかったけど」

わけがわからない。ラモナのような闇市場の仲買人が見つけられるものが、どんな種類の保険になるというのだろうか。しかし、年上の女性は黙って自分の両手を見おろしている。また怯えているように見えた。あるいは、恥じているかのようと言っていいかもしれない。彼女の手は小さく、指はいまもすんなりとして美しい。年齢のわりに、まだそれほど節くれ立ってはいなかった。

「わたしのこと、憶えてないでしょう」ラモナは尋ねた。「そりゃ、憶えてるわけないわよね」

ネルは目をぱちくりさせた。「憶えてるって……？」

ニューヨーク公共図書館にいたころ、ラモナ・ウーがあの神聖な広間に入ったことがあるとは思えなかった。ディーラーとしても、仕事仲間としても、あるいはたんなる利用者としても。スワンも彼女の父も、そんなことがあったら侮辱とみなして暴動を起こしただろう。

「昔のことよ。あなたはほんの子供だった。というより赤ちゃんね」

（赤ちゃん？）

「よくわからないんですけど」ネルは言った。「それはつまり……つまり、あなたは父の古いお友だちだったんですか」

ラモナは首をふった。「お父さんだけじゃないわ。お母さんとも友だちだった」

ロミ

わたしたち七人のあいだにはたくさんの秘密があったけど、当時はだれも気がついてなかった。どんなに多くのことが隠されているかまるでわかってなかったし、これからどんなことになるか予想もつかなかった。

わたしたちはみんな、ウィスコンシン大学の学部学生時代に知りあったの。いえ、みんなじゃないわね。あなたのお母さんとウォーリーは子供のころからのつきあいだった。切っても切れないっていうか、友だちというよりきょうだいみたいだったわ。ずっと同じ学校を選んで、いっしょにウィスコンシン大学に来たの。ふたりはグループの中心だった。というか、このふたりが最初のメンバーで、ほかのみんなはあとから集まってきたの。一番優秀だったのもこのふたりだった。このふたりに始まりふたりに終わるって感じね。

最初にふたりに見つけられたのはわたしだった。

新入生はたいてい、一週間も前からウィスコンシン大学のキャンパスに来て新学期の準備をしてたんだけど、わたしは末期癌の祖母の看病を手伝わなくちゃならなかったから、家を出たのは講義が始まる前日だった。一番安い航空券でロサンゼルスからミルウォーキーまで飛んで、それから一時間半スーツケースを抱えて長距離バスの席で縮こまってた。バスの窓ガラスが割れてて、高速道路から吹き込む凍りつく風に震えてたのよ。荷物を寮の受付に放り込んで、あいかわらず震えながら走って、地理学科が入ってる理工学棟の新入生歓迎会場に向かったわ。

　ドアをあけたらバタンと音がして、室内は静まりかえってみんながこっちをふり向いた。その顔の海を見返しながら、みんなが毛糸の帽子と分厚いダウンジャケットって格好のときに、わたしは薄いウインドブレーカーを着てもじもじしてた。

「こんにちは、ラモナ・ウーです」ってぼそぼそ挨拶したわ。

「みなさん、フィオナ・チューを歓迎しましょう！」ぼそぼそ言ったせいか聞き間違えられて、助教授がそう言って拍手しはじめた。

「ラモナです」って訂正したんだけど、拍手にかき消されちゃって。でも幸い、すぐにみんなわたしのことなんか忘れて、また笑ったりおしゃべりしたりの声が沸き起こった。それでわたしは、温かい飲物がないかと人混みをかき分けて軽食のテーブルに向かった。

「ホットココアありませんか。お茶でもなんでも」とすがるような思いで尋ねたんだけど、疲れ気味の二年生は首をふるだけだった。人が出入りするごとに正面のドアが開いて、そのたびに凍りつくような風が吹き込んでくる。わたしは芯まで冷えきっちゃったわ。

　どんどん自分がばかに思えてきた。両親にはカリフォルニアの大学に進めって言われていたのよ、近いし。でもわたしは、ウィスコンシンのこの学科に行きたいって言い張ったの。わたしの曾祖父は第二次世界大戦中に軍で戦術地図を描いてた人で、それで戦友を何度も救ってきたそうなの。亡くなる前に、保存してた数枚の地図を見せてくれた。古くて黄ばんでて、ティッシュみたいに薄かった。それにはたくさんの物語が詰まってて、たくさんの人生が結びついてるんだって思った。だからわたしにとって、曾祖父のあとを継ぐぐらいわくわくすることってなかったのよ。それで両親と何度も言いあいをしたんだけど、しまいに病気の祖母がわたしのあと押しをしてくれて、さすがに両親も折れたわけ。そんなだったから、とうとうウィスコンシンに来られたってことで、すっかり舞いあがって完璧な未来を思い描いてた。こんなに凍える寒さのはずじゃなかったし、わたしはこんなに世間知らずで不器用のはずじゃなかったし、なにをしてなにを言えばいいか完全にわかってるはずだった。

そんなバラ色の夢が現実になるわけがなかったのよね。

わたしはあきらめて寮の部屋に戻ろうとした。新しいルームメイトが戻ってくる前に眠ったふりをしていれば、明日の朝まで現実を忘れられるだろうって。でもそのときだれかに肩を叩かれたの。

ふり向くと、茶色の巻き毛をポニーテールにした小柄な女子がにこにこしてた。その後ろに立ってたのはひょろりと背の高い男子で、灰色っぽい薄い色の目をしてた。髪はブロンドとも茶色ともつかなくて、どっちつかずのせいで灰色のようにも見えたわね。

「大丈夫?」ってその子に訊かれて、わたしは大丈夫、もう帰るとこなのって言いかけたんだけど、握手したらわたしの手があんまり冷たいんで彼女が息を呑んでね。

「大変、あなた冷えきってるじゃない!」って声をあげて、大あわてで自分のコートとスカーフをむしり取って、「ほら、これ着けて。いいの、心配しないで!わたしはニューハンプシャー出身だから、これぐらいぜんぜん平気」

わたしはまだ歯がカチカチ鳴るほど震えていたもんだから、丁重に断わろうとしたけど、それより早くコートとスカーフでくるまれてしまってたわ。「ありがとう」やっとそれだけ言って、暖かさに浸ってた。

「わたしはラモナだけど、ロミって呼ばれてるんだ」

彼女は目を輝かせて、「ロミ、すごくいい名前ね!」と言って、わたしに着せたコートに手を伸ばしてポケットから紙を一枚取り出したわ。入寮手続きの紙だった。「あなたのラストネーム、ひょっとしてウーじゃない?」って言うのでうなずくと、ますますにこにこして、挨拶をやり直すみたいにまた手を差し出してきた。「タマラ・ジャスパーよ。わたし、あなたのルームメイトだと思う」そう言ってふり返り、後ろの男子学生を身ぶりで示して、「それで、この人はウォーリーっていうの」

それでわたしがそっちを見ると、彼は縮こまったみたいに見えたわ。わたしと知りあいになりたくないっていうか、目を合わさず挨拶もしなければ、知りあわずにすませられると思ってるみたいだった。

「ウォーリーは引っ込み思案なとこがあるけど、天才ってそんなものよね」とタム（タマラの愛称）は言葉を継いで、ふざけてウォーリーを肘で小突いた。「こんなに幾何学ができる人っていないわよ。グループ・プロジェクトを何万回救われたかわからないわ」

それでやっと、ウォーリーは殻から出て握手してくれて、「こんにちは」と小さな声で挨拶してきたの。

そんな感じで、わたしたちはあっという間に三人組になってたわけ。

タムのコートは夢みたいだった。あんなに暖かいコートがあるとは思わなかったぐらい。それに彼女の羽の下に保護されたのがすごくうれしくて、急にちっとも気後れしなくなったの、まわりは知らない人ばかりなのに。わたしたちは三人そろって会場を動きまわった。タムとわたしは腕をからめて、ウォーリーは人混みにさらわれないようにタムにぴったりくっついて。彼女はにこにこしながら、自分とウォーリーだけじゃなく、わたしまでみんなに紹介してくれたの。まるでウォーリーと同じぐらい古い友だちだったみたいに。

わたしたちはそれぞれ得意分野があって、三人のなかではウォーリーが慎重派で規則を重視する係で、あとで共同で研究論文や助成金申請書を書くときは、ミスがないか細かくチェックするのも彼の役目だったわね。それでタムはエンジンだった。彼女が部屋にいれば、だれにも無視できなかった。太陽みたいだったわ。学生や教授はもちろん、初対面の人まで惹（ひ）きつけられて、彼女の興奮や情熱に抵抗できる人なんかいなかったものよ。

わたしたちは三人だけでもう強力なチームだった。タムとわたしはどっちも芸術家タイプだったけど、わたしは写実的なほうで、それがタムの大胆で解釈的なスタイルをよく補ってたし、ウォーリーはもっと科学的な視点からわたしたちふたりの仕事を分析してくれた。でも、タムにはまだ不足だったの。いつでももっとたくさんの頭脳、もっとたくさんのアイディアを欲していたから。

それからの二週間でクラスになじんでいくうちに、勉強家でまじめなフランシスとも仲よくなった。学問としての地理の歴史っていう無味乾燥な議論からタムは彼を引っ張り出して、古地図の精度と美についてすぐに激論を交わしだしたの――それから、あなたのお父さんともね。

わたしたちはみんな、信じられないぐらい熱心に勉強したわ。ウィスコンシン大学時代はずっとよ、学部でも院でも博士課程でも。こんなに勉強熱心な学生にはお目にかかったことがない、グループ全員がそうなんだから信じられないってよく学部長に言われたものよ。でも、わたしたちのなかに道化者がいるとしたら、それはあなたのお父さんだった。

ダニエルはいつもほんとうに陽気な人だった。あけっぴろげで面白くて、ちっとも人見知りしないの。いまとはぜんぜん違ってたのよ。

出会った瞬間に、ふたりは互いにビビッと来てたって言っていいと思うわ。

その第二週め、あれは木曜日の午前の授業の終わりごろだった。わたしたちは全員、講義室の前のあたりにたむろして、ヨハンソン教授がわたしたちの最初の課題を返し終わるのを待っていた。タムとわたしは講義中ずっと退屈でそわそわしてた――もっとも、ウォーリーとフランシスは夢中で聞いてたわ、数字と科学と数学の話ばっかりだったから。まあそれで、タムは早く逃げ出したくてうずうずしてたんで、間違ってべつの学生の小論文を返されたのに気がついてなかったんだけど、そのとき近くにいた学生が「タマラ・ジャスパーがこんなにいい点を取れるんなら、ぼくは喜んでタマラ・ジャスパーになるね！」と声をあげたのよ。

「なんの話？」ってわたしは言って、タムは手に持った論文に目をやった。「あなたは……ダニエル・ヤング？」

「いや、それはきみだよ」ダニエルは派手ににかっと笑いながら言ったわ。

タムは鼻で笑って、また手にした論文に目をやったんだけど、驚いたみたいに長いこと黙ってた。それでまた顔をあげて彼を見て、あきれて「あなた、にせの地図について書いたの？」

「架空の地図と言ってくれ！」彼は面白そうに言ったわ。「にせじゃないよ」

わたしたちはそろってそれに目を向けた。そしたら、「ナルニア国物語の地理と地図」ってタイトルだったの。

「子供向けファンタジー小説の地図で小論文書いたの？」わたしは笑いながら訊いたわ。

フランシスはこんな話に完全に退屈してるみたいだったし、ウォーリーは憂鬱な顔をしていたわ。わたしたちのグループに新顔が加わりそうになるといつもそうだったのよ。

ダニエルは肩をすくめたけど、あいかわらず笑ってて、彼の論文をわたしたちが明らかにばかばかしいと思ってるのにちっとも恥ずかしがってなかった。「本物の地図に負けず劣らずリアルなんだぜ。ちょっとリアルの意味が違うだけで」

「でも、B＋をもらってるわよ」と、タムは彼に見えるように論文をあげてみせた。「悪くないわよね、考えてみれば」

「まったく悪くないよ、考えてみるまでもなく」って、そのときヨハンソン教授も加わってきて、めずらしく褒めたのよ。「ちょっと詰めの甘いところはあるが、ひじょうに新鮮で面白かった」

それでわたしたちみんな彼に注目したわけ。ヨハンソン教授は学部の重鎮で、学生はみんな彼に認められたいと思ってたし、なにしろ憧れの師匠だったのよ。しまいにはわたしたちみんな認めてもらってた――全員論文を読んでもらって、それぞれアドバイスをもらってたわけ。みんな可愛がってもらったけど、ダニエルは特別だった。ダニエルがちょっと父親不在の家庭で育ったせいか、それともふたりの考えかたがすごく違ってたからかしら、いっぽうは伝統的な地図学者で、もういっぽうはいつも地図学の境界すれすれをやってたし。ともかく、ふたりはいっしょにいると見るからに楽しそうだったわ。それがあとあと、わたしたちにとってもすごく有利に働いたの。グループ・プロジェクトの延長とか、少額の旅行補助金の承認とか、会議への追加出席、そしてなにより『夢見る者の地図帳』ってアイディアを承認してもらうとか、そういうヨハンソン教授の許可が必要なときは、いつもダニエルを頼みに行かせてたの。おかげでいっぺんもだめと言われたことはなかった。

タムは手にした小論文を見なおして、興味を惹かれたように口を結んでた。頭のなかの歯車が回転しているのが見えるようだったわ。彼のアイディアはどこから見ても変わってたけど、斬新で、ほかのみんなのとは違ってた。仲間に加えたら、わたしたちのグループはずっと鋭く優秀になるだろうって、気がついたらわたしもとっくにおんなじことを考えてた。それにタムは実際SFやファンタジーが好きだったのよ。寮のわたしたちの部屋の本棚は、タムの安物の古いペーパーバックでいっぱいだった。自分のお気に入りを何冊かわたしに押しつけようとしてたぐらいよ、ウォーリーにはもう何年も前に全部読ませてたし。

「読んでもいい？」小論文を持ちあげてみせながら、タムは彼に尋ねた。

「もちろん」ダニエルは言って、「それはそうと、ランチでもどう？」

「まだ朝の十時半だよ」フランシスはあきれかえって

反対した。

「腹減ってない」ウォーリーはぼそっと言ったけど、すごく小さな声だったから、聞こえたのはわたしだけだったと思うわ。

「わたしは食べられるわよ」タムはにこにこしてたわ。

　その週末にはもうふたりはつきあってた。しょっちゅうこっそり目配せしてたし、みんなでつるむときはいつも、何食わぬ顔で隣りあって立ったり座ったりして、こっそり手をつないでたわ。あれでだれの目をごまかしてるつもりだったのかしらね。

「学期なかばの課題のことが心配だ」ウォーリーが一度わたしにこぼしたことがあったわ。ふたりがつきあいはじめてまだ数か月のころ、夜の自習用に予約した空いた講義室にふたりで座って、ほかのメンバーが来るのを待ってるときだった。「タムは上の空なんだもんな」

「そうよね」わたしもうなずいたけど、それはほんとじゃなかった。なにをするでも、タムが上の空なんてことはなかったわ。寮の部屋のデスクに、彼女が自分の担当ぶんの原稿を置いてるのを見たことがあったんだけど、いつものとおりみごとな出来だったもの。わたしはただ、自分がちょっと焼きもちを焼いてるのをまだ認める気分じゃなかっただけ。タムとダニエルはふたりともすごく外向的だったから、長いこと片思いに悩むなんてことはできなかったでしょうね。でもフランシスはわたしと同じで、よそよそしい態度の下でうじうじそわそわしてたのよ。

　しまいには、もちろんウォーリーも軟化してた――ダニエルを嫌いになんかなれなかったわ、ウォーリーみたいに人見知りで無口な人でもね。それにしまいには、フランシスも勇気をふるってわたしをデートに誘ってくれた。ダニエルが気がついて、いい加減腰をあげないとチャンスを逃すぞって言ってくれたからだと思うけど。

　二学年の終わりごろには、わたしたちのグループは教授たちのお気に入りになってた。なにしろ両極端の寄せ集めみたいで、半分は地図の美しさと芸術性に関心があって、残り半分は数学的側面と精密さに関心があったから、どんなプロジェクトに取り組んでもふたつの見かたのぶつかりあいで激論になって、それでいっそう理解が深まるって感じだったの。

　実際のところ、あらゆるアイディアをつねにこの両方の角度から探求しようとするこの意欲があったからこそ、タムとダニエルは最初にあのアイディアの種子を得たんだと思うの。それがのちに壮大なプロジェクトになっていくんだけど――これはわたしたちの業績の頂点になるとみんな思ってたわ。地図学の世界を一変させる創造物、われらが『夢見る者の地図帳』を生み出すっていう……

でも、ちょっと先走りすぎたわね。

ヨハンソン教授はウィスコンシン大学の大学院に進むよう勧めてくれたし、学部長は学会に行かせてくれたり、奨学金に応募させてくれたりしたから、わたしたちはますますやる気をかき立てられた。それで三年生のとき、タムが六人めのメンバーを見つけてきたの。身体も声も大きい憎めない男子で、みんなに「熊さん」って呼ばれてた。その年の春に、奨学金をもらってニューヨークから転学してきた学生だったわ。それから四年生のとき、卒業まぎわにイヴと出会った。次の秋から、わたしたちといっしょに地理学科の大学院に進むことになってたの。

それまでの人生で、イヴぐらい華やかな女性にわたしは会ったことがなかった。歳はわたしたちと同じぐらいだったんだけどね。わたしは背が低いし、地味だし、メイクもへたくそだったけど、イヴは背が高くてきれいで、フランシスと同じぐらい濃い肌色をしてて、髪はいつも完璧に決まってた。ワシントンDCから来た人で、お父さんがそこで外交官をしてたのよ。そのせいか洗練された雰囲気があって、カリフォルニアでも、学部生として過ごした薄汚れた寮でも、わたしはあんな人見たことがなかった。何週間も彼女の前に出ると緊張してたけど、その洗練された外見はただの仮面だってわかってからは気楽につきあえるようになったわ。彼女は彼女なりに内気だったの、わたしどころかウォーリーにも負けないぐらい。

彼女にはわたしの知らない部分がたくさんあった。そしてわたし自身にも、わたしの知らない部分がたくさんあったの。そこに気がついたときはもう手遅れだったけどね。

ベアは彼女とは対照的だった。わたしたちの小さな家族に最後に加わったわけでもないのに、自分の立場をいつも気にしてた。イヴはそんなことあんまり気にしてないみたいだったけど。思うに彼が一番わたしたちを必要としてたから、つまりそういうことだったのね。彼はまるで漫画の熊みたいだった。大きくて、可愛くて、人なつこくて、傷つきやすくて、犬か熊のきょうだいみたいに、わたしたちといつもいっしょにいたがってた。それでほかのみんなに喜んで手柄を譲るのよ。ベアはすごい芸術的才能の持ち主でもあった。実習アトリエで修復作業をしたときは、タムにも負けないぐらいのできばえだったけど、ただタムほどの才気はなかったわ。でもそれはわたしたちみんなそうだったのよ、みんな優秀ではあったんだけど。ただベアは、自分がみんなより劣ってるっていつも気に病んでる感じがあったわね。成績もそこまでよくないとか、わたしたちとのつきあいもあんまり長くないとか、彼のおうちがほかのメンバーほど裕福でないとか、そんなことまで気にしてたわ。だれの家族だって、ウォーリーの家にくらべたら財産なんかないも同然だったのにね。そんなこんなで、ベアはわたしたちみんなを、というかわたしたちの仲をしゃにむに守ろうとするようになってた。グループの始まりはタムとウォーリーだったかもしれないけど、グループの核はベアだった。わたしたちをまとめてたのはいつも彼だったし、博士課程の最終年に『夢見る者の地図帳』プロジェクトを一番熱心に推進したのも彼だったわ。

あのころのわたしたちはとても若くて、怖いもの知らずだった。この大胆なアイディアで地図学の分野に革命を起こすんだって本気で思ってた。これで地図は変わるって思ってたのよ。

わたしたちみたいに、互いにリンクした論文をたくさん書くのは珍しいことだったけど、わたしたちみたいに友情で結びついたグループもほかになかった。入学当初から博士課程までずっと、わたしたちは同じテーマを異なる角度から取りあげて、期末レポートを書いてきた。リサーチもいっしょにやって、何度も検討を繰り返した末にみんなでいっしょに結論を書いた。大学の発行する小規模な雑誌に、共著者としていっしょに論文を発表することまで始めてたのよ。すでにほかの人より有名になってるメンバーもいたけど、みんなそれなりに名をなしはじめていた。博士課程の最後の年に、ウォーリーが書いた『夢見る者の地図帳』の提案書を読んで、それをなぜ承認するべきかというダニエルの熱弁をじっくり聞いて、ヨハンソン教授は心の底から賛成してくれたわ。わたしたちがそれぞれ口頭試問をパスしたら承認するって。わたしたちはそろって歓声をあげてダニエルを抱きしめ、続いて教授(せんせい)を抱きしめたんだけど、教授はとても誇らしく思ってくださったみたいで、しわの寄ったやさしい目に涙が光ってるのが見えた気がするわ。

『夢見る者の地図帳』って、わたしたちはそう呼んでたの。だって要はそういうことだったから。地図学に驚異を取り戻す創作物ってこと。

　つまりね、みんなで勉強をしていくうちに、地図の芸術性と科学については、その相違より類似性のほうが重要だって考えるようになってたの。わたしたちは際限なく議論を繰り返してた。この分野の学生や学者はみんなそうしてるけど、でもわたしたちの場合、どっちの側面がより重要か理解しようとしてたわけじゃなかった。目標はどっち側が勝つか決めることじゃなかったの。両方を勝たせることが目標だったのよ。ふたつの概念を分かちがたく結びつけ、どちらももういっぽうがなくては存在できないと証明したかった。

　さっきも言ったけど、最初はタムとダニエルのアイディアから始まったの。わたしたちはみんなでもう何年も前からブレインストーミングをして、次はどんなビッグプロジェクトに取り組もうか考えてた。博士号をとって卒業したあとの最初の仕事なんだから、あっと驚くようなことでなくちゃいけないと思ってたわけ。学界だけじゃなくて、より広く外の世界の耳目(じもく)を驚かすみたいな。地図の驚異とか影響力を思い出させるようなものを生み出したかった。地図はたんなる無味乾燥な実用品じゃないってことね。

　その夜は、タムとダニエルのキャンパス外のアパートメントに集まって、これまで書いてきた論文をあさって発想のヒントを探してたんだけど、急にダニエルが笑いだしたの。

「これ憶えてる？」って言って、手に持った原稿をこっちに向けてみせた。彼がウィスコンシン大学に来て初めて書いた小論文だったわ。本に出てくる架空の地図について書いたやつ。

「まだ持ってたのね」タムは笑いながら、それを彼の手から受け取った。

　彼はにっと笑って、「それがぼくたちの出会いだからさ」

「まあすてき。ねえフランシス、あなたにもそういうロマンティックなところはないの？」わたしはそうふざけてフランシスをからかい、みんなで笑いあったわ。

「ナルニアはどんなところだろうな、ほんとうにリアルな場所だったら」ダニエルは言った。「ニューヨークみたいに」

「逆に、ナルニアとしてのニューヨークはどんなところかしらね」とタムが応じる。

　みんなまた笑ったけど、このときにはもう、ふたりの目に好奇心の最初の火花が飛んでいるのがわかったわ。

そのアイディアが形を取るまで、というかふたりがそれをわたしたちに話すまで、そう長くはかからなかった。

「『夢見る者の地図帳』よ」数週間後、タムは言ったわ。ふたりのリビングルームにまた全員が顔をそろえて、ワイングラスを手にしているとき。

地図帳を作るっていう壮大なアイディアだった。つまり地図のコレクションね。現実の場所と架空の場所両方の地図だけど、いつもとはそれがあべこべになってるわけ。彼女はダニエルとふたりで本をリストアップしてた。その小説世界のために作られた、みごとな地図で有名なファンタジー小説のリストよ。トールキンの《指輪物語》シリーズ、ル＝グウィンの《ゲド戦記》シリーズ、ルイスの《ナルニア国物語》シリーズ、ドラフトの『王への手紙』、プラチェットの《ディスクワールド》シリーズ――それに、地図学的な重要性で知られた現実世界の地図のリストも作ってたわ。それをすべて徹底的に調べて、歴史的、科学的、芸術的な角度から研究し、それから逆のスタイルで描きなおすつもりだった。ファンタジーの地図は細かいところまで厳密に精密に描いて、現実世界の地図は架空の地図みたいに装飾したり膨らませたり、夢の世界みたいに描くの。完成したら一冊の超大型本として出版する計画だった。いつもどおりおなじみの地図帳だと思って開いたら、よく見知った場所が思いもつかないような形式で描かれていて、想像力が開かれてまったく新しい地図の見かたができるようになるわけよ。

このアイディアにはほんとうにわくわくしたわ。大学で学んできたあいだ、ずっとみんなで戦わせてきた議論がそのまま形になるの、それに全員が才能をフルに発揮できるし。ダニエルとベアは、ファンタジー小説とその地図を描いた制作者について調査し、フランシスとイヴは歴史的な資料を調べ、タムとわたしは描きなおしを担当――タムは実在の場所を幻想的に描きなおし、わたしは架空の場所を現実的に描くわけ。そしてウォーリーは、いつものとおりデータを整理したり、縮尺や描線をチェックしたり、原図に対して完璧に正確に、そして忠実に描かれるように監督するの。

一時間と経たないうちに、わたしたちはみんなきっとうまく行くって思ったんだけど、驚いたのはウォーリーだけは違ったの。

ふだんの彼は、そのときどんなに忙しくてもタムの提案にはきっと賛成してたのよ。『夢見る者の地図帳』のアイディアは実験的すぎるっていうか突飛すぎて、彼にはよく理解できなかったんだと思う。わたしたちのだれもタムと同じような地図の見かたはしてなかったけど、ウォーリーはとくにそうだったから。

　でも幸いなことに、このふたりはお互いに一番近い間柄で、一番古くからのつきあいだったから、ウォーリーを説得できる人がいるとしたらそれはタムだった。「ちょっと考えてみてよ」彼女がウォーリーにそう言ってたのを思い出すわ。雪の降る夜にみんなでだらだら出ていこうとしてるときだった。ほろ酔いで、ちょっとあくびなんかしながらね。「あんたがいなかったらできないんだから」

　数日後、わたしたちの勉強会に現われたウォーリーは、いつものようにずっしり重い参考書の山を抱えてたけど、もう一冊、もっと小さな本も持ってきてた。

　それは一九七〇年代のＳＦ小説で、すでにリストに入れてたのと同じ作者の本だった。よく憶えてないけど、たしか天とかろくろがどうとかいうタイトルだったと思うわ。でもタムにはすぐわかったみたい。

　彼が本の山をテーブルに置いたとき、タムはそれを見て言ったの。「それ、わたしがあげた本じゃない。高校生のとき」

　ウォーリーはそれを手にとって表紙を眺めて、「未来のポートランドの描写が出てくるから、それで地図が描けるんじゃないかと思ったんだ」って自信なさそうに言ったわ。ちゃんと理解できたかまだわからないっていうみたいに。「実際の市街地図と比べたら、違いがすごくはっきりするんじゃないかな」

　タムは満面に笑みを浮かべて、「ぴったりだわ」と言った。「わたしたちの『夢見る者の地図帳』にぴったりよ」

「ぼくたちの『夢見る者の地図帳』」その言葉を繰り返して、しまいにウォーリーも笑顔になった。

「ウォーリーも賛成だって！」タムが声をあげ、わたしたちみんな快哉（かいさい）を叫んだわ。

　目の前に未来が開けて、わたしたちはその未来をいっしょに進んでいくんだって思った。地図学界を驚かせ、世間に目を見張らせるの。地図学に情熱と生命を吹き込み、まったく新しい学問に生まれ変わらせるんだって。

　卒業式の日、七人いっしょに角帽をかぶってガウンを着けて、卒業証書を手にしてた。あれは人生最高の日だったわ。わたしたちはずっと友だちだって思ってた。なにがあっても引き裂かれることはないって。

VIII

ラモナが話を終えると、店内は静まりかえったようだった。以前より狭く、冷え冷えとして見える。そして店主は、ネルが入ってきたとき以上にそわそわして見えた――あれ以上があればの話だが。

「そんなにずっと前から」ネルはぽつりと言った。かすかに空気が振動して、その言葉を呑み込んでいく。

「わたしの両親を――わたしの母をあなたはご存じだったんですね。なのに父は話してくれなかった」

「みんなだんだん離れていったから。お父さんとわたしはもう何十年も話してなかった」ラモナは答えた。

「みんなそうよ、いまのいままで」

「なにがあったんですか」

しかし、ラモナは首を横にふった。「ネル、お願いだから過去は過去のままそっとしておいて。あなたのお父さんもきっとそう言ったでしょう」

「そうでしょうか。でも父は、あのガソリンスタンドの地図のことを話してくれたんですよ」

嘘をついたせいで後ろめたさが顔に出なければよいのだが。でも、ほんとうに嘘だろうか。七年話していなかったが、父はあの地図をネルならすぐに気がつく場所に隠していたではないか。それともたんにほかのみんなから隠そうとしていただけだろうか。

「そうね、でも話したのは間違いだったと思うわ」

「それに、父はあなたの名刺を持ってました」ネルは言い募った。「こんなに何年も経ってから、父はなんのためにまたあなたにご連絡したんですか」

ラモナは口を開きかけたが、まだなにも言わないうちに雷鳴のような音が響いた。表の道路を小型トラックが通り過ぎたのだが、それに彼女は異常なほど驚いた。はっと身を起こし、一瞬完全にわれを忘れていた。まるで外に道路があるのを忘れていたかのよう。この暗い隠れ家めいた小さな店が全世界で、その向こうに外の世界などないとでも思っていたかのようだった。

「もうほんとうに帰って」しまいにそう言うと、またこちらにくるりと顔を向けた。その目には切羽詰まった恐怖の色が浮かんでいて、ネルは思わずたじろいだ。

「わかりました、わかりましたから」と譲歩して、降参のしるしに両手をあげて相手をなだめた。ガソリンスタンドの地図についてもっと聞きたかったのだが、これ以上言うときっと秘密を暴露することになると不安だった。あの地図が実際には廃棄されておらず、ネルの手もとにあることをラモナに悟られてしまう。

「父はなにを探してほしいとお願いしたんですか。それだけ教えてくださったら帰ります」

　最初は拒否するかと思ったが、やがてラモナは急いでカウンターの裏にまわり、その陰に身をかがめた。ダイヤルのまわる音、重い金庫のドアがゆっくり開く音。

　しまいに年配の店主は立ちあがった。両手に一枚の封筒を持っている。「これを」と言いかけて口ごもり、それをネルに手渡した。「ほんとうはあげちゃいけないんだけど……でも人が亡くなったあとは、ちょっとしたものがとても大事だったりするものよね」

　ネルは手にした封筒を見下ろした。ごくふつうのマニラ封筒だった。どこにでもある無地の封筒。父の書類ばさみと同じように軽く、紙が一枚入っているだけのようだ。表にはみみずののたくったような短い走り書きがあり、ぱっと見て父の名が読みとれた。たぶん売手(うりて)から父に宛てたメモだろう。

「ほんとうにもう帰って」ネルがその表書きを読んだり封筒をあけたりする間もなく、ラモナは早口に言った。必死というより怯えているような口調だ。

「このお礼に父がお約束していたものがあれば」ネルは口を開いた。「口座の引き継ぎが終わったらすぐに――」

「いいのよ」ラモナはその言葉を遮って言った。「プレゼントだと思ってくれればいいから」

　ネルはうなずいた。「ありがとうございます」

「お礼には及ばないわ」ラモナは言ったが、それは礼儀から出た言葉ではなかった。むしろ警告のようだった。「とにかく早く帰って。もうここに長くいすぎたわ」

　彼女は入口まで行き、ドアをほんの少しあけたところで手を止めた。身ぶりで封筒をバッグにしまうよう指示してきたので、ネルはそれに従って封筒を隠した。ラモナは外の通りを目で注意深く探った。まるで夜の森で狼を警戒する鹿のように、真剣そのものの視線を飛ばしている。

「もう二度と来ちゃだめよ。それがあなたの身のためだから」外に出るネルを見送りながらラモナが言った。

　ネルは首をふった。「それはお約束できません」ラモナが父とも母とも親しかったと知ったいま、どうしてそんな約束ができるだろう。「わたし、父よりも頑固だって言われてるんです。父のことはよくご存じだったんでしょう」

重ねて来るなと言うだろうと思ったのに、ラモナは薄いピンクの唇を歪めて、ほんの少し微笑んだ。ネルがここに来てから初めて見せた笑み。「あれはお願いじゃないわ。事実の言明ね」ラモナは言いながら、もうドアを閉じにかかっていた。

ドアが閉まり、ラッチがかちりとかかる重い音が響いたとき、ネルはラモナの最後の言葉を耳にした。

「存在しない場所は見つけられないから」

（えっ？）

ドアのガラスに反射する午前の日差しが目に飛び込んできて、ネルはとっさに片手をかざした。それからまたドアに近づいてなかをのぞき込んだ。「ラモナ？」そっと呼びかける。

存在しない場所は見つけられないから？

いったいなにを言っているのだろう。ネルは店の場所を知っている。いまその前に立っているのだ。存在しないはずがない。

ドアを軽くノックした。最後の言葉の意味を訊こうと思ったのだが、ラモナはもう店頭から姿を消していた。


ネルはためらいながら一歩さがった。たぶん忙しいだけだろう。そうにちがいない。しかしすべてが――ラモナの落ち着かない様子、ネルの両親との奇妙な関係、ネルを送り出す前に、外のなにかを恐れているかのように通りを確認していたことなど、どれをとっても不可解でとても無視できなかった。

ネルはゆっくりとふり返り、ドイヤーズ・ストリートを見渡して、さりげないふうを装いつつ黒いアウディを探した。

道路はがらんとしていた。ほっと安堵の息を吐こうとしたが、それがのどの途中で引っかかった。

さらに道路の先を見やると、次の交差点に黒い車が一台縁石に沿って停まっていた。なかに人が座っている。

（ちくしょう）

とっさにホイールハウスに目をやり、錆びていないか確かめようとしたが、彼女の立っている場所からはよく見えなかった。

しかし、見えるようになるまで待っているつもりはない。

ネルは向きを変え、反対方向に向かって歩道を急いで歩きだした。歩行者をよけつつ、でたらめに何度か角（かど）を曲がり、通りを渡ったりまた戻ったりして、リトルイタリーの奥に向かった——徒歩であれ車であれ、だれにもつけられていないと確信が持てるまで。

運転手はどんな顔をしていたろうか。思い出そうとしたが、窓はスモークガラスだったし、早く逃げようとあせるあまりよく見ていなかった。

ふと思いついて、小さなコーヒーショップに飛び込んだ。客は数えるほどで、全員が新聞やスマホに夢中だったし、給仕（バリスタ）はシェフと話し込んでいて、ネルがなにも注文する様子がないのも気にしていなかった。

窓から離れた席に滑りこみ、ラモナから渡された封筒をトートバッグから取り出す。さっきも見た封筒の殴り書きにさっそく目を走らせた。

ダニエルへ

遅くなってすまない。思っていたより見つけるのに手間取ってしまった。

役に立てばいいんだが。どうか気をつけて。

フランシス

フランシス。ラモナの話に出てきた友人のひとり。メモの最後にあった日付は昨日、つまり父が死んだ翌日だ。

（間に合わなかったけど）とラモナは言っていた。

ネルはテープを指で剝がして封筒のふたを開いた。

中身を出そうと封筒をそっと振ると、紙と紙がこすれる音がして、小さな長方形のものがするすると滑り出て手のひらに落ちてきた。

裏向きだったが、写真なのはわかった。

追伸：数年前にファイル整理をしていたらこれが出てきた。つらい思い出がよみがえるかもしれないが、それでも見たいんじゃないかと思って。フィルム現像所のロゴの下の余白に、フランシスはそう書き込んでいた。

表に返し、写っているものを見たとたん、突然ほろ苦いものが込みあげてきてネルは息を呑んだ。

彼女の家族の写真だった。

家族三人——父と母、そしてまだよちよち歩きのネル——が、古いステーションワゴンの前に立っている。車のドアは開いていて、座席にはスーツケースが積みあがっていた。背景をなす周囲の森は青々として、太陽は明るく輝いている。ネルは紫のオーバーオールを着て母の腕に抱かれ、その母娘に父が腕をまわしていた。両親はいまのネルよりも若く、滑らかな顔にはしわもなく、母の髪は彼女の髪と同じくまとまりにくそうな巻毛だった。魅入られたように指先で母の顔に触れた。ネルはいつもドクター・ヤングにそっくりと言われてきたが、この写真を見ると、もうひとりのドクター・ヤングにもよく似ているのがわかる。母の着ている特大のだらんとしたカーディガンさえ、ネル自身の着ているものとよく似ていた。小柄な身体に滑稽なほど大きすぎて、まるでネルの父のものを失敬して着ているみたいだ。三人とも盛大に笑っていて、写真を撮られたときになにかのことで大笑いしていたかのようだ——とくに父が。

（ほんとうにうれしそう）父を見つめながらそう思った。もちろん父のうれしそうな顔は以前にも見たことがある。彼女が全額奨学生としてＵＣＬＡに入学したときや、卒業したとき、ニューヨーク公共図書館のインターンシップを認められたときにも。しかし、その陰にはいつも痛みが隠れていた。（おまえのお母さんにも見せたかった）と、父はため息交じりに言うことがあった。父が母について語るのはそれがせいぜいだった。

しかしこの写真では、父はまだその深い傷を負っておらず、傷跡も残っていない。色あせた写真の奥から、父の強烈な喜びが伝わってくるような気さえする。素直な、こわいものなしの喜びが。ラモナが評したとおりの父がここにいる。

「楽しそうね、お父さん」彼女はささやいた。

しまいに写真をそっとテーブルに置き、封筒からもう一枚の紙を引っ張り出した。厚紙のフォルダーにはさんだ一枚の紙きれ。新聞記事だろうか。フランシスは、父に依頼されて調査か研究の状況を追跡していたのかもしれない。しかし、図書館の学術雑誌データベースからダウンロードできないような、どんな情報を探していたというのだろう。なんと言っても、父は世界最大級のデータベースを使って仕事をしていたのだ。ラモナのようないかがわしい仲介を通してほかの人間に探してもらうより、よっぽど簡単に見つけられるように思える——ひょっとして、父は自分が検索した記録を残したくなかったのだろうか。

しかし、フォルダーから出てきたのを見ると記事ではなく、それはまたべつの地図だった。こすれたあとやインクの状態からして古いもので、また印刷スタイルや紙の材質を見れば、大量生産品なのはすぐにわかった。

なぜ父は、またしても取るに足りない安物の地図を

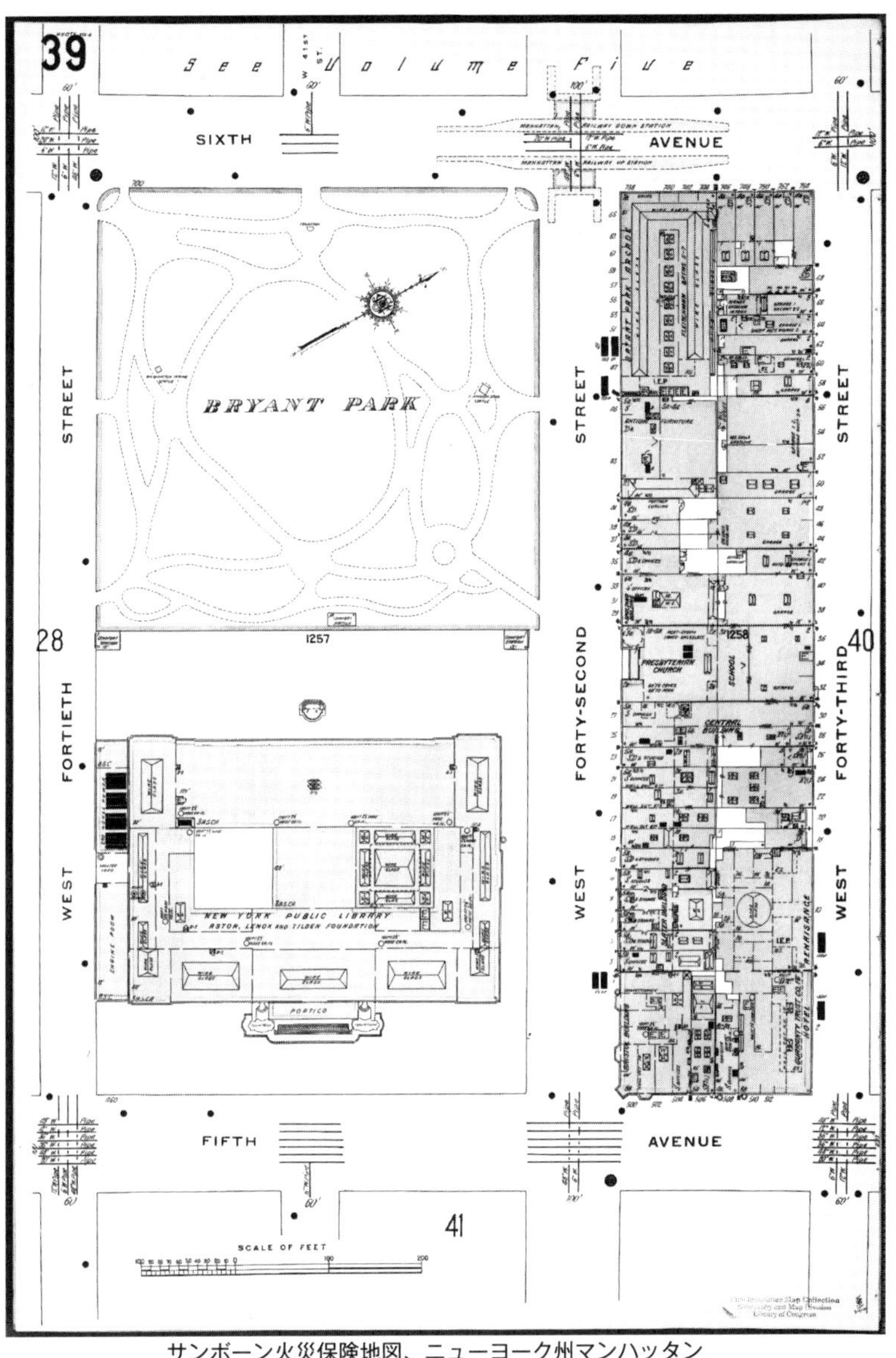

サンボーン火災保険地図、ニューヨーク州マンハッタン
〈サンボーン地図会社〉製、1903～1919年、第4巻1910年

探していたのだろう。

　ざっと目を走らせて、その関連性を理解しようとした。例のジャンクボックスの地図とはちがって、今度のは幹線道路地図ではなく、ある通りの一区画の建造物を描いた平面図だった。工学目的あるいは産業用途だろうか、建物の内部が描かれている。一九〇〇年代前半のものだった。

（ニューヨーク公共図書館の施工図だ）と気がつくと同時に、地図の下の色あせたスタンプが目に入った。

「サンボーン火災保険地図？」ネルは面食らって、小さく声に出して読んだ。

　父はいったいなぜ、自分が勤める図書館の昔の間取り図が必要だったのだろうか。そしてこの地図は最初の地図とどんな関係があるのか。

　サンボーンの地図が入っていたフォルダーの裏側に、その問いへの答えが見つかった。

　褐色の厚紙にざっと手書きされていたのは、ガソリンスタンドの地図に見たのと同じ記号だったのだ。

　中央にCの文字の入った八方位の羅針図（コンパスローズ）。

IX

　葬儀後のレセプションはスワンの私邸で行なわれたのだが、そこにはネルが予想していたより多くの人が詰めかけていた。スワンの個人所有のスコッチをだれかが注いでくれたので、クリスタルのタンブラーを両手に包み込むようにしながら、彼女はスワンの邸内をあてもなく歩きまわった。周囲では、図書館のスタッフ全員、理事会のメンバー、父の著名な友人や同僚が、いくつかのグループに分かれて低い声で話している。思い出したように乾杯がされて、グラスのぶつかる音が室内に響く。葬儀のあと、夕方ごろから全員がここに集まっていて、歴史あるブラウンストーン造りの建物のあちこちに小さな人群れができていた。

　久しぶりに足を踏み入れたが、スワンの家は変わっていなかった。昔ながらの本の虫ならこんな家に住みそうと、だれもが想像するとおりの家だった。大きな窓に木製の鎧戸（よろいど）、ほとんど遮られずに漏れ入る陽光に埃（ほこり）が舞っている。デスクにはパイプがあり、そしていたるところに本がある。

　この家がどれだけ恋しかったことだろう。

「いいお葬式だったね」軽く背中をぽんとやられてネルは飛びあがり、すぐに笑顔になった。ハンフリーが、慰めるように肩をぎゅっとつかんでくる。「そう思わないか」

「思うわ、ほんとのところ」ネルも同意するしかなかった。ドクター・ヤングが去ったあとには、踏みにじられた争いの種が死屍累々のありさまだったが、それで悶着が起こることはなかった。顔を潰された研究者がこっそり怪文書を配って、いかに彼が血も涙もない敵だったか暴露することはなく、博物館の館長が現われて謝罪を要求することもなかった。ネルもまた口をつぐんでいた。失笑を漏らしたりあきれて天井を仰いだりもしなかった——他の人々が、説教壇から故人をたたえて美辞麗句を並べていたときも。柩に歩いていって、最後の別れを告げたときも。

　記憶のなかの父よりずっと老けて見えた。ずっと小さく、ずっと寂しげだった。ネルは、われ知らず父の手を握りそうになった。

　しかしもう手遅れだ。いまもそうだし、これからもずっとそうだろう。

「ネル、こんなところにいたのか」とスワンの声がした。人混みのなかから、ひょろりとした長身が抜け出してくる。

「スワン」とネルは手をふって呼び寄せた。「こちらはわたしの上司のハンフリー・トゥラン。ハンフリー、こちらはニューヨーク公共図書館地図部長のスワンよ」

「これはどうも」とハンフリーは応じ、スワンに握手を返した。

「初めまして。〈クラシック〉社のお噂はかねがね」スワンは丁重に言った。

　ハンフリーはくすくす笑った。「そりゃ、ネルがきっとかなり割り引いて話してるんでしょう。うちで扱ってるのは、おたくの図書館にあるような立派な地図とは比べものになりませんから」

　ふたりが話している横で、ネルは顔をしかめたくなるのを我慢していた。ハンフリーが葬儀に参列すると言い張ったのには心底感謝していたが、同時に彼の参列が恥ずかしく、そして恥ずかしいと思う自分が恥ずかしかった。だが、彼はいまここで、ニューヨーク公共図書館の地図部長を相手にジョークを飛ばしている。地図が古めかしく見えれば見えるほど客が喜ぶとか、古地図らしく見せる手管——万能鍵、それっぽい外国語、人為的な褪色など――で売上げが跳ねあがるとか。

「さて、おふたりには積もる話もあるだろうし」しまいにハンフリーは言った。ネルが居心地悪そうにしているのにようやく気づいたらしい。すまなそうに笑顔を向けてきて、「どこかにオードブルはあるかな」

「ほんとうに、来てくださってありがとうございます」ぶらぶら離れていくハンフリーにスワンはそう声をかけ、困ったようにひたいにしわを寄せてネルにまた向きなおった。

「ごめんなさい」彼女はため息をついた。「わかってるの」

「彼はきみをとても大事にしてくれてる。そこが肝心だとわたしは思うよ、彼の仕事が歴史的に正確かどうかなんて、それにくらべたら小さなことだ」と、彼女のグラスにグラスを触れあわせてきた。どちらのグラスにも入っているのは同じ、目の玉が飛び出るほど高価なスコッチだ。「この年月、きみに気をつけてくれる人がいてよかった。わたしにはできなかったから」

恐縮しつつ、ネルは乾杯の挨拶を返した。ひと口飲もうとしたが、芳醇な香りをひと嗅ぎするのが精いっぱいだった。実際に唇をグラスのふちに運ぶのすら畏れ多い気がする。このスコッチの値段は、おそらく〈クラシック〉社での彼女の年収と変わらないだろう。そんな高価なものを飲むと思うと落ち着かなかった。

「それで、フィリクスはどこなの」スワンは続けた。

「さあ。〈ヘイバーソン〉の豪華な式典にでも出てるんじゃないかしら」と彼女は答え、いきなり胃袋が縮みあがったのを無視しようとした。

スワンはため息をついた。「久しぶりに再会したんだから、葬儀に招待するんじゃないかと思ってたんだけどね」

「まさか」としらを切る。「もう七年も経つんだもの、とっくに終わったことよ」

そうだろうか。来るはずがないと思ってはいたが、それでも一日じゅうメッセージを送ろうかどうしようかと迷っていた。もう防犯ビデオを見たか確認したかったのだ――というのは嘘ではなかったが、それが彼と話したい唯一の理由かと言われると自信がなかった。そしてそれ以上に、ほかにも理由があると彼に思われるのがいやだった。

スワンは少し残念そうに微笑んだ。「ともかく、きみが来てくれてよかった」と、またネルに向かってグラスをあげてみせる。

「アルバート・ウィルスン・スワン、またわたし抜きで乾杯する気なら、あなたの大事なスコッチをもっと飲まなくちゃいけなくなるわ」背後から聞き覚えのある声がした。

「それじゃ急いで加わってください。ドクター・ヤングに乾杯」スワンは笑顔で、腕を宙に掲げて待っている。

「ミズ・ペレス・モンティーリャ」ネルはとたんにまた緊張して、かすれ声で言った。スワンへの呼びかけを聞いただけで、アイリーンだとわかってよかったはずだ。スワンをフルネームで呼びそうな人物は、ニューヨーク公共図書館の理事長以外に思いつかない。ネルにとって、そして地図部のほかのメンバーにとって、スワンはずっとスワンだった。彼女の父でさえ、彼をスワンと呼んで何十年も友人としてつきあっていたのだ。

「アイリーンと呼んでって言ったじゃない」と言って、アイリーンは少し前かがみになってネルをハグした。「それと、こちらはクレア・マリー・ロシュ。理事会のメンバーよ」と付け加えて身ぶりで示す。見れば、アイリーンと同じく堂々とした魅力的な女性が、かれらの左側に立っていた。

「お目にかかれてうれしいわ」クレアが応じた。

「あの、初めまして」ネルは、自分の質素なワンピースの裾を引っ張りたくなるのを抑えた。教会は寒かったから、葬儀のあいだは仕事着のカーディガンを引っ掛けていたのだが、スワンの家に入ったときにどうして脱いでおかなかったのだろう、伸びきって色あせていて古ぼけているのに。

「それで、こちらも理事のウルフ・エリクソンとジュリアン・ロイプレヒト。こちらはスミソニアン博物館のピート・ヴァンス、スタンフォード大学のノゾミ・イトー……」とさらにアイリーンは付け加えた。また別のグループが近づいてくる。次から次に。

氏名と肩書きが続々と並び、そのたびに彼女は怖気（おじけ）づいていくいっぽうだったが、最後の人物には一番驚いた。

「それでこちらがドクター・フランシス・ボーデンよ」とアイリーンは締めくくって、いま加わってきたばかりの男性を示した。「ハーヴァード大学文化財保存学部の」

フ、フ、フ、

フランシス。

ラモナの話に出てきた男性と同じ名前――そして父宛ての封筒にあったのと同じ名前だ。その封筒には彼女の家族の写真が、そして二枚めの地図が入っていたのだ。最初の地図と同じぐらい不可解な、図書館の地図が。

「初めまして」ネルは握手しながら相手を観察した。年齢に矛盾はない――父よりひとつふたつ年上か、それ以上ということはなさそうだ。濃い褐色の肌、短い銀色のひげがそれと温かい対照をなしている。とくに長身の客たちよりさらに一インチか二インチ高かったが、ひじょうに秘密めかしたというか、警戒しているような感じがあった。ラモナの態度とよく似ている、とネルは気がついた。

フランシスはそわそわしているようだ。

「お父さんはまことに残念でした」彼は低い声で応じた。

「ありがとうございます」

「こんなに大勢のかたがお別れを言いにいらっしゃるとは、さすがドクター・ヤングと言うしかありませんね」とスワンが付け加えた。

「ドクター・ヤングはまことにパワフルだった」とウルフが賛同すると、みながひとしきりうなずく。「みんながあれぐらい仕事に情熱が持てればと思いますよ。法律で食っていくことはできるし、わたしのささやかなコレクションの費用もおかげで出せるわけですが、あのコレクションで食べていけるなら……」

「まったくです」ジュリアンが全員に向かってグラスをあげた。「ヘッジファンドも大して面白い仕事じゃない。わたしがあんまり愚痴をこぼすものだから、夫にはいつももう辞めたらいいのにと言われますよ、収入はともかくとして」とため息をつく。「ある意味、仕事をしながら最後の瞬間を迎えられたのは、ドクター・ヤングにとって本望だったのではないでしょうかね。しかしもしわたしだったら、デスクで事切れるのは――」

「ジュリアン」クレアがネルを身ぶりで示しながらたしなめた。「不謹慎よ」

ネルは笑顔で言った。「じつを言うと、わたしも真っ先にそう思いました。一番好きなことをしながら亡くなったんだなって」そう言いながら、人々の顔を眺めていた。父の死には年齢以外にも原因があったのではないかと、そう疑いはじめている人がほかにもいるのではないかと思ったのだ。彼女の視線がそちらに向かうと、フランシスはすぐに目をそらした。

（やっぱり、この人はそう疑ってるんだ）彼女は思った。

「じつはさっき聞いたんだけど、警察はドクター・ヤングの死に疑念を抱きはじめてるらしいね。翌日の強盗事件と関連があるんじゃないかと」ウルフは言いかけて、そこでぎょっとしたように息を呑んだ。「申し訳ない！」とネルに向かって言う。「ここ数日、しょっちゅう会議をしてるものだから、いまは理事会室で図書館事業の話をしているんじゃないってことをときどき忘れてしまって。お父さんの葬儀の場で、噂話をするつもりはなかったんですが」

「いえ、むしろうれしいです。警察が調べてくれてるってわかって」ネルは言った。

「今朝ケイブ警部補が図書館に来て、いまどうなっているか説明してくれたわ」アイリーンが彼女とスワンに説明した。「あなたたちはもう教会で葬儀の準備をしていると言っておいたから、きっと明日電話が来るでしょう」

　ネルはうなずいた。喜んでいいのかどうか判断がつかない。

　もちろん、警察が突っ込んで捜査してくれれば、図書館に押し入り、ひょっとして父を殺したのがだれなのか判明する可能性は高くなるわけで、それで正義が行なわれることを彼女も切実に望んでいる。しかしそうなれば、父が亡くなったときガソリンスタンドの幹線道路地図を持っていたことも明らかになり、それがどこに行ったのか調査が始まることになってしまう。

　それはまったく面白くない。なぜあの地図がすべての謎の中心にあるのか、それを彼女が自分で突き止めるまでは。

「ネル、ちょっとスワンといっしょに外してもいいかしら」アイリーンは言った。ネルの逡巡(しゅんじゅん)には気がつかなかったようだ。「昔からお世話になっているご家族がいま見えたから、挨拶に行かなくちゃいけないの」

「もちろんです」ネルは応じた。

　アイリーンとスワンが離れていくといったん静かになったものの、すぐにまたドクター・ヤングに乾杯が始まった。ネルはグラスをあげただけで、今度も飲まずにまたおろした。この集まりが終わるころには、だれも立っていられないのではないかと心配になるほどだ。

「もう彼のような人は出てこないだろうな」しまいにウルフが言った。

　ネルはため息をついた。いま目の前に居ならぶ錚々(そうそう)たる面々は、どの人も信じられないほど裕福で、地図学の世界を渡り歩いているというよりそのうえに浮かんでいると言ったほうがいいほどだから、おそらく図書館の日常業務などなにも知らないだろう――ましてや、卑しいインターンの遠い昔のスキャンダルなどは。彼女がかつてニューヨーク公共図書館で働いていたことも、彼女自身も地図学者だったことすら知らないのかもしれない。それでも、その言葉は胸に刺さった。

「まさにそのとおり」ピートが言った。「図書館にとっても、わたしにとっても」

「父は収集をお手伝いしていたんですか」ネルは尋ねた。

「個人的なコレクションの仕上げをね」ピートは答えた。「ドクター・ヤングみたいに地図を探し当てられる人はほかに見たことがありませんよ」

「まさにキツネを追う猟犬なみだった」ジュリアンが高らかに言うと、また乾杯が始まった。

「〈ゼネラル地図製作〉の追跡に関心を持ってくれていればよかったんだが」とウルフが言った。「またその話」クレアがうんざりしたようにため息をつく。

ウルフ、ピート、ジュリアンはくすくす笑ったが、ネルは驚愕（きょうがく）のあまり足がすくんで倒れそうになった。

このような人々――運転手や執事を抱えていて、平日はスキー場、週末はオペラや美術展で過ごすような――が、どうしてあんな地図のことを知っているのだろう。

「なんのお話？」ノゾミが面食らったように尋ねた。

「ああ、ニューヨーク州の古い幹線道路地図探しですよ。一部の理事が暇つぶしに楽しんでるだけなんです。くだらない話で」とピートがノゾミに言った。

ネルはなんとか笑顔を作った。「でも、興味深い地図なんですね？」彼女は尋ねた。

「それはだれに尋ねるかによりますよ」とジュリアン。「わたしは楽しんでますよ、なかにはのめり込みすぎてるコレクターもいるけど。わたしの友人のオリビアはとくにそうなんだが、もっとも彼女は昔から負けず嫌いだったから」

「ばかばかしい」クレアがグラスをあおった。「なにが秘密のゲームよ」

「クレアは参加しようとしないんですよ」ウルフがネルにウインクした。「恥さらしだと言ってね」

「だって恥さらしだもの。ちょっとでも体面を気にする人なら、耳にする機会もないような話よ。例外はこのおふたりとその飲み仲間ぐらいだわ」クレアがやり返す。

「それは違うよ」ジュリアンが言った。「ネットを見れば、あれを探してるアマチュアのコレクターがほかにもいるよ。間違いなくちょっとしたカルトだね。小規模だが熱心な」

「『カルト』！」クレアが大げさに怯えたふりで繰り返した。「高いお金を出すのなら、もっとずっといい地図があるのに」

「たとえば？」

「同年代のアメリカの地図なら、文字どおりなんでもよ！」と声を高めた。「一九〇〇年代初めごろ、〈ランドマクナリー〉はまだ美しいコレクター向けの地図帳や巨大な壁掛け地図を作っていたわ。あのころはまだ、業界全体が便利さや安さに取り憑かれてなかったから」

「自動車のせいですね」ノゾミが応じた。「T型フォードが発明されたのはそのころでしたよね。急に、だれもがたった一日でいままでよりずっと遠くへ行けるようになった。そうなれば、そのための新しい地図が求められるようになるわけで」

「まさに〈ゼネラル地図製作〉はそこに目をつけたんですよ」ピートはうれしそうに知識を披露しはじめた。「大企業ほどのリソースはなかったけど、車を運転するときに、高価な大型地図帳を持っていくのはニーズに合わないことがわかってた。安価な折りたたみの道路地図というコンセプトを発明したのはこの会社なんですよ。ああいうの、この何十年間みんな使ってたでしょう。わたしの車の小物入れにはいまでもまだ何冊か入ってますよ。いまはみんなスマホばかり使ってますが」と言ってウルフににやりとしてみせた。「心配しなくていいよ、〈ゼネラル地図製作〉のは入ってなかった。ちゃんと確認したから」

「それはよかった」ウルフは言った。「きみの車に侵入して調べなくてもすむ」

みな声をあげて笑ったが、そのジョークにはぎらぎらしたものが隠れていて、ネルは身震いした。みなが再び乾杯するさまをそわそわしながら見まわす。先ほどより、全員がずっとよそよそしく見えた。そしてずっとうさんくさい。

ふと気づくと、フランシスはもうこのグループとともに立ってはいなかった。ガソリンスタンドの地図の話が出ると、すぐに姿を消したのだ。

「ずいぶん熾烈なゲームみたいですね」しまいに彼女は言った。

「ええ、熾烈ですよ」ピートが応じる。「取り憑かれたようになる人もいますから、ちょっと怖いですね。正直なところ、なぜあの地図にそんなに価値があるのかよくわからない。わたしはただ勝ちたいだけで」

「じつを言うと、わたしもよく知らないんですよ」ウルフも認めた。「わかっているのは、あれにはとんでもない値段がついていて、途方もなく稀少だってことだけですね。あれを見つけたら一生自慢の種になる――そして、〈カルトグラファーズ〉から付け狙われることになるでしょう」

ネルはなんとかあえぎを嚙み殺した。先ほど倒れそうだったとしたら、いまはもう気絶しそうだ。

またただ。またこの名前。

しかもウルフの口調は、単なる地図業界の噂話だと思っているようには聞こえなかった。

本物の人物について話しているようだった――間違いなく実在の。

「その〈カルトグラファーズ〉ってどういう人たちなんですか」彼女は尋ねた。

「さあ、だれも知らないんですよ」とジュリアンは答えた。「しかし、このゲームの参加者中では群を抜いて裕福な連中のようです。そのうえだれより熱心で。熱心すぎるというか」

「でもまさか、ほんとうに生命を狙われるわけじゃないでしょう」とノゾミがウルフに言う。

「それがその」ウルフはふと気まずそうに口ごもった。

「脅迫されたと言ってる友人がいるんですよ。しかもときどき、その……姿を消すコレクターがいるんです。ぱたっとゲームをやめてしまって、行方が知れなくなる。それどころか――」

「ただの噂だよ」ピートが口をはさんだ。「おどかして手を引かせようとしてるだけさ」

また笑い声があがり、ネルも小さく笑った。

「いやじつのところ、これはスターリング・ハウスの学芸員から聞いたんだが、この地図がこんなに稀少になった理由のひとつは、何年も前、このゲームが始まったと思われるころ、見つけしだい片端から廃棄してまわった者がいるからだっていうんだよ」とジュリアンが付け加えた。

「廃棄してまわった?」ネルは声をあげた。そのせつな、すべて紛失となっていた研究施設共同データベースの画面が脳裏をよぎった。そしてまた、〈ゼネラル地図製作〉の古い社屋が焼け落ちて、黒焦げの残骸になっているさまが。

「古い地図だし、作りも安っぽいし」とクレア。「大半は長い年月に風雨にさらされたり、最新版が出てゴミ箱に放り込まれたりしたんでしょう。それをだれかが伝説に仕立てあげようとしてるのよ」

「それならどの版もそうなってるはずじゃないか。でも、ほかの年の版は探せばいくらでも見つかるんだよ。こんなに稀少なのは一九三〇年版だけなんだ」とジュリアンが言い返した。

「もしかしたら訴訟と関係があるのかもしれない」とウルフ。「一度調べてみたことがあるんだ、有望な手がかりをつかんだと思ってたときに。なんでも突き止められる優秀な弁護士補助員（パラリーガル）を抱えてるんでね。みんなの追ってる問題の版が発行されたのとだいたい同時期に、著作権侵害の訴訟が起こってるんだよ。で、〈ゼネラル地図製作〉は負けたか和解したかどうかして、訴訟は立ち消えになってる。その後、会社は衰運に向かったわけだ」

「著作権侵害」ネルはその語を反芻（はんすう）した。〈ゼネラル地図製作〉はデータを盗んでいたのだろうか。それとも逆に盗まれたのか。

「もしかしたら、人為的に稀少性を高めようとしたとか」ノゾミが言った。「残っている地図を大量に廃棄すれば、価値が高くなるでしょう?」

「わたしも最初はそう思ったんですが、それにしてはやりかたがあまりに極端に見えるんですよ。どんなに熱心なコレクターも、この何十年一枚も見つけられないんですから」とウルフは言った。「だれがやったにしても、値段を吊りあげようとしたわけではなく、あの地図を完全に消し去ろうとしたとしか思えない」

　ジュリアンはため息をついた。「わたしはもうあきらめかけてますが、あきらめの悪い連中も数人いて、どこかにあと一枚は残っていると頑固に希望を持っていますよ」

（わたしの地図のことだ）ネルは背筋が冷たくなった。

　いま聞いたこの話を、スワンに伝えなくてはならない。アマチュアコレクターの世界でもとくに富裕な層の一部が、例の地図をめぐって大富豪のための秘密のゲームに興じているのだ。その地図を狙って、ニューヨーク公共図書館に侵入した者がいる。そしてその地図のために、父は……あんなことになってしまったのかもしれないのだ。

　今度は彼女が、あの地図のために手出しをされるかもしれない。

「それで、ゲームに参加する気になったかな」ここで、ピートがネルに尋ねてきた。冗談めかした口調だったが、いささか警戒するような響きがなくはなかった。

「ドクター・ヤングのお嬢さんなのよ。そんなあきれた下品なゲームに手を出すなんて、はしたないことなさるはずないわ。お父さんだってそうだったし」クレアはきっぱりと言った。これでこの話は終わりというように。「それじゃだれか、ドクター・ヤングの心温まる健全な思い出話をして聞かせてよ」

　ノゾミが笑えるエピソードを話しだし、ネルはそれに耳を傾けようとしたが、頭のなかは父の革製の書類ばさみのことでいっぱいだった。静かなオフィスの残骸のなかに隠されていた書類ばさみ。父は亡くなる前にあの地図をそれに入れて隠していた。そしてその地図を多くの人々が、そしてなにより〈カルトグラファーズ〉なる危険なグループが、血眼(ちまなこ)になって探している。

　不安をほかの客に悟られないように、ネルはグラスをあげた。

「ドクター・ヤングに」そのしぐさに気づいてウルフが言い、周囲の人々もそれにならった。

　ネルはついに、ほんの少しグラスに口をつけた。かすかなムスクに似た香りが唇を灼(や)く。たぶんこれだけで一か月の給料ぶんくらいするだろう。

「ちょっと失礼します」彼女は言い、向きを変えて人混みの奥へ進んだ。早く逃げ出したかった。悔やみの言葉とあげたグラスに次々と迎えられ、そのたびに笑顔で応じたものの、一度も立ち止まらなかった。ある人物を探していたのだ。

「フランシス」彼女は言った。

　ドクター・フランシス・ボーデンは、他の客から離れて書棚の近くの片隅に立っていた――そしてよりにもよって、ハンフリーと話をしていたようだ。そのハンフリーはちょうど、酒のおかわりを取りに部屋の反対方向へ消えていた。彼女の呼びかけに、フランシスははっと顔をあげた。

「ネル」としまいに応える。「大丈夫ですか。こういうことはけっこう大変だったりするものだけど」

「ありがとうございます。大丈夫です」彼女もいっしょにその片隅に立った。「父をよくご存じだったんですか」

「ここ数年、よく学会なんかでお目にかかってましたね」

「もっと昔のことです。もっとずっと昔。それにわたしのこともご存じだった。そうですよね」

　フランシスの顔にさらに暗い影がよぎった。

「申し訳ない、もう時間も遅くなってきたので――」

「昨日、ラモナ・ウーの店に行ったんです。父に宛てた封筒をもらいました」ネルは遮った。「封筒にはあなたの名前が書いてありました」そう言って迫ると、彼はさらに殻にこもったようだった。「図書館の古い火災保険地図を、父はなんのために欲しがったんでしょう」

フランシスは長いこと黙っていた。部屋を素早く見まわす目には、あのときのラモナと同じ警戒の色が浮かんでいる。

「そんなことを調べるのはやめなさい」押し殺した声で言った。

「ラモナにもそう言われました。追い払うみたいに帰らされて」彼女は言った。「理解できないわ。なぜなんです？」

「理解できないままのほうがいい。あなたはもう、手に負えないことに首を突っ込みかけている。おまけに不用心だ」

「どういう意味ですか」

「二日続けてニューヨーク公共図書館に足を運んだ。〈ゼネラル地図製作株式会社〉のことを調べた。研究施設共同データベースに虚偽の入力をした。ラモナの店にまで行っている」

ネルは茫然（ぼうぜん）として彼を見つめた。明るくにぎやかな室内が、急に寒々として不気味に思えてくる。「あなたは、その……わたしのあとをつけてたんですか」

「ただ警告するためですよ」フランシスは言った。

ネルは返答に詰まった。考えまいとしても頭に浮かんでくる――あの黒い車。外へ出ればどこからともなく現われるあの車。ついさっき理事たちの目に浮かんでいた強欲の色。ラモナの、そしていまフランシスの目に浮かぶ恐怖。

「サンボーンの地図を、父はなにに使うつもりだったんですか」重ねて尋ねたが、フランシスは急速に彼女から距離を置こうとしていた――いまはもう彼女ではなく、彼女の向こうを見ている。

「ネル、そこにいたのね」アイリーンが言った。「お邪魔してごめんなさい、でも図書館の盗難事件のことでまたインタビューを受けなくちゃならないの。帰る前にもう一度あなたと話がしたくて」

「喜んで」ネルは答え、フランシスに意味ありげに目をやった。「また戻ってきますから」と言い残し、アイリーンのあとについてスワンご自慢の大きな出窓のそばに向かう。

「疲れてない？」アイリーンは尋ねた。

「大丈夫です」ネルは答えた。ちょっと言いよどんで、「それでその……いかがですか、図書館のほうは」

アイリーンはため息をついた。見事なメイクアップでも、疲労の色は隠しきれていない。「メディアが食いついてきて離れないのよ。しかも今度の事件は、たんに強盗が入って警備員が不運にも殺されたというだけじゃなくて、図書館でもとくにすぐれた研究者に対する計画的な犯罪だった可能性が出てきて――」彼女は息をついた。「あなたにその話をしたかったのよ。ずっと昔に彼から言われたこと」

「父のことですか」ネルは尋ねた。

アイリーンはうなずいた。「お父さんが採用された日、とても物騒な話をしてらしたの。ミーティングが終わって出ていかれる直前に、自分の身になにか不審なことが起こったら、事件性を疑ってほしいっておっしゃったのよ。それ以上くわしくは説明してくださらなかったけど、でもその後はなにも問題なんかなかった。

お父さんがここに勤めてらした数十年間、事件らしい事件なんかなかったし、二度とその話題が出ることもなかった。だからわたしも忘れていたの、この強盗事件があるまで」彼女は身を寄せてきた。「ケイブ警部補から聞いたんだけど、なにか手がかりはないかと思って、この数か月間のお父さんの通話記録を調べたんですって。あなた気がついてたかしら、お父さんはあの夜、亡くなるちょっと前にあなたに電話しようとしてらしたのよ」

ネルは驚いて目を丸くした。「いいえ」彼女は言った。とても信じられなかった。父と最後に言葉を交わしたのは、彼女が解雇された日なのは間違いない。「たしかですか？　父の番号から不在着信があれば、気がつかないはずはないと思うんですけど」

「新しい電話システムは、夜になるとシャットダウンして着信も発信もみんな、自動的に警備員の受付デスクを通されるようになっているの。お父さんの発信はそこまでは行ってるんだけど、ヘンリーが巡回から戻ってきて電話をつなぐ前に切ってしまわれたみたいね」ネルに目を当てた。「それでね、別の方法であなたに連絡しようとなさらなかったかと思って」

ネルは首を横にふった。にわかには信じられない話だ。

アイリーンはため息をついた。「残念だわ。なにもかもおかしなことばかり。お父さんがあなたになにを伝えたかったのかわかればと思ったんだけれど」

ネルは深呼吸をした。これはチャンスだ。

「じつを言うと、手がかりをつかんだんじゃないかと思ってるんです。父の私物を調べたり、昔の友人たちの話を聞いたりして……父がなにを調べていたのかひょっとしたらわかるかもしれません」ネルは言いよどんだ。「ひょっとしたらそれが、図書館に強盗が入った理由だったんじゃないかと思うんです」

アイリーンは驚いて目を見開いた。「それとは？」

ネルは唾を呑んだ。調査に着手したのはたしかだが、ニューヨーク公共図書館の高名な理事長に話す段階ではない。図書館の壁にかかった無数の歴史的文化財に比べたら、あれは地図とも呼べないような古い安物だ。ほんとうはただの安物ではなかったなど、確固たる証拠もなしにめったなことは言えない。すでに人生で一度、大発見をあまりに早く見せびらかすという過ちを犯している。二度と同じ過ちを繰り返してはならない。

「まだはっきりとは」彼女は言った。「でも、わかったらすぐにお持ちします」

アイリーンは、驚いたり安堵したりで笑顔になった。「そうしてくれたら恩に着るわ。図書館全体が感謝するでしょう」ちょっと考えてから言葉を継いだ。「図書館にはいまもあなたの強力な味方がいるわね。朝となく昼となくわたしのオフィスに押しかけてきて、際限なく熱弁をふるっているわ、あなたがいかに優秀で、あなたを失ったのは図書館にとっていかに大きな間違いだったかって」

「スワンはほんとにやさしい人ですから」ネルは礼儀正しく笑った。

「ともあれ、彼の精力的なキャンペーンもあるし、いまの打ち明け話もあるしで、わたしも心が決まったわ。何年も前に起こったことの埋め合わせはできないけれど、少なくとも多少の罪滅ぼしはさせてもらえると思うの。上級研究員でどうかしら。文化財保存部長補佐とか」

ネルは喘（あえ）ぎ声を嚙み殺した。

スワンのおかげだ。

アイリーンを揺さぶって、攻め込むすきを作ってくれていたのだ。

欲しいものが——名声が、仕事が、図書館が、人生が、すべてふたたび手の届くところにある。彼女が学問の世界に受け入れてもらえるとすれば、そしてふたたび実力を証明して汚名返上のために闘うチャンスをつかめるとすれば、それができる力を持っているのはニューヨーク公共図書館の理事長だ。

「お約束します。父がなにに取り組んでいたのかきっと突き止めてみせます」しまいにネルはそう言い、決意にこぶしを握りしめた。

　アイリーンはうれしそうにうなずいた。「これは伏せておくことになってたんだけど、理事会ではしばらく前から、コレクションの一部にドクター・ヤングの名を冠するって計画を進めていたの。いまとなっては手放しでおめでたいとは言えないけど、それだけに実現することがいっそう重要になったと思うわ」

　ネルは息を呑んだ。「夢のようです」ニューヨーク公共図書館に、彼女の家族の栄誉をたたえてその名を冠したコレクションができるなんて。想像するだけで頭がくらくらした。しかし、過去のあれこれはともかく、父にその資格があるのは認めざるを得ない。少なくとも近年では、父ほど貴重な地図をもたらした学者はほかにいない。

　アイリーンは微笑んだ。「そう言ってもらえてうれしいわ。招待状は今日発送しているの。日曜の夜に図書館でささやかな式典をして、そこで除幕式をする予定よ」また真顔に戻って、「警察も来るわ、保安対策のために。そのときに、ドクター・ヤングのプロジェクトが犯罪の動機になってた可能性を伝えればちょうどいいかもしれないわね。それであとは警察に任せれば」

「それだとあと二日しかありませんね」ネルは驚いて言った。二日では、入荷した展示資料のインク分析を行なうのもやっとだし、ましてこの件で必要となりそうなリサーチをすませるにはとても足りない。あの地図がアイリーンの求めるものであり、またそれがなぜかということを、百パーセントの自信をもって主張しなくてはならないのに。

　アイリーンは軽く顔をしかめた。「これ以上ぐずぐずしていると、なにかあるんじゃないかと怪しまれると思うの。すでにこんなことが起こってるわけだから、それは図書館にとってぜひとも避けたいことなのよ」

　ネルはパニックにざわつく胸を無理に押さえつけ、なんとかうなずいた。「わかりました」

「よかった。でも、あなたの気持ちはわかるわ。できるものなら、身内のひとりに」――ネルは、その身内という言葉に内心わくわくしていた。彼女がそこに含めてもらえるのはなんと久しぶりなことか――「謎のこの部分を解決してもらいたいところなんだけど。ドクター・ヤングと同じように、地図を熟知していて愛している人に」

「きっとご期待に応えます」ネルは答えた。

　アイリーンはまた笑顔になり、腕時計にちらと目をやった。「ありがとう、ネル。日曜日に会えるのを楽しみにしているわ。それに、きっと図書館に正式に戻ってきてもらえるとも思うし」

ネルは窓ぎわに立ち、アイリーンが玄関ドアから走り出て運転手に合図するのを眺めながら、腕を組んで息を殺していた。父の葬儀後のレセプションで、ヒステリックに笑いだすわけにはいかない。

もう少しだ。

もう少しで、父に奪われたものをすべて取り戻せる。与えられた時間はあまりに短いが、むしろこれまでよりさらに決意は強まっていた。この二度めのチャンスを取りこぼしてなるものか。

目の隅に素早い動きが見えて、ネルははっと顔をあげた。一番人の集まっている場所を離れて、フランシスが廊下に向かおうとしている。

「フランシス」ネルは声をかけた。

しかし彼女に気づくと、あちらは足を速めただけだった。

「待って！」

ネルは急いであとを追った。客のあいだをすり抜けて同じ廊下に向かう。この家のことなら自分のほうがよく知っているはずだ。フランシスは気がついていないようだが、彼の進んでいる廊下はスワンの大きな書斎で行き止まりで、その書斎に出口はない。結局追い詰められて、彼女と話をしないわけにいかなくなるだろう。アイリーンとあんな話をしたあとで、質問の答えを聞かずに彼を帰すわけにはいかない。

彼女が角を曲がったとき、フランシスはちょうど書斎のドアの前に来ていた。片手にグラスを持ち、もういっぽうの手には小さな紙片のようなものを持っていて、肩でドアを押し開こうとしている。

「フランシス、待ってください！」

フランシスは足を止めなかった。書斎に入ると肘で押してドアを閉めてしまい、おかげで室内は見えなくなったが、それは大した問題ではない。彼女はすぐ後ろに迫っていて、さして間をおかずにドアにたどり着いた。

そのドアを勢いよくあけて書斎に飛び込む。なんとかして話してもらわなくてはならない。父の個人的なコレクションからなにかを――彼が望む地図を提供してもいい。ドクター・ヤングの所蔵品なら、ハーヴァードは喉から手が出るほど欲しがるだろう。「わたしはただ――」

しかし、言い終える前に言葉は途切れた。

ネルは室内に何歩か足を踏み入れたが、無意味だった。書斎は広かったものの、真四角で障害物もなく、隠れる場所などなかった。

そんなばかな。

ここから入れる別室などないし、裏口もない。クローゼットすらなく、窓はすべて格子がはまっている。どこにも行き場はなかったはずだ。にもかかわらず、書斎にはだれの姿もなかった。

フランシスは煙のように消えていた。

X

いまは金曜の夜で、ここはミッドタウンのバーだというのに、〈ジミーズ・コーナー〉はいつもと同じく静かだった。フィリクスがここをとても気に入ったのは、それも理由のひとつだった。図書館でインターンをしていたころ、仕事のあとはいつも、ネルといっしょにここへ来てくつろいでいた。このバーはふたりのたまり場になっていたのだ。居心地はいいし、安いし、図書館からは角をまわってすぐそこなのに、ほかの従業員はまったく来ない。

馘首（くび）になってネルと別れたあとは、思い出すのがつらくて来なくなっていたが、今夜は来ずにいられなかった。ドクター・ヤングの葬儀が始まって最初の一時間は、自分で自分の気持ちを測りかねて、〈ヘイバーソン〉所有の贅沢（ぜいたく）なアパートメントをうろうろして過ごし、次の一時間は外の通りをうろついて、歩けば歩くほど募る罪悪感を無視しようとした。ネルの招待なんか断わって当然だ、と自分に言い聞かせる。彼を解雇し、評判を滅茶苦茶にしてくれた男に対して、その死を悼む気持ちを抱けというほうが無理というものだ。その娘だってそうだ、そもそもあんな騒動に巻き込まれたのは彼女のせいじゃないか。

そうだろう？

それと気づかないうちに、フィリクスはいつの間にか〈ジミーズ・コーナー〉入口の古ぼけた青い日よけ（オーニング）をくぐり、ドアを押しあけていた。いつもそうしていたように、なかから吹き出す暖かく湿った空気を待ち受ける。

地図がなくてもたどり着ける場所もある、と切なくなってため息をついた。

狭い店内にゆっくりと入っていきながら、薄暗い光に目を慣らしていく。ほとんど変わっていないようだ。古い写真とちかちかするストリングライトだらけで、飾り立てた廊下のようと言えば一番しっくりくる。いっぽうの壁は巨大なコラージュ――常連客がここでたむろしているあいだに撮った写真を隙間なく貼り付けてある――に占領されていて、もういっぽうの壁にはいまも、オーナーの旧友モハメド・アリをはじめ、有名ボクサーの試合中の白黒写真が大量に額縁に入れて飾られていた。スペースに比べて多すぎ大きすぎ、なのにすべて収まってまだ入りそうに見える。

こうしてまた目にして初めて、自分がこの店をどんなに愛していたか気がついた。

がらがらではあったが、ひとりでテーブルを占領するのはずうずうしい気がする。なかば物思いにふけりながらカウンターに近づくと、椅子ではなくスツールになっていた。いつ変えたのだろう。なにげなく眺めると、カウンターのなかほどに女が座っていた。小柄で、くしゃくしゃの茶色の髪を短く切り、カーディガンは大きすぎる毛布のように肩から垂れて、小さな身体が呑み込まれているようで――

彼は凍りついた。

「今日はあなたもきつい一日だったの？」ネルは尋ねた。

「ごめん」と両手をあげ、早くもあとじさりながら言った。「出ていくよ」

「いいえ、いいのよ」と隣のスツールを叩いてみせたが、それがいかにもおっかなびっくりで、自分でもそれを望んでいるのかわからないかのようだった。「座って」

フィリクスはひとり苦笑した。気がついていてよかったはずだ。今夜は彼女も、このバーに行き着くことになってもなんの不思議もない。習慣はなかなか抜けないものだ。

彼がここに入ったのも、意図的に選んだわけではなく、無意識の習慣的行動だったではないか。うろうろしているあいだ、なにも考えていなかった。いや、すっかり考え込みすぎていたというべきだろうか。

どちらにしてももう遅い。

「お葬式を早めに逃げ出したの」と尋ねながら、毒蛇ににじり寄る人のように隣のスツールに滑り込んだ。

「お葬式には最後まで出たのよ。その後のレセプションにも少なくとも一時間は残ってたし」と彼女は答えたが、その声には身構えるようなとげとげしい響きはなかった。彼女にしてみれば、一分でも出席すれば義理は果たしておつりが来るぐらいだ。そしてフィリクスがそれを知っているのは彼女も先刻承知だった。

「スワンはいまも接待してるわ。上等なスコッチが出てた」

「そう」それはうらやましい。「きみも少しは飲んだんだろうね」

「ええ、飲んだわよ」彼女は笑顔になった。「あなたも来てくれればよかったのにって、スワンが言ってた」

「ああ、ごめん」フィリクスは顔をしかめた。「ただ、ぼくは行かないほうがいいと思って」

ネルはグラスを手に取った。「謝ることなんかないわ。わかってるもの、ほかのだれより」

彼はビールを注文し、ふたりは気まずい沈黙のなか何度かグラスを口に運んだ。少なくとも今回は、喧嘩(けんか)ではなくちゃんと話をしている。そう思ったら気分が明るくなってきた。

フィリクスは座ったまま体勢を変えて、彼女のほうに顔を向けた。エインズリーの発表によれば、〈ヘイバーソン〉が図書館のセキュリティを引き継ぐ契約を獲得したというニュースはまだ公表されていないが、防犯カメラの映像をくれたのはネルなのだから、その話はしてかまわないだろう。

「あれ見たよ」彼は言った。「防犯カメラの録画」

「どうだった?」ネルは尋ねた。急にレーザーのように目の焦点がぴたりと合い、いっしょに新しいプロジェクトを始めるとき、いつもそうだったのが思い出される。

「全部三回見直した。全部のカメラとスピーカーを対照したし、データ行も残らずチェックした」落ち着かない気分でため息をつく。「警察の言うとおりだ。決め手にならない」

彼女は顔をしかめた。「だったらなにが映ってたの」

フィリクスはスマートフォンを取り出した。「自分で見たほうが早い」

ネルは不思議そうな顔をしたが、再生を始めると身を乗り出してきた。

映像を再生しているとき、気にしないようにしてはいたが、彼女が息をするたびに頬に軽く空気の流れを感じた。警備員が倒れて床の暗い影に沈んだときには、彼女がたじろぐのがわかった。シャンプーのかすかな花の香り。同棲していたころに彼女が使っていたのと同じやつだ。以前から彼はその香りが好きだった。

映像が終わると、ふたりがどれほど身を寄せていたかネルに気づかれないうちに、フィリクスはすっと身体を引いた。

「これどういうこと」彼女は言った。「この泥棒、どうやって地図部に入ったの。ロビーを通らなきゃ入れないはずなのに」

「そうなんだ」と彼は認めた。「だから警察は、それが役に立たないって言ってるんだよ」

「あなたでもわからなかったの、泥棒がどうやって侵入法を隠蔽したのか」彼女は尋ねた。「たとえば、わからないけど、暗号で隠すとか、なにかそういう手段はないの」

フィリクスは首をふった。「思いつく限りのことをやってみたけど、まったくなにもなかった。映像に飛びはないし、ループもなければ改竄もなにもなし。つまりその……決め手にならない」スマートフォンを見おろした。「ともかくこれを見たあとでは、それからあのとき知った値段のことを考えると――なんにしても、これはただごとじゃない。ネル、すごく危険なことかもしれない。絶対に、早く警察に言ったほうがいいと思う」

「わかってる、言うわよ」ネルは答えた。

「いつ言うんだ」と迫る声に、おなじみの調子が紛れ込む。ヤング一族がなにかに取りかかったら、それをやめる具体的な日付に同意させない限り、「すぐに」とは「わたしが満足したら」という意味なのだ。彼は何年もかけて――ＵＣＬＡやニューヨーク公共図書館時代、論文提出日の前夜にぎりぎりまで議論すること数知れず、それでやっとこの教訓を学んだのだ。しかし今回は、かかっているものがあまりに大きすぎる。そして危険も。

彼女はにやにやしている。昔ふたりでやった、どのプロジェクトのことを思い出しているのだろうか。

「じつを言うと、図書館に強盗があってすぐ、アイリーン・ペレス・モンティーリャに言われたんだけど、ドクター・ヤングは亡くなる直前、大きなプロジェクトにひそかに取り組んでいたんじゃないかっていうの。稀少だったり有名だったりして、図書館に余分に資金が集まる助けになるような。それで、図書館側が父のオフィスを調べているあいだに、わたしは私物のほうを調べてみるって申し出て、あの地図がほんとうにそれかどうか突き止める時間を稼いだの。日曜日にまた会って、なにか見つかったか伝えることになってるわ」

フィリクスはすっと身を寄せた。「ネル、あのときわかった値段を教えて、研究施設共同データベースからすべて不可解な消えかたをしていると伝えれば、それだけであの地図が重要で、保護する価値があるってことは少なくとも説得できるだろう。それどころか――」

「じつはもうあったの」ネルは言った。「お葬式のときにオファーされたも同然だった。もし持ってくることができればって」

「きみの以前の仕事?」

ネルはうなずいた。

「ネル、すごいじゃないか、いいか……」と言いかけたが、彼女の表情を見てそのあとが続かなかった。いい話なのに、あの「ジャンクボックス事件」の日と同じように、彼女は心もとない顔をしている。混乱して、追い詰められて、どうするすべもないというような。意外にも、憐憫(れんびん)の情が胸に突き刺さってきた。

「ええ、そうなの。わたしもそれを受けたい。ぜひとも受けたいの。でも、自分でもっと調べたいっていう気持ちもあるの。なにもかも図書館と警察に渡して引き継いでもらう前に」彼女は答えた。「だってわたしの父のことなんだもの。どうしても知りたいの、なぜだったのか」

「わかるよ」彼はささやくように言った。

彼女はため息をついた。「始まりもしないうちに終わっちゃった気がするわ」

彼はうなずいた。しかし、それはいいことではないだろうか。昔なじみの親切なスワンのために、最後にひとつだけお願い、そう彼女は言っていた。その後はまたそれぞれの人生に戻ればいい。そしてもう二度と会わないのだ。

そのほうがいい。そうだろう?

信じられないことに、いつの間にか彼は手をあげて、バーテンにもう一杯ずつと合図をしていた。

なにをしてるんだ、なにを。彼は心中で叫んだ。

同じくらい仰天(ぎょうてん)してネルは口を開きかけたが、バーテンはすでに飲物を注ぎはじめていた。

はらはらしながら彼女の反応を待つうちに、新しいグラスがふたつ、目の前にどんと降りてきた。注文をいまからキャンセルすることはできないが、それでも彼女は立ちあがって出ていくことはできる。やりたくないことをネルに無理強いすることはだれにもできない。

どう転んでもうまく行きようがない。だめだめだ。ただ、遅刻してきて見え透いた言い訳をしてへたな謝罪をするぐらいだめなのか、それとも面と向かって嘲笑されるぐらいのだめさだろうか。

しまいに彼女はグラスを手に取った。

「その、ありがとう」彼女はやっと言った。

ふたりはグラスのふちを打ち合わせ、フィリクスは時間をかけてビールを飲んだ。なんと言っていいかわからない。明らかにネルも同じ気持ちのようだ。口をつけてはいたが、飲むふりをして時間稼ぎをしているだけだ。

この茶番のおかげでしばらくは黙っていても間がもったが、しかしいずれはカウンターにグラスを置いて、また会話を始めないわけにはいかないだろう。

「まあ、アイリーンに会うまでまだ二日あるから」とうとう彼女が口を開いた。「少なくともそれまでは調査を続けられるわ」

フィリクスはまた危険だという話を持ち出そうとした――が、そのとき彼女がひと口飲んだ。ふりではなくほんとうに。

「それで、ラモナのほうはうまく行った？」と水を向けてみた。

ネルは座ったままゆっくりこちらに向きなおり、その表情に彼は驚いた。この質問にすっかり考え込んでしまって、このときだけは警戒心がすべて消え失せていた。

「すごく不思議な話なの」彼女は言った。「店に入っていったら、ラモナはすぐにわたしがだれだかわかったの。彼女が言うには――その、父のことは大学時代から知ってたって言うのよ。それにわたしの母のことも」

「まさか」フィリクスは声をあげた。「ラモナ・ウーときみのお父さんお母さんは、古い友だちだったっていうのか」

「それとあと何人か、みんな大学時代からのつきあいだって。全部で七人いたんだって」とネルは答えた。

「わたしも信じられなかったわ」

「あの地図については、なにか役に立つことがわかった？」

「ううん」彼女は言った。「ネットで見つけた情報から考えて、じつはあれを持っているって打ち明けることはできなかった。でもどっちみち、彼女はなんにも教えたくなさそうだった。すごく怖がってたわ。わたしを店から追い出そう追い出そうとしてて、二度と来るなって言われたわ」

「ふうん。それじゃ、あれをきみのお父さんに売ろうとしてたわけじゃなさそうだね」

ネルはうなずいた。「その反対よ。父のほうが、彼女の裏のネットワークを使って地図を探してもらってたの。それで結局、その昔の友だちのひとりから調達することになったんだと思う」

「どうしてそう思うの」

彼女はトートバッグに手を突っ込み、大きなマニラ封筒を持ちあげてみせた。

「お葬式に来てたの」ネルは、その表面に走り書きされたメモの末尾、フランシスという名前を指さした。

「今日？」フィリクスは驚いて尋ねた。


ネルはうなずいた。「話を聞こうとしたんだけど、ラモナと同じぐらい怖がってて、しつこく迫ったら逃げるも同然に離れていったの。それで廊下を追いかけてスワンの書斎に向かったんだけど」そこで口ごもった。これから言おうとしているのはありえないことだというように。「だけど、書斎に入ってみたらいなかったの。それっきり。まるで消えたみたい」

フィリクスは、わけがわからず眉をひそめた。スワンの家には一度か二度しか行ったことがない。まだ図書館でインターンをしていたころ、ネルといっしょに夕食に招かれたのだ。しかし憶えているかぎり、書斎から外の通りへ通じる出口はなかったと思う。

「ええ、そうなのよ」彼の表情を読んでネルは言った。「きっとなにか見落としてるんだとは思うの。わたしが辞めたあとで改築かなにかしていて、気づかなかっただけでどこかにドアがあったのかも。人がおおぜい来てて、みんながわたしに話しかけようとするし」彼女はため息をついた。「でも、フランシスは絶対なにか知ってるのよ。それがなんだかわからないけど」

「ぼくたちで突き止めよう」フィリクスは言った。

ぼくたち。気がついたときは遅かった。いまぼくたちと言ってしまった。

「そうね」ネルはグラスをいじりながら言った。深く考え込んでいて気がつかなかったようだ。

やれやれ助かった。なんとなく彼女の視線をたどると、正面の窓を通り越して通行人を眺めていた。歩道の向こう、その先の交差点はアイドリング中の車でいっぱいだ。どれも信号が青に変わるのを待っている。最初は車線が多すぎる気がしたが、やがてフィリクスは気がついた。右端のはじつは車線ではなく、縁石に沿って駐まっている車の列だった。それが夕闇にほとんど溶け込んで見えた。

やがてフィリクスは、ネルがなにかに目を留めたのに気づいた。縁石に沿って駐車している一台の車。駐車している車列の先頭、交差点手前の最初の車だった。色は黒だったし、ネルがこれほど熱心に見つめていなかったら、フィリクスはろくに気がつかなかっただろう。ヘッドライトは消えていたが、エンジンはかかっていた。テールパイプから排気が漏れているのが、ひんやりした夜気にわずかに見える。

彼女の様子を見るにつけ、彼はうなじの毛が逆立つのを感じた。(なにをあんなに一心に見つめているのだろう)

「ネル?　どうかした?」彼は尋ねた。

「なんでもない」彼女は唐突に言った。通りの先で信号が青に変わった。すぐに最初の車が交差点に進入しはじめた。赤い光が点滅し、ブレーキランプが次々と消え、アクセルペダルが慎重に踏まれる。タイヤの下でアスファルトが鈍い音を立てはじめる。「なんでもないの」

フィリクスは不審に思って彼女の顔を見た。「なんだか怯えてるみたいだ」

「大したことじゃ……」と口ごもる。「ばかみたいに聞こえるかもしれないけど、なんだかあの車に……つけられてるような気がするの」

ゆっくりと加速していく車にフィリクスは目をやり、車と車のあいだに忙しく視線を飛ばした。例の駐まっていた車は動きだしていて、交差点のなかほどまで進入していた。信号が青になると、そそくさと右側の車線に入る。「どの車?　あの黒いやつ?」

「今週何回か見てるの。図書館の外に駐まってたし、ラモナの店の近くでも見たし、いままたこのバーで見てる」

「間違いなく同じ車なの?」

彼女の肩に力が入ってあがっていくのがわかった。言いたいけれど我慢していたことを口に出そうとしているかのようだ。彼女はためらった。

「ネル……」

　通りのどこかでクラクションが響き、ふたりともびくっとした。

「違ったみたい」彼女は言った。黒い車は向きを変えて通りの向こうに消えていく。「泥棒のせいよ。ちょっと神経過敏になってるだけ」

「なに言ってるんだ！　ほんとうに尾行されてると思うのなら、さっき言ったみたいなことがあったんだし――」

「もうやめましょう、フィリクス」彼女は言い張った。

「ほんとに」

「だけど……」

「なにがあっても、わたしがこの調査をやめないのはわかってるでしょう」彼女は言った。「手伝ってもらえればそれはありがたいけど、でもやめさせようとはしないで」

　ネルの顔には見知った表情が浮かんでいて、とても動揺しているのがわかった。あとひとことでもなにか言ったら自分が泣き出すとわかっていて、彼女はそれが嫌なのだ。それでなにも言わず、グラスをつかんで残りのビールをやけくそのように飲み干した。フィリクスはため息をつき、仕方がないとあきらめて、自分のビールの残りを彼女の前に滑らせた。彼女はそれも飲み干して泡を飛ばした。

「この二、三日は変なことばっかり」ややあって気を取りなおすと、彼女は言った。「あんなに腹を立てていて、二度と会いたくないって思ってたのに、それでもだれもほんとうには考えてないのよね、いつか……」またグラスに手を伸ばしたが、からなのを思い出してやめた。「それでこうして、いまじゃ父のことを調べようとしてて、やっと父のことを理解できるんじゃないかと思ってるんだけど、ただ調べれば調べるほど、なにがなんだかわからなくなってくるのよね」

いらだたしげに舌打ちをし、ナプキンをくしゃくしゃに握りしめた。「あのくだらない地図をどうするつもりだったのかしら、売る気じゃなかったのなら。そもそもなんでずっととってたのよ」

　フィリクスは切ない気持ちでうなずいた。なにか言いたい。なんでもいいから、彼女の慰めになりそうなことを。話を聞いているうちに、手がひとりでにカウンターからあがって彼女のほうに伸びていった。それが彼女の背中にまわされたのをふたり同時に気がつき、と同時に彼女もまたこちらに身を寄せて抱擁を受け入れ、これまたふたり同時にそれに気がついた。

「その、もういっぽうの地図も見せてもらえる？　フランシスが見つけてきたっていう」あわてて身を離しながら、顔から火が出る思いで彼は急いで尋ねた。

ネルは咳払いをして、さっそく封筒をあけにかかり、それに気をとられているふりをしようとした。こちらに目を向けずに地図を渡してよこす。

「あれ、これ図書館じゃないか」見知った建物に気づいて彼は言った。

「そうなのよ」彼女は答えた。「一九〇〇年代初頭の古い火災保険地図なの。これを使って建物のリスクを評価して、洪水や火災の保険料をいくらにするか決めてたわけ。どの壁がなにでできてるかとか、隣の建物とどれぐらい近いかとか。当時は木造の建物が多かったから、それがリスクだったのよ」彼女はため息をついた。「そういうわけで、いま手もとにあるのは時代遅れで役に立たない地図が二枚、答えは見当もつかないってわけ」

フィリクスはまだその図を見ながら考え込んでいた。「サンボーン」と凡例のタイトルを読み返しながらつぶやく。「待てよ」

「なに？」

しかしそのときにはもう、彼はまたスマートフォンを手に取っていた。「稀少な本や地図のフェアが、毎年このニューヨークで開かれてるだろ？」

「稀少な本や地図のフェア？　年に一度のニューヨーク国際古書フェアのこと？　パークアベニュー・アーモリーでやってるあれ？」

彼女の食いつきっぷりに彼は苦笑した。「そう、それ」

「あれはわたしの生きがいだったわ」ネルも少し笑いながら言った。「つまり、かつての人生のね。歩ける年齢になってからは、毎年父に連れられて行ってたわ」

「知ってる。ぼくらがＵＣＬＡからニューヨークに引っ越してきたとき、最初に連れてってくれたのはきみだった」

そのせつな、あの日の記憶がよみがえり、ふたりのあいだに甘い空気が漂った。いまでも思い出せる。彼にあちこち見せてまわって彼女がいかに興奮していたか、そこに展示されていた信じられないような文物に彼がいかに驚嘆したか。見ることができるだけでなく、すべて手に取ることまでできたのだ。しかしすぐに、その後に起こった不幸なできごとの記憶が忍び入ってくる。

「ジャンクボックス事件」の苦い記憶にふたりして囚われないうちにと、フィリクスは急いで続けた。「〈ヘイバーソン〉の別部署では、歴史的文書をデジタル化して検索可能にするプロジェクトに取り組んでる。それで今週末に、あのフェアでデモンストレーションをすることになってたんだ」彼は言った。「その部署に友人がいてさ、それでぼくも手伝いに行くつもりだったんだけど、スケジュールの都合で出展を辞退することになって、ブースもキャンセルしたんだよ」ついに探していたメールが見つかった。「でもいま思い出したんだけど、今年の目玉はサンボーン地図のコレクションだってチケットに書いてあったんだ」

「それほんと？」ネルは息を呑み、飛びあがってスツールから転げ落ちそうになった。

彼はスマホの画面を彼女に向けた。「ほら」

ネルは画面を見つめた。「ペンシルヴェニア州立大学の文化財保存専門家らがフェア初日に基調講演を行ない、家系調査、都市計画、政治という視点からサンボーン地図の重要性について述べる予定」と声に出して読む。「フィリクス、これよ！」

抑えようとしても、つい頰が緩むのはどうしようもなかった。「明日だね、急な話だけど——」

「そんなことない、完璧よ！」彼女は言った。「スワンは招待券をもらってると思うわ、毎年そうだから。その日のチケットを転送してもらうわ！」

フィリクスは次に言おうとしていた言葉をあわてて呑み込んだ。

てっきり、昔のようにネルは彼といっしょに行くつもりなのだと思い込んでいたのだ。首が火照ってくるのを感じた。

「まあ、フランシスは話してくれないかもしれないけど、ドクター・ヤングに渡すはずだった地図をこの文化財保存の専門家に見せれば、どんな価値があるのか教えてくれるかもね」と、しまいに彼はできるだけさりげなく言った。「フランシスに訊くよりいいかもしれない」

「もしかしたら、フランシスはそもそもここから入手したのかも」ネルは、画面から目を離さずに答えた。

「どういう意味？」

「見て」と、ペンシルヴェニア州立大学の文化財保存専門家の筆頭にあがっている学者を指さした。

「ドクター・イヴ・C・ムーア？」フィリクスは声に出して読んだ。

ネルは彼の顔を見返してきた。「ラモナの話に出てきた友人たちだけど——ラモナ自身とフランシスのほかに、イヴって名前の人もいたのよ」

XI

パークアヴェニュー・アーモリーは、六十六丁目と六十七丁目のあいだの一ブロックをまるごと占領し、赤レンガの巨獣のようにネルの前にそびえ立っていた。もともとは一八八〇年、ニューヨーク州軍第七連隊の倉庫として使用するために建設された建物だ。この連隊には貴族の子弟が多かったため、絹の靴下連隊とも呼ばれていたものだ。しかしネルの知るかぎり、ここは毎年ニューヨーク国際古書フェアの開催される場所であり、父ひとり子ひとりの彼女の小さな家庭にとって、このフェアは一年で一番わくわくする最大のお祭りの日だった。初めて連れてこられたとき、ネルはまだ幼稚園児だった。彼女の小さな手を父は自分の手ですっぽり包んで、ゆっくりブースからブースへ連れてまわりながら、とくに珍しいものや古いものを指さしたり、フェアがどのように役に立っているか小声で説明したりしたものだった。物心ついてからというもの、彼女の家では誕生日を祝ったことはめったになく、父はたいていクリスマスを忘れていたし、感謝祭やハロウィーン、イースターを祝ったことは一度もなかった。しかし毎年、ふたりは一番の晴着に身を包み、暗い洞穴のようなゴシック復古調の建物のなかで、くたくたに疲れるほど長い三日間を過ごしに出かけた。そして資料保護のため暗くした照明の下、埃っぽい写本や稀少な文書や地図を、拡大鏡越しに細かく観察して過ごし、しまいには目が疲れて失明するかと思うほどだった。

あの日々がどれほど懐かしいことか。

ネルはその思い出を邪険に払いのけ、サイズの合わないブレザーのすそを引っ張った。学者らしく見えるかと思って着てきたのだが、ますます場違いに見えるだけではないかと、いまになって心配になってきた。

それともたんに、引き返す口実を探しているだけだろうか。

(とんでもない)と自分に言い聞かせた。胸の鼓動が速くなる。ニューヨーク公共図書館で父の式典があるのは明日の夜で、なにが見つかったかアイリーンにそのとき伝えなくてはならないのだ。いまは怖気づいている暇はない。

この兵器庫の外に立っていると、違和感と苦痛を覚える。これから何年ぶりかで、年に一度の稀覯本と写本のフェアの会場に足を踏み入れるのだ。数日前にニューヨーク公共図書館の外に立って、地図部にまた足を踏み入れようとしていたときの気分とよく似ていた。図書館を解雇され、地図学の分野から即時追放の憂き目を見たとき、彼女はこのような業界の催しからも追放されていた。これを最後に、ニューヨーク公共図書館の巨大な木製ドアからふらふらと歩み出た日、また戻ってこようとしたらなにが起こるか彼女はよく知っていた。最初に名乗っただけで、研究者は約束の会合に遅れるし、ディーラーは急に顧客が来ることになり、資料はすべて予約済みになり、もう売ってもらうことも読むこともできなくなる。以前、失脚した学者たちがそういう目に遭うのを目にしてきた。ネル自身、後ろめたいことながらそういう人々を避けていた。自分自身の職業上の立場を守るために、そうするようにと父やスワンからさとされていたのだ。あのころは、自分がそういう仕打ちを受ける側になるとは夢にも思わなかった。

でも、それがすべて変わるかもしれない、こうなったらいちかばちかだ。

最後にもう一度いらいらとブレザーを引っ張り、ネルは階段を駆けあがってアーモリーに入っていった。この七年で外見も変わったし、みんな展示品に夢中だろうし、ずっと顔を伏せていれば、人にしげしげ見られて彼女だと気づかれることもないのではないだろうか。

なかに入ったとたん、冷たいよどんだ空気がどっと吹きつけてきて、胸の締めつけられる思いでネルはその風に身を任せた。古いページの、時間の、彼女の魂（たましい）そのものの匂いだ——もし魂に匂いがあるものならば。まばたきをして、薄暗い光に目が慣れるのを待ち、それから人目をひかないように暗いロビーの片隅に引っ込んだ。用心深く視線をさまよわせ、内部を埋める凝った木彫、大理石、ステンドグラスをむさぼるように眺めた。

前方に、展示会の開かれるアーモリーの教練広間（ドリルホール）の入口が見える。このホールは五万五千平方フィートを超える広さで、この手のだだっ広いスペースとしてはニューヨーク最大だ、かつて父から聞いたところでは。

早く動きださないと、サンボーンの展示を見つけるために広大なスペースを探しまわる破目になる。文化財保存学者の基調演説を聞き逃したら、そしてかれらがステージを去ってしまったら、数分と経たないうちに会場のどこにいるかわからなくなる。インタビューや共同研究を求める他の研究者にあっちこっちに引っ張っていかれて、問題のイヴを見つけることはできなくなってしまうのだ。

それに、彼女のことを知っているだれかに見つけられる危険性もなくはない。葬儀のとき、ウルフとピートはすでに彼女を疑（うたぐ）りの目で見ていたようだし、フランシスは彼女と話すのを完全にいやがっていた。いま彼女が持っているサンボーンの地図が、例の〈ゼネラル地図製作〉の地図となんらかの関連性があるということを〈カルトグラファーズ〉が知っていて、それでここに彼女がいるのに気づいたらどうなるだろうか。

忍び寄る黒い車。いきなり頭に浮かんできたそのイメージを押しのけ、ネルは首をすくめてドリルホールに入っていった。

（目を伏せるのよ）と、忘れないように自分に言い聞かせる。こんな宝の山に足を踏み入れるのはほんとうに久しぶりだ。うっかりやばいブースにちらとでも目をやったら、垂涎（すいぜん）の作品に目が留まって、近づいていって調べずには先に進めなくなる。そしてそこからまたべつのものを見つけ、そこからまたさらにと泥沼にはまって、さほど経たないうちにだれかに見つけられて計画が完全におじゃんになってしまうのだ。（途中にある地図のことはいっさい考えちゃだめ）、そう唱えながら歩いた。周囲には、美しく、稀少で、歴史的価値があり、値段のつけようもない地図があふれている。中国宋代の稀少このうえない地図「墜埋圖」が、どこかに展示されているはずだ。また、植民地時代のニューヨーク市の地図である「ラッツェン詳細地図」の貴重な初刷りや、驚異のヨアネス・デ・ラエの『両アメリカ』という、十四葉の地図を収めた地図帳も……

（考えちゃだめ）頭がくらくらする。（あんたのお父さんが持ってた地図のことだけ考えるのよ）

　あの地図は彼女をこの世界に連れ戻してくれる。適切にカードを切りさえすればいい。

　左に曲がり、ブースの場所から離れてホールのメインエリアに向かった。予定のプレゼンテーションのために、演壇がそこに設置されているはずだ。まばらな拍手が聞こえて、ネルは足を速めた。こちらに注意を惹かない程度に、できるだけ速く歩く。

　スマホが鳴りだし、見れば画面に表示されているのはケイブ警部補の名前だ。おそらく父の事件の進捗状況報告か、あるいはさらに質問をするためにかけてきたのだろう。ボイスメールに回して、スマホをバッグに突っ込んだ。あとでかけ直そう。あの拍手からして、基調演説がちょうど終わったところのようだ。急がなくては。

　人だかりの端にたどり着いたとき、年配の女性がちょうどマイクの前を離れようとしていた。濃色の肌に、白いものの混じる黒髪を三つ編みにしている。同年配の男女三人がその背後にいて、その三人に小さく手をふってから展示会場のほうに向かっていく。

（ドクター・イヴ・ムーア）。アパートメントを出る前に、ペンシルヴェニア州立大学のウェブサイトを開き、教職員のページでイヴの写真を数分かけてじっくり眺めてきた。会場に入ったらすぐに見分けられるように顔を頭に叩き込んだのだ。

　聴衆は散りはじめていた。だれとも目を合わさないように、ネルは用心深く人のあいだをすり抜けて歩いた。

　いまを逃したらあとはない。イヴはどこかのブースに消えようとしている。あそこでディーラーと話し込みだしたらいつまでかかるかわからないし、出てくるのを待って端っこでうろうろしていたら人目に立ちすぎる。

「すみません、ドクター・ムーア?」ネルは声をかけた。

　イヴはふり向き、だれに呼ばれたのかときょろきょろした。

「ごめんなさい、数分後にインタビューを受けることになっているの。でもそのあたりで待っていてくだされば、あとで質問にお答えするわ」ネルを大学院生だと思い込んだようだ。

　ネルは握手のために手を差し出した。「じつはその、ご講義のことで来たわけではないんです。うかがいたいことがありまして、わたしの個人的なサンボーン地図のコレクションのことで」奇妙な言いぐさだが、いまではそう言っても間違いではないと思う。同じ地域の、同じ時代の地図を彼女は二枚持っている。コレクションを始めたと言えないことはない——その地図がどんなにくだらないものであったとしても。「くれた人は特別な地図だと言ってたんですが、それがどういう意味なのかわからないんです」

「特別な地図? それは興味深いですね」好奇心に顔を輝かせ、握手を返してくる。周囲では、どうやら開いたばかりらしい他のブースに向かって人波が流れていき、すれ違う人々と肩が当たらないように、ネルは少しイヴににじり寄る格好になった。「相対売買（あいたいばいばい）（売手と買手が直接取引を行なう方法）ですか。もともとの持ち主はだれだったんでしょう」イヴは尋ねた。

「じつを言うと、あなただと思ってるんです」ネルは答えた。

　イヴは面食らって見返してくる。「ペンシルヴェニア州立大学で、コレクションの収集管理を手伝ってはいますけど、あれは大学の所有物です。わたしのでは……」

「ずいぶんお久しぶりなのはわかっています」ネルは言った。「ネル・ヤングと申します」

　イヴの態度が一変した。気さくなよそ行きの笑みは消え、愕然としたように目を見開き、探るように見つめてくる。

「すみません、いきなり」ネルはもっと穏やかに付け加えた。

「いいえ、いいのよ」イヴは答え、手を伸ばしてきてネルの手を握った。「会えてうれしいわ、とっても。まあ、ほんとうにおとなになったわねえ」気を取りなおすと、彼女は眉を曇（くも）らせて言った。「お父さんのことは、ほんとうに残念でした」

「ありがとうございます」ネルはいちかばちか賭けに

出てみることにした。「感謝しています、父に手を貸そうとしてくださって。つまり、あのサンボーンの地図のことで」これは効いた。彼女は警戒するようにネルに目を向けてきた。「お父さんの所持品から見つかったの？」

ネルは首をふった。「ラモナに会いに行ったんです。彼女からもらいました」

「ほんとう？　よくあのお店が見つけられたわね」

ネルは面食らって口ごもった。ラモナの店のことで、おかしなことを言われたのはこれで二度めだ。「父が彼女の名刺を持っていたんです。そんなにむずかしいことでは……」

イヴは、なにか決めかねているかのようにためらった。「なるほど」しまいに言った。「まあその、ラモナは昔から用心深かったから」

あいかわらず周囲では人がひっきりなしに行き来している。このセクションだけでも何百という人がいて、その向こうにはさらに何百人といる。イヴもネルに負けず劣らず人目を気にしているようだった。〈カルトグラファーズ〉のことを彼女も知っているのだろうか。そしてあのもう一枚の地図――〈ゼネラル地図製作〉の地図とかれらとの関係についても？

「わたしのブースに行きましょう」と言って、イヴは別の通路を身ぶりで示した。「あっちなら落ち着いて話ができるわ」

ふたりはそこを抜け出し、会場中央のブースに向かった。ホールよりもっと混雑しているのではないかとネルは不安だったが、来場者は多いものの、サンボーンの展示場はとても広く、人けのない片隅を見つけるのはむずかしくなかった。イヴの案内で、ふたりは奥の小さな検査台に陣取った。まわりには、サンボーン・コレクションの一部である詳細な間取り図が、黒を背景として額縁にはめてかけられている――ふたりのいる部屋のなかに、また無数の部屋がある。

ネルがサンボーンの地図の入っていた封筒を父の書類ばさみから取り出したとき、ひらひらとフランシスが同封していた写真が飛び出して、テーブルの向こう側まで飛んでいった。イヴは長いことそれを見つめていたが、やがて笑顔になって返してきた。

「憶えてるわ、それ」彼女は言った。「わたしたちがそろって博士課程を修了した翌日の写真よ」

「あなたが撮ってくださったんですか」ネルは尋ねた。

「いいえ、撮ったのはウォーリーよ。いつも高性能カメラを持ち歩いてたの。自分の目で見てる時間より、レンズを通して見てる時間のほうが長いんじゃないのって、わたしたちしょっちゅう彼を冷やかしてた。でも、もともとがそんなふうだったのよ。正確さや精密さにこだわるの。写真はもうひとつの測定手段だって言ってたわ。なにかが実在したという証拠だって」

「たとえばあなたがたの友情が、とか？」

イヴはこちらに目を向けず、「それもあるわね」

ネルはさらに追及しようとしたが、イヴはもうサンボーンの地図に目を向けていた。その写真が同封されていたことからして、その地図はフランシスがもたらしたものなのは間違いないとしても、まずは丹念に調べるだろうとネルは予想していた。紙やインクを再確認し、個々の劣化のしるしをメモ――ペンシルヴェニア州立大学は、資料ごとにメモを作っているにちがいないから――と比較対照するのだろうと。しかし、イヴはちらと見ただけでじゅうぶんと思ったようだ。

「間違いないわ」彼女はきっぱりと言った。「これはわたしがフランシスに貸した地図です。あなたのお父さんに渡すために」

ネルの見守る前で、彼女は地図をフォルダーに戻し、封筒に入れた。その途中で、厚紙の裏に走り書きされた小さなコンパスローズに目が留まり、そこでしばらくとどまっていた。

「前はこんなのなかったのに」しまいに彼女は言った。

「それがどういう意味かご存じですか」ネルは期待を込めて尋ねた。

ゆっくりとイヴはうなずいた。「〈カルトグラファーズ〉っていうグループのシンボルよ」

〈カルトグラファーズ〉

ラモナとフランシスの警告がよみがえり、ネルは胸騒ぎがした。

シンボルはどちらの地図にもついていた――ガソリンスタンド地図の裏のすみに、そしてサンボーン地図のフォルダーに。これはつまり、父が見つける前に〈カルトグラファーズ〉がガソリンスタンドの地図を所有していたということか。そしてこのサンボーンの地図も、イヴが貸す前にかれらが所有していたのか。彼女が思っていたより、かれらはずっと近くまで迫ってきているのか。

「それは……脅しでしょうか」彼女は尋ねた。

驚いたことに、イヴはにっこりした。「脅しだなんて、とんでもない。どちらかというと挨拶ね」

「挨拶？」ネルはちょっと考えた。「だれからの挨拶ですか」

「フランシスよ」

ネルはぎょっとして一歩あとじさった。「フランシスは〈カルトグラファーズ〉のひとりなんですか」

イヴはうなずいた。「わたしもそうよ」彼女は言った。「〈カルトグラファーズ〉ってわたしたちのことだったの。わたしたち七人全員」

ネルは愕然として目を見開いた。

「あのころ、わたしたちはそう名乗ってたの」イヴは続けた。「小さなクラブみたいなものね。言い出しっぺはあなたのお母さんよ」

「わたしの母？」

「そうよ、お母さんとウォーリー。大学一年のあいだにふたりで作ったんですって、わたしがみんなと会うずっと前、この小さなシンボルもいっしょにね。わたしたちがやった研究にはかならずこれをつけてたわ。論文のページの裏とか、原稿のすみとかにこっそり書いとくわけ。子供っぽいけど、みんな気に入ってたの。若かったのね」

これまでに〈カルトグラファーズ〉について明らかになったことはどれもこれも、いまのイヴの話とはまったくそぐわないように思える。両親が属していたのと同じグループなどということがどうしてありえようか。

「でも、〈カルトグラファーズ〉は……」彼女は口ごもった。

「ニューヨーク公共図書館に押し入った？」イヴが代わりに締めくくった。

顔をあげると、イヴとまともに目が合った。

「そして、あなたのお父さんを襲った？」

「どうしてわかるんですか」

「ほんとうのことだからよ」とイヴ。「部分的にはほんとう、と言うべきかしらね」

イヴはまたサンボーンの地図に目を向け、ネルは彼女が先を続けるのを待った。

「あの夏の火事のあと、グループは消滅したの」しまいにイヴは口を開いた。「もう会うことも、話をすることもなかった。お父さんがそう望んだから――というより、わたしたちみんながそう望んだのね。忘れなくちゃいけないと思ったのよ、あなたのお母さんを失った悲しみを乗り越えるために。でも、ウォーリーにはそれができなかった」

「ウォーリーにはできなかった……」ネルは繰り返した。

「地図を見つけたのは彼よ。彼とタム」

「サンボーンのことですか？　それともガソリンスタンドの地図？」

　イヴの張り詰めた目と目が合う前から、ネルは相手の身内にパニックの膨れあがるのが見えるような気がした。「あれのことをどれぐらい知っているの」彼女は尋ねてきた。

「大して」ネルは嘘をついた。「ラモナが言うには、ずっと前に廃棄されたそうですね」

　イヴは顔をしかめた。「危険よ、あれは。呪われてるのよ。あれに触れた人はみんな傷ついた」コンパスローズのシンボルにまた目を留める。「それに、まだ終わってないの」

イヴ

パーティの翌朝、二日酔いじゃなかったのはもちろんウォーリーだけだったから、先発の車は彼が運転することになったの、タムとダニエルとわたしを乗せてね。二台めは、フランシスが起きてきたら運転することになっていて、熊さん（ベア）とロミはそっちに乗ることになってた。

　一九九〇年の五月だった。ネル、あなたは当時まだ二歳か三歳だったわ、博士課程の途中に生まれたのよ。ウォーリー、ベア、フランシス、ロミ、わたしの五人は市庁舎に行って、あなたのお父さんお母さんが初めて夫婦としてキスをしたときは歓声をあげたわ。そしてそれから数年後、わたしたちは五人全員同じように病院の待合室に集まってた。あなたのお母さんがお父さんに付き添われて分娩（ぶんべん）室でお産をしているあいだ、自動販売機の前でそわそわ歩きまわってたわけ。

　あのころ、わたしたちは強い絆（きずな）で結ばれていたし、それもう何年も前からそうだったのに、わたしは赤ちゃんが生まれるのが不安だったのを憶えてる。わたしたちの友情に、その魔法に、ほころびが生じるんじゃないかと思ったの。わたしたちはずいぶん長いこと、七人だけの小さな社会だったから。でも意外だったんだけど、あなたのおかげで結束は逆に強まったの。あなたが生まれて、わたしたちはみんな友だちから家族に変わったのよ。

わたしたちは早い時間に出発した。ウォーリーは制限速度をきっちり守って、わたしは助手席で道順の指示を出し、タムとダニエルは後部座席にチャイルドシートのあなたといっしょに乗ってた。前の晩のパーティは、わたしたちは実質バーを貸切にしちゃってたんだけど、みんないっしょにウィスコンシン大学の博士課程を修了したばっかりだったから、そのお祝いだったの。パーティは夜遅くまで続いて、わたしはあんまり飲みすぎてたから、急に立ちあがるとまだめまいがするほどだったわ。あのころはそんなに飲めなかったのよ。その夏の終わりにはお酒が強くなってて、わたしたちみんなそうなるんだけどね、あのときはまだシャンパンを一杯か二杯がせいぜいだった。それなのにダニエルったら、ボトルを次から次に注文して、それをわたしたちにまわしつづけてた。みんなすっかりできあがってて、ボトルが五本めになってからも、だれももういいとは言えなかった。

あのころ、あなたのお父さんはそんなふうだったのよ。心が広くて、いつだって楽しくてしょうがないって感じで。とても笑えないようなことが起こっても、ダニエルは人を笑顔にすることができた。怒っててもやっぱり笑ってるような人だったわ。あなたのお父さんのことを考えるなら、そんなふうだったころの彼を思い出したいわね。

「ほんとに終わったなんて信じられる？」まだ眠ってるみたいな早朝の道路で、車線変更でウインカーを出しながら、ウォーリーはそんなことを訊いてきたの。ふだんよりさらに口数が少なくて、気分が沈んでるみたいだった。

「ついに始まるなんて信じられない、の間違いじゃないの？」ってタムが応じた。睡眠不足もなんのそので、彼女は元気いっぱいだったわ。ウォーリーのふさぎの虫を追い払えるのは彼女だけだった。窓の外に目をやると、晩春のことで花が満開で、雑草も低木も高木もあざやかに彩られて、道路が呑み込まれそうになってた。自然がわたしたちに呼びかけて、はっぱをかけてるみたいだった。

「とうとうやってのけたなんて、わたしも信じられないわ」わたしは同意した。「つまり、ほんとうに修了できたってことがね」

「それは、まだ昨夜のあれでぼうっとしてるからでしょ」とタムが茶化してきた。「ちょっと顔が青いわよ」

　わたしたちはみんな、もうウィスコンシン大学で一生過ごしたように感じていたわ。グループに最初からいた人たちは、一年生のときからだからもっと長かったでしょう——十年以上だものね。みんな子供から大人に、学生から学者になっていた。タムとダニエルは結婚し、あなたが生まれて、ロミとフランシスも遠からずその例にならうだろうって思われていた。だからなかなか呑み込めなかったのよ、これを最後に二度と帰ってくることはないなんて。今夜もまたあの院生用のアパートメントに戻って、隣のだれかがやかましく飲み会をしているなかで、いつものようにいっしょに料理をしてるんじゃないかって気がするの。今日が終わらないうちに、もうウィスコンシンを遠く離れているなんて。直前に断わりを入れるだけで、すぐにヨハンソン教授のオフィスに飛び込んで質問することももうできないなんて。それどころか、一千マイルもかなたのニューヨーク州内陸部のどこかで過ごすことになるんだわ。論文を提出して、口頭試問を乗り切って、大学の書店で帽子とガウンを受け取ったときでも、どれひとつ現実のこととは思えなかった。やっと実感が湧いてきたのは、ガタガタの折りたたみ椅子に座って、ついに自分の名前が呼ばれるのを聞いたときだった。演壇を横切って、学部長と握手して、万年筆を受け取って、それでようやくすべてがくっきり焦点を結んだ感じだったわ。

　ウィスコンシン大学では、修了の記念にひとりひとりに万年筆を作ってくれてたのよ。わたしはウォーリーのほうを見ることになってたんだけど、というのはわたしたちの番が来たとき、ひとりひとりの写真を撮るためにウォーリーが最前列でカメラを構えてたから。だけどわたしは万年筆から目が離せなかった。深紅の釉薬（ゆうやく）がかかってて、白でウィスコンシン大学の学章が入れてあって、その裏側に金の筆記体でわたしの名前と学位が刻んであるの。

イヴ・キャサリン・ムーア
地図学・地理学博士

「朝食はまだ？」ダニエルが一瞬目を覚まして急にそう訊いてきて、だけどだれも返事できないうちにまた眠り込んじゃった。タムとわたしが笑うと、その笑い声に彼はちょっと笑顔になったけど、そのときにはまたいびきをかいてた。

この修了っていう一大イベントにも、彼はいつもどおり平然としていたわ。名前が呼ばれたら、学部長の手を元気よく握って、万年筆を受け取って、言われたとおり派手ににかっと笑ってウォーリーをまっすぐ見てた。それでウォーリーがシャッターを押して、よくできましたってタムが喜んで親指を立ててたわ。感動のあまり万年筆から目が離せないなんてことはなかったわけよ。

わたしたちにとって、あの万年筆は世界じゅうのなにより大事って感じだったけど、ダニエルにとっては、いたずら書きをするふつうの道具となんの変わりもなかった。もらった翌日にはもうなくして忘れてたぐらい。タムと結婚したときだって、式の五分後には結婚許可証をうっかり捨ててたかもしれないわ、市庁舎の外でキスをしてるあいだに、ウォーリーがそれをひったくって厚紙のフォルダーにちゃんと挟んでおかなかったら。

「ぜんぜん名残(なごり)惜しいと思わないの、きみは」ダニエルのいびきが静まったあと、ウォーリーはタムに尋ねたわ。「あそこで十二年も過ごしたのに」

「もちろん名残惜しいわよ」タムは言った。「でもベアの言うとおりだもの。『夢見る者の地図帳』を完成させるには、大学から離れて気を散らすもののない場所に行くのが一番なのよ。院生用のラウンジをのぞいて友だちと噂話をしたいって誘惑もないし、少しよけいにお金を払って地理学一〇一の講義を追加すればよかったなんて罪悪感もないし、中庭で運動するのにやたらに時間を費やすこともなくなるし……」

「完全に没頭できるわよね」わたしも付け加えた。「『夢見る者の地図帳』のためには、それぐらいは必要よ」

これにはウォーリーも笑顔になったわ。彼を引っ張り込むのには一番時間がかかったけど、タムに説得されてからは、このプロジェクトにだれよりより熱中していたのはウォーリーだった。一か月と経たないうちに提案書の下書きを完成させて、わたしたちひとりひとりにコピーを回して下読みさせたうえ、ヨハンソン教授の賛成を取り付けるためにダニエルにスピーチの特訓までしてたんだから。大学から承認の見込みだって知らせが来たときは、すごくうれしそうだった。みんなで歓声をあげてダンスしてたんだけど、彼の目には間違いなく涙が光ってたと思うわ。

「きみの言うとおりだ」って言って、ウォーリーは新たに決意を固めたみたいな顔をしてた。それでついスピードをあげちゃったんだけど、でもそれがたった時速一マイルぶんで、わたしは笑わないようにするのが大変だったわ。ウォーリーは車をすっ飛ばすなんて絶対にしなかったのよ。あなたが乗ってたし、信じられないかもしれないけど、あなたの心配をすることにかけてはタムよりずっと上だったんだから。あんなに心配性で世話好きなおじさんなんか、ほかに見たことないぐらい。でも、あのときの彼の顔には、混じりっけなしの高揚感があふれてた。

なにものにもわたしたちの邪魔をさせるわけにはいかない。講義でもパーティでも仕事でもそれは同じ。『夢見る者の地図帳』を成功させるためなら手段は選ばないって。

「いつだってわたしは正しいのよ」と言ってタムは笑った。わたしもふざけてそれに賛成しようと思って、バックシートに目をやったんだけど、そしたらタムは修了記念の万年筆を取り出していて――ポケットナイフの先で、つややかな深紅の軸になにか刻みつけていたのよ。

「なにやってるの」わたしは息を呑んだ。

タムは笑顔でこっちに差し出してみせたわ。彼女が刻みつけ終えたのを見て、あなたは興奮して笑って、それに手を伸ばしてきてたけどね。万年筆の滑らかな光沢のある軸の、彼女の名前の上に、中央にCの字の入った小さなコンパスローズが彫りつけてあった。

「ネリーも〈カルトグラファーズ〉に入りたいのね」タムはそうふざけながら、あなたに万年筆を渡してた。

「きっと最優秀のメンバーになるよ」ウォーリーはバックミラー越しに笑って見てたわ。

目的地に着くまで合計で十六時間かかった。お昼休みと四回の給油の時間も入れてだけど。それで、交代で運転してきてダニエルが三人目だったんだけど、とうとうダニエルが長い私道に車を入れて、砂利道をタイヤで踏みしだきながら目当ての家――わたしたちが夏を過ごすことになってた家ね――に着いたときには、あたりはもう暗くなってきてた。

わたしたちは這うようにして車から降りた。足はがくがくするし、首はこわばってたけど、固い地面に立ったときはほっとしたわ。タムはちょろちょろするあなたのあとを追いかけていたけど、ほかのみんなは車の前に立って家を見あげてた。

「こんなに大きい家とは気がつかなかったよ」ウォーリーもちょっと気後れしてたわね。

ベアの話では、その家は彼の両親か祖父母かだれかの所有だってことだった。一族の古い遺産ってことね。このプロジェクトの提案書を作成したのはウォーリーで、学部の承認が得られるようにヨハンソン教授を説得したのはダニエルで、融資を申請して、それから必要になりそうな地図の使用許可を申請したのはフランシスだった。それで、プロジェクトに取り組むために、まずはマディソン（ウィスコンシン州の州都、ウィスコンシン大学の所在地）から離れるってアイディアはそもそもベアの思いつきだったの。この話が出てきたのは最後の学期中、プロジェクトが承認されるってわかってからだった。もともとは、タムとダニエルは夏はキャンパスに残って教師をして、それで多少の小遣い稼ぎをするつもりだったし、フランシスとロミは旅行に行く予定だったの。わたしはロンドンで短期のインターンをしようと思ってた。それで秋になってから、また集まってプロジェクトに着手しようって言ってたわけ。

でも修了が近づいてくると、ベアはだんだんそわそわしはじめたの。どんなに短期間でも、グループのだれかがいなくなるのを彼は嫌ってた。一時的にでもばらばらになるとグループが壊れるっていうか、彼のことをわたしたちが忘れちゃうって思ってたのかもしれない。なぜいつもあんなに心配してたのかしら。一度フランシスが言ってたんだけど、ほかのメンバーより自分は劣っているって思ってるからだって。彼は仕事がちょっと遅くて、出版が認められる論文もちょっと少なかったし、それにいつもお金に困ってた。少額の奨学金のほかは、ほとんどローンでウィスコンシン大学に通ってるって一度聞いたことがある。わたしたちはだれも、そんなことで彼にいやな思いをさせたことはなかった。みんな、どのメンバーにも劣らず彼のことが好きだったわ。レストランや移動展示に行くときは、彼も参加できるように喜んで少し多めに出してたし。なのに、ベアはいつも心配してた。そんなふうだから、わたしたちほぼ全員が夏じゅう留守にするかもしれないってことになって、彼はすっかり度を失ってしまったの。だから秋まで待たずに、修了後すぐにプロジェクトに本格的に着手しようって計画を立てたわけ。それで思いついたのが、この田舎の家に引っ込んで仕事して、完成品をひっさげて戻ってこようってアイディアだった。昔の学者兼地図制作者がそうやって地図を描いてたみたいに。このアイディアがどれだけ魅力的に見えたか、わたしたちがどれだけ『夢見る者の地図帳』に夢中になっていたか考えれば、それほど説得される必要はなかったわね。学者の隠遁所みたいだと思ったわ。邪魔が入ることもなく、口実をつけてサボることもできず、研究に没頭できるってことよ。

このあたりではふつうの大きさだって彼は言ってたけど、それがほんとうなら、このあたりの家はみんなすごい大邸宅だわ。わたしたちは茫然と見つめつづけてた。二階建てで、ベッドルームが六室に屋根裏部屋と地下室があって、敷地面積は何エーカーもあるんだもの。風に家がぎしぎし音を立てて、頭上の開いた窓でカーテンが手招きするみたいに揺れていた。しまいにウォーリーがカメラを構えて家の写真を撮って、「幽霊は写真に写るんだぜ」と冗談めかしてささやいてた。

でもそれは嘘じゃないわ。前日、わたしは最後の荷物をまとめていたの、修了式のためにキャンパスに戻る前に。そしたら、一年前のベアの誕生日パーティで撮った写真が出てきたのよ。そこは昔はもぐり酒場だった店で、ランタンふうの照明に、すごい音を立てる大昔のキャッシュレジスターがあって、バーテンは注文のたびにそのレジに打ち込んで、お酒をティーカップに入れて出すの、昔やってたとおりに。その夜はみんな、修了パーティのときよりさらに酔っ払ってたわ。あんまり酔っ払ってて、そのお祭り騒ぎのさいちゅうになにがあったか、だれもほとんど憶えてないぐらいだった。残ったのはウォーリーが撮った写真だけで、写真のなかのわたしたちはみんな狂ったようににやにやしていて、だれの目も見開かれてトロンとしていた。わたしの目はべつだったけど。わたしもみんなと同じように笑ってはいるんだけど、目は楽しそうじゃなかった。怯えてるというか、後ろめたそうなの。

でもその夜、わたしは結局フランシスとキスをしなかった。危ういところで踏みとどまったの、お酒のせいにして。それにフランシスはべろんべろんに酔っていて、翌朝になってもまだ酔いが抜けてないぐらいだった。それで一日じゅうトイレにこもってて、夕方になってやっと出てきてロミが作った薄いスープを飲んだときは、一週間前からの記憶がなんにもないみたいな顔をしてた。

結局、その写真は持っていかないことにして破って捨てたわ。なにもかも台無しにしてしまうところだったけど、これはやりなおすチャンスだった。肩の荷が下りた思いで、すごく気が楽になって、修了パーティではついにまた酔っ払ったわけ。心の底から楽しめたのはほんとうに久しぶりだった。

「ねえ、なにやってるのよ」と、あなたを抱っこしてタムが背後から現われた。「地図の歴史のプロジェクトに取り組むなら、こんなにぴったりの家ってないじゃない。窓は大きくて明るくて、裏のデッキからは小さな木立も見渡せるんだから……」と、彼女は笑顔で指さした。「想像してみてよ、あそこのくぼみ(ピット)で小さな火を起こして、みんなでその火を囲んで座って、ウィスコンシンの思い出話をしたり、『夢見る者の地図帳』について話し合ったり、ネルに星を眺めさせたりするの」

　わたしたちはまた家を眺めて、さっきとは違う目で見ようとした。

「おっきい」とやがてあなたが言って、みんなが笑ったわ。

「そうね、おっきいね」タムが同意のしるしにウインクしながら答えた。

　どこかで鳥が夜鳴きを始めて、見えるかと思ってみんなが西に目を向けた。タムもふり向いたんだけど、そのとき風に髪が乱れて、カールした茶色の髪が西陽(にしび)を受けて金色に輝いたの。

「そのまま、動かないで」ウォーリーはにこにこして、またカメラを構えて彼女の写真を撮ろうとした。

　彼女はにっこりしてみせたけど、ウォーリーがシャッターを押す前に、ダニエルが突進してきてあなたたちふたりを両腕に抱きかかえたの。あなたはうれしそうにきゃっきゃ言ってたし、ダニエルは「チーズ！」と叫んでたわ。

　そこでウォーリーがシャッターを切った。

「ばっちりだ」彼は言った。

　そのときですら、わたしたちの行く手にはたくさんの秘密が、そして罠が待ち受けていたの。でも、その最初の秘密に気づいていたのはわたしだけだったと思う。

　初めてこのふたりに会った日から、わたしはずっと、ウォーリーはひそかにタムに恋してるんじゃないかと思ってた。いつも彼女にくっついているし、小学校のころからずっといっしょだし、地理学部や学会でタムがだれかに声をかけると、彼の目にはそのつど押し殺したパニックの色が浮かんでた。わたしたちのなかに新しい友人が入ってくるたびに、彼女の一部が奪われると恐れているみたいだった。

やっぱり、わたし以上にわかる人なんかいないってわたしは思ってた。決して実現しないことを実現してほしいと望みながら、それ以上に実現しないでほしいと願うの、代償が大きすぎるから。

ふたりは友だちで、親友で、それは一生変わらないだろうって、ウォーリーはそう信じていた。それにダニエルとも兄弟のように仲がよかったし、ネル、あなたをそれ以上に可愛がってた。ウォーリーは、タムに対するほんとうの気持ちをあんまり長いこと抑圧してたから、自分のなかにそんな気持ちがあることすら気づいてなかったと思う。彼にとっては幻肢のようなものだったのね。その亡霊はまだ感じられるけど、ほんとうはそんなものはないんだって、そう自分で自分に思い込ませてたのよ。

「ねえ、火を起こしましょうよ、いまから」タムのさっきの提案を思い出してわたしは言った。もう一台の車のことを考えてたの。いいものを用意しておいて、フランシスとロミとベアが着いたときに喜ばせたかったのよ。興奮してるときのベアは、けっこう扱いづらかったりするから――とくにフランシスみたいに内気で真面目な人にとってはね。「来る途中で食料品店の前を通ったわよね。焚き火で夕食を作れば、ピットを囲んで火を眺めながら食事ができるじゃない」

それで、できるだけ早く荷ほどきをしようって話になったの。道が木立とこの家で行き止まりになる前、最後に通った町に大急ぎで引き返して、必要なものを買ってこようってわけ。五マイルぐらい離れたロックランドって小さな町だったわ。タムとわたしで家の蜘蛛の巣を払ってるあいだに、車の屋根に縛り付けたトランクやスーツケースから、ダニエルとウォーリーが本を運び込んで、それからみんなでまたどたどた車に乗り込んだ。

ロックランドの食料雑貨と肉の店では、タムがあなたをカートに押し込み、ウォーリーが肉の付け合わせに必要な材料を選んで、それでわたしはダニエルの監視係だった。放っておいたら、ダニエルは何時間でも肉売場の前に立ってる人なのよ。料理のことなんかろくに知りもしないくせに、やたら吟味したがって。しばらくは好きにさせてたんだけど、ウォーリーとタムが自分の役目を終えるころになっても、ダニエルはまだ選んでた。ふたりが戻ってきて、いらいらとカートに寄りかかってみんなで待ってるあいだ、わたしたちはあなたのご機嫌をとってた。

でもしまいにあなたがぐずりはじめたんで、「いいわ、あと十分待つわ。それでもまだすんでなかったら、ダニエルはこの店に置いていって、わたしたちだけで家に帰りましょう」と、タムはあなたをカートからおろした。ウォーリーは、これはよくあったんだけど、食料品の支払いに自分の財布からお札を二、三枚抜き出してた。彼にしたら大した出費じゃなかったからね。

「あなたたち、どこに行くの」彼からお金を受け取りながらわたしは尋ねた。

「この店に入るとき、隣に小さな骨董品屋があるのに気がついたのよ」タムは答えた。「ああいう店にはたいてい、かび臭い古書や地図帳のコーナーがあるもんでしょ」

「大したもの置いてないんじゃないの」わたしは言った。

「たぶんね」と彼女は答えて、ダニエルのほうを身ぶりで示した。あいかわらず肉を睨んでいて、こちらには目もくれない。「でも、あれを見てるよりはましよ」

「あとの三人にもじゅうぶん回るようにしないと」と、彼は肉売場から目を離さずにぶつぶつ言っていた。

「七人ぶんにプラスして、ネルのぶんを少しだな」

「あの三人がこんなに遅れるなんて信じられない」わたしは言った。「フランシスはどこに行っても遅刻が大嫌いなのに」

「ダニエルが今世紀中に肉を選び終わってくれたら、わたしたちが勝てるわね。大きなベッドルームは先に取っちゃって、あの三人には小さいのを残しとけばいいわ」タムは笑いながらこちらに背を向けて、ウォーリーといっしょに骨董品屋に向かった。

「二階を見た？　一番狭いベッドルームでも、大学院学生寮の一番大きなやつよりまだ広かったぜ」と、彼女のためにドアをあけてやりながらウォーリーは言ってた。

　ふたりはあなたを連れて出ていって、わたしはカートといっしょに残されたんだけど、ダニエルもやっとそのカートにステーキ肉やあばら肉を何ポンドって詰め込みはじめたの。それでやっと彼を肉売場から引き剝がして、レジを通らせて、車まで連れ出して、食料品をトランクに積み込んだ。エンジンをかけて座席で待ってたんだけど、数分経ってもタムとウォーリーとあなたは店から出てこないの。

「今度はおれたちが待たされる番か」ダニエルは早くもいらいらしてため息をついた。

「自分が悪いんでしょ」わたしは言った。「たぶん、まだあなたはえり好みしてるさいちゅうだって思われてるのよ。わたしがいくら言っても肉売場に張りついて離れないって」

　ふたりで笑ってたんだけど、そのときダニエルが急にこっちに顔を向けて、悪ガキみたいににやっと笑ってみせた。それで窓をおろして、ハンドルのクラクションに手を置いたの。

「タム！」と怒鳴ったかと思うと、クラクションがけたたましく鳴り響いて、駐車場じゅうの人が飛びあがってたわ。「タム、早く！　何時間待たせるんだよー！」

「やめなさいよ！」とわたしが言うのと同時に、骨董品屋のドアが勢いよく開いて、あなたたちが転がり出てきた。駐車場を歩いてる人たちに笑われて、ウォーリーは恥ずかしそうだったわ、みんなに見られて。でもタムとあなたはダニエルのジョークに笑ってた。

「まだ十分も経ってなかった」ウォーリーは頬を赤くして、バックシートに滑り込みながらぶつぶつ言ってた。タムがあなたをチャイルドシートに固定するのをせっせと手伝いながら、「自分はいつも延々待たせるくせに」

「面白かったじゃない」タムは彼にそう言って、身を乗り出すと愛情を込めてダニエルの髪をくしゃくしゃにした。

「なにかあった？」ダニエルがバックで駐車場から車を出しにかかったとき、わたしは尋ねた。

「いや」とウォーリー。「古い小物と壊れた家具があるだけだったよ」

「でも、完全な時間の無駄じゃなかったのよ」とタムは言って、折りたたまれた小さいものを差し出してみせた。わたしはそれを受け取って引っくり返して表紙を見て、そのあいだに彼女は座席にまた深く座りなおした。「いいもの見つけたでしょ」

　それが、あのガソリンスタンドの地図だったのよ。

　わたしはそれを眺めながら、タムとウォーリーが骨董品屋について話すのを聞いていた。お年寄りの店主がふたりとネルにとても愛想よくしてくれたとか、足りないものがあれば、町のどこでなにが手に入るか教えてくれたとか、その地図がたったの一ドルで、なんの価値もないクズだとしても、こんなに親切にしてもらってからなにも買わずに出るのは申し訳ないと思ったとか。それを聞きながら、わたしはかすかに不穏な雰囲気を感じとってた。どこか深いところで、恐怖が細い巻きひげをそろそろ伸ばしにかかってるみたいな。

　でも、わたしは気のせいだってことにしたの。長時間の車移動でみんな疲れていて、早く家に戻りたかった。それにこれからのことが楽しみでわくわくしてたし。

もっと気をつけていればよかった。

XII

これ以上は続けられないというかのように、イヴはそこで言葉を切った。またテーブルのサンボーンの地図に目をやり、われを忘れて見つめているようだ。なにか言ってくれるかと思ってネルはしばらく待っていたが、イヴはそのまま黙り込んでいる。

あのガソリンスタンドの地図について、自分が思い違いをしていたことにネルは気がついた。イヴの話がほんとうなら、あれはニューヨーク公共図書館のものではない。ただそこに隠してあっただけだ。未整理の寄贈品ではなく、父の所有物だったのだ。何十年も前に彼女の母とウォーリーが見つけたものなのだから。

なにが起こっているにしても、どんな意味があるにしても、図書館にはまったく関係がない。ネルの家族の問題だったのだ。

「その家ですけど」ネルはしまいに口を開いた。「そこで火事があったんですか」

そうにちがいない。火事があったのは彼女が三歳になった夏のことだったし、ニューヨーク州内陸部で両親が家を借りていたときの火事だということもわかっている。ただ、両親以外にも人が住んでいたということを知らなかっただけだ。そんな話は聞いたことがなかったが、父はそもそもあの火事についてはなにひとつ話してくれなかった。その点を除けば、イヴの話はすべて完璧に一致していた。

「そうとも言えるし、そうでないとも言えるわね」とイヴは言った。

「どういう意味ですか」ネルは食い下がった。「住んでいた家が全焼して、わたしにはそのときの火傷(やけど)の跡も残っています。火事はそこで起こったんでしょう——そのはずです」

イヴはため息をついた。「それはそうよ。ただ、そのずっと前に起こっていたの」

背筋に走る冷たいものはナイフのようだった。父がいつも母のことを話そうとしなかったのは、そのせいだったのだろうか。たんなる悲しみのせいではなかったのか。「母の死は事故ではなかったとおっしゃるんですか」

イヴはまた首をふった。今度はもっと激しく。「いいえ、間違いなく事故だったわ。恐ろしい、ほんとうに恐ろしい事故だった。お母さんはあなたを助けて亡くなったのよ」嘘をついているようには見えなかった。

ネルはしばしイヴを凝然と見つめた。彼女の悲しみの深さに驚いていたのだ。父はいつも自分の悲しみを胸の奥深くにしまっていたし、ネルは母がいまも生きていればと強く願ってはいたものの、イヴや父と違って母の記憶がない。ネルの悲しみはむしろ、このふたりほど惜しむ機会のなかったなにものかに対する、嫉妬(しっと)というか憧れに近かった。

それで、ウォーリーもまた母を強く愛していたとイヴが言っていたのを思い出した。

「イヴ、その、母とウォーリーは——」

「それはないわ」イヴはきっぱり否定した。「あなたのお母さんはお父さんを心から愛してた。裏切ったりするはずがないわ。それはウォーリーも同じよ」彼女はため息をついた。「でも彼女を失ってから、そのせいで狂気に追い込まれたの。乗り越えていくことができなかったの」

「今度のことは、なにもかも背後にウォーリーがいるっていうことですか。彼が〈カルトグラファーズ〉として行動していると?」

イヴはうなずいた。「ほかには考えられないわ」と、ネルに目を向けてきた。「彼はいまもあのガソリンスタンドの地図を探してるの」

「でも、もう一枚も残っていなかったら……」とネルは言いかけた。

「関係ないのよ」彼女は言った。「ウォーリーはそんなこと絶対信じないわ。彼にはそれしか残されてないから」

「彼にはそれしか残されていないって……」ネルはあきれて言った。「それじゃわたしはどうなるんでしょう。わたしは母を亡くしてるし、父は妻を亡くしてるんですよ」

「ごめんなさい、そんなつもりで言ったんじゃないのよ」イヴはあわてて言った。「あなたやダニエルの苦しみは、わたしには想像もつかないわ」また視線が重く垂れ下がる。「でも、恐ろしい喪失ではあったけれど、少なくともあなたたちにはお互いがいたでしょう。ウォーリーにはなにもなかったの。あの地図の記憶以外はなにも」

　ネルは、気が静まるまでしばらく待った。「ウォーリーにはどうすれば会えますか」

「会えないわ。あなたのお母さんが亡くなったあと、行方をくらましたの。わたしたちのだれも、それきりなんの連絡ももらってないし、彼の居場所はだれも知らないのよ」

「ひょっとしたら、わたしの父はべつだったかもしれませんね」ネルは言った。

　イヴはぎょっとして、いまにも逃げ出しそうな顔をした。

　ネルはいったん引いて、別の角度から攻められないかと考えた。どうすればウォーリーに会えるかイヴは知らないかもしれないが、彼がなにを求めているかネルは知っている。そしてサンボーンの地図はなんらかの形でそれと関連している——そうでなければ、なぜ父は死の直前から、それを手に入れようとなりふりかまわず古い友人たちに連絡していたのか。

「それで、このサンボーンの地図はなにがそんなに特別なんでしょうか」彼女は尋ねた。

「稀少なのよ」イヴはそこは認めた。「第七版だから」

「なぜ第七版はそんなに稀少なんですか」

「あなたのお父さんは、あなたにそんなことを——」

「ええ、わかってます」ネルはいらいらして言った。ラモナのときと同じだ。過去のことなら少しは話してくれるが、現在のことについて、またガソリンスタンドの地図にまつわる秘密に多少でも関係しそうなことについて突っ込んで尋ねると、たちまち口を閉ざしてしまう。フランシスはさらにひどかった。

　くよくよ考えているうちに、急にひらめいた。

「教えてくださったら、それで手を引きます」ネルは言った。それが、この三人がともに望んでいたことではないか。この戦術はラモナには効果があって、おかげでサンボーンの地図をもらうことができたのだ。

　イヴは彼女を見つめ、本気で言っているのか推し測ろうとしている。「本気でそう言っているのなら」彼女はついに言った。「サンボーンの地図を返してくれる？」

　ネルは躊躇（ちゅうちょ）した。唯一の手がかりを手放したくはない。しかし、父がなぜこの地図を切実に欲しがっていたのかイヴが説明してくれるなら、もう手もとに置いておく必要はなくなるかもしれない。

　それに、ガソリンスタンドの地図はまだ持っている。あれこそがほんとうに重要な地図なのだから。

　ついに、ネルは地図をそっとイヴのほうに少し押しやった。ふたりのあいだにあったものが、いまではイヴの前にある。

「なぜ第七版はそんなに稀少なんですか」穏やかに質問を繰り返した。

　イヴは深呼吸をした。「誤りが見つかったからよ」としまいに答えた。「あのね、こういう地図は保険会社が使うものでしょう。不慮の火災や洪水のせいで、ある建物が損傷したり全壊したりする危険を判断して、適切な保険料を算定するのが目的なの。つまり正確さが生命なのよ。そんな地図に誤りが見つかったわけだから、第八版が大急ぎで発行されたの。混乱を避けるために、第七版はたぶんほとんど廃棄されたんでしょうね」

「誤りというと、寸法がずれてたとかですか？」ネルはためしに言ってみた。

「そういうことじゃなくてね」とイヴ。「幻の集落みたいなものよ」

「幻の集落？」ネルはおうむ返しに言った。

「あなたはきっと古地図が専門なのね」とイヴは微笑んだ。「お母さんと同じね」

「どうしてわかったんですか」

「幻の集落というのは、非常に現代的な地図制作上の問題だからよ。古い地図にもたまにあるけど、たいていただのミスと分類されてるわ。もっとも、そうじゃないんじゃないかって言われてるのもあるけど」

　ブースの向こう端、照明の下にかかっているサンボーン地図のギャラリーをだれかが閲覧しに来て、ネルははっとした。その見学者たちが去るまで待ってから、イヴは先を続けた。

「いずれにしても、古い時代の研究ではこんな概念は出てこなかったでしょう。昔はたいていの人は字が読めなかったし、まして地図みたいに複雑なものを複写することなんてできなかったから」

　ネルはうなずいた。博士課程につきもののつまずきの石だ。専門知識はとんでもなく深い――が、狭いのだ。彼女とフィリクスは、いま自分が突っ込んで学んでいることを、互いに教えあって飽きることがなかった。時代や国が違えばどれぐらい地図も違うことか、驚きは尽きなかったものだ。「現代的というと、いつごろからですか」彼女は尋ねた。

「ほんの百年か二百年ぐらい前からね」と答えて、イヴは目の前のテーブルにあるサンボーンの地図をまた眺めた。「一般大衆のほとんどが教育を受けるようになって、地図制作が魔法のような匠(たくみ)の技でなくなって、ありふれた産業になってからのことよ。というか、ありふれすぎてしまったわけ。最近では、何か月もかけて測量をしてやっと地図を作っても、苦労して得たデータをあっさりライバルに盗まれちゃったりするから」

「でも、そういう知的財産を侵害する詐欺的行為は、法律で禁じられていますよね」ネルは言った。

「もちろんよ。でもこれは芸術と科学の境界線上の問題なの。ふたりの画家がイーゼルに向かって同じ画題で絵を描いたとしたら、その作品はまったくの別物になるでしょう。でも地図は絵とは違うの。地図はそこにあるものだけを描かなくちゃいけない。つまり真実を、解釈を入れずに正確に写しとらなくちゃいけないの。とすれば、ふたつの地図がどちらも完全に正確だったら、いっぽうがもういっぽうを真似して作ったものだとしても、それをどうして証明できるかしら」

　ネルは口を開きかけたが、そこで口ごもった。「わかりません」としまいに降参する。彼女が専門としている時代の地図制作者にとっては、そのような問題はそもそも存在していなかったのだ。「一種のパラドックスですね」

「まさしく」とイヴ。「でも、しまいに突破口が見つかったの。だれが最初に思いついたのかわからないんだけど、もともとの制作者を保護するための天才的な策だったわ。真実のなかに嘘を隠すの」

「罠ですか」

「そのとおり」イヴは答えた。「それが幻の集落よ」

「自分の仕込んだものがほかの人の地図にもあったら、それは独自に調査して作ったんじゃなくて、自分から盗んだんだってわかるわけですね」ネルは考え考え言った。「たしかに天才的だわ」

「コツはうまく隠すことね。名もない山の標高が違うとか、小さな湖沼の名前のスペルが間違ってるとか、辺鄙な地域のほんとはまっすぐな川が、ちょっと曲がっているとかね。縮尺の小さな地図で建築物や間取りが描かれているときは、この幻の集落というか秘密のことを、そのものずばりで罠の部屋と呼んだりするわ」

深刻な理由で話をしているにもかかわらず、ネルは思わず笑みをこぼした。彼女は以前からずっと、古い地図のほうが貴重で魅力的だと思ってきたが、現代の地図もまだその魅力を失っていないことを実感せずにはいられなかった。旅行中にどこかの都市の観光ガイドを開いて、そういう地図制作者のささやかな秘密を、それと知らずに眺めていたことがいったい何度あったのだろう。

ふたりとも、なんとなくまたサンボーンの地図に目を向けた。

この地図のどこに秘密があるのか尋ねようとしたが、だしぬけにイヴが泣き出しそうな顔をした。「ごめんなさい」と恥ずかしそうに笑う。「わたしのほうがあなたを慰めなくちゃいけないのに」

「そんな、いいんです」ネルは笑顔で言った。

「またあなたに会えてあんまりうれしくて――こんな悲しいときだけど。急に胸がいっぱいになっちゃって。予想もしてなかったから……」イヴは目を拭いた。また泣き出してしまわないように、この場の雰囲気を紛らすことができそうなものを探している。「すぐに戻るわ。保護用の封筒と緩衝材をとってこないと」

彼女が展示場の反対側にある備品キャビネットに向かっているあいだに、ネルは最後のチャンスとばかりに地図をじっくり調べた。あらゆる線や文字に目を走らせ、通りを、次に建物を調べ、ひとつひとつを注意深く見ていくうちに、気がついたらまたニューヨーク公共図書館に舞い戻っているのに気がついた。もっとも、今回は現実ではなく紙のうえの話だが。ホールからホールへ順序よく進み、窓や壁をひとつひとつ確認し、しまいに一番よく知っている部屋にたどり着いた。

だしぬけに気がついた。

これが秘密だ。

地図部に、存在しないはずの部屋がある。

小さくて目立たず、クローゼットほどの大きさしかない。これまで気づかなかったのは、描かれているブロック全体をひとまとめに見ていて、なにを探せばよいかわかっていなかったからだ。しかし、いまでははっきりわかる。よりにもよって彼女の昔なじみの場所に、この第七版では存在しない小さな空間が挿入されているのだ。

それが現実には絶対に存在しないことをネルは知っている。地図上でその偽の空間が隠されている場所は、実際には大閲覧室のなにもない壁になっている。

なぜ父がこんな地図を欲しがるのだろう。自分が働いていて、殺された建物の、まさに自分のオフィスに意図的な誤りの挿入されている地図を。

まだよくわからない——が、ふと思いついた。

これがふたつの地図のつながりだったのだろうか。ほかの点はすべて似ている。どちらも古く、どちらも絶版でひじょうに稀少ではあるが、一見してなんの価値もない。ただガソリンスタンドの地図はずっと大きく、ほぼニューヨーク州全域とその周辺が描かれている。だからその秘密はもっと大きいものになるはずだ。

建物や通りまるごととか。

あるいは、町がまるごとかも。

幻の集落だ、イヴが言っていたとおり。

「あなたはとてもお忙しいとは思うけど」と言う声にネルはぎょっとした。顔をあげると、イヴが梱包材を手にまたブースに入ってくるところだった。「でも、ランチかコーヒーでもどうかしら。ほんとうに久しぶりだし、聞きたいことがたくさんあるのよ。どこの学校に通って、いまどこで働いているのか……」

イヴに「ジャンクボックス事件」のことや〈クラシック〉社について話すことを想像して、顔が歪みそうになるのをこらえ、ネルはなんとか礼儀正しい笑みを浮かべようとした。

「まあ、それはぜひ——」

しかし最後まで言い終えないうちに、イヴの肩越しに、ここで見るとは予想もしていなかった顔が遠くに見えた。

ケイブ警部補がこのフェアになんの用があるのだろう。

サンボーンの地図について、なにか知っているのだろうか。

わからないが、それを確かめている時間はない。警部補は間違いなくなにかの手がかりを追っているのだろう。彼の電話に出ようとしない彼女が、ここにいる

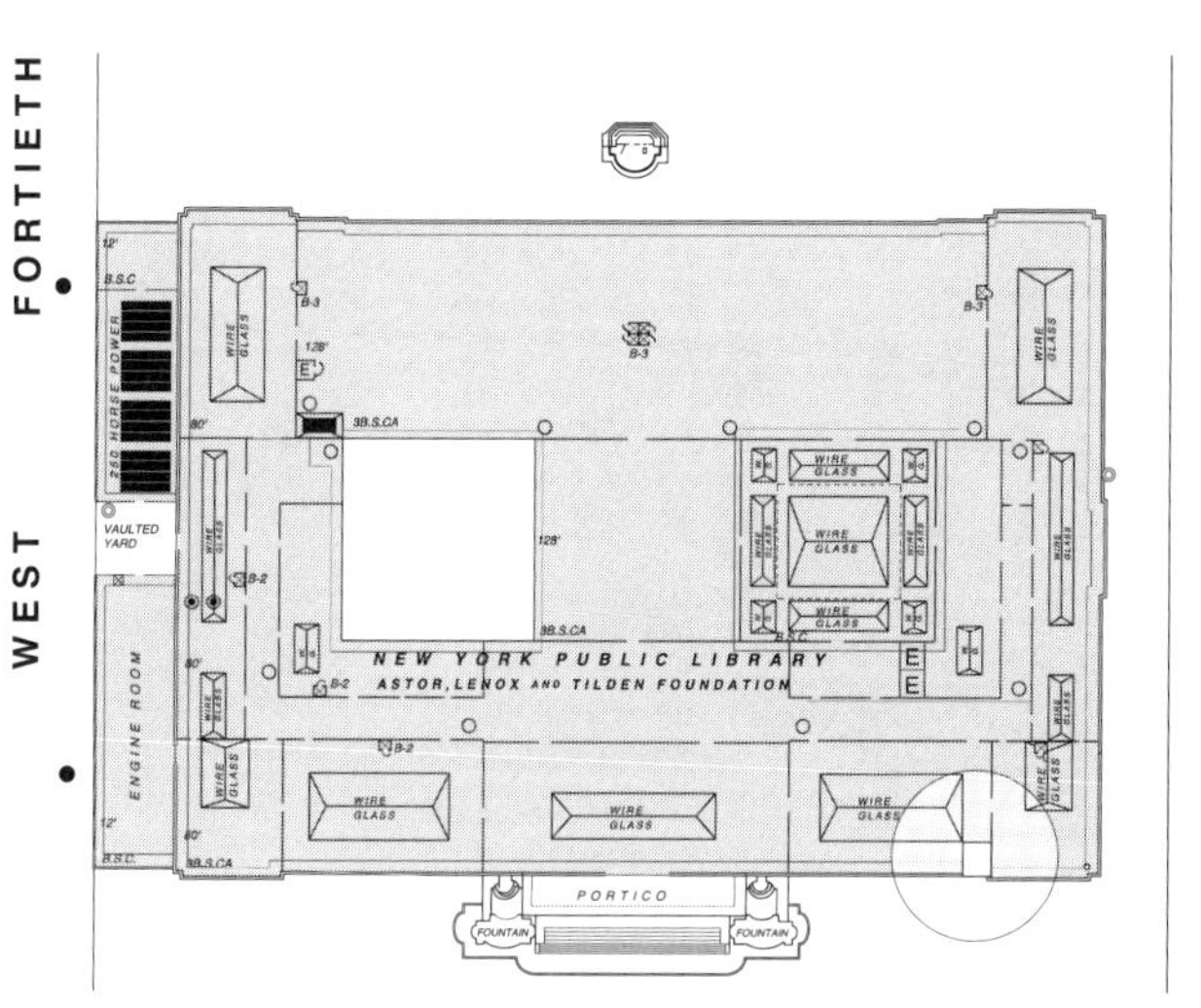

〈サンボーン火災保険〉マンハッタン地図、部分

のに気づいたら疑いを招いてしまう――かりにまだ疑われていなかったとしても。

それに、説明してその疑いを晴らしているひまもない。

「ごいっしょしたかったんですが、もう行かなくてはならないので」と彼女は言い、首にかけたスワンの入場証のストラップをあわてて外した。

「あら」イヴは、この急転直下に驚いて言った。遠くでは、ケイブ警部補が周囲の人混みをゆっくり見まわしている。「ごめんなさい、わたしはただ――」

「いえ、ほんとうにいま時間がないだけなんです」ネルは言った。反対方向に大急ぎで逃げ出そうと、警部補が人混みをかき分けてどちらへ向かおうとしているか、なるべくそれとなく確認しようとする。「また今度お目にかかれますか。いま名刺を持ってないんですけど、ペンシルヴェニア州立大学のウェブサイトを見て、こちらからご連絡させてもらいますから」

イヴはうなずいたが、やはり面食らっている。「ええ、それはいいけれど、ほんとうに大丈夫？」

ケイブ警部補の視線がネルを通り過ぎ、と思ったらぱっと戻ってきて、広大な会場内を訪問者から訪問者へ飛び移りだした。

いま見たのが間違いなく彼女だと気づかれる前に、逃げ出さなくてはならない。

「ええ、大丈夫です。ただ時間がないだけで」そう言いながら、ネルはすでにブースから外へ出ようとしていた。学者の集団が警部補の前を横切り、視界を一瞬遮ってくれた。これでうまく逃げ出せそうだ。「イヴ、ほんとうにありがとうございました」


ネルは電話を耳から離さないように苦労しながら、アーモリーからパークアベニューの歩道に逃げ出した。道路ぎわに二、三台のタクシーが待っていたので、そんなお金はなかったのだが最初のタクシーに飛び込んだ。ケイブ警部補から逃げるなら、地下鉄まで延々歩いていくよりタクシーに乗ったほうが速いだろう。

「スワン！」ようやく電話がつながると、彼女は言った。「わかったかもしれない！」

「わかったって、なにが？」スワンは驚いて尋ねた。

タクシーがチャイナタウンに向かって走り出すいっぽう、ネルはシートベルトを締めようとじたばたしていた。「〈カルトグラファーズ〉のことよ」彼女は言った。「あれはただの昔話じゃなかったの。本物のコレクターなの――ただ、だれがこのグループを作ったのか、聞いたら驚くと思うわ」

ミッドタウンが窓の外を流れていくなか、イヴから聞いた話をすべて伝えた。彼女の両親と友人たちのこと、著作権のトラップのこと、サンボーンの地図のこと。

「この年月、彼はずっとなにも話してくれなかった」しまいにスワンは言った。その声は信じられないという気持ちと悲しみのあいだを揺れていた。「もっとも、そのウォーリーがほんとうにそれほどの危険人物なら、昔の仲間のことは話さないほうが安全だと思ったんだろうね――わたしにも」

「きっと、迷惑をかけたくないって思っただけじゃないかしら」ネルは答えた。

スワンはため息をついた。「そうは言ってもだよ。力になれたかもしれないのに」

「いま力になってくれてるわ」

彼は咳払いをした。電話を通じて椅子のきしむ音が聞こえる。まっすぐに座りなおしたのだろう。「わたしはずっときみの味方だよ。それで、このサンボーンの地図だが」興味を惹かれたように、口調が少し明るくなった。「この図書館に関するささやかな秘密が、すぐ鼻先にぶら下がっていたとはね！　確率はどれぐらいだろう。サンボーンの図に幻の集落が紛れ込んでいるとは夢にも思わなかっただろうな」

「図書館のそのあたりにはぜったい部屋なんかないし、あったこともなかったわよね」とネルは確認した。

「きみも同じぐらいよく知ってるだろうが、とにかく答えはイエスだよ」スワンは答えた。「あそこには間違いなくなんにもない。秘密の部屋も、ドアも、なんにもだ。ただの壁があるきりで、ガラス張りの書棚が置いてあるだけだよ。反対側には小型プリンターが並んでいて、掃除用具戸棚を入れる隙間もない」

「やっぱり、そうよね」ネルは言った。「あとは、ガソリンスタンドの地図から幻の集落を見つけなくちゃ」

「しかし、それになんの意味があるんだろうね」

「わからないけど、見つけたらわかるかもしれないわ。その秘密のトラップの名前が手がかりになるんじゃないかと思うの。それとも、著作権トラップのあるはずの場所になにか隠してあるとか」

「隠してある?」スワンが訊き返す。「宝物が埋まってるとか?」

　ネルは笑ったが、それはおおむね運転手に聞かせるためだった。バックミラー越しに妙な目つきで見られたので、ごまかそうと思ったのだ。「まあ、いまからそれを見つけに行くところなの」

「どういう意味?」と彼が尋ねたとき、ちょうどタクシーが停まった。外を見るとペル・ストリートとバワリー街の角、ラモナの店の前の交差点だった。

「助かりました、急いでもらって」と言いながら、パーティションのスロットに紙幣を突っ込み、運転手から領収書を渡される前に急いで歩道に降りていた。

「タクシーに乗ってる?」

「いま降りたとこ」ネルは答えた。どこを見ても真昼の陽光がまぶしく反射している。自動車の装飾、点心レストラン内の金属棚、食堂自動車（フードカート）、一時停止の標識。不審な車や人物が見えないか通りに目を配ったが、これといっておかしな点は見当たらない。いつものとおり、せわしないランチタイムのチャイナタウンだった。

「またラモナ・ウーの店に行こうと思って」

「ラモナ・ウーか」スワンは言った。まるで彼女が呪いの言葉を唱えたかのような口ぶりだ。「前回行ったときは、あまり協力的じゃなかったじゃないか」

「でも、お父さん宛てのフランシスからの封筒を渡してくれたわ」とネルは言ったが、ケイブ警部補に見つからないように、じつはブックフェアから逃げてきたということは黙っていた。「それに、わたしがもうフランシスとイヴに会って、サンボーンの地図のトラップルームを見つけたことを伝えたら……ガソリンスタンドの地図のトラップがどこにあるのか、なんとか教えてもらえるかもしれないし」そう言いながら角に向かい、歩行者用信号が点滅しだしたので急いで渡った。「それじゃ、頑張って」スワンは言った。「くれぐれも気をつけるんだよ。ラモナ・ウーの隠れ家に踏み込むなんて、わたしにはどんなふうか想像もつかないが」

「意外なんだけど……」と言いかけて、ネルは言葉に詰まった。きらめく燭台、どこを見ても本、本、本が積みあげられ、薄い金色の埃の層に覆われて、見る者を探検に誘っている――そんなイメージがまたよみがえってきた。（意外なんだけど、美しかったわ。図書館より美しいぐらい）そう言いたかったが、スワンには信じてもらえないだろう。「そんなにひどくなかったわよ」としまいに締めくくった。「すぐまた電話します」

彼女は電話を切り、ドイヤーズ・ストリートに入った。急ぐあまり、ほとんど小走りになっていた。

（保険ね、一種の）――サンボーンの地図について尋ねたとき、ラモナがそう答えたのを、ネルは先を急ぎながら思い出していた。どういう意味なのかまだわからない。不正確な地図がどんな保険になるというのだろう。あの地図を持っていたら、父にとってなんの役に立ったというのだろうか。

ネルは〈南華茶室〉の前を通り過ぎ、意を決して顔をあげた。答えがすべてわかったわけではないが、少なくともいまはなにを尋ねればいいかわかっている。今度は脅かされてしっぽを巻いて逃げ帰ったりしない。ラモナが質問に答えてくれるまで、なにがあろうとてこでも動くものか。ぜったいに――

ラモナの店の入口で、ネルは凍りついた。

店がない。

（えっ？）

曲がり角を間違ったのだろうか。ネルはちらとふり返ったが、ここはまぎれもなくドイヤーズ・ストリートで、〈南華茶室〉を通り過ぎ、郵便局の向かいに来たところだった。二日前、初めてラモナの店を訪ねたときと同じ場所に間違いない。

それなのに、どう見てもここに店はなかった。

「そんな……」茫然としてつぶやいた。

たんに閉店したとか移転したというのではない――入口に鍵がかかっているとか、窓が暗いとか、板が打ち付けてあるとかではなく、そもそも店が存在し、ないのだ。店があった場所にはのっぺらぼうの古いコンクリートの壁があるきりで、壁のいっぽうは〈南華茶室〉に、もういっぽうはウエスタンユニオン銀行に接していた。

　ラモナの店が存在したことなどなかったかのようだった。


存在しない場所は見つけられないから。


　それがラモナの最後の言葉だった。

「こんなことありえない」ネルはつっかえつっかえ言った。「そんなばかな」

　店に来たことがあるのだ。なかに入ったのだ。入ってラモナと話し、彼女からサンボーンの地図を受け取ったのだ。いまもバッグには、あの地図といっしょにもらった家族の写真が入っている——現実だったという証拠だ。

　震える手でスマートフォンを取り出し、〈ハブサーチ〉に「RW稀覯地図」と入力した。かならず説明がつくはずだ。リスティング広告とか、連絡先とか、なにかきっと出てくるはずだ。

　検索結果が表示され、ネルはスクロールを始めた。最初はゆっくり、それがしだいに速くなっていく。とうとう最後の一件まで達してしまうと、スマホを持つ手を脇にたらし、また古いコンクリートの壁を見つめた。わけがわからない。

〈ハブサーチ〉では、店主についての記事や、彼女のいかがわしい評判についての意見、彼女の手がけたうさんくさい取引の報道などは山ほどヒットしたが、ラモナはひとりで仕事をしていて店は一軒しかなかったため、リスティング広告は一件のみだった。

　それには何年も前に閉業のマークがついており——住所はまったく掲載されていなかった。

XIII

午後遅くに雨が降りはじめ、フィリクスが家を出るころには、ホームは濡（ぬ）れて滑るし車内はむしむしするしで、地下鉄に乗るのはうんざりだった。駅から走ったときに小雨に降られたせいで、シャツがまだ少し濡れている。歩道の日よけ（オーニング）の下に立って、時計を確認して顔をしかめた。

緊張のあまり心臓が早鐘を打っていて、胸の外までその音が漏れていないかと不安になるほどだった。

彼の呼び出しに反応して、入口パネルのブザーが鳴った。急（せ）かすように何度かうなり声をあげたが、ドアを押し開くと止まる。

ここまでやる必要はない、急いで階段をのぼりながら思った。これはやりすぎだ。電話か、図書館か、あるいはどこかのバーで話を聞けばすむことだ。ニューヨーク国際古書フェアでなにがわかったか尋ねるために、わざわざネルのアパートまで出かけていこうなどと、自分から言い出すなんてまったくどうかしている。

前方から、鍵をガチャガチャやっている音が聞こえてきた。あいかわらずのせっかちで、話したいことをもう半分ぐらいは言い終えてしまっているのではないか。

「ねえ聞いて！　現代の著作権のことで教えてほしいことがたくさんあるの。信じられないと思うけど――」

フィリクスがまだその階の踊り場にもたどり着かないうちに、ネルが開いたドアから声をかけてくる。しかし、彼の姿を目にすると言葉が途切れた。

彼女の目は、彼が片手に持っている傘に、そしてもういっぽうの手に持っているばかでかい紙袋に向けられた。紙袋のてっぺんには、タイ料理レストランのレシートがいまもななめにホッチキス留めされていた。

「あら」

フィリクスはばつが悪くてため息をついた。

さらに言えば、夕食を用意してくるとはますますどうかしていた。

「まだ信じられないよ」ラモナの店がなかったというネルの話を聞いたあと、フィリクスはようやく言った。自分のスマートフォンを見ているが、非公開情報検索でも、彼女が公開の〈ハブサーチ〉で見つけたのと同じ不可解な情報しか出てこなかった。ラモナの店は間違いなく何年も前に閉業していたし、住所はまったく掲載されていない。とりわけ、ネルの言っている場所で営業していたという記録はどこにもなかった。「それでその壁は、ほんとうに作りたてじゃなかったんだね？　店の正面を漆喰（しっくい）で塗りつぶしたとかそういう……」

「いいえ、汚れていて落書きがされてて、もうずっと前からそこにあるみたいだったわ」彼女は不意を衝（つ）かれたように答えた。「説明がつくはずなのよ。きっとわたしがどこかで間違ったんだと思う。ただ、間違うはずなんかないと思うんだけど」

　フィリクスはコーヒーテーブルに皿を置き、カウチのクッションに身体を預けて、頭のなかですべてのピースを組み立てようとした。しかしネルの動きは正反対で、ぱっと立ちあがってキッチンの大きなテーブルに戻っていった。そこにはガソリンスタンドの地図が完全に広げて置いてある。彼女は腕を組んで待っていた。以前と変わらず熱狂にわれを忘れていると思われたくなくて、あれで平静を装っているつもりなのだろう。しかし実際には、宙に浮きあがりそうに興奮しているのが見え見えだった。

「わかった、わかったよ」彼は笑いながら、寝返りを打つようにして立ちあがった。

　こんなにうまく行くとは夢にも思っていなかった。まるで昔に戻ったようだ。

　最初のうちは、彼女がこれを見せたいのだと言って地図を調べだす前に、まずは座らせて少しは食事をさせるだけでとんでもなく骨が折れたが、古書フェアでなにがあったか説明してくれないとわからないと説得し、それなら食事をしながらでもできるとどうにか納得させた。話をしながら、彼女はものの三分で激辛炒（パッキー）め麺（マオ）を平らげた。まるでひと口で丸呑（まるの）みにしたかのようで、これでは彼のほうが腹痛を起こしてしまう。夕食を十分間に引き延ばすには、彼の皿からひと口ぶんずつ彼女の皿に料理を移して食べさせ、唐辛子がついに効きめをあらわすのを待つしかなかった。

「これおいしいわね」四口めか五口めを移されたところで、彼女はようやく気づいたように言った。これまた彼の持ってきた白ワインのボトルをあけようと手を伸ばす。「ほんとにおいしいわ」

「職場近くの小さなランチの店で買ってきたんだ」フィリクスは笑顔で答えた。彼女がタイ料理が好きで、辛ければ辛いほど喜ぶのはよく憶えていた。同棲していたころは、少なくとも週に一度は食べに出かけたり料理したりしていたものだ。「会社で人気なんだよ」

しかし、料理はもうとっくになくなったし、ネルはそろそろ痺れを切らして、地図の横で体重を右足にかけたり左足にかけたりしている。「グラスを持ってきてよ」そう彼女に言われて、コーヒーテーブルをよけてキッチンへ行く途中、フィリクスは言われたとおりふたつのグラスの脚をつかんで持ちあげた。

「それで」と言いつつ、すでに見飽きた地図を見下ろす。「ラモナの店でなにがあったかはともかく、彼女からイヴの話の裏付けを取ることはできなかったわけだ。でもきみは、この地図に幻の集落があると言うんだね」

「きっとあるはずだわ」彼女は言った。「こんなに長い年月が経ってからわざわざ集まって、あれを父のために入手しようとしたっていうんだから……」

「サンボーンの地図ではどこにあったの」彼は尋ねた。

「それが、なんと地図部にあったのよ」彼女は笑った。「実際には絶対に存在しない場所に、小さな部屋が描いてあったの」

フィリクスは片方の眉をあげた。「すごい偶然だな」と考え込む。

彼女は肩をすくめた。「みょうな話よね。でもあなたも知ってるとおり、大閲覧室は完全な正方形だし」

「ああ。でもそれがつながりだっていうなら、どうして無害な誤りのせいでこっちの地図はすごい値段になって、サンボーンの地図はそうなってないんだろう」

ガソリンスタンドの地図を身ぶりで示しながら尋ねた。

「それはわからないけど」と言いながらも、ネルの目の輝きは少しも薄れていなかった。「でも、幻の集落がこの地図のどこにあるか突き止めれば、わかるかもしれないわよ」

ふたりはまたうつむき、この不可解な地図を黙って調べた。ゆっくりと、フィリクスはネルのほうにまた目をやった。考え込んでいるときの癖で、縮れた髪の房を指に巻きつけたりほどいたりしている。それを長いこと見つめている自分に、彼はふと気がついた。見慣れた仕草に、心が慰められて見とれていたのだ。

「なにを考えてるの」彼女に気づかれる前に彼は尋ねた。

「イヴは違うと言ったけど、これはなにもかも母の死と関係があるっていう気がしてしかたがないの」彼女はしまいにそう打ち明けた。

フィリクスは眉をひそめた。「事故だったんだろう？　火事だったっけ」

「父はいつもそう言ってたし、新聞や昔の警察の報告でもそうなってるわ。イヴもそうだって断言してた。でもそれならどうして、みんなその話をしようとしないの。あの夏、七人全員が州内陸部の同じ家にいたのに。どうしてみんなこの地図をあんなに恐れているの。それに、このウォーリーって人はなぜこれを是が非でも取り返そうとしてるのかしら。こんなに恐ろしいことに手を染めてまで」

「うーん、それを知る方法はひとつしかないね」フィリクスは言った。「この地図にほんとうに幻の集落があるなら、そこからなにかわかるかもしれない」

ネルはにっと笑った。彼女はもう少し脇へ寄って、ふたりで見られるように地図の角度を注意深く変えた。ふたりはそろってその上にかがみ込んだ。

「これは昔ながらの方法でやるしかないんだな」フィリクスは言った。この地図が思ったよりどれほど大きいか、だしぬけに気がついたのだ。壁掛け地図ほどではないが、それでも彼の記憶にあるよりはるかに大きく、はるかに細かかった。ニューヨーク州全域に加え、コネティカット州、マサチューセッツ州、バーモント州、ペンシルヴェニア州の一部が入っており、幹線道路や郡道、山脈や河川が密な網の目をなし、そのあいだに百万もの町や村が点在している。

「〈ヘイバーソン〉ですっかり楽を覚えちゃったのね」ネルは冷やかした。

彼女の言うとおりだったので、彼はバツの悪さを笑ってごまかした。これをスキャンして、〈ヘイバーソン・マップ〉に取り込むことさえできれば、あとは検索をかけるだけですむ。こんなふうに、紙のうえだけで仕事をするのは久しぶりだった。

しかしネルはひるむ様子も見せなかった。「一番早いのは、格子のマスをひとつひとつつぶしていくことね。ひとりが名前の書いてある町と道路を読みあげていって、もうひとりはそれを索引と照合するの」と、気が遠くなるほど長い町名のリストを指さした。「もしほんとうに幻の集落があれば、いつかはリストに載ってないのに出くわすはずよ。だって、ほんとの場所じゃないんだから」

「いつかはね」フィリクスはまだ多少気圧されていた。

「わかってる」彼女は応じた。ためらいがちに彼の腕に片手を置く――彼は無視しようとしたが、袖に感じる彼女の指に、胸に小さな戦慄が走った。「できるわよ。昔みたいに。徹夜の猛研究の始まりよ」

「あのころはまだ若かったんだ」そう言って笑いなが

らも、早くも地図の上隅を持ちあげて前かがみになっていた。これなら索引を見やすいし、彼女のほうはおおむね地図を平らにして見ることができる。「始めようか」

ネルはうなずき、最初の格子に目を向けた。「ダマスカス。コチェクトン」

「両方あり」

「フォスターデール。ベセル。カウネオンガ・レイク」

「それも全部あり」

三十分近くそんなふうに作業をし、格子のなかを手際よく見ていくうちに、ふたりはかつての略語を使いだし、また昔の感覚を思い出して、互いに互いの次の動きをほとんど予測できるほどになっていった。フィリクスは〈ヘイバーソン〉のチームとうまく仕事をしていたが、なにもかもコンピュータ上でやるのとはやはりどこか違う。こちらのほうが距離が近いというか、ずっと結びつきが強い気がする。

「リビングストン・マナー?」

「あり」

ワインボトルはとっくに空になっていた。いま何時なのか見当もつかない。作業はセクションM12まで来ていて、地図の八十パーセント近くを調べ終えていた。いまはニューヨーク州内陸部のキャッツキル山地周辺を調べているところだ。田園の地形と散在する町や村からなる、緑色の大きなダイヤモンド。小さな文字を凝視しつづけて目が疲れてしかたがないが、心のどこかで、幻の集落が見つからなければいいと願っていた――そうすればこのままずっと、ふたりで調査を続けられるから。

「ロスコー」ネルは言って、小さな点を指さした。そのすぐ北を対角線が走っていて、赤いリボンのような州道一七号線に沿って伸びる山々をふたつに分けている。

「あり」

彼女はちらと目をあげてフィリクスを見た。「ロックランド」とささやくように言う。郡道二〇六号線沿いの次の点。あの火災があった場所。彼女の母が亡くなった家があった町の名だ。

「あったよ」彼は言って、ぐずぐずするひまを与えず先をうながした。

彼女は指で道を北へたどった。保護林のすぐ手前、郡道二〇六号線とビーヴァーキルヴァレー・ロードの交わる地点に、もうひとつ白い小さな点が待っている。

「アグロー」

フィリクスはそれに従って索引をたどり――

「ちょっと待った」ぼそりと言った。

見つからない。

「なんて名前だっけ」

「アグローよ」ネルは繰り返した。「A、G、L、O、E」

もう一度索引をチェックした。

ない。

ネルは息を殺し、いっそう近づいてきた。覆いかぶさらんばかりになって、「フィリクス」

「ないよ」顔をあげ、索引が彼女からよく見えるようにさらに地図の向きを変えた。「そんな名前の町はない」

しかし、地図には載っている。

町がないはずの場所に、アグローという名の町が。

見つけた。

ほんとうに見つけたのだ。

ふたりはさらに数秒間、その存在しないはずの場所を見つめた。

そっと、ネルがその小さな白い点に指で触れた。まるでその存在を感じられるかのように。

（ドクター・ヤングがこの地図を長年ずっと取っておいたのはこのせいだったのだ）とフィリクスは考えた。この小さな幻の町こそ、この地図に隠された秘密だったのだ。

「フィリクス」と言うネルの声は、ろくに聞き取れないほどかすかだった。

彼女がなにを見ているのかわかっている。

その町は、ネルの母が亡くなった場所から五マイルと離れていなかった。

道を北に進んでアグローに着く前に、最後に通り過ぎる町――最後の実在する町はロックランドなのだ。

（そんなことがあるだろうか。どうしてそんなことが？）

「これ、どういうことなの」彼女が尋ねる。「三十年以上も前のあのころ、父と母とわたしは……わたしたちは、アグローからほんの数分のところに住んでいたっていうの？」

彼女のすがるような眼差し（まなざし）――どうしても理解しなくてはならない、そのために手を貸してほしいという必死の願い――はフィリクスの胸を貫き、心臓を鷲（わし）づかみにした。もう一度抱きしめたいという衝動を、彼は危ういところでこらえた。

「アイリーンが言うには、父はわたしに電話しようと

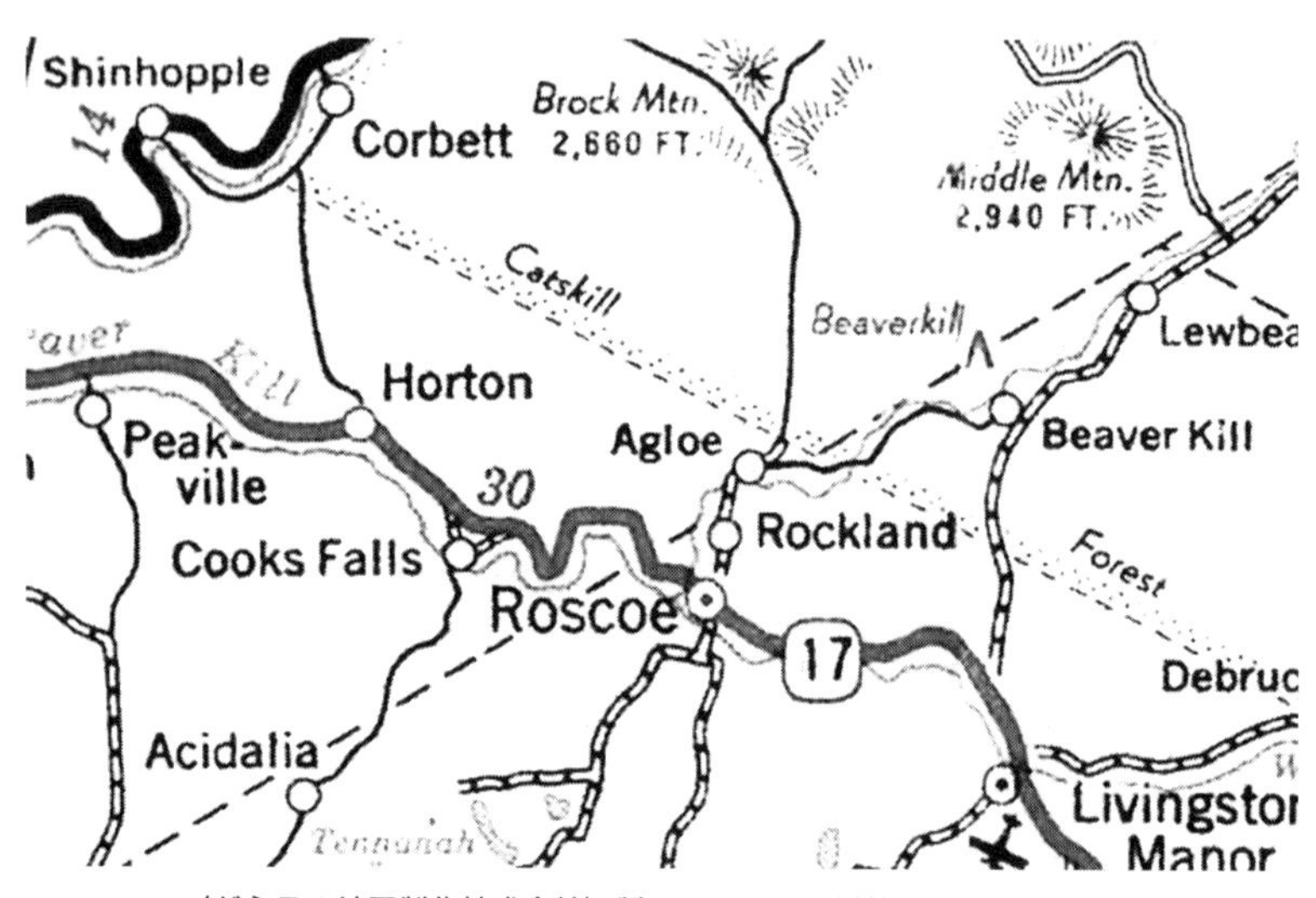

〈ゼネラル地図製作株式会社〉製ニューヨーク州幹線道路地図、部分

してたんだって」ややあって、ネルがつっかえつっかえ言った。「あの夜、亡くなる前に」

　フィリクスは驚いてまばたきした。「なんだって」

　彼女はまた、ためらいがちに地図に手を触れた。

「きっとこれのことだったんだわ」

　フィリクスはなんと言っていいのかわからなかったが、それは問題ではなかった。彼女はすでに立ちあがり、うろうろ歩きまわりはじめている。「真夜中のドライヴなんてどう？　二、三時間もあれば着くわ。いますぐ出れば、遅めの朝食の時間には帰って来られると思うんだけど」

　フィリクスは眉をひそめた。「行ったってなんにもないよ、現実の場所じゃないんだから。ただの野っ原があるだけだ」

「わかってる。でも行ってみたくない？　念のためっていうか」

「ネル。ウォーリーはこの地図のために図書館に侵入して、きみのお父さんを殺したのかもしれないんだぞ。きみはしょっちゅう同じ車を目にしているし、いまじゃラモナも行方不明者のリストに仲間入りしてる」フィリクスはまた地図に目をやった。「夜の夜中になんの計画もなく、野っ原のまんなかに出ていこうなんてとんでもない話だ。警察に届け出るべきだ」

「でも、警察はただ――」

「わかったよ、それじゃ少なくとも図書館に相談するべきだ」ネルが先を続ける前に、彼は折れた。「この地図がもともとニューヨーク公共図書館の財産でなかったとしても、きみを通じて、きみのお父さんからの私的な寄付ってことにすればいい」

「でも、ウォーリーがアイリーンを狙いだしたらどうするの」ネルは言った。「もうわたしの父に手を出してるのよ」

「これからは侵入なんかできないさ」フィリクスは急に希望が湧いてきた。「プレスリリースはまだ出てないけど、あの強盗事件があってから図書館の理事会が同意したんだ。データベースと収蔵品のセキュリティは、今後は〈ヘイバーソン〉に任されることになる」

「嘘！」ネルは息を呑んだ。

フィリクスは満面に笑みを浮かべていた。ようやく少しはいい話を伝えることができてわくわくする。

「すごいだろ？」

「そうね――つまりその、どうかしら」彼女は口ごもった。「もっといいセキュリティが必要なのは確かだけど、でも……だからってテクノロジー企業は……なんだか図書館の本質とは正反対な気がするんだけど」

「なに言ってるんだ、そんなことないよ」彼は言った。「確かに〈ヘイバーソン〉は巨大企業だけど、悪い会社じゃない。データが増えるのがうちの会社にとってありがたいのは事実だけどさ、ニューヨーク公共図書館にとっても悪い話じゃない。エインズリー・シモンズは、強盗事件があった日から警察とたえず連絡を取りあってて、うちの会社の技術で強盗を探すのに協力してるんだ。ウォーリーがつかまるのも時間の問題だよ。それにそのころには、図書館は難攻不落になってるよ。地図も本も残らず十回以上はバックアップされるし、保管記録も改善されるし、収蔵品はすべてマイクロチップでタグ付けされて、ミリメートル単位で追跡できるようになるんだぜ」

最後のあたりを聞いて、ネルは顔をしかめた。ことテクノロジーに関しては父親に輪をかけて保守的で、いつもそれでフィリクスに冷やかされていたのだ。

「要するに、図書館は安全になるんだ」フィリクスは締めくくった。「この地図だって安全だよ、図書館に渡せば」

ネルはため息をつき、髪を手で梳（す）いた。

「それにどっちみち、これを手もとに置いとくのは今夜が最後なんだし」彼は言った。「明日、アイリーンに会う予定は変わってないんだろ?」

ネルはうなずいた――が、大してうれしそうでもなく、フィリクスからすれば期待はずれもいいところだった。

「アイリーンは約束を守るだろうから」と彼は言葉を継ぎ、かつての仕事をどれだけ恋しがっていたか、彼女に思い出させようとした。「すぐにあそこに戻れるんだ。あの図書館にはドクター・ヤングが必要なんだよ!」

これは効果てきめんだった。ネルの顔には、不本意ながらも笑みが浮かんでいた。どれだけ興奮しているか、そしてどれほど葛藤しているか見てとれる。同時にどちらも手に入れたくてたまらないのだ。「わたしのことはわかってるでしょう」彼女は落胆のため息を漏らした。

「ああ、わかってるよ」彼は同情を込めて首をふった。「欲しいものは手に入れなきゃ気がすまないんだから」

(なかでもこれは特別だ)

それはもう七年間も彼女を悩ませてきた――いや、それ以上だ。知らぬことながら、彼女の子供時代にずっと影を落としてきたのだから。そしてこれからもどれぐらいそれが続くか知れないのだ。

「わたしはただ……」と、またため息をつく。「もう少し、もうそこまで来てるのよ。もう少し頑張れば、やっとお父さんのことが理解できるって思うのよ。あの日、わたしがあれをたまたま見つけたとき、なんでわたしたちにあんな仕打ちをしたのか。それだけじゃなく、どうしていつもあんなふうだったのか、わたしたち親子の関係がどうしてあんなふうだったのかってことまで」

「わかるよ。ほんとによくわかる。でももしかしたら、それ以上に大事なものもあるんじゃないかな」フィリクスは応じた。

「たとえば?」彼女は尋ねた。

「未来とか」と彼は言い、はっとして口を閉じた。そんな言葉が飛び出したことに驚いたのだ。

彼女も目を丸くしてこちらを見つめていた。

「たとえば、仕事を取り戻せるとかさ」彼女がなにも言えないでいるうちに、彼は急いで先を続けた。「つまりぼくが言いたいのは、この地図のせいで、『ジャンクボックス事件』のときにもういろんなことが滅茶苦茶になってるし、ドクター・ヤングの友人たちもみんな、過去は過去のままにしておきたいみたいだし。

図書館や警察に任せたら、そりゃこの地図の謎のすべてには答えは出ないかもしれないけど、代わりにもっといいものが手に入るかもしれないじゃないか。そのほうがずっと安全なのは言うまでもないし」

フィリクスが息を詰めて見守る前で、ネルはどうしようかと考え、どちらに進むべきか決めようとしている。

そのせつな、彼女は図書館に地図を渡してしまいそうに見えた。だがそのとき、また表情が曇った。自分自身の決意の虜になって、そこからやはり逃れられないのだ。あまりにも長いこと答えを求めてきて、それが得られるまではとうていあきらめきれないのだ、なにを犠牲にしても。

フィリクスは心が沈んだ。

彼女には手放すつもりはない。無理だったのだ。

「ネル、わかるよ」と彼は口を開いた。「きみにとってどれぐらい――」

「あなたの言うとおりよ」だしぬけに、ネルが険しい目をして言った。「この地図のせいで、わたしはもうじゅうぶん人生を無駄にしちゃったのよね。明日アイリーンに渡して、これまでにわかったことをケイブ警部補にも洗いざらい伝えるわ」

「よかった」ほっとして言ったが、その言葉にいささか実感がこもりすぎていて、フィリクスはたじろいだ。これでは本気で心配していたのがばればれではないか。

彼はなにかうまいことを言おうとした。冷やかされる前に彼女の気をそらさなくてはならない。しかしネルはそのチャンスに飛びつかなかった。

「ありがとう、幻の集落を見つけるのを手伝ってくれて。それだけじゃないけど」彼女は言った。身ぶりで地図を示しながら、「ほんとに、いろいろありがとう」

「いや、そんな」彼は答えた。

「つまりこれで……」と、彼女は長々と息をついた。「一件落着ってことね」

彼はゆっくりうなずいた。「終わったね」

急に目的がなくなって、ふたりはしばらくそこに突っ立っていた。最初はその沈黙が心地よかったが、それが長引くにつれてだんだん気まずくなってきた。

フィリクスは、会話を続けようと適当な話題を探したが、どれもこれも見え透いた引き伸ばし戦術としか思えなかった。なにをしようとしているかあっさり見抜かれて、いたたまれなくなるだけだろう。

ところが驚いたことに、ネルのほうが引き伸ばしにかかった。

「あのね、そもそもアイリーンと会うことになった理由なんだけど」と彼女は口火を切った。「図書館への功績を記念して、コレクションの一部にドクター・ヤングの名前をつけるって理事会が決めたの。それで明日の夜が記念式典なのよ」

「ほんとに?」フィリクスは言った。「すごい名誉じゃない」

ネルは父のためになんとか笑顔を作った。「スワンがね、招待客のリストにまたあなたの名前を載せてたわ。もし来たかったらって。もうずいぶん久しぶりだから、ほんとにあなたの顔を見たがってるんだと思う」

「確かにずいぶん久しぶりだ」彼はおうむ返しに言った。

「〈ヘイバーソン〉での仕事の話を聞きたがってるのよ」

「なんだよ、こっちは本気で図書館を恋しいと思ってるのに」彼は言った。

〈ヘイバーソン〉の仕事をいままでは心底楽しんでいるが、ニューヨーク公共図書館のことも忘れられなかった。図書館の廊下や広間を歩く高揚感、訪問してくる学者たち、この目で見られる地図の数々。あの美しく、値の付けようもない地図。それがすべて一か所に詰まっている。

「懐かしいよ」彼は締めくくった。

「あれがずっと続いていればよかったのにね」彼女は言った。

(ずっと続いていれば)

彼はうつむいた。「そうだね」

「でもほら、そんな深刻に考えることないわよ」ネルは話を元に戻した。彼の表情を誤解したらしく、早くもこの招待など大したことではないように言いはじめていた。彼が出席しなくてもよい理由を片端から並べ立て、気を悪くする人もいないだろうし、彼はもうじゅうぶんなことをしてくれたし、このうえ出席してもらえるなんて――

「行くよ」彼は答えた。

ネルは身構えるように彼を見つめた。「ほんと?」

フィリクスは胃袋が裏返りそうだった。

「うん」

彼女は少しいたずらっぽい笑みを浮かべ、「スワンのためよね?」とふざけた。

フィリクスは顔を赤くすまいと頑張ったが、うまく行かなかった。こんなふうに冷やかすのは、ふたりが元に戻ることはありえないと暗に伝えるためだろうか。

それとも、まったく逆の理由だろうか――つまり、数日前の初再会はさんざんだったとはいえ、彼女もまたふたりのあいだにふたたび燃えあがるものを感じていたのか。

どんなに強く隠そうとしてきたにせよ、もう自分の気持ちは気づかれているにちがいないから。

「とにかくうれしいわ」ネルは続けた。「スワンもあなたと話ができて喜ぶでしょう。わたしはアイリーンにこの地図を渡して、これまでにわかったことを話して……」

「ネル……」顔をあげた彼女を前に、彼は口ごもった。

（やめたほうがいい）

いやしかし、もしかしたら今回はうまく行くかもしれない。

（ばかな、うまく行きっこない）と心のなかの用心深い自分が言い返してきたが、どうすることもできなかった。あれから七年、ふたりともあのころのふたりではないはずだ。どちらも自分がなにを失ったか知っている。ふたりは仕事でも恋愛でもつねに密接に関わりあっていて、最初のうちはそれがロマンティックで情熱的に思えたものだ。しかし「ジャンクボックス事件」が起こってみて、フィリクスはそれにどれほどの責任が伴うか気がついた。

しかし、もう一度試してみたら、同じ間違いはおかさずにすむかもしれない。

（絶対にやめたほうがいいって）

たぎり落ちる滝の音が耳のなかに轟き、用心深い声はかき消された。まだ完全に吹っ切れたとは言えない彼を、ネルは見つめている。まるで急に彼の心が読めたかのように。それとも、彼の身体が考えを電波のように伝えているのか。あたかも地図のようにはっきりと――そして地図を読むことにかけては彼女は専門家だ。おまけに、この「地図」なら何年も読んできたのだから。

待っていても、彼女は目をそむけなかった。口実をつけてトイレに走ったり、急いで彼のためにドアをあけに行ったりもしなかった。フィリクスは不安で脇の下に汗が吹き出し、心臓が胸から飛び出さんばかりにじたばたして、おかげで頭がくらくらしてきた。

（やめろよ）

明日には彼が正しかったことがわかるだろう。彼女は過去よりも未来を、彼は地図よりも未来を選ぶことができる。そして今度はうまくやっていける。明日は彼女の父の記念式典に出席し、彼女が父の最後のプロジェクトをアイリーンに渡し、ついにそれから解放されるのを彼はこの目で見ることになるのだ。

(やめろって)

明日、ふたりはやりなおすのだ。

(だからやめ――)

ひっつかむように抱きしめてキスをした。

XIV

ネルは電話を切り、時計との睨めっこに戻った。さっき残っていた十分を時計がスキップして、もう五時になっていたりしないだろうか。

正式には明日まで忌引休暇なのだが、会社には注文が山をなして待っているだろうとわかっていて怖かったので、〈クラシック〉にもぐり込んで一日早く仕事を再開することにしたのだ――日曜日はいつも注文が少ないから。それにまた、アパートを抜け出す口実も必要だった。そうでないと、いらいら歩きまわって床に穴をあけてしまいそうだ。今日はいつまで経っても夜が来ない気がする。

しかし、まさかハンフリーも来ているとは思わなかった。

帰れと言われるかと思ったのだが、彼は安堵の声をあげてなかに入れてくれた。停電しているのだという。おまけにコピー機は故障したし、配管は詰まるし……

ふたりで一日じゅう修理会社に電話をかけまくった

が、電話をかけるたびに新たな問題が見つかるしまつだった。このオフィスは完全にガタが来かけている。どうして引っ越さないのかネルには理解できなかったが、その話題を持ち出そうとするたびに、ハンフリーは手をふって彼女を黙らせる。「これには理由があるんだよ」と彼は言い、話はそれで終わりなのだ。

　ネルはまた時計を見てため息をついた。

「きみがこんなにじりじりしてるのは初めて見る気がするよ」そのとき、社長室から出てきたハンフリーにそう言われて、彼女は驚いた。

「だって大変なことですもん。父とはこれまでいろいろありましたけど、それだけの貢献はした人ですから」

　ハンフリーはにやりとした。「それなら鼻高々で、そわそわなんかしてないはずだ。デートなんだろ」

「えっ？」ネルは声をあげた。

「悪くない芝居だ」彼は笑った。「わたしには姉妹が四人いるんだよ」

　とたんに昨夜の記憶がよみがえってきて、胸の鼓動が早くなった。ハンフリーに調子はどうと尋ねられたとき、彼女は気を引き締めてふだんどおりの仏頂面（ぶっちょうづら）を装ったつもりでいたのだが、とっくに見抜かれていたのだ。「ヒューヒュー！」彼はふざけて言った。「謎のプリンス・チャーミングはどこのだれかな？」

　ネルはきっぱり否定したが、ハンフリーは取りあわなかった。それから午後いっぱい、彼はさまざまなラブソングをハミングしつづけ、彼女が結婚するかのように浮き浮きしていた。

「わたし、あんまり浮かれすぎないようにしてるつもりなんですけど」ネルはついに認めた。

「ほら」と、彼は頭上の時計を指さした。「五時だよ」

（やっと！）彼女は飛びあがり、ハンフリーはくすくす笑いながら印刷室のほうへ姿を消した。彼女は髪を整え、例によってくしゃくしゃなのに毒づき、机のうえのものをバッグに突っ込んでいった。化粧品、鍵、スマホ、そして父の書類ばさみ。

　モニター越しにちらと見て、ハンフリーがまだ角を曲がった向こうにいるのを確認すると、ゆっくりと書類ばさみを目の前に持ちあげた。

（とうとうだわ）暖かくてしなやかな革に触れてみる。手放すのはつらかったが、これで彼女の調査は終わりだ。あとはアイリーンにこの地図を渡し、ウォーリー探しを警察に任せて、今度のことはすべて忘れてしまうだけだ。なんといっても、ほかに考えなくてはならないことが山ほどある。図書館の仕事に戻る条件を交渉し、〈クラシック〉に退職願を出し、人生とキャリアを取り戻すのだ。

そしてフィリクスとの関係も。

またいつの間にか口元が緩んでいるのに気がついて、ハンフリーが戻ってこないうちに無理やり引き締めた。〈可哀想（かわいそう）なハンフリー〉彼女にとって〈クラシック〉は理想の職場ではなかったが、それでもハンフリーには返しきれないほどの借りがある。ほかのだれも手を差し伸べてくれなかったときに職を与えてくれ、会社の仕事に延々けちをつける彼女を七年間も我慢してくれた。スワンとなんとか方法をひねり出して、この会社の在庫にまだない図書館の地図のスキャンデータを送信することができるかもしれない。そうすれば高額なライセンス料を節約できるだろう。最低限それぐらいはできる――が、もっとできることがないか考えなくては。

いまだに信じられないが、今夜かぎりで彼女はもう、ただの美術品複製のデザイン技術者ではなくなるのだ。そのためにしなければならないのは、この世でなによりも簡単なこと、つまりなにもしないことだ。これを手放すだけ、ガソリンスタンドの幹線道路地図――その秘密を知ったいま、頭のなかではアグローの地図と呼んでいるこの地図を。

なんとなくデスクに目を落とすと、またやっていたのに気がついた。まるで本能のように、一日じゅう製図用紙にアグローの地図のごく一部を落書きしていたのだ。まるで血肉の一部であるかのようだ――たまたま見つけたのではなく、自分で作成して頭のなかにすっかり入っている地図のようだ。

もっと時間がありさえすれば。背後に隠された謎を解明するためだけでなく、この地図を丸ごと自分で描けるだけの時間がほしい。自分のためだけの地図。どういうわけだか、疑問の答えを求めるのと同じぐらい、この地図の写しが欲しくてたまらなかった。自分で用意した紙に、あらゆる線と道路を自分の手で描き写し、すべての町を、とりわけアグローを描き込みたい……

だめ。手放さなくてはならない。

いま手放そうとしているものが、「ジャンクボックス事件」のきっかけになったものだとしても。そこに描き込まれた幻の集落を、やっと見つけたばかりだとしても。そして謎の全体像を理解するまであと一歩と迫っていて、おそらくこれまでの一生で一番、父について理解できそうになっているとしても。ほんとうにあと一歩まで近づいていて、その風味を味わえるような気がするほどだ。

しかし、いま自分がなにをすべきかはわかっている。

「ネル？」ハンフリーから声をかけられて、彼女ははっとした。

手早く製図用紙を丸めてごみ箱に放り込み、書類ばさみをバッグに突っ込んだ。急いでいたので、小さめの地図を顧客に郵送するのに使っているかっちりした白い〈クラシック〉社の封筒を一枚とって、「入」トレイに積みあがった書類の山のなかに突っ込んだ。これで、デスクのうえにはなにもなくなった。

「まだいたの」ハンフリーはそう尋ねながら、印刷したばかりの予算報告書を腕に抱えて角を曲がって戻ってきた。

「いま帰るところです」ネルは立ちあがってバッグを肩に担いだ。

「それじゃ、楽しんでおいで。気をつけるんだよ」

（気をつける？）ネルは首をかしげた。

「いや、違うんだ」彼は笑った。「さっきも言った四人の姉妹だけど、あいつらが出かけるたびに親父がいつもそう声をかけてたんだ。それでつい口をついて出てしまったんだよ」

彼女は笑顔で言った。「ご心配なく、わたしが行くのはニューヨーク公共図書館で、アングラのクラブとかじゃありませんから」

しかしそう言いながらも、背筋に冷たいものが走った。アングラのクラブのほうがむしろ安全かもしれない。そういうところなら、なぜだか何百万もの価値がある稀少で不正確な地図を狙う者などいないだろう。

「すごくきれいだよ」ハンフリーがそう付け加えた。ネルが顔をあげると、こちらに向かって笑顔を向けてくる。服装や化粧のことを心配していると思ったのにちがいない。

「ありがとう」なんとかお礼を言って、バッグを調節した。革の書類ばさみのてっぺんが見返してくる。

「戸締りはしておくから、早く行っておいで！」ふざけて片方の眉を吊りあげてみせる。「彼に会ったらいの一番にキスだぞ。会話なんかすっ飛ばすんだ、退屈だから」

「よけいなお世話です」彼の笑い声に負けじと声を張りあげながら、ネルは階段に向かった。

これまでは平静を装っていられたが、いまとなっては緊張を否定しようもない。

今度はフィリクスとほんとうにうまくやっていくことができるだろうか。

地下鉄はなかなか来なかった。電車がやっと金切り声をあげつつ駅に入ってきたとき、ドアがスライドして開く前に、ネルはもうドアに顔をぶつけそうになっていた。

どんなふうだろうか——またフィリクスと図書館を歩くのだ、たぶん以前と同じように腕と腕を組んで。いまでは胃袋にすっかり住み着いてしまった蝶々がまた目を覚まし、おかげでまたもや口もとが緩んでくる。スワンがすごく喜ぶだろうな。

なにをすかしたこと言ってるの。すごく喜ぶのはあんたでしょ。

ネルはグランド・セントラル駅で電車から飛び降り、帰宅ラッシュの駅構内の人混みをかき分けて、夕闇迫る地上に出た。五番街に曲がり、図書館の正面を示す二頭の石のライオンと堂々たる円柱のシルエットが視界に入ってきたとき、気がつけば肩のバッグをしっかり抱え、またもやあの黒い車を探していた。あの、通りの端にあるあれがそうだろうか。それとも左折しているあれ？　それとも影に怯えているだけだろうか。

フィリクスの言うとおりだ。〈ヘイバーソン〉のセキユリティ・システムが導入されれば、図書館はより安全な場所になる。にもかかわらず、やはり不快感を拭うことはできなかった。〈ヘイバーソン〉の技術者が、図書館の貴重なコレクションである地図や地図帳をすべてくまなくスキャンして、その無形の芸術性をある種のデータ・コード、つまり1と0の集まりに分解してしまうのだ。それが原本以上の意味を持つかのように。どうしてもそれは間違っているという気がしてならない。なにかが失われるような。地図そのものではなく、地図の持つ魔法のようなものが。紙の手触り、インクの濃淡。完璧にデータに変換できないものもある。

父ならそのとおりと言ったことだろう。

ひとつ深呼吸をして、ネルは階段をのぼった。入口でガイドが丁寧にお辞儀をし、招待客リストで彼女の名前をチェックした。「こちらへどうぞ」と彼が言うのと同時に、ウェイターがシャンパングラスのトレイとプログラムをさっと差し出してくる。

「ありがとう」と答えようとしたが、なかに入ったとたんに声をなくした。

ニューヨーク公共図書館のロビーは、文字どおり煌めいていた。どこを見ても白い大理石が暖かい光沢を放ち、手すりは金色に輝いている。頭上の照明は柔らかい黄色の光に落とされて、過ぎ去った時代と古い文物の感覚が呼び覚まされる――以前にも、オークションやオペラハウスで目にしてきた手法だ。だれもがタキシードやドレス姿で、髪は優雅に結いあげられ、長い首と細い手首には宝石が光っていた。静かな会話のざわめきやグラスのぶつかる音の向こうから、ピアノの旋律が響いてくる。そしてそのすべてを取り囲むように、目に見えないほど細いケーブルで吊るされている――息を呑む貴重な地図の数々が、ずらりと並んで大きな円をなしている。まさに圧巻。

　同時に互いの顔を見つけてスワンは笑顔になり、入口周辺にたむろす人々をかき分けてこちらへ近づいてきた。「ネル！　待ってたよ」彼の目は、誇らしさと悲しみの入り混じる涙で曇っていて、彼女は保護者のような気持ちで彼を抱きしめた。

「美しいわ」彼女は抱擁を解きながらささやいた。

「ほんとにそう思う？」彼が尋ねる。

　父なら芝居がかっていてばかばかしいと感じただろうし、自分も同じように感じるところだというのはわかっていた。しかし、いまこうして立っていると、この劇的な演出が、図書館に抗しがたい魅力を添えていることに反論の余地はなかった。秘密の地下室に足を踏み入れたような気分だ、失われた宝物を追って――

　というより、追われてかもしれない。

「もちろんよ」彼女は微笑んだ。「お父さんも喜んだと思うわ」

　スワンはまた彼女を抱きしめた。「とてもうれしいよ。きみもきれいだ」

「嘘よ」彼女は言った。今夜も父の葬儀に着たのと同じ、簡素な黒いシースドレスだった。フォーマルドレスはこれ一枚しか持っていないからだ。葬儀のときはふさわしいと思えたし、あまりおしゃれでなくてもそれなりに言い訳は立った。しかし今夜は、とくに他の招待客のみごとな装いと比べると、ただみすぼらしく見えるだけではないかと不安だった。考えないようにはしていたが、フィリクスはきっと、完璧な仕立てのりゅうとしたタキシード姿で現われるにちがいない。

「きみはいつだってきれいだよ」スワンは、身びいきの強い頑固なおじのように彼女をたしなめ、一歩近づいてきて尋ねた。「フィリクスは？」

「もうすぐ来ると思うけど」

　スワンは隠そうとしていたが、唇の端ににやにや笑いが浮かびかけるのをネルは見逃さなかった。

「あんまり浮かれないで」と言うと、彼はちっちっと舌を鳴らしてみせた。「本気で言ってるのよ。だって、まだなんにもわからないんだから」

「だけど、いいスタートを切ったじゃないか」

このときは、ネルも期待を込めて小さくうなずかざるをえなかった。

これを見て、スワンはもう笑みを隠さなくなった。

「それじゃ、彼が着いたら教えに来て。もう長いこと会ってないから」とグラスをあげた。「今夜は来てくれてありがとう」

「あなたのためならなんでもします」彼女はいつものように言った。「わかってるでしょう」

「みんなわかってるわよね」聞き覚えのある声にネルがふり返ると、図書館の理事長が近づいてきていた。アイリーンは上品な青いシルクのドレス姿だった。その裾を湖のさざ波のようにひらひらさせつつ身を寄せてきて、ネルの頬のすぐ横の空気に接吻（せっぷん）した。

「こんばんは、ミズ・ペレス・モンティーリャ」ネルは思いなおす間もなく言ってしまった。

「ネル！　もう何度めかしら、アイリーンと呼んで」

彼女が手をふって止めると、近づいてこようとしていた数人の理事たちは、ふたりで話がしたいのだと察してまた人混みに戻っていった。「来てくれてとてもうれしいわ」

「それじゃネル、またあとで」スワンは彼女に言った。

「きみに渡したいものがあるんだ――プレゼントと言うか」

「プレゼント？」彼女は驚いて訊き返した。

しかし、スワンはただ励ますように彼女の肩をぎゅっと握り、お代わりをもらってくると言い訳をしてそそくさと離れていった。アイリーンがネルとふたりきりで話ができるようにするためだ。この会話がうまく運べば、アイリーンはネルに職のオファーをすることになるだろう。

（さあ、いよいよだ）と思うと鼓動が速くなった。

（いまを逃せば次はない）

「どう、いまのところ楽しんでくれてるかしら」アイリーンは言った。

「はい、ありがとうございます。光栄です」とネルは答え、今回の言葉は本心だと気がついた。彼女の家族のひとりが、ニューヨーク公共図書館の地図部のコレクションに未来永劫（えいごう）その名を残すことになるのだ。

「あなたのお父さまに感謝を表するには、これが一番の方法だと思ったの。生涯にわたって、この図書館のために尽力してくださったんだから」とアイリーンは言った。少し身を寄せてきて声を低めると、意味ありげにネルにちらと目をやった。「もうひとりのヤングにも敬意を表することができればと思っているけれど」

ネルはどきっとした。

まさに望みどおりではないか。あれを手放して、仕事を取り戻す。もっと時間が欲しいと訴えたり、まだなにもわかっていないふりをしたりしてはいけない。これ以上調査を続けることはない。

思いなおす間もなく、口から言葉が飛び出していた。

「父の遺品を調べる機会があって、それで……」

アイリーンの顔がぱっと明るくなった。「ドクター・ヤング、なにか見つかりました？」

自分の学位がアイリーンの口から発せられるのを聞いて、ネルはぞくぞくした。だれかにそう呼ばれたのは久しぶりだ。ハンフリーにはいくら感謝してもしきれないが、彼女が博士号を持っていることを、彼がまだ憶えているかどうかすらおぼつかない。

「その……」ネルは口ごもった。

「調査研究の部署がいいかしら。それとも特別なコレクションを担当する？　なんでも言ってくれていいのよ、あなたの希望どおりにするわ」

ネルは言葉を探したが、息をするのがやっとだった。

（言うのよ）

アイリーンは雇用契約書を渡したも同然だ。彼女はいままた、手を伸ばせば届くところまで図書館に近づいているのだ。

（言って、もうこれきりにするのよ）

「それで、なにが見つかったのかしら」アイリーンは尋ねた。

「その――」

しかし、この地図はそれ以上の意味を帯びるようになっていた。図書館に戻りたいという気持ちに変わりはない――が、それ以上に答えが知りたかった。

「なにも見つかりませんでした」しまいに彼女は言った。

アイリーンは驚いて目を見開いた。希望に満ちた表情がたちまち崩れ去る。「それは――それは残念だわ」とやっと言った。

「すみません」ネルは申し訳なくて、あわてて言葉を継いだ。「頑張ってみたんですけど……これからも探しつづけることはできますが――」

「いいえ、いいのよ」アイリーンはきっぱり言った。

彼女は深く失望しているが、なんとか気を取りなおして、主催者としての公的な顔を取りつくろおうと必死になっている。自分で思っている以上に、彼女はネルをあてにしていたのだとネルは気がついた。「こんなに頑張ってもらって、なんとお礼を言っていいかわからないわ。ほんとうなら、こんなお願いをしてはいけなかったのよね。きっととても大変だったでしょう。お詫(わ)びのしようもないわ」

「そんな、わたしはほんとうにお力になりたかったんです。ただ……」

そこまで言いかけたとき、アイリーンの肩越しにある人物の顔が目に入って、ネルは驚いて黙り込んでしまった。

フランシス・ボーデン。

葬儀ではあれほど徹底的に彼女を避けていたのに、いったいなにをしに来たのだろう。

ネルがだれを見つめているのかと、アイリーンはふり返った。「まあ、フランシス。もうハーヴァードにお戻りかと思っていたわ」

フランシスは、明日戻らなくてはならないが、挨拶がしたかったからとかなんとか言いながら、アイリーンと握手しようと手を差し出した。以前と同じく小声で早口に話していて、その堂々たる体格に似合わず、罠にかかった動物を思わせるふぜいだった。

「あなたにお話があるんです」逃げられる前にネルは言った。

こちらを鋭くねめつけてきたが、同意する以外に道はなかった。葬儀のあとにネルから逃げたときとは違い、アイリーンの前でさっさと逃げ出したら不審に思われてしまう。

「お話の邪魔をするつもりはなかったんですが」彼はしまいに言った。

アイリーンは丁重に手をふって彼の謝罪を押しとどめた。「どちらにしても会場を回らなくてはなりませんから。寄付金獲得競争に終わりはないので」そう言うと、ネルに礼儀正しい、しかし力ない笑みを向けた。

「式典を楽しんでくださいね」

人波に遠ざかっていくアイリーンを見送るフランシスは、最後の救命ボートが消えていくのを見守る遭難者のようだった。

「なぜいらしたんですか」彼が口実を作って逃げ出す前に、ネルは言った。「葬儀のときには、わたしとは話をしようともなさらなかったのに」

「きみを守るためだ」彼は言った。

「信じられないわ」彼女は応じた。「わたしに話しかけもしないで」

「話しかけるのと守るのとは話が別だ」彼はさらに声を低めた。「あなたのお父さんには借りがあるから」

「ラモナとイヴも同じことばかり言ってらっしゃるけど――でも父はもういないんです。いまここにいるのはわたしです」

ラモナとイヴの名前が出たとたん、フランシスの表情はさらに曇ったが、ネルはかまわず一歩近づいた。ここであきらめるわけにはいかない。「それに、あなたが思ってらっしゃる以上にわたしはいろいろ知っているんです」

「あちらへ行こう」彼はついに言った。「こんな部屋の真ん中で話したくない」

ネルは彼のあとにぴったりくっついて歩いた。前回のように消えられてはかなわない。彼は先に立ってロビーの奥、人がまばらな場所に向かった。

「わたしは本気で言ってたんだよ、やめるように忠告したとき」立ち止まってから彼はまた言った。

「あなたはわかってないんです」彼女は口を開いた。

「いいや、わかってないのはきみのほうだ」彼は周囲に目をやった。「これがどんなに危険なことか、きみはまったくわかっていない。ここには、ほかにだれが来ているか知れたもんじゃないんだ」

「ウォーリーのことですか？」彼女が口をはさむと、フランシスは驚いて目を見開いた。「言ったでしょう、わたしはあなたが思うよりいろいろ知ってるんです。ずっとわたしを無視しつづけるなんて無理ですよ」

フランシスはため息をついた。「言っておくけどね、なにに出くわしたと思っているにしても、きみはなんにもわかってないんだ。あまりにも多くのことが――」

「幻の集落のことなら知ってます」彼女は口をはさんだ。「アグローのことも」

それは違うとまた否定されるだろうと思っていた。あるいは、前回と同じようにフランシスはまわれ右をして逃げ出すだろうと。

ところがそのどちらでもなく、彼の表情ががらりと変わった。

彼がにじり寄ってきて、ふたりの周囲で部屋が縮んでいくようだった。話し声も背景に遠のいていく。彼はもう睨みつけてはいなかった。むしろ自分の身体を盾にして、彼女が見られないように人の視線を遮っているようだった。まるでなにかから彼女を守るかのように。

彼はほんとうにウォーリーが来ていると思っているのだろうか。こんな大規模で公的なパーティのさなかに？　どこもかしこも監視されているうえに、いままでは〈ヘイバーソン〉のシステムも入っている。だれも――ウォーリーは大胆で危険な人物だとみんなが思っているようだが、そんな人物でも――今夜はなんの手出しもできないだろう。どこにも隠れる場所がない。

「さすがだな」長い沈黙のあとにフランシスは言った。また話しだしたとき、その声はずっと柔らかくなっていた。「どっちから聞き出したの。ラモナ、それともイヴかな。ふたりとも、きみが赤ちゃんだったころすごく可愛がっていたからね。片時もそばを離れないぐらいに」

「どちらでもありません」彼女は言った。「自分で突き止めたんです」

フランシスは、急に吐き気がしてきたかのようにうつむいた。眼鏡を外し、ポケットから出したシルクのハンカチで拭いた。見ればその手が震えている。

「お願いです、教えてください」彼女はすがるように言った。「どうしてあの地図がそんなに重要なんですか。あんなにありふれていて、実質的にまったく無価値なのに。なぜあんなもののせいで、みなさんの友情が壊れてしまったんですか。なぜウォーリーはいまもあれを探しているんですか、こんなに年月が経ってるのに」

（というより、もしあるとすればですけど、幻の集落はわたしの母の死とどんな関係があるんですか）ほんとうはそう尋ねたかった。

「それはできない」フランシスはささやいた。「きみのお父さんと約束したんだ。わたしたちはみんな」

「それじゃ公表します」ネルはやけくそになって言い放った。

「まさか」

「公表します、教えてくださらないなら」

「それだけは絶対にやっては――」

「わたしはヤング家の人間です」彼女は挑むように言った。「ヤング家の人間をふたりもよくご存じだったんですからおわかりでしょう。わたしも同じぐらい頑固なんです」

フランシスは顔をしかめた。

「教えてください」彼女はせっついた。「地図上のちょっとした間違いが、なぜそんなに重要な意味を持つんですか」

ろくに聞き取れないほどの声で彼は言った。「あれは間違いではないから」

「わかってます、言い間違いでした」ネルは認めた。

イヴが言うには、幻の集落は意図的に、極秘に描き込まれたものだったのだから。「著作権を守るためのトラップで、間違いではないんですよね」

　フランシスは首をふった。「そういう意味じゃない」

　まばらな拍手が起こり、近くで乾杯の声もして、ふたりはいったんそちらに気を取られたが、ネルは身を乗り出して尋ねた。「著作権侵害訴訟のことですか」

「それが始まりだった」彼は認めた。「〈ゼネラル地図製作〉は、自動車用の道路地図に地図業界の未来があることをいち早く見抜き、ガソリンスタンドの全国的なチェーンとはやばやと契約を結んで、ガソリンを入れに来た客に地図を販売するようになったが、車を運転する人は増えつづけ、この種の地図に対する需要はうなぎのぼりだった。利益は大きく、とうてい無視できない。それで大企業がその市場への参入を望んだわけだ。そのためなら手段は選ばなかっただろう」

「〈ゼネラル地図製作〉は、大企業にデータを盗まれていると疑ってたんですね」ネルは尋ねた。

「そのとおりだ」彼は言った。「〈ランドマクナリー〉と〈H・M・ゴーシャ〉を疑っていた。自社で独自に測量をせず、ただ〈ゼネラル〉の地図を写しているだけなんじゃないかと睨んでいたわけさ。そうすれば、すぐに追いついて自分たちの地図を短期間で出すことができるから。〈ゼネラル地図製作〉はそれを証明しようと躍起（やっき）になっていたが、ただどうしたらいいかわからなかった」

〈真実のなかに嘘を隠すの〉そうイヴは言っていた。

「アグローですね」ネルは水を向けた。

　フランシスはうなずいた。

「設立者のオットー・G・リンドバーグ（Otto G. Lindberg）と助手のアーネスト・アルパーズ（Ernest Alpers）は、実在しない町を丸ごとでっちあげて地図に紛れ込ませた。キャッツキル山地の奥深く、人の通わない二本の道路が交わる地点、ほかにはなんにもない場所に、こっそり描き込んであとは黙っていたわけだ。アグロー（Agloe）というのは、ふたりのイニシャルを組み合わせて作った名前なんだが、それに気がついたのはウォーリーだった」

　ネルはなるほどと思ってうなずいた。「それでどうなったんですか」

「〈ゼネラル地図製作〉の地図が発行されてすぐに、〈ランドマクナリー〉が同じ地域の地図を出そうとしてたんだが、その印刷直前の原稿を見た人がいたんだ。それでリンドバーグとアルパーズは、ライバル会社の地図の同じ場所にアグローがあるのを知って仰天した。著作権トラップは大成功だったんだ。リンドバーグとアルパーズは、弁護士に電話をかけて訴訟を起こすと伝えた。〈ランドマクナリー〉は独自に調査をせずにうちのデータを盗んでると告発するっていうわけだ。なにしろアグローは実在しないんだから。それから証拠集めに時間を無駄にしたくなくて、ふたりはカメラマンを雇ってキャッツキル山中の原野に車を走らせた。自分たちが幻の集落を紛れ込ませた、なんにもない田舎道の四つ角に行って勝利を宣言しようとしたんだ」

ネルは話の続きを待っていたが、フランシスは黙り込んでいる。

「なにがあったんですか」彼女はついに尋ねた。

「訴訟は起こされたが、起こされるが早いか消えてしまった。取り下げられたか、示談になったか。資料は公開されず、記録は抹消されてる」

彼女は目をぱちくりさせた。「それで……それだけですか。それで話は終わりなんですか」

しかし、フランシスは首を横にふった。「終わりじゃない。始まりだよ」

ネルは父親の旧友をじっと見つめながら、なにが言いたいのか理解しようとして苦しんでいた。その彼女の反応によって、フランシスのほうでもなにかを見極めようとしているらしかった。

「きみは行かなかったんだな」彼は言った。「アグローに」それは質問というより事実の指摘だった。

彼女は口ごもったが、「その、ええ、行きませんでした」と白状した。「見つけたときに行こうと思ったんですけど、もう暗くなっていて、真夜中近かったので。車で何時間もかかるし。でも、ただの幻の集落ですよね。どちらにしても、道路か野原があるだけだったでしょうから」

フランシスはゆっくりうなずいた。「そう、たいていの人にはそう見えるだろうね」

「えっ？　どういう意味ですか、『たいていの人』って」

「あの地域をよく知っている地元の住民や、スマホのGPSをナビに使って通り過ぎる人たちのことだよ」彼は答えた。「基本的に、タムとウォーリーが見つけた一九三〇年版の道路地図を使ってない人たち——つまりほぼ全員だね」

ネルはフランシスを見つめた。わけがわからず、疑念が膨らんでくる。「ますますわからなくなった気がします」彼女は言った。

「インターネット以前は、噂はいまみたいにすぐに広まらなかったし、そもそも道路沿いの小さな町が注目されることはまずなかった」フランシスは続けた。「しかし結局のところ——ウォーリーは躍起になって、問題の地図に関する言及を片っ端から潰してまわってたんだがね、それでも地図の愛好家たちには気づかれてしまった。キャッツキル山中のある地域の小さな町について、ときどき散発的に話が出てくるんだが、それがみんなアグローって同じ名前の町でね。休暇中に車で通りかかったら、道路からはっきり見えたって言う人もいれば、近くの町に長年住んでる人たちなんかは、毎日車でそこを通ってるけどただの野原しかない、昔からずっとそうだって言ってたりする」

「なんですって?」

「唯一の違いは——事情を知っているわれわれにとっての話だがね、それは地図を見ながら運転していてアグローのそばを通りかかったか、道を知っていて運転していたかの違いなんだよ」

「まさか」ネルは言った。

「そのまさかさ」フランシスは応じた。「だからこそ、あの地図はすごく貴重なんだ。計り知れないほどの価値があるんだよ」

そんなばかな。途方もないほら話だ。

(地図にそんな力なんかない)

自分で口にしているさいちゅうも、彼女にはその言葉が信じられなかった。

「ということはつまり……」

どう考えてもばかげている。

「ということはつまり、あの地図がすごく特別なのは……アグローが載っている、あの古い紙の地図を持っていれば……」

フランシスはうなずいた。

出席者たちが、なにも知らずなにも気づかないまま、まわりで渦を巻いている。

「あの地図があれば、町が見えるんだ」彼は打ち明けた。「行くこともできるんだよ」

フランシス

きみのお母さんとウォーリーがあの地図を見つけたってことは、イヴから聞いたかもしれないが、そのあとになにがあったかは聞いてないだろう。あの朝、彼女はその場にいなかったから。まだ眠ってたんだ――家じゅうほとんどみんな眠ってた。ただダニエルとわたしは起きていて、だから最初にその話を聞いたのはわたしたちだったんだ。

前の晩、ロミとベアとわたしが家に着いたときには、もうとっぷり日は暮れていた。車から荷物を降ろしてなかに運び込むころには、最初のグループはみんなもう料理を始めてたよ。ダニエルとウォーリーは裏のデッキのグリルで肉を焼こうとしてて、開いたドア越しに大声で会話をしていたし、イヴは大量のサラダをかき混ぜながら、コンロにかけた野菜を見張ってたし、タムはコーヒーテーブルのまわりできみと追いかけっこをしてた。

わたしたちに気がつくと、きみはうれしそうに歓声をあげた。そしたらベアは持ってた荷物をみんなわたしに押し付けて、きみをかかえあげて抱きしめてた。「遅かったわねえ！」イヴがコンロの音に負けじと声を張りあげた。「先に食べちゃうとこだったわ！」

「埋め合わせにお土産を持ってきたわよ」とロミは言って、ワインのケースを両腕で抱えあげた。

イヴは急いでそのケースを受け取りに来て、ロミが運んでくることなかったのに、わたしがやったのに、みんなのために買ってきてくれるなんてありがとう、ってやけに熱心に意気込んで言ってた。ロミは笑顔を返しながらも、いつもどおり不思議がっていた。知り合って長くなればなるほど、なぜイヴはロミに対して気安くなるどころかますます遠慮がちになっていくんだろうっていうんだ。ロミはよく言ってたな、むしろわたしが相手のときこそ、殻にこもらずもっと好きなようにふるまえばいいのに、だってわたしたちはすごくよく似てるんだからって。

キス未遂のことを彼女は知らなかったし、わたしもそんなことはなかったふりをしてた。

「おーい、フランシス！」ダニエルが声をかけてきた。「こっちへ出てきてくれよ！　これでミディアムレアに見えるか？」

わたしは裏口のドアに飛びつき、すぐにガスの火を小さくしたが、そこへタムが出てきて――きみはそのときもベアに抱っこされてたから。それで、火を元どおりという以上に強くした。「だれも肉の焼きかたを知らないんだから」と彼女は笑って、「あっちでお皿とかフォークやナイフとか用意してきて」

みんなすごく浮かれた気分だった。前夜のパーティの酔いがまだ醒めきってなかったし、長時間のドライヴで疲れたけど、新しい場所で、新しいプロジェクトのためにまた全員集まったのがうれしかったんだ。あの夜のエネルギーを思い出すよ。可能性と興奮に満ちた夜。あのときにはすでに、なにか重大なことが起ころうとしているのを全員が感じとっていたのかもしれない。ただそれがなにかわからないだけで。

しまいにダニエルとウォーリーはタムからグリルを取り返し、自分たちにもできるところを見せてやると言っていた。わたしはなかに戻って、サイドディッシュを用意してるロミとイヴの手伝いをし、それからきみとベアを呼びに行った。わたしたちがみんなデッキに戻ってきたとき、タムは楽しそうにひと息入れていて、早くもワインを飲みながらなにかのことで笑っていた。

「だって、たったの一ドルよ！」彼女は言っていた。「一セントだって無駄遣いしちゃいけないんだ！」ダニエルが同じように笑いながらやり返した。「そのためにみんなしてここに来たんじゃないか。都会の誘惑から逃れて！」

「なんの話をしてるんだ？」とベアが尋ねた。置いてきぼりにされたかともう不安がっている。

「愛すべき天才タムとウォーリーが、地図学者としておれたちと大差ないってわかったんだよ」ダニエルが言った。

「たった一ドルだってば！」タムが大声で言いながらなにかを頭上で振りまわすと、またみんながどっと笑った。

ダニエルがからかっていたのは、店主がすごく愛想がよかったからというだけで、彼女とウォーリーが骨董品屋からつまらないがらくたを買ってしまったからだったらしい。かれらが冗談を言いあっているすきに、わたしは彼女からそれを受け取って開いてみた。

ダニエルの言うとおりだった。古い道路地図で、なんの価値もない安物だった。色あせていてぼろぼろで、情報が古くて、退職した夫婦のガレージに眠る、古いトラックのグローヴボックスに入っていそうなしろものだ。

「半世紀以上も前のなんだぜ」ダニエルが大笑いした。ウォーリーがびっくりして、うっかりトングを落としそうになったぐらいだ。

「それがこういう場所のいいところよ」タムはやり返した。「なんにも変わらないの。だから、たぶんこの地図はいまでも立派に使えるはずよ!」

これでまたみんながどっと沸き、全員から乾杯の声があがった。そのときグリルの火がおかしくなったかなにかで、ダニエルはウォーリーの横で前かがみになった。火に顔がくっつきそうなほど近づいてなにか調べている。

「ほら、返すよ。ほっとくとあいつら焼身自殺しかねない」わたしは息を呑み、地図をタムに放ると、ふたりの襟首(えりくび)をつかんでグリルから引き離した。タムはそそくさと場所をあけて、ロミとイヴ、ベアを座らせ、それから四人はワインを注ぎはじめた。

「ここも載ってる?」ロミは半分たたみかけの地図を見やりながら尋ねた。「ここはどの辺なの」

「きっと載ってるわよ」タムが言う。

ウォーリーはダニエルとわたしにトングを渡し、グリルに飽きてテーブルに歩いていった。タムのグラスを受け取り、彼女が両手でテーブルに地図を広げられるようにする。「なにやってんの」と尋ねながら、グラスからひと口飲んだ。

「ここを探してるのよ、わたしたちの地図で」タムはにっと笑った。このがらくたはほんとうは貴重な地図なのに、ほかのみんなにはそれがわからないのだと言わんばかりに「わたしたち」の語を強調したので、またひとしきり笑い声が起こった。ウォーリーはにんまりして、彼女のワインをもうひと口飲んだ。「えーと、どの道を通ってきたんだっけ。州道一七号線?」

「ああ、そっから郡道二〇六号線に入ったんだ」とわたしは声を張りあげた。

タムは地図に指を当てて、曲がりくねった線をたどった。「ほら、ここにロックランドがある」小さな白い点を指さして、彼女は勝ち誇ったように言った。「この家に着く前に最後に通った町よ。ここで食料品を買ったのよね」

「ワインもそこで買ったわよ」ロミが付け加えた。

「ということは、少なくとも六十年前からあの町はあったんだな」とウォーリーは肩をすくめた。

「それでこの家は、あの町を過ぎてすぐのとこだったわよね。えっと、五マイルぐらい北かな」

「そうね、せいぜいそれぐらいよね」イヴも賛同する。

わたしたちはみなワインを飲みながら、タムが二〇六号線を指でたどるのを見るともなく見ていた。モートン・ヒル・ロードを過ぎると、わたしたちの新たな家がおさまっている小さな木立があって、そのすぐ向こうから本格的なキャッツキル山地の原野が始まるのだ。

「ウォーリー」とタムが急に声をあげ、彼は地図を見おろして、彼女が指さしている場所に目を向けた。

町と家のちょうど中間、郡道二〇六号線沿いにもうひとつ点がある。

アグローという小さな町。

「この家とロックランドのあいだに町なんかあった？」

彼女が尋ねた。

「いや」彼はひたいにしわを寄せて言った。「野原しかなかったよ。もしあれば車の窓から見えただろう」

「わたしもそう思うわ」彼女は言った。「ダニエル！」と呼びかけたが、肉を焼きながらも話は聞こえていて、彼は首を横にふった。

「ぼくたちも見てない」わたしも付け加えた。「ロックランドを過ぎたあとはなんにもなかったよ。草地と道路が数マイル、そしたらこの家に続く脇道があった」

タムは眉をひそめ、また地図を見なおした。「そうよね。でもこの地図では、ここに小さい町があることになってるのよ」

「なんて町？」ウォーリーはよく見ようとしながら尋ねた。

「アグロー」彼女は読みあげた。「A、G、L、O、E」

ダニエルは、よく見ようと全員に覆いかぶさるように身を乗り出していたが、鼻を鳴らしてグリルに戻り、ステーキを引っくり返した。「変な名前だな。だけどきっと間違いだろ、だれも見てないんだからさ。こんななんにもないとこで、町をひとつ丸ごと見逃すなんてちょっとありえないよ」

「幻の集落じゃないかしら」イヴが言った。「まだ手作業で測量をやってたころは、重大問題だったのよ」

「だったらもっとうまく隠さなくちゃな」わたしは言った。

「こんなど田舎よりいい隠し場所ってある？　当時はいまよりもっと人口が少なかっただろうし」

ロミが肩をすくめた。「でもわたしたち、見つけちゃったじゃない？」

「こうなると、骨董品屋でついてた一ドルって値段も高すぎたんじゃないかって気がするね」とベアが笑う。

「待ってよ、まだ完全に価値がないってわけじゃないわ」タムが言い返した。「まだ焚き付けには使えるもの。今夜はピットでキャンプファイアをするんでしょ？」

それに応えて、ダニエルが彼女に向かってにやりとしてみせた。なにかでわたしたちを驚かせようとしているときの顔だ。テーブルのタムの隣で、イヴは極力なに食わぬ顔を装っていたが、その顔にも抑えきれない笑みが浮かびかけている。このふたりは食料品店でいっしょになにかこっそり計画を立てていたんだ。ダニエルはおもむろに、グリルわきの台に置いてあった紙袋に手を突っ込み、マシュマロの袋、グラハムクラッカーの箱、そしてチョコレートを数枚取り出した。

「もちろんさ」彼は言った。「キャンプファイアとくればスモア（キャンプファイアで焼いたマシュマロと板チョコをグラハムクラッカーではさんだデザート）だ！」

「あなたと結婚して正解だったわ！」タムは快哉を叫び、彼の背中に飛びついて顔にキスをし、しまいにふたりしてデッキで滑稽なダンスを踊りはじめた。テーブルにぶつかっちゃだめだ、ワインが載ってるし、まだ地図を広げたままなんだから、とウォーリーが苦情を言っているのも耳に入らないみたいだった。わたしは笑い、ほかのみんなも笑った。その大騒ぎのなか、ロミもわたしの身体に腕をまわしてぎゅっと抱きしめてきた。目の端に、イヴが恥ずかしそうに顔を赤らめるのが見えた。彼女はきみの世話を焼きはじめ、みんなの輪のなかに入れるようにきみを抱きあげてベンチに乗せていたよ。


その夜、わたしはしょっちゅう目を覚ましていて、翌朝はふだんよりずっと早く起きてしまった。ダニエルとタムと同じように、ロミとわたしも、何年も前からキャンパス外にアパートメントを借りて住んでいて、学部時代以降はほかのだれかとルームシェアをしていなかった。まだ慣れていないからだと自分に言い聞かせた——この新しい家に。ドア一枚隔てただけで、すぐ近くにみんながいるということに。そして、そのなかにはほかより近いドアがある。

しかしロミは、毛布にくるまってまだぐっすり眠っていた。わたしはできるだけ静かにベッドを出て、コーヒーを淹れにかかろうと、きしむ木の階段をゆっくりと降りていった。家のなかはしんと静まりかえっていて、木々のあいだを吹き抜けるかすかな風の音が外から聞こえてくるだけだった。しかし、窓という窓から流れ込む陽光が美しかった。明るい朝の光で見ると、この家も前夜ほどむだにばかでかいとは思えなかったが、それでもわたしたちにはあまりにも大きすぎた。わたしはリビングルームを静かにゆっくり歩きまわり、いろんな窓から森を眺めて楽しんでいた。

「これの使いかたわかる？」静かに尋ねる声に、わたしは飛びあがった。

　しかし、それはイヴではなかった。

「タム」わたしは息を吐いた。「びっくりしたよ」

「ごめんなさい」彼女は小声で言った。もうダニエルの大きなTシャツとジーンズに着替えていて、手に金属製のものを持ってキッチンに立っている。「こんなコーヒーメーカー初めて見たわ」

「ポアオーバーだよ」とわたしは言い、近づいていってそれを受け取った。「以前持ってたんだ」

「よかった、コーヒー淹れてるんだな」べつの疲れた声がし、また階段がきしんだかと思えば、ウォーリーが階段を降りてきたところだった。ヘンリーシャツの首の穴から頭を出そうとしている。

「いや、まだだ」と食料庫(パントリー)から言うと、ふたりともがっかりした顔でわたしを見た。「コーヒーの粉がない」

「昨日、ロックランドで買うの忘れてた」タムがうめいた。「コーヒーがないと、ベアとダニエルがゾンビになっちゃう」

「買いに行ってくるよ」ウォーリーが申し出た。「道のすぐ先だし」

「ありがとう」とタムが言うのと同時に、二階からかすかに甲高(かんだか)い笑い声が聞こえてきた。

「ネルが目を覚ましたみたいだ」わたしは言った。重い足音がかすかに響いてくる。たぶんダニエルがきみをつかまえて、ほかのみんなを起こしてしまわないうちに階下に連れてこようとしていたのだろう。

　彼を出迎えに踊り場へ向かうのかと思ったら、タムはいたずらっぽくにっと笑ってカウンターに飛びついた。そこには二台の車のキーがふたつとも、雑多な書類や紙くず――ガソリンや食料品のレシート、ナプキン、小銭、そしてあのくだらないガソリンスタンドの地図――のうえに載っていた。

「今朝はダニエルが面倒を見る番なの」と彼女は言って、急いでいたのでその紙束ごとキーを引っつかんだ。「押し付けようとしてきたら断わってね！　ウォーリーとわたしは三十分で戻るって言っといて」

「ウォーリーに運転させろよ、安全運転だから」わたしはそう言いながら、長い私道に通じるドアから出ていくふたりを見送った。私道に駐めた車のフロントガラスには、木の花の花粉が点々とこぼれてたよ。

「あいつ、子供の朝食当番がいやで逃げ出しやがったな」ダニエルがわたしの背後で言った。エンジンが息を吹き返して武者ぶるいし、その地鳴りのような音が家のなかまで響いてくる。ふり向くと、まだ髪も突っ立たせたまま、彼はきみを抱っこして立っていた。

「彼女、今日はおまえの番だって言ってたぞ」とわたしは彼に向かって指をふってみせた。

「なんだって！」彼は不当な仕打ちを受けたような顔をし、芝居がかってあえいでみせてきみを笑わせていた。「ネリー、卵にしようか」

ダニエルが卵とベーコン少々を調理しているあいだに、わたしは手伝おうと思ってきみの子供用の椅子を組み立てていた。ほかの連中の立てる物音が何度か頭上から聞こえたが、だれも起きてこなかった。そうするうちに、ダニエルはきみをテーブルに着かせ、料理を少量ずつに切り分けてきみに食事をさせはじめていた。

「ミルクと砂糖も忘れずに買ってきてくれればいいんだが」とわたしが言うのと同時に、だしぬけに小石を踏むタイヤの音がして、三人ともそろってドアに目をやった。

かちりとドアのあく音がし、「間に合ったな」とダニエルが口を開いた。「みんなまだ寝てるよ！」

しかし、タムとウォーリーが転げ込んできたのを見て、わたしたちはふたりとも黙り込んだ。

「ダニエル」タムがあえぐように言った。「フランシス」

ふたりは全力疾走で飛び込んできて、外の車のエンジンもまだかけっぱなしだった。タムが先だったが、それを追ってきたかのように、ウォーリーもすぐあとから駆け込んできた。ふたりとも目を大きく見開いていて、その目には畏れとも驚愕とも昂揚(こうよう)ともつかない光が宿っていた。

「どうしたんだ」ダニエルは尋ねた。椅子からなかば腰を浮かし、うろたえていいのか喜んでいいのかわからずにいる。「大丈夫か」

「わたしたちは大丈夫」タムはやっと答えた。キッチンを二歩で横切ってダニエルの腕をつかんだ。「いっしょに来て。見せたいものがあるの」

「タム」ウォーリーが張りつめた声で言った。あのときは、たんに不安がっているんだと思った。どういうことかよく呑み込めないうちに、わたしたちに話すのがいやだったのだろうと。だれにも言わず、秘密にしておきたかったからだとは思いもしなかったな。

しかし、その弱々しい抗議はタムの耳には入らなかった。彼女はエネルギーではち切れそうで、まるで生きて飛び跳ねる電線みたいだった。「早く」

ダニエルとわたしはこけそうになりながら彼女のあとを追った。ダニエルはきみを抱え、ウォーリーは全員のあとからついてくる。テーブルにはきみの食べかけの朝食が載ったまま、コーヒーもまだできていないままだ。彼女はわたしたち三人をバックシートに押し込み、ウォーリーをまた運転席に座らせると、自分は助手席に飛び乗った。

「ほら、いつもどおりの道でしょう?」と彼女がうわずった声で言ううちに、ウォーリーは南に曲がって郡道二〇六号線に入り、またロックランドに向かった。車はしだいにスピードをあげていく。古いステーションワゴンがアスファルトの道に重い音を響かせ、一枚一枚の草の葉がぼやけた緑に変わるころ、彼女は言った。「原っぱしかないわよね」

「たしかに」ダニエルは彼女と調子を合わせつつ、なにが起こっているのか理解しようとしていた。

車が進むにつれて朝日はしだいに明るさを増し、灰色だった景色がバラ色に染まっていく。タムはもっとスピードを出せとウォーリーをせっついたり、事情をわたしたちに説明したりしていた。

「わたし、これ全部膝にのせてたの」彼女はそう言いながら、ウォーリーと最初に出かける前にカウンターから取っていった雑多な紙束を指さした。きみはわたしの隣でチャイルドシートに座って、お出かけに興奮して身体を上下に揺すっていたよ。「もういっぽうの車のキーとレシート、それからこれ」と、ガソリンスタンドの地図を掲げてみせた。

「タム」ウォーリーはまた言ったが、さっきよりさらに力ない声だった。

彼女はそれを開いてハンドルにかぶせるように広げ、ウォーリーといっしょに見られる格好にした。「店からの帰り道、ふたりで話しているうちに、昨夜この地図で幻の集落を見つけたのと同じあたりを通っていることに気がついたの。『あの町、この道路沿いのどこにあったっけ』ってわたしはウォーリーに尋ねた。『間違ってひとつの町にされちゃったのはあの木かしら、それともあの雑草かしら』って言って笑ってた。そしたらいつの間にか、地図をこんなふうにふたりで見られるように広げてたの。あの町が正確にはどこにあることになってたのか、そして実際にはなにがあるのか見られるようにしたわけ。そこにツタウルシの大きな茂みがあったらどうかしら。それとも牛のいる囲いだったら。ほんとはなにがあったかみんなに教えてあげることができたら、今夜のいい笑い話のネタになると思ったのよ」

　ふいに車が速度を落としはじめた。ウォーリーは唇を固く結び、目を地図に向け、ハザードランプを点灯させた。車はゆっくり路肩に向かった。

「わかってるわ、なんて思われるか――わかってるわよ！」わたしたちの不審げな視線を予想して彼女は叫んだ。「でもね、この地図を開いて、道路じゃなく地図に従って進んでいくと……」

　彼女は地図を広げたままにして、車がついに停まると窓の外を指さした。その顔は驚嘆に満ち、活き活きと輝いていた。その目をのぞき込めば、まっすぐ魂まで見通すことができるような気がした。

「ほら見て」

　言われたとおりに見た。なにもない原野が見えるだけだと思って。

　ところが今回はなぜか、車の真正面――以前は間違いなくなにもなかったはずの場所、何マイルもほかになにもないのだから、なにかあれば絶対に気がついたはずの場所――に、丈の高い太い木の柱が立っていた。草地にまっすぐ突き出していて、それに大きな金属製の標識が取り付けてある。そしてそのすぐ先で道が分かれていて、細い土の脇道がのびていた。

「えっ？」わたしは思わずつぶやいていた。「前はここにあんなのなかったぞ」

　ウォーリーが車のエンジンを切り、みんなで車から降りた。

「あったっけ？」ダニエルはそう言ってウォーリーに目を向けた。昨日同じ車でここを通ったからだ。わたしと同じくらい、ダニエルも面食らっているようだった。「疲れてたから気がつかなかっただけかな」

　ウォーリーはゆっくりと首を横にふった。

　わたしは標識に近づいてよく見てみた。釘はとっくの昔に錆びているし、標識本体の表面にはうっすらと汚れがこびりついている。どう見ても、昨日わたしたちがあの家に着いたあとで、なにか理由があって立てられたものではない。

　古いものだった。ずっと前からここにあったものだ。

　しかし、絶対にここにあったはずはない。

　そして、標識の名前は地図のそれと一致していた。

アグローへようこそ
有名なビーヴァーキル・フィッシングロッジはこちら！

わたしたちはゆっくりと向きを変え、標識の向こうに目をやり、そこに広がる原野のほうを見渡した。

「これはいったい……」ダニエルは茫然としてつぶやいた。

「言ったでしょ」タムは息を切らしていた。「だから言ったじゃない」

ネル、どう思われるかはわかっているが、これは誓って事実だ。

あの町は実在するんだ——道筋を書いた地図があれば。きみのお母さんとウォーリーが見つけたんだよ。

そしてそのせいで、お母さんは亡くなったんだ。

XV

ネルはフランシスを見つめていた。ショックのあまりなんの感情も湧いてこない。

だが、しばらくすると込みあげてきた。

怒りが。

「どういうこと？」彼に指を突きつけながら問い詰めた。彼女の家族のことで、こんな突拍子もない作り話をするなんて。彼女の母のことで。「なにを企んでるのか知りませんけど、こんなの失礼だわ。悪趣味だし、残酷だわ。残酷ですよ。父は死んだあとまで、もう一度わたしったんですか。こんなことをしろって父が言の人生を台無しにするためにこんな悪ふざけを仕掛けたんですか」

しかし、フランシスは笑っていなかった。

「そうなんですか」彼女は嚙みつくように言い、通りかかった人々を驚かせた。「ねえ、そうなんですか？」

ふたりはしばらく睨みあっていた。いっぽうは断固とした鋼の目で、そしてもういっぽうは、完全なたわごととしか思えない話を解釈しようとしながら。

　こちらを怖がらせようとしているのだろうか。だまそうとしているのか。彼の重大な告白は、ファンタジー小説から出てきたような話だった。寝る前に子供に読んで聞かせるお話だ。少なくとも地図学の分野にとっては完全なお笑いぐさだ。こんな話をどうして信じると思ったのだろうか。それはわからないが、ひとつだけ言えることがある――彼女が今後だれかに助けを求めることがあるとしても、それはフランシスではない。

「わかりました。もうたくさん」彼女は言った。「なにを企んでらっしゃるのか知りませんが、そんなことはどうでもいいわ。アイリーンとまた話をして、父の遺品のなかにあの地図を見つけたって言います。最初からそうしておけば――」

　そのとたん、フランシスはひたと彼女に目を当てた。以前その目に見えた、恐怖やためらいの気配は完全に消え失せていた。なんの感情もなく、ただ容赦なく穴があくほど見つめている。

「いまなんと?」彼は尋ねた。

(しまった)

　これまではじゅうぶん気をつけていたのに。スワンとフィリクス以外には、彼女があの地図を持っていることはだれにも知られていなかった。それなのに、いまになって口を滑らせてしまうなんて。

　彼はさらに近づいてきた。「ネル」

　その目に数々の疑問が浮かんでいるのがわかる。

「いまどこにある?」彼が尋ねたのはそれだけだった。

「安全なところに」

　彼は納得したようには見えなかった。「きみの家にあるのか」

「そうです」ネルは嘘をついた。

「それでは安全じゃない」

「わたしの知るかぎり、一番安全なところです」

　いまフランシスは、吸い寄せられるかのように彼女のトートバッグを見つめている。ネルは、なかに入っている革の書類ばさみの存在を痛いほど感じていた。まるで燃えているのかと思うほどに。

　家に地図が隠してあるなど、彼はまるで信じていない。

(確かに、それはそのとおりだ)

　まさか……このバッグを奪うつもりだろうか。

　人でいっぱいの室内に視線を飛ばしたが、こちらを見ている者はいなかった。スワンは、アイリーンはどこだろう。フィリクスでもいい。しかし、そこにあったのは見知らぬ上気した顔の海だけで、みなそれぞれの会話に没頭していた。

「聞きなさい」ろくに聞こえないほど低い声で彼は言った。「これはとても重要なことだから。わたしたちは長いこと探しつづけてきたが、もう間違いない――きみのお父さんの地図は、いまきみが持っているそれは、この世に存在する最後の一枚なんだ。それが手もとにあると、きみは大変な危険にさらされることになる。それをよこしなさい。いますぐ」

「冗談はやめてください」彼女は言った。「わたしが手がけたうちで一番貴重なものかもしれないんですよ。これがあれば、ここでまた仕事ができるかもしれないんです。それを渡せと言われて、はいそうですかと渡せるわけがないでしょう」

「どうか信用してほしい。見てごらん、きみのお父さんがどうなったか」

「あなたがやったんじゃないってどうしてわかります?」しかし、とたんに彼の表情を曇らせた苦悶の色から、そんなはずはないとわかった。彼は、父のためにサンボーンの地図を手に入れようと尽力した。どんな形にせよ、父を助けようとしてくれていたのだ。

「ネル」と彼は言いかけたが、すぐに口を閉じた。彼女の背後からだれか近づいてきている。

「フィリクス」ネルはふり返り、ほっとして言った。完璧な仕立てのオーダーメイドのタキシード、ぴかぴかの靴という姿で、彼は信じられないほど――まるで外交官か映画スターのようだ。「よかった！　やっと来てくれたのね」

「すぐにこちらによこしなさい」フランシスが張り詰めた声でささやいた。「きみ自身のためだ」

「お言葉ですけど」そう言いながら、ネルは彼からさらに離れてフィリクスのほうに近づいた。「なにが自分のためかはわかっているつもりです」

「話があるんだ」フィリクスが彼女に言った。

「頼むから」フランシスはまた言った。「危険なんだ」

彼が一歩近づいてくると、彼女はまたあとじさった。そのこわばった表情から、彼女をここで逃がしたくないと切羽詰まっているのがわかった。しかし葬儀のときもそうだったが、第三者が会話に加わったとなっては、あの地図のことを大っぴらに話すわけにはいかないようだ。

「なにもかもばかげてるわ」と彼女が言うと、フランシスはたじろいだ。フィリクスには黙っていてくれと目で懇願している。「恥ずかしくないんですか。父がこんなことに関わってたなんて信じられない。ジョークだか詐欺だかなんだか知らないけど」

「ネル――」フランシスが必死の形相でいさめようとし、と同時にフィリクスも彼女の名を呼んでいた。

「この人がどんな話をしたと思う？」彼女はフィリクスに言った。フランシスの押し殺した叱責をかき消すように、わずかに声を高める。「アグローは実在するっていうの。物理的にほんとうにある場所みたいに、あの地図があれば行けるんですって。まるで」――彼女は嘲笑（あざわら）うように最後の言葉を口にした――「魔法みたいに」

「ネル」

　彼女はやっと、フィリクスが昨夜会ったときと様子が違うことに気がついた。ずっと口数が少なく、冷ややかだ。それどころか、いま彼女が言ったことの完全なばかばかしさにも気がついていないようだった。

　彼女が口をつぐむのを待って、彼は言った。「入ってきたとき、ちょうどアイリーン・ペレス・モンティーリャとすれ違ったんだ」

　ネルはギアチェンジに少し時間がかかった。

「えっ？」と訊き返す。

「きみとちょっと話してきたところだって彼女は言って、ラッツェルの地図の吊るしてあるあたりにきみはいるって教えてくれた。様子がふつうじゃなかったから、ドクター・ヤングの地図の話はもう聞いたかって訊いたんだ。そしたら『そんな地図はなかった』って」

（ああ、どうしよう）

「話さなかったんだな」

　ネルは唇を噛んで、毒づきたくなるのをこらえた。

「説明させて」

「最初から話す気なんかなかったんだ」

「ただ、もう少し時間が欲しいのよ」彼女はすがるように言った。

　しかし、彼の目にもう希望はなかった。

「ねえ」彼女は言った。「本気で思ってたわけじゃないでしょう、わたしがそっくり引き渡して完全に手を引いちゃうなんて――」

「思ってたよ」フィリクスは答えた。「きみがそうするって約束したから。その言葉を信じたんだ」

　ネルは身が縮む思いだった。「ごめんなさい、フィリクス。でもこれは大事なことなの」

「それじゃ、ぼくは大事じゃないのか」彼は尋ねた。

　しかし彼は怒っているようではなかった。ただ悲しそうだった。

「今回はうまく行くんじゃないかと思ってた。手を取りあってやっていけるんじゃないかって。それがまたこれだ。きみのためにやってくれと頼まれたことをぼくはなにもかもやったけど、きみは自分のやりたいようにやるばかりで、なにがどうなってるか説明もせず、ぼくがどう思うかなんて考えてみようともしない。ぼくが黙って従うと決めつけてる」

彼がいま言っているのは「ジャンクボックス事件」のことだ、と彼女は察した。

「一方的だわ」のどが締めつけられて苦しい。「あのころは、父があんなふうにわたしたちをはねつけるなんて知りようもなかったじゃない」

「だけど、お父さんと喧嘩する必要はなかったじゃないか。あそこまで怒らせることはなかった」

「そんなことないわよ。父は間違ってたんだから——わかるでしょう、どんなに間違ってたか!」

「お父さんは地図部の上級研究員だった。ぼくらはただのインターンだ」

「だからって、父の嘘を見過ごしにしろって言うの。地図部のみんなの前で恥をかかされて」

彼女は自分の主張を組み立てていた。この議論には勝てる、きっとわかってもらえる——しかし、フィリクスにはもう議論を続ける気がなかった。

「たぶんぼくがばかだったんだろう。今度はうまく行くと信じたのが間違いだった」彼はため息をついた。「過去の話はもうたくさんだ。現在の話も」

ネルは気分が悪くなってきた。「どういう意味?」

「もうたくさんだって意味だよ。きみは最後にひとつお願いがあると言った。スワンのためにって。その義理はもうじゅうぶん以上に果たしたと思う」

ネルはあえぎ、のどに詰まる塊(かたまり)を飲み下そうとした。呼吸が引っかかり、嗚咽(おえつ)のような音をたてる。頭の隅で、フランシスがまだ背後にいるのは気づいていた。彼女を見失うのが怖くて離れられないのだが、そんなことはどうでもよかった。

傷つけるつもりはなかったと、フィリクスにわかってもらわなくてはならない。そういうことではないのだと——今度もまた、彼より地図を選んだというわけではないのだと。まだやり直せると説得しなくてはならない。

「もう少しでわかるところまで来てるのよ、フィリクス。だからわたしは、わたしたちは、ここであきらめるわけには——」

それは言ってはいけない言葉だった。

「いや」彼は言った。「もう『わたしたち』はない」

ネルはトートバッグのストラップを力いっぱい握りしめていて、このままでは握りつぶしてしまうのではないかと思った。

「これはきみの仕事じゃない。もうずっと前からそうだ。もう放っておけよ」

「わたしに指図しないで！」彼女はぴしゃりと言ったが、少し声が大きすぎた。

近くにいた数人の客がこちらをちらちら見ていたが、フィリクスのほうは声をあげなかった。「ネル、ぼくは真面目に言ってるんだ。これはゲームじゃない、危険なんだ。犯罪が起こっていて、現に人が死んでるんだぞ。地図のことを警察に話すんだ、そうすれば――」

「そんなの無理よ」彼女はまた声を落として反論したが、心は乱れたままだった。「そんなことしたら、警察はあれを証拠物件だって言って、それで処理されて解決済み事件の証拠保管倉庫に入れられて、それっきり二度と見ることはなくなるのよ」

「それできみが復職できるなら、あれがどこに保管されようがどうでもいいじゃないか」

「でもそれじゃ、父に勝ったことにならないわ！」ネルは押し殺した声で言った。「父は生涯をかけてあの地図でなにかしようとしてたけど、果たせなかった。でもわたしは、もう少しですべてを解明できるところまで来てるのよ。父ができなかったことをやってのけられるのよ！」

フィリクスは笑ったのか、それともため息をついたのだろうか。出てきたのは軽い空咳だった。「信じられない。こんなに何年も経ったのに、まだそんなことを言ってるんだ。その気になれば欲しいものはなんでも取り戻せるっていうのに、それをすべて投げ捨ててもお父さんに勝ちたいんだ。自分のほうが正しかったと証明したいんだ」

「あなたになにがわかるの。もう地図に関わってすらいないじゃない。魂を売ったくせに」

「ぼくが魂を売ったって？」彼はかっとなって言った。

ネルはたじろぎながらもしてやったりとにやりとした。ついに彼の痛いところを突いて怒らせてやったのだ。

「ぼくはいい会社に勤めて、人々の生活をよりよくするテクノロジーを生み出すのに貢献してる」彼は言い返した。「地図制作の未来を切り開いているんだ。ぼくは地図を尊重してる。魂を売ってるのはきみのほうだ。〈クラシック〉でくだらないコピー商品を作って、暖炉の上にゴミみたいな安物を飾って教養人を気取りたい俗物に売ってるんじゃないか！」

それからしばらく、茫然と見つめあうふたりの間に沈黙が垂れ込めていた。周囲では、なにも気づかずに客たちが乾杯し、ロビーじゅうに吊るされたコレクションを鑑賞している。

しまいに、ネルののどの奥から弱々しい笑い声が漏れた。目に涙がしみる。「そう、よくわかったわ。それがあなたのほんとうの気持ちだったのね……」

見守る彼女の前で、彼はがっくりと肩を落とした。目を閉じ、片手で鼻梁をつまむ。恥ずかしいと感じるといつもそうするのだ。「ごめん。本気で言ったんじゃないんだ」

「まさか、そんなはずないわ」彼女は言った。泣くまいとしてしきりにまばたきをする。口もとでは無理に笑顔を作ろうとした――どれほど傷ついたか彼に知られたくない。

「ネル、頼むから。そんなつもりはなかったんだ。きみが悪いんじゃない、業界じゅうがばかみたいにきみのお父さんを怖がってただけだ。ぼくはただ、すっかりいやになってつい――」

「いいえ、あなたの言うとおりよ。わたしたちが協力するなんてどう考えても間違ってるわ、だからやめておきましょう。あなたは人もうらやむ立派な会社で頑張ってね。わたしはひとりでやるわ、最初からそうすべきだったのよ」彼女は吐き捨てるように言った。

「ネル――」

彼女はまわれ右をして、人混みのなかを走りだした。

どこへ行くというあてがあったわけではない。ただ走りつづけずにはいられなかった。それもできるだけ速く。目には涙があふれ、急ぐあまり一度ならず人の肩に思い切りぶつかってしまったが、動揺していてまともな謝罪の言葉を投げることもできなかった。シャンパンが揺れ、細いワイングラスからこぼれそうになり、人々が息を呑む。それでも彼女は足を緩めなかった。目から頰に熱いものが飛んで驚き、それに駆り立てられてますます速く走った。

「ネル！」背後から、フランシスがうろたえて呼んでいた。乾杯する客の集団をよけて彼女は左に曲がり、危うくスワンにぶつかりそうになった。

「おっと！　ネル、どうしたんだ？」ぶつかりそうになったとき、彼女の顔を見て彼は声をあげたが、ネルには説明できなかった。声を詰まらせて謝罪めいた言葉を口にすると、スワンが手を取ろうとしてきたが、そのときはもう走り出していた。また人混みに紛れ込み、彼にはついてくることができなかった。

しまいに地図部へ続く短い廊下が目の前に現われ、こちらに手招きしていた。図書館の正面出口に向かって走っているつもりだったが、たどり着いたのはここだった。考えてみれば当然だ。少なくとも一度は、どこよりも安全でくつろげると感じた場所だったのだから。集団からはずれた最外縁部の客たちを抜け、大理石の床に靴を鳴らして走る。ドアに飛びつき、力任せにあけ、なかに飛び込んでまたバタンと閉めた。閉め出すのだ、自分の手で台無しにしたあれやこれやをすべて。

フィリクスとやり直すチャンス、地図の調査、図書館に復職する可能性。

そして人生。

ドアの閉じる音とともに、ネルは震える息を長々と吐き出し、へたへたとくずおれた。それで身を守るかのように、ドレスのうえに引っかけたカーディガンをできるだけきつく身体に巻きつける。ふだんにも増して小さく子供っぽく見えるだろうが、いまはそんなことはどうでもいい。できるものならポケットのなかに姿を消して、二度と出てきたくなかった。

あんなに調べたのに、それに見あう成果はまだなにもあがっていない。なぜあの地図にそれほど価値があるのか、父がなぜそのために彼女の人生を滅茶苦茶にしたのか、まだなにもわかっていない。これまでに突き止められた唯一の回答はフランシスの話だが、それはかつて聞いたこともないような途方もないほら話でしかなかった。

失敗したのだ。

今度もまた。

ドアの外、ロビーの音楽がやんだのに頭のどこかでぼんやり気づいていたが、いまはそれどころではなかった。

怒っていいのか、それとも恥ずかしがっていいのかわからない。明らかにフランシスは彼女を簡単に言いくるめられると思っていたが、みんなからそんなふうに思われていたのだろうか。ひょっとして、彼女は優秀な地図学の研究者などではなかったのだろうか。この業界から追放される以前に達成したと思っていたことはみな、彼女があの父の娘だったから、親の七光があったおかげにすぎなかったのか。

（あの地図があれば、町が見えるんだ）、そうフランシスは言った。（行くこともできるんだよ）

魔法のように。

涙ながらに鼻で嗤った。人をばかにして。

そのとき、大きな音にはっとした。たぶん叫び声だろう。ネルは顔をあげた。ロビーでだれかが叫んでいる――おおぜいのだれかが。なにが起こったのか知らないが、大騒ぎになっている。（火事だろうか）と一瞬不安になったが、それなら収蔵品を守るために展示室は自動的に封鎖されているだろう。（じゃあ事故？）フランシスは、ここに来るのは危険だと言っていた。心臓が早鐘を打ちはじめた。

まさか……

だしぬけに非常ベルが鳴りはじめた。

地図部に通じるドアがバタンと開いたかと思うと、室内はいきなり赤と白の光の万華鏡に変わり、その強烈な光にネルは飛びあがった。

「ネル！」スワンが叫びながら駆け寄ってきた。「こんなところにいたのか！」

「なにがあったの」彼女は叫び返した。スワンの目は恐怖に大きく見開かれていた。彼のこんなところは初めて見る。泥棒が入ったあとでもここまではなかった。「また図書館に泥棒が入ったの？」

「警察だよ」彼は言った。そして、自分のか細い身体でなにかから守るかのように、彼女をしっかりつかまえた。警報が耳を聾するばかりに鳴り響く。「アイリーンの姿が見えないんで、寄付者のひとりがオフィスに探しに行ったんだ。そしたら、そしたらアイリーンは――」

ネルは気を失うかと思った。

「殺されてたんだよ」

「**ニューヨーク市警です！**」とつぜんロビーで拡声器ががなった。繰り返される非常ベルの絶叫、そのあいまを貫くように、大理石の床を踏むいくつもの靴の甲高い音が響く。「**どなたもその場を動かないでください！　この建物から出ないでください！**」

「きみをここから逃がさないと」スワンは言った。

まだショックから立ち直れず、ネルはまばたきをした。「なぜ？」

スワンは彼女の腕をいっそうきつく、さらに切羽詰まってつかんだ。「警察が入ってくるときに言ってたんだが――きみが第一容疑者なんだよ、ネル」

（えっ？）

スワンはドアへ歩いていき、ついてくるように促した。しかし、彼女は足がすくんで動かなかった。「どうしてそんな……」

「知らないよ！　アイリーンと話してた最後の人物がきみだったのかもしれない、ほかの招待客の目撃によればね。しかし、ケイブ警部補は式典が始まる前から来ていたんだ。通りに駐まった黒い覆面パトカーに彼が乗ってるのを見たから——」

「黒い車？」彼女は息を呑んだ。「その車、もう何日も、わたしをつけまわしてたのよ！」

スワンはぞっとしたようだった。「もしかしたら、だれかが警察に吹き込んだのかもしれないね、きみに疑惑が向かうように。これほど年月が経ってから、お父さんが亡くなった直後にきみが戻ってきて、しかもそのすぐあとに強盗が入ったって——」

ネルはたじろいだ。

方法はともかく、彼女に疑惑を向けさせたのはウォーリーだ。間違いない——アグローの地図が存在することすら、ほかにはだれも知らないのだ。

（ウォーリーはここにいる）

スワンの言うとおり、逃げなくてはならない。しかしどこへ逃げればいいのか。この部屋から出るドアはひとつしかなく、廊下はまっすぐロビーにつながっていて、そこにはニューヨーク市警が群がっている。すぐに見つかってしまう。彼女の顔はみんなが知っているのだ——

そう、ウォーリーも。

「ネル。そんなばかな」

スワンはもう彼女を見ていなかった。彼女の肩越しに、部屋の奥の壁を見ている。

「ネル、あれを」

とそのとき、スワンのすぐ横のドアがまた勢いよく開いた。警察だと思ってネルは身構えたが、そうではなかった。（フィリクスだろうか）と一瞬期待したが、それも違った——フランシスだ。そのあとからふたりの人物がついてきている。一度に多くのことがありすぎて、ものがはっきり考えられない。アイリーンは殺されるし、警察は来るし、スワンはパニックを起こすし、非常ベルはやかましい。

「ネル！」フランシスが叫んだ。こっちに突進してくる。「気をつけろ！」

スワンも逃げろと叫んでいたが、ネルはろくに身動きもできなかった。ぼんやりと意識していたのは、いま立っている場所のことだ。ここは、イヴのサンボーンの地図で、ずっと昔の地図制作者が間取り図に秘密の小部屋を隠した場所のすぐそばだ。
ふり向くと、目の隅でなにかが動いた。
なにかが変化し、なにかが開いた。
壁にドアが現われた。ただなめらかに塗装されていたはずの場所に。
いきなり背後にだれかが立っていた。
ついに、ネルは悲鳴をあげようと口をあけた――が、声を出す前に一撃が襲ってきた。
世界が真っ暗になった。

第III部　町

XVI

オフィスは静まり返っている。聞こえるのは、ときおりフィリクスがマウスをクリックする音、そしてかすかなブーンという音——壁ひとつ隔てたコールドルームに、巨大な〈ヘイバーソン〉のサーバが収まっているのだ。初めてここに来た日には、その音が気になってしかたがなかった。頭蓋骨に食い込むような、かすかながら執拗(しつよう)な電子の鳴き声。しかし昼休みに、当番のエンジニアに入室許可をもらって、広大な洞窟のような立方体形の部屋に入ってみた。まるでSFのようで、現実とも思えない。そして薄暗い照明のなか、まる一時間もその怪物とともに腰を下ろし、無数の点滅する光と循環系のようなワイヤーを見つめ、その呼吸に耳を傾けた。怪物が考えるさまを見守るうちに、彼は気づいた——ここにあの強力な〈ヘイバーソン・マップ〉が生きているのだ。彼の地図が。

それ以後はもう気にならなくなった。次の日が終わるころには、もう意識もしなくなっていた。まるで自分の一部になったかのようだ。しかしそこにあるのは分かっている。舞台裏の心強い存在。自分の心臓の音が聞こえないのを、だれも不思議とは思わないのと同じだ。

今夜はしかし、あの避けようのない音が意識にのぼってほしくてたまらない。ただ気を紛(まぎ)らすためだけにでも。けれどもひっそりと静かなこの夜更け、気がつけばネルのことを考えている。いま彼女はなにをしているだろう。式典が終わりに近づいているいま、たぶんまだ図書館にいるだろう。スワンのオフィスで、秘蔵の高級スコッチをいっしょに飲んでいるのかもしれない。ドクター・ヤングも、同じ酒をデスクの奥の戸棚にしまっていたものだ。フィリクスが初めてそれをふるまわれたのは、ネルが父とスワンを説得してくれて、ニューヨーク公共図書館のインターンとして彼もいっしょに雇われることになった日だった。二度めはその数か月後、最終学期の終わりに博士論文の口頭試問に合格し、地図学で博士号を取得したとき。彼は常づね思っていた——たぶん三度めは、いつかネルといっしょに選んだ指輪を、彼女の指にはめてふたりに見せるときだろうと。

やれやれ。

また不本意ながら、いまでもアグローの地図には興味があった。フランシスの途方もない話はとくにそうだ。あの地図の幻の集落が実在するというのは、実際のところどういう意味だったのか。

フィリクスは首をふった。ばかばかしい。ネルの言ったことを聞き間違ったのだろう。白状すれば、あのときはすっかり気が動転していて、まともに話が耳に入っていなかったし。

しかし、それは大した問題ではない。明日にはきっとアイリーンは電話してネルをまた図書館に呼び寄せ、あの地図のことを知っていると話すだろう。ネルが約束を守らなかったと気がつく前に、フィリクスがうっかり漏らしてしまったから。ネルには認める以外に道はないし、そうすればどうしても必要だった援助と保護を受けられるはずだ。

たぶんこれからずっと彼女には恨まれるだろうし、二度と会うことはないだろう。とはいえそれはすでに七年前に覚悟していたことだ。こんな形で起こるはずではなかったとしても、少なくともこれで、彼女はついに忌まわしい父親の影から解放され、図書館に戻ることができる。それも安全に。

いずれにしても、彼は自分の地図の心配をしなくてはならない。それもはるかにすぐれた地図だ。ニューヨーク公共図書館の名だたる地図部の名声と実力のすべてをもってしても、彼に与えることのできない地図。ひとつの地図に全世界が包含されるのだ。地図学の分野に革命が起きるだろう。いや、あらゆる分野に革命が起きるのだ――海運や物流、観光、気象予測、農業、スマホでプレイする位置情報に基づくゲーム、さらには犯罪の世界にまで。完全無欠の地図になる。なんと言っても、ウィリアムがフィリクスを雇い、〈ヘイバーソン・マップ〉の開発チームを作ったのはまさしくそのためだったのだから。

「完璧な地図にはなにが必要だと思う?」面接のときウィリアムがフィリクスに投げかけた、それが最初にして唯一の質問だった。

「完璧な地図、ですか」そう繰り返したのをフィリクスは憶えている。恐ろしいパニックが募るなか、電話を握りしめてパジャマ姿でアパートメントを歩きまわっていた。電話の向こうでは、ウィリアム・ヘイバーソンが、あのウィリアム・ヘイバーソン、世界で最も輝かしくて先駆的な企業の影のCEOが、彼の返事を辛抱強く待っているのだ。こんなことは現実ではない、現実であるはずがないという思いばかりが頭のなかを駆け巡っている。「『完璧な地図』とはどういう意味ですか」彼は心臓が飛び出しそうな思いで尋ねた。

「その言葉はきみにとってなにを意味してる？」ウィリアムは淡々と応じた。

この人物からこれ以上は聞き出せないと気がついて、フィリクスは推測しようと試みた。ここでしくじるわけにはいかない。図書館を解雇されてもう半年、「ジャンクボックス事件」のたたりで、何百通と履歴書を送っても一度も返事は来なかった。これまでのところ、面接までこぎつけた地図制作に関わる仕事のうち、これが最高の、最も輝かしい仕事であるだけでなく、おそらくは唯一の仕事ということになりそうだった。

「正確さでしょうか。多様性とか歴史とか、あるいは美しさってこともあるかも」

「きみはわたしに質問しているの、それとも答えているの」

「目的です」そこでフィリクスは答えた。これは、ドクター・ヤングが図書館の新任の研究者たちにコレクションについて講義するとき、しょっちゅう言っていたことだった。「わたしならまずそこから始める。目的がわからなければ、ほかはすべて無意味だ。その地図がなにを伝えようとしているかが重要なんだ」

「それで、どうすればその目的がわかると思うね」

「その秘密を突き止めるんです」彼は捨て鉢になって答えた。ネルの父が言っていたことをそのまま繰り返す。「どの地図にも秘密はありますが、紙に最初のペンを入れたとき、地図制作者がなにを意図していたか知らなければそれを知ることはできません」

拷問のように長い十秒間、電話の向こうは沈黙していた。あまり沈黙が続くので、フィリクスは不安になってきた。もうとっくに電話は切れているのではないか。わずかな望みも消え、面接は終わったのではないだろうか。

「面白いね」ついにウィリアムは言った。そしてまた黙り込む。フィリクスは恐怖のあまり気が遠くなりそうだった。この業界で最も卓越した技術者の前で、あまりにも浮世離れした象牙の塔的たわごとを並べて、赤っ恥をかいてしまったのではあるまいか。しかし、やがてウィリアムはこう付け加えた。「わたしが期待していた答えとはかけ離れているが、なかなか悪くない答えだと思う」

それに続けて、月曜から来てほしいと彼は言い、そしてたったそれだけでフィリクスの人生は変わった。もう流刑は終わり、失った情熱の対象を思って悲しむこともない。また地図に関わる仕事ができるのだ――この世で最も強力な地図に。

ネルも同じようにうまく行っていればよかったのだが。

しかし、彼女が得たのは〈クラシック〉だった。

フィリクスはいらだってため息をつきながら立ちあがり、窓際に歩いていった。〈ヘイバーソン〉のビルはダウンタウンの奥にあるが、マンハッタンで最も高い摩天楼のひとつだ。そしてそのなかでも、彼とナオミとプリヤのオフィスはとくに高いところにある。ウィリアムが出没する、アクセス制限されたプライベートな高層階に隔離されているのだ。はるか下を見おろすと、歩行者は小さな点に、車は小さな長方形にしか見えない。そんな景色をあまり長く見つめていると、かれらの部門で〈ハブウォーク〉や〈ハブドライヴ〉を使って実行しているシミュレーションかと、ときに錯覚しそうになることがある。現実の世界でなく、世界の地図を見ているのではないかと思えてくるのだ。

北のほう、五番街沿いにはニューヨーク公共図書館がある。だからそちらには目をやらないようにして、夜の照明に囲まれた暗い海、セントラルパークに目をひたと当てていた。

彼が入社してからの日々、ウィリアムはどうやって、何千人もいる社員に見られることなくこのビルに入ってくるのかと疑問に思っていた。自分だけの秘密の入口とエレベーターがあるのかもしれない。それともたんにここで寝起きしていて、いっさい離れることがないのだろうか。まるで本物の幽霊のように。

ネルに謝罪のメッセージを送ろうか。彼女の仕打ちにフィリクスはいまも傷ついていたが、それに対する自分のやりかたもまずかったと後悔していた。しかし、メッセージなど送ったら、また厄介ごとに巻き込まれるだけではないだろうか。

彼はこの七年間、彼女がふたりの関係よりも地図を選んだのを恨めしく思い、それを忘れることができなかった。そしてまた、今回はうまく行くかもしれないと期待したことで手痛いしっぺ返しを食らった。そんな希望に目がくらんだことがばかだったのか、それともこの二度めのチャンスも、自分の夢見たとおりのめでたしめでたしにならないと気がついて、とたんに関係を断ち切って逃げたことのほうがばかだったのだろうか。

〈ヘイバーソン〉のサーバ上ならなんでもちょちょいのちょいで明らかになるのに、どうしてすべてがあんなふうに行かないのだろう。

「あれあれ、あんたってまるで勤勉のイメージキャラクターみたいね」とドアのほうから声がした。「今夜はパーティかなんかじゃなかったっけ」

フィリクスはぎょっとしてふり向いた。

「ああ、なんだ」彼は言って、暗い廊下から室内に入ってきたナオミとプリヤにうなずきかけた。タキシードのジャケットは脱いでコートラックに置いてきたが、ビシッとしたワイシャツと黒いズボンはそのままだ。

「早めに出てきたんだ」

ナオミはうさんくさげにこちらをじろじろ見ながら、「今夜は彼女を連れて図書館でイベントじゃなかったの」と尋ねてきた。

彼はうめいた。この数日、ネルのことをちょっと話していたのを後悔する。「彼女じゃないよ。それにぼくはただ、新しくニューヨーク公共図書館にあてられたサーバの部分にもう少し慣れておきたかったんだ。うちのチームがすでにあっちに置かれてて、スキャン結果が入ってきはじめてるから。それがもう十万まで行ってるし」

ナオミとプリヤはふたりとも、見るからに納得できないという顔をしている。

「そっちこそ、どうしてふたりして日曜の夜に出てきたの」話をそらそうとして彼は尋ねた。

「出てきたってわけじゃないんだよね」ナオミは言った。「わたしの奥さんのシャーロットもいっしょに、通りの先のトリニティ・プレイスで三人で夕食とってたのよ。プリヤがクリーニングした服をオフィスに置いてきたっていうから、ちょっと寄ることにしたの」

プリヤは証拠として、ハンガーにかけてビニール袋をかぶせた服を何着か、椅子の背もたれにかけてあったのを持ちあげてみせた。「パーティに出てないってわかってたら、あんたも誘ったのに」

フィリクスはうなずいた。

「あんたほんとうに大丈夫？」ナオミが尋ねる。

「うん」という口調があまりに説得力がなくて、三人とも笑い出した。「いやそれが、いまいろんなことがあって」

「話聞こうか？」プリヤが彼のデスクの横にもたれかかりながら言った。

「ちょっと考えてたんだけど」彼は椅子をゆっくり回しながら話しはじめた。「図書館の地図のコピーをすべて取ってしまったら――」

ナオミが処置なしとばかりに両手をあげた。「あんたって、いつも仕事のことばっかりね！」

「いやその、わかってるんだけど」彼はどうしようもなくて肩をすくめた。

「あのね、フィリクス」ひとしきり笑ったあと彼女は言った。「わたしはもう帰んなくっちゃ。営業時間外は部外者は立入禁止だから、シャーロットをロビーに残してきてんのよ。あんたも帰ったほうがいいよ」

「帰るよ」彼はため息をついた。

「ほんとに帰りなよ」彼の口調にあきれて、目をぎょろつかせながら彼女は言った。「帰って、たまには仕事に関係ないことをやんなさいよ」

「ネルにあやまりに行ったらどう。なんでか知らないけど、そのイベントに彼女をほっぽって出てきちゃったんでしょ」とプリヤ。

　フィリクスはうめいた。「いや、もう完全に終わったから。そもそも終わってなかったわけじゃないんだけど、でも今度はもう確実に終わった」

「フィリクスってば」プリヤは両腕をあげてため息をついた。

「いや、だって」と彼もため息をついた。「なにもかもぐちゃぐちゃでさ。いろいろ過去のいきさつがありすぎて」

　ナオミは首をふった。「それが人生ってもんよ、フィリクス——テストシナリオじゃないんだから。百点満点になることなんかないんだ。それでもやってかなくちゃ」

「名言だ」とふざけて感動してみせると、ナオミは彼の腕にげんこつを食わせるふりをした。上腕をさすっていると、画面にアラートがポップアップ表示されたのにフィリクスは気づいた。「それじゃ、この次みんなで出かけるときは誘って。ナオミの奥さんにも会いたいし、プリヤの彼氏にも」彼は言った。

「あんたがネルを連れてくるなら、わたしも彼氏を連れていくわ」とプリヤはウインクした。

　彼は顔をしかめた。「一本取られたな」ふたたび目の隅でアラートをちらと見やって、ほんとうに緊急事態なのか、後回しにしても大丈夫なのか確かめようとした。「本気でそろそろ前に進まなくちゃとは思ってるんだ。なんとか頑張って忘れるようにするよ」

　ナオミはため息をつきながら首をふり、こちらに背を向けてドアのほうへ歩きだした。「こういうことには地図なんかないんだよ、フィリクス。地図が手に入るのを待ってたら、彼女は二度と戻ってこないよ」

　しかし、フィリクスはもう聞いていなかった。それはプリヤも同じだったようだ。

「ねえ、ちょっと」彼女もスクリーンに目を向けている。ニューヨーク公共図書館のシステムの部分にアラートのフラグが立っていた。

そのとき全員のスマホが鳴りだし、頭上の巨大なフラットスクリーンが明るくなった。

「それ、図書館のあのニュースのこと?」ナオミは指さしながら尋ねた。

「またか」フィリクスがため息をついたとき、だしぬけにオフィスのドアが開き、全員がぎょっとした。

「ウィリアム」とナオミ。「週末にここでなにをしてるんですか」

しかし、ウィリアムはそれには答えなかった。「いまアラートが入ったから」と彼は応じ、すばやく三人の顔に視線を飛ばして、全員がもう気づいていることを確かめた。

「信じられない」プリヤはつぶやき、スマホをフィリクスに向けたが、その必要はなかった。すでに自分のスマホを見つめている。

「ニューヨーク公共図書館の理事長が殺されたって?」

彼は叫んだ。

XVII

かちこちという音が彼女を優しく呼んでいる。暗闇のなかの灯台のようだ。ネルはその音のほうに顔を向けたかったが、向けようとしても頭が動かなかった。まぶたが石のように重い。しかし、かちこちという音が彼女を呼びつづけている。静かで一定のクリック音に意識を集中していると、少しずつ目覚めが近づいてきた。その安定したリズムのおかげで、徐々に自分の鼻が、指先が、上下する胸が、頭の下の枕が意識にのぼってくる。そして痛みも。

(ああ、痛い)

「起きちゃいけない」だれかが言った。「フランシス! フランシス! 気がついたよ!」

スワンだ。おなじみの手が肩をそっと押し下げる。

「ネル、気がついてよかった」それに応えて、フランシスの落ち着いた声が近づいてきた。ひたいにそっと触れられて、彼がたたんだ布を持ちあげたのに気がついた。そこにハンカチが押しあてられていたのだ。

「ほんとうにどうなるかと思ったよ」

「大丈夫だろうか。大丈夫?」スワンの最後の質問は、直接彼女に向けられていた。ネルは返事をしようとしたが、うめき声しか出なかった。

「出血は止まってるし、腫れも大したことはない。大丈夫だと思いますよ」

「大丈夫なんだね?」スワンはうれしさで有頂天になっている。

また手が戻ってきて、当ててあったハンカチを取り去り、新しい物と交換しようとして彼女の頭を少し持ちあげた。すぐに、今度もまたフランシスだと気がついた。フィリクスではない。

フィリクスはここにはいない。あの言いあいのあと、戻ってきて彼女を探そうとはしなかったのだ。

「なにがあったか憶えてる?」フランシスがそっと尋ねた。

ついにネルの目が開いた。部屋は霧がかかっているかのようで、ぼやけたしみとぼんやりした光しか見えない。彼女はソファにもたれ、頭の下にはクッションが当ててあった。奥のグランドファーザー時計の、背の高い輪郭と丸い文字盤がどうにかわかった——彼女を呼んでいたかちこちという音の出どころだ——が、そのほかはよくわからない。スワンとフランシスが目の前でゆらゆらしていた。ソファの肘掛けのそばに膝をついている。その後ろにさらにふたつ、ぼやけた影が浮かんでいた。

「ネル、よかった」と影のひとつが言った。目の焦点が合ってくると、イヴの顔が見分けられた。その隣にはラモナの顔。「間に合わないかと思ったわ」

「どうして……」ネルはやっとささやいた。かれらも式典に参加していたのだろうか。フランシスといっしょに、彼女を思いとどまらせるために来たのだろうか。

そのとき、襲われたときのことが一度によみがえってきた。フィリクスと言いあいをしたこと、隠れようと地図部に逃げ込んだこと、非常ベルの音、警察が突入してきたとスワンから聞いたこと、アイリーンが殺されたこと、なにか——何者か——に襲われて、恐ろしさにトートバッグを抱きしめたこと。

トートバッグ。

「わたしの……わたしの……」ささやくように言った。バッグのストラップがあるはずの肩のあたりを指でむなしくつかんだ。

「ああ、なくなってしまったよ」スワンが言った。

「盗まれたんだ」

（そんな）ネルはクッションに頭を落とした。（そんな）目が焼けるようだ。熱い涙が湧いてくる。父の書類ばさみが。彼女の持っていた、大切な唯一の母の遺品が。そしてフランシスが父に送ってくれた家族三人の写真、書類ばさみにはあれも入れてあったのだ。家族全員がいっしょに写っている写真は、これまであれ一枚しか見たことがない。なくなってしまった。

頬を滑り落ちる涙が目にしみる。

「ほんとうに残念だ」とスワンがやさしく言った。いまは彼も少し泣いていたが、それは書類ばさみのためではなく、彼女のため、危うく彼女を失いかけたことへの涙だった。

「ウォーリーだったんでしょう？」しまいにネルはささやいた。

「顔を見た？」スワンが尋ねる。

ネルは首をふった。男のぼんやりした影を感じたし、腕をがっちりつかまれてバランスを崩したのは感じたが、なにもかも一瞬の出来事だった。「でも、ウォーリーにちがいないわ」と絞り出すように言うと、また目が熱くなって涙があふれた。

イヴがうなずいた。「わたしたち以外には、あの方法を知っている人はだれもいないから」

あの方法って？　涙を流しながらも、ネルは不思議に思った。

目の焦点が合ってきて、みんなの向こうの部屋の様子が見えてきた。狭い部屋だ。ソファの布の模様も、緑に塗られた壁も、照明も、すべて彼女の知っているとおりだが、それでいてなぜかすべてに違和感がある。

「ここはどこ？」彼女は尋ねた。

スワンはためらうようにフランシスに目をやった。

「ええと」とつっかえつっかえ話しだしたが、自分の言っていることを完全には信じきれていないかのような口ぶりだった。「その、ここはその……地図部だよ」

ネルはまた室内を見まわした。言われてみれば地図部のようではあるが、しかしそんなはずはない。地図部なら隅から隅まで知っているが、こんな部屋はない。

完全に上体を起こそうとしたが、吐き気を催すほど強烈なめまいの波に襲われて、また横になるしかなかった。

「ネル！　動いちゃだめだ！」スワンは叫び、彼女をなだめようと手を伸ばした。

「こんな部屋は知らないわ」彼女は言った。「頭を打ったから――」

「頭を打ったせいじゃない」フランシスは彼女の言葉を穏やかに遮った。

彼がゆっくりと手を後ろに差し伸ばすと、イヴがその手に一枚の紙を渡した。それがネルに渡される。めまいをこらえて、なにを見ているのか理解するのにしばらくかかった。

「これは図書館を描いたサンボーンの地図ですね。あなたが父に渡そうとなさってた」ネルは言った。「ブックフェアで、わたしからイヴにお返ししたんですけど」

イヴはうなずいた。「念のためと思って、今夜持ってきたの」

フランシスが指さし、彼女の目は紙のうえを移動して、地図部の大閲覧室から区切られた部屋のうえで止まった。実際には存在しない部屋なのはよく知っている。

「地図があれば……行くこともできるんだ」フランシスがささやいた。

いまかれらはそのなかにいるのだ。

存在しない部屋のなかに。

雷に打たれたように茫然(ぼうぜん)として、ネルは彼を見あげた。

「最初にわたしがきみの前から姿を消したときも、この方法を使ったんだよ」彼は言った。

「どうやら、わが家はかなり歴史のある家だったようでね」とスワンは困惑したように付け加えた。「歴史がありすぎて、何世紀も前の古い地図が何枚かまだ現存してるんだ。それでいつかの時点で、だれかが秘密の部屋を描き込んだらしい」

「幻の集落ね」彼女は言った。

「そのとおり」フランシスが言った。

「でも実在するんですね。ほんとうに実在するんだわ」彼女は口ごもりながら言った。

「そのとおり」

フランシスの向こうのラモナに目をやった。「あなたのお店……最初に行ったときは、あなたの名刺の裏に父が書いた地図を使ったから……」彼女はつばを呑んだ。「だから、二度めは見つけられなかったんですね」

ラモナはうなずいた。「サンボーンの地図を、もっと早くお父さんに届けられればよかったんだけど」目を閉じて、震える息を吐き出した。「お父さんがどうして気がついたのかはわからないわ。でも、お父さんがアグローの地図をずっと持ってたんじゃないかと疑うようになって、ウォーリーはそれを奪いに戻ってきたのね。電話でサンボーンの地図を見つけてほしいってお父さんに頼まれたとき、やっぱりそうだったんだと思ったわ。ウォーリーはほんとうに諦める気なんかなかったのよ」

「これが父の脱出口だったんですね」ネルはやっと得心が行った。「図書館にいるときにウォーリーが襲ってきたら……」

ラモナはまたうなずいた。「ただ、ウォーリーはいつの間にか、サンボーンの第七版を自分でも手に入れていたのね。それを使って最初に図書館に侵入したんだわ——というか、三回ともね」

ドクター・ヤングの殺害、強盗、そして今夜。

「ウォーリーはいまどこにいるんですか」ネルは尋ねた。

フランシスはため息をついた。「さあ。彼はきみをこの部屋に引きずり込んだが、スワンやわたしたち三人がいっしょだとは気がついていなかったんだ。倒れたときさみが落としたバッグを拾って、われわれが止める間もなく逃げてしまった」と、フランシスは壁のもうひとつのドアを指さした。あれはきっと外の通りに通じているのだろう。

「追いかけてくださればよかったのに」彼女は言った。

「あなたが血を流して気絶してるのに」イヴがそっと言った。「わたしたちの可愛(かわい)いネルが。放っていくことなんかできなかったのよ」

沈黙のなか、かれら三人——フランシス、ラモナ、イヴ——のあいだを流れるものがあった。三人は互いに少し離れて立っていた。それは、見知らぬ他人どうしが少し距離を置くのに似ていたが、長い年月が過ぎて、おそらくかれらは見知らぬ他人どうしになっていたのだろう。しかし、しばらく話しているうちに、肩に入っていた力が少しずつ抜け、こわばっていた顔も少しずつ緩んできた。かれらの恐怖にはその底に流れるものがあり、いまになってネルにもそれがわずかに見てとれた。あいかわらず恐れているのは明らかだが、その恐怖の中核、恐怖の種子を芽生えさせた土壌になったのは、むしろ罪悪感、あるいは恥の意識のようなものだ。

そしておそらくは愛。踏みにじられ、枯れてしまった愛だ。

三人を見ているうちに、ネルはついに真の意味でわかってきたような気がした。なぜ父と彼女が昔からずっと、なかなかうまく行かなかったのか。なぜ父は、彼女を愛するのと同時に突き放しているように見えたのか。

それは、父に近づけば近づくほど、この秘密を彼女が明らかにするときが近づくからだったのだ。

だから、ついにそのときが来たあの恐ろしい日、「ジャンクボックス」のことで起こった父娘の争いは、彼女が考えていたようなものではなかったのだ。いつか自分の名声を娘に超えられるのを嫌った、権力はあるが狭量な男の残酷な報復などではなかった。父があんな対応をしたのは、彼女が偶然見つけたものがただの宝物ではなく、非常に危険なものだったからだ。母を奪い、父の成人してからの人生の大半に、そして彼女の人生全体に取り憑いた呪い、あれはそういうものだった。

父は娘を破滅させようとしたのではなく、彼なりの不器用で大ざっぱなやりかたで、ウォーリーから守ろうとしていたのだ。それなのに、頑固な彼女は聞く耳を持たなかった。

しかし、なにより重要な疑問がまだ残っている。

それを声に出して言うことはできなかった。いまはまだ。

そのことを考えるのすら恐ろしい気がした。たんに希望を抱くだけでも、その可能性が雲散霧消してしまうかのように。

「母とウォーリーが町を見つけたあと、なにがあったんですか」ネルは代わりに尋ねた。

フランシス、ラモナ、イヴは全員またうつむいてしまった。三人のあいだの距離が再び広がったようだった。

ネルは断固として待った。とうとうアグローの真実を知ったいま、すべてを聞いていけない理由はもうないはずだ。

しまいに、イヴが顔をあげて咳払いをした。

イヴ

なにもかもばらばらになった、というところね。

最初はゆっくりだったけど、やがて一度に崩れて、だれにもそれを止めることができなかった。

初日の朝、キッチンの騒ぎでわたしは目を覚ましたの。ベッドに身体を起こして、階下から響いてくる複数の声を聞いてたわ。半狂乱というか興奮した声だった。それからドアがバタンと閉じて、車が急発進してタイヤが私道の砂利をはじき飛ばす音がした。

急いで服を着て廊下に飛び出したら、ベアが自分の部屋から首だけ突き出してた。

「いまの聞いた?」彼は尋ねた。

ロミとフランシスのドアも開いて、「フランシス?」と呼ぶ声がした。彼女は部屋にいたけど、フランシスはいっしょじゃないみたいだった。

だれからも返事がなかった。面食らいながら、わたしたち三人は階段を降りて、奇妙に静まり返ったキッチンを眺めた。お皿には卵が食べかけのままだし、椅子にはだれも座ってない——あなたのハイチェアにも。

「ネルになにかあったのかな」わたしは言った。「だから急いで病院に連れていったのかも」

「いや」とベア。「よく聞きとれなかったけど、出ていく直前にタムが『見せたいものがあるの』って言ってるのははっきり聞こえたよ」

「『見せたいものがある』ですって?」ロミは不思議そうにそれを繰り返して、窓の外に目をやった。向こうの森から木漏れ日(こもれび)がまだらに差し込んできていた。「ここにどんな見せたいものがあるっていうの」

「野生動物とか?」とわたしは言ってみた。「鹿かなにかいたのかも。母鹿と子鹿とか」

「それならぼくも見たいな!」ベアが笑顔で言った。

「卵でも食べようか」ロミは言ってコンロに向かった。「欲しい人?」

ベアが欲しいと言い、わたしはやることがなくてトーストを焼くことにした。会話をしようとしたけど、ベアはまだ眠そうだったし、ロミは料理に集中してたから、ちっとも話は弾まなかった。でもそれは、食事が終わってからわたしが『夢見る者の地図帳』の話を持ち出すまでだったわ。

「準備始めちゃいましょう!」ロミは声をあげた。彼女はすでにリビングルームを下見して、そこを地図制作のアトリエに模様替えするにはどうすれば一番か考えてたの。

「でもさ、きみのやりかたでやると、あとでタムから文句言われちゃうよ」ベアは笑いながら言って、皿を流しに運んでた。

「言いたければ言えばいいのよ」ロミは彼にウインクした。「でも、着くのが遅かったせいでいい寝室はみんな向こうに取られちゃったんだから、これで五分五分よね」

　わたしたちはさっそく仕事にかかって、壁際に家具をどかしたり、キッチンの大きなテーブルを引きずってきたりした。寝室のデスクを調査研究台にするために運んできて、ランプをみんな細かい作業用に配置したりね。それから持ってきた地図を引っ張り出して、興奮して一枚一枚じっくり調べてた。私道を車が大きな音を立てて走ってきて、それでやっと、もう正午をまわってるって気がついたの。

　タム、ウォーリー、フランシス、ダニエルがあなたを抱いてリビングルームに入ってきたとき、「みんなどこに行ってたの」ってロミが訊いた。「もうお昼過ぎよ！」

「もしかしてなにか買ってきてくれた？」ベアが尋ねた。

「昼食なんかあとだ」ダニエルが言った。その声には、朝出ていったときと同じ響きがあった。有頂天なんだけどとまどってる感じ。一番近くにいたわたしに、彼は車のキーを放ってよこして「ついてきて」って言うわけ。

「なにがあったの」ってロミが尋ねた。

「その目で見ないと信じられないと思うわ」とタム。

「聞いてみなきゃわからない」ベアは、タムたちの熱狂に感染して笑ってた。ウォーリーはべつだけど、ほかのみんなは興奮で震えてるみたいだった。「いったいなにを見つけたんだよ」

「どうかな、ぼくは……」とウォーリーがぼそりと言いかけて、そこで黙ってしまった。

　みんな大声でしゃべってたのに、なぜだかタムはそのウォーリーの声を聞きつけて、彼の肩に手を置いた。

「これはウォーリーのお手柄なの。彼がいなかったら見つけられなかったわ」

「いや、その……」彼は口ごもった。

「なんだよ、ウォーリー」ベアが冷やかすように言った。「抵抗したって無意味だぞ」

タムがもう一度励ますように彼の肩をつかむと、ウォーリーはため息をついてあきらめた。そのとおりだとわかってたから。わたしたち七人のあいだでは、ひとりのものはみんなのものだった。

　とくにタムにとっては。

「町を見つけたんだ」彼はついに言った。

　するとほかの三人も口を開いて、お互いの言葉を遮って話しだした。ベアとロミとわたしは、ぽかんとして口もきけずに聞いてたわ。町を見つけたって言うけど、ただの町じゃなくて……道路からほんの数分のところに隠れてるっていうわけ。ぜんぜん見えないから、毎日運転したり歩いたりして何年もそばを通ってても、そこにあることにすらまるで気がつかない。ただ鍵を持ってる人だけが行くことができるって。

　わたしたちの反応は想像がつくでしょう。

　ロミがしまいに口を開いて、「こんな途方もないばか話は聞いたこともないわ」って言った。

　まるで子供向けのファンタジー小説かなにかみたいだった。

　わたしは最初、たぶんそのとおりなんだと思った。どこに行ってたのか知らないけど、そこから帰る途中で、タムがあなたのためにこしらえたゲームなんだと思ったの。即興で作った、すぐそこにある魔法の王国の伝説ね。それで日中はあなたを遊ばせることができるし、夜にはその伝説をもとに、おやすみ前のお話を手軽にこしらえることができるっていうわけ。たしかにあなたはそんなふうに受け止めていた。ダニエルがあなたを抱いてゆすりながら「ママの町」の歌を歌うと、あなたは手を叩いて喜んでたわ。でも、タムの話を聞けば聞くほど――彼女は話しながらリビングルームをすごい勢いで歩きまわってて、なにかにぶつかって引っくり返すんじゃないかと怖くなるぐらいだったんだけど、聞けば聞くほどはっきりわかってきたの。これは彼女があなたのために――あるいはわたしたちのために、でっちあげた作り話なんかじゃないって。

　それでふたつめに考えたのは、プロジェクト前のブレインストーミング実験のつもりなんじゃないかってことだった。緊張をほぐして、クリエイティブな思考に乗りやすくしようってことかなって思ったわけ。でも、彼女はグループで一番野心的で熱心な地図学者なのに、わたしたちが『夢見る者の地図帳』にもう取りかかってるのに気づいてもいないのよ。ロミとベアも理解できなくて眉を曇（くも）らせてたわ。

　タムはその町のことを、まるで実在する場所であるかのように話してる。街灯やガソリンスタンドやレストランがあるとか、家々は杭垣で囲まれてて、庭は手入れが行き届いてるとか。子供のおやすみ前に聞かせるお話とか、プロジェクト前の知的訓練とかに出てくるような描写じゃないのよ、ぜんぜん。

「ほら、早く」ダニエルは言って、また車に向かいだすの。「横に並んで走るぞ、窓をあけて。きみたちにも見えるように」

「見えるってなにが？」と尋ねながら、ベアはもう彼のあとについていってて、ロミとわたしはそれを追いかけた。

ウォーリーとダニエルとあなたはタムと同じ車に乗り込んだんだけど、そのとき彼女はなにかを掲げてて、わたしがこっちの車の鍵をあけようと苦労してると、「これよ」と言ってにやにやしてた。

それはあのくだらないガソリンスタンドの地図だった。

こっちの車はわたしが運転してて、ベアとロミがバックシートに、フランシスが助手席に座ってた。この変てこな作戦がうまく行くように、彼はこっちの車に乗ってたの、なにがどうなってるのか知ってたから。それでわたしは、がらんとした郡道をできるだけゆっくり、ウォーリーと並んで走ってたわけ。

「まったく、なにがなんだかわからないよ」とベアが言った。

「真面目な話、架空の町だなんて」とロミも言った。

「ぼくを信用してくれ」フランシスは、後ろでしゃべっているふたりを無視してわたしに言った。その真剣な声に、望んでもいないのにわたしは心臓がどきどきしてしまった。「あっちを見て」

向こうの車で、タムがダッシュボードに地図を広げていた。運転しながらウォーリーはそれを見ていて、わたしのところからもどうにかこうにか見分けはついたわ。タムはいま走っている道路に指を置いて、ウォーリーとわたしが見ていることを確認しながら、それをゆっくりたどりはじめた。

「ゆうべ彼女が見つけた間違いの話をしてるの？」わたしは、向こうの車をこすらずにできるだけ近くを走ろうと苦労しながら尋ねた。「フランシス、昨日みんなで通ったけど、なんにもなかった——」

「なによこれ」ロミがそう嚙みつくように言うのと同時に、わたしは危うく向こうにぶつけそうになってた。

二台とも路肩に駐車したあと（幸いどちらも無傷だったわ）、わたしたちはあわてて降りて、あちらのメンバーと並んで立った。その目の前、未舗装の道の先に町があった。昨日は絶対になかった町が。

「どうしてこんなことが」しまいにベアがつっかえながら言った。

「ここ安全なの?」わたしは尋ねた。「あそこにネルを連れていっても——」

「安全よ」タムは言った。「嘘じゃないわ。先にウォーリーとふたりで探検してみてから、ダニエルたちを連れてきたんだもの」あなたを膝のうえでバウンドさせながら、「ネリー、また冒険に出かける?」とあやすように話しかけた。

そう、それがわたしたちのしたことよ。冒険に出かけたの。


ネル、わたしにはいまでもうまく説明できないわ。アグローは説明不可能なのよ。どんなにすごい町なのか伝えることができないの、だってなにを言ってもただの町の話にしか聞こえないから。実際ただの町なのよ——でも、存在しない町なの。というか、どこにも存在しないんだけど、あの地図のなかには存在してるのよ。そんなことあるはずがないんだけど、でもそうなの。

その日、わたしたちはアグローに数時間いて、ためしにいくつか建物をのぞいてみて、どうしてこんなことがありうるのか理解しようとした。

不気味な場所だったわ。いっぱいなのに空っぽなの。住宅やいろんな建物があるんだけど、家具もなければ住民もいない。庭や公園はあるけど、人っ子ひとり歩いてない。ガソリンスタンドにはちゃんと給油ポンプがあるんだけど、車はわたしたちのしかないの。食堂には食べ物はなくて、グリルが使われた形跡もないけど、なぜか電気ガス水道は来ていて使えるの。コンロにはガスが通ってたし、照明はつくし、流しの水道もひねれば水が流れた。町全体がなにかのために用意されたのに、そのあと失われたっていうか、忘れられちゃったみたいな感じ。

あの町のことを話しだしたらきりがないし、いずれ話すつもりだけど、でもそれは大した問題じゃない。問題なのは、あの町のせいでわたしたちがみんなどうなったかってことなのよ。

いつの間にか何時間も経(た)ってて、気がついたら陽(ひ)が沈みはじめてた。それで怖くなったの。それまでは危険だとは思ってなかったけど、ちゃんとした町なのに人っ子ひとりいない、あんなところで夜を過ごすなんて想像できる？　わたしたちはアグローから出る土の道をすっ飛ばして、急げるだけ急いで郡道二〇六号線に戻ったわ。ウォーリーと並んで運転しながら、わたしは一瞬、ひょっとしたら戻れないんじゃないかと心配になった。現実世界とつながる前にこの道が尽きて、ここに永久に閉じ込められてしまうんじゃないかって。みんなおんなじ気持ちだった。みんなわたしと同じように、あの古い紙切れを全力で睨みつけてたもの。

　でも地図はちゃんと出口を示してくれたわ、入口を示してくれたのと同じように。家に帰り着いて、また見知った場所に出るまで、タムはずっとあの地図を開いたままだったと思う。

　家に着くと、暗がりから早く抜け出したくて、大急ぎでポーチに駆けあがったわ。

「腹ぺこだ」とベアが言って、それでみんな朝食のあとはなにも食べてないことに気がついたの。「夕食にしよう」

「いや、酒にしよう」フランシスが言ったわ。「夕食よりずっと必要だ、あんなことのあとなんだから」

　でもなかに入ったら、おしゃべりはさたやみになってしまった。

「すっかり忘れてた」とわたしは言った。

「『夢見る者の地図帳』」とロミが付け加える。「ばっちり用意していたのよね」

　わたしたちはそろって、キッチンの向こう側、リビングルームに用意された作業場に目をやった。かつてはあらゆる情熱を傾けていたわたしたちのプロジェクトが、そこで完全に忘れ去られていた。

　わたしはのろのろと歩いていって、タムたちが呼びに来る前に作業にかかっていた最初の地図を手にとった。それは、このプロジェクトのために〈マディソン地理学協会〉からロミに貸し出されたフランクリンで、わたしたちの誕生間もないコレクションのうちでとくに貴重な一枚だった。

　ただ、いまとなってはあまりに……取るに足りないものに見えた。

　それは、『夢見る者の地図帳』全体に言えることだったけれど。

　あんな発見をしたあとで、どうして重要と思えるかしら。この地図に隠された秘密を知ってしまったいま、どうしてあっさりと、ありふれた普通の地図の研究に戻ることができるかしら。アグローのような場所があると知っているのに、想像の産物にすぎない文学作品の地図に描かれた架空の場所に、どうして感情移入することができるかしら。

「だれかワイン取ってきてよ」そのときタムが言った。その声にふり向いてわたしは驚いた。ほかのみんなの顔は困惑に曇ってるのに、彼女の顔は燃え盛る炎みたいに輝いてたの。ウィスコンシン時代、ブレークスルーが近いときにはいつもあんな顔をしていたものだわ。「なにを考えてるの」ウォーリーがためらいがちに尋ねた。「すぐにわかるわよ」彼女はにっと笑った。「でもその前に、腰を据えて酔っ払わなくっちゃ」


タムがなにに気づいたのか、もう想像はついてるでしょう。

わたしたちは『夢見る者の地図帳』プロジェクトを変更することにしたの。架空の地図と歴史的な地図のスタイルを反転させて相互に鏡像化し、地図学の驚異と魔法の感覚を呼びさますというのが当初の目的だったけど、アグローの研究を目的にすることにしたわけ。アグローがどうして存在しうるのか、同じ土地に同時にふたつの場所がどうして存在しうるのか、それを解明しようってことね。

このプロジェクトで作成する地図は二枚だけだけど、それはこの世に存在する最も重要な二枚になるはずだった。一枚はだれもが知っている世界の地図。だれでも見たり行ったりできる場所の地図で、もう一枚はアグローの地図。

そしてその両方の場所の存在を、世界に知らしめようというわけね。

その可能性には目がくらむ思いだったわ。この新たに構想しなおしたプロジェクトを完成させれば、地図の働きについて、地図と世界との関係について、まったく新しい知識が開かれると思ったの。最初にわたしたちが考えてたのは、地図学に革命を起こすことだった。でもアグローを見つけたいまでは、その壮大なアイディアがなんとつまらなく見えたことか。ほんの数時間前まで、わたしたちは地図のことをほんとうはろくにわかってなかった。というより、わかってる人なんかひとりもいなかったのよ。

だってわたしたちの知るかぎり、だれも発見も発表もしてなかったのよ。こんな話どころか、ちょっとかすってるような話すら聞いたこともなかった。

アグローを見つけた翌日、タムとロミはプロジェクトを一からやりなおす方法についてブレインストーミングを始めて、そのあいだにフランシスとダニエルは車を一時間半ぐらい走らせて、最寄りの大学――ニューヨーク州立大学ニューパルツ校へ向かったの。そこでカタログ・システムを使って、関連しそうな書籍や学術雑誌を片っ端から検索したんだけど、そういう文章はただのひとつも見つからなかった。芸術的とか法的な観点から、心理地理学や幻の集落の概念について論じた文章はたくさんあったけど、幻の集落が実在するっていう言及はひとつも見つからなかったわけ。

アグローのことを知っている人はほかにだれもいなかった。

少なくとも、まだ生きている人のなかには。

フランシスとダニエルが大学に行っているあいだに、ウォーリーはもう一台の車に乗って、地図のもともとのメーカーである〈ゼネラル地図製作株式会社〉の調査に出かけた。例の地図が作られた一九〇〇年代前半には、信じられないほどたくさんの地図を出してたんだけど、わたしたちがこの地図に出くわしたころは、この会社の業績はしばらく前から下り坂になっていた。わたしたちの持っている地図を作ったのは、会社の設立者と彼の直属の製図工たちだったんだけど、みんな何十年も前に亡くなっていたわ。いまの経営陣はその人たちとはなんのつながりもないみたいで、かれらが残した仕事にどんな秘密が隠されていたかぜんぜん知らなかった。それどころか収益のことしか頭にないらしくて、残った資産を観光ガイドブック関連の大きな複合企業に売却することを考えていたの。そうなったら〈ゼネラル地図製作〉の仕事は、そこの既存の製品に吸収されて消えてしまうでしょうね。

「設立者のオットー・G・リンドバーグと、彼の部下で制作責任者のアーネスト・アルパーズのことをすっかり話してくれて、おまけに製図室と文書保管室もくまなく案内してくれたよ」ウォーリーは、ニュージャージー州に唯一残っていた〈ゼネラル地図製作〉のオフィスから戻ってわたしたちに話してくれた。あの会社の地図の大きな山をテーブルに広げて、順番に並べて――ああいう安くて使い捨ての地図ばっかりだから、毎年の製品見本なんかはちゃんと保存されてはいなかったんだけど、ウォーリーは少なくとも半分は持って帰ってきてた。「記念にしたいから買わせてくれって頼んだんだ。そんな大ファンがいるなんて思わないから喜んじゃって、これ全部ただでくれたんだよ。ほら見て」――と、テーブルにスペースがなくなるまで一枚ずつ開いていって――「アグローが載ってるのは、ぼくらの持ってるあの一九三〇年版だけなんだ」

わたしたちの前に広げられた、役に立たないさまざまな地図をダニエルはしさいに調べた。「それで、その年の地図はもうなかったのか」

ウォーリーは首を横にふった。「なかったよ、一時間探しまわったんだけどさ。ファイルされてるうちで、一番古かったのがこの一九四一年版だった」と、ひどく傷んだ古い地図をあげてみせた。「信じられないかもしれないけど、オフィスの入ってるのがチューダー様式の古いお城なんだよ。一九〇〇年代前半にどっかの裕福な一族が建てたんだって。見た目はきれいできちんとしてるんだけど、保存や保管には最悪だね。地下室なんかひどかったよ。夏は湿気、冬は隙間風だもん。あれじゃあ古い紙はもたないよな」

「昔の訴訟のほうは？　フランシスが郡の記録で見つけたやつ」わたしは尋ねた。「そっちは訊いてみた？」

「訊いたよ、だけど収穫なしだった」ウォーリーは答えた。「秘書の女性が言うには、裁判のファイルがどこにもないから、設立者のリンドバーグが示談に持ち込んで、その合意の一環として記録を封印したんじゃないかと以前から思ってたんだって。〈ゼネラル地図製作〉の評判を守ろうとしたんだろうっていうわけ。ただ、そのあと業績が本格的に上向くことはなかったけど」

「あるいは……」タムが言った。「あるいは、あえて損失をかぶったのかもしれない。どんな犠牲を払っても、あの町を守ろうとしたせいで」

「つまり、たとえ設立者がアグローを生み出したことに気づいていたとしても、それを全力で隠しておいたのなら、いま知ってるのはほんとうにおれたちだけかもしれないってことだな」ダニエルは考え考え言った。「ということは、ほんとうにやれるんだ。世界に知らしめるんだ。ほんとうにおれたちが第一発見者になれるんだ、おれたちの新しい『夢見る者の地図帳』で」

「ほんとうになれるのよ」タムが言った。その夜はピットで火を焚いてたんだけど、彼女はその火のほうに身を乗り出して話してた。あなたが膝のうえで眠りかけてたから、その頭越しにわたしたちに話しかけてたわけ。

「ただ、これは秘密にしておかなくちゃいけない」ウォーリーは遠くを見るような目をして言った。「ぼくらの秘密だ」

むずかしいことではない、とわたしは思った。これほどの大発見、わたしたちのだれにも二度とできるものではない。というより、全地図業界のだれにもできないだろう。それを危険にさらすようなことをだれがするだろうかって。

　そしてたしかに、だれもそんなことはしなかった。ネル、もうわかってるでしょうけど、アグローの存在を知っている人は、この世にわたしたち以外だれもいないわ。ずっと秘密を守ってきたのよ。

　ただ、わたしたちの秘密もみんな、それに守られることになるとは思わなかった。


　どうしてこんなことになったのかわからない――人を裏切った人はみんなそう言うんじゃないかしら。でもともかく、どうしてこんなことになったのかわからないのよ。ただ理由はわかっているの。アグローを見つけなかったら、みんなで入っていかなかったら……

　でも見つけてしまったし、入ってしまった。

　それで急に、自分の秘密を隠せる場所ができちゃったのよ。ちらと見ただけで気づかれることもなく、ひそひそ声を聞かれることもなく、人目を忍ぶ危険な瞬間を偶然見られることもない。町が丸ごとだもの。その奥深くに埋めてしまえば、決して見つかることはないのよ。


新しい『夢見る者の地図帳』の作業が本格的に始まった。わたしたちは、寝る間も惜しんでこの傑作に取り組んでいたわ。こんな情熱がどこにあったのかっていうぐらいの情熱を注いだわ。大学時代、たかがアイディアにこれほど虜になるなんてってよく驚いたものだけど、当時の勉強なんてこのときとは比べものにもならなかった。

　プロジェクトの内容はすっかり変わってしまったけど、仕事のやりかたはぜんぜん変わらなかった。まるでそうなる運命だったみたいに。描画担当のタムとロミは、同じだけど同じでない地域の新しい二枚の地図を描くことになった。ロミはコンパスや分度器よりも安定した正確無比な手と線で、サリヴァン郡とキャッツキル山地の現実世界版の地図を担当する。それでタムは、無尽蔵の創造力と芸術家の目をもって、アグローの地図を担当するの。次にみんなで不思議な幻の集落に行ったとき、ふたりは中央広場の外れにある空っぽのアイスクリームパーラーを占領して、そこをわたしたちの本部にした。なにもないカウンターいっぱいにメモを広げて、正面の大きな窓には下描きを何十枚もテープで貼り付けて。外から光が入るから、どこを修正したかひと目でわかるというわけよ。

ダニエルは道化役で、いつも変化球を投げてみんなにもっと深く考えるようにうながす。そしてベアは、ダニエルのお遊びにいつもつきあわされる永遠のいじられ役なんだけど、彼に任された仕事は、ロミの地図を概念化するのに必要な参考資料集めと調査だった。タムの地図がそのなかに存在する可能性を残しつつ、可能なかぎりリアルで正確な地図を作成するためってことね。この町がどんなふうに成り立ってるのか、現実世界とつながっているとしたらどうつながってるのか、そのあたりを明らかにしようとするなかで、ふたりはある区画を自分たちで使うって言って、そこには六軒の空っぽの住宅と小さな食堂が固まって建ってたんだけど、その区画で実験することに夢中になってた。ダニエルは地面を掘り返して電線を探すし、ベアは電話線の電柱がどこにつながってるか追跡しようとしてたわ。ふたりはロックランドから食料品や鍋や食器を調達してきて、グループのみんなのために食堂で昼食を作ってた。それから、町を流れるビーヴァーキル川に貸しボート屋があったから、そこのボートで川遊びにも連れ出してくれたわ。でもほかのみんなはやっぱり不安だったの、だってこんなこと絶対に不可能なんだもの。だからほんとはどれぐらい楽しんでたかわからないけど、ネル、あなたはすごく喜んでたわ。小さな子にとっては理想的な夏の冒険だものね。がらんとした町じゅうにあなたの笑い声が響きわたって、どの窓や屋根からもこだまが返ってきてたものよ。

最後になったけど、だれより細部にこだわる天才ウォーリーは、アグローのことを知っているのがほんとうにわたしたちだけだってことを確かめようと、取り憑かれたみたいに頑張ってた。〈ゼネラル地図製作〉で始めた調査に没頭してたわ。参考文献が見つかるとそれを残らず追跡して、

それで残ったフランシスとわたしが、もともとグループのなかでは測量担当だったんだけど、まさにその測量を担当することになった。それをもとに、タムがこの町の地図を描くわけ。

控えめに言っても、気が遠くなりそうな作業だったわ。前のプロジェクトなら完璧な参考資料があったのよ。ロンドンはディスクワールドのアンク・モルポークのように描くことになってたし、ニューヨーク市周辺はアースシーの島々のように、ナルニア国はカッシーニの一七四四年のフランス地図のように描くつもりだった。紙の地図と紙の地図を突き合わせて、縮尺とスタイルを調整して一致させればいい。でも、ダニエ

ルとベアの場合は、実験してるときはべつとして、ロミの必要とするデータはロックランド地域の歴史的地図から引っ張ってくることができるけど、アグローは完全な新天地なわけ。だから、タムにまともな地図を作ってもらいたければ、一からそこを歩いて測量してまわらなくちゃならないの。

　まともな編成のチームでも、ひとつの町を測量するとなったら何週間もかかることがあるのに、フランシスとわたしはたったふたりだった。でもそれでも、それぞれの区画の測量を終えるのに本来よりずっと長くかかってたんだけど、それにはだれも気がつかなかった。

　昨年の大惨事すれすれの夜以来、わたしはロミのそばにいると気まずかったけど、フランシスとは決してふたりきりにならないと誓ってた。これほど大人数のグループならそうむずかしいことじゃなかったし、それがわたしにできる一番立派な行動だって思ったのよ、だれにも気づいてもらえないとしても。だから、測量はわたしたちにやってほしいって最初にタムに言われたとき、わたしは断わった。自分の誓いを破りたくないのもあったけど、それ以上に怖かったの。自分の気持ちは深く押し込めていたし、その気持ちのままに行動するぐらいなら死んだほうがましだと思ってたけど、それでもフランシスがそれに勘づいて、あの夜のことを思い出したりしたら、もうなにもかも滅茶苦茶だわ。彼を失うだけじゃなく、みんなを失ってしまう。ベアがなぜいつも一生懸命みんなの機嫌を取ろうとするのか、このときやっと理解できた。彼とわたしは最後にグループに加わったメンバーだから、グループの和を乱すようなことがあれば、一番簡単に追い出すことができるのよね。

　でもタムは聞かなかったし、彼女にノーと言える人なんかいなかった。

「お願いよ」両手に方眼紙を持ち、両耳に鉛筆を挟んだ格好で、彼女はそう懇願しながらわたしたちをアイスクリームパーラーから押し出した。ドアベルがすごい勢いで鳴ってたわ。

「データがなかったら始まらないわ」ってロミも賛成した。「フランシスは測量の腕は確かだけど、木を見て森を見ないことがあるし」

　それは彼女も同じだと思ったわ。

　初めて測量に出た日、わたしはほとんど口をきかなかった。へたなことを言ったら、あの破廉恥(はれんち)な酒浸りの夜のぼんやりした記憶がよみがえっちゃうんじゃないかってびくびくしてたの。フランシスは町に夢中だったから、わたしがすごく無口なのに気がついてなかったと思う。でも二日めにはさすがに気づかれてしまった。彼はわたしに話をさせようとしたけど、イエスかノーの返答しか返ってこないってわかって、居心地の悪い沈黙を埋めようとひとりでずっとしゃべりつづけてた。それが面白かったの、すごく。いまではわからないだろうけど、フランシスのユーモアは、当時のダニエルに負けないぐらい冴えてたのよ。三日めにはわたしもとうとう話すようになったけど、ベアのあのパーティについてはフランシスはなにも言わなかったから、ものすごくほっとしたわ。その週が終わるころには、彼はほんとうにちっとも憶えてないんだって、とうとう確信が持てたの。

あの印刷所に最初に気づいたのはどっちだったかしら、もう憶えてない。でも、本通りからはずれた商店街の角を曲がったとき、ふたりとも不意を衝かれて大声で笑いだしちゃった。

ベアの誕生日パーティをした場所にそっくりだったの。ダウンタウンの古い印刷所と製本所が改装されて、おしゃれなスピークイージーに生まれ変わってた。

「すごいな」と言って、彼はドアに手を伸ばした。

「確率はどれぐらいだろう」

なかは、アグローのほかの場所とまったく同じだった。清潔で、明るくて、空っぽなの。フランシスは探検を始めて、キャビネットを片っ端からあけてまわったけど、いっぽうわたしは基本的な寸法や位置についてメモを取ろうとしてた。それが本来のわたしたちの役目だったし。

「ちょっと来て！」彼が隣の部屋から叫んだ。

それで角をまわって、彼が指さすものを見て息を呑んだ。かさばる旧式の印刷機だったんだけど、ベアのパーティ会場にあったやつとそっくりだったの。もっとも、昔ふうの印刷機はみんな同じように見えるのかもしれないけど。

でもそれは、あのスピークイージーにあったのと置いてある場所まで同じだった。部屋の真ん中じゃなくて、奥のほうの暗い隅っこにあって——あの夜の終わり近く、フランシスとわたしはそこで、ごつい機械に背中を預けて身を寄せあってた。その反対側ではわたしたち抜きでパーティが続いていたんだけど、それが盾になって向こうから見られることはなかった。わたしはそこで彼にもたれかかって、なにもかもぶち壊しにしそうになって、でも間一髪で踏みとどまったわけ。

それを見ているフランシスを、わたしは緊張して見守っていた。いま思い出しているのだろうか。気がついただろうか。でも彼はおおむね、アグローで実際の物品を発見したのを誇らしく思っているみたいだった。困惑の色も罪の意識も見えない。わたしは安堵のため息をついた。

「〈ゼネラル地図製作〉の設立者と助手がこれを持ち込んだのかな」彼は言った。「だから、これはここにあるんだろうか。ほかにはものはほとんどないのに」

「そうかもね」わたしは賛同した。それはオフセット印刷機で、ゴムローラーで画像を転写するタイプだった。いまの基準で言うと骨董品だけど、時代的には妥当な技術だわ。

その後、あちこち探検するうちにわかってきたんだけど、この場所を創造した——不思議な力でか、ただの偶然かはともかく——ふたりの男性のほかに、わたしたち以前にここに来たグループがあったみたいなの。ちょっとした痕跡が残ってたのよ。一九六〇年代のタグがついた古い空っぽのリュックサックが落ちてたり、カフェのドアノブが壊れてたりね。たぶん旅行者かティーンエイジャーだろうけど、あの地図が印刷されたころにそれを手に入れていて、迷い込んで出られなくなったんでしょうね、なにが起こっているのかわからないまま。

いえ、ひょっとしたらわかってたのかもしれない。でも仲違いしてしまって、この秘密を公表できずに終わったのかもしれないわね。

どうやら結局、オットー・G・リンドバーグとアーネスト・アルパーズもそういうことになったみたい。そしてわたしたちにも徐々に同じことが起こってくるんだけど。

でもこの印刷機は、わたしたちが見つけた最初の兆候だった。わたしたちより先にここに来ていた人がいるっていう——そしてまた、ほかのなによりはるかに重要な兆候でもあったの。

フランシスは腕組みをした。「これでなにをするつもりだったんだろうな」

可能性はいろいろ想像できたけど、どれも興味深いだけで証明はむずかしそうだった。アグローの地図をもっと印刷したかったのかもしれないし、ほかの地図にいろいろ秘密を付け加えて実験してみたかったのかもしれない。でもわたしはどれも口にしなかった。

「それはわからないけど、でももう行きましょうよ。まだ調べなきゃならない地区はいっぱいあるし」わたしは言った。あのときなにがあったかフランシスは憶えていなくても、それでもそこから出たかったの。ほかの人たちにも話して、あとでみんなでまた来ればいい。そうすればもっと安全にここで過ごせるから――つまりフランシスとふたりきりじゃないから。

「そうだね」と彼は賛成したけど、あいかわらず印刷機を調べている。「紙があればよかったのに」とため息をついた。

「紙をなににするの？」

「紙があれば、ここアグローにスピークイージーが作れるじゃないか」と彼はふざけた。「デイリー・ニュースひとつ、印刷したてのいっちょあがり！」彼は製図工に扮したバーテンみたいに、お酒の隠語を叫びながらレバーを引いてみせた。そのものまねがあんまりはまってたもんだから、わたしたちはふたりとも吹き出した。なにがあんなに面白かったのかわからないけど、笑いだしたら止まらなかった。

「信じられないわ、まるで――」わたしは涙を拭きながらそう言いかけて、ぞっとしてそこで言葉に詰まった。

　フランシスとわたしは見つめあい、ふたりとも凍りついたように黙りこくっていた。

「キスした？」彼は尋ねた。

　ほんとは憶えていたのね。

「してないわよ」わたしは一歩あとじさった。「もうすんだことよ。早く行きましょう」

　彼はいまではうつむいて、自分の両手を見おろしていた。不安げに両手を握りしめ、指を固く組み合わせている。

「なにがなんだかわからない」しまいに彼はぽつりと言った。その無防備な物言いに、わたしは足が止まった。「なんにもなかったのに、すごく後ろめたいんだ。おれ、いったいどうしちゃったんだろう」

「どうもしてないわよ」わたしは彼のところへ引き返した。彼はとても動揺していて、髪をかきむしるか泣きだすかしてしまいそうだった。わたしはただ、彼が底なし沼に落ち込んでいくのを止めたかった。悪いのは彼じゃなく、わたしだもの。だから罪悪感を取り除いてあげたかった。「あなたのせいじゃないわ、悪いのはわたしよ。あんなに酔うまで飲んじゃって。みんな酔っ払ってたし、あんなのなんの意味もないわよ」

「それじゃあどうして、いつもあのことばかり考えてしまうんだろう」彼は言った。「どうして、いつもきみのことばかり考えてしまうんだろう」

気がつくとわたしたちはすぐそばに立っていた。これは近すぎる。あまり近すぎて、ひたいに彼の温かい息を感じる。彼の濃い茶色の目に、琥珀（こはく）色の斑点が飛んでいるのが見える。

キスは激しくて突然で、歯がぶつかったけど、わたしはろくに気がつかなかった。すべてが燃えあがっていた——顔も肌も身体の奥も。気絶するか爆発しそうな気がして、わたしは息を呑んだ。最初は壁に寄りかかっていたのが、いつかわたしは床に座り、フランシスもすぐそばにいた。ふたりとも無我夢中で、もう少しで彼のシャツを引き裂くところだった。わたしは彼を引き寄せた。町は広かったけど、それでもわたしは手で口を押さえていた。最後には、彼が自分の口でわたしの口をふさいで、声を覆い隠していた。

その一回限りだったと言えたらよかったんだけど、そうじゃなかった。

夏のあいだずっと、わたしたちは何度も何度もロミを裏切った。いっしょにいられる時間があれば、わたしたちの秘密という剣をさらに深く突き刺していったの。

罪悪感で胸がむかむかしてものが食べられなくて、体重が減っていった。ダニエルってね、たとえ人が自分の頭を切り落としてきても、髪型が変わったことにすら気がつかないような人なんだけど、そのダニエルにまで大丈夫かって訊かれるぐらいだった。それでもわたしは、あの暗い片隅で会いたいってフランシスにねだりつづけてた。もうずっと前から彼に対する気持ちを否定してきたし、外の世界に戻るたびに、そこではやっぱり否定しつづけてた。その気持ちが本物になるのは、アグローにいるときだけだったの。

わたしたちはその秘密にすっかり気をとられていて、まわりでなにが起こってるか気がつかなかった。気がついたときはもう手遅れだったのよ。

XVIII

　部屋の外、地図部のどこかから、走り過ぎる警察官の叫びが聞こえてきて、ネルはぎょっとして現実に引き戻された。

「心配しないで」ラモナが励ますように言った。「見つかりっこないから。地図がなければここはただの壁だから、入ってこられないのよ」

　ラモナの声を聞いてイヴはさらに身を縮め、そちらに目をやることもできなかった。

「過ぎたことは過ぎたことよ。みんなそれぞれに失ったものがあるんだし」そう言いながらも、ラモナのほうもイヴやフランシスに目を向けようとしなかった。

「それに、悪かったのはみんな同じよ。わたしにも同じぐらい後悔してることがあるわ」

「フィリクス！」ラモナの言葉にはっとしてスワンは言い、うろたえたようにポケットを探りだした。「きみが助からないんじゃないかと心配で心配で、電話をするのも忘れていたよ！　ここにいても電話は使えますか」骨ばった手で、ようやくブレザーからスマホを引っ張り出した。「信じられないよ、いままで忘れて――」

「いいえ、やめて」ネルはとっさに声をあげ、そのせいでひたいに鋭い痛みが走って顔をしかめた。

「それは……彼に電話してほしくないの？」スワンは驚いて尋ねた。「でも知らせておかないと」

「彼には会いたくないの」彼女は答えた。そして向こうも会いたいとは思わないだろうと、苦い思いを嚙みしめた。

　スワンは面食らったように彼女の様子をうかがった。

「でもネル、きみはけがをしたんだよ。襲われたんだ！」

「いいえ、スワン」ずきずきする頭を抱えながら、できるだけきっぱりと繰り返した。「お願いだからやめて」

　スワンはしばらく彼女を見つめた。「だから様子がおかしかったんだね。なにかあったんだ」彼はしまいに言った。「今度もまた」

「ええ、今度も」ネルはため息をついた。

　彼はうつむいて、「それはとても残念だ」

また痛みの波が押し寄せてきて、ネルは顔をしかめた。その波は襲ってくるごとに弱くはなるが、それでもたじろいでしまう——もっとも、フィリクスとの関係を滅茶苦茶にしたことを考えると、それにも増してたじろがされるのだが。「いまはそんな時間はないし」

スワンはとうとううなずいて、それ以上その話はしなかった。その代わりにブレザーのポケットから小さな封筒を取り出した。「それはそうと、きみに渡すものがあるんだ。前に言っていたプレゼントだよ」

ネルはそれを受け取り、封筒に手書きで書かれたスワンの名前を見て、「これはお父さんからの……」とつぶやいた。ほかの三人も驚いて身を乗り出してくる。

「でもどうして？」

「図書館のわたし宛ての郵便受けに入ってるのを見つけたんだよ、今夜の除幕式のちょっと前に。いろいろあったからのぞきに行っていなかったんだ、ここのところ……お父さんはたぶん、これを入れたすぐあとに……」彼は無理に唾を呑んだ。

ネルは彼の腕に手を置いた。「開封してないのね」やさしく言った。

スワンは悲しげな笑みを浮かべた。「いっしょにあけたほうがいいと思って」

ふたりはそろってまた手紙に目をやった。ネルはゆっくりと封筒の蓋をはがした。

スワンへ

とてもらしくないことを書くから、この手紙はとっておいてほしい。たぶんこれ一回きり、二度と言わないと思う——わたしが悪かった。

わたしはとんでもない無作法なろくでなしで、あらゆるプロジェクトや論文で図書館の研究者たちを敵にまわし、地図部のあらゆる提案にいつも反対票ばかり投じていて、申し訳なかったと思っている。しかしなによりも、きみとネルにつらい思いをさせて申し訳なかった。しかしこれは嘘ではない、わたしがやったことはすべて——ひとつの例外もなく、すべてネルを守るためにやったことなのだ。

あの子はわたしにとって世界で一番大切な宝物だ。

今夜あの子に電話しようと思っている。電話してなにもかも打ち明けるつもりだ。

しかし、先にわたしの身になにかあったら、きみの助けが必要だ。「ジャンクボックス事件」の地図を処分してほしい。ああ、きみの言いたいことはわかる。しかし、説明している時間がない。どこにあるかは知っているだろう、いつものあの場所だ。あれを取り出して、できるだけ早く破り捨ててほしい。それがネルを守る唯一の方法なんだ。

　それからこれを渡してやってほしい。大したものではないが、あの子の母親の写真はこれ一枚しか残っていないんだ。

　あの子に愛していると伝えてほしい。これまでもずっと愛していたと。


　ありがとうスワン、きみのことも愛しているよ。

ダニエル

　ネルは自分が泣いていることに気がつかなかったが、手指のうえに、それも危険なほど手紙のそばに涙が落ちてきた。急いで顔をあげて、架空でありながら架空でない部屋の天井を見つめ、ぼんやりと光るシャンデリアが涙でぼやけなくなるまで待った。ばかに見えるだろうと思ったが、そんなことはどうでもいい。これは父がスワンに、そしてある意味では彼女に宛てた最後の言葉だ。便箋を濡らしてインクをにじませるわけにはいかない。

「わからないね」スワンも同じように涙ぐんでいた。「なぜきみでなく、わたしに手紙を書いたんだろう」

「わたしのことは知ってるでしょう。それはお父さんも同じだった」ネルは言った。「お父さんが亡くなる直前に、なんの説明もなくこの手紙がうちの玄関先に届いていたら、わたしは怒りに任せて捨ててたと思うわ」

　スワンは目をこすりながら笑った。「ダニエルもたまには先見の明があるね。しかし、もっと早く見つけていればよかったんだが。そうすれば、きみにこんな危ない思いをさせずにすんだのに」

「すぐに見つけてくれなくてよかった」彼女は言った。アグローの地図がなかったら危険な目にはあわなかったかもしれないが、これまでのことを完全に理解することはできなかっただろうし、またおそらく父を赦すこともできなかっただろう。

　スワンはまた笑顔になり、すっと身を寄せてきた。ついにネルは同封の写真を抜き出した。

「それはアグローに行く道よ」ラモナが驚いて言った。「タムとウォーリーがみんなを連れていった最初の日の写真だわ」

写真を裏返してみると、ずっと昔にだれかの書いた「タム、ダニエル、ネル、フランシス、ロミ、イヴ、ベア」という説明書きがあった。また表に返して写真を眺める。全員が未舗装の道の真ん中で、説明書きの順序どおりに一列に並んでポーズをとっていた。笑っている者もいれば、まだ茫然とした表情の者もいる。ウォーリーが写っていないのは、カメラを構えているからだろう。少し離れて二台の車が写っていた。どちらもドアを大きく開き、道に斜めに駐まっている。そしてその後ろ、ぼやけた建物の輪郭が地平線上にどうにか見分けられた――町だ。

列の一番最後、七番目の顔まで見たところで、ネルは息を呑んだ。

「それはベアよ」イヴが指さしながら言った。

ネルはその顔から目が離せなかった。信じられない。「行かなくちゃ」と苦労して身体を起こしながら言った。「フランシス、そのあとなにがあったのかは道々話してくださいね」

「なんだって、どうして」スワンが尋ねる。「警察はまだきみを探しているはずだよ！　それにウォーリーがどこにいるか知れたものじゃない！」

「だからなおさら、行かなくちゃいけないの！」

「でも、それは重要なことじゃない」フランシスは答え、彼女の言葉を穏やかに遮った。ネルがなにを考えているか、彼にははっきりわかっていた。「地図がなければアグローには行けない。あるのは野原だけだよ」

「でも、アグローの地図はあるんです」とネル。

スワンが首をふる。「盗まれたんだよ、忘れたの」

ネルはソファのわきに足を下ろした。とたんに、最後まで残っていた吐き気の波が押し寄せてきた。目を閉じ、息を止めてやり過ごす。やっと頭がはっきりした。

「いいえ、盗まれてないわ」彼女は言った。

「きみが襲われたとき、バッグは盗まれたんだよ」スワンが辛抱強く言った。「なかに入っていたものは、財布もスマホも書類ばさみも……みんな盗まれてしまったんだ。あの地図はいまウォーリーが持っているんだよ」

ネルは靴を見つけて履いた。「いいえ、持ってないわ」

だれもが困惑して口ごもった。

彼女は立ちあがった。最初はふらついたものの、やがてしっかりしてきた。みんなのほうに顔を向けて言った。「アグローの地図は、書類ばさみには入れてなかったの」

「どういうことかな」とフランシス。

　フランシス、ラモナ、イヴ、スワンが驚いて見つめるなか、ネルはまた写真に目を向けた。友人たちの列の端っこで、ほかのみんなよりさらに盛大に笑っている顔。それはあまりにも予想外でありながら、同時にあまりにもおなじみの顔だった。

「隠しといたんです」彼女は言った。

「どこに隠したんだね」スワンが尋ねる。

　まだ信じられない気持ちだった。しかし、考えてみればすべてが符合する。ほかの人たちの思い出話のなかで、ベアがどれだけ彼女を可愛がっていたか。だれも手を差し伸べてくれなかったとき、評判に傷がつくのもかまわず彼がいかに助けてくれたか。

　写真の向きを変えて、スワンにもよく見えるようにした。

「〈クラシック〉に」彼女は言った。

　ハンフリーがベアだったのだ。

フランシス

　数週間がだらだらと過ぎていき、週が改まるごとにどんどん奇妙な一週間になっていく。あの夏は一瞬で過ぎ去ったような気がする。たった一日のことだったようなのに、それでいて決して終わることがないような、超現実的で恐ろしい走馬灯のような日々だった。

　サリヴァン郡役場が強盗に入られた日、朝っぱらからタムとロミのあいだでまたもや口論が起こってた。ロミは現実世界の地図制作を順調に進めていて、そろそろタムも同じ地域の地図制作にかかれそうになっていたが、始めたとたんにふたりは衝突するようになっていたんだ。ロミは、自分がやってるのと同じことをタムにもやってほしいと思っていた。つまり、できるだけ正確精密にアグローの地図を作成するってことだ。地図の機能を理解するにはそれが唯一の方法だとロミは思っていたからね。しかし、タムはすぐに実験を始めたがっていた。印刷機が見つかったことを、わたしたちはみんなに話したんだが、するとタムはそれを使ってアグローの地図を作りたいと言いだした。〈ゼネラル地図製作〉の設立者たちがやっていたことを理解するなら、これ以上の方法はない。それがロミの美意識に反するとして、そんなことをだれが気にするのか、っていうわけさ。でもロミは、変数が大きすぎる、プロジェクトの意義はふたつの場所を比較することにあるのであって、違いを生み出すことにあるわけではない、と主張していた。でも、タムの想像力を止める手立てはなかった。

「あれはただのメモよ！　あんただって自分のメモ用紙を使ってるじゃない！」その朝、わたしがまだパジャマ姿で階段をよたよた降りてきたとき、タムはそう怒鳴っていた。

「でもわたしは、そのメモから作った地図を隠したりしてないわ！」ロミが怒鳴りかえす。

「わたしだって地図なんか隠してないわよ！　それにあんたと違って、人のものを盗み見なんか絶対しないから！」

ふたりはリビングルームでやりあっていて、ダニエルとイヴとベアが介入しようと努めていた。とくにダニエルは困りはてているようだった。彼の気持ちはわかる。口論が絶えないことでロミはピリピリしていたが、それはたぶんタムも同じだっただろう。みんなが外の火のそばに座っているとき、彼はときどき内心を漏らすことがあった。この家にはちょっと我慢できなくなってきたとか、このプロジェクトは仲間の結束を強めるはずだったのに、逆に仲を引き裂くことになってるんじゃないかとか、手がつけられなくなる前に、なんとか手を打たなければならないとか。

わたしはイヴとのことを打ち明けたくてたまらなかった。何度もその寸前まで行った。しかし、ダニエルはこれまでいつも、最終試験の期間でさえすごくのんきそうで、こんな彼を見るのは初めてだった。わたしの罪悪感まで負わせて、これ以上彼を追い込みたくなかった。

「なんにも隠していないのなら、なぜわたしが盗み見したって非難するわけ？」ロミは叫んだ。

「頼むからさ、怒鳴らないでくれよ」キッチンからウォーリーが声をかけてきた。彼はそこで、口論から注意をそらそうとシリアルの箱できみを遊ばせてたんだ。

「なにがあったの」また言いあいが始まらないうちに、わたしは尋ねた。

それでわかったのだが、タムが一階に降りてきてみたら、彼女のメモをロミが見ていたらしい。アイスクリームパーラーで共有されている下書きのメモではなく、タムの知らないうちに印刷所からロミが取ってきたメモだった。タムは、自分が印刷所に行くのはインスピレーションを得るためだと言っていて、みんなの同意が得られないうちに印刷機を使って実際に地図を印刷はしないと約束していたが、ほんとうはもうこっそり下描きに取り組んでいるにちがいないとロミは睨んでいた。嘘をつかれているという気持ちをふり払うことができず、夜寝る準備をしながらロミは何度もぶつぶつ言っていたものだ。

それは当たっていた。ただ彼女は、裏切っているのがわたしだってことを知らなかったんだが。

「みんな、ほら聞いて」イヴが口をはさみ、テレビを指さした。この大騒ぎのなか、部屋の隅でテレビがついていたのだ。

「――本日、郡議会関係の文書がすべて保管されている郡役場センターに職員が出勤したところ、夜のうちに何者かに侵入されていたのが見つかりました。死傷者などは出ておりませんが、郡民ホールのガラス展示ケースの一部に破損が報告されており、サリヴァン郡郷土史の展示品が何点か紛失しているらしいとのことです」

「泥棒が入ったの？」ベアが尋ねた。

画面上では、郡役場の写真（こじあけられた正面のドア、ガラス片の散らばるタイル張りの床、警察の黄色いテープ）が次々に映し出される。「警察は容疑者をまだ特定していませんが、郡当局と協力して捜査を進めています……」

ダニエルは画面を見て、「なあ、ウォーリー」と声をあげた。「ここ、先週おまえが行ったとこじゃないの」

ウォーリーが片手にきみを抱き、片手にシリアルの箱を持って現われた。「ああ、そうだよ」彼は肯定した。「けが人がなくてよかったな」

「こんなとこでなにをしてたの」タムが驚いて尋ねた。

「郡の行政記録を調べたんだよ。アグローが住居や事業所の所在地として登録されてないかと思ってさ」と彼は答えた。「でも大丈夫、なんにもなかったよ。住所もなければ納税者登録もなし」

「ニュースで言ってた展示品って、どんなもんがあった？」わたしは尋ねた。

ウォーリーは肩をすくめた。「価値のないものばっかりだったよ。最初に入植した酪農家の古い写真とか、郵便局の切手とか。ああいう場所にはかならずあるみたいな」

（あのアグローの地図だって、くず屋にあったんだぜ）と言おうとしたが、そこでテレビのレポーターが話題を変えて、いきなり屋外のバザーかなにかのにぎやかな音楽が流れはじめた。

タムがまたロミに目を向けて、「メモならいつでも見せるわよ」と言った。「見たければなんでも見てもらっていいから、でもわたしに断わってからにして」

ロミはため息をついた。「ごめんなさい。これはみんな、ただ——その、いろいろなのよ」

「朝食をすませて、みんなでいっしょに町へ行こうよ」わたしはそう提案した。自分をずっと悩ませている疑惑について、ロミがそれ以上じっくり考えるのを阻止したかったのだ。自分がこんな気持ちになっているのは、アグローのせいではなくわたしのせいだと気がつかないとも限らないから。

しかし、その日ウォーリーはいっしょに来なかった。またニューパルツの大学に行く約束をしていたんだ。貸出をリクエストした雑誌について、さらに再調査するためだった。わたしたちがそれぞれアグローに対して異なる角度からこだわりがあったとすれば、ウォーリーのこだわりは間違いなく、あの町が外の世界にまったく知られていないということにあった。この業界の文献や論文のどこにもこのような現象についてはまるで言及がないし、この郡のどこでも、また周辺地域でも、この町の存在はまったく知られていないようだ。そこに彼は強く興味を惹かれていた。

少なくとも当時のわたしは、彼がそう考えていると思っていた。あれやこれやを考えあわせてみるようになったのは、それから数週間後、ダニエルもみんなに嘘をついていたことにベアが気づいたときだった。

そのときわたしたちはアグローから戻ってきたところだった。ウォーリーがもう一台の車を使っていたから、大人六人に幼児のきみがひとり、無謀にも一台の車にぎゅう詰めになっていたけど、郡道二〇六号線はいつもがらがらだったから、事故になる危険は小さかったんだ。

みんな疲れきっていて、ウォーリーが先に帰って夕食の支度を始めててくれればいいと思ってた。だから私道に車が駐まっているのを見たときは、力なく快哉を叫んだよ。ロミとわたしはみんなの書類や下描きを玄関の階段まで運び、そのあいだにタムとダニエルがきみをあやして車から降ろし、イヴはそれを手伝った。

「すぐ戻るから」ベアは言って、私道を小走りに走りだした。「郵便が来てないか見てくるよ」

「彼、最近やけに郵便を気にするわね」玄関ドアをノックし、ウォーリーがあけてくれるのを待つあいだにロミがわたしに言った。

「彼の親戚の家だからね」わたしは肩をすくめた。それはそのとおりなのだが、ここに来て日が経つうちに、ベアが郵便をチェックする回数がみょうに増えてきた気はする。ときには一日のうちに二度三度と、すでに見たのを忘れたかのように、あるいは見に行かずにはいられないかのように――しかし、わたしはあまり深く考えていなかった。はるかに気がかりなことがあったからだ。「ぼくらがここにいるあいだ、維持管理する責任を感じてるんだろう」

「ふだんだれも住んでない辺鄙（へんぴ）な別荘に、こんなに郵便物が届くなんて、それじたいちょっと変だと思わない?」彼女は言った。取ってきた封筒を次々に確かめながらベアがこっちに戻ってくるのを見て、彼女は声をあげた。「いい知らせはあった?」

ベアは肩をすくめた。「広告ばっかりだよ！」と大声で返事をする。

「みんな、お帰り」わたしたちの背後で、ウォーリーがドアをあけながら言った。「ちょっと遅かったね」

「夕食はもうできてるって言って」タムがそう言いながら、きみとダニエルとイヴといっしょにポーチにあがってきた。

しかし、ウォーリーはもうこっちを見ていなかった。

「ベア、どうかしたか?」彼は尋ねた。

ベアは階段の手前で立ち止まっていた。手に持った手紙の束を見下ろし――一番上の封筒をまじまじと見つめている。

「ベア?」ロミも声をあげた。

ベアはようやく顔をあげた。問題の封筒を持ちあげて、こちらに向けてみせる。

「これ、どういうことだよ」彼は尋ねた。

暮れ残る夕日の光で、宛先の文字がどうにか読み取れた。

ヨハンソン教授
ウィスコンシン大学
理学部三四六号室
五五〇番ノース・パーク・ストリート

マディソン、ウィスコンシン州　五三七〇六

そして返送先住所、つまりこの家の住所の書かれた左上隅には——差出人としてダニエルの名があった。

タムは彼に目を向けた。みながそれにならう。

「あなた、まさか……」彼女は言いかけた。

ダニエルはヨハンソン教授にあの町のことを話していたのだ。

「でもどうして？」ウォーリーが尋ねた。

「力になってくれると思ったんだ！」彼は叫んだ。「このプロジェクトに取りかかってから、おれたちは意見が食い違ってばっかりだ！　おまえはあちこち調査してまわってるのになんにも見つけられないし、ベアとおれは内側から調べてるけどまったく理解できないし、フランシスとイヴはまだ半分も測量が終わってないし、ロミとタムはタムの地図のことでずっと言い争ってて、そのせいでタムは制作に取りかかることもできてない！」彼は両手をあげた。「おれたちが論文を書くときは、いつもヨハンソン教授が指導教官だった。教授はおれたちの師匠(メンター)だ！　教授を信用できなかったら、ほかにだれを信用できるっていうんだ」

以前のわたしたちは、みんなこういうことを何回となくやってきた。プロジェクトのさまざまな部分で独自に判断して、他のメンバーに相談せずに論文に変更を加えてきたんだ。しかしそれは、それぞれの選択が全員の利益になると、以前はだれもが信じることができたからだ。だがいまではすべてが秘密のように思われ、知らなかった事実が明るみに出るとすべて裏切りと感じられるようになっていた。

口論が巻き起こるなか、ダニエルはすべてを認めた。その手紙を書いて、自分が食料品を買いに行く順番のときに郵便局で出してきたと。送ったのはこれ一通きりだし、返事が来たらすぐに、ヨハンソン教授がなんと助言してきたかみんなに言うつもりだったと彼は誓って言った。しかし、どれだけ打ち明けられてもみんな納得しなかった。ダニエルが頼った相手は最も信頼する教授だったとはいえ、彼がわたしたちに隠れて行動を起こし、わたしたちの秘密を第三者に漏らそうとしたことに変わりはない。

「だけどどうだっていいじゃないか！　届きもしなかったんだから」しまいにダニエルはそう言って、ベアの手から封筒を引ったくった。「ほら！」

切手の横に大きな赤いスタンプが押されていて、「料金不足」とあった。手紙は配達されずに戻ってき

たのだ。

しかし、裏切りはすでになされてしまった。

「もうたくさんだ」しまいにダニエルはそう言って、わたしたちに背を向けた。「さあ、ネリー。なにか食べような」ときみを抱きあげて、足音も荒くなかに入っていった。

ウォーリーはそのあとを追おうとした。その目には、ダニエルの裏切りに対する生々しい怒りがまだくすぶっている。だが、タムがそれを止めた。

「わたしに任せて」

「だけど、これはひどい」ウォーリーは言った。「こんな――」

「ちょっとだけ待って」

そう言って彼女はなかに入っていき、ウォーリーの抗議は宙に浮いた。彼は頭から湯気を出してポーチに突っ立っていた。わたしたちはためらいがちになだめようとしたが、彼はあまり憤慨していて口をきくこともできなかった。怒っているのはみんな同じだったけど、ウォーリーはだれよりも大きなショックを受けていた。プロジェクトが終わるまでアグローを秘密にしておけるかどうか、一番心配していたのが彼だったからかもしれない。あるいは、間違っているのはダニエルなのに、タムが彼の味方をしているように見えたからだったのかもしれないな。

ついに全員がなかに入ったときには、タムはきみとふたりだけでキッチンにいて、ウォーリーが用意した夕食の皿を並べているところだった。ダニエルの姿はもうなかった。頭を冷やそうと二階に引っ込んでいたんだ。

夕食は最悪だった。重苦しい沈黙の時間、ウォーリーはかっかしているし、タムはダニエルのことで悲しみながらも、グループ全体のために仲裁役を演じていて、残りのわたしたちはどっちつかずでおろおろしていた。真夜中になってもダニエルはまだ降りてこず、ウォーリーはまだ怒りが収まっていなかった。わたしがしまいに寝室に引きあげたとき、ウォーリーはリビングルームにひとり残っていて、窓からむっつりと夜闇を睨んでいた。明日が怖かった。

しかし、タムは夜のうちにダニエルと話して、多少なりと分別を叩き込んだと見える。翌朝、ウォーリーを除く全員が朝食に集まったとき、ダニエルは神妙な顔をして降りてきた。彼はもう一度謝罪し、二度と手紙は送らないと約束した。失われた信頼を少しでも取り戻すために、ダニエルの代わりにわたしがグループの食料品の買い出しに行ってはどうかとロミが提案し、ダニエルも同意した。

「これを聞いたらウォーリーも喜ぶわ」と、タムは階段のほうをふり返った。「ダニエルが言いたいことがあるんだって」と声をあげる。「ねえ、ウォーリー！」

しかし、上階はひっそりしたままだ。

「まだそんなに怒ってるなんてことあるかしら」ロミが言った。

タムは、きみに朝食を食べさせていたスプーンをベアに渡したが、その前にわたしは立ちあがった。

「おれが行ってくるよ」とわたしは言った。「中立な立場だからさ」

上階に行ってみると、ウォーリーの部屋のドアは閉まっていた。ノックしたが、なんの物音もしない。もう一度ノックしてみた。

「なあ、おれひとりだから。入るよ」そう言ってドアを押し開いたが、部屋は空っぽだった。

ウォーリーはいなかった。

だれも目を覚まさないうちに出かけてしまったのだ――ひとりきりで、秘密の調査をさらに続けるために。今日一日ひとりで頭を冷やしたいだけかと思ったが、何週間経っても状況は変わらなかった。それどころか、わたしたちがアグローで長く過ごせば過ごすほど、ウォーリーがそこで過ごす時間は短くなっていくようだった。彼はしょっちゅう出かけるようになり、そのたびに留守の時間が長くなり、具体的にはなにを調べているのかとだれかが尋ねると、そのたびにどんどん不機嫌になっていった。大事なことなんだと言い張るばかりなので、そっとしておくことにした。

わたしたちは彼に好きなようにやらせていた。どんなプロジェクトでも彼は常にわたしたちの安全装置だった。どんな角度から取り組んでいるにしても、それは『夢見る者の地図帳』にとって重要なことなんだろうと思ってたんだよ。

しかしイヴとわたしの問題について言えば、ベアがダニエルの手紙を見つけたあとわたしたちは終止符を打った。後ろ暗い情事のために、すでにわたしたちは空っぽになりつつあった――うっかり目を見交わすたびに身を切られ、たまさか身体が触れれば内臓に刃が突き立てられ――そしてダニエルの裏切りに驚いて、わたしたちはついに目が覚めた。ようやく気がついたんだよ、自分たちがいかに醜悪なことをしてるか。もしこれが知られたらみんながどれほど苦しむか。とくにロミが。

ある意味それは救済だった。わたしたちはお互いを求めるのと同じくらい、終わりにすることを望んでた。求めあうのをもう終わりにしたい。自由になりたい。わたしたちは理由を探していて、ダニエルの過ちは完璧な理由に思えた。

またその一助として、わたしはさらに雑用を担当することにした。ダニエルの買い物当番だけでなくイヴの番まで引き受けて、おかげでさらに彼女と離れて過ごす時間が長くなった。彼女は測量を続け、わたしはロックランドでの雑用を三人分引き受けて、アグローの外で多くの時間を過ごすようになった。

それは思っていたより楽しかった。最初のうちは、みんながアグローにいるのに自分だけ外で過ごしていると、その一分一秒に神経がすり減らされるようで息もできないぐらいだった。なにを見逃したかと思うといても立ってもいられない。しかし一回ごとに少しずつ楽になっていった。あの町にどれほど心を奪われていたか、だんだんわかってきたからかもしれない。わたしたちは外界から孤立し、秘密主義になっていた。食料品屋の店員たちから名前を呼んで挨拶されるようになり、そしてあの忌々(いまいま)しい地図以外の話をするようになって初めて、それがこんなに楽しいことだったかと気がついた。

しかし、アグローはそう簡単にわたしを逃がしてはくれなかったんだ。

ある火曜日、スナックと酒のリストをぶら下げて〈ロックランド食料品店〉に入ったら、レジの向こうから声をかけられた。

「やあ、ローズ」とわたしは答えた。「忙しい？」

「信じられないくらい」ローズは言った。「毎年夏はそうなんですよ。今週ずっと、お客さんのお友だちをつかまえようとしてたんですけどね。ほら、いつもカメラを持ってる人」

「ウォーリーのこと？」わたしは驚いて尋ねた。

「あの人宛てに郵便物が来てるんですけど、取りに来てくれないんですよ。みなさんはいまも同じ家に住んでるんですよね？　持ってってもらえないかしら」

「お安いご用だよ」とわたしは言って、彼女について奥のすみに向かった。ロックランドにはちゃんとした郵便局があるんだが、こっちのほうが便利だったから、住民の多くはこの食料品店に郵便受けを置いてたんだ。

「あいつがここに郵便受けを持ってたなんて知らなかった」

ローズはうなずいた。「みなさんがここに来た最初の週に、この店に寄って設置してったんです。ほとんど毎日のぞきに来てらしたんですけど、この数日はどうも会いそこねちゃったみたいで。だけどわたし、妹とその子供に会いにスクラントンへ行くことになっちゃったんですよ」

「それはいいね」とわたしは言った。

ローズはため息をついた。「ふだんならいいんですけど、今回は家の手伝いが必要だから行くんです。妹の旦那が清掃員をしてる高校で事件があったの。夜中に押し入りがあって、その男を取り押さえようとして、転んで脚の骨を折っちゃったっていうから」

「そりゃ大変だね」わたしは言った。「生徒の悪ふざけだったの？」

「いいえそれが、強盗だったんじゃないかって」ローズはやれやれと首をふった。

「強盗？　高校に？　盗るものなんかあるのかな」

「ですよねえ」彼女は答えた。「でも校長先生が言うには、図書室の地理のコーナーが引っかきまわされてたんだって」

首筋にぞわぞわするものが這いあがってくるのを、わたしはふり払うことができなかった。

「地理のコーナー？」わたしはおうむ返しに言った。

「ねえ、すごく変な話でしょ。でもありがたいことにジェレミーは無事だったし、あっちへ行くんでわたしも少しは休みが取れますよ」

「うん、ありがたいね」そうは言ったものの、わたしは心ここにあらずだった。数週間前のことを思い出す。イヴがテレビの奇妙なニュースに気づいたときのこと。サリヴァン郡役場センターが強盗にあったという……

そして今度はこれだ。

「まあそんなわけで、この店で郵便物を扱う許可をもらってるのはわたしだけなので、わたしが戻るまではこのカウンターには鍵がかけられちゃうんです」ローズは言いながら、郵便物の山をより分けた。「でも、ウォーリーってお友だちはすごく几帳面な人みたいだから、一週間も待たせちゃうのは申し訳なくってねえ」

「どうもご親切に」わたしはなんとかそう言った。

彼女は何通か封筒を手渡してよこし、ノートに配達済みのチェックをつけた。「これであの人も喜ぶでしょう」彼女は言った。「助かりますよ、ありがとう」

「いや、とんでもない」わたしは言った。このときはもう、ウォーリーがどんな手紙を受け取っているのか興味津々だったが、彼女に詮索好きなやつとは思われたくなかった。その小さな束をポケットに押し込み、手にした買い物リストをふってみせ、「気をつけて行ってきて」わたしは言った。

　車に戻ると、さっそくポケットから封筒を取り出した。どの筆跡にも見覚えはなかったが、すべて地元の住所からの手紙だった。ということはウォーリーは、ヨハンソン教授や大学のだれかに手紙を書いていたわけではない。いずれにしても、彼がそんなことをすると疑ったりはしなかっただろう。彼はほかのだれよりもはるかに熱心に、あのありえない町の秘密を守ろうとしてきたんだから。

　しかしそれならなぜ、この手紙を家に送ってもらわなかったのか。どうしてわたしたちから隠す必要があったんだろう。

　二通はしっかり封がされていたが、三通めは接着が弱くて、ふた全体がほとんど剝がれかけていた。誘惑に抵抗できなかった。

　最初はなんのことかわからなかった。

　入っていたのは〈カルトグラファーズ〉宛てのメモだった。ごく短いもので、ほんの数行――メモというよりリストに近いものだった。男性の名前、住所、電話番号、来週中のいくつかの日付、そして一番下に短い説明があった。

「何年のものをお探しかわかりませんが、製造元は間違いありません。状態はまあまあです。使用により折り目の部分に多少色あせがあり、A５の部分が少し裂けています。先週おじが亡くなったあと、おじの古い車で見つけました。ほとんど毎日、妻とともに夕方まで家にいて片付けを手伝っておりますので、いつでもおいでください」

　最初はどうしていいかわからなかった。ひとりでウォーリーと話をして、どういうつもりなのか尋ねるべきか。それとも先にみんなに伝えるべきだろうか。たんに勘違いかもしれないし、そんなことで彼を非難したくはなかったが、なにかよくないことになりそうな嫌な予感がしてならなかった。

　それで結局、どっちつかずの方法を選んだ。まずイヴに話して、意見を聞くことにしたんだ。

　ロミに相談するべきだったとは思う。しかし、あの最初の日にニュースに気がついたのはイヴだったし、このころには彼女と秘密を共有するのが当たり前になってたんだよ。

　いや、それは言い訳だったのかもしれない。また彼女に近づく理由を探していたのかもしれない。

翌日、ウォーリーはまだ家に戻っておらず、わたしは彼が戻る前にこれがどういうことか理解したいと思った。それでアグローに着いて、タムとロミのために別の区画を測量しに出かけたとき、わたしはその手紙をイヴに見せた。

「スクラントンの事件って、彼のしわざなのは確かなの?」彼女は手紙を読み終わると尋ねた。

「いや」わたしは言った。「だけど、高校の図書室の地理コーナーだよ。ほかのだれがあんなとこに用がある?」

「そう言えば、もう何日も帰ってこないわね」イヴも認めた。「でもこの手紙を読むと、購入しようとしてるみたいじゃない。盗むんじゃなくて」

「みんながみんな、売ってくれるわけじゃないだろう」わたしは言った。

わたしたちは、アグロー内でもまだ測量していない地域に立っていた。最も外側の地区のひとつで、ほかのみんなが作業している場所からは遠く離れている。

「ねえ」イヴが指さしながら言った。「あれウォーリーのじゃない?」

一軒の建物の玄関のそば、草に半分埋もれて小さなロールフィルムが落ちていた。

そうにちがいない。彼のほかはだれもカメラを持っていないから。

「あいつ、ここに来てるみたいだな」わたしはかがんでそれを拾いあげた。ロールは埃(ほこり)をかぶっていて、しばらく前からそこに落ちていたようだった。「それもだいぶ前から」

わたしたちはゆっくり顔をあげた。アグローの建物はほとんどそうだが、これも単純で簡素な商業建築だった。平屋建てで、ごく一般的な屋根、壁には小さな窓がいくつか、それに玄関ドアがひとつ。

イヴとわたしは測量担当だから、町内で仕事をする場所は一定しておらず、毎日違う場所に行っていた。しかし、ほかのみんなにはもっと固定的な作業場所が必要だった。だからわたしはしばらく、ウォーリーも自分用にちょっとした場所を確保したのだろうと思っていた。タムとロミがアイスクリームパーラーと印刷所を占領し、ダニエルとベアが実験用の区域を占領しているのと同じように、彼も研究資料を保管したり、静かに考えたりできる場所が欲しかったのだろうと。これまでのプロジェクトでも、最終見直しのとき彼はつねに静かな場所を探し、そこで数字や測定値がみんな正確かどうか確認していたんだよ。

　たぶんそのせいで、アグローで過ごした日々、わたしたちはだれも熱心に彼を探そうとしなかったのだろう。彼にはひとりの場所と沈黙が必要だとみんな知っていたから。それとも、それは言い訳だったのかな。みんながみんな、自分の小さな役割にすっかり気を取られていて、他人の問題に煩わされたくなかっただけかもしれない。だから、周囲で困った問題が起こりつつあるのが明らかなのに、見て見ぬふりをしているうちに手遅れになってしまったのかもしれない。

　ドアを眺めながら、わたしたちはためらっていた。

「ほんとにいいの」イヴは尋ねた。「なんだか……間違ってるような気がするんだけど」

　彼女の言いたいことはわかる。わたしも同じように感じていた。

　しかし、だからこそいっそう入らなくてはならない。

「ウォーリーになにも後ろめたいことがないのなら、怒る理由はないはずだ」とわたしは言って、「それに、いまこの建物の測量をするほうがむしろいいかもしれない。あいつがなかにいて、仕事しようとしてるときに邪魔しないですむんだから」実際以上にウォーリーの無実を楽観しているようなふりで、そう付け加えた。

　イヴも納得はしていないようだったが、それでもうなずいた。

　わたしはそろそろとドアを開いた。

　外からこの建物を見たときは、最初は小さな町の図書館のようだと思った——が、ウォーリーがなかでやっていたことを見てからは、周囲に重苦しく垂れ込める静寂もあって、もう図書館にはまるで見えなくなった。

　むしろ地下金庫のようだった。

　そこに、かつては空っぽだった棚に、整理され、ラベルが貼られ、カタログ化されて並んでいたのは、わたしたちがロックランドに来た初日に、ウォーリーとタムが偶然見つけたあれと同じ地図だった。

　ほんの数部ではない。数百、ひょっとしたら数千かもしれない。

　何千部ものアグローの地図。

「なんてこと」イヴがしまいに言った。

　どれだけの代償を払って集めたのか。いくらかかったのか。あるいはどれほど罪を重ねたのか。

「みんなに言わないと」わたしは言った。「どんなところまで来てしまっているか。あいつがなにをしているか」

「わたしたち、どこに目をつけてたのかしら」イヴは言った。「どうしていままで気がつかなかったの」

「自分たちの問題にあんなにかまけてなかったら、気がついてたかもしれないね」わたしは答えた。

イヴは後ろめたそうに顔をしかめた。

わたしは内臓がねじれるような気がした。「ごめん。そういうつもりじゃなかったんだ。悪いのはぼくも同じだ。というより、ぼくのほうが罪は重いよ。裏切ってるのはぼくなんだから」

「そんなことないわ」イヴは言った。「わたしも同罪よ」彼女は息を吸い、震える息を吐き出した。「フランシス、わたし努力してるのよ。ほんとよ」

「ぼくもだよ」わたしはため息をついた。

沈黙が少し長引きすぎた。

「みんなのとこに戻りましょう」イヴは目をそらしながら言った。「ウォーリーが帰ってこないうちに」

「もう三日帰ってきてない」わたしは肩をすくめた。「どんどん留守が長くなってきてる」

「それでもよ」彼女は答えた。「これだけ見ればもうじゅうぶん。あとはみんなに伝えるだけよ。こういうことは早いほうがいいから」

彼女の言うとおりだった。ほかのみんなに伝えなくてはならない。しかし、いまいるここを急いで離れる理由はないのだ。それを無視するのは非常にむずかしくなってきていた。

「もう行きましょうよ」とイヴはまたささやいた。最初のとき——わたしたちの情事が始まったあの日と同じように。

「そうだね」

しかし最初のうち、ふたりはどちらも動きだそうとしなかった。

やがてついに動きだした。

しかしドアのほうではなく、お互いに向かって。

「こんなこと続けられないわ」そう言いながら、彼女はわたしの首に顔をうずめた。「これで最後にしなくちゃ」

「うん」わたしはキスをしながら、息をつく合間に答えた。「これでおしまいだ」

「おしまいね」彼女も繰り返す。「これっきり」

じっさい勝手な話だが、わたしたちはそう自分に言い訳していたんだ。最後にそういうことをしたとき、これが最後だとは知らなかった。そのあとは隠すのがむずかしくなりすぎて、だから急にやめにしてそれが続けばいいと祈っていた。だからあんなにつらかったのだとわたしは自分に言い聞かせた――それが終わりだと知らないうちに、終わってしまっていたからだ。だから、これが最後だと覚悟のうえでもう一度だけやれば、今度はそれほどつらくないだろうって。

イヴの服をむしり取って強く抱きしめ、彼女の燃える肌を自分の肌に押しつけたそのとき、またドアが開いた。

最初からうまく行くはずがなかったんだ。それは可能性の問題ではなく、時間の問題だった。

「早く」わたしは懇願するように言った。彼女は毒づきながら急いで服を着ようとしたが、ワンピースがブラジャーに引っかかり、袖もストラップもなにもかも絡まっていて、まずそれをほどかなければ着ることができなかった。彼女が服と格闘しているあいだに、わたしは入ってくるだれかを引き止めようと、角を曲がってドアに走った。

（ロミではありませんように）わたしは祈った。（どうかダニエルであってくれ）彼はわたしの親友だし、こんなことがわたしにできるなど信じようとしなかっただろう。疑おうとすら思わないにちがいない。相手がダニエルなら時間稼ぎができるかもしれないし、まさかそんなことがあるはずがないと、納得させることができるかも……

しかし、入ってきたのはそのどちらでもなかった。

「フランシス！」

あわてて立ち止まると、そこに立っていたのはウォーリーだった。

彼は息を呑んだ。「ここでなにやってるんだ」カーペットに粗相をしてるのを見つかった子犬のような顔をして、大きく見開いた目は怯えていた。あんなに驚いていなかったら彼も気づいていただろうが、たぶんわたしも同じ顔をしていたと思う。「おまえ、シャツどうしたんだ」

「おまえこそここでなにしてるんだ」そう尋ねながら、わたしはシャツの裾を引っ張り、もっとちゃんと整えておけばよかったと思っていた。「ずっと出かけてるつもりだって言ってたじゃないか。そもそも、どうやってひとりでアグローに入ってきたんだ」アドレナリンの霞を通して見ていても、彼が手になにを持っているかどうにか気がついた。車のキーと書類、そしてまた新たなアグローの地図。「それは……」

失敗だった。わたしはウォーリーの注意をそらそうとしていたのに、この言葉は逆効果だった。彼はここでわたしに出くわして混乱していたのが、いまの言葉でパニックを起こしてしまった。手にしていたものを、やましいもののようにあわてて胸に抱え込んだ。「違うんだ、誤解だ」わたしを押しのけ、がむしゃらに逃げ込もうとした。

　そしてまっすぐ、イヴがまだ服を着ようとじたばたしているところへ突っ込んでいく。「待ってくれ」わたしはそう言いながら追いかけた。

「来るな、フランシス」彼はさらに足を速めた。「誤解なんだ」

「いや、おまえこそ誤解だ」わたしは叫んだ。「ウォーリー、待て！」

　そのときイヴが悲鳴をあげた。

　角を曲がってみると、彼女はまだそこにうずくまっていた。服はもうほとんど着ていたが、完全に着終えてはいなかった。わたしたちがなにをしていたか、隠しおおせるほどではない。

　ウォーリーはわが目を疑うというように、驚きに口をぽかんとあけてわたしたちを見つめていた。肩ががっくりと落ち、両手から力が抜け、手に持っていたものがみんな床に滑り落ちそうになっていた。

　彼はひどく怯え、また傷ついているように見えた。わたしたちがロミを裏切ったのと同じぐらい、彼に対しても裏切りを働いていたかのように。

　あるいはそのとおりだったのかもしれない。

「ウォーリー」わたしは力なく言った。

　彼は逃げるだろうとわたしは思った。逃げて、ロミやほかのみんなに暴露しに行くだろう。わたしたちにとって、それは当然の報いだった。

　しかし、彼は逃げずに自分の手を見つめていた。その手に持ったあの地図を。それは彼が一番最近に見つけた――というか、おそらく盗んできた――一枚にすぎない。

「きみたちが黙っててくれるなら、おれも黙ってるよ」しまいに彼は言った。

XIX

「フィリクス。フィリクス」

フィリクスは、よく見ようとしきりにまばたきをした。しかし、あいかわらず目の前で画面は泳いでいて、文字は焦点が合わずにぼやけて見える。「大丈夫です」

彼は反論を続けようと身構えていた――ショック状態などではない、帰る必要はない、なにが起こっているのか理解できるまで、突っ込んで調べなくてはならないと言おうとした――が、その必要はなかった。ひじのそばで小さくとんと音がして、彼はそちらに目をやった。

「必要なんじゃないかと思って」ウィリアムは言って、コーヒーマグを身ぶりで示した。「淹(い)れたてだよ」

「すみません」フィリクスは言い、湯気のたつコーヒーをありがたく飲めるだけ飲んだ。ウィリアムはもっとゆっくり飲んでいる。またオフィスのドアが開いて、ナオミがピザを持って戻ってきた。もう真夜中近かったが、赤白チェック模様の厚紙の箱を見ても、フィリクスの胃はぐうとも鳴らなかった。

アイリーン殺害は、いまではあらゆるニュース番組で報じられていた。プリヤが地元テレビ局の生放送映像を大画面に流しており、ぞんざいに駐車されたパトカーや救急車、そして豪華な服装に身を固めた人々が映し出される。人々は、両側に巨大なライオンの彫像を配した階段にたむろして、みな一様に憔悴(しょうすい)した顔をしていた。その場にいるのも恐ろしいが、立ち去ることもできずにいるようだ――すでに警察から帰宅許可は出ているだろうに。エインズリーも図書館に到着しており、インタビューに答えていた。〈ヘイバーソン〉は図書館のセキュリティ担当として、すべてのデータを法執行機関に提供するし、いかなる費用も惜しまず、正義が果たされるまで全力を尽くすと話している。

そして館内のどこかでは、担架を携えた救急班が、アイリーン・ペレス・モンティーリャの遺体を遺体袋に納めようとしていた。

フィリクスは身震いした。彼はちょうどあそこにいて、彼女と会っていたのだ。

そしてネルも。

「警察は二度めの館内の捜索を終えて、ほかに犠牲者がいないことを再確認してるよ」そのとき、プリヤが

彼の表情を見て言った。その言わんとすることは明らかだ――（ネルとスワンは無事だ、いまどこにいるにせよ）

　フィリクスはうなずき、デスクのうえで沈黙しているスマホにまた目をやった。ニュースを聞いた直後、彼は半狂乱になっていた。アイリーンが殺されたとき、ネルもその場にいたのではないか、彼が切に願っていたことをついに実行に移そうとして、いっしょに攻撃されたのではないかと思ったのだ。三人全員でなだめてやっと彼を落ち着かせ、警察もこの事件に関しては〈ヘイバーソン〉の情報に大幅に依存していること、そしてエインズリーがウィリアムに確定情報として伝えたところでは、犠牲者はひとりきりだったことを納得させせなくてはならなかった。

　それでもやはり彼はネルに電話したくてたまらなかったが、彼女とスワンはおそらくまだ警察の事情聴取を受けているだろうし、またそれ以上に同僚や上司の前で電話するのははばかられた。電話するならひとりきりのときにしたい。あんな喧嘩を始めてしまったことを謝り、彼女を慰め、好きなだけ彼女が泣いたり叫んだり、怒ったり怖がったりできるように。そのどれも、人の多すぎるこのオフィスのまんなかで、スマホ片手にかがみ込んでいてできることではない。

　それに、ネルに対するひどい仕打ちを埋め合わせるため――そして彼女を助けるため――には、いまはアイリーン殺害事件の解決に集中するのが一番だ。

　オフィスを出たらすぐに、たとえ午前四時であろうとも、彼女に電話をするか、アパートメントに訪ねていこう。必要ならドアの外で寝てもいい。彼女がよく眠って目を覚ましたら謝罪して、今夜ナオミやプリヤとともにウォーリーについて調べてわかったことをすべて話すのだ。

　なぜなら犯人はウォーリーにちがいないからだ。アグローは実在するというフランシスの荒唐無稽な話がどういう意味なのかさっぱりだとしても、ドクター・ヤングの三人の友人が三人とも、ウォーリーという同じ人物を死ぬほど恐れているのはたしかだ。それに意味がないはずがない。

「ニューヨーク公共図書館で事件が起きるのは、この一週間で三度めだよ」ナオミはわけがわからないというようにため息をついた。「しかも今度のが一番たちが悪い。うちのセキュリティ・システムの導入が完全に終わっていればよかったのにね」

「あと一週間かかる予定だったが、明日までにはかならず終わらせるよ」ウィリアムが言った。「しかし少なくとも、すべての収蔵品にＲＦＩＤマイクロタグを貼り付ける作業はすでに終わっている」彼はタブレットを見ながら眉をひそめた。「しかし、今回もまたなにも盗られていないようだ。最初の殺人事件や最初の強盗事件に関しては、うちの移動データはもちろんないわけだが、図書館のセキュリティ・データを認めるとすれば、どちらの場合もなにも盗まれていないことになる」

「そこが一番、わけのわからないところなんですよね」とナオミ。「学者がひとりならずふたりも殺されて、べつべつに三度も侵入されて——この泥棒は、いったいぜんたいなにを狙ってるんでしょう」

〈言ってもきみは信じないだろうな〉フィリクスは思った。だれひとり信じないだろう。

「フィリクス、心配事でもあるのか」ウィリアムが彼の表情に気づいて言った。しかし、フィリクスが答える前に、ウィリアムのタブレットの〈ヘイバーソン・マップ〉がチャイムを鳴らして情報更新を伝えてきた。

「それに、どうして毎回なんの痕跡も残ってないのかな」プリヤがナオミをふり返りながら尋ねた。

そこでまた最新情報が届いた。ナオミとプリヤがこの奇妙な犯罪について話を続けていると、さらにまた次のチャイムが鳴る。ここで全員がそちらに目を向け、ウィリアムが情報を伝えてくれるのを待った。しかし、彼はタブレットを見つめるばかりだ。その目は画面に釘付けになっている。さっきからずっと黙り込んでいる、とフィリクスは気がついた。

「ウィリアム、どうしました？」プリヤが控えめに尋ねる。

最初のうち、フィリクスからは彼の表情は読めなかったが、ウィリアムはついにタブレットから顔をあげた。

「なんだったんですか」ナオミが尋ねた。

「終わったよ」とウィリアム。「〈ヘイバーソン・マップ〉が泥棒を発見した」

「すごい！」フィリクスは声をあげて椅子をまわし、同じくマップが開かれている自分の画面に向かった。

しかし、ウィリアムは浮かない顔をしている。

「フィリクス、きみには気の毒だが」しまいに彼は言った。

「どうしてですか」フィリクスは尋ねた。恐る恐る画面の〈ヘイバーソン・マップ〉をクリックしたが、ウィリアムが先に声に出して読みはじめた。

「アルゴリズムに基づき、ドクター・ダニエル・ヤングの事件のほか、その翌日の図書館強盗未遂事件、および今夜のアイリーン・ペレス・モンティーリャ殺害事件に関し、マップはドクター・ヘレン・ヤングを第一容疑者と断定した」

（なんだって）

「そんなばかな」フィリクスは思わずあえぐように言った。

（なにかの間違いだ）

コンピュータに背を向け、デスクを両手でかき回すようにしてスマホを取ろうとした。

（そんなはずはない）

彼女に電話しなくてはならない。警告しなくては。

（警告なんかできない、容疑者にされかけているんだ）と思いながら、それでもやめられなくてデスクを探りつづけた。

「フィリクス、なにやってるの」ナオミが不安げに尋ねる。

やめたほうがいいとわかっていた。〈ヘイバーソン・マップ〉は自動的にエインズリーのチームと警察に最新情報を送っている――ネルにはすぐに逮捕状が出てもおかしくない。しかし、彼が警告しようと思ったのは彼女が犯罪者だからではなく、犯罪者ではないからなのだ。

彼の手はすでに動いていて、抑えることはできなかった。

〈ネル、これは非常事態だ。きみが容疑者にされようとしてる〉

彼はメッセージを送信し、すぐに次のメッセージを送った。

〈これはきっと罠だ。警察にウォーリーのことを話さなくちゃいけない。彼はこの事態を利用してきみを見つけようとしてるんだ〉

彼はためらったが、最後にこう付け加えた。

〈今夜はほんとうにごめん。無事なら連絡ください〉

三度めのメッセージを送信して顔をあげると、ウィリアムがこちらをじっと見つめていた。フィリクスを観察していれば、タブレットを見ているより状況をよく理解できるとでも言うように。

「〈ヘイバーソン・マップ〉は間違っています」フィリクスは言った。

「フィリクス……」ナオミがためらいがちに口を開く。

「あんたの気持ちは想像に余りあるってとこだけど、

でもマップの持ってるデータ量とか、情報を引っ張ってこられる場所とか、演算の蓋然性とかを考えると……」

「これに関しては間違ってるんだ」彼は譲らなかった。「なぜかっていうと……」

「まず、きみは警察に連絡しなくちゃいけないと思う」ウィリアムが応じた。「少なくとも、きみが彼女にいまメッセージを送ったことは話しておかなくちゃいけない。〈ヘイバーソン・マップ〉は検索結果を警察に流している。警察は彼女を捜しにかかるだろう。きみが情報を開示する前に、彼女の通話記録にきみからの連絡が見つかったら、この事件に関与していると疑われる可能性がある」

「そんなばかな！」ウィリアムの言うとおりなのはわかっていたが、それでもフィリクスは言った。「ぼくはなんの関係もないんですよ！」

「それはわたしは知っているが、警察は知らない。それに、きみが復縁を考えていたというのがほんとうなら、疑いの目で見られる可能性はあるだろう」ウィリアムはできるだけそつなく続けた。

「それに、ふたりとも以前は図書館で働いてたんだし」とプリヤが付け加えた。「〈ヘイバーソン〉以前の地図部のセキュリティ・システムのことなら、隅から隅まで知っていただろうって思われるかもよ」

「あんたはいまいい職に就いてるけど、でも彼女は何年も前に解雇されたのをいまだに恨みに思っていて、そこへあんたと最近よりを戻したってことになれば……」

「もういい」フィリクスはうめくように言った。「もういい。もう聞きたくない」

時間が経つにつれ、いよいよ絶望的な気分になってくる。正直な話、ふつうに考えればネルが疑われるのは無理もなかった。しかし、そんなはずはない。あの最初の夜、彼女のアパートメントに行ってアグローの地図を見たとき、彼女の顔に当惑の色が浮かんでいるのを彼は目の当たりにした。それは彼自身の当惑にまさるとも劣らなかった。そのあと、会うごとに彼女の話はどんどん奇怪になっていったが、その言葉に嘘の気配はなかった。最初からずっと、彼自身と同じく彼女は途方に暮れていたし、嘘もついていなかった。

そしていま、彼女は背中に標的を背負っているも同然で、いっそうの危険にさらされている。もし警察に逮捕されたら、ウォーリーは彼女がどこにいて、あの地図がどこにあるのか正確に知ることになる。ニューヨーク公共図書館に侵入できるとすれば、裁判所や刑務所にも侵入できるのではないだろうか。そもそも、彼女に疑いがかかるように仕向けたのもウォーリーではないだろうか。

「フィリクス……」とナオミが言いかけた。

「なにかの間違いだ」彼はつぶやいた。顔をあげて、「ナオミ、ぼくはネルをよく知ってる。彼女が犯人のはずがない」

ウィリアムは小さく咳払いをした。「人は見た目によらないことがあるからね」

フィリクスは、まさかというように首をふった。そのとき、手のなかでスマホが鳴りはじめてそちらに気を取られた。「ほら」ほっとして言った。「彼女から返信だ」

しかし、画面を持ちあげてみると、ネルからの返信ではなかった。それは彼のメッセージが戻ってきたという通知で、それぞれのメッセージの横に小さな赤いXが表示されて、彼女の電話に着信しなかったことを示していた。

（えっ？）

まさか……まさかネルは……

彼と関わりたくなくて番号をブロックしたのだろうか。

（もう「わたしたち」はない）彼はその場の勢いで彼女にそう言ってしまった。あのときはもういっさい関わりたくなかった――彼女の調査にも、地図への執着にも、人生にも。

（よかったな、望みがかなって）

そうではないか。

「彼女から返事来た？」ナオミが尋ねた。

彼は首をふった。胸につかえる恐怖のしこりが大きくなってくる。

「気の毒だが、フィリクス」しまいにウィリアムが言った。「いますぐ警察に連絡したほうがいいと思う。きみ自身のためだ」

フィリクスは焦燥に駆られて首をふった。「返事がなくても、それは有罪だからじゃない。彼女自身がいま危険にさらされているからです。狙われているんです」

「それがマップの言っていることだよ」とウィリアム。

「違います」彼は答えた。「つまり、彼女は犯人じゃないんです。犯人に狙われてるほうなんだ」

「どういうこと？」プリヤが叫ぶように言った。

「なぜ狙われるんだ」ウィリアムが尋ねる。「説明し

「ネルが持ってるから」

てくれ」

フィリクスは緊張に顔を歪(ゆが)めた。このことを暴露したらネルに殺されかねないが、こうなったら選択の余地はない。

「ある地図のせいなんです」彼はついに言った。

ナオミは、彼をたしなめるように目だけ動かして天井を仰いだ。なにしろすべての事件が地図部をめぐって起こっているのだ。「そうは言うけど、どの地図？　だってこれまでのどの事件でも、図書館のものはなにひとつ盗られてないんだよ」と、彼女はコンピュータを指さした。「それだけじゃない。収蔵品を価格順に並べるようにデータベースを再構成しても、今夜だって上位五十位までのどの地図も触れられてすらいないんだよ。ビューエルも、フォード・コレクションのどの作品も、カッシーニの『フランス地図』も……ケースを揺さぶった形跡もない。辻褄(つじつま)が合わないよ。なにもなくなってないんだから」

「この泥棒が狙っている地図は、そういうコレクションには入ってない」フィリクスは答えた。

そう言われて、三人はそろって顔をあげた。ナオミとプリヤは驚いた様子だが、ウィリアムは興味をそそられたように彼を見つめている。

ロミ

　八月末の日々は、夏の嵐のように暗く重くのしかかってきた。タムはほとんど印刷所に入り浸りだった。わたしが使っていたアイスクリームパーラーのなかはうだるように暑くて、湿気で大きな窓が曇るほどだった。でも外もとても蒸し暑かったし、おまけに蚊でいっぱいだったから、ネル、あなたですら外では遊びたがらなかったわ。そんなうっとうしい天気に負けず、わたしたちは熱に浮かされたように仕事をしていて、毎日アグローから戻ってくるころには、のどはからからで疲れきっていて、服には汗の塩分が縞模様を描いてるぐらいだった。みんなうんざりしてたけど、仕事の密度は濃くなるいっぽうだった。夏の終わりが迫るのを感じ、数週間が残るだけになって、わたしたちはプロジェクトを終えようと必死になってたの。ウィスコンシン大学に戻るときには、輝かしい成果を携えて凱旋するつもりだったんだもの。

　迫る締め切りのストレスで、タムとわたしの仲は悪化するばかりだった。『夢見る者の地図帳』のふたつの地図は、あらゆる意味でこれ以上はないほど違っていた。わたしの地図はほぼ完成していた。すべての測定値をダブルチェックして鉛筆で下書きし、インクで清書するばかりになっていたけど、タムの地図はいまだに混沌としたコンセプトの段階で、細部を描いては消し、消しては描くを繰り返してた。なにが障害になっているのか説明できないと彼女は言ったけど、下描きを見せてくれと頼んでもいつも断わられた。あと少しで理解できるところまで来ているんだ、ここを乗り越えればあとはすべてうまく行くんだって彼女は言い張ってた。だから、もう少し時間を与えてくれさえすれば、わたしが彼女を信頼しさえすればいいんだっていうのよ。

　でも、信頼は最も手の届かない商品になりつつあった――わたしたち七人全員にとって。

　イヴはみんなでキャンパスを出たときよりもさらに内気でよそよそしくなってたし、ベアは気がかりなことがあってくよくよしているようだったけど、その理由をだれにも話そうとしなかったし、ダニエルはヨハンソン教授に手紙を送ろうとしたことを認めてから、自分がほんとうに赦されたのかどうか確信が持てずにまだそわそわしていた。これまでのところ、教授からは手紙も電話も来ていなかった。リビングルームの隅に一台だけ古い電話があったのだけど、それが最後に鳴ったのがいつだったか思い出せないぐらい——でもわたしたちはまだ、ダニエルがほんとうのことを言っていたのか、送ろうとしたのはほんとうにあの一通だけだったのかと疑ってた。ほんとうにほかの手紙はなかったのかって。最後にわたしといっしょにロックランドの薬局に行ったとき、タムは大学に電話をして探りを入れようとしたんだけど、学部の秘書が言うにはヨハンソン教授は不在で、この夏はほとんど顔を見ていないってことだったわ。それでわたしたちは多少胸をなでおろし、たぶんあれ一通きりだったのだと信じようとした。あるいは、たとえほかにも送っていたとしても、ヨハンソン教授がほとんど来てないのなら、まだ学部の郵便受けを見ていないかもしれない——まあそうは言っても、確かめるすべはなかったんだけどね。

そしてウォーリーは、以前よりさらにしょっちゅう出かけるようになっていた——それまでだって、ほとんどいないようなものだったけど。家でもアグローでも、わたしたちといっしょに過ごす日よりそうでない日のほうが多かったし、たまにいればそわそわして心ここにあらずというふうだった。いつもなにかに取り憑かれたような、追い立てられているような表情がその目からは消えなくて、ネル、あなたが彼をそんなもの思いから引っ張り出して遊びに誘い込もうとしたときでも、彼はそれをふり払うことができなかった。早くまた出かけて、重要極まる謎の調査を再開するときが待ちきれないみたいだったわ。

でもわたしにとってなにより不可解だったのは、よりにもよってフランシスを彼がいつの間にか説得していて、遠征に同行させるようになったことだった。

たぶんふたりは特定のデータを探してるんだろうと最初は思ったわ。たぶんフランシスは、イヴとの測量調査のためにあの地域の歴史的な背景情報が必要なのかもって。サリヴァン郡はもともと隣接するアルスター郡の一部だったんだけど、一八〇〇年代前半に分かれたの。だからたぶん彼は、土地のもっと古い記録を調べたかったんだろうって——以前はもっと古い植民地時代の集落があったかもしれないし、開拓者が入ってくる前にはエソプス族っていう先住民の部族が住んでたんだけど、その部族の歴史のなかで、この土地についてなにか奇妙なことを言っているかもしれないし。

ウォーリーほどではないにしても、フランシスも緻密(ちみつ)に仕事するほうだし、可能なかぎりなんでも自分でやるのが好きな人だから。

　でもそのことを尋ねようとすると、フランシスは不機嫌になった。その話はしたくないって言って、口実を作って早く夕食の席を立ってしまった。わたしが部屋にあがっていったときはもう眠っていて、あるいは眠ったふりをしていて、翌朝わたしが起きたときはもうウォーリーといっしょに出かけたあとだった。

　彼の身になにか起こっているのはわかったけど、それがなんなのかは見当もつかなかった。その時点でもうつきあって十年になってたから、彼がいらいらしたり、怒ったり、落ち込んだりしてるのは何度も見てきたけど、よそよそしいっていうことはなかったの。それがどういうわけだか、気がついたら彼とのあいだには大きな溝ができていて、わたしがどんなに頑張ってもそれを埋めることはできなかった。

「ダニエルが冷たくなったことある?」ある日、わたしはとうとうタムに尋ねた。めったにないことだったけど、そのときは彼女の地図のことで喧嘩をしてなくて、彼女がアイスクリームパーラーにわたしの進捗状況を見に来たの。あの絶望的なプロジェクトのこと以外はほとんどなにも話さなくなってたんだけど、わたしは藁(わら)にもすがる思いだったのよ。

「どういう意味?」彼女はわたしのメモから顔をあげた。

「隠しごとしてるみたいっていうか」わたしは適当な言葉を探した。「いえ、そうじゃなくて、具体的にどうこうってわけじゃないんだけど――フランシスがこのところずっとそっけなくて、ぴりぴりしてるような気がするの。ダニエルもそんなふうになったことある?」

　その瞬間に、ばかなことを訊いたと思ったわ。ダニエルがそんなふうになるはずがない、だって思ったことがすぐ顔に出る人だから。ダニエルがなにを考えているかなんて、本人より先にまわりが気がつくぐらいだわ。

　でも驚いたことに、タムはにっこりして「あったわよ」って言ったの。「一度だけね。二、三週間続いたわ。どうやっても、そういう状態から引っ張り出すこともできなかったし、なにがあったのか話をさせることもできなかった」

「それでどうしたの」わたしは目の前が明るくなる思いだった。タムとダニエルが乗り越えられたのなら、わたしたちも乗り越えられるかもしれないって思った。

「なんにも」彼女は言った。

「それじゃ、なにがきっかけだったの」

そしたら彼女、にこにこどころか顔からはみ出しそうな笑みを浮かべて、「彼、プロポーズしたの」

あんなに笑ったのすごく久しぶりだった。ほっぺたが痛くなって、息もできなくなるぐらい笑ったわ。

「ほんとにそういうことだと思う?」わたしはしまいに、目の涙を拭きながら尋ねた。「わたしたちずっといっしょにいるけど、いまはそんな時期じゃないような気がする。もう何か月も前から、この町のこと以外なんにも考えていなかったし。最後にデートしたのがいつだったかすら思い出せないわ」

「こんなこと、言わないほうがよかったかもしれないわね」とタムは前言撤回するように言った。「長期休暇(サバティカル)が終わりに近づいてるし、フランシスは焦ってるのかもしれない。わたしはただ、物事には悪い理由があるとは限らないって言いたかっただけなの」

「ほんとね」わたしも賛成した。「プロポーズではないかもしれないけど、もっと気楽に接したほうがいいわよね。わたしたちみんな、このプロジェクトではすごく苦労してるんだから」

「それはそうね」タムは言った。「でもわかんないわよ。プロジェクトはもうすぐ終わるし、ひょっとしたら彼はその先を考えてるのかも。このあとに起こることを」

そんなことは想像もしてなかったけど、すごくうれしい話だったから、あんまり期待が大きくなりすぎるのが心配だった。でもどんなに頑張っても、やっぱり興奮は抑えられなかったわ。その週が終わるまで、フランシスとウォーリーが戻ってくるのを待っているあいだ、こんなことはずいぶん久しぶりって言うぐらい、わたしはだれに対しても明るくやさしくふるまえるようになった。タムとも以前ほど口論しなくなったし、空っぽで不可解なアグローのなかにいても、前ほど閉じ込められてるような閉所恐怖は感じなくなっていた。夕食を焦がすみたいな些細(ささい)な出来事はほとんど気にならなかったし、もっと重大なことがあっても、この世の終わりみたいには感じなくなってた。

でもそれも長くは続かなかった。ある晩寝室を片付けていたら、小さな走り書きのメモを見つけたの。フランシスのポケットに入っていたんだけど、ウォーリーの筆跡でこう書いてあった――**本と文具のエイブラムズ。午後五時閉店**

その場に突っ立って見つめてると、胸に疑念がちらついたわ。

どうして開店時間ではなく、閉店時間を知る必要があるんだろう。

翌朝、ロックランドの食料品店や骨董品屋で、このあたりにエイブラムズという本屋がないかと尋ねてまわったんだけど、知ってる人はいなかった。それで結局、郵便局に並ぶ電話帳の山にたどり着いて、一冊一冊その名前を当たってみることにしたの。しまいに、いくつか町を越えたあたりで見つかったわ。

十回めか十一回めの呼び出し音で、あきらめかけたところで店主が受話器を取ってくれた。お待たせしてすみませんと彼は謝って、地元の警察が来て事情聴取を受けてたんだって言うの。

数日前、彼のお店に泥棒が入ったところだったのよ。

泥棒は真夜中に侵入して、旅行コーナーをあさっていったんですって。

「目当てはわかってるんですよ」店主は言った。「しかし、もう何か月も前から道路地図の在庫は切らしてるんです。このにわかブームが始まってからね、どの会社のどの地域の地図でもお構いなしです。棚がすぐすっからかんになっちまって」

「『このにわかブーム』？」わたしは問い返した。わけがわからないし、ひどく悪い予感がした。

「ここんとこ、骨董品コレクターのあいだじゃこの話で持ちきりなんですよ。どこかのコレクターが大金を払って集めてるそうで」彼はため息をついた。「どうしてあんなつまんないものにそんな人気が出るのやら。もっといい防犯設備をつける金があればいいんですがね、またこんなことがあっちゃかなわない」

電話を切る手が震えていた。外では、ベア、イヴ、タム、ダニエル、そしてあなたが車で待っていた。みんなでアグローへ行くことになっていたんだけど、わたしは動けなかった。

ドアが開いて、タムが頭を突っ込んできた。「まだ届いてなかったの？」壁際の公衆電話のそばにわたしが立っているのを見て、彼女は尋ねた。ここに立ち寄るために作った口実がそれだった——両親が本を郵送してくれたから、取りに行きたいって言っていたの。

「そろそろ出ないと道路が混んでくるよ。人に見られずにあの道に曲がるのがむずかしくなってくる」彼女の背後からベアが言った。

「今日はわたし抜きで行って」わたしは言った。「図書館に用ができたの。自分でちょっと調べものをしたいから」

ロックランド図書館は決して大きくはなかったけど、参考文献の足りないぶん、地元の新聞は充実していたわ。毎日数百部、郡内はもちろん近隣地域のすべての版が、キャスター付キャビネットに保存されてたのよ。まる一日そこで過ごして、膨らんでくる疑惑を打ち消そうと必死だった。

でも、逆に血が凍る思いをすることになった。

その夏にはほかにも盗難事件があったの、それも何件となく。

郡全体どころか、さらに広い範囲で盗難事件が連続して起こってた。学校、旅行代理店、地元の博物館、ガソリンスタンド、倉庫、廃車置場、住宅も何軒か侵入されてた。なにも知らずに見れば、なんの関連性もないように見えたでしょうけど、わたしのように、この泥棒がなにを探しているのか知っている者にとっては、そのパターンは火を見るより明らかだった。

わたしたちが見つけたのと同じ地図を、だれかが探している。

それがウォーリーじゃないかと恐ろしかった。それどころかフランシスかもしれないって。

新聞は本と違って貸し出ししてなかったから、盗難事件の記事を見つけたら残らずコピーを取った。それから五マイル歩いて家に帰り、リビングルームのテーブルにそのコピーをすべて広げた。おぞましい展示品かなにかみたいに。

でもほんとは大した計画があったわけじゃなくて、ただ真実が知りたいってだけだった。わたしの一部はまだ完全に信じきってないっていうか、信じたくないと思ってた。なにか別の説明がついて、魔法みたいにすっきり解決するんじゃないかって希望が捨てられなかったの。つまりわたしが間違っていて、ただの奇妙な偶然が何度も重なっちゃっただけで、どれもじつはウォーリーのしわざじゃなかったとか。あるいはウォーリーだったとしても、ほんとうに大変なことが起きる前に、説得してやめさせることができるんじゃないかって。

でも言うまでもなく、とっくの昔に手遅れになってたのよ。もうこのころには、ウォーリーの熱心な蒐集（しゅうしゅう）の噂は、アマチュアコレクターのネットワークを通じて東海岸中に広まってた。彼は何か月もかけて、合法的にしろなんにしろ、あの地図を探しつづけてたんだけど、いまでは向こうから招待やオファーが届くようになっていたわ、ロックランドに彼が置いている郵便受けに。〈カルトグラファーズ〉のひとりと称する奇妙で偏執的なコレクターが、一見してなんの価値もない小さな地図に――どころか、その地図の噂話にすら大金を払うって話はあっという間に広まってた。それで彼は、精力的だけどなにも知らない情報提供者のネットワークを作っていたの。引退した学校教師から、面白半分のティーンエイジャー、古本屋の店主まで、ありとあらゆる人たちを動員して、アグローの地図の最後の一部まで見つけようと、こんないなかの郡をしらみつぶしにしていたの。残っている地図をすべて手に入れようとしていたのよ。

でもあのときは、まだ見つけたばかりの証拠と書店主との電話にわたしは圧倒されていて、事態がほんとうはどこまで進行してるかろくに勘づいてすらいなかった。彼の執着がどんなに深刻化してるか、ほんとうにはわかっていなかったの。その気になったら彼にどんなことができるか、わたしたちはわかってなかったのよ。

先に帰ってきたのはアグローからの車だった。だれかに抱っこされて玄関の階段をのぼりながら、ネル、あなたが笑ってるのが聞こえたわ。それからタムがドアの向こうから声をかけてきた。

「ロミ、ごめんなさい！　あなたを拾おうと思ってロックランド図書館に寄ったんだけど、二時間前に帰ったって言われちゃって！」タムはリビングルームに入ってきて、わたしを見つけるとあやまった。

「待ってればよかったのに。歩いて帰るなんて暑かっただろ」そう言うベアはあなたを肩車していた。そのあとから入ってきたイヴとダニエルは調査資料を運んでいて、ベアがそれを手伝おうとあなたをおろすと、あなたはお母さんのほうへ走っていった。

やっとそんなごたごたが収まると、全員がテーブルに広げられたものに気がついた。

「これどういうこと？」タムが尋ねた。

「座って」わたしは言った。「ちょっと待ってて」

「待つってなにを？」ベアが尋ねる。

「いいから座ってて」わたしは繰り返した。「もうあとちょっとだから」

確かにそのとおりだった。居心地の悪い沈黙が落ちたけど、ものの数分でウォーリーの車が砂利を砕きながら私道を走るのが聞こえてきた。エンジン音が小さくなってしまいにやみ、ドアが音を立てて閉まり、キーを差し込んでロックをかける音もした。

「ただいま」フランシスが玄関のほうから声をかけてきた。

みんながそれに返事をしようとしたけど、わたしはひと睨みで黙らせた。

フランシスとウォーリーが近づいてくる。足音が玄関からキッチン、そしてわたしたちの待つリビングルームに迫ってくる。

「みんなここにいたのか」とフランシスは言ったけど、それと同時になにかおかしいことに気がついた。「なんだ、どうしたんだよ」

そのあいだに、ウォーリーの目はわたしを見、次にわたしの背後のテーブルを見、そのうえに広げてあるコピーに気がついた。「それなに？」彼は尋ねた。

「訊きたいのはこっちよ」わたしは言った。

フランシスとウォーリーは顔を見あわせ、またわたしに目を向けた。そしてついに、ふたりそろってテーブルに近づき、記事に目を通しはじめた。

ほんの数秒で、ふたりの顔に浮かんでいた当惑の色がべつのなにかに変化した。

パニックだ、とわたしは思った。それとも罪悪感だろうか。

「違うんだ」フランシスは言った。


「いいわ、もうたくさん。どういうことよ、これ」タムはそう言って、コピーの束を引ったくった。「これはいったい……」

でも読みはじめたとたん、彼女の言葉は尻すぼみに途切れたわ。

それでダニエルは立ちあがり、ベアもそれにならった。イヴは不安げに小さくなって、だれかがコピーをまわしてくれるのを待っていた。

タムはしまいに顔をあげた。彼女が持っていた紙を、あなたが勝手に取って読むふりを始めた――なにが書いてあるのかわからなくてほんとによかったわ。でもタムは驚愕と困惑のあまり、それをあなたから取り返そうとすらしなかった。

「ウォーリー、これはどういうことなの」と尋ねる彼女の声は、このうえなく静かで悲しげだった。彼はその声に傷ついたようだった。「これはみんな……これはみんな、あんたのしたことなの？」

「ぼくらは犯罪者じゃない」ウォーリーは言った。

「ほんと？」わたしは声をあげた。「これが犯罪でなかったらなんなの？　ただ面白いからやってるだけなの？」

「まさか」フランシスは肝を潰して否定したけど、わたしはあんまり腹が立ってたから言いつのってしまった。

「それともかっこいいとでも思っているの？　それともお金のためなの？　それとも——」

「おれはウォーリーに借りがあるんだよ」彼はついに怒鳴った。「ただのお返しみたいなもんだよ！」

「お返し？　どんないいことをしてくれたら、お返しに罪を犯してもいいことになるの？」わたしは叫んだ。

「あの町を守りたいんだ」ウォーリーはつっかえつっかえ言った。「プロジェクトが完了するまで、秘密が守れるかどうかが肝心じゃないか。だから集めようと思ったんだ、見つけられるかぎりの——」

「集める？」わたしは嘲るように繰り返した。「あなたはこれを『集める』って言うの？　被害者はそうは言わないと思うわ」

「あんな地図のことなんか、だれも気にしやしないよ」彼は反論しようとしたが、わたしはそれを遮って怒鳴った。

「あなたは他人(ひと)の会社や住宅に侵入してるのよ、ウォーリー！」

「だけど、貴重品には手をつけてない！　ほかにはなにも盗ってないんだ！」

「本気で言ってるの？　投獄されるかもしれないのよ。おまけにフランシスまで巻き込んで！」

「ぼくが頼んだわけじゃない！」彼は叫んだ。あんまり大声だったから、少し声がかすれてた。ウォーリーは、みんなが言いあいをするのは何度も見てきた。大掛かりなプロジェクトが終わりに近づくと、とくに言いあいが増えるのよ。でも彼はいつでも傍観者で、みんなの気が静まるまで脇に控えて待っていて、それからおもむろに自分の意見を言うの。だから、自分に直接怒りが向けられるのに慣れてなかった。

　これなら彼を言い込められるってわたしは気がついた。

「フランシスがあなたに借りがあるのなら、頼む必要はないじゃないの！」わたしはやり返した。「無理強いも同然だわ！　ウォーリー、フランシスを強請(ゆす)ってたの？」

「違う」ウォーリーは懇願するように言いながら首をふっていた。「そういうことじゃないんだ！」

「それじゃ、どういうことだったの？　いったいどういう事情で、フランシスはこんなことまでする気になったっていうの」

「ロミ、やめろよ」フランシスがうわずった声で必死に言った。「もういいじゃないか」

「ちっともよくないわよ。どういうことかちゃんと説明してほしいのよ、わたしは」

わたしに睨まれてウォーリーは小さくなってた。情けなさそうな、怯えたような顔をしていたわ。わたしは彼の腕をつかんでた。皮膚が白くなるほど強く握りしめてたから、彼は逃げることができなかった。「頼むよ、フランシスはもう来なくていいから」彼はそう言ってなだめようとしたけど、わたしはそれを遮って怒鳴った。

「いまさらなに言ってるのよ！　とっくに彼を引きずり込んでるくせに。理由を説明しなさいよ！」

「ぼくはただ……見ちゃいけないものを見てしまったんだ！」

「ロミ、やめろって！」フランシスはパニックを起こしてるみたいだった。

わたしはウォーリーの顔をひっぱたいた。「ウォーリー、なにを見たの？」

「ロミ、なにするの！」タムがぞっとしたように叫んだ。

でもわたしはまたひっぱたいた。「言いなさい！」そう言って三度めにひっぱたいた。あんまり力いっぱい叩いたもんだから、ほかのみんなが悲鳴をあげてたわ。「なにをあなたに見られたら、いっしょにこんなことをするほど――」

「浮気してたんだ」ウォーリーは血走った目でうめくように言った。いまにも気絶してしまいそうだった。おぞましい無意識の詠唱のように彼はその言葉を繰り返し、その言葉が長く消え残っていた。「浮気してたんだ」

部屋じゅうが静まりかえった。

ショックに声も出ず、全員が全員の顔を見くらべていた。

そんなばかな。

「でも……いつ？」わたしはついにささやくように言った。

あまりに不可解な話に思えた。そんなことがあるなんて、信じるどころか想像することもできない。

「だれと？」

とそのとき、イヴがわっとばかりに泣きだした。

モーテルは薄汚かったけど、あの家よりはましだった。あの家にくらべたらなんでもましだったわ。

いまなら時間があるってことで、部屋の小さなテーブルで、もっと丁寧にスーツケースに荷物を詰めなおした。

　ショックで意識が飛びかけたあと、わたしが最初にやったのは二階に駆けあがることだった。いっぽう、ダニエルはそれぞれのしでかしたことでウォーリーとフランシスを怒鳴りつけ、ベアはみんなを落ち着かせようとし、そしてイヴは泣きつづけていた。ネル、あなたはあのときどこにいたのかしら。タムがあなたを外へ連れ出してくれてたのならよかったと思うわ、あんなところを小さい子に見せたくないものね。わたしはタンスの引出しからフランシスのものを残らず引っ張り出して、手すり越しに階段の下へ、みんなに見えるようにリビングルームの真ん中へ投げ落としてやった。でもそこで気が変わって、自分のスーツケースを取り出して荷造りを始めたの。

　あの夜だったら、みんなを説得してフランシスとイヴを放り出すこともできたと思うけど、どっちみちわたしはあの家にいたくなかった。夏じゅう彼といっしょに寝ていたベッドでは寝られなかった――少なくともシーツを剝がして洗濯するまでは。いえ、ゴミみたいに捨てられればもっとよかったと思うわ。

　とにかく逃げ出したかったの。みんなの嘘や秘密から、あの家から、あの町から逃げ出したかった。

　みんなはウォーリーに尋問を続けてたから、わたしはフランシスにロックランドまで車で送って、そこのモーテルの前で降ろしてって言った。近くにいて我慢できるかどうかわからなかったけど、あのときはこれ以上に彼に対して残酷な仕打ちは思いつけなかったし。車に乗ってるあいだ、わたしは最初のうちわめき散らして、なにもかも話せって要求した。どんな胸糞(むなくそ)悪い恥ずかしいことも具体的に話せって。そしてそのあとは黙りこくって、彼がなにを言っても訊いても答えなかった。着いたらバックシートからスーツケースを引きずり出して、赦してくれって言ってる彼を駐車場に残して、さよならも言わずにモーテルに向かった。彼は追いかけてきてロビーに入ろうとしたけど、わたしが大声で怒鳴りつけたもんだから、フロントの女性がしつこくつきまとうと警察を呼ぶって言ってくれた。フランシスは顔を涙で汚しながら帰っていって、フロントの女性はうちで一番の部屋だっていう部屋にわたしを入れてくれたわ。

「あいつがまた来たら、あなたはもうチェックアウトしたって言っときますから」そう彼女は言って、気の毒そうにわたしの手をぽんと叩いて部屋の鍵を渡した。

わたしはまだ事態がよく呑み込めていなかった。夏じゅうずっと、わたしの鼻先でフランシスとイヴがそういうことをしていたなんて。毎日彼はアグローに行って彼女と浮気をして、帰ってきたら夜にはわたしの横で寝て、そうやって何度も何度もわたしをこけにしていたなんて。

　吐きそうだったわ。

　なにより吐き気がしたのは――なぜだかフランシスの裏切りよりも赦せなかったのは、ウォーリーが知ってたってことだった。

　ずっと知っていながらわたしに伝えもせず、ふたりを人質にとってその秘密をいいように利用していたんだから。

　わたしはウォーリーにも裏切られていたのよ。

　そのとき、室外の階段をのぼってくる音がして、わたしは息を殺した。足音が通り過ぎていくか、わたしのドアの前で立ち止まるかと待ち構えていた。もしタムが慰めに来たのだったら、あるいはイヴがあやまりに来たのだったら、自分がなにをするかわからないと思った。あの家でフランシスの衣服を投げ落としたように、外の手すり越しに突き落としてしまうかもしれない。なお悪いことに泣き崩れてしまうかもしれないと恐ろしかった。どんなにわたしが傷ついたか、フランシスに知られてなるものかと思った。絶対にへこんだりしないって。

　足音が階段をのぼりきって、それからずいぶん長い間があって、とうとうノックの音がした。わたしは目が灼けるように熱くて、ろくに見えないくらいだった。必死で涙をこらえていたから。

「ロミ？」ドア越しに聞こえてきたのは、ベアのささやくような声だった。

　ゆうに五分は待っていたけど、立ち去る気配はなかった。

「おれひとりだよ」

　とうとうわたしは鍵をあけ、チェーンを外した。

「なんの用？」

　ベアは片手を差し出した。望めばハグしてくれたと思うけど、わたしはそれを見つめるだけだった。触れるのが怖かったのよ。彼のやさしさを受け入れたら、この怒りは苦痛に変わってしまって、そうなったら耐えられないと思ったの。

「慰めてほしくなんかないわ」

　彼は軽く肩をすくめたけど、帰ろうとはしなかった。また顔をあげてみたら、彼の目も濡れて光っていた。

これでなにもかも終わりだって気がついて、それが波のように彼を丸呑みにしようとしていた。フランシスとイヴとわたしが、またひとつ部屋に顔をそろえるなんてことはありえない――無理に引き留めればわたしたちは苦しみ、ベアはそれには耐えられないけど、わたしたちがひとりでもいなくなれば、その喪失にも耐えられない。

少なくともわたしは、それが彼の涙の意味だと思ったの。

「ベア、わたしにはあのふたりを赦すなんてできないわ」

「わかってる」彼は肩を落とした。

「もう終わったの。二度と戻りたくない」

なにも考えず、怒りに任せて言ったことだけど、でも口に出した瞬間にそれが本心だと気がついた。あの地図から、あの町から自由になりたかった。二度と戻りたくなかった。

でもわたしは戻った。たった一度だけ。

自分自身の声に耳を貸すべきだったわ。

ベアは泣き崩れる寸前で、大きな両のこぶしを目にこすりつけていた。涙をこすり落とすように、自分の感情もこすり落とせると思ってるみたいだった。あんまり長いことそうしてるから、目に傷がつくと思ってわたしは彼の両手をつかんだ。

「きみに言わなきゃならないことがあるんだ」彼はしまいに言った。

わたしは歯を食いしばった。「フランシスはほかになにをしてたの」

でもベアは首を横にふって、「フランシスのことじゃない」とささやくように言った。「おれのことで」

最後の言葉はとてもかすかな声で、ろくに聞きとれないほどだった。

「助けてほしいんだ」

わたしは憎悪で破裂しそうだった。フランシスとイヴを罰してやりたかったけど、ふたりはもう自分で自分を厳しく罰していて、恥辱に責めさいなまれていた。フランシスはわたしに捨てられるとわかっていたし、そしてイヴはイヴで、みんなから二度と信用してもらえないし、グループに残ることも許されないだろうとわかっていた。わたしがどんなに心ないことを言っても、ふたりにはこたえなかったでしょう。罪悪感という地獄の業火に焼かれていたら、わたしの怒りの熱なんか蚊が刺したほどにも感じないでしょうからね。

でも、わたしはそのままにはしておけなかった。だれかに仕返しをしてやらなきゃ気がすまなかったの。たとえそれがフランシスでないとしても。わたしが傷つけられたように、だれかを傷つけてやらなかったら気がすまない。

そしてベアは、その完璧な機会を与えてくれたのよ。

XX

〈クラシック〉社玄関の日よけ(オーニング)の下は照明が消えていて、ネルは暗闇のなか、ほとんど手探りで鍵穴を見つけなくてはならなかった。彼女の鍵はトートバッグに入っていたのでなくなってしまったが、玄関前の黄色いバラの鉢に、ハンフリーがいつも予備の鍵を埋めて隠しているのは知っていた。

背後では、スワン、フランシス、ラモナ、イヴがそわそわと待っている。全員が静かな通りをうかがっていた。

ネルはいまだに信じられない気持ちだった。まさかほんとうに〈クラシック〉までたどり着けるなんて。どうしてつかまらなかったのか理解できない。

警察は何時間もねばって、ニューヨーク公共図書館を、なかでもその地図部をしらみつぶしに捜索した。百回も地図部のなかを歩きまわり、ネルたちにしか見えないドアの向こう側をうろついていた。絶対に入って来られないのはわかっていても、すぐそばを通られるとそのたびにネルは飛びあがったものだ。正面玄関からは、絶えずサイレンのむせび泣きが響いてくる。

ようやく外の騒ぎが静まって、そろそろ脱出できるとフランシスが判断すると、ラモナを先頭に隠し部屋の反対側のドアに向かった。ドアを細くあけて人影がないことを確認すると、彼女はそれを大きくあけ、全員で急いで外へ出た。ネルはよろけた。急に夜風が肌に吹きつけ、夜更けの暗闇と街灯のまぶしい光が押し寄せてきて、彼女はまたあらためて愕然とした。

信じられないことに、いつの間にかかれらは図書館の外の歩道に立っていた。ふつうの世界に戻ってきたのだ。

ラモナがサンボーンの地図を折りたたんでイヴに手渡すと、いま通り抜けてきたドアは消えた。ニューヨーク公共図書館の物言わぬ石壁が無表情に見返してくるばかりで、かれらはまるで、ただその壁をするりと抜けてきたかのようだった。

「信じられない……」スワンはろくに口がきけない様子で、図書館の壁を見つめていた。

見込み客と見て、通りかかったタクシーがクラクションを鳴らし、ネルはその音に飛びあがった。フランシスがいらいらと手をふってそれを追い払う。

「行こう」彼は言った。正面玄関のほうを見やると、遠すぎて顔は見分けられなかったが、巨大なライオン像のあいだにまだ何人か客が残っていて、詰めかけた報道陣のインタビューに応えていた。「角を曲がったところにわたしの車が駐めてある」

遅い時間だったため、道路はがらがらでほとんど時間はかからなかった。プレジデント・ストリートに着くと、フランシスは〈クラシック〉の駐車場ではなく、道路をはさんだ向かいに駐車し、エンジンを切ってライトを消した。しかし、だれもすぐに降りようとしなかった。暗闇に動くものがないだろうか。ケイブ警部補の黒い覆面パトカーが尾行してきていないだろうか。あるいはウォーリーが。いまごろは、ネルのバッグを調べてアグローの地図が入っていないのに気がついているはずだ。すでにどこかをうろついて、また彼女を捜しているのではないだろうか。

だからなおのこと、彼が戻ってくる前に図書館から逃げなくてはならなかったし、次に彼女が行きそうな場所として推測されないうちに、〈クラシック〉から地図を持って逃げなくてはならないのだ。

ネルが鉢植えの土を鍵から払い落としているとき、スワンは「まだ信じられない」とつぶやいた。いささか気分が悪そうに見えた。これまで出くわしたうちで最も貴重な地図がいま、上階のネルの散らかったデスクのどこかに突っ込まれていて、まったく無防備な状態だということが信じられないのだ。傑出した学者の血筋のレールをはずれた娘が、それほど貴重極まりないものを隠そうというときに、よりにもよってブルックリンの、安っぽい模造の装飾品を作る会社の紙くずの山を選ぶとは。

　夕方、図書館で開かれる父の記念式典に出席しようと会社を出る直前、ネルは書類ばさみからアグローの地図を取り出し、ふつうは顧客の注文書に使う〈クラシック〉の無地の封筒に入れ、自分の「入」トレイに山と積みあがった書類のなかに隠した。

「わかってるわ」ネルはささやき返した。「でも、お父さんは図書館でそれをやって、何十年もうまく行ってたんだから」不用品という干し草の山に落ちた針だ。未整理品を保管する地下書庫で、彼女がたまたまあのジャンクボックスを見つけていなかったら、ウォーリーに気づかれることもなく、あの地図はずっとあそこに埋もれたままだったかもしれない。

「まあ、このツキを逃さないようにしましょうよ」とラモナは言った。「〈クラシック〉は意外な隠し場所かもしれないけど、ウォーリーはもともとなにひとつ見逃さない人だから。ウォーリーが現われたら、ベアは全力で阻止しようとするでしょうけど……」

　上階で、ハンフリーがけがをしてひとり倒れているかもしれないと思うと、ネルは胸が締め付けられた。入りにくい鍵をできるだけ静かに鍵穴に差し込み、暗い建物内にみなを招き入れた。

　照明をつけると注意を惹(ひ)きかねないので、明かりもつけずに一階の狭いロビーを足音を忍ばせて突っ切り、階段をのぼった。のぼりきると、ネルは先に立って〈クラシック〉のドアまで歩いた。全員がドアの前に集まったとき、ガラス面に刻まれた文字が鈍く光ってこう読めた。

クラシック・マップ&アトラス
どんな地図でもお作りします!

「きみの会社に来るのは初めてだ」スワンがぽつりと言った。

「わたしのせいだわ」ネルは答えた。いまでも――これほどさまざまなことがあって、ハンフリーがほんとうはだれだったのか知ったいまでも、やはり恥ずかしさに身の縮む思いがする。ニューヨーク公共図書館地図部の収蔵品責任者のスワンのほか、ハーヴァード大学の教授やペンシルヴェニア州立大学の文化財保存学者に、この七年間彼女がどんな地図の仕事をしていたか、図書館を追い出されてからどんな毎日を送っていたか、これから見せなくてはならないのだ。「いまだって、入ってもらわなくてすめばよかったって気がしてるの」

スワンは彼女の腕に手を置いた。「なんにも恥ずかしがることなんかないんだよ」彼は言った。

キーホルダーの二番めの鍵を鍵穴に差し込んだが、鍵はかかっていなかった。

「遅かったのかしら」イヴがささやいた。

フランシスが最初にのぞき込み、首を横にふった。

「荒らされてはいないようだ」

急いで脱出したい場合に備え、ドアをほんの少しあけたままにして、五人はなかに足を踏み入れた。〈クラシック〉のオフィスは、周囲の食品雑貨店やコインランドリー、傾きかけた三階建てのアパートより高い位置にあり、おかげで窓から月光が射し込んでいた。その淡い光に、雑然とした静かな室内がかすかに青く染まっている。

「こっちよ」ネルはそちらへ急ぎながらささやいた。「わたしのデスク」

スワンがそれを眺めるさまを見ながら、ここで過ごした日々を忘れて自分でも新たな目で見直してみようとした。ニューヨーク公共図書館のころより狭くて、ラジエーターの横に小さな作業台が詰め込まれている程度のデスク、古いコンピュータ、そして書類の山が高くそびえている。それは明らかに彼女の「入」トレイから始まっていたが、作業空間をなかば埋め尽くすまでに成長していた。その下に、大きな方眼紙のパッドがかろうじて顔をのぞかせている。彼女はあれで、複製した地図に装飾を付け加えているのだ。

スワンは書類の山から一番上の封筒を手に取った。

「フレデリック・デ・ウィット、一六五四年オランダ製の海図帳、折り目、水による褪色、海の怪物追加版？」と、その封筒に書かれた仕事内容をぼそぼそと読みあげる。

「海賊船はまたべつなんだけど、わたしの描いた海の怪物を見てやって」彼女は肩をすくめた。「信じられないと思うけど、プトレマイオスやヴァルトゼーミュラーの地図にクラーケン（北欧の伝説上の海の怪物）がいないと物足りないって思う人っていっぱいいるのよ」

スワンは笑いをかみ殺した。しかし、彼女の仕事を見る彼の顔には、鼻で嗤うような高慢の色も、でたらめだと見下して眉をひそめる気色もなかった。その目にあふれているのは愛情だけだ。下絵に描かれた小さな海の怪物に、彼は愛おしげに触れた。

　自分でも驚いたことに、ネルもいっしょに笑っていた。これまでくだらない、ばかにしていると感じていた〈クラシック〉の地図を、ちょっと愉快だとしか思わなかったのは生まれて初めてだった。ついさっき、秘密の町と存在しない場所に至る地図の話を聞いたばかりではないか。人畜無害な紙切れに大きなイカの絵を描いたり、手でしわくちゃにして古く見せたりするぐらい、それを喜ぶ人がいるならいったいなにがいけないのか。それを買う客は、たくみに装飾を付け加えられた商品を自宅のリビングルームに掛け、それを眺めて感動や夢や冒険の興奮を味わう。それは、図書館の収蔵品の地図を見て彼女が感じるそれとなんの変わりもない。それはほんとうに、そんなによくないことだろうか。

　ネルは急いで寄っていき、そびえ立つごちゃごちゃの書類の山をスワンといっしょにより分けはじめた。

「出る前にここに隠したの。ごちゃごちゃのなかに適当に突っ込んどいたんだけど」

「なにか特徴は？」スワンが尋ねる。ほかの三人も手を貸しに来た。

「無地の白い〈クラシック〉の封筒に入ってるわ」彼女は言った。「表書きはなし」

（どうかまだありますように）そう祈りながら、封筒や小包の山を掘り返した。

「表書きのない封筒は見当たらないね」スワンがこわばった声で言う。

「よく見て」彼女は言った。「ここにあるはずだから」

（どうかウォーリーが持って行ったあとではありませんように）

　とだしぬけに、紙の山をなかばほど掘り返したところで、彼女は薄い無地の白い封筒を抜き出した。

　心臓がどきどきする。

　アグローの地図だ。

　まだ盗られていなかった。

「あったわ」彼女は言った。慎重に蓋の下に指を滑り込ませ、封筒をあけて父の地図を取り出した。

　彼女以外の全員が、それを見て恐れると同時に魅了されて、一歩あとじさった。

「もう二度と見ることはないと思っていたわ」とラモ

ナが言った。

「そうであってほしいと願っていたのに」とイヴが付け加える。

最初に進み出てきたのはフランシスだった。ネルの手にしたそれをじっと見つめていたが、触れようとはしない。「しかし、やはりわからないな。ダニエルはどうやってこれを手に入れたんだろう。あの夜、あの火事ですべてなくなったはずなのに」

「タムだわ」ラモナが言う。

（どういうことですか）ネルはそう言おうとしたが、そのときかれらの背後で息を呑む気配がした。

「そのまま、動くな！」と叫ぶ声がした。

スワンは驚いた拍子にデスクにぶつかり、危うくデスクも自分も引っくり返りそうになった。ネルはキーボードを武器のように構えながらくるりとふり向いた。

「ハンフリー！」彼女は叫んだ。

「ネル！」ハンフリーはほっとしたようにあえいだ。ふりかざしていた傘を放り出し、自分のオフィスを飛び出して駆け寄ってくる。その背後に目をやると、外したままの受話器がデスクに転がっていた。あれから何時間も経っているのに、まだ修理会社にメッセージを残しているところだったのだ。「やれやれ、助かった！　泥棒に入られたのかと思ったよ」

しかし薄暗がりのなか、フランシス、ラモナ、イヴが彼女の後ろに立っているのを見て、彼は黙り込んだ。

「ネル、これは……」

ラモナが彼の言葉を遮って言った。「ベア、もう彼女も知ってるのよ」

ハンフリーはゆっくりとネルに目を戻した。

彼女は急に目が灼けるように痛みだした。言葉を絞り出そうとする。「ハンフリー……わたし、ほんとうによくしてもらって……もう何年も……」

「大したことじゃないよ」彼は言った。

「でもわたし、すごく恩知らずだったわ。毎日――」

彼は首をふって彼女の言葉を遮った。「ネリー、きみと過ごす毎日は宝物だったよ」

広げた彼の両腕に彼女は飛び込み、彼の大きな身体に包み込まれた。

「でも、どうして黙ってたの？」しまいに身を引いて尋ねた。

「お父さんに口止めされてたんだよ」ハンフリーは答えてうつむいた。「お父さんがきみを連れてロックランドを出ていったとき、わたしたちはみんな別々の道に進んだ。最初のうちは、互いに会うのがとても苦痛だった。でも、わたしはしまいにロングアイランドの両親のもとへ戻ったから、そのときダニエルに連絡を取って、またきみたちに会いたいと言ったんだ――が、わたしとしょっちゅう会っていたら、きみがいろいろ思い出してしまうんじゃないかとダニエルはとても心配していた。彼はきみの父親で、わたしはただの友人だ。じつの姪のようにきみを愛しているといったところで、それは変わらない。それで彼の言うとおり、ずっと会わずにいたんだよ」彼はため息をついた。「だが、図書館であんなことがあって、きみはひどい目にあって……わたしはそれを指をくわえて見ていることができなかった。それにきみはもう大人なんだし、もうお父さんと話もしていないんだから、過去は伏せておくことができるだろうと思ったんだ。きみに力を貸しても、約束を破ることにはならないだろうと」

「そうだったの」ネルはつぶやいた。また彼の腕に手を置いて、「よかった」

　ハンフリーは笑顔で肩をすくめた。しかしそこで、先ほどフランシスが軽く手当をしたネルの側頭部の切り傷と、その下から広がりはじめている派手なあざに気がついた。

「どうしたの、なにがあったんだ」彼は声をあげ、彼女になにかあったとわかったときのつねで、驚いたように上体を起こして胸を張った。すると大きな肩と胸がさらに大きく見えて、（まるで熊さんみたい）彼女はいつもそう思っていた。それがどれほど当たっていたか知ってさえいたら。

（なにからなにまでよ）、ネルは言いたかったが、どこから話していいかわからなかった。

「ここに地図を隠してたの」そこで代わりにそう言った。

「地図とは？」

「あの地図よ」ラモナが言った。「ダニエルが持ってたのよ、ずっと」

　ネルは薄暗い部屋でも見やすいように、地図をあげてみせた。ハンフリーは茫然とそれを見つめた。それからまたネルに目を向け、ラモナに視線を戻す。しまいにラモナがうなずいてみせた。

「しかし、どうして……」彼は口を開きかけた。

　嚙みつかれるとでも思っているように一歩あとじさり、そこで昔の友人たちの顔を見た。

「言っておくが、わたしはなにも言ってないぞ」彼は言った。「だいたい、あれがまだ存在することすら知らなかったんだ！　決して――」

「信じるよ、ベア」とフランシスは言って、肩をすくめた。「ネルはヤング家の一員だ。いつまでも隠しておけると思うほうがばかだったんだ」

まだショックから完全に立ち直っていないにもかかわらず、その言葉を聞いたハンフリーは、口もとにかすかに誇らしげな笑みを浮かべた。「わたしに言わせれば、きみは以前から一番のヤングになるつもりだったものな。ほかのふたりのヤングはどっちも押しのけられてしまうね」

「ハンフリー、もうやめて」ネルは少し頬を赤らめて言った。「それから、スワンも始めないでね」スワンはハンフリーに賛成してうなずいていたのだ。

「わかった、わかった」スワンはなだめるように答えた。その目が彼女の持つ地図に留まる。「それで、これからどうするね」

ネルは色あせた表紙をためらいがちになでた。

「ほんとうに行くの？」イヴができるだけやさしい口調で尋ねた。「こんなに年月が経ってから……」

「いまごろは、町全体が焼け落ちているかもしれない」フランシスは暗い顔で付け加えた。「なにも残っていないかも」

かれらの警告がなにを意味しているのか、ネルにはわかっていた。たとえウォーリーに見つけられずに幻の集落にたどり着いたとしても、アグローで見つかる母の痕跡は、かりに見つかるとしても遺灰がせいぜいだろう。何十年も前のことだし、火災は町全体が灰になるほど強力だったのだから。

しかし、まだなにか引っかかるものがある。それに気がついたのは、ニューヨーク公共図書館のあの隠れた部屋で意識が戻って、アグローが実在するというフランシスの話がほんとうだったとついに気がつき、それでもなお残る疑問点について考えていたときだった。

彼女はヤング家の一員だ。なにかを追求しはじめたら、最後まで見極めなければ気がすまない。

確信を得られるまではやめられない。

「どうして断言できるんでしょう」ネルはついに言った。「母がほんとうに亡くなったってどうしてわかるんですか。話を最後まで聞かせてください。火事が起こった日のことを教えてほしいんです」

すると、ハンフリーが申し訳なさそうにうなだれた。

「わたしのせいなんだ」彼はささやくように言った。「みんなでいっしょにあの町へ行ったんだもの。あの夏に起こったことは、わたしたちみんなに責任があるわ」

ハンフリーは首をふった。「そうかもしれない。でもあの日、ウォーリーが一線を越えてしまったのはわたしの嘘のせいだった。あの火事が起きたのはわたしのせいだ」彼はうつむいた。「タムが死んだのはわたしのせいなんだ」

ネルは彼を見つめた。「どういうこと？」ようやく声を絞り出した。

彼女の上司は両手を握りあわせた。前かがみになると広い肩が小山をなし、黒っぽい髪が目に垂れかかって、彼のニックネームの理由がよくわかる。

「その前に、きみに渡したいものがある」彼は言った。自分のオフィスに戻り、デスクの引出しをあけて小さな金庫を取り出した。日中に少額の現金を入れておくのに使っているものではない――一度も見たことのない金庫だ。ごちゃごちゃの引出しの奥に突っ込まれていて、古い領収書やらなにやらに覆い隠されていた。彼はポケットを探ってキーホルダーを取り出し、小さな錆びた錠を開いた。

「これをきみに」彼は戻ってきてそう言った。

万年筆だった。深紅の漆塗りの軸に金のペン先、白いウィスコンシン大学のロゴが入っている。

「イヴが話してくれた万年筆ね」ネルははっと気づいて言った。ハンフリーに向かって、「お母さんがわたしに作ってくれた……」

彼はうなずいた。

彼女は笑みを浮かべてそれを受け取った。側面に触れると、指に小さなぎざぎざを感じる。いい角度で光が当たるように調節するのに少し時間はかかったが、いずれにしてもそこにどんな形が現われるか、彼女はすでに知っていた。

シンプルな、少しいびつな八方位のコンパスローズで、中央にCの文字が入っている。

母が作った〈カルトグラファーズ〉のシンボルだ。

「あの火事で失ったと思い込んでたのは、あの地図だけじゃなかったみたいね」しまいにラモナが言った。

ハンフリーはうなずいた。「なんとか取っておくことができたよ。ネルが大人になったとき、タムの形見がなにも手もとにないのかと思うと耐えられなかった」

ネルは心を奪われて、刻みつけられたシンボルをまたゆっくりと指でなぞった。

「もっと早く渡したかったんだが、お父さんと約束してたから――」彼はため息をついた。「だから、きみがうちの会社を去るときが来たら、そのときに渡そうと決めてたんだよ」

ネルは笑顔で言った。「ハンフリー、わたし辞めるつもりなんかなかったのに。ほんとよ」

ハンフリーは笑みを返したが、少し悲しげだった。

「いやいや、そんなことはない。きみのお父さんのスキャンダルなんかくだらないよ、くそ食らえだ。きみみたいに優秀な人が〈クラシック〉にずっといちゃいけない。わたしが許さないよ」

ネルはいつものように、大げさにいらいらしたふりで目をぎょろつかせた。いきなり熱い涙が浮いたのをみんなに気づかれなければいいがと思いながら。万年筆のキャップを取り、ペン先を手の甲に沿って走らせてみた。長い年月が経っているにもかかわらず、インクは彼女の肌に黒々とオイルのように輝く線を描いた。

「直してもらったんだ」彼は付け加えた。「何年かに一回、ピストンを清掃してカートリッジを充塡し直してる」

「ありがとう、ハンフリー」

しかし、ハンフリーは首をふった。彼の広くてがっしりした肩がいっそうすぼまった。「わたしがやったことを考えたら、こんなことはなんの埋め合わせにもならないよ」

ネルは彼の肩に手を置いた。彼のことならよく知っている――それに気づいていなかったときですら。彼女が子供のころにはやさしい兄のような存在として、そして〈クラシック〉社の上司としては、仕事の面や経済的な面でどれだけよくしてもらったか考えれば、彼が自分で思っているほど重大な過ちをおかしたとはとても思えない。「その夜にどんな嘘をついてたのか知らないけど、そんなにひどいことのはずないと思うわ」

しかしその言葉は、ハンフリーの絶望を深めただけのようだった。

「あの夜だけじゃないんだ。あの夏のあいだずっと、わたしはみんなに嘘をついていたんだ」彼はしまいに言った。

彼はようやく顔をあげた。曇りのない大きな目に自責の涙が浮かんでいる。しかし彼が話を始めないうちに、フランシスが咳払いをして口をはさんだ。

「その話は、アグローに行く途中ですることにしよう」

ネルは驚いて彼のほうをふり返った。「えっ?」

しかし、フランシスはこちらを見ていなかった。壁にもたれて、不安げに窓の外をうかがっている。「連れができてしまった。このビルを警察が包囲してるよ」

(ケイブ警部補だ!)図書館にも自宅アパートにも彼

女の姿が見当たらないので、記録を調べて職場までやってきたのだろう。「ここから逃げなくちゃ」彼女は言った。

ちょうどそのとき、赤と青の閃光と耳をつんざくサイレンの叫びが、オフィスに嵐のように襲いかかってきた。

「どこへ？」スワンが尋ねた。「出口は正面玄関と非常階段しかない。非常階段を降りればまっすぐパトカーの前に出てしまうよ！」

「ヘレン・ヤング！」メガホンががなった。「警察だ。このビルは包囲されている！」

全員が飛びあがり、あわてて窓から後退した。ハンフリーは自分のオフィスに駆け込み、ネルはくるりとふり返り、逃げ道がないか部屋じゅうを見まわした。トイレの大きな通風孔が使えないだろうか。それともクローゼットのなかに隠れようか。あるいは屋上に逃げるか。でもそのあとは？

サイレンの絶叫が耐えがたいほどに高まる。「両手をあげて出てきなさい！」

紙のこすれあう音に驚いて、彼女はふり向いた。

「これこれ」ハンフリーがまた出てきて、一枚の紙を持ちあげてみせた。自分のオフィスに置いているノートにはさんでいたものだ。「これで逃げ出せるよ」

それはまたべつの地図——一九七〇年代のクラウン・ハイツのゾーニング図だった。都市計画担当者によって、きれいな濃淡の線で〈クラシック〉と隣接する建物群が描かれていた。

「このもうひとつの階段を使えば、まっすぐ裏に出られる。出たところは駐車場だ」と、このオフィスの図を指さしながら言った。

「完璧だわ」ラモナは言って、彼の手から地図をひったくると、みんなを急かしてドアに向かわせた。

「階段なんて……」とネルは口を開きかけた——このビルから外に出るもうひとつの階段などないはず——が、そのときはたと気がついた。

そして確かに、全員でオフィスの外の廊下に転がり出てみると、そこには階段がひとつでなくふたつあった。ふたつめは廊下の反対側にあって、正面玄関とは反対方向に下っている。そしていま警察はその正面玄関に群がって、まさにドアを破ろうとしていた。

「これはいったい……」あきれ果てたように、スワンが目を丸くしてつぶやいた。そのとき、板の砕ける音に全員が飛びあがった。

「警察だ！」メガホンががなり、また蹴りが入って一階玄関のドアがさらに砕けた。

「急いで!」ラモナが叫び、かれらにしか使えない階段を降りはじめた。

「次はきみだ」ハンフリーはネルに言い、早くしろと身ぶりで示した。「わたしたちが背後を守るから」

ネルはおぼつかない足取りで階段を降りていった。

「以前からずっと、わたしこのオフィスのことでは文句ばっかり言って、引っ越そうってさんざん言ってたけど――」彼女は言った。

このパニックのさなかでも、走りながらハンフリーは笑顔を見せた。「言っただろ、ネリー。このおんぼろビルから動かないのには理由があるって」

ベア

確かに、アグローを見つけたとき、わたしたちはみんな隠しごとをしはじめた。だけどな、ネル……わたしの場合は違うんだ。わたしはずっとみんなに嘘をついていた。ロックランドに着いたその日から、いや、その前からだ――博士課程を修了してウィスコンシンを離れる前からなんだよ。

みんなで住んでたあの家はわたしの両親のもので、夏のあいだはほとんど使われてないとわたしはみんなに言った。いっしょにあそこに引っ越して、プロジェクトを続けるのにぴったりだって。でもそれは嘘だったんだ。あの家はわたしの両親のものじゃなかったし、親戚のだれかのものですらなかった。貸家だったんだよ。最終学期に、旅行代理店で貸別荘の広告を見て思いついたんだ。

わたしはただ、みんなが離れ離れになるのがいやだったんだ。タムとウォーリーはすごく優秀だし、ダニエルはすごく精力的だし、ロミとフランシスはすごく緻密だし、イヴはこの業界にすごく強力なコネを持ってた。だから、いくら壮大な計画があっても、休暇中に離れ離れになったら、二度とみんなが集まることはないにちがいないと思ったんだ。でもプロジェクトに取りかかりさえすれば、あとはみんなうまく行くだろう。ただそのためには、わたしが最初の一歩を踏み出さなくちゃいけない。罪のない嘘だと思った。

　というのも、わたしが一文無しなのはみんな知ってたからね。だからだれも賛成しなかっただろうね、あの別荘が無料（ただ）じゃないと知ってたら——実際のところ、たんに金を払ったなんてレベルじゃなくて、わたしは有り金はたいてたんだから。


　いま考えるとほんとうにばかだったと思う。でもわたしは若かったし、必死だったんだ。友人たちをじつの家族のように思っていたけど、ただじつの家族と違って、いつ失ってもおかしくなかった。わたしの親戚はみんな、いまもロングアイランドの同じ町に住んでるけど、タムやダニエル、ウォーリー、ロミ、フランシス、イヴはそうじゃない。みんないろんなところの出身で、大学でいっしょになっただけで、しかもずっとそこに留まるつもりなんかない。きっと輝かしい地位を約束されて去っていってしまうだろう。連絡を絶やさないように努力はするだろうけど、離れ離れの年月が長くなれば、みんな以前と同じではなくなってしまう。

　それにわたしはずっと貧乏だった。講師やウェイターのアルバイト収入はわずかなものだし、いつも次の収入があるまで綱渡りみたいな暮らしだった。どっちみちあまりお金のない暮らしをしてると、ぜんぜんなくても大差ないように感じるんだよ。

　ひと夏ぐらい、どうってことないだろ？

　それでも最初は計画があったんだ。手付金にはじゅうぶんな金を持っていたから、プロジェクトのかたわらロックランドでアルバイトをして、その報酬で家賃を払うつもりだった。『夢見る者の地図帳』が完成し、出版のためにウィスコンシンに戻ったら、また学部の地理のクラスで教えたり、新入生を指導したりすればいい。だれにも気づかれずにすむだろう。

　ところがタムとウォーリーがアグローを見つけて、それですっかり予定が狂った。毎日一日じゅうそれにかかりきりになってしまったんだよ。アルバイトをする時間なんかなかったから、まったく金を稼ぐことができなくて、支払いを怠（おこた）るたびに借金が増えていく。

その晩は、わたしが夕食を作る当番だった。フランシスがロミを裏切ってたことがわかって、大喧嘩になる日の前日のことだよ。ご馳走にしようとわたしは張り切っていた。このところロミがずっと上機嫌だったから、できることならなんでもやって、そのままでいてもらいたかった。彼女とタムが仲よく仕事をしているときは、ほかのみんなもうまくやっていくことができたからさ。

アグローから帰って、料理を始めるためにわたしだけ先に家で降りて、みんなはワインを補充しにそのままロックランドへ出かけていった。スパゲティ用の玉ねぎとにんにく、トマト、マッシュルームをみじん切りにしていたら、車が戻ってくる音が聞こえてきた。

「早かったね」わたしは言ってドアをあけた。

でもそれは、わたしたちが乗っている古いフォルクスワーゲンじゃなかった。

乗っていたのもみんなじゃなかった。

ずっと新しいしゃれた車で、窓はスモークガラスだった。初めて見る中年男がふたり、黒っぽい地味なスーツを着てフロントシートに座ってた。

貸別荘会社の借金取りだ。

「ハンフリー・トゥラン?」最初の男が車から降りてきて尋ねた。

「すみません」わたしは言って、ドアからあとじさりした。

男たちは落ち着いて私道を歩いて近づいてくる。

「ミスター・トゥラン、待ちなさい」

網戸がバタンと閉まり、わたしはその奥のドアに手を伸ばした。「コンロの火がつけっぱなしだから」

「何度も連絡を取ろうとしたんですがね、郵便でも電話でもお返事がいただけないんで」木製のドアがわたしたちのあいだで勢いよく閉まったが、わたしの言い訳を完全に無視して最初の男は続けた。「どうにもしかたがなくなって、直接会いに来たんですよ」

それがほんとうなのはわかっていた。不動産会社はまず手紙を送ってきた。督促状を次から次に送りつけてきたが、それが効き目がないとわかると、今度は電話をかけてきた。だれより早く電話をとるために、最初の呼び出し音で電話に飛びつくようにしてたけど、数週間後には疲れ果てて、わたしはこっそり電話のコードを抜いてしまってた。そのときですら、直接やって来るのは時間の問題だってことはわかってた――が、それでもどういうわけか、ついにそのときが来るとやはり驚きだった。

「ミスター・トゥラン、冗談ごとじゃないんですよ」もうひとりの男が言った。

とうとう来た。わたしたちは追い出されるのだ。

「ドアをあけてください」最初の男はノックしながらそう付け加えた。

わたしは鍵をかけ、頭をドアに押しつけた。このまま待っていたら、あきらめて帰ってくれないだろうか。

「わたしたちは帰りませんよ」最初の男が続けた。ほとんど退屈したような、またかというような口調で――たぶんこんなことを毎回経験しているのだろう。

「ちゃんと話をしてくれないと」

わたしはぼんやりと窓に目をやった。沈みかけた夕陽の光で、緩やかにカーブを描く幹線道路がまだ見分けられた。もうすぐダニエルの運転する車がみんなを乗せ、ワインを積んであの道を戻ってくる。夕食が待っていると期待して戻ってくるんだ。

それなのに、みんなが目にするのは借金取りの車であり、わたしたちを追い出そうと、玄関前をうろつくかれらの不気味な影なのだ。わたしがにっちもさっちも行かなくなっていて、それを隠すためにどれだけのことをしてきたかみんなに知られてしまう。

さらに悪いことには、みんなが帰ってくる前に男たちは立ち去るかもしれない――が、そのあと戻ってくるだろう。こういう男たちはかならず戻ってくるものだからね。もしもわたしたちがみんなアグローに行ってるあいだにやって来たら、家のなかに勝手に入ってくるかもしれない。法律のことはよく知らないが、こんなに家賃を滞納しているんだから、契約上この家はもうわたしのものですらないのかもしれない。わたしが物理的に家にいればべつだが、留守のときにやって来さえすればいいのなら……もうとっくに、かれらは家主から鍵を受け取っている可能性もある。

そしてもしなかに入られたら、そしてメモを見られて、わたしたちがなにに取り組んでいるか知られたら……

かれらが自分たちもアグローに行こうとしたら、あるいは不動産会社にその話をして、その噂が広まってしまったら……

なんの心づもりもなかったけど、なんとか話をして時間を稼がなくてはならない。わたしは木製のドアをほんの少しだけ開き、「一週間待ってください」と言った。

ふたりの男は顔を見あわせ、次いでまたこっちを見た。

「お願いします」わたしは懇願した。「こうやって誠意をもって話し合いに応じたら、最低一回は延長を認めることになってるんじゃありませんか」

「支払期限はもうとっくの昔に過ぎてるんだよ」と最初の男が言った。

しかし、ふたりめがしまいに、しょうがないというように肩をすくめた。「一週間待ったら、どれぐらい払ってくれるの」

「全額払います」わたしは請けあったものの、当てはまるでなかった。

ふたりはそろって驚いて眉を吊りあげた。「全額？」ひとりが尋ね返してきた。

わたしはうなずいた。「一週間だけ待ってください」最初の男はまだ信じられないという顔をしていたが、もういっぽうはわたしを気の毒がってくれた。「一週間ですよ」彼は言った。「来週の月曜日にまた来るからね」

「ありがとう、恩に着ますよ」わたしはできるだけ急いでまたドアを閉めた。

心臓をどきどきさせながらキッチンに駆け戻り、ソースが吹きこぼれるのを危ういところで食い止めた。借金取りの車がゆっくりと走り去っていくのを聞きながら、大急ぎでパスタを茹で終え、ソースをかき混ぜていると——数分後、ダニエルの運転する車が停まり、ため息のような音を立てて静かになるのが聞こえた。ドアがバタンと閉まり、壜がガチャガチャ鳴り、砂利を踏む音がして、聞き慣れた疲れた声がぼそぼそとなにか言っている。

「ベア？」玄関からタムの声が漂ってきた。

「ここだよ」わたしは声をあげた。

キッチンに入ってきて、スパゲティ・ソースとわたしのお手製のガーリック・ブレッドの香りに包まれると、みんなの顔がほころんでいくのがわかった。

「すっごくいい匂い」イヴが笑顔で言った。

「わあ、ベア」ロミも言った。みんなの目が、カウンターに並べたまだ湯気の立つ皿のうえをさまよった。

「とってもおいしそう！」

「冷めないうちに食べよう！」ダニエルが大きな声で言った。

部屋がはち切れそうに笑い声が満ちた。わたしが皿を配り、タムがワインをあけた。ここ最近は危なっかしいながらもうまく行っていたが、あの夜は完全に魔法のように感じられたよ。みんなでジョークを言いかわし、カウンター越しにお互いの皿に料理を盛ったり、ひとの皿からふざけてひと口盗んだり。ダニエルがみんなになみなみとワインをついでまわったが、みんながそれを飲み干し、さらにまた飲んだ。イヴまで笑っていて、こんなにくつろいだ彼女を見るのは久しぶりだった。唯一残念だったのはウォーリーとフランシスの顔がないことだけど、ふたりももうすぐ戻ってきてまた合流してくれるはずだ。また料理をしよう。わたしの恐ろしい嘘からみんなを救う手立ても、きっと思いつけるだろう。頑張れば、この雰囲気をずっと維持することもできる。

　なぜなら、そのときのわたしの望みはそれだけだったから。こういう瞬間のために、わたしは自分の人生を台無しにしてまでこの家を借りたのだ。『夢見る者の地図帳』のためではない。あの忌々しいガソリンスタンドの地図のためじゃない。そして絶対に、絶対にアグローのためなんかじゃない。わたしたちのためだ。これまでと変わらず、ずっといっしょにいられるように。大事なのはそれだけだ。

　二度ばかり、胸があまりいっぱいになって、目に少しソースが入ったふりをしなくちゃならなかった。わたしが涙ぐんでるのをタムに気づかれてしまって。

　込みあげてきたのは幸福感だったと言えたらいいんだけどね。幸福でなかったわけじゃないが、そこには恐怖も混じっていた。たった一週間で数千ドルを工面しなければならない。それができなければすべておしまいだ。

　とうてい無理だと思っていた――が、その次の日の夜、夏じゅうずっとウォーリーがなにをしていたのかわかってしまった。あの地図を見つけしだい片っ端から買ったり盗んだりして、すべてを掌握しようとしていたんだ。そしてそのときにはもう、アマチュアのコレクターや骨董品ハンターのあいだに噂はすっかり広まっていて、みんなが紙くず同然の地図で一攫千金を狙って血眼になっていた。そしてなによりも、彼はあの地図を何百枚、へたをすれば何千枚もどこかに隠しているにちがいなかった。

　そしてそのときだしぬけに、フランシスとイヴの裏切りにみんなが絶望し、ロミが苦しんでいるさなかに、わたしはある手段を思いついた。

　下衆で不正な手段だ。

　しかし、これ以外の方法は思いつけなかった。ほかに手がなかったんだ。

　わたしがモーテルに訪ねていったとき、ウォーリーが見つけたり盗んだりした地図をどこに置いているか知っている、とロミは言った。なんとか赦してもらいたくて、ここまで送る車中でフランシスがすべて話したっていうんだ。

「ウォーリーはそこを金庫室って呼んでるそうよ」彼女はささやいた。

それがアグローのどこにあるのかなんとか聞き出せるんじゃないかと、わたしはかすかな希望にすがっていた――のだが、ロミはそれ以上の協力をしてくれた。

「どうしてかな」わたしは言った。「ウォーリーがフランシスのことを黙っていたのは、きみに対する裏切りだってあんなに怒ってたじゃない。ウォーリーから地図を盗むのも同じぐらいひどい裏切りじゃないの?」

ロミは笑みとも言えないような笑みを浮かべた。そのせいでいっそう悲しげに見えた。「だからやるのよ」彼女は言った。

家に重苦しい朝が訪れた。フランシスとイヴがロミを裏切ったのだから、プロジェクトに残るかどうか最初に選択するのはロミの権利だった。それで、去ると決める前にやってた研究の成果物なんかを持ち出せるように、タムとダニエルとわたしは彼女をアグローに連れていった。いっぽう、フランシスとイヴは家に残って、きみのお守りをしながらウォーリーを見張ることになった。

アイスクリームパーラーからすべて運び出したあと、わたしはタムとダニエルと三人でその荷物を車に積み込んでて、そのあいだにロミはひとりで散歩に出かけた――頭をはっきりさせて考えてみたいからと言えばいいだろうと、あらかじめ打ち合わせといたんだ。タムとダニエルは彼女のその言葉を信じた。信じない理由なんかないからね。

金庫室に彼女がたどり着くまですごく時間がかかった気がした。びくびくしてたからそう感じただけかもしれないね。

日暮れごろにタムとダニエルを家で降ろしてから、わたしはロミをまたモーテルまで送った。暗い車中で長いこと座ってたけど、ふたりともなかなか外に出る決心がつかなかった。

「なにか方法があればいいんだけど……」わたしは言ったが、そんな方法などないのはわかってた。フランシスとイヴを赦してやってくれ、そうすればみんないっしょにいられるからなんて、ロミに頼むことなんかできるわけがない。

彼女はため息をついた。「わかってるわ」

ハンドバッグに手を入れて、ウォーリーの地図を一枚取り出した。

彼女が選んだのは、あらかじめ打ち合わせておいたとおり、保存状態は良好だが目立った特徴はなく、独特なしるしや損耗のない一枚だった。これならウォーリーも、すでに手に入れたものだと見分けがつくことはないだろう。

「何千部もあったわよ。いくらウォーリーでも、どれだけちゃんと記録をとってても、たった一部なくなったぐらいじゃ気がつかないでしょう。というか、なくなってるかどうかなんかわからないわよ」

この計画でだれかが傷つくことはないと、わたしは自分で自分に言い聞かせようとした。ほんとうの盗みとすら言えない。だって、しまいにはウォーリーの手に戻ることになるんだから。お金のことより、そのほうが彼にとってはずっと大事なことのはずだ。

「そろそろ電話しましょうか」彼女は言った。

二階の彼女の部屋で、ロミは前日に電話した店の番号をまたまわした。フランシスのポケットで見つけたメモにあった店で、そもそもフランシスとウォーリーの秘密を暴くきっかけになった店――「本と文具のエイブラムズ」。

わたしは客のふりをした。ガレージを整理していて古い地図をいくつか見つけたんだが、こちらのお店にはこの地域で一番の古書や骨董のコーナーがあると聞いて電話してみたと。

店主は乗り気でなかった。つい最近泥棒に入られたところで、修理費がかかるから余裕がないって。会いたいというわたしの言葉を適当に受け流してたんだけど、どんな地図を売りたいのかって話をついに口にすると、急に態度が変わった。

ロミが言うには、この店主はすでに〈カルトグラファーズ〉を名乗る謎のコレクターの噂を聞き、かれらがどんな地図を探しているか知っていたんだよ。

そしてかれらがそれにいくら払うかってことも。

「友人に見てもらったら、そのうちのひとつはちょっと価値があるんじゃないかって言うんです」とわたしは無知を装って続けた。ウォーリーから盗んできたアグローの地図のことをくわしく説明し、「いい値段で買い取ってくれる人がいるって聞いたんですが、それはおたくのお店のことですよね」

店主はこの幸運にすっかり気をよくして、こちらに不審な点があるなんて考えてもいなかった。頭のなかにはお金のことしかなかったんだ。

「そうです」彼はぬけぬけと嘘をついた。「該当の版であれば、かなりの値がつきますよ。数千はかたいですね。〈本と文具のエイブラムズ〉が喜んでお手伝いいたしますよ」

　わたしは滞納した家賃とぴったり同額を希望した。一セントたりとも余計には求めなかった。

　あんなに余裕がないとこぼしていたにもかかわらず、店主は一瞬も躊躇しなかった。ウォーリーなら喜んでいくら払うか知っていて、それはわたしが希望した額よりもはるかに高かったんだよ。

「窓ガラスをはめなおすまで店はあけられないんですが、よければどこかほかの場所でお会いできませんか」

　いっぽうの車を使って彼に会いに行けば、わたしがいないと気づかれないうちに帰ってこられるとは思えないが、腹具合が悪いと嘘をついて留守番をするのは簡単だ。そこでロックランドの家の住所を伝え、明日の正午、みんながアグローに出払っているころに来てくれるように頼んだ。

　店主は大喜びですぐに電話を切った。わたしは気分が悪くなったが、それと同時に希望も湧いてきた。

「ありがとう」わたしはロミに言った。

「わたしは自分のためにやったの」彼女は答えた。「ほかのみんなが知ることはないかもしれないけど」

「ほんとに残念だ」わたしはまたぼそぼそ言った。たぶんもう百回めぐらいだったと思う。

　ロミは肩をすくめた。自制を失いたくないから、これ以上なにかを話したくないというときに見せるしぐさだ。彼女はいつでも、なんでもお腹のなかにしまいこんでおくことができた。どうしてそんなことができるのかわからないが、そういうところをわたしは尊敬していた。彼女がいなかったら、いまやったことをやり抜く勇気はとても出なかっただろう。

「これからどうするつもり？」話題を変えようと尋ねた。

「毎週土曜日には週末のマンハッタン行きバスがあるから」彼女は考えながら言った。「まずはそれに乗って、そこから飛行機ね」

「ウィスコンシンに帰る？」

　彼女は首をふった。「どうかしら。ここでなきゃどこでもいいわよ」

　ここというのはロックランドのことなのか、それともアグローのことだろうか。たぶんどっちでも大して変わりはないのだろうと思った。

翌日、ウォーリーはニューパルツの大学で調査の続きをするために出かけていった――今回はタムが同行して、また盗みを働かないように目を光らせ、夜になる前にいっしょに帰ってくることになっていた。ダニエルときみ、フランシスとイヴは、これまでの仕事を続けるために、もう一台の車でアグローに出かけていった。どっちみちロミがわたしたちとこれ以上プロジェクトを続ける気がないのなら、フランシスとイヴを追い出すことに意味があるだろうか。追い出したりしたら、ふたりはわたしたちを出し抜いて先に出版しようとするのではないか、わたしたちはそう心配してたんだ。

いっぽうわたしは、ベッドのなかで車が地響きを立てて走り去るのを聞いていた。ウォーリーといっしょに出かける前に、タムがマグカップ一杯のお茶を淹れていってくれたので、罪悪感からわたしはそれを残さず飲んだ。

わたしは自己嫌悪に苛(さいな)まれた。どうして借金を返済するのにみんなに助けを求めることができなかったんだろう。勇気を出してそうしていれば、こんなことをする必要はなかったのだ。しかし、恥辱とは恐ろしいものだよ。ほんとうに恐ろしい。これがあると、他人にも自分にも嘘をつくようになる。わたしの現状認識は完全にねじ曲がっていて、ウォーリーから盗んだ地図をまたウォーリーに売るのは、自分の嘘を認めるのとは違うと思い込んでいた。家賃を払うのは実質的にはわたしでなくウォーリーだけど、本人がそれを知らないんだからわたしが払ったことにしていけない理由はあるまい。フランシス、イヴ、ダニエル、ウォーリーとは違って、わたしは嘘を隠し通すことができるだろう。

正午、私道に立っていると、道路から〈エイブラムズ〉店主の車が近づいてくる音が聞こえてきた。地図はもう手に持っていた。なるべく早く取引を済ませたかったからね。必要以上に長いことこの問題を直視していたくない。待ちきれなくて、店主の車が完全に入ってくる前にわたしは私道の端に向かって歩きだした。しかしなかほどで立ち止まった。

あれが店主の車であるはずはない――なぜなら、すぐに見分けがついたから。

ウォーリーの車だった。

「ここでなにをしてるんだ」タムといっしょに降りてきた彼に、わたしは尋ねた。

「きみと同じことさ」彼は言った。

タムの目には、わけがわからず啞然とした色が浮かんでいたが、ウォーリーの目は底なしに冷たかった。

彼は、わたしが地図を持っているかとすら尋ねなかった。その必要はなかったんだ。

書店主はものすごく興奮していて、わたしから地図を買い取ってそれを売るときが待ちきれなかった。それで昨日わたしとの電話を切った瞬間に、〈カルトグラファーズ〉を探してあちこちに電話をかけ、とうとうウォーリーを見つけてしまってたんだ。ウォーリーはウォーリーで、またアグローの地図が手に入ると聞いてたちまち乗り気になり、ついでに信じられないほど好奇心をかき立てられた。アマチュア・コレクターのネットワークは何週間も静かなままで、ウォーリーのための捜索活動は燃料切れの状態だ。このひょっこり現われた謎の地図は、いったいどこから出てきたんだろう。

しまいに店主は、地図は自分で見つけたものではなく、べつの人間から買うことになっていると認めた。出し抜かれるのではないかと心配して、ウォーリーが前払いに同意するまで店主は売り手の身元を明らかにしようとしなかった。ウォーリーはもちろん同意し、文句も言わずに小切手を切って店主の言い値を支払った。

そしてそのお返しに、店主はわたしと会う予定の住所を彼に教えたわけさ。

まさしくわたしたちの家の住所を。

タムはまさかという気持ちだったのか、車のそばから動かなかった。ウォーリーひとりが近づいてきて、わたしの鼻先数インチのところで立ち止まった。胸で心臓が早鐘を打っていた。彼があんなに怒っているのを見たのは初めてだった。その瞬間には、殺されると本気で思ったよ。

なぜこんなことをしたのかとか、よくも裏切ったなとか、そんなことを言われるだろうと思ってたんだが、彼はそんなことはひとことも言わなかった。あやまれとすら言わなかった。

「返してくれ」彼が言ったのはそれだけだった。

わたしが盗んだ地図を使って、ウォーリーはわたしたちを乗せた車をアグローへ走らせた。車は郡道二〇六号線をすっ飛ばし、危険なほどのスピードで車体を傾けてアグローに入った。アクセルはずっと踏み込んだままで、ペダルが床に張り付いているみたいだった。車は横滑りしつつ中央広場に停まり、そこでウォーリーはサイドブレーキをかけ、シートベルトを乱暴にむしり取った。派手にタイヤのきしむ音に驚いて、ほかのみんな――モーテルにいるロミは除いて――がこっちに走ってきた。

ウォーリーがアグローの地図を閉じると、未舗装の土の道は背後で消えた。それから、ひとこともなく彼は車を降りた。

「どうしたんだ」ダニエルが尋ねてきた。しかし、ウォーリーは力まかせにドアを閉じ、そのダニエルも眼中にないかのように黙って歩き去っていく。完全に怒り狂っていて、怒りが全身から波のように放射されてるみたいで、そばを通られるとそれが体感できるぐらいだった。みんな面食らってたけど、彼がどれだけ怒っているかはひと目でわかる。きみはイヴの腕に抱かれてて、手が届かないほど離れていたんだけど、それでもウォーリーから逃げるように身を縮めてた。

「なにがあった?」今度はフランシスが尋ねながら、車のバックドアをあけてわたしを引っ張り出した。ウォーリーはなにも言わずにどんどん遠ざかっていく。

「いったいなにがあったんだ」

「それが……」タムはまだ動揺していた。

「すまない」わたしはやっとそれだけ言ったが、同時に泣きはじめていた。自分でもどうしようもなかったんだ。「ほんとにごめん」

「ウォーリー!」ダニエルは彼の背中に向かって叫んだ。「どこに行くんだ」

ウォーリーは歩きつづける。すでに中央広場の公園をなかば突っ切っていて、かなり離れていたから声が聞こえたかどうかわからない。彼は立ち止まらなかった。

「ウォーリー!」タムが叫んだ。

それでも彼は足を止めなかった――タムのためであっても。

フランシスはわたしたちのほうをふり返った。「金庫室に行くつもりなんだ」

タムが「金庫室って?」と問い返した。

「あいつが……その、あいつが見つけた地図をみんなしまってる場所のことだよ」

ダニエルは小さくなっていくウォーリーをしばらく眺めていたが、やがてまたわたしに顔を向けた。「ベア、地図のことでなにかあったのか」

しかし、わたしには答えられなかった。恥ずかしすぎて口がきけなかったんだ。

「ウォーリーは、これまでのやりかたはすべて間違ってるって言うの」とタムがわたしに代わって言った。わたしが彼女を——というよりグループの全員を裏切ったというのに、それでも彼女はとてもやさしかった。「わたしたちは地図に支配されてきた、その逆でなくちゃいけないって」

しかしいずれにしても、ダニエルは察していた。タムのことをよく知っていたから。「一部盗ろうとしたんだな？」彼はわたしに尋ねた。

しまいに、しゃくりあげながら、途切れ途切れにわたしはすべてを白状した。ただ、地図を盗もうとしたわけではないと訴えた——わたしはただ自分が破産するのを防ごうとし、この町が立ち退き訴訟の証拠になるのを防ごうとしただけだと。あの店主に地図を渡したところで、ウォーリー以外のだれに売れるというのか。ほかにだれが、大金を払ってあんなものを手に入れようとするだろうか。

「最初はおれ、次はフランシスとイヴ、次にロミ、そして今度はベアか」ダニエルがぽつりと言った。

あいかわらずきみを抱いたまま、イヴが近づいてきた。「ウォーリーは、わたしたちみんなに裏切られたと思ってるのよ。みんながてんでにこの町を危うくしてるって」彼女は静かに言った。「タムも例外じゃないわ」

「どうしてわたしが？」タムが反論した。「この町を見つけたのはわたしなのよ！」

「でも、最初にこの町のことをみんなに打ち明けるように仕向けたのはあなたでしょう」

そう言われてタムは黙ってしまった。物言わぬ空っぽの建物の角、ウォーリーがそこを曲がって消えたあたりを見つめる。「ウォーリー、なにかとんでもないことを始めやしないかしら」彼女は言った。

フランシスが彼女に目を向けた。わたしの顔にわたし自身の盗みが刻み込まれているのと同じように、強盗を手助けしたという恥辱が彼の顔にも見てとれた。

「もうとっくに始めてるだろ？」

それを聞いて、全員が冷水を浴びせられたように感じた。

「急がないと」タムは言った。「案内して」

みんながフランシスのあとをついて歩きだしたが、それぞれ離れて歩いていた。いっしょに行くのでなく、ひとりひとりばらばらに向かっているかのようだった。ほんとうにそうだったのかもしれない。わたしたちはみんな、ずいぶん前からばらばらになっていたんだな。金庫室の入口でタムが一度ノックしたが、ウォーリーは返事をしなかった。

「ウォーリー、入るわよ」タムは言って、ドアをあけてなかに姿を消した。

みんなでしばらく待っていたが、彼女は出てこない。きみがむずかるので、イヴはきみを地面に降ろした。

「タム?」わたしは声をかけたが返答がない。みんなでなかに入ってみて、すぐにその理由がわかった。

わたしは彼女のそばに立って室内を見まわした。ほかのみんなは低く驚きの声をあげている。

「か……空っぽだ」しまいにわたしは言った。

ウォーリーは何か月もかけて車で走りまわり、いまも存在するあの地図をすべて集めようと執念を燃やしていた――それなのに、どの台もどの棚もいまでは完全に空になっていた。

タムはフランシスに目をやった。「何千部もあるって、あなたとイヴが言ってたと思うんだけど」

「あったよ」フランシスは困惑していた。

「それじゃ、それはみんなどこに行ったんだろう」わたしは言った。

金庫室の奥のほうから、なにか重いものが落ちる音がした。タムはまた一歩前に出た。「ウォーリー?」と声をかける。

彼女のあとについて、わたしたちも空っぽの棚をまわって奥に進んだ。

「ウォーリー、なにしてるの」とタム。

ウォーリーは顔をあげた。うずくまった姿は追い詰められたけものさながらだった。腕に大量の地図――アグローの地図――を抱えている。彼はすぐに、それを目の前の開いた段ボール箱に放り込んだ。その箱は、ウィスコンシンからここに荷物を運ぶときに使ったやつのひとつだった。

でも、それがまたいっぱいになっている。何百枚もの地図がすでに箱に入っていて、あふれそうなほど積みあがっている。しかも彼の周囲には、滅茶苦茶に積みあげられた地図の山がまだいくつも控えているんだ。

「この問題をこれっきり終わらせるんだ」と言うウォーリーの声は高くうわずっていた。立ちあがって箱を持ちあげたが、ぎっしり詰まった紙の重みで底が抜けそうだった。「これまでずっとやりかたが間違ってたんだ。もっとうまく手綱を握ってないと、この場所を守ることなんかできないんだ。今日そのことに気がついた」

「頼むから」わたしはすがるように言った。「ちょっと説明させてくれよ」

しかし、ウォーリーは耳を貸さなかった。というより、わたしたちに妨害されずに、どうやって逃げ出すかってことで頭がいっぱいだったのかもしれない。彼は重さに顔を歪めながら、箱を抱えてドアのほうへじりじり近づいていった。

「でも、ここより安全な保管場所なんてどこにあるの」タムは尋ね、彼の前に立ちふさがって足止めしようとしたが、ウォーリーはもう彼女を見ていなかった。ダニエルが反対側にまわり、もう少しで手が届くところまで来ていたんだ。「その地図がアグローにある限り、わたしたち七人以外はだれも手が出せないのよ」

「その七人のうちのひとりが盗もうとしたんだ」と彼はやり返した。

わたしは彼に一歩近づいた。もう一度あやまって、なんとか赦してもらいたいと思っただけだったんだけど、ウォーリーはたじろいだ。わたしが殴りかかろうとしていると思ったのかもしれない。

「そんなつもりじゃ――」わたしは言いかけたが、いまなにが起こっているのか気がついて口をつぐんだ。

フランシスがわたしのそばに来ていて、イヴもまたわたしたちが言いあいをしているすきにまわり込んで、ウォーリーとドアのあいだに立ちふさがるかっこうになっていた。ダニエルはすぐそばに迫っていて、手を伸ばせば彼に触れることも――あるいは箱に触れることもできそうだった。

わたしたちは彼に四方から迫っていた。自分でも気づかないうちに――いや、気がついていたのかもしれない。彼は獲物のように取り囲まれ、自分でもそれを感じとっていた。その目がいよいよ狂おしくわたしたちのあいだを飛びかい、白目の部分が光って見えた。箱を力いっぱい抱え込んでいるせいで、段ボールにしわが寄っていた。

これはやり過ぎだ、彼を追い詰めることになる。

「ほかのだれかがまたやらないとどうしてわかる」ウォーリーは尋ねた。

わたしは少しあとじさりをして、みんなも真似をしてくれないかと思ったが、そううまくは行かなかった。

「ウォーリー、なんでもするから赦してくれよ」なんとか危機を回避しようとわたしは懇願した。

「もう遅い」そう言いながら、ウォーリーはわたしではなくタムを見ていた。

「あの日、みんなをなかに入れたあの時点でもう遅かったんだ。だれにも見せなければよかったのに」

「なにをする気?」タムは尋ねた。

「やるべきことを」彼は言った。

「まず話し合おうじゃないか」とフランシスが提案する。

「もう話は終わりだ」彼は答えた。そして全員に向かって言った。「そこをどいてくれ」

そしてぐいと身を引いた。ダニエルの手が彼の腕からふり放されるのが見えた。

「さわるな」ウォーリーは言った。追い詰められていまでは震えている。「ぼくに近づくな。この箱に近づくな」

「ウォーリー、それはおまえひとりで決められることじゃない」ダニエルは降参のしるしに両手をあげた――が、その場から動こうとはしなかった。そして、ウォーリーがダニエルに気を取られているすきに、イヴがさらに近づいてきていた。

（だめだ）そうわたしは言いたかった。（これじゃ事態が悪化するだけだ）しかし、いまでは全員が大声で叫んでいたから、たとえ言ったとしても自分にも自分の声が聞こえなかっただろう。

「いいや、決められるさ！ これはみんなぼくが集めたんだからな！」ウォーリーはわめきながら、片手で箱を抱え、もういっぽうの手でみんなを押しのけようとした。

「だからって、この町はおまえひとりのものじゃないだろう！」

「ぼくが見つけたんだ」と彼はうなるように言った。「タムとふたりで見つけたんだ。だからぼくが守るんだ――たとえ相手がきみたちだって変わりはない」

彼はダニエルと睨みあい、言いあいをするうちに、よたよたとしだいに奥へ後退していった。しかしフランシスも突進していき、箱ごと取りあげようと身構えた。ふたりのあいだで箱が奪いあいになり、段ボールが破れそうになる。「いますぐ下がれ！」

彼が身をよじると箱がついに裂け、地図が床にぶちまけられて、でたらめな雪崩のように大きく広がった。

わたしは息を呑み、みんなは即座にその混沌の渦に突っ込んでいった。ウォーリーは金切り声をあげ、地図を取られる前に追い払おうとしていたが、彼に勝ち目はなかった。こちらは何人もいるのに、彼はひとりきりだ。

しかしそのとき、まだだれも地図に手が届かないうちに、山のてっぺんに奇妙な暖かい光がひらめき、それがみるみるうちに広がっていった。

みんなが驚き、あわててあとじさった。

「どういうこと……」タムがつぶやく。

「火事だ！」ダニエルが叫んだ。「火をつけたんだ！ 燃やそうとしてる！」

そのとおりだった。

ウォーリーは地図を見おろして立ち、その手のなかでマッチ箱が揺れていた。

「どういうつもりなの」タムがぞっとしたように尋ねた。

「町を守ったんだ」彼は答えた。「これが唯一の方法だったんだ」

「ばかな」フランシスが慄然としてつぶやいた。「ばかな、こんなばかな」

地図が――いまも残る最後の地図が――すべて消えてなくなった。

わたしたちはみな、驚愕と恐怖に黙り込んで炎を見つめていた。炎はしだいに広がり、地図を灰に変えると次は外に向かい、棚や壁に這い寄っていく。

「逃げよう」わたしは言った。出し抜けに、ここは危険だって気がついたんだ。アグローの建物は、幻の集落が生み出された一九三〇年代のもので、どれもこれも木造だった。「町じゅう焼け落ちるぞ」

「ネルはどこ？」突然タムが叫び、周囲を見まわした。「大変」イヴが息を呑んだ。「ここに入るときに降ろしたのよ」

きみの悲鳴が聞こえて、わたしたちはぞっとした。ネル、きみはどこか火のなかにいたんだよ。

わたしは身動きもできなかった――けど、タムはもうそこにはいなかった。まっすぐ火のなかに突っ込んでいったんだ。

「タム、よせ！」ダニエルは叫び、追いかけていこうとした。「ネル！　ネル！」

全員が彼を追って動きだした――が、それと同時に、四方八方からおぞましいシューという音があがり、金庫室全体が火に包まれたようだった。どこを見ても炎に覆われている。炎は躍り、舌を四方八方にのばしていく。すごい煙だった。濃い真っ黒な煙で息もできない。火があんなに早く広がるのを初めて見た――そこはまさに火の海だった。周囲の壁はすでに歪みだし、棚は崩れ、いまにも下敷きになりそうだった。そして部屋の真ん中では、ウォーリーの集めた地図がそびえ立つ溶岩の山となり、激しく炎を噴きあげて白く輝いていた。

前に進もうとしても進めなかった。火が壁となって立ち塞がり、金庫室の奥のほうには近づけなかった。

タムにも、きみにも手が届かない。わたしたちは火に追われてまず入口まで、やがては外の歩道まで後退し、そのあいだずっときみとタムの名を叫んでいた。

「放せ！」ダニエルは声をからして叫んだが、火はふたたび勢いを増し、建物を呑み込んでいった。「助けに行かないと！」彼は叫びつづけたけど、フランシスとイヴが押さえつけて、まっすぐ死地に飛び込むのを食い止めていた。そしてわたしはウォーリーの腰に腕をまわし、命がけでしがみついていた。そのわたしを引きずって、彼もまたなかに戻ろうとする。

「ぼくのせいだ」ウォーリーはわたしをふりほどこうとしながら叫んでいた。「放せ、放せったら――」

ダニエルがフランシスとイヴの手をふりほどき、よろめきながら絶叫とともに炎に突っ込んでいこうとしたとき、その炎のなかからなにかが近づいてきた。

「タム！」彼は叫んだ。

たしかに彼女だった――よろめき、咳き込みながら、きみを抱いて逃げてくる。灰にまみれ、服には焦げ跡があったけど、きみは生きていた。あの最悪の煙のなかから奇跡的にもきみを救い出しただけに、お母さんは大きな犠牲を払わされていた。顔は黒い煤で覆われ、流れる涙が熱で蒸発して縞模様を描いていたし、髪は乾いてばさばさになっていた。ぜいぜいとあえぎ、息をするのもやっとだった。

「タム！」ダニエルは叫び、入口に姿を見せた彼女に駆け寄った。「タム、こっちだ！」

彼女は入口を抜け、片足を歩道に踏み出した。その足取りは力強くて、彼の腕へ飛び込んで来られるのではないかとわたしは思った。ところがそのとき、背後で天井が落ちてきて彼女は倒れた。

ダニエルは彼女を支えようと突っ込んでいった。きみたちは三人まとまって地面に倒れ込んだ。ダニエルが一番下になり、自分の胸できみを受け止めようとし、最後にタムがきみと彼に覆いかぶさるようにくずおれた。

わたしたちはいっせいに駆け寄り、きみたち三人を炎のなかから引っ張り出そうとした――が、手が届くほど近づいたちょうどそのとき、いきなりすべてが消えてしまった。信号機も歩道も、日よけのある小さな店々も。

町が丸ごと、消滅したんだ。

そこはなにもない野原に戻っていた。郡道二〇六号線を背後に、わたしたちは草むらのなかにうずくまっていた。

そしてダニエルの腕のなかには、ネル、きみしかいなかった。

タムの姿はどこにもなかった。

XXI

フィリクスが話し終えると、その後に訪れた沈黙はゆうに一分は続いたように感じられた。ナオミもプリヤもウィリアムも、みな茫然として彼を見つめている。

「折りたたみのガソリンスタンドの地図がね」とプリヤがついにつぶやいた。

「言いたいことはわかるよ」彼は言った。「そんなことありっこないって思うよね。だけど、それですべて辻褄が合うんだよ、どれだけおかしな話でも」

「それで、そのウォーリーっていうドクター・ヤングの旧友は、いまでもその地図を探してて、それは……著作権のトラップが仕掛けられてるからっていうわけ？」ナオミが尋ねる。「それってイースターエッグだよね、ときどきわたしらがコードに埋め込んどくみたいな。ネルのご両親のお友だちが、ほんとにそんなこと言ってるの？」

「うん、どうしてそれでそんなに大きな差が出るのかわからないけど」フィリクスは答えた。

これまでにわかったことを、彼は洗いざらい話した。ただし、あの地図がそれほど貴重なのはなぜなのか、フランシスから真の理由を打ち明けられたとネルが言っていた部分は除いて。あの話は突拍子もなさすぎて、とうてい信じられないから。そしてウィリアムを口説いて、〈ヘイバーソン・マップ〉は真相に肉薄はしたものの間違っている、だからネルを助けなければならないと納得してもらう見込みがあるとすれば、確たる事実を伝えなくてはならない――夢物語ではなく。

「だけど、ここまでいろんなことがあると、さすがに信じないわけにはいかなくなったんです。ネルが忠告されてたとおり、このまま調査を続けてるとウォーリーが追いかけてくるぞって」

「それで、彼女はいまもその地図を持っているというのは確かなの」ウィリアムは尋ねた。

「いいえ」フィリクスは答えた。「でも少なくとも、昨夜までは持っていたのは知ってます。彼女のアパートメントでこの目で見ましたから。彼女は今夜、図書館の理事長に渡すつもりでいたんだけど、途中で気が変わっちゃって」彼は身震いした。「そしたら、その理事長のアイリーンが死んでしまって」またタブレットが鳴ってウィリアムはそれを見下ろし、こめかみを揉んだ。「エインズリーに電話して、いまのきみの話を伝えなくちゃならない。でもすぐに戻るから」

「ぼくたち、どうすればいいですか」フィリクスは尋ねた。

「ここで待っててくれ」彼は言った。「エインズリーに警官をこっちへ送ってもらって、きみの供述をとってもらう」

「でも――」

「ネルは電話に出ないし、きみは彼女がどこにいるのか知らない」ウィリアムは口を挟ませなかった。「われわれが提供した最高の手がかりを取り消すと言い出したら警察は気に入らないだろうし、いずれにしても彼女を捜すのはやめないだろう。背景情報を提供すればするほど、警察も早く理解してくれる。彼女を助けたければこれが一番確実だ」

「ウィリアムの言うとおりだよ、フィリクス」ナオミが言った。

プリヤもうなずいた。「わたしたちもいっしょに待つわよ」

ウィリアムはエレベーターのほうに向かいだした。きびきびと歩くうちに、早くも手のなかの電話が鳴りだした。「ありがとう、ちょっと待って――エインズリーが、三十分以内に警察をこっちにまわすと言ってる」

彼が部屋を出ていってドアがスライドして閉まると、三人はまた茫然として深い沈黙に落ち込んだ。

「なにか欲しいものある？」ナオミがフィリクスに尋ねた。

「いや」彼は答えた。「きみたちはもう帰っていいよ、ほんとに。シャーロットはまだロビーにいるんだろ？心配してるよ、きっと」

「もう帰ってるよ。あの殺人事件のニュースを聞いて、すぐに電話したから」彼女は言った。「わたしたちがついてるよ」

フィリクスは笑顔を作ろうとしたが、渋面にしかならなかった。「ただ座ってる以外にできることがないなんて。警察が信じてくれなかったらどうすればいいんだ」

「橋に来るまで橋を渡るなって言うじゃない。そのときはそのときよ」とプリヤ。

そう言われても気休めにもならなかった。フィリクスはいらだち、椅子をまわしてまたコンピュータに向かった。マウスをクリックして、サーバから個人ファイルを呼び出しにかかる。

「なにやってんの」ナオミが尋ねる。「こんなときによく仕事する気になるね」

フィリクスは首を横にふった。「仕事じゃない」

「それ防犯カメラの動画？」プリヤが身をかがめてきて尋ねた。「図書館の？」

「ああ、押し込みがあった夜の」フィリクスは言った。「ネルがくれたんだ、アグローの地図を見せてくれたときに」

そう聞いてナオミも彼のデスクに近づいてきた。

「それで？」

「役には立たなかった」と彼は認めた。「だけど、なんにもしないでただ座ってなんかいられないから」

あの日、彼はこの動画を十回も見たが、あのときはアグローの地図のことも、その地図のことで彼も巻き込まれた昔の因縁のことも、ほとんど知らずに見ていただけだ。もしかしていまなら、なにかが目に飛び込んでくるかもしれない。以前は見落としていたなにかが。

きっと、なにか――

そのとき、たしかに彼は気がついた。

「じつを言うと、ネルのお父さんは死ぬ直前、べつの地図を探していたってネルから聞いてたんだ」その悟りを得たとき、彼はナオミとプリヤに言った。「それは、彼が働いてる図書館の古い間取り図だった。なぜそんなつまらないものを欲しがってたのか、ぼくたちには想像もつかなかった。それでネルは調べに行ったんだ」

「図書館の間取り図?」ナオミは首をかしげながら繰り返した。「古い部屋かなんかを探してたのかな。改装のときにふさがれちゃった部屋とか」

「じつはその逆なんだ」フィリクスは言った。「ふさがれて間取り図から消された部屋じゃなくて、逆に存在したことがないのに地図には描かれてる部屋なんだ。その地図にも、小さな幻の集落があったんだよ」

プリヤは眉をひそめた。「でもやっぱりわかんないわ。小さな誤りが紛れ込んでるからって、どうしてその地図の価値がそんなに高くなるわけ?」

「それはわからないけど、その間取り図の誤りは地図部にあったんだ」彼は深く息を吸った。「ちょうど泥棒に荒らされた部屋だよ」

(フランシスが言うには、アグローの地図がすごく特別だっていう理由は……)

そう言うネルの声が聞こえるような気がした。いま彼自身が感じているのと同じぐらい当惑した声。

「でも、そのにせの部屋が泥棒にとってなんの意味があるの」プリヤは考え込んだ。「あんたが自分で言ったじゃない。その部屋はふさがれたんじゃなくって、そもそも最初から存在してなかったんでしょ」

議論を続けるふたりを放って、フィリクスはまたコンピュータに向きなおった。そこで動画が待っていた——大きくて黒い無言の四角い画面が。

(それを持っているとその町が現実のものになるからだって。そこに行けるっていうの)

そんなことがありうるとは、いままでもとうてい想像できない。しかし、ドクター・ヤングは生命を危うくしてまでアグローの地図を守り、フランシス、ラモナ、イヴもまた、生命をかけて彼のためにサンボーンの地図を手に入れた……

クリックすると、動画の再生が始まった。

議論していたふたりもそれに気づいて、「なにを探してるの」とナオミが尋ねる。

「まだわからない」と彼は認めた。「だけど、なんていうか……予感がするんだ。ひょっとしたら……」

あの強盗——ウォーリー——が、手際よく素早く地図部をしらみつぶしにするのをまた眺める。ナオミとプリヤも肩越しにのぞき込んでくる。強盗が警備員を攻撃し、何事もなかったように探しものを続けるのを見て、プリヤはたじろいだ。そして最後近くになるといつものように画面が下向きにかしぎ、ウォーリーの加えた衝撃でまだ揺れているのを見てナオミはうめいた。

三人が見守るなか、フレームを影が出入りしたり行ったり来たりする。ウォーリーが棚という棚を二重にチェックしていくのを、かしいだカメラが一部捉えた画像だ。いらだちのせいか動きがだんだん速くなる。そしてしまいに、最初のときと同じように彼は姿を消した。いまカメラの周辺部にいたのが、次の瞬間には消えるのだ。図書館内の他の場所で警報が作動することもないまま、そこで録画は終了していた。

「えっ、これで終わり?」プリヤは尋ねた。フィリクスが初めて見たときと同じように驚いている。「こいつ、いったいどうやって外へ出たの」

フィリクスはため息をつき、ちくしょうとばかりにまた再生をクリックした。

黒い画面が何食わぬ顔で静かに見返してくる。カメラが目を覚ますと閃光が走り、強盗がまた現われて、部屋を横切り、テーブルをよけ、キャビネットを片端からあけていく。やがてまたカメラが攻撃されて下を向いた。

「フィリクス、助けたいって気持ちはわかるけど……」とナオミが言いかけたが、彼は目をそらさなかった。

またスクロールして動画を戻し、ウォーリーが画面から出たり入ったりするなか、見慣れた部屋を見つめた。分厚い古い壁、二重ガラスの錬鉄(れんてつ)製の高い窓。棚、デスク、テーブル——

(待てよ)

図書館のあの部分にドアはない。

「どうして——」わけがわからず息を呑んだ。

「どうしたの」プリヤが身を寄せながら尋ねた。「なにか見えた?」

フィリクスは指さした。画面では大閲覧室の奥の壁にドアがある——しかしそんなことはありえない。

(なにがどうなってるんだ)

フィリクスはマウスを握り、スクロールしてタイマーを戻した。フレームがちらつくのを見ながら、今度はずっと、ずっと、ずっと前のほうまで、強盗に関連する部分より何時間も前、閉館後に警備員が最初に巡回を始めたとき、つまりその夜の九時ごろまでドラッグしていった。フィリクスは地図部の暗い画面を睨みながら待った。警備員が廊下を移動してきて、その動きによってカメラが作動して画面が生き返り、部屋がまた映し出され――

ドアはなかった。

フィリクスは一時停止をクリックし、また目をこすり、頭をはっきりさせようとした。

何年も経ったいまでも、地図部は隅から隅まで完璧に思い描くことができる。部屋のあっち側はとくによく知っている。毎週月曜の朝、そこの展示ケースにはたきをかける係だったからだ。あそこには絶対にドアはなかった。ガラスのキャビネットと狭い壁面があるだけで、そこにはコレクションに属さないばらの収蔵品がときどき掛けられていた。ドアなどあるはずがない。もしあれば、そのドアをあけたときには、奥の書庫にスワンがずらりと並べたプリンターにまともにぶつかっていただろう。それにフィリクスは、警備員が地図部に入ったときの画像で、そこにドアがないのをいま見たばかりなのだ。

しかしどういうわけか、強盗が入っているときには――そしてネルが持っていたサンボーンの地図にも――そこにドアがあった。

「フィリクス、なにに気がついたの」ナオミが尋ねた。彼女もプリヤも、彼ほどこの部屋のことをよく知っているわけではない。「なにが見えたって?」

「これを見て」彼は息を切らして言った。「もういっぺん」

また真夜中まで、強盗が侵入した時点までスキップして、再生をクリックした。

そして、ふたりに見せたい画面上の一点を指さした。

「ここ」

前回防犯カメラの映像を見たときと同じく、また画面が明るくなって部屋が映し出された。ウォーリーが現われてカメラが起動し、また探しものが始まる。フィリクスは今回初めて気がついたが、ウォーリーの手袋をはめた手には小さな紙が握られていた。なにかのリストか、図面か。それとも地図だろうか。ウォーリーがまた動き出す前の一フレームに映っているだけで、しかも粒子の粗い赤外線映像だから、やっと見えるかどうかで――

そこにはドアがあった。

カメラがまた攻撃されて傾き、テーブルのほうを向いてしまった。フィリクスは一時停止をクリックし、時間をさかのぼって、警備員の最初の巡回が始まる午後九時まで飛ばした。

ドアはない。

「これ、いったい……」ナオミが言った。フィリクスがさっき気がついたことに、いま彼女も気がついたらしい。

理屈に合わない。

フィリクスは強盗のあった時点まで映像をスキップした。

ドアがある。

スキップして戻る。

ドアはない。

またスキップして進む。

ドアがある。

どうしてこんなことが……？

ロミ

ネル、あなたのお母さんが亡くなったとき、わたしはその場にいなかった。

いればよかったんだけど、フランシスとイヴにされたことでまだすごく腹を立てていたから。あの町がどんなに広かったとしても、わたしたち三人が同時にいられるほど広くはないわ。ふたりといっしょにあの町にいるなんて、とうていできることではなかった。でも、あそこでどんなことが起こるか知っていたら。もしかしたらなにかできたかもしれない。もしかしたら食い止められたかもしれない。

でも、もしかしたらなにもできなかったかも。

だって、ああなるきっかけを作ったのはわたしだもの。ベアの代わりに地図を盗んできたのはわたしなんだから。

あのおぞましい日、わたしは午前中ずっとモーテルのベッドで寝て過ごした。天井を睨みながら、自分が受けた不当な仕打ちを反芻して、怒りではらわたを煮えたぎらせてたわけね。でも、自分が怒るのは当然の権利だとは感じても、午後になるとさすがに飽きてきたのよ。

　モーテルの部屋には、ケーブルテレビもなければ雑誌すら置いてなかった。あの家を逃げ出す前に服はスーツケースに詰めてきたけど、急いでいたから階下に置きっぱなしだった私物はそのままにしてきたの。タムやダニエルやベアといっしょにアグローに行って、わたしのやった仕事は持ってきたけど、いまはあれには手をつける気がしなかった。ほんとうに欲しかったのは、リビングルームに置いてきたささやかなものだった。読もうと思って持ってきた小説本とか、ウォークマンやスケッチブックとか。

　そろそろ夕食どきが近づいてたけど、みんながいつもアグローで遅くまで仕事してるのはわかってた。いま家にいるのは、仮病を使ったベアだけのはず。フランシスにもイヴにもウォーリーにも会わずにすむ。行くならいましかないわ。

　それと、これは認めるのは恥ずかしいんだけど、あの地図をベアが首尾よく売れたか興味があったの。ウォーリーがわたしから信頼を奪ったように、わたしも彼からなにかを奪うことに成功したか確かめたかったわけ。取引がどんなふうだったか、ベアに聞こうと思ったの。

　五マイルあるけど、ロックランド図書館でウォーリーの泥棒の証拠を見つけた日に、一度は歩いたことがあるんだから、またあれをやればいいだけだわ。太陽はもうずいぶん傾いていたからそんなに暑くなかったし、道路脇の草むらで鳴くコオロギの声を聞くのも楽しかった。帰りは、引っこ抜いてある電話のプラグをまたつないでもらって、タクシーを呼べばいい。すんだらすぐにベアはまた電話のプラグを抜けばいいんだから。

　でも、帰ってみたらベアはいなかった。それに、車も二台ともないじゃない。

　まだ鍵は持ってたから、わたしは自分でなかに入った。「ベア？」とためらいがちに声をかけた。買い手といっしょにどこかへ行ったのかなと思ったわ。

　置きっぱなしだった私物や、古い地図――もともと『夢見る者の地図帳』に使うはずだったもの――を見つけるのに三十分ぐらいかかってしまった。ファンタジー小説の地図をはじめとして、地図探しの大半はダニエルが担当してたんだけど、歴史的な地図の一部

（フランクリン、カリステリ、オランダ人ヴィッセルのニューヨークの地図）は、わたしの名前でこのプロジェクトのために貸し出してもらったものだった。返却が遅れたりしたら評判が悪くなるのはわたしだから、人任せにしたくなかったの。

両腕に荷物を抱えて玄関に立ち、わたしは迷っていた。ベアが戻ってくるまで待って話を聞こうか、それともほかのみんなが帰ってこないうちにさっさと引きあげたほうがいいだろうか。

それでしまいに、ベアにメモだけ残して退散することにしたの。でも、冷蔵庫のうえのメモ帳から紙を一枚破っているときに、私道を走るタイヤの音がした。続いてもう一台も。

車が二台とも帰ってきた。

「しまった」わたしは思わず毒づいた。

いまはもう気づかれずに逃げるのは無理だけど、急いで飛び出してそのまま進みつづければ、みんなが降りないうちに通り過ぎることはできるだろう。わたしがかなり遠くまでもう歩いてしまっていたら、結局放っておくしかなくなるだろう。

でも外に出たとき、その決心は崩れて困惑に変わった。

「ウォーリー？」わたしは息を呑んだ。

みんなが車からゆっくりと降りてきてたんだけど、最初に目に入ったのがウォーリーだったの。

すごく様子がおかしかった。

みんながみんな、なんか様子がおかしいのよ。

なにを見てるのか理解できなかった。みんな汚れているの。服は黒っぽいものに覆われているし、歩きかたもゾンビみたい。目はショックで曇ってたけど、汚れた顔に筋が残っているのが見えた。泣いていたのよ、みんなが。百年間も泣きつづけて、抜け殻になってしまったのかと思うぐらい。

「なにがあったの？」わたしは玄関ポーチの階段を駆けおりながら尋ねた。見ればベアもいっしょだった。その日の朝、家にひとり残っていたはずなのに。

「ロミ」フランシスが驚いてつぶやくように言った。声がかすれていて上ずって聞こえた。

彼はわたしに倒れこんできた。抱擁しようとしたのか気が遠くなったのか、区別がつかない感じだったわ。わたしはまだ彼に対して怒ってはいたけど、手に持ったものを地面に落として、彼の腰に両腕をまわして支えたわ。ほんとなら押しのけるところだろうけど、なにもかもふだんと違いすぎて恐ろしくて、まともにものが考えられなかった。時間が止まって、止まった時間のなかで宙ぶらりんになってるっていうか、時間の外に出てしまったら、これまでのことがみんななかったことになって、でももっとずっと悪いことが起こってたみたいな。

「タムはどこ？」なにがいつもと違うのか、だれが足りないのか気がついてわたしは尋ねた。「フランシス、タムは？」

「家を焼かなくちゃいけない」彼が言ったのはそれだけだった。


　最後には、保安官と警察と消防が現われたわ。赤々と燃える炎と、木々の上に渦巻いて空を覆い隠す煙に引き寄せられて町からやって来たの。そのころにはもう真夜中を過ぎていて、長い私道を雄叫(おたけ)びとともに車が走ってきたときは、ヘッドライトの容赦ない白い光で目がくらんだわ。かれらがエンジンも切らずに車から飛び降りてきたとき、イヴとベアが泣きながら抱きあっている姿と、ダニエルが芝生の縁に立って木々のほうを見つめているのが見えた。あなたを抱っこしてたけど、彼はそのことに気がついてたかどうかわからないわ。アグローの火事のあとには泣き叫んでたのに、そのときのあなたは泣きもせず、身動きひとつせずに彼を見あげていて、生きた子供じゃなくてお人形のようだった。辛抱強く待っているの、いつものお父さんが戻ってくるのを。そしてお母さんは大丈夫だよって言ってくれるのを。すぐに帰ってくるよ、そしたらみんな元どおりだよって。

　でももう二度と、なにもかも元どおりになることはないのよ。

　暗がりのなか、わたしたちは並んで立って、灰に変わってしまった家を眺めていた。黒い燃え殻の山にオレンジ色の線が走っている。「なにもかも、みんななくなってしまった」フランシスが低い声で言った。

「どっちみち、なんにも取り返したくないわ」わたしはぼんやり答えた。

　砂利を踏む音、無線機のバリバリいう音が聞こえ、懐中電灯の突き刺すような光がこちらに向けられた。

「ここはあなたがたの家ですか」わたしたちのところへやって来ると、保安官が気の毒そうに尋ねてきた。

　わたしは焼跡(やけあと)をふり返った。あのなかに飛び込んでしまいたかった。

「そうです」フランシスがどうにか答えた。「この夏、借りてたんです」

「それでなかにいたんですか、タマラ・ヤングという女性は」

心痛のほどを見られたくなくて、わたしは目をつぶった。

フランシスは嗚咽（おえつ）をこらえて息をついた。「そうです」と嘘をつく。「なかにいました」

それから一時間、警察はわたしたちの供述をとり、救急隊員があなたの火傷（やけど）の手当をしてくれたけど、でも実際にはすべて終わっていた。焼跡からタムの遺骨が見つからなくても、それは問題ではなかった。彼女が家のなかで死んだことを疑う者はいなかった。だってその一点を除けば、あの夜のことはみんなほんとうだったから。わたしたちはだれが見ても悲しみに苦しんでいたし、あなたはお母さんを求めて泣き叫んでいて、腕には火傷の跡もあった。それにどれだけ捜索したって、事件がほんとうに起こった場所を見つけることはできないんだもの。地図がなければ、あそこに戻る道が現われることは絶対にないんだから。

みんな燃え尽きてしまった。ウォーリーが集めてきた何千部もの地図も、タムがいつも手もとに置いてた一番最初の地図も。わたしたちみんながそれを使って、毎日いっしょにあの町に出入りしていた地図。彼女がウォーリーといっしょに見つけた地図。

あの地図は彼女といっしょに消えてしまった。そしてアグローも。

消防隊が帰りじたくをしているあいだに、家の焼跡は水浸しになって冷えてきて、夜明けが近づいて空はもう明るくなってきていた。保安官に説得されて、わたしたちは彼のあとについて車でロックランドまで戻ることになった。わたしたちがショックから立ち直るまで、そこのモーテルに宿泊させるって言うの。ほんの昨日までなら、あんな仕打ちを受けたあとでフランシスやイヴと同じ建物に入るなんて、そんな侮辱には死に物狂いで抵抗したでしょう。でもいまはまるで気にならなかった。なにもかもどうでもよかった。

あなたの火傷を地元の病院で消毒するために、救急隊員に誘導されてダニエルは救急車に乗り込んだ。救急車のドアが閉まるのを見ていたんだけど、しまいには後部の小さい四角い窓から彼の顔が見えるだけになった。怖いぐらいうつろな目をしていたわ。

救急車が走りだしたとき、木立のなかにちらと動くものが見えた。ウォーリーだった。彼はそこにいるのにいないみたいな、中身がなくなっちゃったみたいな感じだった。人間じゃなくて石みたいで、風景の一部になってしまったように見えた。幽霊のようと言ったほうがいいかしら。

　わたしは自分の苦痛にどっぷり浸かっていたから、彼に向かって声をあげて、車に乗るように言うこともできなかった。でもどっちにしても、彼は来ないだろうということはわかったわ。

「おい、ウォーリー」ベアがしまいに言った。一語一語が無理に絞り出されてるみたいで、彼の口を離れるのもやっとみたいだったわ。「もう行くよ」

　でもウォーリーは一歩あとじさり、さらに木立の奥へ引っ込んで姿を消した。

　あの野原に戻るつもりだったのね。あのなんにもない空っぽの野原に。またあそこに戻る道を見つけに行くの、不可能だとわかっていても。


　わたしたちはモーテルに二週間滞在し、捜査が終わるのを待っていた。消防隊はタムの遺体を探すために焼跡を四回も捜索したけど、ついに署長も捜索の中止を決めたの。あの家は全体に木造で、混合材料で作られた家よりも燃えると高温になりやすいって、保安官がそのことを伝えに来たとき言ってたわ。火が長くくすぶっていると、身元を特定できなくなることもあるんですって。でも、保安官はなにより、わたしたちと早く縁を切りたかったんだと思う。ロックランドは平和な小さい町で、あんな大きな苦しみに慣れていなかったのよ。わたしたちはみんな半分死んだみたいになってて、保安官が捜査の進捗を伝えに来てくれても、ろくに話を聞くこともできなかった。最初の夜に、自分にも子供がいるって保安官は言ってた。だから、ダニエルの悲しみが他人事に思えなかったのね。しまいには、ダニエルと目を合わせることすらできなくなってた。あなたが部屋にいて、慰めようもなく泣いていたりすると、話してる途中で絶句しちゃって先が続けられないの。そんなだから、わたしたちのいなくなるときが待ちきれなかったんだと思うわ。

　そのあいだずっと、ウォーリーはほとんどその場にいなかった。

　ときどき、夜もふけてから、廊下の端にある彼の部屋のドアがきしむのが聞こえたと思うこともあったけど、だれかが部屋をノックしに行っても彼はいつもいなかった。しじゅう出かけていて、アグローに戻る方法を探していたから。

　一度だけ見かけたことがあるんだけど、それは警察が捜査を打ち切ると決めた日のことだった。遅い時刻で、もう暗くなってて、モーテルの人けのない汚いプールのそばで、わたしはプラスティックの椅子に座ってただぼんやりしていた。門のあく音が聞こえたと思ったら、彼が部屋に戻る途中で角を曲がって姿を見せたの。

　ひどいありさまだったわ。骨と皮で骸骨みたい。

「捜査は打ち切りですって」わたしはやっとそれだけ言った。

「どうでもいい」彼は答えた。

　その声には抑揚がなくて、彼のなかから出てきた声ではないみたいだった。というより、彼がすごく遠くにいるみたいだった。そしてある意味そのとおりだったのね。彼はまだアグローにいたの。肉体はここにあるとしても。

「こんなことになるはずじゃなかった」ウォーリーはつぶやいた。わたしが顔をあげると、彼は暗くて静かな水面をじっと見つめていた。

「火事のこと？　どっちみち全部破棄するつもりだったんじゃないの？」

「違う」彼は言った。両手をあげて、それからまたおろした。

　最初は理解できなかったけど、でもしまいには腑に落ちた。

「つまり、あらかたは破棄するけど、ひとつは残しとくつもりだったのね」わたしは言った。

　ウォーリーはうなずいた。「町は部外者からは守られてたけど、ぼくたちに対しては無防備だった。ぼくがどんなに注意して地図を守ったとしても、また裏切られる可能性は無数にある。それをなんとかしなくちゃいけなかったんだ」

　何千部もある地図をすべて管理するのは不可能だとしても、たった一部なら監視できないことはないものね。

「地図は屋外に持ち出して安全に焼却するつもりだったんだ。ただ最初の一部だけ、タムとぼくがいっしょに見つけたやつだけを残せばいい。それなのにみんなが邪魔をしに来て、ネルが……タムはネルを助け出そうとして……それで……」

　その瞬間には泣きだすかと思ったんだけど、ウォーリーのなかにはもうなんにも残っていなかった。

「ぼくはただ、ひとつ欲しかっただけなんだ」彼はしまいに言った。「ダニエルとネルには彼女の愛がある。きみたちみんなには彼女の友情がある。全世界には彼女の才能がある。ぼくはただ、ぼくたちのものと呼べるものがひとつ欲しかった。それだけだ」

わたしは彼を見ていられなくてうつむいた。

「かならず完成させる」彼は宣言するように言った。

「えっ？」

「ぼくたちの『夢見る者の地図帳』」彼は言った。「彼女のために完成させる。どれだけ時間がかかっても構わない」

暗闇のなか、彼はわたしを見つめていた。決意は固く、それでいてなすすべはない。生きてはいるけど、同時に死んでもいる。そのときわかったの。あの忌々しいプロジェクトだけが、いまの彼の支えなんだって。あれがなかったら、彼は完全に罪悪感に食い尽くされていただろうって。あの町をまた見つけるまで、彼が決してあきらめないってことはわたしにもわかったけど、その目的を達するのは不可能だってこともわかってた。だって、地図がなければ町もないんだから。

「そんなに自分を責めないで」わたしはささやいた。

「自分のためにやるわけじゃない」彼は答えた。

「タムは死んだのよ、ウォーリー」わたしは唾を呑んだ。「アグローに戻る道をまた見つけられるとしても、見つけてなんになるの。タムは死んだのよ」

ウォーリーはゆっくりとわたしに背を向け、夢遊病者のように歩きだした。

「さよなら、ロミ。きみとフランシスがうまく行くように願ってるよ」

それから階段をのぼり、廊下の奥に姿を消した。

翌朝わたしたちが目を覚ますころには、彼はもういなくなっていた。明けがたにチェックアウトしたってフロント係は言ってたわ。

その朝、ダニエルは地元の会社からレンタカーを借りてきた。彼もここを立ち去るつもりだっていうの。ニューヨークシティに行って職を見つけて、二度と戻ってこないって。もうアグローのことなんかどうでもいいし、関わりを持ちたくないって。

気持ちはわかるわ、わたしももう関わりたくなかったから。それはみんな同じだった、ただウォーリーを除いて。わたしたちがそこに留まっていたのは、あなたとダニエルが去るのを待っていただけだった。だから彼が立ち去ってしまうと、残りのメンバーも数日のうちにみんないなくなっていたわ。

わたしたちはみんな、ほんの数分もいっしょにいることに耐えられなくなっていたんだけど、ダニエルは荷物を車に積み込み終わると、それでもわたしたちひとりひとりのドアをノックして、もう行くからと伝えに来た。

「もうひと箱積み込めない？」わたしは彼に尋ねた。

「なんの箱？」そう尋ねながら彼は箱に目を落とし、タムの筆跡に気がついた。それはもともと、ロックランドの家に荷物を運ぶために使った箱のひとつだったんだけど、フランシスとイヴのことを知った夜、あの家から急いで立ち去ろうとして、わたしは適当にその箱を選んで荷物を詰めてたの。側面には、タムがふざけて書いた「不用品（ジャンク）」の文字があった。っていうのはその箱には、彼女とわたしの芸術方面寄りの資料や道具じゃなくて、もっと科学技術的な資料なんかが詰めてあったから。でもいまそのなかには、あの家を燃やす前に取り出しておいた、もともとの『夢見る者の地図帳』用にわたしが用意した地図が入ってた。そう、フランクリンとカリステリとヴィッセルよ。

「もういっぱいだ」彼は言った。

「残ってるのはこれだけなのよ」

「要らない」

「あなたにじゃないわ。ネルのためよ。いつか必要になるかもしれないじゃない」

　結局、ダニエルはその箱を受け取ってトランクに入れた。あの地図はなくなったも同然だとわたしは思ってた。ここを立ち去ったらすぐに、彼はあれを捨てちゃうだろうって。でもそれを選ぶのは彼だとわたしは思ったの。火事のこととタムの死を知ったら、地図の返却を求める大学なんてないだろうし。

「寂しくなるよ」彼はわたしに言った。

　わたしたちはみんなでハグをし、あなたにさよならを言わせてもらったけど、あなたはもうチャイルドシートでうとうとしていた。ひさしぶりにとても安らかに眠ってて、幸せそうと言ってもいいくらいだった。悪夢にうなされるんじゃなくて、ただ夢を見てるの。あなたをその夢から覚めさせたくなかった。

　ダニエルの車が走り去ると、それでおしまいだった。〈カルトグラファーズ〉の幕引きね。

　わたしたちはそれっきりもう会わないはずだった。会うとつらいからじゃなくてね、ネル、わたしたちはあなたを守ろうとしていたのよ。

　あなたのお母さんを愛するのをやめたわけじゃないけど、ダニエルはあなたを守らなくちゃならなかった。あのころは、彼がなぜあんなに、いつかウォーリーが追いかけてくると恐れているのかわからなかった。ウォーリーが追いかけてこないように、わたしたちみんなと縁を切り、アグローの記憶と研究のすべてを葬らなくちゃならないと、なぜ彼があんなに固く決意していたのか。むしろ、ウォーリーがまただれかの前に姿を現わすことがあるとしても、その相手は絶対にダニエルじゃないだろうとわたしは思っていたの。だってあんなに苦痛を与えた相手なんだもの。ダニエルがその正反対のことを予想している理由が、わたしには理解できなかった。

長いことずっとそのままだったんだけど、あの日、「ジャンクボックス事件」が起こって――それでやっとわたしにも合点がいったのよ。

次に出発したのはわたしだった。

そのとき、まだ残っていたのはフランシスとイヴとベアだけだった。ほんとうにさよならを言いたかったのはベアだけで、ほかのふたりには会いたくなかった。幸いなことに、ベアはもうロビーで待っていて、汚れた古い肘掛け椅子にうずくまっていた。

「週末のバスだね」わたしを見ると彼は悲しそうに言った。

「もっと早く乗ってればよかった」とわたしは応じた。「あなたがわたしに頼みに来る前に。ふたりであんなことを思いつく前に……」

ベアは、大きな身体で包み込むようにわたしを抱きしめた。胸が張り裂けそうなハグだった。「わかってる」彼はささやいたけど、わたしの髪でその声はくぐもっていた。「わかってるよ」

理屈に合ってないのはわかってた。フランシスとイヴのことを知らなかったらバスに乗ることはなかっただろうし、知っていたら、反撃もせずに立ち去ることはできなかったでしょう。自分が傷ついたのと同じくらい、傷つけてやらなかったら気がすまなかったんだから。でもそんなことはどうでもよかったの。ふたりとも心のなかが滅茶苦茶になってたから、理屈に合うとか合わないとか、そんなことはもうどうでもよかったのよ。ただただ、こんなことが起こらなければよかったって思ってただけ。タムに戻ってきてほしかっただけなの。だっておかしいでしょう、あの町は現実じゃないのに、彼女の死は現実だなんて。

ベアはスーツケースを運ぶのを手伝ってくれた。早朝の太陽にまばたきしながら黙って待っていると、小さな停車場に車体を震わせてバスが入ってきて、ぜいぜい言いながら停まった。

運転手がドアをあけてわたしたちに手をふってきた。彼がクリップボードに目を戻したとき、ベアは尋ねた。

「フランシスに言づてはない？」

わたしは首をふったけど、そこで気が変わった。

「もう気にしてないって言っといて」わたしは言った。実際そのとおりだったから。

彼の裏切りを知ったときには、もう怒りしか感じられないって思ったわ――でも、大きな喪失を味わったいまでは、あんなに怒るってどんな感じだったかすら思い出せないくらいだった。感じられるのは、タムがわたしの心に残した大きな穴のことだけ。彼に受けた仕打ちなんか、ぜんぜん大したこととは思えなくなってたの。

「それはつまり……彼を赦すってこと？」ベアは尋ねた。

説明する気力も湧かなくて、「そうよ」とわたしはしまいに言った。

ベアはしばらくわたしを見つめ、それからバスをふり返り、乗客を待って開いているドアに視線を投げた。それならまだチャンスはあるかも、ほんのわずかな希望の切れっ端でもあるかもしれない、わたしがフランシスとやり直せるかもしれないって思ってるみたいだった。あんな苦しみのさなかでも、ベアはやっぱりベアだった。グループがばらばらになるのを少しでも防ぎたいって一生懸命なの。

でも、わたしはまた首をふった。

もう怒っていないとしても、二度とフランシスのところに戻ることはできない。それは、もうみんなのだれともいっしょにいられないのと同じ理由だった。

だっていっしょにいたら、わたしたちがタムになにをしてしまったかってことしか考えられないから。


マンハッタンのポート・オーソリティ・バスターミナルでわたしはバスを降りた。

静かでのんびりしたロックランドで何か月も過ごして、しかもそのうちの大半は、さらに静かで人けのない町に隠れていたあとだったから、シティには圧倒されてしまったわ。どこを見ても派手な照明とクラクションと地下鉄の轟音だらけ、歩行者や自動車が押し寄せてくる。わたしは大急ぎで通りから逃げ出した。まだ現実世界に直面する覚悟ができてなかったのね。非現実の世界に長くいすぎたのよ。

もう地図の仕事はしないと心に決めてたんだけど、結局はその世界に舞い戻ってしまった。そのために勉強したり訓練を受けたりしてきて、ほかにはなんのスキルもなかったし。なんの特徴もない巨大なビルの、隣にだれが住んでいるかもわからない部屋を借りて、わたしはフリーのグラフィックデザイナーとして仕事を始めた。レストランの周辺地域の簡単な地図を描いてたわ。メニューの紙に印刷して、配達範囲を示すための地図ね。

芸術なんかじゃなかった。でも、わたしはもうそれを望んでいなかったの。ただ食費と家賃を払って、姿を隠して暮らせるだけのお金が稼げればよかった。

そして実際、何年もそうやって生きていたの。

とうとうこの閉鎖的な業界に戻って、個人店主になった理由はただひとつ、ローレンス・ストリートの地図を見つけたからだった。

ネル、どういうことかもうわかっていると思うけど、でもわたしにとってそれは発見の瞬間だった。ローレンス・ストリートは、古い五区（マンハッタン、ブロンクス、ブルックリン、クイーンズ、リッチモンド）の地図帳のブルックリンの部に描かれている通りで――そこにしか存在しないの。

その通りに入れるって気づいたとき、わたしは愕然とすると同時に、やっぱりとも思っていた。あの夏、わたしたちはみんなうすうす勘づいていた。アグローの地図の幻の集落が実在するなら、ほかの地図のもっと小規模な幻の集落とかトラップも、見つけることさえできれば現実化するんじゃないかって。二度とグループのだれとも話をしないってダニエルと約束はしたけど、その約束を破ってこの発見を伝えようかとも思った――でも、その必要はなかったわ。イヴがどこでサンボーン・コレクションの保存修復の仕事をしているか知ったとき、それからベアのオフィスの都市計画地図を調べたとき、ふたりがわたしと同じ結論に達してるってわかったから。

でも、そう気づいてもほとんど慰めにはならなかった。

イヴやベアもわたしと同じことに――つまり、アグローみたいな世界から隠された場所がほかにもあるってことに気づいたのなら、どこにいるにしても、ウォーリーもたぶん気づいているのは間違いないからよ。そしてわたしたちと同じように、彼もそれを利用することができるわけ。

そんなとき、大学でヨハンソン教授の追悼式が行なわれるって知らせが来たの。

そのお知らせのカードを見て最初に頭に浮かんだのは、教授になにかあったんじゃないか、自然死じゃなかったんじゃないかってことだった。自分がちょっと被害妄想に陥ってるんじゃないかと心配になったけど、でもそう思えてしかたがなかった。それで気がついたときには、またネットで市の記録をしらみつぶしに調べてた。今度はウィスコンシン州マディソン市についてだけど、大学の青写真とか市の修繕計画なんかを見ていったわけ。杞憂ならいいと思ったんだけど、ああいういろんなことがあったから、最悪の事態を恐れていた。

それで見つけてしまったの。

一八八六年の建築図面では、わたしたちの古い大学の科学棟にトラップルームがあったのよ。用具収納室が計画されてたんだけど、あとの草案で講義室が拡張されたもんだから、実際には作られなかったわけ。それが、教授のオフィスの一階下に位置してたの。

あとは見つけるのはむずかしくなかった。なにを探せばいいかわかっていたから。

あの夏以来だれもウォーリーの姿は見ていなかったけど、彼の亡霊はずっとわたしたちに取り憑いてたことがわかってきた。〈ゼネラル地図製作〉が会社の記録や過去の版をすべて保管していたニュージャージー州の私有の城館は、わたしたちがロックランドを去って数年後に、こちらも不慮の火災で全焼していたわ——それでなにもかも失われてしまってた。わたしの店のお客さんたちに尋ねてみたら、アマチュアコレクターのあいだで流れてる噂を教えてくれたんだけど、あるどこかの個人のバイヤーが——〈カルトグラファーズ〉っていうグループのひとりだって言うんだけど、それが数年間の沈黙ののちにまた現われて、一見して無価値な地図に法外なお金を支払うって話なの。ところがその地図が、どれだけ探してもどこにも見つからないっていうわけよ。それで逆に、手数料の一部を払うからその地図を見つけるのを手伝ってくれないかって言われたわ。それからネットでは、学者やディーラー、ジオキャッシング（GPSを用いた宝探しゲーム）が趣味の人たち、地域の図書館員、博物館の管理者や教師が脅迫されたとか、失踪したとか、はては死亡したっていう話をあっちこっちで見かけたわ。そういう事件が、長い年月にわたってたくさんの州で起こっているものだから、警察にはそのパターンを結びつけて考えることができなかったのね。

ウォーリーの仕業だった。あの地図の最後の一枚を探している。そして噂を広めたり、彼より先に手に入れる可能性のある人を排除しているんだわ。

マディソンでの追悼式で彼がわたしたちを待っているんじゃないか、あの町に戻るほかの手段を見つけていて、わたしたちを脅迫してそれを盗む手助けをさせるつもりなんじゃないかと恐ろしかった。ほんとうのところはわからないけど、わたしは運を天に任せる気にはなれなかった。

　だから姿を消すことにしたの。

　それで、意図的に自分の評判に傷をつけた。この分野にはわたしのことで悪い噂が飛び交っているし、あなたも聞いたことがあるでしょう。偽造の地図を売ったとか、個人蒐集家に出所証明書を提供できなかったとか、あれはみんなわざと流したのよ。そうすれば、だれもわたしを探そうとは思わなくなるでしょう。業界とのつながりがなかったら、ウォーリーに狙われることもないだろうと思ったの。

　そもそも彼にわたしを見つけることができれば、の話だけど。


　でも、しまいにわたしを見つけたのはウォーリーじゃなく、ダニエルだった。

　彼はわたしの名刺を使って訪ねてきた。それはずっと以前、わたしが姿をくらましたときに渡したもので——彼が亡くなったあとに、あなたが見つけたあの名刺よ。あなたが来たのとよく似た日だったわ。わたしはひとりきりで在庫を調べて、ありえない場所がほかにもないか探していた。使えそうな避難ルートとか隠れ場所とか、あとで必要になったときのために確保しておけたらと思って。

　それは「ジャンクボックス事件」の日だった。もっとも、そのときはそんなこととは知らなかったんだけど。ただ、なにか恐ろしいことが起こったんだってことはわかったわ。ダニエルの顔にそう書いてあったもの。

　なんて老い込んだ顔だったことか。なんてしわが増えて、悲しく疲れた顔をしていたことか。彼があなたを連れてあのモーテルを出ていってから、少なくとも二十五年は経っていた。その年月にわたしは、通りですれ違ったとして、みんなの見分けがつくだろうかって疑問に思ったものだった。悲しみは、歳月の十倍も人の顔を変えてしまうことがあるわ。ウォーリーのことで、わたしが一番心配してたことのひとつがそれだった。その計算で行けば、彼が襲いに来てもわたしにはわからないかもしれないでしょう。

　でもなぜかダニエルはわかった。というか、見てわかったっていうより、彼だって感じたのかもしれない。彼が入ってきたとき、ほんの一瞬だけど、ひとりじゃなくてふたり入ってきたって感じがした。タムも来たんだなって。

わたしたちは黙って見つめあってた。

「なにかあったのね」彼を注意深く観察してから、わたしはしまいにそう言った。

彼はうなずいた。

なにがあったのか教えてくれるのを待ってたんだけど、でも彼はなにも言わない。いい言葉が見つからないのかと思ったんだけど、そのとき心臓が止まりそうになった。いい言葉が見つからないんじゃなくて、そもそも言葉がないんだって気がついたから。言葉にする必要なんかなかった。これほど年月が経ってから、彼がここに来るとしたら理由はひとつしかありえない。

「まだ持ってるのね」恐怖と驚愕のあまり、わたしはささやくように言った。

ありえないことだけど、どういうわけか彼は持っていたの。

あの地図の最後の一枚を。

あなたのお母さんは、あなたを救うのと同時にその地図も救ったんだって、彼はわたしが落ち着いてから話してくれた。あなたをお父さんに渡す前に、あなたの服のなかに突っ込んで、そこで力尽きて倒れたの。彼がそれを見つけたのは、だいぶあとになってからだった。病院で、看護師にあなたの火傷を見てもらってるときだったんですって。さぞかし驚いたでしょうね。

結局のところ、あなたのお母さんは、亡くなるまぎわにあの町を救っていたのよ。そしてあなたのお父さんは、彼女の最後の秘密を守ると決心していたわけ。

「それをネルに見つけられたのね」わたしはしまいに尋ねた。

彼は目を閉じてまたうなずいた。

わたしはめまいがして、足元の床もほとんど感じられないぐらいだった。あのときとおんなじ——みんなが煤にまみれて、泣きながら、タムなしで家に戻ってくるのを見たときと。あの地図とあの町から逃げようと手を尽くしてきたのに、また最初からやり直しになってしまう。「ネルはなにを知っているの?」

「なにも」彼はきっぱり言った。「あの子はまだ小さかった。ぜんぜん憶えていなかったよ。この地図のことも、これといっしょに隠しておいた、昔のプロジェクト用のべつの地図のことも」彼はアグローの地図を差し出してきた。まるでまだ燃えていて熱いものみたいに。「なんの価値もないものだと納得させようとしたんだが……」

「なにをしたの」

「やるべきことを」彼は言った。「しかし、こうなってはもう手もとに置いておくことはできない。あの子がだれかに、ちらっとでも話したりしたら……もしウォーリーがその噂を聞きつけでもしたら……」

彼は懇願するように、それをわたしに差し出してきた。

でもわたしは、彼の力になるどころか一歩あとじさった。

彼はウォーリーを怖がってたけど、それはわたしも同じだった。いいえ、わたしのほうがもっと怖がってたかもしれない。あの夜、モーテルで最後に彼に会ったのはわたしだったから。彼が絶対にあきらめないのはわかっていた。わたしたちみんなが彼に狙われずにすんでいる理由はただひとつ、たとえあの地図がまだ一枚でも残っているとしても、それはわたしたちの手もとにはないからだっていうこともわかってた。

でも、じつはそうじゃなかったのね。

「どうしてなの」わたしはついに言った。「どうして、そもそもそれをとっておいたりしたの」

それから数年経ったあとでも、やっぱりわたしには理解できなかった。あの地図はありえない場所に至る鍵だし、タムの最後の形見ではあるけれど、だからといって、そのために彼自身やあなたを危険にさらす価値はないでしょう。ウォーリーが虎視眈々と狙っているんだから。最初にそう言ったのはダニエルだった。アグローを、ロックランドを最初に立ち去ったのも彼だった。

「だからきみに会いに来たんだ」ダニエルは答えた。「ほかのみんなはともかく、きみならわかってくれると思ったから」

(助けてくれれば説明する)とばかりに、彼は地図を差し出してきた。

「きみはグループのもうひとりの芸術担当だった。あの町が彼女にとってどれだけ重要だったかわかるだろう。彼女がどんなアイディアに取り組んでいたか、きみは見ていたんだから」

彼がなにを言いたいのかわからなかったけど、わかりたいとも思わなかった。あの忌まわしい夏に自分がやってしまったこと、そしてそのためにすべてを失ったことを直視したくなかった。それに、ウォーリーに最初に狙われるターゲットにはなりたくなかった。あの日、ニューヨーク公共図書館であなたとお父さんのあいだでなにがあったにせよ、それがアグローの地図に関係があると彼はしまいに突き止めて、その後のダニエルの足取りをたどろうとするでしょう。

「頼むよ」ダニエルは懇願した。「力を貸してくれ。ここなら見つかることはないだろう」

彼はとても切羽詰まっていたし、ほかに頼るあてもなかった。

でもわたしにはできなかった。

それをここに隠してくれって言うのなら、あの家と同じように焼き捨てるとわたしは言った。まだそれがあるとわかった瞬間に、あなたが自分でそうするべきだったんだって。わたしたち――というか、ネル、あなたのことよ――の安全をほんとうに保証する道はそれしかない。だから、いまここで燃やそうとわたしは言った。そうすれば、永久に厄介払いできたとこの目で確認できるからって。

でもダニエルは、その条件では渡せないと言った。わたしとしては、その条件以外では引き取れなかった。

結局彼は地図を持って帰り、二度と会いに来ないと約束してくれた。そしてわたしは、正気を保つために、彼は帰ってからあれを破棄したのだと思い込むことにした。あれを隠すならわたしの店以上の場所はないのだから、彼にはほかに選択肢はなかった。あれでよかったのだとわたしは自分を納得させた。彼がとっくの昔にやるべきだったことを、せざるをえなくしてあげただけなのだ。一年二年と経つうちに、実際にそのとおりだと徐々に信じるようになってきていたわ。

でも数週間前に彼からまた連絡があって、万が一に備えて図書館からの脱出口を見つけるのを手伝ってほしいと頼まれたとき、ダニエルがあれを破棄していたというふりをすることはもうできなくなった。やっぱりとっておいたのだ――そしてウォーリーについに気づかれてしまった。

イヴに電話する気にはなれなかったけど、フランシスとはすぐに電話が通じたわ。

何十年経っても、わたしたちのチームプレーは見事なものだった。文書館、目録、版の検証、貸出許可証の偽造、保険、郵便。わたしたちは素早く対処した。これなら彼を救うのに間に合うと思った。

でもウォーリーのほうがさらに速かったの。

イヴのサンボーンがフランシス経由で届く前日、ダニエルが図書館のオフィスでひとり亡くなったという記事を読んだときには、ネル、あなたがまだなにも知らなければいいと願うばかりだった。

そんなところへ、あなたはわたしの店に現われた。

XXII

　フィリクスはわが目を疑いつつ、画面をずっと見つめていた。あるはずのないドアがある。一時停止の画面でぼんやり光る地図部の壁に、あるはずのないドアがあるのだ。

（泥棒はこうして出入りしていたんだ）

　二十世紀初頭、洪水・火災保険会社の地図の第七版に描かれたトラップルームを通って。地図のなかから、図書館のなかへ。

　現実なのだ。サンボーンの地図の誤りは誤りではない。

　その証拠が防犯カメラの映像に残っている。気づくことさえできれば、それはずっと目の前にあったのだ。しかし、だれに気がつくことができるだろうか。こんなことは不可能だ。

（ほんとうに？）

　映像を目の前にしても、これが現実とはやはり信じがたかった。しかし、ニューヨーク公共図書館でともかくこれが現実に起きたとすれば、そしてスワンの家でフランシスが消え、またラモナの店が消えたことを考えると……

つまり、ネルの地図にある幻の集落も……現実に存在する可能性があるということだろうか。

そんなことがありうるとは思えない。物理学的にも、地図学や建築や次元の歪みで考えても。しかし、いまはどの疑問より重大な疑問がひとつある。

（ネルは知ってるんだろうか）

「フィリクス」彼はやっと、ナオミに軽く肩を揺さぶられているのに気がついた。「ねえ、フィリクスってば」

顔をあげると、彼女とプリヤがデスクの端近くに立って、心配そうにこちらを見おろしていた。

「大丈夫？」プリヤが尋ねた。

「行かなきゃ」そう言うなり、彼はだしぬけに椅子から立ちあがった。

「えっ？」ナオミが言った。「いまから？」

「だめよ！」プリヤがきつい口調で言った。「警察が事情聴取に来るのよ！　だいたい、これがどういうことかもわからないじゃない。いったい、こんなことがどうして可能だっていうの？」

「わからない」彼は困り果てながらも、あたふたとキーを探した。「だけど、いまは警察を待ってるわけにいかないんだ。動画のウォーリーを見たよね。あんなことができるやつに、ぼくらより警察のほうがうまく対処できると思う？」

「でも、ネルとは連絡もつかないんだよ！」ナオミが言った。「電話は通じないんでしょ。忘れたの？　どうやって見つけて、この話を伝えるつもり？」

そう言われて、彼は動きを止めた。彼女が電話に出ないのを忘れていた。図書館で警察につかまっていなければ、彼女が行きそうな場所はいくつか思いつく。自宅、スワンのブラウンストーンの屋敷、父親の暗く閉めきられたアパートメント、あるいは〈クラシック〉社ということも考えられる。しかし、だったらどうしようというのか。そのすべての場所に行ってみるのか。夜のニューヨークの通りを行ったり来たりして、ついに推測が当たって彼女が見つかるまで？

「じつを言うと、彼女の行き先はわかってる」フィリクスはしまいに言った。「ただ問題は、そこへどうやって行けばいいかわからないんだ」

「アグローか」ナオミが、呑み込めてきたとばかりに応じる。

彼はうろうろ歩きまわりはじめた。「最大の問題は、アグローは彼女の粗末な小さい地図にしか出てこないんだ。だからべつの地図で探すことも、データベースで検索することも……」

「ネットもあんまり役に立たないね」プリヤが言った。「あんたが以前見つけたみたいな、たぶんこれだろうっていう古い売買の記録はあるけど、その秘密の重要性――ていうか、町の実際の位置についてはなんにも見つからないわ」

フィリクスは足を止めた。ひとつ思いついたことがある。

「〈ヘイバーソン・マップ〉に探させよう」彼は提案した。

「えっ？」プリヤが叫ぶ。

「前回、泥棒を探させたときはけっこういい線いったじゃないか！」彼は説明した。

「正直な話、期待以上だったって言っていいかもしれない――こっちが欲しいと思ってた情報でなくて、ほんとうに必要な情報が見つかったんだから。アグローを探させたらネルが見つかるかもしれない」

「でも検索に必要な情報を追加できるかな」ナオミが言った。「彼女の地図をスキャンできればよかったんだけど」

（それができれば）とフィリクスは思った。そんなありえないデータポイントがあったら、〈ヘイバーソン・マップ〉ならどう処理するだろうか。それに応えて、大画面の地図がさらに明るく輝いてみせたような気がした。

目を閉じて、最後にネルの地図を見たときのことを思い出そうとした。昨夜、テーブルに広げた色あせた古い地図にいっしょにかがみ込み、格子をひとマスずつ調べて謎の小さな集落を探していた。あんなに身を寄せ合ったのはほんとうに久しぶりだった。彼女の髪のかすかな花の香り、集中しているときの浅い呼吸音を思い出す。縮小された世界を少しずつ移動して、幻の集落を探すのにどれだけ時間がかかったか。そしてついに見つかったとき、どんなに驚いたか――

フィリクスははっと息を呑んだ。

「もしかしたら、近くまでは行けるかもしれない」彼は言った。「幻の集落は、ネルの家族がむかし住んでた州内陸部の家から、道路をちょっと南に行ったところにあった」ふたりが驚いた顔を向けてきたが、彼はそれを否定するように手をふった。「住所は知らないんだ。でも、その家の近くにあった町の名前は憶えてる。ロックランドだ」

「プリヤ、データベースを――」ナオミが言いかけたが、プリヤはもうサーバの住宅アプリ専用のセクションを開いて、巨大な住所データベースのソートを始めていた。「所有者や賃借人の名前では出てこない」彼女は言った。「でも、その家は全焼したって言ってたよね」

「ああ」フィリクスは言った。「彼女の母親はそれで亡くなったんだ」

プリヤはもう〈ヘイバーソン〉のサーバを抜けて、公的記録のデータベースにログインしていた。頭上では、〈ヘイバーソン・マップ〉が彼女の作業を追跡している。無数のフレームのひとつでその検索をミラーリングし、それをもとにさらなる情報源を推測する。

「死亡者が出てるのなら、警察に通報があっただろうし、たぶん地元のニュースにもなってるよね……」

「でも、記事には住所は出ないよ」とナオミ。「プライバシーが理由で」

ナオミの言うとおりだ。何年も前のことだが、ネルとつきあいはじめたころにその悲しい話を聞かされて、彼は自分でも死亡記事を調べたことがある。大きな扱いはなく、地元の新聞に簡単な記事が出ていただけだが、そこで正確な住所を見た覚えはなかった。

顔をあげてみると、〈ヘイバーソン・マップ〉はもう、ドクター・タマラ・ジャスパー＝ヤングに関する記事を探してはいなかった。どういうわけか、いまは固定資産税の記録をチェックしていた。

「あの地域の不動産物件のアーカイブはどうだろう」彼ははたと気づいて尋ねた。

ナオミが見あげてきた。「どういう意味？」

「ニュースでは住所は出ないけど、家が全焼してれば、その物件はもう住宅には分類されなくなるよね。税金的には空き地っていうか、つまりただの土地に戻るわけだ。その記録が残ってるはずだよ。あの夏以降の空き地の販売物件を調べて、住宅から土地に変わった物件の住所を……」

「あった」プリヤが言った。

フィリクスは駆け寄った。「見せて」

プリヤが画面を彼のほうに向ける。「ロックランドには売りに出された住宅はたくさんあるし、更地の物件はそれよりたくさんあるけど、該当するその一年に住宅から土地に分類を変更されたところは一件しかない」と彼女は指さした。「ニューヨーク州ロックランド、スプリング・レイン・ロード一六〇番地」

彼女がそう言っているあいだに、彼は画面に目を走らせてデータのダブルチェックをすませた。

プリヤの言うとおりだ。これだ。

「それで間違いないね」ナオミが息をついた。

同意するかのように、〈ヘイバーソン・マップ〉がチャイムを鳴らした。三人がそろって顔をあげると、マップが同じデータポイントを受けつけていた。マンハッタンのこのオフィスから細く光る線が発して、ニューヨーク州南部をくねくねと抜け、目的地に向かって伸びていく。

もう少しでたどり着ける。〈ヘイバーソン・マップ〉が問題の家を見つけることができるのなら、これを持っていけばひょっとして、そこにあるなにかを手がかりに、アグローへの道を見つけることもできるかもしれない。

フィリクスはデスクのスマホを引っつかみ、椅子の背もたれ越しにプリヤをハグした。「きみは天才だ」

「うん、知ってる」と彼女は笑ったが、離れていこうとする彼の腕をつかんでこちらを向かせた。「気をつけてね、フィリクス。このウォーリーっていうのがだれなのかすらわかってないし、この人もいま彼女を追ってるかもしれない」

「気をつけるよ」彼は約束した。「ふたりともありがとう」

向きを変えて出て行こうとしたとき、ナオミがまた声をかけて呼び止めた。「ねえ、これってほんとにほんとのはずないよね」彼女はまた彼のコンピュータの画面に目をやっていた。そこにはいまも、ニューヨーク公共図書館のありえない部屋が映っている。「つまりね、町がまるごとだよね。それがどうして現実なんてことがあるの」

「わからない」フィリクスは言った。「でももし行けたら、現実だったたって連絡するよ」

今夜は一睡もしていないにもかかわらず、運転中にまぶたが重いとは一度も感じなかった。ロックランドに近づけば近づくほど、いよいよ緊張が高まってくる。東の空には夜明けが迫っており、地平線は早くも明るくなりはじめていた。パステルカラーの緑と黄色の四角い農地がどこまでも続く、曲がりくねった静かな田舎道を走っていると、ネルの幹線道路地図をいやでも思い出す。その細い黒い線に沿って小さい自分の車が走っていて、それを彼自身が上から見守っている、そんな想像をせずにはいられなかった。

スマートフォン――小さな画面に〈ヘイバーソン・マップ〉のルートが表示されている――が控えめに通知音を鳴らした。あの住所の場所が近づいてきている。

脈が速くなった。あの古い家は、彼にとって可能なかぎり謎の幻の集落に近かったが、それでも少なくとも数マイルは離れている。そこに到着してしまったら、あとはなにができるだろう。〈ヘイバーソン・マップ〉に真の目標を見つけさせることができるだろうか。こんなことをしてほんとうに役に立つのか。

彼はそわそわとハンドルを握った。これまではすべて成功してきた。交通でも気象でも犯罪でも、ほとんどどんな質問を投げても、〈ヘイバーソン・マップ〉のデータストリームにその回答を見つけてきたのだ。世界最高の地図、ほとんど人知の及ばないレベルに正確で詳細な地図だが、実際になにが起こっているのか今回も説明することができるだろうか。

安物の古い紙の地図より、行き先をよりよく示すことができるだろうか。

そのとき雷鳴が轟き、彼は驚いた。空に目をやると、青みを帯びた黒雲が雨の気配をはらんで凝集しつつあった。フィリクスが窓をあげるのと同時に、車の屋根をやさしく叩く雨音が始まる。

スマホがまた鳴った。さっきより切迫した響き。

(ネル、頼むからいてくれ) フィリクスは祈った。(せめて、きみを見つける手がかりだけでも残していてくれ)

ほどなく、自動ナビゲーションの音声が角を曲がるよう指示してきた。するとだしぬけに、目の前に長い砂利敷きの私道が現われた。右側の道路から分かれて伸びており、その分岐点には支柱に載った錆びた郵便受けが見えた。フィリクスは軽くブレーキを踏み、アスファルトの道をそれて、水たまりのできはじめた道に車を入れた。道の両側の木々は伸び放題で、頭上に屋根を作っている。道は少し傾斜があり、滑らないように彼はゆっくりと角を曲がった。

「目的地に到着しました」と〈ヘイバーソン・マップ〉が告げた。

私道の終点は、木々が途切れて小さな空き地になっていた。家があったはずの、しかしいまはもうない場所。

フィリクスは車を停めた。

「目的地に――」スマホがまた言いはじめたが、ルートをキャンセルするとふたたび静寂がのしかかってくる。

ここだ。

ネルの両親とその友人たちは、アグローの地図を発見したときここに住んでいたのだ。あの夏ここでなにが起こったにせよ、そのせいでかれらは変化し、二度ともとに戻ることはなかったのだ。

雨は降っていたが、ひと呼吸おいて車から降りた。深くなっていくぬかるみに靴を汚しつつ、家の残骸に向かって進んでいった。

目の前に大きな黒い地面が広がっていた。細かい粘土質の土が混ざっているせいで黒っぽく見えるのだ。その向こうの土はもっと色の薄い緑がかった茶色をしていて、そこには雑草がまるで生えていなかった。そしてその先に、忘れられた古い灰の山と、傷だらけのコンクリートの基礎があった。

「ネル、どこにいるんだ？」彼はささやいた。

彼女はすぐそこにいる。それが感じられる。彼女もあの町も、どの方角にせよせいぜい一、二マイルしか離れていない。

ただそれを見つけなければならない。

いきなり、静かな雨音を乱して砂利を踏む足音が響いた。フィリクスがさっとふり向くと、背後の木立から影がひとつ現われて早朝の薄闇のなかに進み出てきた。

「ネルか？」胸が希望で高鳴った。

しかし、それはネルではなかった。

「フィリクス」と呼びかけてきたのはウィリアム・ヘイバーソンだった。

フィリクスは驚いて一歩あとじさった。

ウィリアムはどうして、彼がここに来たのを知ったのだろう。

「幽霊を見たような顔をしてるぞ」ウィリアムは傘を開きながら言った。その影の向こう、ずっと離れた場所に、会社の車の黒い輪郭が見分けられた。フィリクスは私道を走っているとき、雨のせいでそこにそれが駐まっているのに気づかなかったのだ。

「どうしてぼくがここに来るってわかったんですか」

フィリクスは尋ねた。

「〈ヘイバーソン・マップ〉をナビに使っていただろう。同じシステムにのってるからだよ」

「ああ」フィリクスは答えた。ばかなことを訊いてしまった。「なるほど」

「きみがネルをとても大事に思っているのはわかっていたから、警察が来るのを待ってはいられないだろうと思ってね」

フィリクスのポケットのなかでスマホがうなった。着信があった合図だ。

「ナオミとプリヤからです」送信者としてナオミの名が見えたのでそう言うと、ウィリアムはうなずいた。失礼にならないように、フィリクスは急いで斜め読みしようとした。

《フィリクス、わたしたちまだオフィスにいるんだけど、ちょっと妙なことがあって。〈ヘイバーソン・マップ〉によると、ウィリアムもあんたと同じ、あの家に来てることになってるよ》

「あのふたりもきみのことを心配してるんだろう」ウィリアムは言っている。

ナオミの話はすでに知っている内容だったので、フィリクスは電話をポケットに戻し、雨よけに襟を立てた。「逃げ出しちゃってすみません。ただ、もしネルを見つけられれば……」

ナオミからまた着信があった。せっつくようにまた電話がうなる。

「すみません、大丈夫だからって返信しておきます」フィリクスはあやまったが、ウィリアムは邪魔が入ったのを気にする様子もなく、ただ肩をすくめた。

フィリクスは返信しようと画面をスワイプした――が、気がつけばナオミの文面に困惑していた。

《だけどマップによると、ウィリアムはあんたより先に出発してるんだよね。それもずっと先に》

「きっとなにもかも解決するさ」ウィリアムは自信ありげに言った。焼け焦げた地面を眺めながら、「きみがここでなにをしているのか説明できさえすれば」

「足がかりになると思ったんです」フィリクスは答えた。「ネルはここでお母さんを亡くしてます。幼いネルを、火のなかから助けようとして亡くなったんです。その事件があったのがこの家なんです」

ウィリアムはしばらく黙って、なにか考えているようだった。

「ここじゃない」彼はついに言った。

フィリクスは面食らった。うなじにぞわぞわするものが走り、それが小さな警報のように彼をせっついてくる。

いままではナオミからは次から次に着信があり、文面も半狂乱になってきていた。《わたしたちがネルのロックランドの古い住所を見つけてマップに入力するより先に、ウィリアムは出発してる。どうしてわたしたちより先にあの家のことを知ったんだろう。どこへ行けばいいかどうしてわかったんだろう》

フィリクスは深呼吸をした。感情を抑えて頭を働かせようとする。「火事があったのがここじゃないって、どうしてわかるんですか」彼はウィリアムに尋ねた。

「ここだったのなら、ネルが来てないはずがないじゃないか」ウィリアムは答え、周囲の地面を身ぶりで示す。ふたりが長い私道をそれぞれ走ってきたときに、泥も枯葉もひとしなみにかきまわされている。「タイヤ跡はふた組しかない――きみとわたしのだ。わざわざこの近辺までやって来ていながら、最後に母といっしょだった場所に来ないなんてことがあるかな？」

フィリクスはまた家の焼跡を眺めた。「ないでしょうね」彼は言った。

しかし、やはりなにかがおかしい。彼は膨れあがる不安をふり払おうとした。

「でも、ネルのお母さんがここで死んだんじゃないなら、なぜこの家は灰になってしまったんですか」

《フィリクス、返事して。大丈夫？》

「秘密を守るためだ」とウィリアム。

「でも、どんな秘密があるんですか。ネルも言ってたけど、火事は事故だったんですよ」フィリクスは応じた。「彼女のご両親の友人たちもそう言ってます。だったら、彼女のお母さんはどうして亡くなったんですか」

「おそらく、秘密なのは『どうして』ではない」とウィリアムは答えた。「『どこで』だ」

「どこで？」フィリクスはおうむ返しに言った。

そのとき、いきなり全身に悪寒が走った。そうだったのか。

ウィリアムは焼跡にまた目を向けた。「〈ヘイバーソン・マップ〉のようなものだ。これはわれわれのアルゴリズムにとって永遠の闘いだ、そうだろう？」物思わしげにため息をつく。「パラドックスだよ。たとえ完璧な地図が作れたとしても、ありとあらゆるデータを完全に知ることができ、測定できたとしても……その地図で表現される現実世界はそうじゃない」

フィリクスはこの年月、彼がこのせりふを繰り返すのを何度となく聞いてきた。ブレインストーミングのさいちゅうに、ウィリアムはよくこの個人的な哲学の探求にわれを忘れてしまうことがあった。（完璧な地図は、完璧な世界がなければ作れないのだろうか。それとも地図が完璧であれば、そのなかの世界は完璧になるのだろうか）、そう彼は問いかけてくる。

しかしその言葉がいま、身も凍るほどはっきりと新たな意味を帯びて迫ってきた。

「でもそんなものはありえません」彼は主張した。「すべて地図は完璧を目指し、完全な正確さを目指すものですが、しかしそれは実際には……実際には不可能です。〈ヘイバーソン〉でもです。たとえある瞬間に、すべてのデータポイントについて完全に正確な地図を作ることができたとしても、現実はつねに変化しています。なにかが変化し、また振り出しに戻るだけなんです」

「きみは驚くだろうが」ウィリアムは言った。「ときには、ごく小さな規模でなにかを動かしさえすれば、あとはすべてが自然に展開していくこともあるんだ」ふたりの前にある雨に濡れた黒焦げの山をふり返り、さらにその向こう、木立の奥に目を向けた。「ごく些細なことが鍵だったりするんだよ。例えば建物とか。あるいは町とか」

フィリクスの鼓動が乱れた。

（これよ）ネルは言った。テーブルにふたりで屈み込み、彼女の父の地図を見つめているときだ。その声は驚嘆に満ちていた。（幻の集落。見つけたわ）

「きみは以前から、〈ヘイバーソン・マップ〉の哲学を実現可能な理想とは思ってなかったよね。チームにはっぱをかけるための愉快な知的演習と考えていたのは知っている。だがフィリクス、真剣に考えてみてほしい。虚心になって。すでにほぼ実現しているんだ」ウィリアムは力説した。

「いいえ、実現などしてません」

「いや、しているとも。この数十年で、地図学の分野がどれほど進歩したか考えてみるがいい。〈ヘイバーソン・マップ〉のことはこのさい忘れてくれていい――いまの人たちは、わが社の提供するささやかなシティマップ・アプリをスマホに表示させて、それしか見ずに歩いているだろう」ウィリアムはポケットに手を入れ、これが証拠だと言わんばかりに自分のスマホを取り出した。「通りを見て、〈ハブウォーク〉をチェックしているんじゃない。〈ハブウォーク〉に目を釘付けにして歩いてる。到着したと地図に言われて初めて立ち止まり、目をあげて目的地に着いたことを知るんだ」彼はフィリクスのほうをふり返った。「世界があって地図があるんじゃない――地図があって世界があるんだ」

「ウィリアム――」

しかし、ウィリアムは動じることなく続けた。「そして、もしそのとおりなら、それをもう一歩進めることさえできれば……」彼は遠い目をして言った。存在しないなにかを見つめ、その驚異に陶然としている。

「データの最後のピースを取り込むことさえできれば……われわれの地図は真の意味で完璧になるだろう」

フィリクスは一歩さがった。

「なにもかも」彼はささやくように言った。ドクター・ヤング、アイリーン、図書館の警備員まで。「あなただったんだ。なにもかもあなたがやったんだ」

しかし、どうしてそんなことが可能だったのか。

「そっちじゃない」ウィリアムは落ち着いて言った。「ここから南に向かうんだ」

フィリクスは自分の車に目をやった。逃げなければ。できるだけ遠くへ、できるだけ速く。

「いま逃げたら、ネルにはもう会えないよ」ウィリアムは、ほとんど思いつきのようにそう付け加えた。傘を持ち替えてスーツの上着の懐（ふところ）に手を入れ、なにかを取り出した。写真だ。それをフィリクスに差し出してきた。

フィリクスはためらった。しかし、ウィリアムがネルの居場所をほんとうに知っているのなら、フィリクスはいまここから逃げるわけにはいかない。ウィリアムはこれまで、あの地図を手に入れるために邪魔者はすべて片付けてきた。ネルが同じ目にあわされるのをだって見ていることはできない。

「そもそもどうして、彼女があれを持っていると考えるようになったんですか」フィリクスは尋ねた。「彼女の前にはドクター・ヤングがあれを所有していて、図書館に隠していたのがどうしてわかったんですか」

答える代わりに、ウィリアムはさらに写真をこちらに突きつけてきた。

とうとうあきらめてフィリクスはそれを受け取った。写真を雨に濡らさないように、そしてまたじっくり見られるように、彼は少し身を屈めた。

古い写真だった。少し色あせていて、以前に誤って曲げてしまったらしく、角のひとつが折れていた。よく見ようと持ちあげて、フィリクスは凍りついた。

（でもどうして……）

そこにはひと組の男女が写っていた。ここの私道とよく似た道で、荷物を積んだ車の前に立っている。男性の腕には、紫色のオーバーオールを着た幼児が抱かれて身をよじっていた。三人はこちらを見て笑っていた。経年劣化した光沢紙のなかでも、その目はきらきら輝いている。

男性の顔には見憶えがあった。若き日のドクター・ダニエル・ヤングだ。

一陣の風が草をざわめかせ、雨の滴る木々に隠れたつがいの鳥がどこかで歌を歌い出し、急にあたりが騒がしくなった。

フィリクスの視線は、すぐに若い女性の顔に飛んだ。男性がドクター・ヤングなら、つまりこの女性はドクター・タマラ・ジャスパー＝ヤングということだ。とすれば、ドクター・ヤングの腕に抱かれた幼い少女は……ネル以外にありえない。

「なぜあなたがこれを？」フィリクスは震える声で尋ねた。

ウィリアムはうつむき、自分の立っている水たまりを見おろした。靴はもうなかまで水が染みていたが、まったく感じていないようだ。

「ウィリアム」フィリクスは重ねて尋ねた。「なぜあなたがこの写真を持っているんですか」

「それを撮ったのはわたしだから」しまいに彼は言った。

第Ⅳ部　〈カルトグラファーズ〉

XXIII

ラモナの話が終わると、走る車のなかには重苦しい沈黙が残された。

六人全員がハンフリーの古いトヨタに詰め込まれていた。ハンフリーがハンドルを握り、ラモナが助手席に、フランシス、イヴ、スワンが後部に座っていた――そしてネルは、なかばスワンの膝に座るかっこうでドアの内側に押しつけられていた。ふた組に分かれたほうが快適だっただろうが、そのためには三人がこっそり通りを渡ってフランシスの車に向かわねばならず、警察が周囲に群がっている状況でそれはできない相談だった。

しかしそれ以上に、全員がついに顔をそろえたいま、もう離れたいとはだれも思わなかったのだ。ネルの父とアイリーンは、それぞれひとりきりのときにウォーリーに襲われている。数が多いほうが安全だろうとネルは感じていた。

警察が〈クラシック〉社の正面玄関を破ろうとしているすきに逃げ出してから、あいかわらず騒々しく混雑した夜のマンハッタンの通りをかれらはすっ飛ばし、島の西端に沿ってウェスト・ストリートを北上してリンカーン・トンネルに入った。ネルが不安な気持ちで見守るなか、コンクリート管内の天井に並ぶ照明が、閃光(せんこう)を投げてはひとつまたひとつと後ろに流れていく。そのたびに車がちらちら照らされるのが、だれかが照明のスイッチをつけたり消したりして、もっとスピードをあげろと急(せ)かしているかのようだった。

川をぶじ渡りきってニュージャージー州ウィホーケンに出たとき、だれかがなにか言うかとネルは思ったが、沈黙が破られることはなかった。都市部を離れ、州間高速道路九五号線を数時間ほど北上すると、建物や車がまばらになり、代わって木々が増え、ゆっくりと東の空が明るくなってきた。そこでようやくラモナが口を開いた。

「ほんとにごめんなさい」彼女はネルに言った。ささやくような声だったのに、車内に響き渡るかのようだった。

「みなさんのせいじゃありません」ネルは答えた。「父からずっと聞かされていたとおり、あの火事はとても恐ろしい事故だったんですから」

「でも、防ごうと思えば防げるはずだった。このまま行けばどうなるかわかっていたのに、なにもせず成り行きまかせにしていたのよ」

ネルはうつむいた。「わたしも人のことは言えませんから」

頑固で気性が激しいのはべつとしても、父はニューヨーク公共図書館の主任研究員だった。いったい彼女はなにさまのつもりだったのか、その父のオフィスで父と議論して勝てると思うとは。父が決して引き下がらないのはだれよりよく知っていたのに、それでも父をやり込めようとし、多くの同僚の目を惹（ひ）きつけ、さらに追い詰めてしまった。事情を説明する機会を父に与えるどころか、非常手段に訴えざるをえないところまで追い込んだ。それでも父は守ってくれた。地図とウォーリーを彼女に近づけまいとして、父は生命を落としたのだ。

（地図の目的は？）どんな危険が待っているかも知らず、久しぶりにニューヨーク公共図書館に彼女がふらりと戻ってきた、あの最初のときにそうスワンに尋ねられた。それまでに百回もそうしてきたように、彼女はそれを軽く受け流した。単純化もはなはだしい理想論としか思えなかったからだ。しかしじつはそれは真実だったのだ、昔からずっと。

地図制作とは本質的に、図を作成し値を測定することによって、世界のなかの自分の位置を定義することだ。すべては参照点に応じてマッピングされ、それによって理解できるという考えに基づいて、ネルは自分の人生を生きてきた。それがいまになって、間違った参照点にずっと注目していたことに気がついたのだ。

場所を現実にするには地図だけではじゅうぶんでない。

人が必要だ。

「ネル」フランシスが静かに言った。「これでもうすべてを知ったんだから、きみさえよければ引き返してもいい。こんなことをする必要はないんだ。お父さんが勇気がなくてできなかったことを、いまのわたしたちならできる。あの地図をこれっきり破り捨ててしまおう。そうすれば二度とウォーリーに見つけられることはない」

「いいえ」ネルは言った。

やっとわかった、と彼女は思った。きっとそうだ。

「勇気がなかったってのは違います」彼女は言った。「正反対です。父があの地図をとっておいたのは、なにより勇敢な行為だったんです」

ネルを除く全員が、なんのことかわからず顔を見合わせている。

「だから行かなくちゃいけないんです」と大きく息をした。「なにがあったかすべてがわかったいまでも、まだ答えのわからない疑問がひとつ残ってるから」

「疑問とは？」スワンが尋ねた。

「それは……」ネルは口ごもった。「思うんですけど、ひょっとしてそこにいるんじゃないかって。お母さんは、まだアグローにいるんじゃないかって思うんです」

　みんながそんな希望を抱くのを恐れて首をふるなか、ネルの確信はむしろ強まっていくいっぽうだった。

「どうしてそう思うの」スワンは尋ねた。「なにがあったかすっかり聞いたのに……」

「すっかり聞いたからこそよ」ネルは答えた。「ラモナ、あなたがおっしゃったことでわかったんです。おっしゃるとおり、この地図を隠し持っていれば、父は一生危険にさらされて生きることになります。最後の一枚を持っているんじゃないかって、ウォーリリーにいつ疑われるかわかりませんから。アグローにほんとうに灰しか残っていないのなら、そして父があの町とはもう関わりたくないと思っていたのなら、そしてなにより、ウォーリリーを二度とあそこへ戻らせたくないと思っていたのなら……」

　そう言って地図を持ちあげてみせた。

「どうしてこれを長年とっておいたりするでしょうか」

　彼女の見守るなか、全員が黙って地図の表紙を見つめている。

「違う」ハンフリーが震える声で言った。「お母さんの最後の形見だから、とっておいたんだろう」

「あなたのために残しておいたのかもしれないわ。渡しても安全になってから渡すつもりで」と、イヴが同じくためらいがちに言った。

「でもなぜですか？　なぜわたしのために残しておくんでしょう、アグローになんにもないのなら」ネルは言った。「でも、もし……」

　全員が苦慮しているのがわかる。彼女の言うとおりであればよいと心底願う反面、その可能性は無に等しいほど小さい。

「ネル、それがほんとうならどんなにいいかと思うが、しかしわたしたちはその場にいたんだ」フランシスが言った。「あの火事を見ているんだ。そんなことはありえないよ」

　ネルはラモナに目を向けた。みんなが議論している横で、彼女は沈黙を守っている。ネルはポケットに手を入れ、母のウィスコンシン大学の赤い万年筆を握って、勇気を奮い起こそうとした。「あなたはそうかもしれないって思ってらっしゃるんでしょう？」彼女は尋ねた。

ラモナは考え込んでいた。「ウォーリーが戻ってくるのを見たのと同じ夜、あなたのお父さんも見かけたわ」彼女は話しだした。「ウォーリーよりずっとあと、そろそろまた夜が明けるってころだった。お父さんが門から入ってきたの。あなたはお父さんの肩にもたれて眠ってた。驚いたけど、散歩に連れて行かないとあなたが眠ってくれなかったのかとあのころは思っていたわ。お父さんは、さよならを言ってきたって言ってた。それでわかったのよ、翌日ここを発って二度と帰ってこないつもりなんだなって」

「さよならを……」ネルはつぶやいた。

「あのときは野原のことだと思ったわ。あの町に一番近い場所だものね。彼が地図を持っているとは知らなかったし。ひょっとして……ひょっとして、あれはタムのことだったのかも」

ラモナは長くゆっくりと息を吐いた。初めて呼吸法を学んだ人のように。その目は新たな驚きに見開かれていた。

「ひょっとしたら、タムはずっとあそこにいたのかもしれない。あそこだけが唯一ほんとうに安全な場所だから」

「しかし、なぜだ」ハンフリーが尋ねる。「なぜこんなに長いこと隠れてなくちゃならないんだ。ダニエルにもネルにも会えない。向こうでできて、こっちでわたしたちといっしょじゃできないことなんかあるんだろうか」

「なにか、ウォーリーから守らなくちゃいけないものがあるんだわ、きっと」しまいにネルは言った。

車を走らせているうちに、小雨が降りはじめていた。フロントガラスが曇り、路面が滑りやすくなる。

屋根を叩く雨音に声をかき消されないように、フランシスは身を乗り出した。「速度を落としたほうがいい」フロントガラスの外を見つめながら言った。「つけられているかもしれないから、あまりスピードを出して注意を惹いてはまずい」

「ネルがまだ地図を持ってるのはもう知られてるんだろう」とハンフリー。「ほかのどこに向かうところがあるっていうんだ」

「追いつかれる前に、逃げ込んでしまえばいい」フランシスは言った。「そうすれば安全だ」

「安全だけど八方ふさがりね」ラモナが言う。

　ハンフリーの目は前方の道路をじっと睨(にら)んでいた。

「とっくに八方ふさがりだよ」彼は言った。「もうずっとそうだ、最初にあの町を見つけたときから」

　それからしばらく、口を開く者はいなかった。フランシスのアドバイスにもかかわらず、座席から伝わってくる車のスピードが少しあがっているようにネルは感じた。

「また一から同じことのやり直しだわ」イヴがつぶやいた。「だれが思ったかしら、数十年も経(た)ってからまったく同じことをみんなでやっているなんて。逃げられないなにかの周期にはまってるみたい」

　グループの全員に同時に戦慄(せんりつ)が走った。

「全員そろってあの恐ろしい場所に戻るんだな」フランシスは言った。「おまけにネルまでいっしょだ」

「すっかり大人になって」ネルを愛(いと)しげに見ながらイヴが言った。「ほんとうに……」

「タムにそっくり」ラモナも言った。

（まるでお母さんの代わりにここにいるみたい）それがラモナの言いたいことなのはネルにもわかった。かれらの目に見える隠れもない恐怖に、背筋(せすじ)に冷たいものが走る。

「だったら、スワンはダニエルの改良版ね」彼女は言った。「なにもかも一から繰り返されてるとしたら」

「それなら、わたしではなくフィリクスの役目だよ」スワンが応じた。

　ネルは彼の手に手を重ねた。「わたしはスワンといっしょのほうがいいわ」

　彼は微笑(ほほえ)みかけてきた。「よかったら、わたしから彼に電話をするよ。ほんとうにしなくていいの？」

「いいのよ」彼女は言った。

　なにがあったのかとまた訊(き)かれるだろうと思ったのだが、スワンはただ「残念だね」と言っただけだった。

　ネルは返事をする代わりにため息をついた。自分もそう思っているのは認めたくない。「少し待ってみたら」彼は言った。「戻ってくるかもしれないよ」

　ネルは首をふった。「彼は戻ってこないわ。わたしがまた滅茶苦茶にしちゃったんだもの」

　顔をあげると、彼の口もとにかすかな笑みの気配が見えた。

「なに？」彼女は尋ねた。

「なんでもない」とスワン。「ただ、この七年で初めてだったからね。仲直りしたらと勧めたときに、自分じゃなくて彼のほうにその気がないってきみが答えたのは」彼はにやにやして、「だから、案外うまく行くんじゃないかと思ったんだよ」

「どういうこと？　今回はわたしがフィリクスを嫌うんじゃなくて、フィリクスのほうがわたしを嫌ってるから？」彼女はむくれてみせた。

スワンは首をふった。「ネル、彼がきみを嫌ったことなんてないよ」やさしい声で言う。「きみたちふたりの邪魔をするのは、いつだってきみのほうだった」

「嘘よ、違うわ」ネルは言った。

そんなはずはない。最初のとき、去っていったのはフィリクスのほうだった。そして今回もまた、去っていったのは彼のほうだ。

しかしそれを言うなら、強盗事件の翌日に彼女はほんの数分のアドバイスを求めただけなのに、フィリクスは何度も彼女を訪ねてきた。いつもいっしょに行っていた思い出のバーにふらりと入ってきて、そのまま居残ったりもした。彼女のアパートに自分から夕食まで持ってきてくれた。

あの夜、キスをしようと身を寄せてきたのも彼のほうだった。

（やめなさい）彼女は歯を食いしばった。なにをばかなことを考えているのか。彼女は父とは違うし、話はそんなに単純ではない。彼女が心を開いてほんとうに彼を受け入れれば、フィリクスはいそいそと戻ってきて、またなにもかもうまく行く――話としてはよくできているが、現実はそんなに甘くない。七年という長い年月、ふたりが引き離されていたのは、ただ彼女のせいではない。ただ彼女が過去を手放すことができなかったせいではない。そんなはずはない。

「ネル――」スワンがなにか言いかけた。

しかし、その先は続けられなかった。ハンフリーがブレーキを踏んで速度を落とし、濡れた路面に古いトヨタがかすかに身震いする。雨脚が強くなり、フロントガラスを激しく叩く雨粒に、ろくに前も見えないほどだ。

「もうすぐだ」ハンフリーがむっつりと言った。

ラモナが身を乗り出して、「すぐ先に見えるはずよ」

ネルは雨が筋を引く窓に顔を押し付け、なにか見えないかと待ち受けていた。街灯か、電柱か屋根か、なにかそういう……

（ついに来た）彼女は息詰まる思いだった。（真実が明らかになる瞬間が）

これまであれこれ見てきた――スワンの家でフランシスは消え、ラモナの店も消え、ニューヨーク公共図書館にはないはずの部屋があり——のに、心のどこかではまだ疑っていた。町のように大きなものがまるごと、人知れず隠れているなんて。旅行者が毎日車でそばを通り過ぎ、家族が何十年も何世代にもわたって目と鼻の先に住んでいて、それでいてまったく気づかれないなんて。

「停めて！」イヴが言い、車はブレーキがかかってがくんと揺れた。道路脇の地面にはみ出してタイヤが大きな音を立てたが、しまいに車は路肩に停まった。

静寂が長く尾を引く。

ネルはハンフリーに目をやった。「着いたの？」彼女はささやいた。

彼はうなずいた。

彼女とスワンは顔を見合わせ、それから車を降りて空っぽの野原に出ていった。

雨は降っていてもそれほど暗くはなく、いまではヘッドライトがなくても周囲がはっきり見えた。車のすぐ脇で道路は尽きて、緑の小さい草が生えていた。蔓草が無理やりひび割れたアスファルトにもぐり込んで伸び、その向こうは絡みあう腰の高さの雑草にあっさり呑み込まれている。その雑草の茂みはどうやら何マイルも続いているようだ。街灯も電柱も屋根もほかの道もない。目の届くかぎり、雑草以外なにもなかった。

ラモナがドアをあけ、土砂降りのなかに足を踏み出した。「こっちよ」

全員が、頭の上に手をかざして彼女のあとをあたふたと追った。

ラモナが先頭に立ち、ハンフリーは雨で滑る地面をイヴをつかんで支えながらついていく。フランシスがネルとスワンに手をふって先に行かせ、自分はしんがりを務めた。ゆっくりと、慎重に、野原の奥へ進んでいく。

進みながら、いくら歩いてもまるで進んでいないようだとネルは思った。いまごろはもっと遠くまで来ていていいはずだ。まるで野原がどんどん伸びつづけて、行けども行けども果てしがないかのようだった。

世界全体が一度ずれているように感じる。一見するとすべて正しい位置にあるようだが、ごくわずかに傾いている。

（やめなさい）彼女は自分に言い聞かせた。（ここはただの野原よ）

実際そのとおりだった。ふり向けば、路肩に沿って駐めた場所にちゃんと車が見えた。道路は先ほどと同じ場所にいまもある。

ここはやはりただの野原なのだ。

「ネル」とだれかが言った——が、それはだれの声でもなかった。「ネル」

みなその場に凍りついた。

いまこの場で、というよりもう二度と、聞くことがあるとは予想もしない声だった。

彼女はゆっくりとその声のほうをふり向いた。

「フィリクス」ささやくように言った。

フィリクスはたしかにそこにいて——彼女は胸が締めつけられた——草地に身を固くして突っ立っていた。わきには大きなダッフルバッグが置いてある。雨が降り込まないように、ファスナーがしっかり閉めてあって中身は見えなかったが、氷のような白と青の〈ヘイバーソン・グローバル〉社のロゴは見間違えようもなかった。

そして、隣にもうひとりだれかが立っていた。

年配の男だった。ひょろりとした長身はスワンに似ているが、その顔はこれ以上はないほど正反対だった。厳しく、冷たく、生気のない顔。かつて、若いころはどんな風貌だったのかわからないが、いまはまるで幽霊のようだ。人間の抜け殻。純真さも明朗さもすべて失っている。

そしてその手には——いまはフィリクスに向けられている——銃があった。

「やあ、ネル」男は言った。「久しぶりだね」

ネルは目を見張った。

じかに会うのは衝撃だった。かつては母の一番の親友だった男。あの町を見つけていなかったら、スワンと同じくおじのような存在になっていただろう。

「ウォーリー」しまいに彼女はささやくように言った。

ウォーリーはどこかが痛むかのように顔をしかめた。

「そう呼ばれるのはずいぶん久しぶりだ」彼は言った。

「ここを去ったときにその名前は捨てた」

「ネル、スワン、この人は〈ヘイバーソン〉の社長なんだ」フィリクスが死に物狂いで叫んだ。「強盗に入ったのも、きみのお父さんやアイリーンを殺したのもこの人で——」

「フィリクス、もういい」ウォーリーはため息をついた。

「ヘイバーソン」ラモナがその名を繰り返した。古い友人たちは、恐怖と憐憫（れんびん）の入り混じる目で彼を見つめていた。

「なかなか興趣に富んでいると思ってね」ウォーリーは友人たちに言った。「ぼくらのプロジェクトの名称は『夢見る者の地図帳』だったが、最初にあの本をぼくに読ませたのはタムだった」

「なんの話？」ネルは尋ねた。

「小説の登場人物にちなんで名前をつけたのよ」ラモナが歯がみしつつ言った。「夢判断をする精神科医。夢がテーマの本だったわ（ル＝グウィン作『天のろくろ』、ヘイバーという精神科医が登場する）」彼女は首をふった。「何年も寮の棚に置いてあったのに。どうして気がつかなかったのかしら」

「きみたちはだれも、彼女ほどあの本が好きじゃなかったからさ」ウォーリーは答えた。

「肝心なのは本じゃない」フィリクスが口をはさんだ。「肝心なのは地図だ。〈ヘイバーソン・マップ〉なんです」

「もういい」ウォーリーは言った。

　ウォーリーが銃を構えるふりをするとフィリクスはひるんだが、ネルから目はそらさなかった。「逃げろ」と懇願するように言う。

「そうだよ、ネル」スワンが低い声でささやいた。かばうようにそばを離れず、そろそろと彼女を自分の背後にまわらせようとする。「逃げなさい」

　しかし、ネルはフィリクスから目が離せなかった。

「あなたをほっといて逃げるなんてできない」

「いいから逃げろ」フィリクスが急かす。

「彼女は逃げないさ」ウォーリーが言った。「お母さんにそっくりだから」

　怒りが閃光のように恐怖を貫いた。「あなたに母のことを口にしてほしくないわ」ネルは彼に言った。

　ウォーリーは首をふった。「どんな話を聞かされたか知らないが、あの火事は事故だった」

「まだわからないのね」イヴが言った。「これだけ年月が経ったのに、まだわかってないのね」

　しかし、ウォーリーは聞こえたそぶりも見せず、まっすぐネルの目を見つめたままだった。「残念だな、きみがお母さんを知らずに育ったのは」彼は言った。「なにより後悔しているのはそれだ。これはみんなそのためだったんだ。そのためにわたしは一生をかけてきたんだ。この場所に戻る方法を見つけるために」

「どんな犠牲を払ってもか」フランシスが尋ねた。

「ほかに何人殺した？」

「ときにはむずかしい選択が必要なこともある」とウォーリー。

　ラモナの目が鋭く光った。「ダニエルもむずかしい選択だったの？」

「あれは身から出たさびだ」彼は答えた。「その地図はダニエルのものじゃない。彼のものだったことなどない」

ネルは彼の視線をたどって下に目を向けた――スワンの背後になかば隠れた、彼女の手にあるアグローの地図に。

「父がまだ持ってるって、どうして気がついたんですか」震える声で尋ねた。「こんなに何年も経ってから」

「だいぶ前から知っていた」ウォーリーは言った。「具体的には七年前からだ。七年かかってやっと、わたしの会社をニューヨーク公共図書館に食い込ませる道が見つかったのでね」

フィリクスはぞっとして彼に目をやった。

「憶えているよ、きみも地図が大好きだった。まだほんの赤ん坊だったのに」ウォーリーは続けた。「『ジャンクボックス事件』の話を聞いたとき、なにかあったなと気がついた。きみが自分から進んで図書館を離れることなどないだろうし、きみの父親があんなふうにきみのキャリアを台無しにするはずもない。ただ……」

ネルは目を閉じた。

あの日、最終的になにが起こるか父は悟っていたにちがいない。地図を隠してくれとラモナに頼みに行ったのは恐怖心からではなく、確信があったからだった。

そしてそれでもなお、父はすべてをなげうって彼女の安全を守ろうとしたのだ。

「何度、夜中にあの図書館を探しまわったことか。展示室という展示室、文書庫という文書庫を。そんなわたしの姿を彼に見られるはずではなかったのだが」ウォーリーはため息をついた。「しかし、あのとき見られてしまった。それで、すぐに行動を起こさなければならないと気づいたんだ。そうでないと、彼はどこかよそに地図を隠さざるを得ないだろう――あるいは、きみにすべて打ち明ける破目にすらなるかもしれない。そんなことにならないうちに、彼を止めなくてはならなかった」

ネルはものが言えなかった。

「わたしはきみを守ろうとしていただけなんだ」彼は言った。「きみを巻き込まずにすべてを終わらせたかった」

ようやく目をあけると、ウォーリーがあいたほうの手を差し出し、彼女に向かって合図をしていた。

「これでなにもかも終わりにできる。その地図をこちらへ」

「暴力沙汰はよくありませんよ。銃を置いて、話し合いましょう」スワンが言った。

しかし、ウォーリーは銃口をフィリクスに近づけ、ネルは心臓が止まりそうになった。

「渡しちゃだめだ」フィリクスがきつく言った。

しかし、彼女は頭がまともに働かなかった。「どうぞ」とウォーリーに言った。震えながら、少し地図を持ちあげた。「どうぞ、わたしはただ……」

なにか口実を作って、ウォーリーに話を続けさせなくてはならない。しかし彼女の頭は暴走機関車のようだった――すさまじい速度で脱線しそうにすっ飛ばしていて、役に立つことなどとうてい思いつけそうにない。地図を引っくり返したとき、指が最初の折り目にするりともぐり込んで、広がる田園地帯に細い血管のように道路が走るさまがちらと見えた。

もう少しだった。もう少しだったのに。

「わたしにやらせて」ネルはわれ知らず口走っていた。

ほかのみんなははっと身構えたが、ウォーリーは首をかしげた。

「それがあなたの望みでしょう？　この地図を使ってアグローに戻りたいんでしょう?」彼女は尋ねた。

「一度でいいから、わたしもやってみたいわ」

ウォーリーは笑みを浮かべたのかもしれないが、それはせいぜい、ある表情の影がよぎったようにしか見えなかった。しまいに彼はうなずいた。「きみのお母さんも同じことを言っただろう」

「ネル、やめなさい」スワンが切羽詰まってささやいた。「彼といっしょに閉じ込められることになるよ。向こうは銃を持っているし――」

「わかってるわ」彼女はどうするすべもなくささやき返した。しかし、ウォーリーは決意が固く、あくまで思い詰めている。「でも、ほかにどうしていいかわからないのよ」

スワンが彼女の袖をつかんで説得しつづけるのをよそに、彼女は数歩前に出た。心臓は早鐘を打ち、靴が泥水をはね散らす。地図を雨から守るために、頭にかぶったカーディガンのフードをできるだけ引っ張り出し、それからラモナに目を向けた。

「どうすれば……?」彼女は静かに尋ねた。

「ただ開いて」ラモナはついに答えた。

ネルは地図を広げ、すっかり見慣れた線を見つめた。淡い緑の海に、いまではよく知っている道。

「町を見つけて」ラモナが言った。

彼女は目を走らせ、目印を探し、ニューヨークシティからサリヴァン郡に北上し、キャッツキル山地へと道をたどった。

「頼むからやめなさい、ネル」スワンは懇願した。「こんなことをしちゃいけない。危険すぎる」

「早く」ウォーリーが言う。

　彼女はさっき通ってきた道を見つけて、それをすばやく北にたどり、目的地に目を走らせた。

「見つけたわ」彼女はささやいた。「もう少しで……」

　なにがあったか気がつかないうちに、スワンが前に身を乗り出した。腕の長い彼には一歩も足を踏み出す必要もなく、彼女の手から地図をひったくった。

　ネルは息を呑んだ。（ふたつに引き裂くつもりだわ！）最後の一枚、最後の希望。あれがなければもう入れない。

「よせ！」ウォーリーは吼え、フィリクスに向けていた銃をスワンに向けなおした。そのすさまじい剣幕に全員が縮みあがった。「その地図をすぐにおろせ！」

「待って、ちょっと待って！」ネルが懇願すると同時に、フィリクスが「撃つな！」と叫んでいた。

　ウォーリーが逆上して理性を失わないよう祈りながら、ネルはスワンの肩に手を置いた。恐ろしさのあまり、膝が崩れて立っていられないのではないかと思った。

　できるだけ穏やかな声を保とうと努めながら、彼女は「なにをするつもりなの」とささやいた。

「きみのお父さんに頼まれたことをやるんだ」スワンはウォーリーから目を離さずに言った。「きみを守るんだ。この地図さえなくなれば、危険もなくなる。ウォーリーがきみから奪えるものはなにもない」

　彼女はじりじりと近づいていき、ゆっくりと地図に手を伸ばした。あれを取り戻すことができれば、なんとかうまく行くのではないだろうか。「でも、それは最後の一枚なのよ。それを破ってしまったら、二度と入れなくなるわ。もう二度と……」

　スワンはむっつりとうなずいた。「わかってる。でもねネル、わたしはきみのお父さんのことを知っている。きみをどれだけ愛していたか。きみを守るためならどんなことでもしただろう、どんな犠牲を払っても。お父さんなら、わたしにこうしろと言うよ」静かなやさしい声で言った。「お母さんだって同じことを言うだろう」

「やめろ」ウォーリーは半狂乱で脅した。

　しかし、スワンは両手を広げて地図の両端をそれぞれつかみ、勢いよく頭上にふりあげた。

「スワン！」ネルは悲鳴のような声をあげた。

　突然奇妙な力に揺さぶられ、腹に響く轟音に彼女の言葉はかき消された。

ネルはまばたきした。すべてが奇妙に感じられる。内臓がかきまわされて揺れている。耳が痛い。だれか――フィリクスだろうか――が絶叫している。何度も何度も。

スワンはいまも地図を頭上にかざしていた。しかし、しだいにその腕は下がってくる。握る指から力が抜けていく。急に時間の進みかたが遅くなったかのようだった。

やがて彼の背中に赤いしみが現われ、それが一定の速度で広がりはじめた。

「スワン！」彼女は叫んだ。

スワンが後ろざまにこちらに倒れ込んできて、彼女はいっしょに草地にくずおれた。

「すまない」ウォーリーは言った。「それは最後の一枚だ。しかたがなかった」

血が熱かった。灼けるように熱い。それが膝にあふれて、胸の悪くなる温水浴のようだ。両手で彼の胸を探ったが、弾丸が当たった場所はわからなかった。

「救急車を呼んでください」と声をかけたが、ウォーリーはいまでは全員に銃を向けていて、だれもなにもできなかった。

「ウィリアム、お願いですから」フィリクスは言ったが、銃はゆるぎもしない。

「頑張って」ネルはスワンに言って、彼のポケットを探って電話を取り出そうとしたが、そのあたふたと探る手にスワンは手のひらを置いてやさしくさすった。

いずれにしても問題ではなかった。たとえウォーリーとフィリクスが現われる前に呼んでいたとしても、救急車は間に合わなかっただろう。スワンはもう助からない。

彼はどこか遠くから彼女を見つめ、頬に触れようとした。「守りなさ……」かすれ声でささやいた。

ネルの涙が彼の顔にぼろぼろとこぼれていたが、気がついた様子はなかった。その目はもう光を失いかけている。

「いや」彼女は首をふった。「スワンといっしょにここにいる。地図のことなんかどうでもいい。また図書館に戻りたかったからあれが欲しかっただけだもの。でも、スワンがいなかったら図書館に戻ってなんになるの」彼女はスワンにそう話しかけた。そうしないと、彼女にどうしても言わねばならないと思うこと――地図を持って逃げなさい、自分はひとりでここで死ぬ、彼がなにをしようと大したことではないから――が、最後に彼の心によぎる思いになってしまう。スワンならきっとそう思うにちがいないから。いまわのきわにすら、自分のことより彼女のことを気にかける人だから。

「守りなさ……」スワンはまた言った。

「地図なんか守ってもしかたがないわ」彼女はまた言った。

しかし、スワンは首をふった。どうしてそんなことができるのか、彼の顔にはいまでは笑みが浮かんでいる。

「行って、守って……」

そこで彼はこときれた。

「スワン」ネルはささやいた。彼の顔を両手で包むようにして、「スワン。スワン。スワン」

悲しみの霞を通して、フィリクスもまた膝をついているのが見えた。人質としていまもウォーリーのそばにいて、そこでやはり泣いている。ラモナ、フランシス、イヴは恐怖に抱きあい、ハンフリーはネルに覆いかぶさるように立ちはだかっていた。こんなに大きかったかと思うほど大きく、ウォーリーが彼女まで狙うなら、次の銃弾は自分が受け止めると決意しているようだった。

しかし、ウォーリーはそんなかれらの様子はまったく見ていなかった。スワンの力ない手に握られた地図をあいかわらず見つめている。地図の開いた面は雨でうっすらとにじんできているし、裏側は裏側で、あまり長いこと放置していると、広がってくる赤いもので汚れてしまいそうだった。

「地図を」彼はついに言った。その口調は明らかに命令だった。

「ウォーリー」とラモナが口を開き、前に出ようとしたが、彼は銃を向けてそれを押しとどめた。

「きみじゃない」と彼女に言った。「きみたちのだれでもない」彼の目はまたネルに向けられた。「ここからはわたしたち三人だけで行く」彼自身とフィリクス、そしてネルの三人だ。

「ネルに手出しをしてみろ」彼女を守るように立ちはだかったまま、ハンフリーは言った。「地図があろうがなかろうがどうでもいいが、彼女の髪の毛一本にでも触れてみろ、わたしは――」

「ベア、彼女のやさしい自称『おじさん』はきみだけじゃないぞ」ウォーリーは鼻で嗤った。「図書館のあれは事故だ。きみも知っているはずだ、わたしはネルを傷つけたりしない。決して故意には」フィリクスを横目でちらと見て、「そのためにフィリクスを連れていくんだ」

　その言葉の恐ろしさに、ネルは気が遠くなりそうな気がした。

「ふたりだけで行きましょう」彼女はかすれた声で言った。「フィリクスはここに残していって」

「ぼくはきみのそばを離れない」フィリクスは言い返してきた。ウォーリーにまた銃を向けられてたじろぎはしたものの、「もう二度と」と言い放つ。

　彼女はフィリクスを処置なしとばかりに睨みつけた。その言葉を撤回するか脱走を図るか、いずれにしてもこの危地を脱して助かってほしかった。すでにスワンを失って、このうえ彼まで失ったらもう耐えられない。しかしフィリクスも同じように頑固で、負けじと睨み返してくるだけだった。

「地図を」ウォーリーはネルに言った。「早く。さもないとわたしが自分でやる」

　万策尽きた。彼女はここまでいっしょに来た人々に目をやり、それから震える手で亡くなったスワンの手から地図を抜き取った。

　ゆっくりと、まばたきして涙を払いながら、彼女の目は曲がりくねった道をまたたどり、郡道二〇六号線を逸れた淡い緑の野原の、いまかれらがいる場所を見つけた。そしてそこから、存在しない町を示す小さな白い点に向かう。その上に小さく書かれた名前を読んだ。その五つの文字は、かつて彼女の知った最大の秘密に対する答えだ。

　ＡＧＬＯＥ――アグロー。

「ネル」そのとき、フィリクスが小声で言った。

「ここだわ」ネルはあいかわらず地図に目を当てたまままつぶやいた。「ここでいいはず……」

「ネル」

　顔をあげ、彼女は心臓が止まるかと思った。

　目の前に土の道が現われていた。

XXIV

まるで絵本に出てくる町のようだった。

メインストリートの端から端まで、木製パネルの二階建ての店が歩道に沿って並び、カーテンのかかった窓から商品が見え、窓台には小さなプランターが置かれて花が咲いている。角には食堂があって、その向かいにはガソリンスタンドがある。縁石では消火栓が辛抱強く待機していた。

町の中心部に通じる最初の交差点に来ると、ちょうど目の前の街灯柱に、あらゆる州の観光客向け看板と同じ、明るい緑色の看板がかかっていて、高らかにこう宣言していた。

アグローへようこそ
有名なビーヴァーキル・フィッシングロッジはこちら！

「現実だわ」ネルはささやいた。「ほんとうに現実なんだわ」

彼女は茫然として見つめた。一時停止の標識、交差点、その向こうの建物。木々は樹齢百年は超えていると思われ、幹は太く節くれだっており、どっしりした枝が根元に影を落としていた。

これまで、ニューヨーク公共図書館の狭い部屋や〈クラシック〉社の幻の階段こそ、かつて見た最も非現実的なものだと思っていたが、こちらのほうがさらにありえない。ついさっきまで雨に打たれて道路脇に立っていて、だだっ広く空っぽの野原を見つめていた。それがほんの数歩ぬかるんだ土の道を歩いたら、いきなり完全な町のなかに立っていたのだ。

かれら以外には、世界じゅうのだれにも見えない町。

「待った」フィリクスが言った。「ここは雨が降ってない」

ネルは顔をあげた。アグローに入る前は土砂降りの雨に叩かれていた。ネルの靴の周りの地面は泥沼に変わり、ひと足ごとに靴底が吸いつくほどだった。しかしこの町のなかは、みごとに晴れた春の朝だ。空には雲ひとつない。

「いつもこんなふうだった」ウォーリーは奇妙に静かな声で答えた。

この人は空を見ていない、とネルは気がついた。彼が見つめているのはアグローだった。閉め出されて入れなかった町。世界中ほかの人々はほとんどだれもその存在を知らず、しかし彼自身はまだ存在していると固く信じていた。生涯をかけてその実在を証明しようとがむしゃらに努力してきた。どんな犠牲を払っても戻ろうとしてきた町だ。彼の目は衝撃にかすんでいた。

やっと、やっと戻ってきた。それなのに、それがなかなか信じられないかのように。

ネルは逃げ出したかった。逃げて、彼に見つからない場所に隠れたい。しかしどうしても足が動かなかった。第一に、ウォーリーはこの町を知っているが彼女は知らない。彼が恐ろしいのは確かだが、同じくアグローもいささか恐ろしかった。この町のなかで迷ったら、どうなるかわからないではないか。

それにフィリクスを置いて逃げるわけにはいかない。

周囲にはとうていありえない不思議が満ちているにもかかわらず、フィリクスはいまも町ではなくネルを見ていた。一瞬でも目を離したら、永遠に彼女を失ってしまうといわぬばかりに。

「こっちだ」ウォーリーがしまいにぼそりと言い、ネルもフィリクスも驚いた。

「どこに行くんですか」フィリクスは尋ねた。

「火事が起きたところよ」ネルが答える。その焼跡以外に、ウォーリーが見たがる場所などあるだろうか。

ところが驚いたことに、ウォーリーは首をふった。

「そう遠くない」とだけ言って彼は向きを変え、催眠術にかかったように、広くてがらんとした通りを眺めた。「この町は見た目ほど大きくないんだ」

三人はゆっくりと歩いていった。ウォーリーは物思いに沈んでいるし、フィリクスは警戒しているし、そしてネルは、こんな危険な状況にもかかわらず完全に心を奪われていた。

目に映るものすべてに見とれずにいられなかった。最初の交差点の角には小さなカフェがあり、照明はついているし、ドアも開いていた。正面窓の看板には「コーヒー!」と謳われていたが、それが青い筆記体で、その下に描かれた小さなカップから渦を巻いて立ちのぼる湯気になっている。とてもそそられる眺めで、バリスタが声をかけてくるのをなかば期待したほどだった。

しかし、店内にはだれもいなかった。

次の信号のそばにある雑貨店でも同じだった。カウンターにはレジがあり、メニューが積まれ、奥の隅にはいくつかテーブルと椅子もある。照明すらついていた。

ネルはただ見とれるばかりだった。

「この町を秘密にしてきた理由がわかっただろう？」ウォーリーは、飢えたような、取り憑かれたような目で彼女にそう尋ねた。「なぜ放っておくことができなかったのか」

逃げ出そうとしないかぎり、町を探検することを彼はむしろ奨励しているようにすら見えた。いずれにしても、フィリクスを置いて逃げられないのはわかっていたし。食堂では、ネルはドアの近くまで歩いていって、彼がとくに制止しようとしなかったので、恐る恐るあけてみた。

息を止めて耳を澄ました。薄いスイングドアで隔てられた奥の厨房からは、なんの物音も聞こえてこなかった。食器を洗う音も、フライパンの油がはじける音もしないし、皿やナイフやフォークが当たって音を立てることもない。しかし、壁のボードには今週のスペシャルメニューが書き並べてあるし、電話の横には注文を取るためのメモ帳と鉛筆がある。現実世界の本物のレストランとどこも違わなかった。

どれを見てももったいなくてたまらない——客を待つ店も、緑から黄色、赤と変わる交差点の信号も。通りの向かいのコンビニエンスストアから、いまにもだれかがドアをあけ、サンドイッチと炭酸飲料の缶を持って出てきそうだ。あるいはまた、だれかが駐車場に車を進め、ガソリンを入れに給油機に向かいそうな気がする。

しかしだれもいない。彼女の母がこの町に呑み込まれ、地図の最後の一枚まで彼女とともに失われたとみなが信じたあの夜から、ここにはだれもいなかったのだ。

ウォーリーがよそを向くまで待って、ネルは電話のそばに行き、メモ帳の最初のページをめくって首をひねった。

（どうしてこんなことがありうるのだろう）

ウォーリーはもう気づいているのだろうか。そう疑問を抱きながら、急いで食堂を出て通りに戻った。なぜかあるはずのないものがここにはいろいろあるのに、彼はそれにも気づいているだろうか。

「ネル」次の曲がり角で、フィリクスがささやきかけてきた。

ふり向くと、彼は道路の向かいを見ていた。建物のあいだに隙間がある。なにかが建っているはずなのに、そこだけ遮られることなく晴れた空が見える。両側の二軒の店は、角に沿ってかすかな黒いしみに覆われている。そしてその二軒のあいだにあるのは、隙間から建物の土台ののぞく黒く焦げた床、そして黒ずんだ壁。

ウォーリーの金庫室だ。

棚の枠組みも残っていた。まだ直立しているものもあれば、倒れて地面に散らばっているものもあるが、いずれも空っぽで、かつてそこに並んでいた地図は、燃えやすいだけあって完全に焼失していた。なにも残っていない。骨すらも。

ウォーリーはしかし、その金庫室には目を向けていなかった。

彼はまっすぐ前を見ていた。かれらが歩いている通りの先を。全身全霊でその焼跡を避けている。そうすればそこに焼跡は存在せず、火災など起こらなかったことになるかのように。しかし、どんなに見ないようにしていても、恐ろしく逃れようのない記憶に彼が囚われているのがネルにはわかった。彼の目に、いまも炎が反射して躍っているのが見えるような気さえした。

彼に促されてぎくしゃくと進み、さらにがらんとした通りと無人の建物を通り過ぎた。途中で見かけた書店には、棚に寂しく数冊の本が並んでいた。またドラッグストアでは、外の看板に歯磨き粉の広告が出ていた。中央広場を通り過ぎて、公園の向こうの大きな板ガラスに陽光が反射するのを目にして、ネルはここがそうかと気がついた。

「アイスクリームパーラーだわ」と指さして言った。

ウォーリーが驚いて足を止めた。アイスクリームパーラーに目をやり、また彼女に目を戻す。「憶えてるのか」彼は尋ねた。

憶えてはいない。単にラモナとフランシスとイヴの話で知っていただけだ。しかしそれでもうなずいてみせた。

するとウォーリーは、悲しんでいいのか喜んでいいのかわからないような顔をした。ややあって、三人は正面の大きなウィンドウへ近づいていった。

「地図はみんなここにかけてあったんだ」彼はささやくように言って、そのガラスに触れた。最初はためらいがちに、そこにはなにもないのではないかと恐れているかのように。しかしガラスは本物だった。手を離すと小さな指紋があとに残った。

見つめるうちに、彼は徐々に遠くを見るような目になっていき、ネルはその視線をたどった。彼の目は店内のなにか、ずっと奥の壁にじっと注がれていた。

何百枚という写真が、すべてその壁に留められて巨大なコラージュをなしていた。

「待てよ！」フィリクスが叫ぶのを無視して、ネルはドアを思い切りあけた。ドアベルが甲高い音を立てる。ややあって、木の床を踏む足音が後ろからかすかに聞こえてきた。フィリクスとウォーリーがあとを追ってきたのだ。

彼女は壁の前まで来ると、ウォーリーのほうをふり向き、次いでまた写真に目を向けた。

「あなたが撮ったんですね」彼女は尋ねた。

彼はうなずいた。

全員が写っていた。〈カルトグラファーズ〉の全員が。全員がいっしょに写っている写真もあった。ハンフリーが借りていた家、この町を永遠の秘密とするために焼き払ったあの家の外で、焚き火を囲んでマシュマロを焼いているところ。また、ラモナとフランシスの写真もある。ロックランドの食料品店の外に立ち、買ったばかりの特大のシャンパンの壜を掲げてみせている。それからアグローで撮った写真もあった。町の標識の横で逆立ちをしているハンフリー。このアイスクリームパーラーの外でポーズを取るラモナとタマラ。ネルの両親がいっしょに写っている写真もあった。屋根に座り、夕陽に照らされたかれらの秘密の世界を眺めている。

ほとんどの写真で、ひとりしか写っていなくてもグループ全体の写真であっても、写真の焦点はタマラだった。どんなときも中心で輝く星――そしてウォーリーの姿は見えない。遠くから、カメラのレンズの向こうから見ている。

「きみたちのあの写真も、わたしが撮ったんだ」やがてウォーリーが言って、指さした。

その指さす方向をたどると、コラージュの中央近くに、彼女の父と母と彼女自身の写真があった。

ネルは、その写真を壁から剝がして近くに持ってきた。パーラーの外の公園で、三人は敷物に座ってピクニックをしていた。母と父はサンドイッチを、彼女はホットドッグを食べている。小さく切ってくれたらしく、父はまだ手にフォークを持っていた。敷物に座る三人の前にはひと切れのケーキがあって、三本のろうそくが立っていた。そして三人の後ろ、背景になっているのは紛れもなくこの町の眺めだ。

写真の裏には、父の大きな角張った筆記体の文字でこうあった――一九九〇年六月　ネル、三歳の誕生日おめでとう！

「行こう」ウォーリーが言った。「もうすぐだ」

「ここまであなたの言うとおりにしてきたんだ。もういい加減にしてくれ」フィリクスは言い返した。

「とんでもない。まだまだこれからだ」彼は答え、「さあ行こう」と言うかのように銃を振った。

「どこへ行くんですか」フィリクスがウォーリーをこれ以上怒らせないうちにと、ネルは尋ねた。

　ウォーリーは、答えは知っているはずだという表情を向けてくる。

「印刷所ね」彼女は気がついた。

（考えてみれば当然だ）アグローで母が一番気に入っていた場所。

　いくつか静かな通りとひと握りの静かな家屋を通り過ぎれば、そこが目的地だった。測量をしていたフランシスとイヴが、すぐにここを見つけられなかった理由がひと目でわかった。印刷所は小さくて地味な四角い木造の建物で、両側にある大きな空っぽの店舗とは違って、目立つというより風景に溶け込んで見えた。さりげなく、気取りのない建物。まるで、望んだ人の前にしか現われないかのような。まるで、なにかあっと驚くものをなかに隠しているかのような。

　入口でネルは躊躇（ちゅうちょ）したが、ウォーリーは自分から入ろうとはしなかった。

「きみが先に」彼は言った。「彼女ならそう望んだだろうから」

　そろそろと、ネルはドアに手をかけて押した。

　印刷所のなかは、ある意味でラモナの店に似ていた。暗く神秘的で、あちこちに棚があって、製図道具などの古めかしい備品が並んでいる。三人でそこに立って眺めながら、母の友人は無意識にここをまねて、あのありえない隠れ家をデザインしたのではないかと彼女は思っていた。不安が強くて、ネルはあまり奥まで入っていくことはできなかったが、目は貪欲（どんよく）な好奇心に駆られてありとあらゆる場所をさまよった。しまいに、その目は印刷機のうえで留まった。ぼんやりした明かりのなかで鈍く光っている。さんざん話に聞いていたにもかかわらず、その光景には心臓が止まりそうだった。

　ほんとうだった。ほんとうにあった。

「やっぱりな」ウォーリーが沈黙を破った。

「なにがやっぱり?」彼女は緊張でまわらない舌で尋ねた。

　しかしウォーリーは答えず、フィリクスに持たせた〈ヘイバーソン〉のダッフルバッグを身ぶりで示した。

「ここに持ってきてくれ」

フィリクスはためらったが、静かに銃を振られてやむなく従った。バッグを受け取ると、ウォーリーは印刷機に近づいていき、ロール紙が送り込まれる平らな部分にそのバッグを置いた。ゆっくりとファスナーを開く。なかから出てきたのは、最先端のプリンターのような、小型ですっきりしたデザインの機械で、側面に〈ヘイバーソン〉のロゴが入っていた。ウォーリーはバッグを邪魔だとばかりに放り投げ、ボタンを押して機械を起動させた。

ポータブル・スキャナーだ、とネルは気づいた。上面をなぞってスライドする機構、ガラス板を移動する機械式アームが目に留まる。

「なぜそんなものを持ってきたんですか」用心しいしい尋ねた。

はるかに大きい古めかしい機械の隣にあると、ひどく場違いに見えた。すっきりなめらかすぎるし、人工的すぎる。手で用紙をセットしてレバーをまわさなくてはならない印刷機とくらべ、〈ヘイバーソン〉のスキャナーはボタンを押すだけだ。魂(たましい)と呼べそうなものなどどこにもない。ただ地図を複製するだけ、作っているのではない。

「なぜお父さんがこの地図を捨てなかったのか、きみも不思議に思っていただろうね」彼女の質問を無視して、ウォーリーは装置の準備をしながら続けた。「なぜ何年間もとっておいたのか。ここであんなに恐ろしいことが起こったのに。そしてわたしがこの地図を探しているのはわかっていたのに」

「母の最後の形見だったからでしょう」ネルは言った。ほんとうはなにが真相だと思っている――あるいは期待している――か、彼に言うつもりはなかった。

しかし、いずれにしても彼女の考えはわかっているかのように、ウォーリーはうなずいていた。その顔に、いつしか笑みが浮かんでいる。

「破りなさい」と、彼女の手にしたアグローの地図を指さした。

「えっ？」ネルとフィリクスは同時に息を呑んだ。

「地図を破りなさい」ウォーリーは繰り返した。「真ん中でふたつにして、次に四つにして、それを繰り返すんだ。紙くずになるまで」

「本気で言ってるのか」怒りのあまり、フィリクスはほとんどヒステリックに叫んだ。「スワンが破ろうとしたからって殺したくせに、よくもいまになって――」

「あの時は必要だったからだ。アグローに入るために」ウォーリーは言った。「いまはもう、ここに来ているんだから必要ない」

ネルは小さな折りたたんだ紙を生命がけで握りしめた。ウォーリーはかれらを殺そうとしているのだろうか。

アグローがこの地図にしか存在していないのなら、その最後の地図がなくなったとき、この町はどうなるのだろう。

そのときそのなかに人がいたら、その人はどうなるのだろうか。

「早く」ウォーリーが命令した。その声は穏やかだったが、脅迫が潜んでいるのは明らかだった――（さもないと）

また地図を広げながら、ネルの手は震えていた。フィリクスもまたそれを見ていたが、その怯えた顔に記憶がひらめくのがわかった。この小さなすり切れた紙は、これまでに見たどんな作品よりも価値のあるものだ。このたった一枚の印刷された紙が、うら若い日のかれらに多大な苦痛と損害を及ぼし、ふたりの仲を引き裂き、また引き戻し、ふたたび引き裂いて、そして最後にもう一度、いまここで、また避けようもなく結びつけた――まさかこんな形で結びつくとは想像もしなかったが。

ふたりそろって解雇されたあと、この地図を見つけてびりびりに引き裂いてやりたいと、いったい何度夢想しただろうか。おそらくそれはフィリクスも同じだろう。

それがいま、そうするチャンスが巡ってきて――というより強制されて――みたら、なんとかしてやらずにすませたいと思っている。

ウォーリーが片手をあげて、しばらく待てと合図してきた。彼は両手を広げ、ゆっくりと円を描くように身体の向きを変え、散らかった印刷所のいたるところに目を向けた。まるでなにか――あるいはだれか――が止めてくれるのを待っているかのようだった。

しかしなにも起こらなかった。

彼は苦笑してフィリクスに銃を向けた。

「破りなさい」とまた命令する。

ネルは目を閉じて、地図を引き裂いた。

その音は骨の髄まで響いた。彼女は震え、フィリクスも震えた。彼女は引き裂きつづけた。二枚が四枚になり、四枚が八枚になり、さらに続けて、ジグソーパズルのピースほどの大きさの紙くずの山になるまで。それは指のあいだを滑り抜け、風に吹かれる木の葉のようにひらひらと落ちて、邪な秋の落ち葉のように床を覆った。

フィリクスとふたり、床に落ちた断片を声もなく茫然と見つめた。

失くなった。

そのために母は生命を落とし、そのために父は何十年もの生涯を捧げ、そしてネルはそのために将来有望な職とフィリクスを失ったというのに――たとえ当時はそれを知らなかったとしても。

それが消え失せた。

ずいぶん経ってから、ようやく彼女は顔をあげた。ウォーリーはあいかわらずさっきの場所に立ったまま、同じ紙くずの山を見ていた――が、いまも微笑んでいる。

「ほら」彼はついに言った。「思ったとおりだった」

「なにが思ったとおりなんだ」フィリクスはこわばった声で尋ねた。

「これが最後の一枚じゃなかったってことね」ネルはそういうことだったのかと思った。

手もとにあった一枚を破り捨てたにもかかわらず、かれらのまわりにいまも町は存在している。かれらはまだそのなかにいるのだ。

つまり、ほかのなにかがかれらをこの町にとどめているのだ。

もう一枚の地図が。

ウォーリーはうなずいた。「思ったとおり、何年も前のあの火事でタムは死んでいなかったんだ」

「なにを言ってるんだ」フィリクスは尋ねた。

ウォーリーは燃えるような目でネルを見た。「彼女はずっと生きていたんだ。ここで、このアグローで生きていたんだ」

「あの建物は灰になっていた。どうして生き残ったってわかるんだ」フィリクスがまさかというように尋ねたが、ウォーリーはあいかわらずネルから目を離さない。彼女もずっとそうではないかと思っていたが、彼はそのことを知っているのだ。彼の言うとおりだと彼女が思っていることを。

返事をする代わりに、ウォーリーは印刷機の前に戻った。

古い機械を手でなぞり、木製のクランクやなめらかなローラーに指を滑らせ、その部品を丹念にチェックしている。はるかな昔、生まれ変わった『夢見る者の地図帳』プロジェクトにみんながすっかり没頭していたころにも、きっとあんなふうにチェックしていたのだろう。かれらの秘密のプロジェクトは、人々の地図に対する見かたを一変させるはずだった。

これまでにいろいろ話を聞いてきたが、ラモナもフランシスも、イヴもハンフリーも、この放棄された印刷所の設立者の印刷機を、ネルの母は一度も使っていないと一貫して言いつづけていた。ぜひとも使いたいとは思っていたし、まさにそのためにここに設置されたのだと確信していたのだが、彼女の下描きが完成して古い機械に命を吹き込む準備ができる前に、あの悲劇が襲ってきた。

あの火事の日、みなが現実世界に引き戻されて戻って来られなくなってから、これはずっとここに何十年も眠っていたのだ。

それなのに。

ついにウォーリーが、ネルとフィリクスに向かって指を差し出してみせた。見れば指先が黒く汚れている。

インクだ。まだ新しい。

XXV

「きみも兆候に気がついてるだろう」ウォーリーは、あいかわらずネルを見下ろしながら言った。

「なんの兆候?」フィリクスはまだ信じられない様子で尋ねた。「ここには三十年以上だれも来てないんだ。そんなに長くだれが……だれが生き延びられるって言うんだ。この町は空っぽだよ」

ウォーリーはそれには耳も貸さなかった。フィリクスは、フランシスとラモナとイヴとハンフリーがネルに語った話を聞いていない。かれらが最初に見つけたとき、アグローがどんなふうだったか。だから、以前はここになにがあってなにがなかったか知らない。彼の目には、あいかわらずこの町は空っぽに見えるだろう。

しかし、そうではないのをネルは知っていた。

最初は茫然としていたから、彼女にもそんなふうに見えた。しかし、三人で歩いているうちに、そして印刷所に向かってゆっくり進んでいるうちに、だんだん気がついてきた。かれらの話と一致しない細々としたあれこれ、説明のつかないものごと。

　彼女の父とハンフリーは、町に電気が通じているのは気づいていた。しかし、いまでは建物のなかに明かりがついている——そしてそのなかには、〈カルトグラファーズ〉がここにいたときには使われていなかった建物もあるのに彼女は気づいていた。家具もある。雑貨店の棚に並ぶ雑貨、本屋の棚に並ぶ本、食堂のメニュー。

　それに、食堂の電話のそばにあったメモ帳——あれにはなにかが描かれていた。

　カフェや小さな店のなかで、隠れた手がかりに気づいたときはいつも、その建物のなかを探ればかならずそれが見つかる。

　小さな紙切れ、その全体に丁寧に描かれた線。

　ひとつの建物や通りだけを描いた極小の地図——すべてあの印刷機で作ったものだ。

「そうだ」ウォーリーは励ますように言った。指をインクで汚して。「これできみもわかっただろう」

　しかし、あまりのことにネルは口をきくこともできなかった。

　そうではないかと思ってはいたが、ほんとうに母は生きていたのだ。

　ふり向きもしないうちに、ネルは気づいていた。しかし気づいてはいても、ついにふり向いて戸口に立つ人物を見たとき、その衝撃はみじんもやわらぎはしなかった。

「タム」ウォーリーは茫然としてささやいた。

　そこにいる。

　現実に。

　生きている。

　写真のなかのタマラ・ジャスパー＝ヤングよりずっと歳をとっていたが、本人なのは見間違えようもなかった。身長はネルより低いぐらいで、いまは白いものの混じる髪も同じぐらいまとめにくそうだ。伸びたぼろぼろの古いカーディガンに身を包んでいるが、ネルがいつも着ているカーディガンよりもそれがさらにぶかぶかだった。手には小さなもの——小さな包みを持っている。その指も、インクのしみと黒鉛の粉で汚れていて、仕事の途中で邪魔が入ったという風情だった。ネルがこれまで聞かされた話では、母はいつも自分の仕事に無我夢中で邁進していたそうだが、それはいまも変わっていないということか。

「あなたは……」ネルは舌がもつれた。「あなたは、ほんとうに……」

母は両腕を広げて彼女をひしと抱きしめた。

「このときをどれだけ待っていたか」とネルの髪に顔をうずめてささやいた。自分でも気がつかないうちに、ネルは母をきつく抱きしめ返していて、おかげでふたりとも息もできないほどだった。

「お母さん」ネルは声を絞り出した。

母に伝えなければならないことがたくさんあり、尋ねなければならないことはさらにたくさんある。しかし、目からはとめどなく涙が流れ、のどは痛いほど締め付けられていて、まともに声を出すことはできなかった。ただ母にしがみついているのがやっとだった。

「ネル」と母は言った。「ネル、ネル、わたしのネル」何度も何度も、まるで詠唱のように。「来てくれたのね。やっと来てくれたのね」

「もっと早く来られなくてごめんなさい」彼女はやっと言った。「知らなかったの。お父さんがちっとも――」

「わかってるわ」タマラはそっと言った。「ほかに方法を思いつかなかったのよ」と言ってネルの頬に触れた。「いつか安全になったら、すべてを話してここへ連れてくるつもりだった」

ネルは勇気を奮い起こして、父が亡くなったことを母に伝えようとしたが、どうしても言葉が出てこなかった。しかし、いずれにしても母はわかっていたようだ。そうでなかったら、ネルがアグローに来ているのに父が来ないということが、どうしてありうるだろうか。

「ほんとうにごめんなさい」彼女はついにささやいた。

「いいえ、あやまるのはわたしよ」タマラは言った。「わたしたちは、自分で選んでこの地図に人生のすべてを賭けたけど、あなたには選びようもなかったんだから」

徐々に、彼女を抱く母の手から力が緩んでいくのをネルは感じた。ネルの肩越しに見える光景が目に入ってきたのだろう。タマラはやっと思い出したようだった。この部屋にはほかにも人がいること――そしてなにか恐ろしいことが起こっているということを。ウォーリーがいて、ネルがいて、しかしネルの父はいない。そしてフィリクスはいまもウォーリーの人質になっていて、あいかわらず銃で狙いをつけられている。

ついに彼女はネルから手を放した。

「ウォーリー」と彼を見ながらつぶやく。「なにをやってるの」

「やると決めたことをだよ」彼は言った。ウォーリーは彼女を幽霊かなにかのように見つめている。「いままでずっと、ぼくはあきらめなかった。きみが死ぬなんてありえないのはわかってたから。あれからずっと、ここに戻る方法を探してたんだ」

ネルの見守るなか、母の目はウォーリーと銃、フィリクス、彼の横にある印刷機のうえの奇妙なスキャナーのあいだを行ったり来たりしていた。

「きみには想像もつかないだろう、事実上存在しない場所に戻るのがどれだけむずかしかったか」ウォーリーは、それだけですべてが説明できるかのように言った。彼はゆっくり話していたが、声はくぐもっていてたどたどしかった。ここで彼女を見つけられると確信はしていたものの、これほど年月が経ってからいざ再会となって、完全に気圧されている。「でもそれもこれも、またアグローを見つけるためにぼくがやってきたことは、みんなきみのためだったんだ」

「違うわ」タマラは答えた。「あなたにこんなことをしてほしいなんて思ってなかった」

「それじゃ、どうしてここに残ってたんだ」彼は尋ねたが、それは実際には質問ではなかった。「なぜ夫や娘と別れて、友人全員に自分は死んだと思い込ませたんだ。どうしてぼくにそう思い込ませたんだ」

そう言って、彼女の手にした包みを指さした。

「どうして『夢見る者の地図帳』の半分を完成させたんだ」

全員の目がいっせいに、彼の指さす先をたどった。タマラは、それで守れると思っているかのように、包みをそっと胸もとに引き寄せた。

ウォーリーがついにまた話しはじめたとき、その声はかすかで、どこか遠くから聞こえてくるかのようだった。「最初は理解できなかった。火事が起きて、きみは消えてしまって……でも数日後、地元の警察がきみの死亡に関する捜査を終えて、ぼくら全員が解放されるのを待っているあいだ、ほんとうはなにがあったのか気がついたんだ。つまりきみは死んだんじゃなくて、どういうわけかアグローに閉じ込められてしまったんだって。そしてまだなかにいるのなら、きみは地図帳の半分を仕上げるために仕事を続けるだろうってこともわかっていた。だからぼくも、石にかじりついてでも自分の役割は果たすと誓ったんだ」

「それは〈ヘイバーソン・マップ〉のことか、それとも戻る方法を探すために何人も人を殺すってことなのか」フィリクスが辛辣に尋ねた。

ウォーリーはそちらに目を向けようとすらしなかった。「ここに戻る方法を見つけなくちゃならなかったんだ、きみをまた見つけるために。そうすればあの地図帳を完成させることができる。それがいま可能になったんだ。タム、きみとぼくのものだ。この町はぼくたちのものになるんだ」

「ああ、ウォーリー」タマラは首をふった。「この町がわたしたちのものになるはずなんてなかったのよ。だからわたしはここに残ったの。そんなことが起こらないようにするために。あなたが一線を越えるのを防ぐために」

「一線を越える?」彼は問い返した。「越えるもなにも、やっと動きはじめたばかりなのに」

「いいえ」タマラは言った。「もうおしまいよ」

ウォーリーは彼女を見つめた。なにを言っているか理解できない——あるいは理解したくないというように。

「そろそろあきらめなくちゃ」

しまいにウォーリーは笑みを浮かべた。その目を見て、彼は決してあきらめないだろうとネルは悟った。たぶんはるか昔、彼の最初の目標は、タマラはやはり火事で死んだのではなかったと証明することだけだったのだろう。この世で一番愛していた人を、自分が死なせてしまったという罪悪感から逃れるために。しかし悲しみは膿みただれ、年月は腐敗していった。

あまりに長いあいだ、彼にとって地図はタマラであり、タマラは地図だった。だから、いっぽうが手に入ればもういっぽうも手に入ると信じるようになっていた。長い年月をかけて地図を探しつづけてきたせいで、それが目的を達成する手段だということを見失ってしまった。いつしかそれが目的にすり代わっていたのだ。

「ぼくを信用してくれ」ウォーリーは言った。「以前はいつも信用してくれたじゃないか」

タマラそのひとと顔を合わせたいまになっても、ウォーリーは生涯かけて追い求めてきたものへの執着を捨てられずにいた。そちらのほうが彼にとっては現実だった。ほかのなによりも彼には地図のほうが大事なのだ。

「タム、それをぼくにくれ」

ネルもフィリクスも凍りついた——ネルの頭はスワンのことでいっぱいだった。彼女の地図を奪われまいと勇敢に行動しようとして、そのために彼は生命を落としてしまった。またあんなことが起きないようにするにはどうしたらいいのだろう——が、タマラの手は動かなかった。代わりに、彼女はネルに目を向けた。

「この子に渡したいわ」彼女は言った。「この子に見てもらいたいの」

ウォーリーはしばらく彼女の顔をうかがっていたが、しまいにうなずいた。「よけいなことはしないように」彼は言った。

ネルが目を拭き、その手を服でぬぐうと、タマラは持っていた包みを差し出してきた。無地のブラウンペーパーに包まれてひもで縛ってあったが、形も大きさも見間違えようがなかった。

ほかのものではありえない。

「早く」ウォーリーは取り憑かれたような口調で言った。

「やめるんだ」フィリクスが言った。ネルは半狂乱で首をふったが、フィリクスはウォーリーに飛びかかろうとしているようだった。「逃げろ。それを使って脱出するんだ」

「いやよ」彼女は言い張った。「あなたを置いてはいけないわ」

両親と同じような人生を送るつもりはなかった。フィリクスや家族よりも地図を選ぶつもりはない。

ネルが震える手でひもをほどくと、地図が広がった。

思わず息を呑んだ。

美しい。ため息が出るほど。完全に手描き、手彩色、手刷りで作られた特別あつらえのアグロー地図。たったひとりの地図制作者――彼女の母の手になる作品だ。

ネルはつくづくと眺め、その見事さに心を奪われた。ここにアイスクリームパーラーが、ここに公園があり、木々も茂みも草もすべて描かれている。中央広場があり、アグローに入ってメインストリートにつながる道がある。川に浮くボート、印刷所。あの歓迎の言葉を書いた看板まで。存在しない町に存在する通りや建物がすべてである。微小な細部に至るまで、すべてが完璧に、愛情を込めて描かれていた。

彼女の母の担当する『夢見る者の地図帳』の半分がそこにあった。母が家族も友人も捨て、ひとりこの町に残って作りあげた貴重な宝物だ。母はこの仕事とともに隠れた――ここに、ウォーリーの手が届かないとわかっている唯一の場所に。

下の隅には、やはり例の〈カルトグラファーズ〉のシンボルがあっさりと濃色のインクで描かれていた。八方位のコンパスローズ、中央にCの文字。

ネルはその小さなマークに触れた。

この年月、ウォーリーがずっと追い求めていたのはこれだ。

最後のアグローの地図。これこそが。

「それはなんだ」ウォーリーが鋭く尋ねた。急に疑念が噴き出したように。

「地図よ」タマラは答えたが、ウォーリーはもう彼女の傑作を見ていなかった。

気づけば、彼が見ているのはタマラの手だった。ネルが地図を開いて持っていられるように、包み紙をネルから受け取っていたのだが、母はそこになにかほかのものを隠しておこうとしていたのだ。見れば、くしゃくしゃの紙のあいだに押し込まれている――もうひとつの小さな紙の束、無地の白い紙を三つ折りにして重ねたものが。

「手紙か」ウォーリーは驚きに打たれたようにつぶやいた。自分では制御のできない見えない糸に引かれるように、あいたほうの手がゆっくりとあがった。その手を差し出して、「手紙を書いていたんだね」

しかし、タマラは一歩下がった。そしてその紙をそろそろと胸もとに引き寄せた。

ウォーリーは彼女を見つめた。なにをしているのか理解できないというように。

やがて、その目がネルに向かった。その目の奥の冷たさに彼女は震えあがった。

タマラは何十年もアグローに閉じ込められ、たったひとりで待っていた。それなのに、ウォーリーがやっとの思いで彼女に再会したとき、彼女は娘への手紙は書いていても、彼にはなにひとつ書いていなかったのだ――これほど時間があったにもかかわらず。

「ウォーリー」とタマラがなにか言いかけたが、彼は首をふった。

「いや、いい」彼は言った。彼はその言葉を、おぞましい味がする毒物であるかのように口から吐き出した。「破っちゃいけない。この三十年、それはきみが言いたかった言葉なんだ。いまになってそれを捨てるのはもったいない」

「ただの手紙じゃないか」フィリクスがウォーリーの注意を惹こうとして言ったが、彼は動じなかった。

「ただの手紙だ」と静かに繰り返す。

ウォーリーの目はいまもネルに向けられていたが、実際にはもう彼女の姿は見えていないかのようだった。過去に囚われ、いままた妄執に自分を見失っているのだろうか。

「お母さんがきみに読んでもらいたくて書いたんだから、きみが読むんだ」彼は言った。銃を握る手に力を込めて、「声に出して。みんなに聞こえるように」

薄い白い紙から、かすかに手書きの文字が透けて見えた。急いで書いたのか、半分殴り書きの汚い文字。勇気をふるってやっと手を伸ばし、母からその紙片を受け取った。

「これは……お父さんから？」しまいに声を絞って尋ねた。

母はやさしくうなずいた。

「わたしたちふたりからよ」彼女は言った。

タマラとダニエル
一九九〇年八月
アグローにて

かわいいネルへ
きみはいま眠っていて、わたしたちは代わる代わるきみを抱っこして、柔らかいひたいにキスをしている。もうすぐ時間が来る。そしたらモーテルに戻って、そのあとはレンタカーを借りてニューヨークに行かなくてはならない。でも夜明けまでまだ数時間ある。あと数時間はいっしょにいられる。
伝えたいことはたくさんあるのに、時間はあまりに少ない。
これを読んでいるということは、お母さんが死んでいなかったことをきみはもう知っているわけだね。いずれにしてもとっくに知っていたのならいいのだが。この手紙を読む前に、できればアグローに来もしないうちに。それなら、きみにすべて話しても安全になったということだから。きみがこの手紙を読んでいるいま、三人がみんなそろっていることを願っています。

しかし、未来のことはだれにもわからない。そして間違いなく、わたしたちにはわからなかった。この夏の初めみんなでここへやって来たとき、わたしたちは若くて無知で、自分たちが発見したことに対してなんの心構えもなかった。ウォーリーは姿を消したし、モーテルの彼の部屋はまるでだれも泊まっていなかったように片付いているし、こうなっては危険を冒すことはできない。ネル、きみはわたしたちの宝物だから。

もうウォーリーを恐れる必要はないと確信がもてる日まで、この秘密からきみを守らなくてはならない。なにがあったのか知らず、地図や町のことも知らなければ、きみが狙われることはないだろうから。

しかし、その日までどれぐらいかかるかわからない。わたしたちのうち外の世界にいるほうが、ウォーリーがどうなったか突き止めるまでどれぐらいかかるか、あるいは内側にいるほうが最後の仕事を完了するまでどれぐらいかかるかわからないのです。

手紙だけではじゅうぶんではないけど、ほかには手段がないかもしれない。念のためにこの手紙を書いておきます。

アグローのなかでは、火事は数日続きました。でも、ウォーリーが金庫室に選んだ建物は小さくて単純な構造だったので、幸い隣の建物に火が燃え移ることはありませんでした。地図が隠してあった建物を焼き尽くすと、火はしまいにひとりでに消えました。

わたしは通りの向かいの歩道にひとりで横たわって、建物が灰になるまで眺めていました。疲れきっていたし、痛みがひどくてなにもできなかったの。それに一番大事なことはもうやり終えていたし。ネル、あなたは助かった。あなたのお父さんも。あなたたちふたりを炎から遠ざけることができた——それといっしょに地図の最後の一枚も。

お父さんがそのうち、あなたの服のなかに地図が隠してあるのを見つけるのはわかっていたし、見つけたらすぐに戻ってきてくれるのもわかっていました。

あとはただ、それまでどうやって生き延びるか考えるだけでした。

わたしは印刷所に避難することにしました。ロミがアイスクリームパーラーに残していったものを集めて、ここに持ってきました。答えはわたしたちの草稿のどこか、メモのちょっとした書き込みのどこかにあるはずだと思っていたから。あの夏はずっと、『夢見る者の地図帳』の方向性についてわたしたちは議論していました。ロミは、この町を理解するには外側から見るしかないと主張していましたが、わたしはその正反対だと思っていた。内側から外へ理解して行くべきだって確信していたの。

みんなでプロジェクトに取り組んでいたとき、わたしは自分の分担に取りかかる前に、今後の方向性についてロミと合意ができるまで待つようにしていました。理論を組み立てかけては丸めて捨て、未完成のアイディアを破り捨てて、勝手に先走ってはいけないと思っていた——ロミを置き去りにして。〈カルトグラファーズ〉を置き去りにして。でも、いまのわたしには選択の余地がありませんでした。実験しなければもうおしまいです。

わたしは実験を始めました。

フライングもありました。空腹だったし、脱水症状を起こしていて、おまけにわたしはせっかちです。たった一軒の建物ですら、わたしの測量は大ざっぱでずさんでした。でもそのうちコツがわかってきたの。

アグローが地図のなかにしか存在しないことはもうわかっていました。だから地図を使っているときにしか見えないのです。この町に出入りする道をたどるときは、視覚や記憶に頼って進むのではなく、そのつど地図を開かなければならないのはそのためです。つまり、あの地図をたたんであなたの服に隠したとき、あなたやお父さんや友人たち全員に対して、わたしはこの町を封印したわけです。みんな地図がどこにあるのかもうわからず、もうこの町を地図で見ることができないので、町は消えてしまったんです。また、みんなは町が燃え尽きていないことも知りませんでした。そしてまた、あの恐ろしい日の直前に、わたしが自分なりに地図の写しを作りはじめていたことも——『夢見る者の地図帳』の半分、わたしの担当分のごく大ざっぱなアウトラインでしたけど——そしてそれを、アグローのなかでわたしが持っているということも知りませんでした。

わたしの仮説は、ありえない話でありながら、それまでずっと正しかった。

地図は現実を作り出せるのです——文字どおり。わたしは地図制作者としてのスキルを使って、自分自身とこの町を救うことができると気づきました。印刷機を使って町の一部の地図を作れば、それでアグローがアグローを変えることができるのです。アグローがアグローの地図のなかで現実になるように、それはその地図のなかで現実になります。建物には家具が、店には商品が並ぶんです。

それだけではありません。

最初は、たんに生き延びるためだけに印刷機を使っていました。わたしが必要なものを町に出現させるために、アグローの地図の下書きにそれを描き加えたんです。水と食事のためにレストランを描き、包帯と薬のために診療所、そして焦げていない新しい服のために衣料品店を描きました。けれども、基本的なニーズが満たされ、肺がきれいになって体調が戻ってきてから、だんだん気がついてきたんです。たんに生き延びて隠れればいいという問題ではない、もっと大事なことがある。そっちを考えなくてはいけないって。そのためには、わたしがあちらに残したものをすべて犠牲にせざるを得ないけれど、ほかに方法は見つからなかった。

お父さんが来てくれるころには、どうするべきかわたしは気がついていました。

アグローの火事のあと、やっとお母さんと会えるまで一週間かかりました。その一週間、お母さんがどうなったのかわたしにはわからず、わたしがどうなったのかお母さんにはわからなかった。地図がなければ、お母さんは幻の集落に閉じ込められたままだし、わたしはみんなの目があって外の世界に足止めされて、悲しみと恐怖を乗り越えてきみの面倒を見ようと頑張っていました。そしてそのあいだずっと、ウォーリーは昼も夜も、ひっそりとした空っぽの野原をうろつき、怨霊のようにその場に取り憑いて、あの町に戻る方法を探しつづけていたんだ。

病院できみの服に地図が隠してあるのを見つけて、これで戻れると気がついたあとでも、それには計画を立てなくてはならなかった。ウォーリーは、この地図も他の地図といっしょに燃えて灰になったと思っているはずだ。しかし、たった一部残っていると知ったら、手に入れるためになにをするかわかったものではない。それでわたしは毎晩彼のあとをつけました。彼はアグローの入口があると知っている野原に戻り、そこを何時間も歩きまわっていた。物陰からその行動を観察するうちに、いつあきらめて寝に戻るのか、いつ野原のべつの部分を調べに行ってまた戻ってくるのかわかってきて、それでようやく彼に見られずに町に入ることができたのです。

初めて戻ったときは、きみを連れてはいきませんでした。無責任だったかもしれないが、きみは毎日泣き疲れて死んだように眠っていたし、もし起きてしまっても、隣の部屋にはロミがいる。

　きみを置いていきたかったわけじゃない。アグローに戻ったとき、そこになにが待っているかわからなかったからです。お母さんが火事で死んでいて、わたしがきみの目を覆うより先にきみが遺体を見てしまったら。そんな記憶は一生消えないかもしれない。火がまだ消えていない可能性もある。まだ火が燃えていて、町全体を呑み込んでいたとしたら。だから最初はわたしがひとりで見てこなくてはならなかったのです。

　真夜中だったが、お母さんは寝ずに待っていてくれました。わたしがその夜やっとアグローに戻ることをお母さんは知りようもなかったし、わたしが外からメッセージを伝える手段もなかったのですが、とにかくなぜかお母さんにはわかっていたんです。必死に地図を握りしめて町に通じる土の道を歩いて行くと、最初の交差点の歩道に彼女はもう来て立っていました。

　ふたりでどれぐらい泣いたかわかりません。のどはヒリヒリするし、目は涙の塩分で腫れあがるし、ようやく泣きやんだときにはろくに声も出ず、お母さんの顔をちゃんと見ることもできないぐらいでした。

　話すことはいくらでもあった。目くらましのために家を焼いたこと、警察の捜査のこと、モーテルでの苦悶の昼と終わりのない夜のこと。友人たちが抜け殻のようになってしまったこと。すべてがばらばらになって、二度ともとに戻せなくなってしまったこと。そしてウォーリーが罪悪感に駆られ、この町をまた見つけて自分の支配下に置こうと、さらに執念を燃やしていること。

　お母さんにとってとくに衝撃だったのはこの最後の一件だった。

　この悲劇でウォーリーが目を覚ますのではないかと期待していた、とお母さんは言いました。それがいっそう執着を強めることになってしまうとは。これではやはり、やらねばならないと思っていたことをやるしかないというのです。

　わたしには最初は理解できなかった。理解してからも、同意したくはなかった。

　しかしお母さんの言うとおりです。

　ネル、それを認めるのは容易なことではありません。しかし、ウォーリーからわたしたち全員を守るには、お母さんがほんとうに亡くなったと信じさせるしかありません。そうでないと、この町もほんとうに消えてしまったと彼は決して信じないからです。そしてそのためには、お母さんをここに、アグローにとどまらせる以外に道がないのです。

お母さんがここにとどまっている限り、そして地図の最後の一枚がほんとうになくなったとウォーリーが信じている限り、彼はお母さんには手が届きません。ウォーリーに脅(おびや)かされることなく、町を救うこともできます。

なぜなら、お母さんがアグローを内側から外側に向かって完全にマッピングすることができれば（以前からお母さんは、『夢見る者の地図帳』の一部としてそういう方法を望んでいたわけですが）、わたしたちの人生において、そして地図学の歴史において、最も破天荒(はてんこう)で重要な発見であるこの町を、維持することができるからです。というのは、たとえわたしがこの地図を持っていることがウォーリーに知られたとしても、ほかにもう一枚地図があるわけですから。したがって、彼ひとりにこの町を完全に掌握されることはないのです。

それまでのあいだ、わたしの仕事は外の世界でウォーリーについて調べ、どこにいてなにを企んでいるのか知っておくことです。そしてさらに重要なのは、お母さんを迎えに来ても安全なときが来るまで、お母さんがあなたの服に隠した地図を秘密にしておくことです。

これを持っていると危険なのはわかっているが、ほかに方法がない。お母さんが持っていれば、いつでも好きなときにアグローを離れることができるが、いつなら安全に出られるのかわかりません。野原の出口のすぐそばでウォーリーが待ち構えていて、気がついたときは手遅れということになりかねないのです。

お母さんが自分の地図を完成させ、ウォーリーが疑いだす前にわたしが彼の足取りをつかむことができれば、望みはあります。

そのために、わたしたちはここを離れなくてはならない。お母さんはほんとうに火事で亡くなったとウォーリーに信じさせなくてはならないのです。お母さんのそばにいたくてわたしたちがロックランドに住んでいたら、どうしても疑われてしまうでしょう。まだ地図が残っていると、確実に知られてしまいます。お母さんのことはすっぱりあきらめて、新たに自分の人生を、そしてきみの人生を立て直そうとしているように見せなくてはならない。きみを連れてここを去り、わたしには新しい仕事、きみには学校を見つけて、ひとりできみを育てていかなくてはならない。ふたりきりで一からやり直し、アグローなど存在しないふりをするのです。

わかっています、残酷に聞こえるでしょう。お母さんはここにとどまり、わたしはきみにそれを隠しているのですから。これは残酷なことです。ただそれ以外に方法がないのです。こうでもしなければウォーリーを止めることはできない。

最初の夜、わたしたちは何時間も話し合い、こうするのが正しいことなのかと互いに尋ねては互いに励ましあい、そうこうするうちに明け方近くなってしまった。きみがモーテルで目を覚まさないうちに、わたしは戻らなければならなかった。そのときお母さんに固く約束したのです。ロックランドを永久に去る前に、少なくとももう一度アグローに戻る方法を見つけて、きみを連れてくると。それに今日までかかりました。警察がこの事件の捜査を打ち切って、ウォーリーがついにあきらめて姿を消すまで——しかし、いつか戻ってくるのはわかっている。彼にはほんとうにあきらめきることなどできないだろう。そんなわけで、計画を今夜から実行に移さなくてはなりません。さよならを言うには早すぎるが、いつになってもそれは同じです。いつまで経っても、さよならを言えるときなど来ないのです。

でもいつだって、お母さんに対してノーと言える人はいなかったよ。きみがお母さんの半分でも頑固で、半分でも意欲と才能を備えていたら、わたしはもうお手上げだ。ひとりできみを育てていけるかいまから心配で、ひどい父親になってしまいそうで不安ですが、なんとかなるとお母さんは楽観しているようです。どんな犠牲を払っても、きみを守るためならなんでもすると、お母さんに約束しました。

その約束はかならず守る。ネル、きみにもそう約束します。

なにがあっても、最終的にわたしからすべてをきみに話すか、きみがこれを読むことになるかにかかわらず、少なくともその点だけはきっと守ると約束するよ。

ネル、そろそろ時間です。お父さんの腕に抱かれているあなたは、たとえようもなく美しい。非の打ちどころもありません。手紙を書くにはあなたから目をそらさなくてはならないので、なかなか書き終えることができません。

この決断を下してから一週間準備の期間があったのですが、ついにその夜が来たということがどうしても信じられません。警察は捜査を終了し、あの家の火災には保険がおりることになり、友人たちはただお父さんがロックランドを離れるのを待って、自分たちも立ち去ろうとしています。

覚悟はできていませんが、そうも言っていられません。ここの地平線に朝日が近づいてきています。つまり外の現実世界でも、東の空が明るくなりかけているということです。だれかに気づかれないうちに、あなたたちはモーテルに戻らなければなりません。あなたはまだ生まれたばかり、あなたの前には長い人生が、つかみ取るべき未来がまるごと待っています。あなたがその人生を生き、未来をつかみ取ることができるように、わたしたちにはやらねばならないことがたくさんあります。

そろそろペンを置かなくてはなりません。可愛(かわい)いネル、これが最後のチャンスだから、あなたがもういいと言うまで何度でもさよならのキスをさせてもらうわね。ほんの数分で、あなたとお父さんに何度愛していると言うことができるかしら。だってあと数分もしたら、あなたを抱いてお父さんが去っていくのを見送らなくてはなりません。お父さんはあの土の道をたどり、地図をたたんで、そしてそれっきり、次に会えるのは何か月先か、何年先か、あるいはもっと先かもしれません。その瞬間をどうやって耐えればいいのでしょう。でも、耐えなくてはなりません。その瞬間を、そのあとの長い長い瞬間の連なりを。

わたしにできることはひとつしかありません。

それは地図を描くことです。

この地図をできるだけ完璧なものに仕上げて、あなたたちふたりが安全に戻って来られる日を待ちます。

ネリー、あなたはこれからもずっと〈カルトグラファーズ〉の一員です。

地図の目的は人々を結びつけることだと、わたしはずっと信じてきました。ウォーリーとわたしが見つけた地図では、そのことが忘れられていたけれど、それを変えることもできるかもしれません。この状況を救済することができるかもしれません。

いつか、わたしがここであなたのために作るこの地図が、わたしたちみんなをまたひとつに結びつけてくれることを願っています。

愛をこめて

あなたの両親より

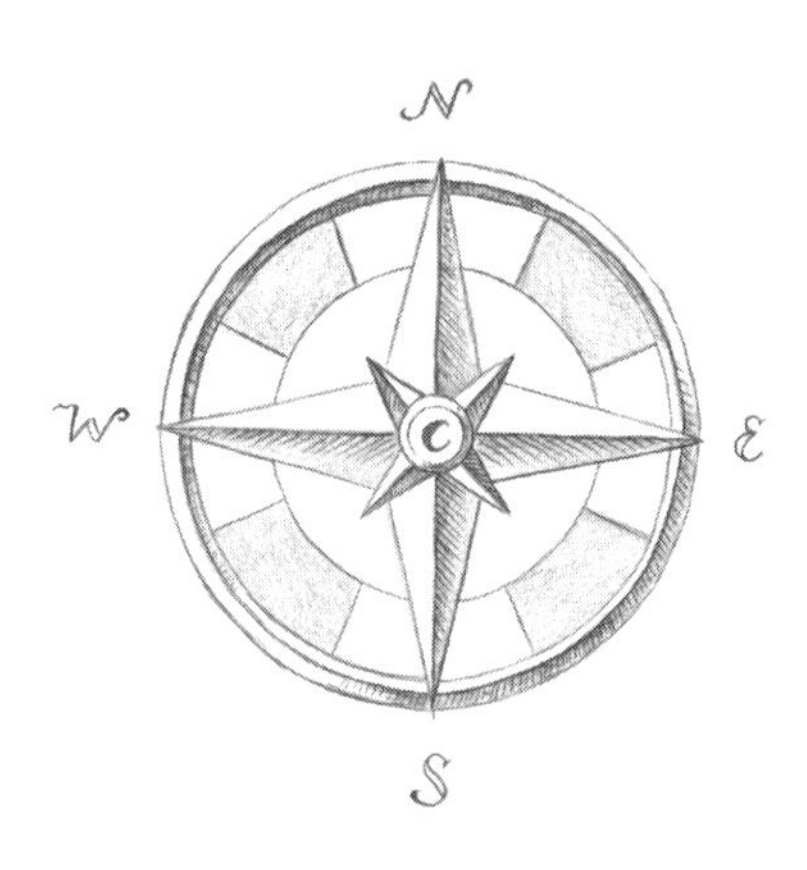

XXVI

ネルはついに手紙から顔をあげた。その目は潤んでいた。

「ごめんね、ネル」と母がささやいた。

しかしネルは首を横にふった。「いいの」と、ふたたび母に抱きしめられながら言った。「これでみんなわかったから」

手紙を胸に押し当て、タマラを抱きしめ返した。父は亡くなってしまったが、それでもこうしてまた話しかけてくれて、しまいにはなにもかも説明してくれた。亡くなってもこうして、さよならを言ってくれたのだ。

しまいに抱擁を解いたとき、ネルはポケットに手を入れ、ハンフリーからもらった万年筆を取り出した。その側面、ウィスコンシン大学のロゴの横、母がはるか昔に彫りつけた小さなマークに光が当たった。

「まだ持ってたのね」母は驚いて言った。そんな場合ではないのだが、それでもネルは笑みを浮かべた。

「お母さんに返すわ」とネルはそれを差し出した。

しかし、母はそれをそっと押し返して、「それはあなたのために彫ったのよ。あなたも〈カルトグラファーズ〉の一員だから」

低く乾いた音が印刷所内に響いた。笑い声だ――その亡霊というべきだろうか。彼も万年筆を見つめている。「まさしく」ウォーリーは言った。「そのとおりだ。ぼくたちはみんなそうなんだ」

「それは違うわ」タマラは言ったが、ウォーリーは最後まで言わせなかった。

「違う？　何十年間もその名を守りつづけたのはだれだ。どんなに見込み薄でもあきらめずに、またここに戻る方法を探していたのはだれだ？」歯が光った。笑みを浮かべたのか、しかめっ面をしたのかネルにはわからなかった。「ラモナ、フランシス、イヴ、ベア。きみが死んだことを信じようとしなかった者がだれかいるか？　きみを探しに来た者がいるか？」

「それはダニエルが――」

「またダニエルか」ウォーリーは鼻で嗤った。「こんなに長い年月が経っても、まだあいつの肩を持つのか。きみが何十年もたったひとりで過ごすのを黙認していたやつじゃないか。外界からも、家族からも切り離されて。一生費やして、その運命からきみを救おうとしてきたのはだれなんだ。この場所を救おうとしてきたのは？」

「ネルが読んでくれたのを聞いてたでしょう、ウォーリー」タマラは静かに答えた。「これはわたしの言い出したことなの。なにもかも」

長いこと、ウォーリーはなにも言わなかった。ただ彼女を見つめている。裏切られたという思いに鬱憤を募らせ、いっぱいに拡大した瞳孔は底なしに暗く、淡色の目がそれに呑み込まれそうだった。ネルは片手に母の地図と万年筆、もういっぽうには手紙を握りしめ、彼がどちらの反応を示すか息もできずに見守っていた。

しかしウォーリーは怒ることも、嘆き悲しむこともなかった。印刷機のうえで待っているスキャナーにまた目を向け、そのぴかぴかの表面を、やさしい――愛情がこもっていると言いたいほどの――手つきでなでた。

「タム、赦してあげるよ」しまいに彼は言った。「きみは悪くない。ずっとここにこもっていたから、ぼくが一生かけてどんなことを達成してきたか知らないんだ。見せてあげよう。これを見ればわかるよ。ずっとぼくが正しかったとわかるはずだ。まだなにもかも元どおりにできるんだ」

「もう遅い」フィリクスが言った。「もうとっくに手遅れだよ」

　しかしウォーリーは一顧(いっこ)だにせず、またタマラに向かって言った。「ぼくらの仕事を組み合わせれば、『夢見る者の地図帳』は完成する。一枚しかなければ、ぼくらの地図は現実世界にかぎりなく近づけるだろう。ある意味では、地図がほぼ現実になるんだ。それを使えば、なんでもやりたいことができる」

「この町を見つけたのはあなたとわたしかもしれないけど、独占したいなんてわたしは思ったことはないわ」タマラは言った。「そもそも秘密にしようとしたのがいけなかったのよ。あのとき、わたしたちはそのせいで道を誤ったんだわ」

「ぼくらが道を誤ったのは、他人を信用したせいだ」ウォーリーは答えた。

「ウォーリー、地図は秘密にするものじゃないわ。共有するためにあるのよ」彼女は言った。

「この地図は違う」ゆっくりと、彼の視線はネルに移っていった。「きみならわかるだろう、わたしの言いたいことが」

「いいえ、わからないわ」とネルは言いかけたが、彼はうんざりしたように銃を振って黙らせた。

「いや、わかるはずだ。最初からその地図を引き渡す機会は何度もあったのに、きみはそうしなかった。警察にも、アイリーンにも、ニューヨーク公共図書館にも黙っていた。だれにも見せず、だれの助けも求めなかった。〈カルトグラファーズ〉を見つけたときですら、きみは黙っていた。あの地図を独り占めしたかったんだ」

「違います」ネルはまた言い返したが、出てきた声はか細く、せいぜいささやき声にしか聞こえなかった。

　彼の言うとおりだ。どの口でウォーリーを非難できようか。アイリーン、ケイブ警部補、ラモナ、フランシス、イヴ、ハンフリー――そのうちのだれにでも、話そうと思えばいつでも話すことができたはずだ。それなのにそうはしなかった。たしかに秘密にしようとしていた。そのために、図書館に復帰していい人生が送れるチャンスをふいにし、自分自身の身の安全すら犠牲にしたほどだ。なお悪いことに、スワンとフィリクスまで巻き込んでしまった――そのせいでスワンは生命を落とし、このまま行けばフィリクスもそうなりかねない。

　フィリクスがこちらに向かって首をふっている。耳を貸すなと言いたいのだろうが、ネルには否定できなかった。自分に嘘をつくこともできただろう――ニューヨーク公共図書館の力になろうとしていたとか、父のために真犯人を見つけたかったとか。しかしそれはみんなそれ――嘘だった。

　ウォーリーがえぐるような目で見ている。見抜かれている。

「ネル、きみはずっとひとりきりだった。どこかに属したいとは思わないか」

「属してるわ」と反射的に答えた。

「どこに？　ニューヨーク公共図書館のことか？」彼は尋ねた。「きみはあそこを追い出されたし、残っていたたったひとりの味方も亡くなったじゃないか。それとも〈クラシック〉のことかな？　ほかになにをしていいかわからないから、これからさらに十年あそこにとどまって、それでそのあとはどうする？」そう言って、ネルと母に小さく一歩近づいた。「わたしは生涯を費やして、この地図をたったひとりで仕上げてきた。しかし、わたしたちはみんなここに来て、こうしてひとつになっている。これは相当なことだ。もう一度、自分よりも大きなものの一部になりたいとは思わないか？」

「でも、こういうやりかたは違う」フィリクスは言ったが、ウォーリーがさらにもう一歩近づいたため、ネルは思わずほんの少しあとじさった。

「その地図をスキャナーにセットしなさい」ウォーリーは彼女に言った。

「いやよ」ネルは反発した。

　彼女はそわそわと母を見つめた。若かったころはずっと、ウォーリーと母は親友どうしだった。だれよりもよく彼のことを知っている――彼を止められるのは母以外にいない。母もそれはわかっているはずだ。きっとなにかやってくれる。

「地図の目的は？」タマラは彼女に尋ねた。

　しかし、最初に口を開いたのはウォーリーだった。

「わたしが教えよう」ネルに答える暇を与えず、彼は口出ししてきた。「〈ヘイバーソン・マップ〉はただのどんな地図とも違う。きみがいま持っているそれと組み合わせれば、さらに強力なものになるだろう。想像してみてほしい、世界の隅々まで、微小な細部に至るまで正確に示すだけでなく、それをコントロールする力をもたらす地図を。その線を引き直すことで、現実をよりよく改変できる地図を」そう言って彼女に目を向ける。「まさしく完璧な地図だ」

　どうするすべもなく、ネルはまた一歩あとじさった。

ウォーリーが築きあげたのは地図ではない。地図とは、作り手が探索した時と場所に宛てて書かれたラブレターだ。地図はその領域を支配するのではなく、その領域の物語を伝えるものだ。しかし、ウォーリーの〈ヘイバーソン・マップ〉にはどんな物語も存在しえない。もし彼がこの秘密の場所をサーバに取り込み、それを使って気まぐれに世界のその他の部分をシャッフルし、彼が必要と思う形に現実を並べ替えることができるとしたら、それは物語ではない。それは愛ではない。

ウォーリーは誘うように手を差し出してきた。

「人々を結びつけること」ネルはついに母の質問に答えた。

彼の目にゆらめいていた期待と興奮が、それを聞いて消えた。

ゆっくりと、銃の向かう先がフィリクスからタマラへと移り、ネルは膝が崩れそうになった。

「ウォーリー」母がささやくように言った。

「ネル、地図をスキャナーにセットするんだ」彼は繰り返した。

「破れ！」フィリクスが叫ぶ。

「破るわけがない」ウォーリーは言った。「それが最後の一枚なんだ。われわれがいるあいだに町が消滅したらどうなると思う？」

「この状況を考えると、それは悪くない条件のような気がするわ」ネルは食いしばった歯のあいだから吐き捨てたが、実際には無理だとわかっていた。関わっているのが自分とウォーリーだけで、ほかにだれもいないのならあるいは……しかし、ここにはフィリクスと母もいるのだ。どちらもすでに一度は失った人たち――二度も失うつもりはなかった。

ウォーリーにもそれはわかっていた。わざわざ反論しようともせず、逃げられないように母の腕をつかむと、手にした銃のそばへ引き寄せた。

「やめて」ネルは懇願した。「言うとおりにするから」

彼を懐柔しようと、印刷機のうえのスキャナーに向かってゆっくりと一歩を踏み出した。落ち着いて考える時間が欲しい。その時間を稼ぐために、この瞬間をできるだけ引き伸ばす方法を死に物狂いで探した。

ウォーリーはタマラをつかまえたまま少しずつ向きを変え、ネルを視界から逃さないようにしている。彼の目に映っているのは地図だけ、ほかはなにも見えていない。

ネルはそのすきにフィリクスに目をやった。そして、彼がまだそこにいることをウォーリーが思い出す寸前まで見つめていた。フィリクスの目は恐怖に満ちていたが、しまいに、彼女が目を背ける直前に、その恐怖を貫いて理解の色がひらめくのが見えた。ごくわずかに彼はうなずいてみせた。

「そのまま、足を止めるんじゃない」ウォーリーは急かしたが、あいかわらず地図に目を当てたままだ。

　ネルはまた一歩前に出た。

「その調子だ」魅入(みい)られたように言う。

「ウォーリー、ほかにもやりかたはあるはずよ」とタマラが言った。「同じ失敗を繰り返すことないでしょ」

　しかし、彼はそれには答えなかった。「結果を見たら、お母さんもわかってくれるさ」と彼はネルに言った。「地図をスキャナーにセットして、〈ヘイバーソン〉に加わろう。いっしょにやろう。ニューヨーク公共図書館では百回生きても触れられないほど、多くの地図に触れることができるぞ。行けない場所などどこにもないし、できないことなどなにもない」銃を握る手に力を込めた。「スキャンが終わって、〈ヘイバーソン・マップ〉がその可能性を最大限に発揮するのを見れば、きみもお母さんもわかるはずだ。ここがほんとうにきみの居場所だとかならずわかる」

　ネルは答えなかったが、答えるまでもなかった。ウォーリーが銃口を母のこめかみに当てたのだ。

　なるべく時間をかけて歩こうという決意は崩れ、ネルは恐怖に駆られてあたふたと前に進んだ。いま頭にあるのはスワンのことだけだった。彼の顔に浮かんだショックの表情、光が消えて暗くなっていく目。スキャナーのガラス窓が無表情に見返してくる。そのフレームに母の地図が置かれるのを、飢えた機械がぽかんと待っている。ライトとクランプとローラーを備えた機械の腕(アーム)が脇で待機し、地図を読み込む準備は整っていた。

「早く」ウォーリーが言った。

　パニックで痺(しび)れたように、ネルは地図を少しずつガラスに滑らせていった。もっと時間が欲しい。

「緑色のボタンを押すんだ」彼は命令した。「それだけだ。ほかはなにもしなくていい」

　ネルはスキャナーに目を戻したものの、身動きができなかった――が、安全装置が引金から外れる鈍い金属音に、思わず手が動いていた。

　指がボタンを押して、彼女は息を呑んだ。

　スキャナーのプラスティックの側面でライトが点滅しはじめ、重い機械式のアームががくんと動きだした。

ヒンジ部分が開いてアームが下がり、一ミリ単位で地図上を注意深く這(は)いはじめた。

「けっこう」ウォーリーは言った。アームが下がり、内部のカメラがうなりをあげてスキャンが始まる。「これでよかったんだ。きみにもわかる」

　機械が母の最後の創作物をゆっくり呑み込んでいくのを見つめながら、ネルは万年筆をきつく握りしめていた。〈カルトグラファーズ〉のコンパスローズをなす小さな刻みが、手のひらに感じられるほどだった。ウォーリーを止めるには、そして彼の長期にわたる歪(ゆが)んだ努力に終止符を打つには、この地図を破り捨てるぐらいしか方法が思いつかない。しかしそれをすれば、全員が破滅することになってしまう。

　きっとあるはずだ、ほかにも方法が。

　追いつめられた気分でスキャナー上の地図を見つめていると、ネルへの手紙に母が書いていた言葉――地図制作者としてのスキルを使って、自分自身とこの町を救うことができると気づいた――に古い記憶が呼び覚まされた。図書館で、父のデスクに呼ばれて、あの革の書類ばさみに今日はどんな貴重な地図が入っているかのぞかせてもらうたびに、いつも父と同じ会話を交わしていたものだ。その言葉がまざまざと脳裏によみがえってきた。

（ネル、仕事はなに？）幼い彼女が書類ばさみに手を伸ばし、興奮して飛び跳ねていると、父はいつもそう尋ねた。

（地図制作者(カルトグラファー)）と彼女は答える。（お父さんとおんなじ）

（カルトグラファーはなにをする人？）

（地図を作る人）

〈カルトグラファーズ〉ではなく、ただの地図制作者。当時は理解していなかったから、その言葉をふつうの意味で使っていた。しかし答えはずっとそこにあったのだ、両親ふたりともの言葉のなかに。

　手にした万年筆をまた見下ろした。

　そのときふいに、どうすればよいかわかった。

「ウォーリー」と彼女が言うと、昔の名前で呼ばれたのに驚いて、彼はスキャナーに向けていた目をあげて彼女を見た。「あなたは間違ってるけど、ただ一点だけは正しかった。わたしがどこに属してるかっていうこと」

　彼が言ったように、彼女が属しているのは〈クラシック〉ではなく、ニューヨーク公共図書館ですらない――が、〈ヘイバーソン・グローバル〉で彼の下に属するなどさらにありえない。

　彼女が属しているのはもっとべつの集団だ。

　ウォーリーはその言葉に面食らった表情を浮かべたが、彼女の目は彼から離れ、印刷所の奥に向けられた。ウォーリーが銃口で狙う相手を母に換え、フィリクスのことを忘れたすきに、フィリクスはこっそりそちらに移動していたのだ。彼は隅にうずくまり、小さなものに向かって手を動かしていた。そしてほんの少し前、小粒の光が乾いた木材に広がっていた。最初はただの点にすぎなかった――が、ウォーリーがよそに気をとられているうちに、それはどんどん熱く、大きく、明るくなっていった。

　火だ。

「そんな」ウォーリーは愕然（がくぜん）とつぶやいた。

　ネルはまた母に目を向け、母がどうするか見守っていた。

　タマラはウォーリーを見た。

　次の瞬間、ショック状態の彼から身をふりほどくや、印刷所の奥、燃えあがる炎に向かって走り去った。

「**タム！**」ウォーリーが絶叫した。

　一気に壁を駆けのぼる火炎にぞっとしつつも、彼はよろめきよろめき数歩彼女のあとを追った。

　しかし、フィリクスはその機に乗じて回り込み、印刷所の反対側から突然また現われると、まっしぐらにウォーリーに飛びかかっていった。「逃げろ、ネル！」そう叫びながら体当たりし、ふたり同時に床に倒れ込む。

　しかし、ネルは逃げる気はなかった。その正反対だ。スキャナーに身体ごと向きなおり、銃を奪おうとしているフィリクスをよそに、青い光を受けて輝いている地図に目をひたと向けた。

「なにをする！」ウォーリーは取っ組み合いながら叫んだ。「地図に手を出すな！」

「下がって！」ネルはフィリクスに向かって叫び、フィリクスは乱闘のさなかになにごとか叫び返してきた。

「できるだけ後ろに下がって！」ネルがまた叫ぶ。

「タム！」ウォーリーがまたわめいた。「ネル、やめろ！」

　フィリクスとウォーリーは激しくもみあっていた――フィリクスは力が強かったが、ウォーリーも負けておらず、しかも破れかぶれの激情に駆られていた――が、そのときいきなり銃が宙に飛んだ。銃は落ちた勢いで床を滑り、飛び出した弾丸が棚に跳ね返って書棚に突き刺さり、ネルは悲鳴をあげてうずくまった。

「ここから逃げろ、早く！」フィリクスが彼女に向かって怒鳴る。炎が屋根を包むと、叩きつけるような熱風が頭上から降ってきた。「ここは焼け落ちるぞ！」

「ばかな」ウォーリーはあえぎながらどうにか立ちあがったが、その顔は恐怖に満ちていた。彼がいま記憶に囚われているのがわかる。この同じ地図をめぐって戦ったあの恐ろしい日の出来事が、ほとんど同じ形で再現されているのだ。スキャナーとネルに向かって突進しつつ叫んだ。「ばかな、またそんなことが。二度とあってはならない、そんなことはさせない……」

　フィリクスがその彼にタックルした。「ネル、逃げろ！」

「ウォーリーを押さえてて、フィリクス！　そして下がって！」

「地図を破るな——みんなおしまいだぞ！　自分の母親を殺す気か！」フィリクスに後ろ向きに引きずられながら、ウォーリーはわめき、声をかぎりにネルに呼びかけていた。

「もっと遠くへ！」ネルはそのウォーリーの声に負けじと叫び、フィリクスが力ずくで彼を引きずっていくのを確認して、またスキャナーに向きなおった。スキャナーのアームを止めるには全力をふりしぼらなければならなかったが、彼女はアームの下に肩を入れて、地図をコピーし続けようとする機械の動きに対抗した。

「ネル、なにをしてるんだ！」フィリクスは半狂乱だった。

「やめろ！」ウォーリーが叫ぶ。

「やりなさい！」母の声が彼の声を圧して響いた。彼女は業火のなかから現われると、ウォーリーを引きずるフィリクスに手を貸そうと駆けつけてきた。ウォーリーは吼え、逃げられないようにタマラをつかまえようとし、と同時にネルに向かってこようとしている。

　ネルはアームを押しながら、あいたほうの手で母の万年筆を強く握りなおした。しかしキャップを外すことができない。もういっぽうの手を離すとスキャナーに押し戻されてしまう。彼女はペンを自分のほうに傾け、末端をしっかり噛んだ。

　いまでは、母とウォーリーがずっと昔に理解したことを彼女も理解していた。そのために、タマラは何十年もとどまって傑作を生み出したのだし、ウォーリーは取り憑かれたように〈ヘイバーソン・マップ〉という怪物にそれをアップロードしようとしている——そして物理的な地図を廃棄して、彼のそれだけを残そうとしているのだ。

ある場所がある地図にのみ存在するとすれば、その場所はその地図のあらゆるコピーに存在する。つまり、ある地図がこの世に一枚しか残っていない場合、その一枚でなにかが変更されれば、それは現実の世界にも反映される。なぜならその地図のすべてのコピーでそうなっているからだ――なにしろその地図は一枚しかないのだから。

ネルは母の地図を破り捨てる必要はなかった。かれら全員とこの町を、ウォーリーの魔手から救う道がもうひとつある。

アグローを地図や世界から抹消する必要はない。

「もっと下がって!」食いしばった歯のあいだから、フィリクスと母に向かって怒鳴った。

どこか別の場所に移動しさえすればいいのだ。

「やめろ!」ウォーリーが絶叫した。「やめないと――」

ネルは万年筆を抜き、キャップを吐き捨てた。

XXVII

静かだ。

そろそろと、一ミリずつ、フィリクスは片目をあけた。

町はなくなっていた。

「どういうことだ?」よろよろと立ちあがると、濡れた草に足が滑った。草地だ、印刷所の床ではない――またなにもない野原のまんなかに戻っていた。片足は絡まる草に、もう片足は水たまりに突っ込んでいる。見あげれば空はどんより曇っていたが、雷雨は弱まっていた。遠くに郡道二〇六号線が見える。濃い灰色のリボンのように緑のなかを貫いて伸びていた。身体ごとふり向こうとしてつまずきそうになったが、もう間違いなかった。

現実世界に戻ってきたのだ。土の道も、店も、住宅も、印刷所もまわりにはない。

ここはアグローではない。

「フィリクス?」と声がした。「フィリクス!」

ふり向くとふたつの人影が見えた。野原の向こうからこちらに走ってくる。

「ナオミ！　プリヤ！」彼は驚いて言った。

「よかった、無事で！」ナオミは叫びながら駆け寄ってきて、プリヤとふたりで彼を抱きしめた。

「どうして――」

「追いかけてきたのよ！」プリヤは言った。「メッセージに返事がないし、あんたとウィリアムがあの家の住所の場所から動きだしたのがわかって、それであんたの電話の信号を追跡してたの。そしたらいきなりそれが消えちゃったのよ！」ほんとうにそこにいるか確かめるかのように、彼女は彼の腕をつかんだ。「それでナオミの車に乗って追っかけてきたの。もう至るところを探したわよ。完全に見失ったと思ってたら、それがいきなり……ぱっと現われるんだもの！　それもわたしたちのまん前に！」彼女は叫ぶように言った。

ふたりがしまいに離れると、フィリクスは横向きによろけて危うく倒れそうになった。

「ねえ、なにがあったのよ」ナオミが尋ねる。

彼はどうしようもなくて首をふった。説明しようにも言葉が見つからない。

「フィリクス！」また別の声が呼びかけてきた。ネルと同行してきた人々が野原の向こう側から駆け寄ってくる。かれらはそこの木々の下に寄り集まっていたのだ。

「無事だったんだね！」ハンフリーが叫び、彼の友人たちよりさらに力いっぱい抱きしめてきた。「ウォーリーとネルは？」

「信じられない」とラモナの声。

全員がフィリクスのほうを向いていて、ハンフリーは抱きしめたあともまだ彼をつかんでいたが、いまはもうこちらを見ていなかった。彼の肩越しに愕然と目を見開いている。

「あれ……あれは……」ナオミは舌がまわらないようだった。

「彼は……」プリヤが尋ねる。

「死んでない」フィリクスは言った。「でも、もう終わりだよ」

フィリクスのすぐ後ろで、ウィリアム・ヘイバーソン――ウォーリー――は泥のなかにぐったりと横たわって、失ったものの大きさに打ちひしがれていた。二度とあの町を見つけることはないだろう。地図がなくなったのだから――それを見つけるために、ほとんど一生を費やしてきたというのに。彼の目はガラス玉のようにうつろで、ほとんどまばたきもせず、身体からはすべての気力が抜け落ちていた。

　自分もアグローに行っていなかったら、フィリクスには彼がだれだかほとんどわからなかっただろう。

　しかし、ウォーリーの横に立っている女性なら、どこにいても見分けられるにちがいない。

　何十年と経ったいまでも、彼女はネルにそっくりだった。

「タム?」ラモナがささやくように言った。

　タマラは笑顔になって、「ロミ」と答えた。

　よくは知らない人たちばかりだが、ラモナ、フランシス、イヴ、ハンフリーが当惑と安堵の嗚咽をあげながら、くずおれるようにタマラに抱きつき、抱きしめてキスをし、タマラのほうも泣いているのを見たとき、フィリクスも涙がしみて目が痛んだ。ひょっとしたら、タマラの悲しみのことを思っていたからかもしれない。いずれダニエルの死を思って悲嘆に暮れずにはいられないはずだ。夫がもうこの世にないことを、彼女はたぶん知っているだろうとは思う――ついにアグローに姿を現わしたのは、夫ではなくネルだったのだから。しかし、それに直面する時間ができたとき、だからといって喪失の痛みが少しでも和らぐわけではあるまい。彼女の気持ちが、少しではあるがわかるような気がする。

　彼は涙をぬぐい、野原をふり返った。どんな物理法則や自然法則に照らしても、そこには町がなくてはならないはずだ。しかしなかった。ネルがいなくてはならないはずだが、彼女もやはりいなかった。

「みんなまだあった?」ついにフランシスが尋ねた。彼の視線は同じ野原のどこかをさまよっている。「こんなに年月が経ったのに」

「ありましたよ」フィリクスは答えた。

「ネルは町を救うことができたの?」今度はイヴが尋ねる。

「たぶん……そうだと思います」彼は言った。

　ネルがなにをしたのかわからないが、それが成功したのはわかっている。彼女はついに町を見つけ、彼と母を救ったのだ。ただ……

　ハンフリーは、控えめに一歩彼に近づいてきた。あまり大きな声でその言葉を発するのを恐れるかのように。「でも、それじゃ彼女はどこに?」

　フィリクスはうつむいた。「わかりません」どうにか答えた。「ウォーリーを止めるため、そしてぼくたちを逃がすために地図になにをしたのかわからないけど、それは彼女には効果がなかったみたいです」

「まだあそこにいるのかしら」イヴが尋ねた。「あの町のなかに?」

「わかりません」フィリクスは答えた。「あの町がまだ存在するかどうかもわからない」

(ネルはほんとうに、ぼくたちを救うためにあの町を、そして自分自身を消滅させたのだろうか。それとも間一髪でほかの方法を思いついていたのか)

彼は力なく肩をすくめ――また泣きはじめていた。いまわかっているのは、彼女がここにいないということだけだ。彼女は脱出できなかったのだ。

そして彼にはもう、彼女のもとに戻る方法がない。

ナオミは彼の腕に手を置いて慰めた。「あんたたちはお互いに大切な存在だったのに。くやしいね」

フィリクスはうなずこうとした。たしかにくやしい。だが、同時にそうは思わない自分もいる。

もしふたりがどちらもまだここにいて、この野原に立っていたら、町は安全になったし、〈ヘイバーソン〉を恐れる必要もなくなったことだし、ひょっとしたらなにかが……なにかが起こったかもしれない。やり直し(セカンド)のチャンスならぬサードチャンスだ。

しかしまた、これが一番よかったのではないかという気もする。ネルにとっては、地図とフィリクスの両方を手に入れるのは不可能だったのではないだろうか――彼女の両親が、地図とお互いの両方を手に入れることが不可能だったのと同じように。そしてもしそうならば、彼女が地図を選んでくれてよかったと、しまいには彼も思うことになるだろう。おそらく彼女にとって地図は、生まれ落ちたその日から人生の一部だった。それはきっと、彼女の父にとってよりもずっとそうだったにちがいない。それなのに、彼女はあまりに長いことその地図から切り離されていたのだ。

背後でかすかに草のきしむ音がして、プリヤが反対側にまわってきた。遠いサイレンの叫びが風に乗って運ばれてくる。「ここに着いたときエインズリーに電話したの。ニューヨーク市警察がこっちに向かってる」彼女は言った。「地元の郡の分署に先に無線で連絡したそうだから、もうそろそろ来るころなんだよね」

フィリクスは身をかがめて力ずくでウォーリーの上半身を起こし、会社のサーバからなにか削除したりしないように、ポケットのスマホやタブレットを抜き取った。「見張っててもらえませんか」彼はほかの者たちに頼んだ。「ちょっとやらなきゃいけないことがあるので」

ハンフリーが察して野原の向こう側に目をやるのがわかった。スワンはいまもそこに静かに横たわっているのだ。フィリクスは、またのどに込みあげてくるものを無理に呑み込んだ。警察がスワンの遺体を調べるときに、その場にいて目を光らせていたかったのだ。遺体が丁重に扱われるように。そしてまた、センセーショナルな犯罪報道として、でかでかと遺体の写真が出たりしないように。それが、スワンの恩に報いるために彼にできるせめてもだった。

「ウォーリーの尋問が終わったら、わたしもたぶん警察からいくつか質問されるでしょうね」タマラが言った。

「でも、そもそも説明なんかできるかしら」ラモナが言う。

「あの地図は今度こそ最後の一枚までほんとうになくなってしまったけど、どうせこの捜査からまた噂が広がるだろう。コレクターのあいだでまた宝探しが再燃するな」ハンフリーが付け加えた。

　フィリクスは力なく微笑んだ。「でも今度は、ネルのおかげでだれも失踪しなくてすむでしょうね」

　その言葉に、全員そろって足もとを見おろした。打ちのめされた男が、いまも魂が抜けたようにうずくまっている。〈ヘイバーソン・グローバル〉はもう行方不明者を見つけることはないかもしれないが、行方不明者を作り出すこともないだろう。

　しまいに、フランシスがため息をついた。長々と、音を立てて。「やっぱり、隠しごとはいつか露見するってことかな。しかし、きみはほんとうに大丈夫なの」

「いずれは大丈夫になりますよ」フィリクスは言った。

「とにかく、彼をつかまえておかないと」

　みんなの助けも借りて、ナオミとプリヤはもと上司を立ちあがらせた。サイレンが大きくなってきた。警察が間もなくやって来る。

「ネルはほんとうに消えたんじゃないですよね」ほかのみんなが歩きだし、ふたりきりになったとき、フィリクスはタマラに尋ねた。

　タマラがふり返ると、巻毛が風に広がるさまがネルのそれによく似ていた。

「あの子は〈カルトグラファーズ〉になったのよ」彼女は言った。「昔から望んでいたとおりに」

〈カルトグラファーズ〉に……

　悪くないと思った。じゅうぶんではないが、少なくとも心の支えにはなる。たとえここにいっしょにいないとしても、彼女はいまもどこか、アグローにいるのだ。そのほうがいい。なにがあったのかわかる人がいるとしたら、それはタマラだろう。そのタマラはいま彼に微笑みかけている。泣いてはいない。

彼女はフィリクスの肩に手を置いた。「わたしもみんなといっしょにあっちへ行くわ。しばらくひとりになりたいでしょう」そう言われて、彼は感謝してうなずいた。「好きなだけひとりでいるといいわ。みんなで待ってるから」

彼女が立ち去ると、フィリクスはスワンの遺体に近づき、そのかたわらにしゃがんだ。間近で見ると心が痛む。最後に会ったのはフィリクスが図書館を去ったときだった。あのときからするとなんと年老いたことだろう。ドクター・ヤングの葬儀に出ていれば、あるいはニューヨーク公共図書館のパーティから早々に飛び出さなければよかった。そうすれば、ほぼ十年ぶりに交わした言葉が最後の言葉にならずにすんだだろうに。

彼は顔をあげた。ほかのみんなが草地を抜けて道路に戻っていくのが遠くに見えた。ナオミとプリヤが先に立ち、フランシスとハンフリーがウォーリーをあいだに挟んで歩いたり引きずったりしながら、いまもかれらの車が駐まっている路肩に向かっていた。

たったひと晩でこんなにも多くのことが変わってしまった。

スワンは助けにやって来て、しかしもう戻ることはなくなった。難攻不落の〈ヘイバーソン・グローバル〉は崩れ落ちた。死んだはずのネルの母が戻ってきた。

そしてネル自身は……

ネル……

ややあって、車のドアが閉まるバタンという音がかすかに聞こえてきた。続いてエンジンが動きだす咳き込むような音。暖房をつけるためにエンジンをかけたのだろう。地元のパトカーが周囲に集まってくるさまを想像した。ライトがひらめき、無線が鳴り響く。ナオミが電話でエインズリーにすべてを説明している。そしていずれ、ウィリアム・ヘイバーソンが逮捕され、無数の罪で告発されたというニュースが出て大騒ぎになるだろう。いまのいま、あの高くそびえるしゃれた〈ヘイバーソン〉のオフィスではなにが起こっているだろうか。かつては彼にとって全世界とも思えたあの会社が、いまは完全な崩壊を待つばかりになっている。

そして、〈ヘイバーソン・マップ〉はどうなるのだろう。紙の地図なら話は簡単だ。破いたり燃やしたりすればなくなってしまう。しかし、ああいう地図はどうだろうか。これを最後にスイッチを切られたら、あの地図はどこへ行くのだろう。

スワンの動かない冷たい肩にそろそろと触れて、すぐに戻ってくるとささやきかけた。もうひとり、今日さよならを言わなければならない人がいる。

立ちあがり、エンジンのハミングや人々の話し声を背中に聞きながら、野原の奥へ歩いていった。ひとりきりになるまで歩きつづけると、見えるのは草地と低く垂れ込める灰色の雲だけになった。

「つまり、これが結末ってことかな」彼はそっとつぶやいた。絡まりあう緑の草の葉にその声は吸い込まれ、返事は返ってこなかった。

土をつま先で蹴った。

ここでぐずぐずしていてもしかたがない。ネルはもう呼びかけても返事ができないし、おそらく彼の声が聞こえてもいないのだろう。それに、やることはたくさんある。しかし、動きだすことができなかった。スワンのそばへ戻るのは遠い道のりに思えるし、その後は警察の何千という質問に答えなくてはならず、さらにその後は記者からも質問されるだろうし、ほかにどんなことが待っているか知れたものではない。

もう少しネルと過ごす時間があればよかったのに。あるいはもう一度会う方法があれば——しかし、いまとなってはそれは不可能だ。彼女はアグローにいる。アグローがいまどこにあるのか、いや、そもそもどこかにあるのかすらわからないが。もうそこに行く方法はどこにもないのだ。

しかし、彼女に言わなければならないことはまだたくさん残っている。なんと腹立たしいことか。もう何年間も、互いに言いたいことなどなにひとつなかったのに、いきなり数えきれないほど言いたいことが出てきた——と思ったら、彼女はいなくなってしまったのだ。

「ネル、身体に気をつけて」しまいに、声を詰まらせながらそうささやいた。

そのときふと、一生分ほども昔の記憶がよみがえってきた。ネルの父が、べつの組織で働く同業者にときどき電話で言っていた言葉。思わず笑みがこぼれた。ずっと昔、〈カルトグラファーズ〉のメンバーがまだ親しかったころ、みんなで言いあっていた挨拶だったのだろうか、あれは。

「きみのところの地図たちによろしく」

ニューヨーク公共図書館の秋は、〈ヘイバーソン・グローバル〉で過ごす秋とはまるで違っている。〈ヘイバーソン〉の社屋内システムはすべて、高度なコンピュータによって制御されていた。照明から室温や湿度、無料の高級カフェテリア用の食材の注文に至るまで、すべて季節に合わせて調整されていた。六月に汗びっしょりになることも、十一月に皮膚がかさつくこともなかった。屋外の天候が急変しても、コンピュータが調整してビル全体の気温を上げたり下げたりして、全従業員が快適に過ごせるようにしていたのだ。

しかし秋のニューヨーク公共図書館は、ぐらぐら煮え立つ大釜から冷蔵庫に放り込まれ、放り込まれてはまた戻り、それを一日に百回も繰り返すようなものだった。

廊下はいつも凍える寒さで、壁と天井が接する隅からはほんとうに氷柱(つらら)が下がっているほどだ。どこも大理石造りだし、何百年も人が入れ替わり立ち替わり住んできた古い建物なのだ。プリントアウトしたものを印刷室に取りに行くときは、みんなほんとうに息を止めている。通風口の熱風がプリンターにじかに吹きつけるせいで、焦げたインクの臭いが室内に充満しているのだ。

そしてフィリクスのオフィスは、スチームサウナも同然だった。

彼はネクタイを緩め、椅子の背もたれに背中をつけずに座ろうとしていた。シャツを通して、革張りの背もたれに皮膚が張り付いてしまうのだ。最近ではランチは屋外で食べるようにしている。周囲に雪が舞うなか、玄関の側面にあるライオン像に腰を預けて食事をしていると、やっと肌から赤みが引いてくる。このあとコレクション関係の会議があり、そのためにまたブレザーを着なくてはならないのだが、そんなことをしたら気が遠くなってしまいそうだ。

今年の春から、笑えるぐらい状況は変化した。

ウィリアム・ヘイバーソンことウォーリーの裁判はもっか進行中で、彼の所業のすべてが完全に明らかにされるまでは何年もかかりそうだ。しかし〈ヘイバーソン・グローバル〉はすでに企業としては存在していなかった。小さめの部門のいくつかは独立したり、競合他社に買収されたりしているものの、それまでテクノロジー業界を支配していた巨大企業が、いまはウォーリー自身に劣らず見る影もなくなっている。

騒動が一段落すると、フランシスはハーヴァード大学を辞職して、ニューヨーク公共図書館の新理事長に就任した。彼はドクター・タマラ・ジャスパー＝ヤングをスワンの後任として地図部の新部長に指名し、理事会はあっけに取られながらも全会一致でこれを承認した。彼女の謎めいた奇跡の生還は図書館に多大の宣伝効果をもたらし、研究室も閲覧テーブルも連日満員になったし、定期展示会のチケットも、他の美術館・博物館や大学からの共同企画の申し入れも、何年分も予約でいっぱいの状態だ。これまでニューヨーク公共図書館の資金繰りになにか懸念があったとしても、フランシスがその任にあるかぎり、二度とそんな心配をする必要はなさそうだった。ラモナとイヴとハンフリーはもとの仕事に戻ったが、いまでは少なくとも週に一度は、三人のうちだれかひとりはゲスト講師として、あるいはたんなる訪問のために図書館に顔を出さないことはなかった。

そしてフィリクスはといえば、気がつけばかつてのドクター・ダニエル・ヤングのオフィスにいた。

彼はさっそく古めかしいコンピュータをアップグレードした。ニューヨーク公共図書館の初代地理空間情報学芸員としては、本分をしかるべく果たすには適切なツールが必要だったのだ。しかし本にはほとんど手をつけなかったし、なによりもドアに控えめな文字で書かれたもと主任の氏名と役職はそのままにしてある。少なくとも当面はこのままにしておくつもりだ。朝出勤してきたとき、そして夕方帰るとき、彼はそれを見るのが好きだった。そのたびに、よく知っていたふたりのドクター・ヤング――ダニエルとネル――のことを考える。自分がどこまで到達したか、いろいろあってもやはり感謝すべき相手はだれだったのか、それを思い出すいいよすがになっていた。

この椅子に腰をおろすたびに、一日じゅう思い出にふけっていたくなる。しかし、この張り切りすぎの暖房にもめげず、ジャケットを着て出なければならない会議はあるし、「入」トレイに山をなす朝のメッセージも、やっと読み終えたかどうかというところだ。この膨大な紙の山を見たら、〈ヘイバーソン・グローバル〉時代の彼なら激怒しただろうし、彼が新しく雇った、しかし顔なじみの地理空間情報のスペシャリスト、つまりナオミとプリヤのふたりもその点はご同様だった。しかしフィリクスは、この古く厳かな図書館を愛していたし、いまのまま変わってほしくないとも思っていた――まあそうは言っても、やっとというかついにというかフランシスを口説いて、ITで全部門を効率化し、ひとつの電子メールサーバに統合させることはできた。ただいずれにしても、だれもがいまだに手書きのメモを送ってよこすのは変わっていないが。

愛情のこもる吐息をつきながら、フィリクスはドクター・ヤングが残していった銀のレターオープナーを封筒の隙間に器用に滑り込ませていき、なかの便箋（びんせん）を「業務」と「雑」に分けていった。あちこちの昔の同僚からいまでもかなりの数のお祝いのカードが届くし、またさまざまな会議やシンポジウムへの招待も引きも切らない。

そのとき、飾りけのない白い封筒が目に留まった。フィリクス・キンブル宛てになっていて、返信先の住所はない。

不思議に思いながらナイフで切り開いた。大量に印刷された広告かなにかだと思い、封筒ごと「雑」の山に放り込もうとしたが、ふとその手が止まった。便箋は古くて大量生産品ではなさそうだし、インクも一般的なプリンターのそれより濃くて黒々としている。

（ネルか？）

愚かしいことに心臓が高鳴った。いつもそうだ――以前にも、彼女からではないかと虚（むな）しい期待を抱いたことが何度かある。だがそのあと、実際にはありふれたものだとわかっていささか恥ずかしくなるのだ。

しかし、封筒を引っくり返し、裏を見たとたん呼吸が速くなった。封筒の蓋のところに、ひと目でそれとわかるマークが描いてあったのだ。

八方位のコンパスローズ、中央に小さなCの字が入っている。

焦るあまり封筒がそこから不器用に破れて、中身がはみ出してきた。

別れの手紙を送ってきたのだろうか。どうしてこうなってしまったのかという説明だろうか。（そうだったらまさに彼女らしい）彼は思った。（ちくしょう、ネルのやつ）またしても軽率に決断を下してふたりの仲を台無しにし、しかも最後の言葉まで彼から奪っていく。

そろそろと手を入れて中身を抜き出した。

長い一瞬が過ぎて、フィリクスは顔をあげた。雑然とした本だらけのオフィスの向こう、陽光のなかで塵（ちり）の粒が渦巻いて、すべてを淡い金色に染めている。彼は笑みをこぼした。

それは手紙ではなく、むしろ招待状だった。

昔ながらのオフセット印刷機で印刷されていた。

これからの数週間にこれが何千通も出されて、この世にありとある大学や図書館や博物館に届けられるだろう。地図学の世界における最大の秘密はもう秘密ではなくなる。世界じゅうに知れわたり、あまりに多くの地図が印刷されるから、ウォーリーがやったのと同じことをまたやろうとしてももう不可能だ。

アグローはあらゆる人のものになる。

しかしいまのところ、ほかの人々にもこれが配達されるまでは、彼の受け取った招待状が最初の一枚だ。二枚めには文字は書かれていなかった。あの特徴的な荒っぽい走り書き、彼のよく知っていて心から愛するあの線で、ざっと絵が描かれている。

ネルは地図を描いてよこしたのだ。

新しい場所への地図を。

謝辞

執筆のさいには、自分で作成したもの以外に地図はない。この本が完成したのは、ランドマークになってくれた以下のかたがたのおかげです。

ナオミ・カナキア、マイク・チェン、ジリアン・キーナンは、いつも快く小説作法や第一稿のこと、迷宮のような書き直し作業の話につきあってくれる。そして母のリン・スー・クーニーは、どんなときもこの小説がかならず完成すると信じていてくれた。あなたたちがいなかったら、絶対に完成まで漕ぎつけられなかっただろう。そして夫のサティヤシーラン・スブラマニアムの変わらぬ友情とたゆみない励まし、そして愛情に感謝している。

エージェントのアレクサンドラ・マシニストとフェリシティ・ブラント、賢明このうえなく、果てしなく忍耐強いおふたりには大変お世話になった。編集者のエミリ・クランプとエマド・アクタルにはこの物語の核心を見いだすうえで助けられたし、ダニエル・バートレット、ライアン・シェパード、ステファニー・ヴァレーホ、ホープ・ブリーマン、プロイ・シリパント、ジュリア・エリオットをはじめ、〈ウィリアム・モロー〉と〈オライオン〉のみなさんはとにかく有能で、原稿を本にするという信じられないほどむずかしい仕事が簡単に見えるほどだった。また、気前よく執筆助成金を出してくれた全米芸術基金、驚異とインスピレーションの源となってくれたニューヨーク公共図書館にも感謝したい。

最後になったが、地図に魔法を注ぎ込んでくれた〈ゼネラル地図製作〉にお礼を言いたい。冒頭の「著者によるメモ」でも述べたように、この本はフィクションではあるが、実話がもとになっている。〈ゼネラル地図製作〉はほんとうにあった会社だ。アグローも実際に、その会社の創設者が著作権を保護するために地図に隠した幻の集落だった。そしてほんとうに、一時的ではあるが現実のものともなっている。

一九〇〇年代初頭、自動車がまだ新しい発明だったころ、オットー・G・リンドバーグの創設した〈ゼネラル地図製作〉はリスクをとって、安価な折りたたみ式の道路地図の製造に乗り出した。アメリカの二大地図製作会社〈ランドマクナリー〉と〈H・M・ゴーシャ〉は当初、このような地図は定着しないと考えて無視し、〈ゼネラル地図製作〉に市場の独占を許した。しかし一九三〇年には、これらの巨大企業は自分たちの判断ミスに気がついて猛追にかかった。それで、リンドバーグとその右腕のアーネスト・アルパーズは不安に駆られた――証明する方法がないのをいいことに、安くあげようとするライバル会社が出てくるのではないだろうか。自分たちでは測量を行なわず、〈ゼネラル地図製作〉が苦労して作りあげた地図を、複製してすませようとする会社がないとどうして言えよう。リンドバーグとアルパーズは資金力でも人材でもはるかに劣っていたから、自分たちの仕事を保護する手段がどうしても必要だった。

こうしてアグローが誕生した。

〈ゼネラル地図製作〉が秘密の町を隠したニューヨーク州の道路地図を発行してからしばらくして、〈ランドマクナリー〉も独自に同州の地図を出したが、なんとその地図のまったく同じ場所にアグローがあった。そこでリンドバーグは、〈ランドマクナリー〉が窃盗を働いた動かぬ証拠を見つけたと称して訴えを起こした。なぜならアグローは、彼がアルパーズとともにでっちあげた町だからだ。実在しないのだ。

いや実在している、と〈ランドマクナリー〉は主張した。

リンドバーグは弁護士とともに、人跡(じんせき)まばらなキャッツキル山地に向かって車を走らせ、自分がアグローを描き込んだ場所に向かった。着いたらすぐに勝利宣言をするつもりで。

そこで見たものに彼は仰天した。まったくなにもないはずの場所に、ガソリンスタンドや雑貨店があり、住宅も立ち並んで人が住んでいた――しかもデラウェア郡の役所に公式に記録もある。存在していなかったはずの町が、いつの間にか不可解にも存在していたのだ。

私が〈ゼネラル地図製作〉とアグローの話を初めて聞いたのは何年も前のことで、以来ずっとその話が頭から離れなかった。このありえない町のことをつねに考え、締め切りと締め切りの合間にはそのアイディアが繰り返し心に浮かんでくる。もとより地図はだれにとっても美と驚異の宝庫だし、架空の町が現実のものになるという実世界のミステリーは放っておくにはあまりにもったいない。

事の真相は、どんなフィクションにも劣らず興味深い。〈ゼネラル地図製作〉の地図が流通しはじめたとき、リンドバーグとアルパーズがアグローをひそかに描き込んだ地域の住民たちは、地図に新しい町の名前が書いてあるのを見て、地元の政府が自分たちのために町を作ってくれたのだと思い込んだ。そこで会社の名前を変更したり、そのあたり一帯にすでに存在していた住所を変更したりしはじめて、郡の役所にもこの情報を記録してくれと要請した。この活発な動きに魅かれて新しい住民も集まり、かれらもまたさらに新しく建物を建て、アグローにちなむ名前をつけた。〈ランドマクナリー〉の地図制作者が独自の測量のためにここにやって来たときには、そんなわけで賑わう小さな村ができていて、住民たちは自信たっぷりにここはアグローだと伝えた。それで、〈ランドマクナリー〉は自社の地図にもそれを載せていたのである。

この奇跡の町は数十年間存続し、ちょっとした観光名所にまでなったが、しまいにはアグローの住民はみな立ち去り、ついには地図からもこの町は消えてしまった。しかし、アグローがかつてあった場所には空っぽの野原しか残っていなくとも、その伝説はいまも生きつづけている。

地図は正確であればあるほど有用だとわたしたちは理解している。つまり、現実世界が地図を現実のものにしているわけだ。しかし、オットー・G・リンドバーグは、偶然とはいえ、さらにあっと驚く偉業を達成してみせた。少なくともほんの一部については、彼の地図のほうが世界を現実化し、この現代においても、折りたたまれた地図のなかに秘密が発見されることもあると証明したのだ。

　これはけっこう、魔法のようなことと言ってよいのではないだろうか。

解説

渡邊利道

本書は、アメリカの作家ペン・シェパード Peng Shepherd が二〇二二年に刊行した長編小説 *The Cartographers* の全訳である。カルトグラファーとは地図学者（地図制作者）のことで、地図の持つ独特の魅惑に溢れた幻想小説であり、挫折した地図学者の女性が、急死した父親が隠し持っていた平凡な古い道路地図の謎を追いながら、その地図を狙う謎の存在に追われるサスペンス・スリラーだ。全米でさまざまな新聞のベストセラー・リストに載り、ＬＡタイムズ・ブック・プライズのミステリ／スリラー部門ファイナリストに選出されている。

古地図の複製販売を手がける業者で技術者として働くネルは、かつて有望な地図学者の卵だったが、ニューヨーク公共図書館の主任研究員である父親に逆らったことで前途を閉ざされ、鬱屈の日々を過ごしていた。そんなある日、父親が仕事中に図書館で急死。慌てて現場に駆けつけたネルは、父親が大切に持っていた書類ばさみに、諍いのきっかけになった古い道路地図を発見する。なんでこんなものを、と訝るネルは、元恋人のフィリクスと共にその地図について調べる。そしてその平凡な地図がさまざまな所蔵場所で紛失あるいは盗難にあっており、アンダーグラウンドのオークションサイトでは〈カルトグラファーズ〉と名乗る謎の存在がその地図に高値をつけて収集していることを知る。地図学者としての図書館への復帰を目指し、ネルは地図と父親の死（あるいは殺人）の関連を追うが、同時に何者かに監視されているらしいと気づく……。

　小説は、主人公ネルの視点をベースに、ところどころ元恋人フィリクスの視点が混ざって、それにネルの両親の学生時代の友人たちが、過去を回顧して〈カルトグラファーズ〉についてネルに語りかけるパートがいくつか挿入される。現在と過去を往還することで、一枚の地図を巡る追いつ追われつのサスペンスを軸に、過去の因縁と地図に隠された幻想的な謎が明かされていくのだ。そうして、幼年期に母を亡くし、父親とうまく関係を結べなかったネルが、なぜ父親が自分に冷たい態度をとっていたのかという積年の疑問を解消する、家族再生の物語にもなっている。


　そうした物語の主軸とは別に、本作の最大の特徴は主要登場人物がほぼ全員地図学者であり、地図に尋常ではない情熱を抱いているということだろう。

　一般に、地図とは地球表面上の一部もしくは全体に存在する自然現象および人工物を、一定の規約に沿った慣習的な記号で平面上に配置し記述したものである。人工物というのは何も物理的実体だけではなく、例えば一般的な世界地図には国境線が描かれていたりするが、実際にはそんな線は存在せず、国境という概念を記号（線）によって可視化しているにすぎない。つい最近アメリカの新大統領がメキシコ湾をアメリカ湾に改称すると宣言し、地図会社が大わらわになっているという報道があった。そのことからも、地図とは世界がどうなっているのかを示すと同時に、世界がどういうものであってほしいもしくはどうあるべきと考えるかを表す欲望や権力の装置でもあるということがわかるだろう。多くの場合、地図は科学的で客観的だと思われがちだが、その本質には世界観や想像力や欲望や権力が密接に関係している。多くの小説で地図が何やら危険な魅惑を放っているのは、そのような地図の本質から発せられる力のために違いない。

小説に登場する地図にはいくつかの種類がある。まず現存する地図をそのまま使う場合で、これは歴史上の任意の場所を舞台とした作品で見られる。いわばリアリティを補強するための資料として使われるわけだ。次に冒険小説やファンタジー小説に登場する架空の地図。ロバート・ルイス・スティーヴンスンは、一枚の空想の地図から『宝島』を書き上げたというが、これは物語の舞台としてある意味作者に都合よく作られた地図である。そこでは、書かれているものと同時に、その余白に何があるのかという想像力も重要な要素となる。架空の地図のヴァリエーションとして、ミステリによく登場する建物内の見取り図もある。本作でも、主人公の父親がいわば「密室」で死亡したことが小説内での大きな謎として描かれている。ミステリの「密室」の見取り図はそれ自体が一つの謎であって、いわば事件（犯罪）の主体としての犯人の力の源泉となっており、探偵にその謎を解かれることで犯人は凋落（ちょうらく）する。地図と小説の関係で変わった例では、アルゼンチンの作家ホルヘ・ルイス・ボルヘスの『汚辱の世界史』に挿入されるある断片に、地図作成技術が完成の極みに達したことで、帝国と寸分違わぬ大きさの地図が作成されたが、時代が移り誰からも顧（かえり）みられなくなって朽ちてしまい、ただの断片が砂漠に残されるのみになったというものがあって、さまざまな読解が可能なスペキュラティヴ・フィクションの味わいがある。また澁澤龍彦（しぶさわたつひこ）の短編「マドンナの真珠」には、南洋に人が歩けるほどの巨大な金属製の道、すなわち「赤道」が登場する。地図から物語を作る欲望を一個のモノとして結晶化した忘れ難いイメージだった。

ことほどさように、地図と小説には密接な幻想的関係がある。本作でも、地図は魅惑的で危険なものとして人間たちを右往左往させる。ネタバレになるのでこれ以上は触れないが、その謎が明かされたとき、物語が一気に加速して世界が裏返る感覚は、ミステリとファンタジーが溶け合う快感に満ちている。

　また、本作をより深く楽しんで読むのにもう一つ補助線となりそうなのは、ところどころで引用されるアーシュラ・K・ル＝グウィンの一九七一年の長編『天のろくろ』（脇明子訳、サンリオSF文庫）である。物語は、抑圧された状態で夢を見ると、現実が改変されて夢の通りになってしまう、という特殊能力を持った主人公が、主治医である精神科医に世界をより善いものに作り変えるために利用される、というもの。夢と現実の境界線が欲望によって曖昧になっていく、現実感の喪失を一種のマジックリアリズム的な手法で描いた傑作だ。本作でデジタル技術を駆使して「完璧な地図」を作り出そうとする会社の名称にその精神科医の名前が引用されているのには、スイッチを切り替えるようにリアリティをコントロールしてしまうヴァーチャルなものへの作者の警戒心が表れているのかもしれないなど、さまざまな細部の照応を読み取ることができる。また、本作で重要なシンボルとして現れるコンパスローズは、ル＝グウィンの第三短編集のタイトルであり、その邦訳書（『コンパス・ローズ』越智道雄訳、ちくま文庫）の解説で石堂藍は、ル＝グウィン作品に見られる図式を〈疎外された人間が故郷を発見し、居場所を獲得する物語〉と書いているが、この図式から本作のやや唐突とも取れる結末を読み直せば、作者の意図がより理解できるのではないかと思える。

　最後に作者について。ペン・シェパードはアリゾナ州フェニックス生まれ。二〇〇六年にアリゾナ州立大学で中国語・中国文学の学士号を取得し、〇八年にロンドン大学ＳＯＡＳで国際学と外交、中国語の修士号を、一四年にニューヨーク大学でクリエイティブ・ライティングの修士号を取得した。ホームページによると、北京やクアラルンプール、メキシコシティなどにも在住経験があるらしい。一八年にディストピアSF *The Book of M* で単行本デビュー。この長編は好評を博し、ダートマス大学のノイコム計算科学研究所から「デビュー・スペキュラティヴ・フィクション」に与えられるノイコム研究所文芸賞を受賞している。他の作品に、二四年の長編 *All This and More* と、チャップブックの "The Future Library"、それにアンソロジー収録の短編などがある。

訳者紹介
安原和見(やすはら・かずみ)……1960年鹿児島県生まれ。翻訳家。東京大学文学部西洋史学科卒。訳書にダグラス・アダムス『銀河ヒッチハイク・ガイド』、ジェイン・オースティン／セス・グレアム＝スミス『高慢と偏見とゾンビ』、《フレドリック・ブラウンSF短編全集》など。

THE CARTOGRAPHERS
by Peng Shepherd

ペン・シェパード　安原和見◎訳
非在の街

2025年 4月11日　初版

発行者　渋谷健太郎
発行所　(株)東京創元社
〒162-0814　東京都新宿区新小川町1-5
電　話　03-3268-8231（代）
U R L　https://www.tsogen.co.jp

装　画　引地渉
装　幀　岩郷重力+W.I
組　版　キャップス
印　刷　萩原印刷
製　本　加藤製本

乱丁・落丁本は、ご面倒ですが小社までご送付ください。送料小社負担にてお取替えいたします。
 ISBN 978-4-488-01469-8 C0097

John Connolly
The Land of Lost Things

失われたものたちの国

ジョン・コナリー
田内志文 訳 四六判並製

本にまつわる異世界冒険譚『失われたものたちの本』続編!

娘が事故で昏睡状態となってしまったセレスは、様々な本の声を聞き、魔女や人狼たちが跋扈する美しくも残酷な異世界に迷い込んでしまう。謎に満ちた旅路を描く異世界冒険譚!

CIVILIZATIONS * LAURENT BINET

アカデミー・フランセーズ小説大賞受賞作

文明交錯

ローラン・ビネ　橘明美 訳

インカ帝国がスペインにあっけなく征服されてしまったのは、彼らが鉄、銃、馬、そして病原菌に対する免疫をもっていなかったからと言われている。しかし、もしもインカの人々がそれらをもっていたとして、インカ帝国がスペインを征服していたとしたら……ヨーロッパは、世界はどう変わっていただろうか？『HHhH——プラハ、1942年』と『言語の七番目の機能』で、世界中の読書人を驚倒させた著者が贈る、驚愕の歴史改変小説！

▶今読むべき小説を一冊選ぶならこれだ。——NPR
▶驚くべき面白さ……歴史をくつがえす途轍もない物語。——「ガーディアン」
▶これまでのところ、本書が彼の最高傑作だ。——「ザ・テレグラフ」
▶卓越したストーリーテラーによる、歴史改変の大胆でスリリングな試み。——「フィナンシャル・タイムズ」

四六判上製